A. K. Amherst

Belfast Central

A. K. AMHERST

BELFAST CENTRAL

THRILLER

Impressum

Taschenbuch

1. Auflage April 2018

Kontakt: akamherst@gmail.com

Umschlaggestaltung : Grittany Design (www.grittany-design.de)
unter Verwendung von: © Adobe Stock - s_kuzmin / anatskwong / BirgitKorber / LeitnerR / daboost / olly5
Satz/Layout: Grittany Design (www.grittany-design.de)
unter Verwendung von: © VectorStock - fleurdesign © Adobe Stock - michal812
Korrektorat: Charlotte Kliemann

Verlag: myMorawa von Morawa Lesezirkel GmbH

978-3-99070-222-2 (Paperback)

Für meine ältesten Freunde:
meine Großeltern Elisabeth & Georg, Johann & Klara
und meine Ziehgroßeltern Li, Bill & Mary

Landkarte von Irland, Gegenwart

Diese Geschichte und die darin handelnden
Personen sind Fiktion. Der Roman beruht jedoch
auf wahren geschichtlichen Ereignissen.

GESCHICHTE IRLANDS AUF EINEN BLICK

1169-72: Die Eroberung Irlands durch den englischen König beginnt.

1394-95: König Richard II. bereist Irland und stärkt so seine Position gegenüber der gälischen und anglo-irischen Obrigkeit.

1430-1450: Gälen und Anglo-Iren haben sich arrangiert und sich die Macht in Irland geteilt. Der englischen Krone fehlen die Mittel, um Irland zu erobern. Die englische Kontrolle über Irland schwindet.

1536-1607: Im Jahr 1536 erstickt König Henry VIII. eine irische Rebellion und erobert Irland zurück. Der englische König ist nun nicht mehr nur *Lord of Ireland*, sondern *King of Ireland*. Die Nachfolger von Henry VIII. setzen die Rückeroberung Irlands fort.

1609-1640: Um mehr Macht und Einfluss im katholischen Irland zu haben, ruft König James I. englische und schottische Siedler dazu auf, sich in *Ulster* (dem heutigen Nordirland) niederzulassen.

1641-1653: Durch den Sieg in den irischen Konföderationskriegen sichert sich England seine Herrschaft über Irland sowie Grundbesitz und die Macht der Protestanten im Land.

1798: Die irischen Nationalisten *United Irishmen* rebellieren gegen die britische Herrschaft in Irland. Die Rebellion wird von Großbritannien zerschlagen. Durch den *Act of Union 1800* wird in weiterer Folge das Königreich Irland mit dem Königreich Großbritannien vereint.

1803: Die zweite Rebellion der *United Irishmen* bricht aus. Auch diesmal verlieren sie gegen ihre britischen Feinde.

1829: Durch den sogenannten *Catholic Relief Act* ist es den Katholiken von nun an gestattet, einen Sitz im Parlament in Westminster innezuhaben.

1867: Durch schlechte Organisation und britisches Zutun wird ein Aufruhr der *Irish Republican Brotherhood (IRB)* im Keim erstickt.

1914: Das Gesetz der *Irish Home Rule* verspricht Irland Autonomie und Selbstverwaltung. Die Umsetzung des Gesetzes wird aufgrund des ersten Weltkriegs jedoch vertagt.

1916: Militärische Ressourcen von Großbritannien werden größtenteils für den ersten Weltkrieg eingesetzt. Irische Nationalisten (u.a. die IRB) nutzten die Chance, um ein unabhängiges Irland zu fordern. Zu Ostern 1916 können sie über mehrere Tage hinweg strategisch wichtige Gebäude in Dublin besetzen, darunter das *General Post Office (GPO)*.

21.1.1919: Obwohl Irland eigentlich von Westminster aus regiert wird, findet die erste (illegale) irische Parlamentssitzung statt. Die Mitglieder verkünden die Unabhängigkeit Irlands von Großbritannien.

1919-1921: Die *Irish Republican Army (IRA)* kämpft gegen das britische Militär für die Unabhängigkeit Irlands.

3.5.1921: Nordirland wird gegründet.

6.12.1921: Der Anglo-Irische Vertrag wird unterzeichnet und besiegelt die Unabhängigkeit Irlands *(Irish Free State)*. Im Vertrag wird Nordirland die Möglichkeit gegeben, aus dem Unabhängigkeitsvertrag auszusteigen und damit Teil Großbritanniens zu bleiben. Eine Möglichkeit, die von der nordirischen Regierung ergriffen wird.

1922: Die Gegner und die Befürworter des Anglo-Irischen Vertrages kämpfen im irischen Bürgerkrieg gegeneinander. Am Ende setzen sich die Befürworter des Vertrages durch.

29.12.1937: Die irische Verfassung wird per Volksentscheid angenommen.

1949: Durch den *Republic of Ireland Act* wird Irland zur Republik.

1969: Die Konflikte zwischen Protestanten und Katholiken erreichen in Nordirland einen Höhepunkt. Die tagelangen Ausschreitungen in Belfast und Londonderry werden von vielen als der Beginn des Nordirlandkonflikts bezeichnet.

BELFAST
1993

1

Unsere Patientin Misses Weaver ist ganz aus dem Häuschen, dass sie nach Hause darf. Eine Woche im Krankenhaus ist auch wirklich genug. Und sie hat bald Geburtstag, da muss sie natürlich daheim sein. Es wird eine große Party geben mit ihren Kindern und Enkelkindern und ganz viel Torte. Ja, vor allem Torte. Sie grinst uns mit ihrem schiefen Gebiss an, als Jarvis und ich ihr aus dem Wagen helfen.

Misses Weaver lebt in Ardoyne, im Norden Belfasts. Hier im Northwick Drive reiht sich ein schmales Backsteinhaus an das nächste. Besonders charakteristisch für diese Wohnstraße sind die langgezogenen Einfahrten, die links und rechts von Zäunen begrenzt werden.

Misses Weaver hängt sich bei mir ein, und gemeinsam schlendern wir zu ihrer Haustür.

Jarvis bleibt beim Krankenwagen und verdrückt einen Schokoriegel.

»Na, der ist dir ja eine große Hilfe«, meint Misses Weaver.

»Jarvis? Ach, der ist schon ok.«

»Der lässt dich doch die ganze Drecksarbeit machen.«

»Drecksarbeit? Na, hören Sie mal. Eine reizende Dame wie Sie nach Hause zu begleiten, ist eine Ehre. Wir haben uns darum geprügelt.«

Sie kichert und ihre Schultern zucken dabei. »Geprügelt haben sich die Jungs seit der Schulzeit nicht mehr wegen mir.«

Neben uns räuspert sich jemand. In der Nachbarseinfahrt steht ein älterer Mann mit einem Strauß Tulpen in der Hand.

»Earl?«, sagt Misses Weaver.

Diese haarigen Bärenpranken und die dicken Tränensäcke sind mir im Gedächtnis geblieben. Als wir Misses Weaver abholten, stand Earl ganz verloren am Zaun.

»Was willst du denn?«, fragt sie.

Er fährt sich durch sein schütteres Haar. »Ich habe gehört, du bist wieder da.«

»Na und?«, sagt sie schnippisch. »Was geht dich denn das an?«

Er zuckt mit den Schultern. »Eigentlich gar nichts.« Earl streckt ihr die Blumen hin.

Misses Weaver runzelt die Stirn. »Was soll ich denn damit?«

»In die Vase stellen?«, meint Earl.

Ich fühle mich hier fehl am Platz. »Ich muss dann wieder, Misses Weaver.«

»Danke für alles. Du bist ein Schatz.« Misses Weaver zieht mich zu sich und drückt mir einen Kuss auf die Wange.

Ich spüre Earls Blick.

»Geben Sie ihm eine Chance, er ist doch ganz passabel«, flüstere ich Misses Weaver ins Ohr und lasse die beiden allein.

Die Ardoyne Ambulanzstation, in der ich mein Praktikum absolviere, ist ein graues Gebäude mit dem Flair einer Lagerhalle. Von der Garage führt eine alte Holztür in unseren Aufenthaltsraum. Dort trennen sich die Wege von mir und meinem Ausbilder. Jarvis sitzt mit unseren altgedienten Kollegen immer am großen Tisch und spielt Karten. Mich haben sie noch nie dazu geholt. Ausgeladen haben sie mich sogar, als ich mich einmal dazusetzen wollte. »Das ist nichts für Neulinge«, hat Jarvis in meine Richtung gebrummt. Deshalb ist der Klappstuhl in der Ecke mit dem wackeligen Tisch mein Stammplatz.

Nun heißt es warten – auf den nächsten Einsatz oder die nächste Pause, je nachdem was zuerst passiert. Der heutige Abend ist ungewöhnlich ruhig. Mir ist so langweilig, dass ich die Ausrüstung in jedem Krankenwagen checke. Eigentlich unnötig, weil dafür das jeweilige Team zuständig ist. Beim Zählen von Spritzen und Verbandszeug vergeht die Zeit zumindest ein bisschen schneller. Als ich dann auch noch diesen alten Fleck auf meinem Fahrersitz rausgeschrubbt habe, ist es auch endlich dunkel draußen.

Jarvis und seine Kollegen unterhalten sich gut am großen Tisch. Keiner von ihnen scheint gemerkt zu haben, dass ich für ein paar Stunden in der Garage verschwunden war.

Ich ziehe mich auf meinen Stammplatz zurück und hole Lenas Brief aus meiner Brusttasche. Auf sieben Seiten erzählt sie von ihrer Safari in Südafrika, dem Tauchgang im Südpazifik und Wanderungen durch das australische Outback. Ich habe ihre sanfte Stimme in meinem Ohr, wenn ich in ihre Anekdoten eintauche.

Ein Räuspern holt mich zurück ins Hier und Jetzt. Jarvis steht vor mir und versucht, mitzulesen. Ich stecke den Brief schnell weg. Was Lena mir zu sagen hat, geht ihn gar nichts an.

»Abendessen?«, fragt Jarvis.

Was für ein lahmer Versuch, mich dazu zu bewegen, für alle Essen zu holen.

Jarvis verschwindet im Flur und streckt wenig später seinen Kopf zur Tür herein. »Was ist jetzt? Kommst du?«

Wie könnte ich dieser charmanten Einladung widerstehen?

Ich folge Jarvis den Flur entlang, durch den Haupteingang hinaus. Es ist unangenehm kühl im Vergleich zu heute Nachmittag. Ich mache den Reißverschluss meiner Jacke zu und gehe etwas schneller, um mich aufzuwärmen. Als wir die Hauptstraße hinaufgehen, kommen uns kaum Fußgänger oder Autos entgegen. Hinter den Fenstern einiger Wohnhäuser brennt Licht. Die Menschen hinter den Vorhängen bereiten in der Küche Abendessen zu oder sitzen im Wohnzimmer vor dem Fernseher. Sie genießen ihren Feierabend. Bis zu unserem ist es noch weit, da kommt eine stärkende Mahlzeit gerade recht.

Das Pub an der Ecke wirbt auf einer Schiefertafel mit einer Riesenportion Fish and Chips zum halben Preis. Das Pub ist gut besucht, so gut, dass es unangenehm laut ist. Zigarettenrauch und verbrauchte Luft mischen sich in meinen Lungen.

Der Pub-Besitzer macht keinen Hehl daraus, Katholik zu sein. Irische Fahnen und die Portraits von irischen Widerstandskämpfern schmücken die holzvertäfelten Wände. Hinter der Bar hängt das Bild eines schwarzen Phönix mit roten Flügeln – ein Symbol der IRA. Der Irish Republican Army.

Jarvis findet noch zwei freie Hocker an der Bar. Der Barmann mustert mich abfällig. Als würde er wissen, dass ich hier nicht hingehöre, nicht in dieselbe Kirche gehe wie er.

»Was wollt ihr trinken?«, fragt er.

Jarvis bestellt sich ein großes Bier. Ich habe nicht vor, schon während meiner Probezeit alkoholisiert Dienst zu schieben, und bleibe bei einem Soda.

Kurz nach den Getränken wird auch schon das Essen serviert.

Die in Fett ertrunkenen Fish and Chips entsprechen nicht gerade meinen Erwartungen.

»Was steht denn da so Spannendes drin?«, fragt Jarvis.

»Hm?«

»Der Brief, den du seit Tagen mit dir rum trägst ... was steht denn drin?«

Ich bin mir nicht sicher, ob ich darüber reden will. »Nichts.«

Jarvis grinst. »Wie heißt sie?«

»Lena.«

»Hat sie Schluss gemacht?«

»Unsinn. Wir sind Freunde.«

»Mhm. Lass mich raten ... war ihre Idee«, schmatzt Jarvis.

»So ist das alles nicht.« Warum löchert er mich denn deswegen?

»Darf ich dir einen Rat geben?«

Nein danke, wäre wohl unhöflich.

»Du brauchst eine Freundin, die nicht nur dich, sondern auch diesen Job erträgt«, meint Jarvis.

Was soll das denn heißen?

»Dieser Job kann Beziehungen zerstören. Glaub mir, ich weiß, wovon ich rede.«

»Lena und ich haben keine Beziehung.«

»Wenn du meinst.« Er stopft sich eine Handvoll Pommes in den Mund.

Ich habe irgendwie das Gefühl, dass es hier nicht um mich geht. »Was meinst du mit, du weißt, wovon du redest?«

Er kneift die Augen zu Schlitzen zusammen. »Fünf Jahre ... ich war fünf Jahre verheiratet, dann habe ich diesen Job angefangen, und ein Jahr später war alles vorbei.«

»Und daran ist der Job schuld?«

»Na, was denn sonst?«

Ich zucke mit den Schultern. »Keine Ahnung. Beziehungen enden doch nicht einfach so. Meistens steckt mehr dahinter.«

»Bist ein besonderer Klugscheißer, was?«

Vielleicht habe ich da mehr ins Schwarze getroffen, als ich wollte. »Wir können ruhig darüber reden, wenn du willst.«

»Vergiss es. Es interessiert dich sowieso nicht.« Er wischt sich das Fett von den Fingern und geht. Der Großteil von seinem Fisch liegt noch in der fettgetränkten Zeitung.

Auf dem Weg zurück wird mir allmählich übel. Das ist das erste und letzte Mal, dass ich in diesem Pub gegessen habe.

Zurück im Aufenthaltsraum setzen wir uns zu den Jungs, die sich auf dem kleinen Fernseher in der Ecke die Wiederholung eines Cricketspiels ansehen. Jarvis spricht kein Wort mehr mit mir. Irgendwie habe ich das Gefühl, die Chance vermasselt zu haben, mich mit ihm anzufreunden.

Nach Mitternacht wird es auf einen Schlag turbulenter. Autounfall, Lebensmittelvergiftung, Messerstecherei. Ein Team nach dem anderen rückt aus.

Der schrille Ton der Sirene schmerzt in meinen Ohren. Es wird uns eine Schießerei am Bahnhof gemeldet. Zwei Polizisten wurden verletzt. Der Notruf gehört Jarvis und mir.

Wir erreichen den Bahnhof innerhalb weniger Minuten. Direkt vor dem Bahnhof gibt es keine Parkplätze. Ich halte hinter dem Polizeiwagen auf der Busspur.

Der Haupteingang ist verschlossen.

»Es muss noch einen Eingang geben, komm«, sagt Jarvis.

Eine Stiege verbindet die Hauptstraße mit dem tiefer gelegenen Parkplatz des Bahnhofs. Jarvis läuft los. Ich folge ihm. Vom Parkplatz führt ein Seiteneingang in das Gebäude. Die Glastür wurde eingeschlagen.

Als wir den Bahnhof betreten, überkommt mich ein mulmiges Gefühl.

»Hallo?!«, brüllt Jarvis. »Ist hier jemand?«

Jarvis Stimme hallt von den Wänden. Keine Antwort.

Was, wenn niemand mehr antwortet, weil sie schon tot sind?

Ich schlucke. »Vielleicht sollten wir warten, bis ein zweiter Streifenwagen hier ist.«

»Warten? Bei einer Schussverletzung kann jede Sekunde entscheidend sein.« Jarvis läuft die Treppe zur Eingangshalle hoch. Dort liegt ein Streifenpolizist rücklings auf dem Boden. Er ist tot. Ich kann es eigentlich nicht wissen, nicht aus dieser Entfernung. Doch es ist die Art, wie er daliegt. Er muss tot sein. Jarvis kniet sich neben den Mann, fühlt seinen Puls. Er dreht sich zu mir um und schüttelt den Kopf.

Dieser arme Kerl war sicher nicht allein hergekommen. Er hatte bestimmt einen Partner. Nicht nach ihm zu suchen, wäre falsch.

Wir müssen weiter. Ich gehe an Jarvis vorbei und komme in die Haupthalle. Von hier führen zwei lange Gänge zu den Gleisen.

Jarvis steht hinter mir. Ich kann ihn atmen hören, sein Aftershave riechen.

»Wir teilen uns auf. Wenn du jemanden findest, meldest du dich über Funk«, sagt Jarvis und läuft auf den rechten Gang zu.

»Hallo? Hallo!«, brüllt er.

Ich laufe auf den linken Gang zu, dabei komme ich an den Toiletten vorbei. Es ist nur eine Ahnung, so ein Gefühl. Ich behalte recht. In den Toiletten ist jemand. Ein Mann sitzt am Boden, an die Wand gelehnt, unter dem Papierhandtuchspender.

Er ist bewusstlos. Bauchschuss. Er hat versucht, mit den Papiertüchern die Blutung zu stillen. Neben ihm am Boden liegt seine Waffe.

Ich knie mich neben ihn. »Sir? Hören Sie mich? Sir?« Ich greife zu meinem Funkgerät an der Schulter. »Jarvis, Herrentoilette. Sofort.«

»Bin unterwegs«, kracht es aus dem Lautsprecher.

Der Verletzte schlägt die Augen auf. Angst, Hoffnung, Schmerz. Ich öffne meinen Notfallrucksack. »Ich helfe Ihnen. Keine Sorge.« Ich schneide sein Hemd auf, das vollgesogen ist mit Blut.

Er packt mich am Kragen. »Polizei«, keucht er.

Ich presse mit einem Tuch gegen seinen Bauch, um die Blutung zu stillen. »Ganz ruhig, Sir. Die Polizei ist unterwegs.«

Jarvis kommt zur Tür hereingestürzt. Hinter ihm ein Schatten. Ein Schuss fällt. Jarvis geht neben mir zu Boden. Seine leeren Augen starren mich an. Von seiner Kopfwunde verteilt sich das Blut auf dem Boden. Ich robbe zurück. Der Schütze ist ein Polizist. Er richtet seine Waffe auf mich und drückt ab.

Es fühlt sich an, als hätte mir jemand eine Fackel in den Brustkorb gerammt, wo sie lichterloh brennt. Das Blut an meinen Fingern kann unmöglich meines sein, oder etwa doch? Der Knall der Schüsse hallt noch in meinen Ohren. Hinter mir die kalte Fliesenwand. Ich schnappe nach Luft, Punkte tanzen vor meinen Augen.

Neben dem Schützen am Boden sitzt der Verletzte, immer noch an die Wand gelehnt. Sein Blick ist so leer wie der von Jarvis.

Tränen und Müdigkeit. Ich schließe meine Augen.

Der nächste Schuss fällt. Ich zucke.

Schritte. Hände auf meiner Brust.

Ich blicke in ein faltiges Gesicht, grüne Augen mustern mich. Der alte Mann ruft über mein Funkgerät um Hilfe. Die Antwort ist ein Mix aus Wörtern und Rauschen.

Das wird mich nicht mehr retten. Wenigstens werden diese unerträglichen Schmerzen bald aufhören. Ich versuche, an etwas Schönes zu denken. Ein letzter schöner Gedanke. Mir fällt nichts ein.

Der alte Mann sagt etwas. Es hört sich an wie das Brabbeln eines Kindes.

Etwas zieht mich in die Tiefe. Ein Abgrund. Stille. Dunkelheit.

2

Als ich aufwache, brummt mir der Schädel. Mir ist übel, und ich habe einen schalen Geschmack im Mund. Es riecht nach Schweiß.

Mein Mitbewohner Dok hat mir mal erzählt, dass für ihn die Studienzeit sehr schnell vergangen ist. Kein Wunder, so viel, wie der immer feierte und trank – da verliert sich die eine oder andere Erinnerung.

Daran muss ich denken, als Vater mir sagt, dass ich vier Tage weggetreten war. Meine Schwester Miranda erzählt von Besuchen, an die ich mich nicht erinnere. Mutter steht am Fenster und schweigt, und Oliver ... Oliver spielt Gameboy – wie immer.

»Wo ist Dok?«, frage ich. Wenn ich wirklich so viel getrunken habe, dass ich tagelang außer Gefecht gewesen bin, war Dok bestimmt beteiligt.

»Deine Freunde waren gestern hier«, sagt Miranda. Ihre Hand streicht über meinen Kopf. »Erinnerst du dich nicht?«

»Natürlich erinnere ich mich.« Meine Stimme ist leise und mein Hals fühlt sich kratzig an. »An jedes Detail erinnere ich mich.« Ich starre auf meine Hände, als ob dort Klarheit zu finden wäre.

»Hast du große Schmerzen?«, fragt Vater.

Schmerzen? Was könnte ich im Rausch getan haben? Dok ist einmal sturzbetrunken von einem Autodach gesprungen. Das muss wehgetan haben. Aber so dumm bin ich doch nicht gewesen. Oder etwa doch?

»Mir gehts gut.« Meine Augenlider fühlen sich so schwer an.

Miranda hält mir einen Becher an die Lippen. So köstliches Wasser habe ich noch nie getrunken.

Ich versuche, Vaters Worte zu verstehen. Macht euch keine Sorgen, will ich sagen, doch was ich wirklich murmle, weiß ich nicht. Länger kann ich meine Augen auch nicht offen halten.

Die tägliche Visite macht Dr. Glover. Er ist sicher hundert Kilo schwer und kleiner als die meisten Krankenschwestern. Ob er aus Gemütlichkeit oder aus Überanstrengung so langsam von einem Bett zum anderen geht, kann ich nicht sagen. Jedenfalls stellt er mir immer dieselbe blöde Frage. »Wie fühlen Sie sich denn, Mister Goodwin?«

»Ich will nach Hause.« Immer dieselbe Antwort.

»Mhm, mhm.« Er nickt und blättert durch meine Krankenakte. »Ihre Entzündungswerte sind endlich besser, die haben uns schon Sorgen gemacht.«

Ich werde in ein normales Zimmer verlegt. Mein Zimmerkollege heißt Joe. Er ist Kraftfahrer. Während einer Fahrt bekam er einen Herzinfarkt und ist hier wieder aufgewacht. »Hatte echt Glück. Solltest mal die Fahrerkabine sehen. Da glaubst du, es ist nur Brei vom Fahrer übrig.« Er mampft seinen Pudding mit Begeisterung. »Was ist dir denn passiert?«

»Ach ... eine dumme Saufgeschichte, nichts weiter.« Ich habe schon überzeugter geklungen.

Joe nickt und wendet sich wieder dem Sportkanal zu.

Ich zerbeiße meine Unterlippe. Was ist mir passiert?

Gestützt auf den Infusionsständer kämpfe ich mich ins Bad. Ich muss einfach wissen, was unter diesem Verband steckt.

Links neben meinem Brustbein verläuft eine Operationsnaht. – Der Lauf einer Waffe, ein ohrenbetäubender Knall.

Keuchend sitze ich auf dem kalten Fußboden.

Ich wage es nicht, zu fragen, was passiert ist. Für die Antwort bin ich noch nicht bereit. Leider wird sie mir einige Tage später von Schwester Julie mit dem Frühstück serviert.

Es ist das erste Mal, seit ich im Krankenhaus bin, dass ich eine Zeitung lese. Im Lokalteil entdecke ich ein Foto von mir, darüber ein Zeitungsartikel mit dem Titel »Junger Held auf dem Weg der Besserung«. Ich überfliege die Zeilen. Bahnhof, Schusswechsel. Ich sehe die Bilder vor mir, Bilder, die ich lieber vergessen würde. Ich bleibe an einem Teil des Artikels hängen, in dem ein Freund zu Wort kommt:

'Als ich erfahren habe, was passiert ist, war ich geschockt', sagt ein enger Freund von Ryan G. ,Wir kennen uns seit Jahren. Er ist wie ein Bruder für mich.'

Ich erkenne das Foto in der Zeitung wieder, es wurde letztes Jahr bei einer Grillfeier aufgenommen. Dok hat es mit seiner neuen Kamera gemacht. So ein Idiot!

Als er mich abends besuchen kommt, will ich ihm dafür den Kopf abreißen. »Ui, hat da jemand seine Tage bekommen?« Larry "Dok" Hainsworth sitzt auf dem Stuhl neben meinem Bett und grinst.

»Du hast dich interviewen lassen!«

»Oh, ja richtig! Wie findest du den Artikel?«

»Fragst du mich das ernsthaft?«

»Ach, komm schon.« Er klopft mir auf die Schulter und der bekannte Schmerz schießt durch meine Brust. »Ich habe deinen Marktwert gehoben.«

Er sieht hinüber zu Schwester Julie, die in der Tür steht und in unsere Richtung starrt. Als ich sie ansehe, wird sie rot und kichert.

Dok winkt ihr. »Du bist jetzt ein Held, Mann. Das ist voll der Bringer bei den Hasen!«

An nächsten Tag kommt Dr. Glover in Begleitung. Der Mann ist groß und schlank und damit ein lustiges Gegenstück zum Arzt.

»Guten Tag, Mister Goodwin. Mein Name ist Inspektor Rhodes.« Er schüttelt mir die Hand.

Dr. Glover geht stumm meine Akte durch.

»Wie geht es Ihnen?«, fragt Rhodes.

»Gut, danke.«

»Schön, schön.« Sein Kopf wippt auf und ab wie bei einer Wackelpuppe. »Darf ich Ihnen kurz ein paar Fragen stellen?« Er setzt sich.

»Fragen?«

Dr. Glover setzt die Visite bei Joe fort.

»Zu der Nacht der Schießerei. Wenn Sie gestatten?« Inspektor Rhodes hat Stift und Block schon gezückt.

»Von mir aus.«

»Können Sie mir schildern, was in jener Nacht passiert ist?«

Ich sitze wieder im Krankenwagen, folge Jarvis durch den Seiteneingang des Bahnhofs. »Wir haben uns getrennt. Ich bin Richtung Toiletten gegangen.« Vor mir sehe ich den Mann mit dem Bauchschuss.

»Wo Sie den Verwundeten gefunden haben?«, fragt Rhodes.

Ich nicke.

»Was ist dann passiert?«, fragt Rhodes.

»Es ist alles ein bisschen verschwommen. Jemand hat auf mich geschossen und auf Jarvis ...« Ich schüttle den Kopf, versuche das Bild, das vor mir auftaucht, loszuwerden.

»Jarvis war Ihr Kollege?«

»Ja.«

»Wie kam er in die Toilette? Sie haben gesagt, Sie haben sich getrennt.«

»Ich weiß es nicht.«

»Denken Sie nach. Haben Sie ihn vielleicht gerufen?«

»Vielleicht.«

»Auf wen wurde zuerst geschossen? Auf Sie oder auf Jarvis?«

»Ich weiß es nicht mehr.«

»Können Sie den Mann beschreiben, der auf Sie geschossen hat?«

Eine Waffe, ein Knall, der Schmerz. Dieser unbeschreibliche Schmerz. Ich krieg keine Luft. Mein Herz rast, der Monitor neben mir piepst auf Hochtouren.

»So, das reicht jetzt«, sagt Dr. Glover.

Ich atme stoßweise aus, nicke ihm dankbar zu.

Inspektor Rhodes reicht mir eine Visitenkarte. »Falls Ihnen noch etwas einfällt.«

Der Inspektor hat grüne Augen. Grün, wie die Augen des alten Mannes. Der alte Mann! Er rief die Rettung, sprach mit mir. Er rettete mich. Wie konnte ich ihn vergessen?

Inspektor Rhodes ist bereits an der Tür, als ich ihm hinterherrufe. »Haben Sie den anderen auch befragt?«

»Den anderen?« Rhodes dreht sich um. »Welcher andere?«

»Ein alter Mann, da war ein alter Mann. Er hat mir geholfen.«

»Wie sah er denn aus?« Inspektor Rhodes kommt näher.

»Weiße Haare, grüne Augen.« Rhodes schreibt nicht mit. Ich komme mir dumm vor. Diese Beschreibung könnte auf viele Männer zutreffen.

»Wie alt war er denn ungefähr?«

»Keine Ahnung. Sechzig? Siebzig?«

»War er der Schütze?«

»Nein! Der andere, das war der andere.«

Rhodes setzt sich noch einmal hin. »Jetzt noch einmal ganz langsam. Was für ein alter Mann, was für ein anderer?«

»Der Schütze, da war der Schütze. Und dann der alte Mann. Er hat ihn erschossen.«

»Der Schütze den alten Mann?«

»Nein.«

»Wie sah der Schütze aus?«

»Ich weiß es nicht mehr.«

»Jetzt hören Sie schon auf. Sehen Sie nicht, dass er komplett verwirrt ist?«, meint Dr. Glover.

Inspektor Rhodes entschuldigt sich. »Wir reden ein andermal weiter. Erholen Sie sich gut, Mister Goodwin.«

In dieser Nacht träume ich von Jarvis. Er sitzt neben mir am Bett und unterhält sich mit mir über Cricket und Frauen. Dann fragt er mich, warum ich ihn in den Tod geschickt habe. Seine leeren Augen sehen mich an. Er liegt mit blutender Kopfwunde vor mir. Ein Knall ertönt, und ich wache schweißnass im Krankenbett auf.

Joe schnarcht.

Alles, was in jener Nacht am Bahnhof passiert ist, spielt sich in meinem Kopf ab, wieder und wieder. Das Gesicht des alten Mannes wird immer klarer. Ich kann jede Falte, jedes Detail genau vor mir sehen. So klar wie noch nie. Wenn ich ihn jetzt nicht festhalte, verliere ich ihn. In meinem Nachttisch krame ich nach einem Stift, einem Stück Papier, und ich zeichne, was ich sehe.

3

Zu Hause ist es wundervoll! Ich liebe mein Bett, ich liebe meinen Kühlschrank, ich liebe mein Sofa ... und meine Bücher. Während Dok Seminararbeiten seiner Studenten korrigiert, wälze ich einen Klassiker nach dem anderen – geschrieben von Charles Dickens, George Orwell und Arthur Conan Doyle.

Heute ist das Buch meiner Wahl »Lady Windermeres Fächer« von Oscar Wilde. Ich überfliege die ersten Seiten und blättere direkt zu meiner Lieblingsstelle:

Lady Windermere will keine Komplimente. Doch Lord Darlington kann nicht anders, er nennt sie eine ganz bezaubernde Puritanerin. Zu seiner Entschuldigung sagt er: »Ich kann nichts dafür. Ich kann allem widerstehen, nur nicht der Versuchung.«

Es klingelt an der Tür. »Erwartest du jemanden?«, fragt Dok.

Eigentlich nicht.

Dok verschwindet im Flur und kommt mit unserer Nachbarin Misses Maynard zurück ins Wohnzimmer.

»Mister Goodwin! Es ist so schön, Sie zu sehen. Haben Sie mir einen Schrecken eingejagt!« Misses Maynard zerrt mich vom Sofa hoch und fällt mir um den Hals.

Dok bietet Misses Maynard ein Bier an, ein Angebot, dass sie leider annimmt. Ehe ich mich versehe, sitzen wir mit Misses Maynard zusammen und essen eine Packung Kartoffelchips.

»Jetzt werden bei uns sogar schon die Sanitäter erschossen. Grässlich diese Gewalt, nicht wahr? Wo man hinguckt, wird nur noch geschossen und Bomben gehen hoch«, sagt Misses Maynard und nippt an ihrer Bierflasche. »Denken Sie, es waren Katholiken?«

Ich bin mit ihrem Redeschwall überfordert. »Ähm ... ich ... ich weiß es nicht.«

»Ich bin mir sicher, es waren Katholiken, wer sollte denn sonst so verrückt um sich schießen? – Mary Rudkin von gegenüber, Sie kennen Mary Rudkin, nicht?«

Ich schüttle den Kopf.

»Sie glaubt auch, dass es Katholiken waren, und sie muss es ja wissen, immerhin ist ihr Mann bei der Polizei. Der hat das sofort durchschaut.«

»Bearbeitet er den Fall?«, fragt Dok.

Misses Maynard sieht ihn überrascht an. »Was? Der? Nein! Der ist doch schon lange in Pension.«

»Woher will er dann wissen, dass es Katholiken waren?«, fragt Dok.

»Der Mann hat Erfahrung. Der braucht einen Fall nicht zu sehen, um ihn richtig einzuschätzen. Eine gute Spürnase, Sie verstehen?«

Dok rollt mit den Augen.

»Mhm«, ist alles was mir dazu einfällt.

»Hatten Sie eine Nahtoderfahrung?«, fragt Misses Maynard.

»Wie bitte?« Ich kann sie nur missverstanden haben.

»Nahtod. Sie wissen schon. Haben Sie sich selbst von oben gesehen? Sind Sie durch den Raum geflogen wie ein Gespenst?« Sie fuchtelt mit den Händen.

»Ich ... ich denke nicht.«

»Meine Freundin Karen hatte einmal eine Nahtoderfahrung. Grässlich. Ihr Hund musste eingeschläfert werden, wissen Sie?

Und da ist sie einfach umgefallen. Der Schock. Die Tierärztin meinte zwar, sie sei nur ohnmächtig gewesen, doch Karen schwört, dass sie sich selbst und die Arztpraxis von oben gesehen hat … und dann den Geist des Hundes, wie er langsam gegen die Decke flog.« Misses Maynard sieht hoch an die Decke, als erwarte sie, dass dort ein Geist auf uns herabsieht.

Misses Maynard hat bei ihrem Besuch die Polizei erwähnt. Ob die Ermittler vielleicht schon mehr über den Fall am Bahnhof wissen? Ich rufe bei der Nummer an, die ich von Inspektor Rhodes bekommen habe. Doch es ist entweder besetzt, oder es klingelt einfach nur ewig.

Als ich ihn nach einigen Tagen immer noch nicht erreicht habe, fahre ich zum Revier. Vielleicht hilft ihm ja die Zeichnung, die ich von meinem Retter angefertigt habe?

Im Polizeirevier geleitet mich eine Streifenpolizistin in ein Großraumbüro, wo Inspektor Rhodes an einem Schreibtisch sitzt und über einer Akte brütet.

»Mister Goodwin möchte mit Ihnen sprechen, Inspektor.« Die Polizistin lässt uns allein.

Rhodes sieht zu mir auf. »Bitte, Mister Goodwin. Was kann ich für Sie tun?«

»Ich wollte nur nachfragen, wie der Stand der Ermittlungen ist.«

Er kneift die Augen zusammen. Erinnert er sich etwa nicht an mich?

»Die Schießerei. Am Bahnhof. Wissen Sie schon mehr darüber?«

»Oh, ja. Richtig, richtig.« Er nickt und durchsucht den Stapel Akten auf seinem Schreibtisch. »Der Sanitäter, ich erinnere mich. Wir haben im Krankenhaus miteinander gesprochen.«

»Genau.« Ich setze mich auf den Stuhl neben dem Schreibtisch.

Er blättert durch die Akte. »Nun. Soweit ich das hier sehe, ist der Fall abgeschlossen.«

»Abgeschlossen?«

Rhodes nickt und lehnt sich in seinem Schreibtischsessel zurück. »Patrick O'Tierney, der Mann, den Sie tot in der Toilette gefunden haben ... er gehörte zur IRA. Er hatte wohl einen Anschlag auf den Bahnhof vor. Unsere beiden Constables haben ihn dabei erwischt, und es kam zum Schusswechsel.«

»Aber warum hat einer ihrer Constables auf mich und meinen Kollegen geschossen?«

Inspektor Rhodes räuspert sich. Es ist ihm sichtlich unangenehm, darüber zu sprechen. »Die beiden Constables am Tatort ... sie waren Katholiken, müssen Sie wissen.«

Ich warte darauf, dass er weiterspricht, doch anscheinend sollte diese Information mir bereits alles erklären. »Und?«

Rhodes schnauft. »Man munkelt, dass sie beide zur IRA gehört haben. Zu O'Tierney.«

»Aber ich dachte, es kam zwischen O'Tierney und den Constables zum Schusswechsel.«

»Kam es auch. Vermutlich kam es zum Streit, der eskalierte.«

»Vermutlich? Sollten Sie sich nicht sicher sein?«

»IRA-Mitglieder schießen sich gegenseitig über den Haufen. Denken Sie wirklich, das interessiert hier irgendjemanden?«, sagt Rhodes.

»Mich interessiert es ... und die Angehörigen meines verstorbenen Kollegen bestimmt auch.«

Rhodes lässt den Kopf sinken. »Ja, das mit ihrem Kollegen ist bedauerlich ... und dass Sie verletzt wurden, ist natürlich auch schlimm, aber die Bösen sind tot, verstehen Sie?«

»Und wie passt der alte Mann da rein?«

Rhodes tippt mit dem Kugelschreiber immer wieder auf die

Tischplatte. Klack, klack. Klack, klack. »Ja richtig, Ihr alter Mann.«

Er muss sich die Zeichnung ansehen, die ich im Krankenhaus gemacht habe. Die Zeichnung in meiner Brusttasche. Ich zögere. »Sie glauben mir nicht.«

»Hören Sie«, sein beschwichtigender Tonfall macht mich sauer. »Das hier«, er zeigt auf den Aktenstapel auf seinem Tisch, »... sind Fälle, die ich endlich abschließen konnte. Und die da«, seine Hand schweift über drei Stapel am Boden, »... sind Fälle, bei denen mir der Chief im Nacken sitzt.«

Ich weiß nicht, was ich darauf antworten soll. »Sie werden den Alten also nicht suchen?«

Rhodes schlägt den Akt über die Bahnhof-Schießerei zu. »Dafür gibt es keinen Grund.«

Ich bin alles schon etliche Male durchgegangen. Es haben sich einige Lücken geschlossen, anderes würde wohl für immer verloren sein. Einer Sache bin ich mir jedoch sicher: »Der Alte ist dort gewesen. Er hat den Constable, der auf mich geschossen hat, getötet.«

»Unsinn. Das war O'Tierney. Er hatte eine Waffe bei sich, erschoss Constable Henderson und rettete Ihnen damit das Leben«, korrigiert mich Rhodes.

Constable Henderson. Der Mann, der mich fast getötet hat, hieß Henderson. Der Schmerz in meiner Brust lähmt mich. Ich atme tief durch, versuche, nicht daran zu denken.

»O'Tierney hat Constable Henderson nicht erschossen.« Das war der alte Mann. – Die Kugeln! Die Kugeln, die Constable Henderson trafen! Sie kamen aus der Waffe des alten Mannes! »Haben Sie die Kugeln in Hendersons Leiche untersucht? Die kamen nicht aus der Waffe von O'Tierney ... das ... das können Sie doch prüfen, nicht?«

Inspektor Rhodes kratzt sich am Kinn. »Mister Goodwin. Die Kugeln, die Constable Henderson getötet haben, waren Durchschüsse. Die Geschosse trafen auf den Heizkörper. Dadurch sind sie so deformiert, dass sie theoretisch aus jeder Waffe stammen könnten. Wenn Sie also behaupten würden, Billy The Kid wäre bei der Tür hereingekommen und hätte mit seinem Revolver um sich geschossen, könnten wir auch das nicht endgültig widerlegen.«

Es hat keinen Sinn, noch weiter mit Inspektor Rhodes zu streiten. Es regt mich nur auf. Als Rhodes mich aus dem Polizeirevier geleitet, wird das Ziehen in meiner Brust immer stärker. Der Schmerz ist kaum noch auszuhalten.

»Alles in Ordnung, Mister Goodwin? Sie sehen blass aus«, sagt Rhodes.

Mein Mund ist ausgetrocknet. Ich kann nicht antworten, nur nicken. Mir ist mit einem Mal so übel. Ich rette mich in die Toilette am Gang. Kaltes Wasser. So erfrischend. Besser. Das flaue Gefühl in meinem Magen verschwindet, doch das Brennen in meiner Brust will nicht aufhören. Ich nehme eine Schmerztablette aus meiner Brusttasche. Meine Finger sind eiskalt. Ich stütze mich zitternd an der Spüle ab. Jetzt heißt es warten, bis die tanzenden Punkte vor den Augen verschwinden.

4

Mit jedem Tag, den ich zu Hause bin, wird das Herumsitzen unerträglicher. Ich will diesen Fremden finden, rausfinden, was in dieser Nacht am Bahnhof los war. Stattdessen sitze ich zu Hause und starre die Farbe von den Wänden.

Zum vierten Mal gehe ich zum Kühlschrank, obwohl ich eigentlich gar nicht hungrig bin. Ich schaue hinein, finde nichts und mache die Tür wieder zu.

Auf der Anrichte im Flur liegt ein Stapel alter Prospekte und Rechnungen. Ich schaue sie gähnend durch und finde eine Postkarte mit einem Bild vom Grand Canyon. Die Karte ist von Lena. Abgeschickt wurde sie vor zwei Wochen, sie kann also noch nicht lange hier liegen.

Lena schreibt von ihrer Tante und ihrem Onkel, die auf einer Farm in Arizona leben. Sie besucht die beiden gerade und wird dort ein paar Wochen Pause von ihrer stressigen Reise machen.

Vielleicht hören wir uns ja mal? Auf den Rand der Karte hat sie ganz klein eine Adresse und Telefonnummer gekritzelt. Mein Herz schlägt schneller. Endlich eine Gelegenheit, mit ihr zu reden.

Verdammt! Warum hat sie die Nummer denn so klein geschrieben? Ich kann es kaum lesen – ist die letzte Ziffer eine Drei oder eine Acht? Ich probiere beide Möglichkeiten. Mit der Acht bekomme ich kein Freizeichen. Ich wähle nochmal, doch diesmal mit der Drei als letzte Ziffer. Es klingelt. Ich kann es kaum erwarten, Lenas Stimme zu hören. Wie es ihr wohl geht? Ob ihr Belfast fehlt? Was, wenn nicht? Was, wenn es ihr im Ausland so gut gefällt, dass sie gar nicht zurückkommen will? Es klingelt und klingelt. Enttäuscht lege ich auf. Dass ich es später nochmal probieren kann, ist ein schwacher Trost.

Jemand läutet an unserer Haustür. Ich schleiche durch den Flur. Wenn das wieder Misses Maynard ist, bin ich nicht da. Noch eine Unterhaltung über Nahtoderfahrungen muss wirklich nicht sein.

Ich spähe durch unseren Türspion. Es ist nicht Misses Maynard, es sind Mutter und Vater.

Ich mache ihnen auf. »Was macht ihr denn hier?«

»Na, das ist ja eine freundliche Begrüßung«, sagt Vater. Er trägt diese schreckliche graue Jogginghose, von der er mindestens noch fünf Stück besitzt. Auf seinem Sweatshirt ist der Schriftzug *PGA Tour 1985* eingestickt – ich glaube, das war auch das letzte Jahr, in dem er das Golfturnier gewonnen hat.

»Willst du uns nicht reinbitten?«, fragt Mutter. Sie trägt ihr typisches Business Outfit. Rock, Stiefel, Pulli – alles in Schwarz. Lediglich der weiße Kragen ihrer Bluse sticht hervor.

»Bitte, kommt rein.« Ich trete zur Seite.

Mutter sieht sich um. Ich weiß, was sie sagen will, bevor sie es tut. »Ganz schön dreckig hier ... ich schicke dir gleich morgen unsere Haushälterin vorbei.«

»Ich will keine Haushälterin.«

Vater wirft einen Blick ins Wohnzimmer, in dem Doks Zeug verstreut herumliegt. »Ein bisschen Haushaltshilfe würde euch echt nicht schaden.«

»Gehen wir doch in die Küche«, sage ich.

Die beiden folgen mir und setzten sich an den Küchentisch.

»Ich fürchte, ich kann euch nicht viel anbieten. Wollt ihr einen Tee?«

»Ja bitte«, sagt Mutter. Sie ist unschlüssig, wo sie ihre Arme hintun soll. Der Sessel hat keine Armlehnen, wie sie es von zu Hause gewohnt ist.

Während ich den Tee zubereite, herrscht Schweigen.

»Und? Golfst du wieder?«, frage ich Vater.

»Hin und wieder, nichts Großes«, sagt er.

»Wir sind nicht hier, um Höflichkeiten auszutauschen«, sagt Mutter.

»Warum seid ihr dann hier?«

»Wir möchten über deinen Einstieg sprechen«, sagt Mutter.

»Meinen Einstieg?«

»In die Firma ... ich dachte an den Januar als Eintrittsdatum, dann hast du noch ein paar Wochen, dich von allem zu erholen.«

»Ich steig nicht in die Firma ein.«

Mutter zupft am Kragen ihrer Bluse – das tut sie immer, wenn sie eine Antwort bekommt, mit der sie nicht gerechnet hat. »Verstehe, du willst also immer noch die Welt retten, hm?«, sagt sie.

»Können wir bitte das Thema wechseln?«

»Warum? Ich will es doch nur verstehen. Was ist denn so attraktiv an deinem Job? Die Aufstiegschancen? Die Bezahlung? Die Lebensgefahr?«, fragt Mutter.

»Es geht nicht immer nur um Geld und Macht.« – Ein Satz, den sie nicht verstehen dürfte.

Der Teekessel pfeift. Ich serviere Mutter und Vater zwei dampfende Tassen Schwarztee und setze mich zu ihnen.

»Sind sie denn wenigstens dankbar, deine Patienten?«

»Mutter, bitte.«

»Was? Wenn es nicht um Geld und Macht geht, wie du sagst ... dann sollte doch wenigstens ein wenig Anerkennung drin sein. Ich meine, da willst du diesen Polizisten am Bahnhof helfen, und dann schießt einer von denen auf dich ... eine merkwürdige Art, Danke zu sagen, findest du nicht?«

In meiner Vorstellung steht Constable Henderson wieder vor mir und drückt ab. Das Brennen in meiner Brust kommt zurück und wird mit jedem Atemzug stärker.

»Darf ich dir einen Rat geben?«, sagt Mutter.

»Bitte nicht.«

»Menschen sind undankbare Monster. Sie haben es nicht verdient, gerettet zu werden. Wenn dich einer um Hilfe bittet, sagst du Nein. Wenn du bei jemanden ein mulmiges Gefühl hast, vertraue auf dein Gefühl ... schlag deinem Gegenüber ein Schnippchen, bevor er es tun kann ... wichtig ist nur, dass du am Ende gut aussteigst, verstehst du?«

»Nein, tu ich nicht. Ich hab dich nie verstanden. Und das will ich auch gar nicht. Ich will nicht so denken wie du.«

Vater schlägt mit der Faust auf den Tisch. Ich zucke erschrocken zusammen. »Herrgott, du wärst fast gestorben. Jetzt komm doch zur Vernunft!« So aufbrausend kenne ich ihn gar nicht.

»Genau, ich bin fast gestorben ... durch eine Schusswaffe! Und ihr wollt, dass ich bei euch einsteige? In der wohl größten Firma der Waffenindustrie unseres Landes?« Merken sie denn nicht, wie verrückt das klingt?

Das ist zu viel für Vater. Er steht auf und verlässt den Raum.

Mutter seufzt. »Du bist anstrengend stur.« Sie kramt in ihrer Handtasche und zieht eine Pistole hervor, fuchtelt damit herum.

»Mutter, bitte, leg die weg.« Als sie nicht auf mich hört, nehme ich sie ihr ab.

»Die liegt echt gut in der Hand, was? Ein Prototyp ... unsere Ingenieure haben sich selbst übertroffen«, sagt Mutter.

Ich sehe mir die Waffe genauer an. Keine Seriennummer.

»Schenk ich dir«, sagt sie.

»Die ist nicht registriert.«

»Natürlich nicht. Das ist doch der Sinn der Sache«, sagt Mutter.

Wieso bin ich nicht überrascht? »Nein, danke.« Ich will ihr die Waffe zurückgeben, doch Mutter winkt ab.

»Hör zu.« Mutter sieht mich eindringlich an. »Solche Dinge

wie diese Schießerei passieren in dieser Stadt … leider. Nicht darauf vorbereitet zu sein, ist ein Fehler. Das eine Mal hattest du Glück, aber das nächste Mal … das nächste Mal schießt du zurück.«

Was soll ich darauf sagen?

Mutter trinkt in aller Ruhe ihren Tee. Das habe ich immer an ihr bewundert – diese Ruhe, die sie in jede Situation bringt, egal wie aufgewühlt sie innerlich auch sein mag.

»Tja, ich sollte dann wohl mal deinen Vater einsammeln und wieder los«, sagt sie.

Die Waffe liegt auf dem Tisch zwischen uns. Ich muss an das Gespräch mit Inspektor Rhodes denken. Er hat behauptet, dass die Kugeln, die Constable Henderson getroffen haben, nicht eindeutig zugeordnet werden können. Doch stimmt das wirklich?

»Ich habe eine Frage«, sage ich zu Mutter.

»Bitte.«

»Es ist eine Frage zu der Schießerei am Bahnhof«, beginne ich vorsichtig. Ich habe es schon geschafft, dass Vater den Raum verlässt, ich will nicht auch noch Mutter auf diese Weise vertreiben.

»Was ist denn deine Frage?« Mutters Stimme ist sanft, aber keinesfalls weinerlich oder ängstlich. Sie hält die Frage bestimmt aus, die ich ihr gleich stellen werde.

»Naja, es ist so … also, wenn eine Kugel durch einen Körper durchgeht und dann … dann auf einen Heizkörper prallt … kann man dann noch sagen, aus welcher Waffe die Kugel stammt?«

»Wenn die Kugel auf Metall trifft, wird nicht viel für die Ballistik zu entdecken sein. Weißt du, wie man feststellt, aus welcher Waffe eine Kugel kommt?«

»Nicht genau«, antworte ich.

Mutter nimmt Stift und Papier aus ihrer Handtasche. Sie skizziert eine Pistolenkugel. »Wenn das Geschoss durch den Lauf schießt, entstehen Schartenlinien, also Rillen, auf dem Geschoss.« Sie zeichnet schräge Striche über die Kugel. »Diese

Schartenlinien sind einzigartig und passen nur zu einem ganz bestimmten Lauf.«

»Das heißt, ich brauche auch die Waffe, aus der geschossen wurde, um einen Vergleich zu haben.«

»Genau. Die Polizei findet die Waffe und das Geschoss am Tatort. Die Ballistik gibt Testschüsse aus der Waffe ab und vergleicht die Schartenlinien auf den Geschossen miteinander.«

»Kann die Ballistik auch etwas über den Typ der Waffe sagen, die abgefeuert wurde?«

»Naja, man kann sich das Geschoss beziehungsweise die Hülse anschauen. Von der Größe der Kugel kann man auf gewisse Waffentypen schließen beziehungsweise andere fix ausschließen«, sagt Mutter.

»Wie beim Auto ... da passen auch nur gewisse Reifendimensionen zu gewissen Autos.«

Mutter lächelt. »Ja, so könnte man es vergleichen. Aber wenn die Kugel auf Metall prallt, wird sie komplett zusammengedrückt ...«

»... und dann sieht man die Rillen nicht mehr«, beende ich ihren Satz.

»So ist es«, sagt Mutter.

»Darf ich dich noch etwas fragen?«

»Klar.«

Ich kritzle die Umrisse der Herrentoilette vom Bahnhof auf das Papier. »So sah es dort aus, dort wo ich angeschossen wurde.«

Mutter beugt sich über den Tisch, um die Zeichnung besser zu sehen.

»Ein Verwundeter lag hier.« Ich zeichne neben der Tür ein X. »Und dann kam der Kerl herein, der auf mich geschossen hat.« Das Y platziere ich neben dem Waschbecken. »Und dann kam dieser zweite Schütze herein, den mir niemand glauben will.« Ein Z markiert die Stelle in der Tür, wo mein Retter stand. »Die Polizei meint, es gab diesen Z nicht. Sie glauben, dass der Verwundete X auf den Schützen Y geschossen hat. Aber das kann doch nicht sein, oder?«

Mutter studiert die Zeichnung.

Sie nimmt mir den Stift ab und zeichnet eine trichterförmige Fläche vor den Verwundeten X und meinen Retter Z.

»Das sind die Bereiche, in die dieser Verwundete und dein zweiter Schütze hätten schießen können«, sagt Mutter.

Die Flächen überschneiden sich größtenteils.

»Also wäre es möglich, dass der Verwundete geschossen hat? Dass ich mir den zweiten Schützen eingebildet habe?«

»Wäre möglich.«

Das will ich nicht hören. Aber der Verwundete hat gesessen, ändert das etwas?

»Ich bin kein Arzt, aber ob die Kugel von unten oder waagrecht eingetreten ist, müsste der Rechtsmediziner feststellen können.«

»Also könnte ein zweiter Schütze dort gewesen sein?«

Mutter spielt mit dem Kugelschreiber zwischen ihren Fingern. »Oder der Verwundete hat sich zum Schießen aufgerappelt.«

5

Unsere Loge trifft sich an jedem vierten Freitag im Monat. Es ist kurz vor acht Uhr abends, als Dok und ich unsere Wohnstraße entlangspazieren.

Obwohl es von zu Hause nur wenige Gehminuten zu unserer Orange Hall sind, bin ich auf halbem Wege steifgefroren. Der eisige Wind fädelt sich unter meine Ärmel und kitzelt meine Haut.

Dok hat die Hände tief in seine Taschen vergraben. Sein steifer Gang sieht lustig aus, als wäre er ein Roboter.

Wir werden beide schneller, als die Orange Hall in der Ferne zu sehen ist.

Die britische Fahne ziert die Front und das Dach des Backsteingebäudes. Bruder Reed steht am Eingang und raucht. Um den Hals trägt er die orange Schärpe, für die wir in dieser Stadt so bekannt sind. Sie ist rautenförmig und geht auf der Höhe unseres Bauchs und am Rücken spitz zusammen. Die Schärpe hat einen lila Aufnäher, auf dem in gelben Lettern die Nummer unserer Loge steht.

»Bruder Goodwin! Tut es gut, dich zu sehen«, sagt Reed.

Ich begrüße ihn mit unserem geheimen Händedruck, und er lässt mich hinein.

Als Dok auch an Bruder Reed vorbei will, stellt dieser sich Dok in den Weg. »Passwort.«

»Ach, komm schon«, sagt Dok.

»Passwort.«

»Golgota …«

Und sie trugen ihn an die Stätte Golgota, das ist übersetzt Ort des Schädels, schrieb Markus in seinem Evangelium. Er meinte, jenen Hügel, auf dem Jesus gekreuzigt worden war. – Wir hatten auch schon Passwörter, die nicht so düster waren.

Bruder Reed tritt zur Seite und lässt auch Dok passieren. Wir sind offenbar die Letzten, denn Reed drückt seine Zigarette aus und folgt uns.

In der Eingangshalle hängt ein großes Gemälde, das die Schlacht am Fluss Boyne im Jahre 1690 zeigt. Aus dieser Schlacht ging William III., Prinz von Oranien, siegreich hervor. Mit hocherhobenem Schwert sitzt er auf seinem Pferd und führt seine Männer in die Schlacht. Sein Feind, der katholische König James II., hatte keine Chance – er verlor den Thron von England, Schottland und Wales.

Aus der Garderobe holen Dok und ich unsere Schärpen und hängen sie um. Über die alte Holztreppe gelangen wir hoch in den ersten Stock und in den Versammlungssaal. Saal ist vielleicht zu viel gesagt, es sieht eher aus wie ein Klassenzimmer.

Großmeister Green umarmt mich, als Dok und ich in den Versammlungssaal treten. Er ist der Erste von vielen, die mich herzlich begrüßen.

»Willkommen zurück.«

»Tut gut, dich zu sehen.«

»Freut mich, dass du da bist.«

Es ist mir unangenehm – die Aufmerksamkeit und die Blicke. Ich will nicht im Mittelpunkt stehen, schon gar nicht dafür, was mir passiert ist. Ich fühle mich wie ein Opfer, und so will ich mich nicht fühlen.

Pünktlich um acht Uhr ruft Großmeister Greene zum Eröffnungsgebet auf. Ich stelle mich in den Kreis meiner Brüder, nehme Dok und Bruder Reed an den Händen.

Im Gebet zitiert Bruder Greene den Verrat Judas und fordert uns auf, für die Seelen, die Verrat begangen haben, zu beten.

Bruder Reed tritt neben mir von einem Bein auf das andere, seine Hand ist verschwitzt. Was ist denn nur los mit ihm?

Nach dem Gebet fordert Bruder Greene uns auf, Platz zu nehmen. Wir setzen uns auf die Holzbänke, die längs der Wand entlang verlaufen.

Bruder Greene verkündet, dass wir heute mit einer Initiation beginnen. Einer unserer Brüder aus dem Jugendorden ist achtzehn geworden und darf nun zu uns in den Erwachsenenorden wechseln.

Zu der Initiation gehört auch ein Monolog unseres Großmeisters. Er erzählt unserem jüngsten Mitglied von der Entstehung der Oraniergemeinschaft im Jahre 1688 und von König William III., Prinz von Oranien. »Wir versammeln uns zu seinen Ehren und erinnern jedes Jahr im Juli an die Schlacht am Fluss Boyne«, fährt Großmeister Greene fort. Er erklärt, dass wir uns dem Schutz des protestantischen Glaubens verschrieben haben und dass wir in Logen organisiert sind. Das Distrikt, in dem du wohnst, entscheidet darüber, zu welcher Loge du gehörst.

Nach dieser Einführung kommen noch einige allgemeine Belehrungen. Erbitte die Erlaubnis, sprechen zu dürfen, bevor du sprichst. Hilf und unterstütze deine Ordensbrüder mehr als Bekannte und Freunde außerhalb des Ordens. Und vergiss nicht, den jährlichen Mitgliedsbeitrag zu entrichten.

Endlich darf sich unser jüngster Bruder setzen.

»Richtig unspektakulär«, murmelt Dok. »Wir könnten uns echt mal was Spannenderes einfallen lassen für unsere Neulinge.«

Ich weiß, worauf er anspielt. Vor hundert Jahren liefen Initiationsrituale noch anders ab. Neulingen wurden waghalsige Aufgaben gestellt, bei denen sie sich verletzen konnten. Es soll sogar

Tote gegeben haben. »Also ich bin froh, dass es die rauen Sitten von früher nicht mehr gibt.«

»Raue Sitten, pah. Spaßbremse«, gibt Dok im Flüsterton zurück.

Großmeister Greene eröffnet unsere Diskussionsrunde und spricht den Verrat von Bruder Reed an. Dieser habe einer katholischen Zeremonie beigewohnt. Meine Brüder schnauben vorwurfsvoll und beginnen zu tuscheln.

»Es war eine Taufe ... eine Taufe von einem unschuldigen Kind!«, verteidigt sich Bruder Reed.

»Unschuldig? Es wird mit dem katholischen Glauben groß, was soll daran unschuldig sein?«, erwidert ein Bruder neben mir.

»Ich verstehe ja, dass ihr aufgebracht seid ...«, beginnt Reed.

»Ein Oranier besucht keine katholischen Zeremonien«, sagt Großmeister Green streng.

»Die Nichte meiner Frau wurde getauft, was hätte ich denn tun sollen?«, sagt Reed.

»Deiner Frau? Sagt bloß, du bist mit einer Katholikin verheiratet!«, ruft ein Bruder von gegenüber.

»Natürlich nicht«, sagt Reed. »Aber ihre Schwester ... sie ... sie ist mit einem Katholiken zusammen.«

Erneutes Getuschel.

»Du hast einen Katholiken in deiner Familie? Wie kannst du das zulassen?!«, sagt der Bruder neben mir.

Reed tut mir leid. Er ist ein guter Mann ... und ein guter Zahnarzt. Wirklich schade.

»Bruder Reed, ich schließe dich mit sofortiger Wirkung aus dem Orden aus«, sagt Großmeister Greene.

»Aber ... aber ...«, stammelt Reed.

Das Klirren von Glas lässt mich hochschrecken. Ein Stein so groß wie ein Rugbyball landet auf dem Boden unseres Versammlungssaals. Das Fenster, durch das der Stein geflogen kam, hat ein riesiges Loch.

»Oranier, Oranier hört ihr, was ich sage ... ihr seid eine Plage«, grölen Männerstimmen draußen in der Dunkelheit.

»Diese verfluchten ...« Dok springt auf und stürmt zur Tür.

»Dok, bleib hier«, ruf ich ihm nach.

Doch er ist bereits im Treppenhaus verschwunden.

Eine Stunde später sitzen wir mit unseren Brüdern bei einem Bier in der Ulster Bar. Dok hält sich einen Eisbeutel auf sein geschwollenes Auge und erzählt davon, wie er gemeinsam mit Bruder Young und Bruder Ryder die Randalen eingeholt und vermöbelt hat.

Es ist das erste Mal, dass ich mit Bruder Young und Bruder Ryder außerhalb des Ordens zu tun habe. Zu den beiden hat mir immer ein bisschen der Draht gefehlt.

»Was dir passiert ist, ist echt eine Schweinerei«, sagt Bruder Young.

Ich bin mit dem plötzlichen Themenwechsel überfordert.

»Ja, was fällt denen denn ein? Einfach auf einen Sanitäter zu schießen«, sagt Bruder Ryder.

»Weißt du, wer dahintersteckt? Kennst du Namen?«, sagt Bruder Young.

»Ich ... ich ... ja.«

»Weißt du, wenn du unsere Hilfe brauchst, wir sind für dich da«, sagt Young.

»Danke, das ist nett, aber ...«

»Bruder Young hat recht. Egal, was du jetzt vorhast, wir stehen hinter dir, das solltest du wissen«, sagt Ryder.

Egal, was ich vorhabe? Irgendwie gefällt mir nicht, was sie da andeuten. »Ich werde gar nichts tun.«

»Aber du hast doch gesagt, dass du Namen hast ... weißt, wer dahintersteckt. Diese Chance kannst du doch nicht verstreichen lassen«, sagt Young.

»Ich kenne die Namen, das stimmt, aber es sind alle tot. Es ist niemand mehr übrig, an dem ich mich rächen könnte.«

Die beiden blinzeln mich ungläubig an. Sie scheinen nicht zu wissen, was sie sagen sollen. Offenbar ist Rache üben das Einzige, wobei sie mich unterstützen können. Jetzt, wo es diese Möglichkeit nicht mehr gibt, sind sie ratlos.

Ich wende mich ab und höre mir Doks Anekdote von der Arbeit an. Worum es geht, weiß ich nicht. Er sitzt mir gegenüber und ist nur schwer zu verstehen.

Alle um ihn herum lachen. Ich stimme ein, vielleicht ein bisschen zu laut.

»Alles klar, Mann?», fragt Dok. «Vielleicht solltest du dein Bier langsamer trinken.«

Ich winke ab und stoße dabei fast meinen Krug um. »Mir gehts gut.« Ich leere mein Glas und grinsc ihn an.

Diesmal spricht Dok so laut, dass ich ihn hören kann. »Egal, was du in deinem Bier hast, das will ich auch!«

Meine Hand fühlt sich so leicht an, als ich sie hebe und auf ihn zeige. »Besorg ich dir.«

Ich spüre die Blicke meiner Brüder und bemühe mich, möglichst gerade zur Bar zu gehen. Ich dränge mich zwischen zwei fette Kerle am Tresen, hinter dem die Kellnerin ein Bier nach dem anderen zapft. »Mein Kumpel will ein Bier mit demselben Zeug drin, wie ich habe«, rufe ich ihr zu.

Sie sieht mich irritiert an. »Da ist einfach nur Bier drin.«

»Dann nehm ich das! ... Bier ... mit Bier drin. Zweimal.« Ich mag es gar nicht, wie sie mich ansieht. Als wäre ich verrückt. Dok drängt sich neben mich.

»Hey! Hör auf zu schupsen«, beschwert sich der Fette links von mir.

»Wisst ihr überhaupt, mit wem ihr da redet?«, sagt Dok. »Dieser Kerl hier ist ein Held.«

Ich verdrehe die Augen. Nicht schon wieder.

»Ja, genau«, lacht der Fette rechts von uns.

»Er hat am Bahnhof versucht, zwei Polizisten zu retten, und wäre dabei fast selbst draufgegangen. Seinen Kollegen hat es bei der Aktion erwischt. Stand ganz groß in der Zeitung«, erzählt Dok weiter.

»Geile Scheiße«, rülpst der eine.

Der andere zieht zwei Barhocker heran. »Setzt euch, Jungs«, sagt er.

Die Kellnerin stellt die Krüge vor mir ab.

»Die gehen auf mich«, sagt der Fette und streckt mir die Hand hin. »Ich bin Phil. Und das ist mein Kumpel Moe.«

Moe nickt uns zu.

»Ryan und Dok«, stelle ich uns vor.

»Sag mal, wie bist du denn aus dem Schlamassel am Bahnhof wieder rausgekommen?«, fragt Moe.

»Gar nicht, hat mich voll erwischt. Peng«, ich knalle den Bierkrug lautstark auf den Tresen. »Einfach umgeschossen. Dachte, ich geh drauf.«

Ich starre in den Spiegel, der an der Wand hinter dem Tresen angebracht ist. »Aber ...«, ich sehe mich selbst, wie ich den Zeigefinger hebe, »ich wurde gerettet.«

»Von deinem toten Kollegen?«, fragt Phil.

»Ne, von `nem Fremden.« Ich fummle die Zeichnung aus meiner Brusttasche und streiche sie am klebrigen Tisch glatt. Das Gesicht meines fremden Helden starrt uns an.

»Geile Scheiße.« Moe rülpst.

Phil hebt seinen Krug. »Auf dich Ryan! ... Und deinen fremden Retter«.

Unsere Krüge klirren aneinander und gemeinsam grölen wir: »Geile Scheiße!!!«

Als ich am nächsten Tag gegen Mittag in die Ulster Bar zurückkehre, ist sie noch vom Vorabend gezeichnet.

Die Kellnerin von gestern schrubbt gelangweilt den Tresen. Sie grinst, als sie mich sieht. »Hey, Ryan.«

»Hi.«

»Na, wie gehts?« Ihr flirtender Unterton ist mir unangenehm.

»Ich … ich suche nach etwas, das ich gestern wohl hier vergessen habe.«

»Die Zeichnung meinst du?«

Ich bin erleichtert, dass sie tatsächlich hier liegen geblieben ist. Ich hätte nicht gewusst, wo ich sonst noch suchen soll. »Kannst du sie mir zurückgeben? Es ist die Einzige, die ich habe.«

»Klar.« Sie deutet mir, ich solle ihr folgen.

Meine Zeichnung hängt am Schwarzen Brett, zwischen Anzeigen für Sprachkurse und private Thaimassagen.

Auf einem Notizzettel über der Zeichnung steht in geschwungener Handschrift: *Wer hat diesen Mann gesehen? Hinweise bitte an Rachel.*

»Dachte mir, das könnte helfen, ihn zu finden«, sagt sie.

Das ist genial.

»Du kannst die Zeichnung aber gerne wiederhaben«, meint Rachel.

»Nein, lass sie hier hängen … dürfte ich bei dir vielleicht ein paar Kopien machen? Dann kann ich die Zeichnung auch noch woanders aufhängen.«

»Klar.«

Ich kritzle meine Telefonnummer und eine Bitte um Hinweise auf die Zeichnung und folge Rachel zum Kopierer. Mit einem Stapel Kopien verlasse ich die Ulster Bar.

Als meine Schwester Miranda und ich Kinder waren, lief unser Hund Elmo weg. Wir suchten verzweifelt nach ihm. Vater half uns damals, Flugblätter aufzuhängen. Wir verteilten auch

Flugblätter auf der Hundewiese. Vater meinte, dass wir dort die größten Chancen hätten: am Ort des Geschehens.

Der Bahnhof. Ich muss dorthin, auch wenn es mir mit jeder Faser meines Körpers widerstrebt. Ich stehe eine Ewigkeit auf der anderen Straßenseite. Leute mit Rucksäcken und Trolleys drängen sich hektisch durch die Türen am Eingang. – Rein und raus. Mein Herz hämmert in meiner Brust. Ich atme tief durch und schließe kurz meine Augen. Es ist nur ein Bahnhof.

In der Eingangshalle ist es laut und überfüllt um diese Zeit. Nicht so einsam und verlassen wie in jener Nacht. Trotzdem möchte ich keinen Moment länger hier sein als unbedingt nötig.

Ich bringe ein Flugblatt an der Pinnwand neben dem Informationsschalter an.

Jemand räuspert sich. Eine Frau mit dunkler Mähne streckt ihren Kopf durch das Schalterfenster. »Was machen Sie denn da?«

»Ich ... ähm ... ich hänge nur schnell etwas auf.«

Sie schüttelt den Kopf. »Wenn Sie es nicht von mir abstempeln lassen, wird das wieder abgenommen.«

Ich reiche ihr die Flugblätter.

Sie betrachtet die Zeichnung meines Retters skeptisch. »Worum gehts da?«

»Er wird vermisst«, sage ich.

»Da muss ich mal telefonieren.«

Das Telefonat dauert ewig. Mit jeder Minute, die ich hier stehe, fühle ich mich unwohler.

»Wissen Sie was? Vergessen Sie's. Ich ... ich geh einfach wieder.« Ich greife nach den Kopien.

Sie schlägt mir auf die Hand. »Jetzt drängen Sie mal nicht so.« Sie legt auf und stempelt ein Blatt nach dem anderen ab.

Währenddessen habe ich viel zu viel Zeit, mich umzusehen, nachzudenken. Ich bin in der Eingangshalle. Hier ist der Partner von Constable Henderson gestorben. Die Panik legt sich wie ein dickes Seil um meinen Brustkorb und schnürt mir die Luft ab.

»Sie sind ja ganz blass.« Die Frau sieht mich besorgt an. »Nicht, dass Sie mir hier ohnmächtig werden.«

Sie reicht mir ein Glas Wasser.

Die Erfrischung tut gut.

»Hank!«, brüllt sie. »Hank.« Ihre Stimme ist so krächzend, dass es in den Ohren wehtut.

Ein Stationsmitarbeiter in Uniform kommt im Laufschritt zum Schalter.

»Ach, sei doch so lieb und häng die hier an unseren Infowänden auf«, sagt sie.

Hank stapft mit den Kopien davon.

Ich bin Hank unendlich dankbar. Nichts wie raus hier.

Draußen lässt der Druck auf meiner Brust sofort nach. Ich komme mir einfältig vor. Den Rest meines Lebens Angst vor diesem Bahnhof haben? Nein, auf keinen Fall! Ich will mich von dieser einen Nacht nicht bestimmen lassen. Ich *werde* mich von dieser einen Nacht nicht bestimmen lassen.

Das zweite Mal ist es leichter, in die Bahnhofshalle zu treten. Doch das genügt nicht. Ich muss dem ins Auge sehen, wovor ich wirklich Angst habe. Ich muss zum Tatort zurück.

Die Menschen, die mir entgegengehen, verschwinden in meiner Vorstellung – einer nach dem anderen. Ich steuere mit schnellen Schritten auf die Toilette zu. Ich gehe hinein. Da liegt O'Tierney. Constable Henderson kommt mit gezogener Waffe herein.

»Achtung!«, brülle ich.

Der Mann, der aus der Toilettenkabine kommt, zuckt zusammen. »Finden Sie das etwa lustig?«

6

Jedes Mal, wenn das Telefon klingelt, springe ich auf, voller Hoffnung, endlich einen Hinweis zu meinem Unbekannten zu bekommen. Doch bisher leider kein Glück.

Diesmal ist Dok am Telefon. Er will ins Kino, sich *Die drei Musketiere* ansehen.

»Kommst du mit?«, fragt er.

»Nein, danke.« Ich kann meine Enttäuschung, dass er dran ist, nicht verbergen.

»Jetzt stell dich nicht so an, komm mit«, sagt Dok.

»Ich will aber nicht.«

»Du bist so eine Zicke.«

»Und du eine Nervensäge.«

Dok schnauft in den Hörer. »Na gut. Dann eben nicht, aber du verpasst echt was. Der Film ist topbesetzt ... Kiefer Sutherland, Charlie Sheen ... Charlie Sheen, Mann. – Topper Harley als Aramis, das muss man einfach gesehen haben.«

»Vielleicht ein andermal.«

»Schlaftablette.«

»Ich leg jetzt auf, Dok.«

Ich ziehe mich nach oben in mein Zimmer zurück. Kaum

liege ich mit dem Buch *Die drei Musketiere* von Alexandre Dumas im Bett, klingelt das Telefon schon wieder.

Das darf doch nicht wahr sein. Es klingelt und klingelt.

Ich gehe nach unten und hebe ab. »Dok, ich habe dir gesagt, ich will nicht ins Kino.«

»Haben Sie die Zeichnungen am Bahnhof aufgehängt?« Die Stimme ist rau, der Tonfall fordernd.

Mein Herz schlägt schneller. »Wer will das wissen?«

Stille.

»Ich würde mich gerne mit Ihnen treffen.« Der Anrufer klingt mit einem Mal ruhiger, sanfter.

»Wer sind Sie?«

»Morgen halb fünf am Bahnhof, wir treffen uns im Café.«

»Nein, ich will wissen, wer da ist.«

Ich weiß, dass er noch dran ist. Er macht mit jedem Atemzug ein rasselndes Geräusch, hört sich nicht gesund an.

»Hat sich noch jemand gemeldet?«, fragt er.

»Nein.«

»Woher kennen Sie diesen Mann? Warum suchen Sie ihn?«, fragt er.

Am liebsten würde ich auflegen, doch ich will nicht schwach wirken. »Warum interessiert Sie das?«

»Hör zu, Mann. Verscheißer mich nicht, verstanden?«

»Jetzt hören Sie mir zu.« Meine Stimme zittert. Ich atme tief durch. »Sie haben bei mir angerufen. Sie wollen etwas von mir. Wenn Sie reden wollen, bitte. Aber nicht so!« Ich muss mich umsehen, um sicherzugehen, dass er nicht plötzlich hinter mir steht. »Wissen Sie was, selbst wenn dieser Mann jetzt gerade neben mir stehen würde, würde ich es Ihnen nicht sagen.« Ich knalle den Hörer auf die Gabel.

In dieser Nacht habe ich einen seltsamen Traum. Ich bin wieder im Krankenhaus. Maschinen um mich herum piepsen. Schritte, die immer lauter werden. Ich sehe alles verschwommen. Ein Mann steht an meinem Bett. Er fragt mich etwas. Seine Stimme gleicht jener des Anrufers. Dieses raschelnde Geräusch bei jedem Atemzug. Er beugt sich über mich. Sein Aftershave ist scharf, kitzelt in der Nase. Der Schmerz in meiner Brust macht es mir unmöglich, klar zu denken. Wer sind Sie, will ich fragen. Doch ich gleite ab, in einen tiefen Schlaf.

Der Mann am Telefon war bei mir im Krankenhaus!

Ich taste im Dunkeln nach dem Lichtschalter. Die Skizze seines Gesichts ist in wenigen Minuten fertig, doch wichtige Details fehlen. Welche Form hatte seine Nase? Welche Farbe seine Augen?

Verdammt! Ich starre die Zeichnung an, in der Hoffnung, dass die Erinnerung zurückkommt. – Vergebens.

Ein Knall lässt mich hochschrecken. Dielen knarren. Die Geräusche kommen von unten.

Vorsichtig öffne ich meine Zimmertür. Nur einen Spalt. Ein schwacher Lichtschein dringt aus dem unteren Stock nach oben und erhellt den Treppenaufgang.

Die knarrenden Geräusche haben aufgehört. Ich schleiche mich hinüber in Doks Zimmer. Er schläft tief und fest. »Dok ... Dok, wach auf.«

»Lass mich zufrieden«, grummelt er verschlafen.

»Dok, da ist jemand im Haus! Jetzt komm schon«, flüstere ich.

Er verkriecht sich noch tiefer in seine Decke. »Geh schon mal vor, ich komm gleich.«

Ich zieh ihm die Decke weg.

»Hey!«, brüllt er.

»Shhht.«

Er rollt mit den Augen und steht auf.

»Hallo!?« Dok schaltet das Licht im Flur an und stapft lautstark die Treppe hinunter. Klasse, jetzt weiß der Killer, wo wir sind.

»Hallo? Ist da jemand?«, ruft Dok erneut.

»Nur ich«, sagt eine bekannte Stimme. Ich traue meinen

Augen nicht. Lena steht mit einem Überseekoffer in unserem Wohnzimmer. Sie drückt mich so fest an sich, dass mir die Luft wegbleibt. Sie legt ihr Kinn auf meine Schulter. »Es tut so gut, dich zu sehen.«

Es tut gut, sie im Arm zu halten. Sie duftet nach Lavendel und Honig. Ich schließe die Augen und hoffe, dass sie mein wild pochendes Herz nicht spüren kann.

Sie löst die Umarmung und sieht mich besorgt an. »Alles klar bei dir? Ich dachte, ich krieg einen Herzinfarkt, als ich davon erfahren habe.«

Ich bin verwirrt. »Wovon erfahren?«

»Von der Schießerei, in die du verwickelt warst.«

»Woher weißt du davon?«

Lena sieht Dok an. »Ich hab deine Nachricht bekommen.«

»Also ist sie doch angekommen, war mir nicht sicher. Du warst ja echt schwer zu erreichen«, meint Dok.

Lena lässt sich auf die Couch fallen. Sie sieht erschöpft aus. »Ich war mit meinem Onkel und meiner Tante auf einem Roadtrip, und als wir wiederkommen, ist dieser Brief von Dok im Postkasten. Ich dachte, mich trifft der Schlag.«

Sie sieht mich an. »Ich hab den ersten Flug genommen, den ich kriegen konnte.«

»Naja, jetzt bist du ja hier«, meint Dok.

Sie ist hier. Sie ist meinetwegen hier. Mein Herz macht vor Freude einen Salto.

Lena will fürs Erste bei uns auf dem Sofa schlafen, bis sie eine Bleibe gefunden hat. Ich biete ihr mein Bett an, das Sofa würde mir zum Schlafen reichen.

»Auf keinen Fall«, sagt Lena. »Du hast ja keine Ahnung, wo ich die letzten neun Monate überall schlafen musste, da wird euer Sofa wie ein Himmelbett für mich sein.«

Lena zu widersprechen, hat noch nie viel gebracht, also lasse ich es sein.

»Sag mal, wie bist du denn eigentlich reingekommen?«, fragt Dok.

»Die Hintertür war offen«, sagt Lena.

»Das kann nicht sein, ich hab abgeschlossen.«

»Bist du sicher, du bist ganz schön zerstreut in letzter Zeit«, meint Dok.

»Ich bin mir sicher.« Ich bin selbst nicht so überzeugt, wie ich es gerne wäre.

Dok gähnt. »Na dann. Gute Nacht.« Er verschwindet nach oben und lässt mich mit Lena allein.

»Ok … dann, schlaf gut«, sage ich nach kurzem Schweigen.

»Gute Nacht.« Lena presst ihre Lippen zusammen. Sie hat so schöne Lippen. Voll und rot. Wie ihre Wangen. Ich beuge mich vor. Ein Kuss auf die Wange, mehr geht nicht. – Mehr lässt der Ring an ihrem Finger nicht zu.

7

Viele Mitglieder paramilitärischer Gruppen, wie der katholischen IRA oder der protestantischen UDA, landen früher oder später im Maze Gefängnis. Hinter diesen Mauern verbüßte auch Bobby Sands seine Strafe und begann 1981 seinen berühmten Hungerstreik. Er forderte für Insassen, die der IRA oder INLA angehörten, den Kriegsgefangenen-Status. Dieser beinhaltete einige Sonderrechte, wie das Tragen der eigenen Kleidung. Sonderrechte, die es einst gab und gestrichen wurden. Einige Gefangene schlossen sich Sands Protesten an. Nach 66 Tagen im Hungerstreik starb Sands.

Ich fühle mich unwohl, als ich das Gefängnis über den Besuchereingang betrete. Der uniformierte Wachmann macht mich nervös. Von dem Moment, als Lena und ich hereinkommen, lässt er uns nicht mehr aus den Augen.

»Vielleicht solltest du doch allein gehen. Er wird sicher lieber mit dir reden.«

»Sei nicht albern«, sagt Lena. »Du wärst fast draufgegangen, natürlich will er dich sehen.«

Der Wachmann, der am Schreibtisch hinter einer Panzerglasscheibe sitzt, fragt uns nach unseren Ausweisen und der Besuchererlaubnis.

Lena schiebt ihm die Dokumente unter dem Schlitz durch.

»Besuch für Mark Bathurst«, brummt der Wachmann in sein Telefon.

Nach einer gründlichen Leibesvisitation werden wir durch eine Gittertür und einen langen Gang in den Besucherraum geführt. Gefangene und Besucher sitzen dort an Tischen beisammen.

»Gefangener Bathurst kommt gleich«, sagt die Wache.

Gefangener Bathurst. Wie das klingt. So bedrohlich.

Mark »Hausmann« Bathurst sieht überhaupt nicht bedrohlich aus. Er ist dünn, blass, seine Wangen sind eingefallen. Der Gefangenenoverall, den er trägt, wirkt um zwei Nummern zu groß.

»Na, sieh mal einer an, seltene Gäste«, begrüßt uns Hausmann.

Er umarmt Lena und klopft mir auf die Schulter.

Wir setzen uns an einen freien Tisch.

»Hab gehört, was dir passiert ist«, sagt Hausmann an mich gerichtet. »Alles klar, Mann?«

»Ja, alles bestens.«

»Und wie geht es meiner kleinen Weltreisenden?«, fragt Hausmann.

»Ich bin noch ziemlich geschafft von der Zeitumstellung, aber sonst gehts«, meint Lena.

Lena erzählt Hausmann von ihren größten Abenteuern – der Safari in Südafrika, dem Tauchen im Südpazifik und den Wanderungen im australischen Outback. Hausmann hört gespannt zu. Mir wird klar, dass er die Geschichten zum ersten Mal hört. Kann es sein, dass Lena ihm während ihrer Abwesenheit keinen einzigen Brief geschrieben hat?

Dann ist Hausmann dran, er erzählt von dem harten Alltag hier drin.

»Es gibt protestantische und katholische Trakte«, sagt Hausmann. »Die Paramilitärs regieren diese Trakte. Es ist quasi unmöglich, sich da rauszuhalten.«

Ist das seine Art, uns zu sagen, dass er jetzt zu einer paramilitärischen Gruppe gehört?

»Schon komisch, dass es sogar hier drinnen eine Rolle spielt, in welche Kirche man geht, findet ihr nicht?«, sagt er.

»Mich überrascht gar nichts mehr«, sage ich.

Hausmann sieht auf die Uhr. »Die Besuchszeit ist fast um.« Er wendet sich an Lena. »Macht es dir etwas aus, wenn ich noch kurz mit Ryan spreche?«

»Überhaupt nicht«, sagt Lena. »Dachte mir schon, dass ihr einiges zu bequatschen habt.« Sie steht auf und verabschiedet sich von Hausmann mit einem Kuss. »Wir sehen uns.«

Als Lena weg ist, ist es mit einem Mal so still am Tisch. Ich würde diese Stille gerne brechen, doch ich weiß nicht, was ich sagen soll. Es gibt einfach nichts zu sagen.

»Ich bin froh, dass du hier bist. Dachte schon, du kommst gar nicht mehr ... dachte, du verachtest mich«, sagt Hausmann.

»Ich verachte dich nicht.«

Hausmann presst die Lippen zusammen. »Was hätte ich denn tun sollen? Die Mörder meiner Tochter davonkommen lassen?«

Ich will seine Rechtfertigung nicht hören. Ich lasse ihn trotzdem reden, weil ich weiß, dass er es loswerden muss.

»Ich wollte nicht, dass Unschuldige zu Schaden kommen.«

»Es kommen immer Unschuldige zu Schaden.«

»Ich glaube, Lena will mich verlassen ... ich kann es ihr nicht verdenken«, sagt Hausmann.

»Lena wird dich nicht verlassen. Sie liebt dich, sie liebt ... sie liebte Molly, genauso wie du.« Es tut weh, von der Kleinen in der Vergangenheit zu sprechen.

»Molly. Meine Molly ...« Hausmann sieht mich mit glasigen Augen an. »Wären wir mit ihr doch nur woanders hingegangen. In eine andere Konditorei.«

Die Erinnerungen an jenen Tag kommen zurück, auch wenn ich mit aller Kraft versuche, sie zu unterdrücken. *Es war alles so schnell gegangen. Schüsse gellten, Glas zersplitterte. Molly lag blu-*

tend am Boden, und Hausmann rief um Hilfe. Doch es war bereits zu spät. Molly war tot.

Hausmann lässt den Tränen freien Lauf. Er tut mir leid, Lena auch.

Doch mir tun auch jene Männer und Frauen leid, die bei diesem schrecklichen Brand geliebte Menschen verloren haben. Unter den Opfern waren auch Kinder. Kinder, die in Mollys Alter waren und nichts dafürkonnten, dass in ihrem Wohnhaus auch IRA-Mitglieder wohnten.

Hausmann hätte es besser wissen müssen. Er hätte wissen müssen, dass auch Unschuldige in diesem Haus sind. Er hätte den Brand nicht legen dürfen.

Zu Hause zieht sich Lena ins Wohnzimmer zurück. Der Besuch bei Hausmann hat sie doch mehr mitgenommen, als sie zugeben möchte.

Dok sitzt in Boxershorts am Küchentisch und blättert die Abendausgabe der Zeitung durch. »Und wie war dein Tag, Schatz?«, fragt er.

»Wundervoll.« Ich mache mir eine Tasse Kakao und setze mich zu ihm.

Als das Telefon klingelt, schrecke ich hoch. Könnte es wieder dieser unheimliche Anrufer sein?

»Willst ... willst du nicht rangehen?«, frage ich.

»Ist bestimmt für dich ... hat's schon dreimal versucht heute ...«

Der Anrufer. Ich will nicht mit ihm reden. Doch er bleibt hartnäckig, lässt es einfach läuten.

»Die arme Frau ... jetzt heb schon ab«, sagt Dok.

Frau? »Eine Frau hat angerufen?«

»Ja, sie weiß wohl was über diesen Typ, der dich gerettet hat.«

Ich hechte zum Telefon. Zu spät. Sie hat aufgelegt.

»Hat sie etwas gesagt? Wann ruft sie wieder an?«, rufe ich in die Küche.

Dok taucht im Türrahmen auf. »Was bist du denn so nervös? Ich habe ihre Nummer aufgeschrieben, liegt neben dem Telefon.«

Wo? Ich sehe nichts.

»Weißt du, ich versteh das nicht. Ich hab ihr gesagt, du rufst zurück, und trotzdem probiert sie es wieder und wieder. Unglaublich, die Leute, oder?«

»Dok, da ist nichts.«

»Was?«

»Da ist kein Zettel ... keine Notiz.«

Er kommt näher, sieht das Telefontischchen an und kratzt sich am Hinterkopf. »Hm.«

Ich könnte ihn erwürgen.

Er rückt das Tischchen zur Seite und hebt einen Zettel vom Boden auf.

Ich nehme ihm den Zettel weg und wähle. Es klingelt.

»Hallo?«, krächzt eine Frauenstimme in den Hörer.

»Guten Abend. Sie haben angerufen. Sie wissen etwas über den Mann, den ich suche?«

»Ach ja, richtig«, sagt sie.

»Können wir uns treffen? Ich würde gerne persönlich mit Ihnen reden.« Ich muss für sie so klingen wie der unheimliche Anrufer für mich. – Verrückt und furchteinflößend, viel zu aufdringlich.

»Ich kann hier schwer weg, aber Sie können ja vorbeikommen, wenn Sie wollen.« Sie gibt mir die Adresse, und ich mache mich auf den Weg.

8

Von außen kann ich den Laden nur schwer als solchen erkennen. Die Auslagenfenster sind übersät mit Postern über Buchmessen aus den 50er und 60er Jahren. Die Hausnummer zu entziffern, fällt mir schwer, selbst als ich direkt vor dem Gebäude stehe.

Ich stoße die Tür auf, und ein dumpfes Klingeln kündigt mein Eintreten an. Die Neonlampe an der Decke kann diesen großen, düsteren Raum kaum ausleuchten. Auf dem Boden stapeln sich Bücher zu schiefen Türmen und Pyramiden. Dahinter stehen Regale, deren Fächer sich unter ihrer Last biegen. Ich habe Angst, dass mit einem Niesen oder leichten Räuspern eine Lawine an Büchern über mich hereinbricht.

Das dumpfe Summen einer Frauenstimme wird immer lauter. Eine kleine Frau kommt zwischen der Berglandschaft an Büchern hervor und zuckt erschrocken zusammen.

»Meine Güte, junger Mann. Denken Sie doch an mein Herz.« Sie legt ihre Hand an ihre Brust. Die Frau trägt einen Pullover, der genauso grau ist wie ihre lockigen Haare. Auf ihrer Nasenspitze trägt sie eine Halbmondbrille.

»Entschuldigung.«

Sie winkt ab und verschwindet wieder hinter einer Bücherwand.

»Steh nicht so dumm rum. Hilf mir!«

»Also eigentlich ...« Ich folge ihrer Stimme in einen schmalen Gang.

»Da oben, das gelbe Buch da, das brauch ich.« Sie zeigt auf ein Regalfach, das mit der Decke abschließt.

Ich strecke mich nach dem Buch, komm jedoch nicht ran.

»Nein, nein. Nicht so. Heb mich hoch.« Sie streckt ihre Arme in die Höhe.

»Haben Sie keine Leiter?«

»Paperlapap. Hoch, hoch fliegt das Vögelchen.« Sie wippt mit ihren Füßen und lässt ihre Arme gestreckt.

Ich packe sie unter den Achseln und hebe sie hoch.

»Höher, höher.«

»Ich versuchs ja.« Meine Arme beginnen von der Last zu zittern. Ich setze die alte Frau auf meine linke Schulter und umschlinge ihre Beine mit meinem Arm.

»Noch nicht ganz«, sagt sie.

Schnaufend stelle ich mich auf die Zehenspitzen.

»Sehr gut. So bleiben.« Sie rutscht mit ihrem knochigen Hintern hin und her. Der Schmerz breitet sich in meinen ganzen Körper aus.

»Meine Güte, ist es da oben staubig!«

Mit letzter Kraft setze ich sie am Boden ab. Triumphierend hält sie das gelbe Buch in ihren Händen.

»Danke, junger Mann.«

Ich nicke und massiere mir die schmerzende Schulter.

»Was kann ich für dich tun?«, fragt sie und geht wieder dahin zurück, wo sie hergekommen ist.

Ich folge ihr in den hinteren Teil des Ladens. »Wir haben gerade miteinander telefoniert. Sie meinten, dass Sie den Mann auf meiner Zeichnung wiedererkannt hätten.«

Sie steuert auf einen Schreibtisch zu, auf dem eine alte, vergoldete Kassa steht. »Ach, ja. Die Zeichnung. Ich hab sie in dieser Bar gesehen, der Ulster Bar.«

»Sie gehen in die Ulster Bar?«

Sie dreht sich zu mir um und legt das gelbe Buch zur Seite. »Ja. Warum denn nicht?«

»Ähm …« Weil Frauen in Ihrem Alter für gewöhnlich nicht in schmuddeligen Bars rumhängen? »Sie kennen also den Mann, den ich suche?«

»Genau. Er ist ein begnadeter Schriftsteller, sag ich dir, leider verkannt – wie die meisten, die was taugen.«

»Und Sie glauben, das ist er?« Ich ziehe eine Kopie der Zeichnung aus meiner Jackentasche und zeige sie ihr.

Sie schubst ihre Brille zurück auf ihren Nasenrücken. »Möglicherweise. Deine Zeichnung sieht ihm ähnlich. Schade, dass du keinen Namen weißt, dann könnte ich es definitiv sagen.«

»Haben Sie ein Buch von ihm hier?«

»Puh. Also im Verkauf bestimmt nicht. Ich seh mal hinten nach.« Sie verschwindet hinter einem blauen Vorhang.

»Verkauf?«, rufe ich ihr nach. Wer kauft denn hier?

Im Hinterzimmer poltert es. Die Zustände dort will ich mir nicht vorstellen. Sie kommt zurück und streckt mir ihren Fund entgegen.

Das Buch ist abgegriffen und hat einige undefinierbare Flecken auf seinem Einband. Der Titel ist verblasst. »Das Jahr, das nur 250 Tage hatte«.

Die alte Frau dreht das Buch in meiner Hand um und schlägt den Einband auf. Sie tippt auf das Foto des Autors.

Das ist er! Unter dem Foto steht: Adam Delaney. Ich habe endlich einen Namen!

Leider ist das Buch nicht verkäuflich. Es hat sentimentalen Wert, erklärt mir die Dame im Buchladen. Ich begnüge mich mit einer Kopie der Textpassage *Über den Autor*. Zu Hause lese ich den Text wieder und wieder. *Adam Delaney, aufgewachsen mit sieben Schwestern in Downpatrick, County Down, war schon in seiner Kindheit fasziniert vom Weltall und von fernen Galaxien. Nach dem zweiten Weltkrieg erzielte er mit seinem Debütroman ‚Das Jahr, das nur 250 Tage hatte' einen Durchbruch. Als einer der ersten großen Science-Fiction-Autoren hat er dieses Genre erfolgreich mitbegründet und geprägt.*

»Er ist Autor?« Dok sitzt mir am Küchentisch gegenüber.

»Sieht so aus.«

Dok reißt mir die Text-Kopie aus der Hand. »Aber was sollte ein Autor mitten in der Nacht am Bahnhof machen? Verwickelt in eine Schießerei? So wie es aussieht, lebt er nicht einmal hier. Das ergibt doch alles keinen Sinn.«

»Das werde ich schon noch herausfinden.«

In seinem Blick sehe ich Bedauern. Er bedauert mich. Warum? Es gibt nichts zu bedauern. Sieht er nicht, was für einen großen Fortschritt ich gemacht habe?

»Kann es denn nicht sein, dass du dir alles nur eingebildet hast?«, fragt Dok.

»Er war dort. Ich habe ihn gesehen.«

»Ich glaube dir ja, dass du ihn gesehen hast. Aber wäre es nicht möglich, dass deine Fantasie dir einen Streich gespielt hat? Er scheint berühmt zu sein und du liest viel ...«

»Ich lese aber keine Science-Fiction-Bücher. Ich kenne das Buch nicht einmal.«

Schweigen. Dok gibt mir die Text-Kopie zurück. »Viel steht da ja nicht.«

»Das reicht mir.«

»Wie meinst du das?«, fragt Dok.

»Ich fahre nach Downpatrick.«

9

Obwohl Downpatrick nur eine Stunde südlich von Belfast liegt, hat es mich noch nie hierher verschlagen. Es ist eine kleine Stadt, die für Katholiken eine besondere Bedeutung hat. Immerhin soll hier der Heilige Patrick begraben sein. Dass der Nationalheilige von Irland gerade auf britischem Boden seine ewige Ruhe gefunden hat, gibt dem Ganzen einen merkwürdigen Beigeschmack.

Das Bed & Breakfast, in dem ich übernachte, liegt etwas außerhalb, mitten im Grünen. Die Zimmer sind mit antiken Möbeln eingerichtet. Holzvertäfelungen an den Wänden, ein Himmelbett, die Vorhänge und Bettwäsche in demselben Karomuster. – So fangen Horrorfilme an.

Der Hausherr heißt Mister Bates, wie der verrückte Motelbesitzer in dem Hitchcock Klassiker *Psycho*. Mister Bates hat natürlich auch eine Mutter. Doch im Gegensatz zu der Misses Bates im Film, ist diese lebendig und gesprächig. Ihre Einladung zur Teatime auszuschlagen, ist schier unmöglich.

Wir setzen uns ins Wohnzimmer. Der Elchkopf an der Wand irritiert mich.

»Was verschlägt Sie in unser wunderschönes County, Mister Goodwin?«, fragt Misses Bates.

»Also, um ehrlich zu sein … ich suche jemanden. Jemanden, der hier einmal gewohnt hat. Vielleicht immer noch hier lebt.«

»Wen denn?«

»Adam Delaney.«

Misses Bates runzelt die Stirn. »Tut mir leid, der Name sagt mir nichts.« Sie wendet sich ihrem Sohn zu, der gerade Feuer im Kamin macht. »Kennst du jemanden, der Delaney heißt?«

Mister Bates schüttelt den Kopf.

»Hm.« Misses Bates nippt an ihrem Tee. »Wirklich noch nie gehört. Und ich kenne eigentlich jeden hier.«

Das glaube ich sofort.

Der Heilige Patrick ist in dieser Stadt wirklich überall zu finden. Schulen, Straßen und Gassen sind nach dem Patron benannt. Es gibt sogar ein eigenes Museum, das sich dem Heiligen Patrick widmet. Wie viele von den Herren, denen ich hier begegne, tragen wohl seinen Namen?

Ich spaziere die Patrick Avenue entlang und wende mich an ein älteres Ehepaar, das mir entgegenkommt.

»Entschuldigung, kennen Sie diesen Mann?« Ich zeige ihnen die Zeichnung, die ich von Adam gemacht habe.

Die Frau nimmt die Zeichnung in die Hand und hält sie ganz dicht vor ihre Augen. »Ohne Brille sehe ich gar nichts. Kennst du ihn?« Sie drückt die Zeichnung ihrem Mann in die Hand. Er verneint.

»Sein Name ist Adam Delaney. Sagt Ihnen der Name etwas?«

Kopfschütteln. Ich wünsche den beiden noch einen schönen Abend.

Egal, wen ich in Downpatrick frage, alt oder jung, Mann oder Frau, niemand kennt Adam Delaney. Vielleicht sollte ich es für heute gut sein lassen. Es wird auch langsam dunkel und ungemütlich. Der kalte Wind treibt mich ins nächste Pub. Hier sind also die restlichen Bewohner geblieben. Das Pub ist zwar bei Weitem nicht so überfüllt wie die Ulster Bar bei uns in Belfast, aber es ist immerhin gut besucht.

Ich trinke ein Bier an der Theke und sehe mich um. Die meisten im Raum sind zu jung, um Adam zu kennen. Ich schätze ihn auf ungefähr sechzig, vielleicht ein bisschen älter. Das heißt, ich suche nach jemandem, der bereits in den 1930ern hier gelebt hat.

»Entschuldigung. Hier frei?« Ein asiatischer Mann grinst mich an und deutet auf den Hocker neben mir.

Ich nicke.

Er winkt seine Frau zu sich.

Die beiden stellen sich als Mister und Misses Zhang vor. Sie machen eine Rundreise durch Irland. Ob ich Tourist bin?

Nein, ich suche jemanden. Jemand, der hier einmal gewohnt hat.

»Wir auch suchen«, sagt Mister Zhang. »Suchen Schwiegersohn.«

Sie haben ihren Schwiegersohn verloren?

»Nein, nein.« Mister Zhang holt ein Foto aus seiner Kameratasche.

Das Bild zeigt fünf Frauen, die in traditioneller, chinesischer Kleidung in einem Garten stehen. »Haben fünf Töchter. Suchen Schwiegersohn.«

Ach herrje.

»Suchen irische Mann«, sagt Misses Zhang.

»Welche gefallen?«, fragt Mister Zhang.

»Ähm ... also ...«

Mister Zhang zeigt auf die Frau ganz links. »Das ist Mai-Lin. Sehr hübsch.«

»Äh ... ja. Sehr hübsch.«

Mister Zhang zeigt auf die nächste Tochter. »Das ist Keyomi. Auch sehr hübsch. Aber lange Nase ...«

Ich versichere den beiden, dass ich glücklich verheiratet bin. Enttäuscht lassen sie mich an der Bar zurück. Sie setzen sich zu einer Gruppe Männer an den Tisch, die allesamt wie Holzfäller aussehen. Diese pfeifen, als eine Frau in High-Heels und hautengem Kleid hereinkommt. Über ihre zarten Schultern hat sie eine Stola geschlagen. Sie sieht aus wie ...

»Miranda? Was machst du denn hier?«

»Dein dussliger Mitbewohner hat mir gesagt, wo du steckst.« Sie stellt sich zu mir an die Theke.

Mister Zhang bleibt der Mund offen. Misses Zhang grinst und zeigt mit beiden Daumen nach oben.

»Und hast du deinen Helden schon gefunden?«, fragt Miranda.

Falsche Frage. »Nein. Das hier ist ein totaler Reinfall.«

»Hm.« Sie nimmt einen Schluck von meinem Bier. »Schon im Telefonbuch nachgesehen?«

»Ja. Nichts. Es ist so, als hätte es hier nie eine Familie Delaney gegeben.«

»Keine Sorge, ich helfe dir«, sagt Miranda.

»Helfen? Du?«

»Ja, wieso denn nicht? Wie schwer kann es schon sein, diesen alten Knacker zu finden?«

Mir ist noch nie etwas so unmöglich vorgekommen. »Ich wüsste nicht, wie du mir dabei helfen kannst.«

»Ich könnte die Jungs da drüben befragen.« Miranda winkt den glotzenden Männern am Tisch zu.

»Kannst du dich einmal nicht wie eine Barbie aufführen?«

»Hey, ich bin den ganzen weiten Weg für dich gefahren. Sei ein bisschen dankbar«, sagt Miranda.

»Ich krieg das schon allein hin.«

»Das sieht mir aber nicht so aus.«

Sie hat leider recht.

»Findest du es dumm, was ich hier versuche?«

»Nicht dumm. Ein bisschen sonderbar vielleicht.« Miranda verrenkt sich den Kopf nach einem der Holzfäller. »Der ist ja süß.«

Ich trinke mein Bier aus. »Na, dann bist du wenigstens nicht umsonst hier.«

Miranda stellt sich mir in den Weg. »Jetzt sei doch nicht gleich beleidigt. Hast du schon mit den Schwestern geredet?«

»Den Schwestern?«

»Ja. In dieser Autorenbeschreibung steht doch, dass er mit sieben Schwestern aufgewachsen ist. Sieben, Ryan. Denkst du wirklich, die sind alle woanders hingezogen?«

»Keine Ahnung.«

»Weißt du, wenn ich heirate, heiß ich auch nicht mehr Goodwin«, sagt Miranda.

Der Holzfäller, auf den Miranda ein Auge hat, kommt zu uns an die Bar. »Hallo, Süße. Darf ich dich auf ein Bier einladen?«

»Gerne. Spendierst du meinem Bruder auch eines?«

Er mustert mich abfällig. »Ok.«

Der Holzfäller heißt Patrick und ist eigentlich Automechaniker.

»Wie rustikal«, meint Miranda.

»Rusti was?«, lallt Patrick.

Miranda seufzt lautstark. »Ich würde mich ja noch so gerne unterhalten, aber ... ich muss leider gehen.«

Patrick ist erschüttert. »Wieso? Bleib doch noch. Ich geb noch einen aus.«

»Würde ich wirklich gerne, aber ich muss meinem Bruder helfen, diesen Mann zu finden.«

»Was für ein Mann?«, fragt Patrick.

»Sein Name ist Adam Delaney. Er hat hier mal gewohnt«, sagt Miranda.

»Delaney? Wer soll denn das sein?«, sagt Patrick.

»Wenn ich doch nur jemanden kennen würde, der hier aufgewachsen ist und mir helfen kann«, schnauft Miranda.

Patrick steigt auf den Köder ein. »Ich kann dir helfen!«

»Das wird schwierig. Delaney ist weggezogen. Seine Schwestern leben vielleicht noch hier, die haben aber sicher geheiratet ... heißen jetzt ganz anders«, sagt Miranda.

Patrick lümmelt am Tisch. »Du bist echt heiß.«

Oh, Gott. Ich ertrage das nicht mehr. Dieser Typ ist doch reine Zeitverschwendung.

Miranda bläst ihm ein Küsschen zu. »Auf Wiedersehen, mein Süßer.«

Endlich können wir gehen.

»Warte!«, ruft Patrick uns nach. »Ich kenn da jemanden, der kann euch bestimmt helfen.«

Dieser Typ kennt doch tatsächlich jemanden im Gemeindeamt. Ein unfassbarer Zufall.

Miranda ist nicht beeindruckt. »Oh bitte, in so einem kleinen Nest kennt doch jeder jeden.«

Patricks Freund heißt Colin. Eigentlich dürfte er uns ja gar nicht helfen, betont er, während er spät abends das Gemeindeamt aufschließt.

»Und jetzt?«, fragt Patrick, als wir ratlos im Flur stehen.

»Wir stöbern in der Datenbank.« Miranda betritt das Sekretariat, setzt sich an den Schreibtisch und schaltet den Computer ein. »Wie ist das Passwort?«

»Äh ...« Colin kratzt sich am Hinterkopf. »Keine Ahnung.«

»Was soll das heißen, keine Ahnung?«, fragt Miranda.

»Naja, eigentlich bin ich nur der Hausmeister«, sagt Colin.

»Und wie sollen wir uns ohne Passwort die Akten ansehen?« Miranda klingt gereizt. Jetzt werden die Jungs sie gleich auf eine andere Art kennenlernen.

»Also ... alle Urkunden bis 1965 sind unten im Keller,« sagt Colin.

Er geht voran, ich bin dicht hinter ihm. Das Licht über unseren Köpfen flackert, bevor es richtig angeht. Im Keller sind Aktenschränke, so weit das Auge reicht.

»Ach du heilige ...«, sagt Miranda hinter mir. »Dafür brauchen wir Jahre.«

Für einen kurzen Moment will ich das alles abbrechen und nach Hause fahren. Miranda sieht sich die Aktenschränke genauer an.

»Die Geburtsurkunden sind hier hinten. Aber sie sind nach Jahren sortiert und nicht nach Alphabet«, sagt sie.

Klasse.

»Stand in diesem Autorentext, wie alt Adam ist?«, fragt Miranda.

»Nein. Leider nicht«, antworte ich.

Miranda bläst die Backen auf und öffnet die oberste Lade des ersten Aktenschranks. Miranda und Patrick durchsuchen die 30er Jahre, Colin und ich die 20er.

In den Zwanzigern wurde eine Jennifer Delaney geboren. Ihre Eltern hießen Ian und Tara Delaney.

»Könnte das eine seiner Schwestern sein?«, fragt Colin.

Ich habe keine Ahnung.

»In den Dreißigern gibt es keinen Adam Delaney«, sagt Miranda.

»Und was machen wir jetzt?«, fragt Patrick.

»Wir könnten die Adresse checken, die auf Jennifer Delaneys Urkunde steht«, sagt Miranda.

»Gleich. Gib mir noch einen Moment.« Ich öffne den Aktenschrank der 1910er Jahre. Adams Geburtsurkunde muss hier irgendwo sein. Im Jahr 1919 werde ich fündig. – In jenem Jahr, in dem der Unabhängigkeitskrieg Irlands ausgebrochen ist. Adam wurde am 13. August 1919 geboren. Am selben Tag kam noch ein Delaney-Kind zur Welt. Eine Elaine Delaney.

Miranda sieht mir über die Schulter. »Sieht so aus, als hätte dein Held einen Zwilling.«

Die Adresse auf den Geburtsurkunden von Adam, Elaine und Jenny Delaney ist dieselbe. Miranda ist nicht zu bremsen. Sie fragt den erstbesten Passanten nach dem Weg. Ich habe Mühe, mit ihr Schritt zu halten. Colin und Patrick haben wir irgendwo unterwegs abgehängt.

»Wir können dort doch nicht einfach so hineinschneien.«

»Wir sind so kurz vorm Ziel und jetzt kneifst du?«, sagt Miranda.

»Ich kneife gar nicht. Ich will nur die Leute, die dort jetzt wohnen nicht belästigen. Es ist schon spät.«

Dieser Ort ist eine einzige Berg- und Talbahn. Die Straßen führen hoch und wieder runter. Nach etwa zwanzig Minuten erreichen wir endlich Adams Wohnstraße, die auch leicht bergauf geht.

»Ich wette mit dir, da wohnt noch jemand aus der Familie. Das ist in diesen Kleinstädten so. Wer weiß, vielleicht öffnet uns sogar Adam die Tür?«

Mirandas Worte lähmen mich. Dass ich ihm hier begegnen könnte, war mir klar. Dennoch fühlt es sich komisch an, jetzt wo der Moment da ist. Was soll ich ihm denn sagen? Wie wird er reagieren, wenn er mich sieht?

Miranda dreht sich zu mir um und grinst. »Angsthase.«

»Gar nicht wahr.« Ich lege einen Zahn zu und habe sie bald eingeholt.

Miranda bleibt kurz stehen und überprüft die Hausnummer auf ihrem Notizzettel. »Das muss es sein.«

Sie deutet auf ein blaues Haus direkt vor uns. Das Haus sieht nicht besonders groß aus, zumindest nicht groß genug für eine zehnköpfige Familie, wie die Delaneys es waren. Auf dem Briefkasten steht *Familie Flanagan.*

Hinter einem der Fenster brennt Licht.

Miranda drückt die Türklingel. Ich streiche mir die Haare glatt und stecke mein Hemd in die Hose. Ich rieche nach Schweiß. Ich hätte zuerst aufs Zimmer gehen und duschen sollen.

Miranda drückt noch einmal die Klingel.

»Was ist denn?« Eine ältere Frau steckt den Kopf zur Tür heraus.

»Ähm. Misses Flanagan? Mein Name ist Miranda und das ist mein Bruder Ryan. Wir ... wir suchen nach Adam«, ruft Miranda ihr zu.

»Warum willst du dich brüllend über diese Entfernung unterhalten!?« Misses Flanagan geht wieder hinein.

Ich öffne die Gartentür und lasse Miranda den Vortritt.

Das Haus ist größer, als es von außen aussieht. Ein langer Flur, viele Türen links und rechts.

»Wundern Sie sich denn gar nicht über unseren Besuch?«, frage ich.

»Oh, Jungchen. In meinem Alter wundert mich gar nichts mehr.« Sie macht eine einladende Handbewegung Richtung Küchentisch. Miranda und ich setzen uns.

»Wie gehts Adam denn so?«, fragt Misses Flanagan.

»Ich hatte eigentlich gehofft, dass Sie uns das sagen können«, antworte ich.

Sie rollt mit den Augen. »Mein Bruder ist echt eine Klasse für sich. Hab ihn seit Jahren nicht gesehen. Er verspricht zwar, sich zu melden, tut es dann aber doch nie.« Der Teekessel am Herd pfeift. Misses Flanagan richtet drei Tassen her. Innerhalb kürzester Zeit riecht es in der ganzen Küche nach Kamille. »Woher kennt ihr Adam?«

»Ich kenne ihn nicht wirklich. Ich bin ihm einmal begegnet ... er hat mir geholfen und dafür würde ich ihm gerne danken«, antworte ich.

»Und du dachtest, du findest ihn hier?« Misses Flanagan serviert uns den Tee und setzt sich zu uns.

»Ist das so abwegig?«, sage ich.

»Eigentlich schon. Hier ist der letzte Ort, an dem du Adam Delaney suchen solltest«, sagt Misses Flanagan.

»Lebt er in Belfast?«, fragt Miranda.

»Soweit ich weiß, aber was weiß ich schon?«

»Können Sie mir sagen, wie ich ihn erreichen kann?«, frage ich.

Sie schüttelt den Kopf. »Leider nicht.«

Ein Hund bellt, im Flur hallen Schritte. Ein älterer Mann kommt in die Küche, begleitet von einem Beagle.

Der Mann sieht uns skeptisch an. »Wer ist denn das?«

»Freunde von Adam.«

Er verdreht die Augen.

Ich nicke ihm zu. »Guten Abend.«

»Das ist mein Mann Seamus«, sagt Misses Flanagan. »Seamus, das sind Ryan und Miranda.«

Mister Flanagan setzt sich neben seine Frau. Die Uhr an der Wand tickt. Der Hund schlappert geräuschvoll aus der Wasserschüssel. Alle am Tisch sehen mich an.

Ich räuspere mich. »Können Sie mir vielleicht etwas über Adam erzählen?«

Mister Flanagan prustet. »Wie viel Zeit hast du denn, Junge?«

DOWN PATRICK
1932

Allem kann ich widerstehen, nur der Versuchung nicht.
Lady Windermeres Fächer, Oscar Wilde

10

Die Kathedrale von Downpatrick sah für Adam aus wie eine Burg. – Die Burg eines zornigen Herrschers. Von hier oben, auf dem Hügel, konnte er ganz Downpatrick überblicken – seine Untertanen. Mutige, die es wagten, sich der Burg zu nähern, sahen als Erstes den Turm – den Bergfried. Dahinter lag die schiffförmige Burg. Die Steinsäulen, die die Burgmauern stützten, verliefen zu Spitzen – wie Dornen aus Stein ragten sie in den Himmel.

Über die große, schwere Holztür gelangte Adam in das Innere der Kathedrale. Als Adam den Portalvorbau betrat, erklangen die schrillen Töne des Chors aus dem Hauptschiff.

Adam hielt sich die Ohren zu und betrat über eine weitere Tür den Beichtstuhl.

Es war dunkel und muffig. Er machte das Kreuzzeichen und sagte: »Im Namen des Vaters und des Sohnes und des Heiligen Geistes. Amen.«

»Gott, der unser Herz erleuchtet, schenke dir wahre Erkenntnis deiner Sünden und Seiner Barmherzigkeit«, ertönte Priester McKeeleys Stimme von nebenan.

»Amen«, erwiderte Adam.

»Was kann ich für dich tun, mein Sohn?«, fragte Priester McKeeley.

»Keine Ahnung.«

Schweigen.

»Können Sie meiner Mutter sagen, dass ich hier war?«

Lachen. »Ich führe keine Protokolle.«

Adam seufzte. »Ich habe nicht das Gefühl, etwas beichten zu müssen.«

»Und warum denkt deine Mutter, dass du etwas zu beichten hättest?«

»Ich habe mich geprügelt.«

»Einen anderen Menschen zu verletzen ist Unrecht, das weißt du, oder?«

Adam strich über seine Handknochen, die immer noch schmerzten. »Es fühlt sich aber nicht unrecht an. Ich habe jemandem geholfen, verstehen Sie? Es hat sich gut angefühlt.«

»Manchmal fühlen sich die falschen Dinge gut an, das heißt nicht, dass sie richtig sind.«

Das war ja ein dummer Spruch. »Und was heißt das jetzt für mich?«

»Sag du es mir.«

»Du sollst nicht töten, steht in den Zehn Geboten. Von einem Nasenbruch steht da nichts«, sagte Adam.

»Da hast du recht. Es ist auch in Ordnung, sich selbst zu verteidigen. Paulus sagt: Kämpfe den guten Kampf.«

Adam sah vor sich, wie Patrick O'Hagan zu Boden ging. »Es war ein guter Kampf.«

»Die Gespräche mit dir sind immer sehr unterhaltsam, Adam.«

»Wenn Sie wissen, wer ich bin, warum können Sie meiner Mutter, dann nicht sagen, dass ich hier war?«

»Sprich zehn Vater Unser und deine Sünde ist dir vergeben.«

»Wie wäre es mit fünf?«

Keine Antwort.

Adam verließ den Beichtstuhl. Aus dem Hauptschiff waren aufgebrachte Stimmen zu hören.

Im Mittelgang des Hauptschiffes standen die Chormitglieder einer Gruppe Erwachsener gegenüber, die Adam nicht kannte. Schwester Stephanie bemühte sich, mit erhobenen Händen den Streit zu schlichten.

»Beruhigen Sie sich bitte. Und keine Beschimpfungen mehr! Dies ist ein Haus Gottes«, sagte Schwester Stephanie.

Der Chorleiter hatte einen hochroten Kopf. »Das ist unser *Haus Gottes. Die da haben hier nichts verloren.«*

Sein Gegenüber war ein Mann mittleren Alters in einem weißen Anzug. »Wir können bestimmt einen Weg finden, mit dem alle Beteiligten einverstanden sind«, sagte dieser.

»Schert euch raus hier! Ihr seid hier nicht willkommen«, sagte eine Frau aus dem Chor.

Zustimmendes Kopfnicken unter ihresgleichen.

»Wir sind nicht hier, um zu streiten. Wir suchen lediglich einen Ort, um unsere Bibelstunde abzuhalten«, sagte der Anzugträger.

Der Chorleiter prustete. »Eine protestantische Bibelstunde? Hier? Der Teufel soll euch holen!«

»Hütet eure Zunge«, sagte Priester McKeeley hinter Adam.

Der Chorleiter senkte den Kopf. »Verzeihung, Hochwürden. Meine Wortwahl war unangemessen.«

»Allerdings«, sagte Priester McKeeley. Er hatte dichtes blondes Haar und sah nicht ganz so alt aus wie der Rest der Erwachsenen. McKeeley wandte sich an den Mann im weißen Anzug. »Mister Swanson, die Unannehmlichkeiten tun mir leid. Es steht Ihnen natürlich frei, unsere Kirche für Ihre Bibelstunde zu nutzen, wie besprochen.«

Der Chorleiter rang vor Empörung nach Luft. »Besprochen? Sie erlauben das? Das ist Ketzerei!«

Priester McKeeley hob beschwichtigend die Hand. »Mister Swanson ist erst kürzlich nach Downpatrick gezogen, und es ist ihm aufgefallen, dass die protestantische Gemeinde in diesem Ort sehr zurückgezogen lebt.«

»So soll's auch sein«, brüllte ein Mann aus der Chorgruppe heraus. Ihn traf ein strenger Blick von Priester McKeeley.

»Ich muss Mister Swanson leider recht geben. Die protestantischen Mitglieder unserer Gemeinde sind in der Minderzahl. Sie haben zurzeit nicht einmal die Möglichkeit, ihren Glauben auszuüben, weil Vandalen die protestantische Kirche verwüstet haben«, fuhr Priester McKeeley fort.

»Na und? Das ist doch wirklich nicht unser Problem«, sagte der Chorleiter.

»Ich habe beschlossen, unsere Kirche unseren protestantischen Mitbürger zu öffnen. Zwei Mal in der Woche findet ein Bibelkreis statt und einmal die

Woche ein Gottesdienst«, sagte Priester McKeeley an Anzugträger Swanson gewandt.

Der Chorleiter zitterte, so aufgebracht war er. »Also das ist ... das ist ja unerhört!«

»Das hätte ich nie von Ihnen gedacht, Hochwürden«, sagte einer der Chormitglieder.

Eine Frau des Chores sah Priester McKeeley verachtend an. »Ich bin sehr enttäuscht von Ihnen.«

Am nächsten Tag, früh morgens, stand Adam bei der Ortstafel von Downpatrick. Das Fahrrad lehnte an seiner Hüfte. Der Rucksack hing lose auf seinen Schultern. Adam vergrub sein Gesicht in dem aufgestellten Kragen seiner Jacke. Ihm war kalt. Selbst die ersten Sonnenstrahlen, die auf sein Gesicht schienen, konnten daran nichts ändern.

Ein Radfahrer fuhr die Straße herauf, Adam entgegen. Wilbourg. Er sah noch schlimmer aus als Adam. Der blaue Fleck am Kinn war über Nacht doppelt so groß geworden, Wilbourgs linke Wange war aufgeschürft und ihm fehlte ein Schneidezahn.

Wilbourg blieb neben Adam stehen. »Warum mussten wir uns denn so früh treffen?«, gähnte Wilbourg.

»Wir müssen vor den ersten Pilgern oben sein.«

»Oben? Wo oben? Und was für Pilger?«

Adam sprang auf sein Rad und fuhr voran.

Sie gelangten in den Nachbarort Saul. Von hier aus führte ein breiter Pfad einen Hügel hinauf. Adam und Wilbourg ließen ihre Fahrräder zurück und machten sich auf den Weg.

»Kannst du mir noch einmal erklären, warum wir das machen?«, sagte Wilbourg.

»Heute ist St. Patricks Day. Der Tag des Heiligen Patrick. Das heißt, wir müssen ihn ehren.«

»Und deswegen pilgern unzählige Katholiken heute hier hoch?«, fragte Wilbourg.

»Ja.«

Das erste Stück des Pfades war relativ harmlos, das steile Stück hatten sie noch vor sich. Das würde sie am meisten Zeit kosten. Adam legte einen Zahn zu.

»Hast du Ärger bekommen?«, fragte Wilbourg nach einer Weile.

»Weswegen?«

»Der Schlägerei. Deine Eltern sind sicher nicht begeistert, dass du einem Protestanten aus der Patsche geholfen hast.«

Adam schnaufte. »Oh bitte, denkst du, ich binde ihnen das auf die Nase?«

»Tust du nicht?«

»Nein. Wer ist denn schon so blöd und sagt seinen Eltern immer die Wahrheit?«

»Ich«, sagte Wilbourg.

Adam drehte sich zu ihm um. »Echt jetzt?«

Wilbourg nickte. »Mein Vater sagt immer, dass ich ihm alles sagen kann. Egal, was es ist.«

»Hm.« Adam stapfte weiter. »Hab deinen Vater gestern getroffen.«

»Echt? Wo denn?«

»In der Kirche.« Mister Swanson. Der Mann im weißen Anzug. »Er wollte mit seinem Bibelkreis unsere Kathedrale aufmischen. Den Chorleiter hätte fast der Schlag getroffen.«

Wilbourg schnaufte. »Ja, ich weiß. Er ist echt motiviert, die Protestanten hier zu mobilisieren. Schon fast ein bisschen zu viel für meinen Geschmack.«

»Wieso?«

»Ich weiß nicht. Es ist doch so schon schwer genug für uns. Er macht das alles nur noch schlimmer.«

»Ich finde es echt stark, was dein Vater macht«, sagte Adam, »er hat richtig Schneid.«

Aber Wilbourg hatte schon recht. Er hatte es schwerer als andere Jungs in der Schule. Er wurde gehänselt, verprügelt. Alles nur, weil er Protestant war. Adam war vorgestern zufällig in der Gasse hinter der Schule gewesen. Patrick und seine Kumpel hatten Wilbourg eingekesselt, gegen die Hausmauer gedrängt. Fünf gegen einen. Die hätten ihn umgebracht. Adam hatte einfach dazwischen gehen müssen.

Adam erreichte eine Anhöhe, von der aus er die gesamte Umgebung überblicken konnte.

»Ist ja voll krass hier oben«, meinte Wilbourg.

Doch um den Ausblick zu genießen, waren sie nicht hier. Adam erklomm die nächste Anhöhe, auf der die gigantische St. Patrick Statue stand.

»Gib mir mal den Vorhang,« sagte Adam.

Wilbourg, der immer dicht hinter Adam blieb, kramte im Rucksack. »Wer ist denn dieser Heilige Patrick eigentlich? Warum vergöttert ihr den so?«

»Er hat vor Jahrhunderten den katholischen Glauben in Irland verbreitet ... und die Schlangen von der Insel vertrieben.«

Wilbourg verzog das Gesicht. »Wie soll denn das gehen?«

»Mit einem Kleeblatt ... also das mit dem Glauben verbreiten, funktioniert gut mit einem Kleeblatt. Damit kannst du toll die Dreifaltigkeit erklären. Wie er das mit den Schlangen hingekriegt hat, weiß ich auch nicht.«

Es dauerte länger als gedacht, den Vorhangstoff an der Statue anzubringen. Allein hätte Adam das nie geschafft, es war gut, Wilbourg dabei zu haben.

»Naja, besonders hübsch sieht er ja nicht aus«, meinte Wilbourg.

Adam ging ein paar Schritte zurück, um das vollbrachte Werk zu betrachten. Es sah aus, als würde der heilige Patrick ein übergroßes Kleid tragen. Die Blumen im Muster verstärkten den Effekt.

Adam und Wilbourg mussten sich beeilen, um rechtzeitig in der Schule zu sein. Der Klassenlehrer Mister Canning löschte gerade die Tafel, als Adam und Wilbourg ins Klassenzimmer kamen. »Oh, Mister Delaney ist auch schon da.«

Adam spürte die Blicke seiner Klassenkollegen. Patrick und seine Freunde grinsten gehässig. Sie freuten sich bestimmt, dass es für Adam Ärger gab. Immerhin hatte er ihnen bei der Prügelei ganz schön zugesetzt. Die Spuren waren immer noch in ihren Gesichtern zu erkennen.

»Du bist zu spät, dafür gibt es saftiges Nachsitzen«, sagte Mister Canning.

»Nachsitzen, Sir? Ich bin doch pünktlich«, sagte Adam.

Patrick lachte. »Pünktlich? Du bist eine Stunde zu spät, du Schwachkopf.«

Adam fragte sich, warum er einmal mit Patrick befreundet war. Es wollte ihm kein plausibler Grund einfallen.

»Wilbourg muss auch nicht nachsitzen, obwohl er jetzt erst kommt«, sagte Adam.

»Mister Swanson ist Protestant, Mister Delaney. Ihn wollen wir nicht in unserem Religionsunterricht«, sagte Mister Canning.

»Ich bin auch Protestant, Sir«, erwiderte Adam.

Die ganze Klasse lachte. Mister Canning zog verärgert seine Augenbraue hoch. »Wie bitte?«

Adam reichte Mister Canning einen Brief. Darin stand in Schreibschrift: *Adam Delaney ist ab heute Protestant. Der König.*

»Soll das witzig sein?!«, brüllte Mister Canning.

»Nein, Sir. Ganz und gar nicht. Ich nehme meinen neuen Glauben sehr ernst.«

Adam und Wilbourg blieben am Nachmittag als Letzte in der Klasse zurück. Sie mussten nachsitzen. Adam wegen seines Religions-Scherzes und Wilbourg ... was genau Wilbourg falsch gemacht hatte, wusste Adam nicht.

Der irische Text, den sie als Strafarbeit übersetzen mussten, war ein Kinderspiel. Adam brauchte gerade einmal eine Viertelstunde dafür. Danach begann er, für zwei Klassenkollegen Aufsätze zu schreiben. Selbstverständlich ließ sich Adam seine Brüderlichkeit gut bezahlen. Das Thema war leicht: Beschreibe ein Wochenenderlebnis. Adam hatte fest vor, seine Idee über den zornigen Herrscher in der Burg von Downpatrick in den Aufsatz einzubauen.

Mister Cannings Stuhl scharrte über den Holzboden. Er verließ das Klassenzimmer, ließ die Tür aber einen Spalt offen.

»Psst«, zischte Wilbourg. »Adam, wie weit bist du mit der Übersetzung?«

»Fertig. Warum?«

Wilbourg zeigte ihm sein leeres Blatt Papier.

Adam reichte ihm die fertige Übersetzung und schrieb weiter.

»Was machst du da?«, fragte Wilbourg.

»Die Hausaufgabe für Montag.«

»Das habe ich noch vor mir.« Wilbourg schnaubte. »Keine Ahnung, was ich da schreiben soll.«

»Soll ich sie für dich schreiben?«

»Das würdest du tun?«

»Naja, das würde dich natürlich was kosten.«

»Wie viel?«, fragte Wilbourg.

»Zwanzig Pence.«

»Zwanzig? Da kann ich auch gleich Oscar Wilde fragen.«

Adam zuckte mit den Achseln. »Wenn du meinst.«

Im Gang hallten Schritte – Mister Canning.

»Ok. Ich besorge das Geld«, flüsterte Wilbourg.

»Gut. Du kriegst die Geschichte am Samstag. Vergiss nur nicht, sie abzuschreiben, bevor du abgibst. Wenn dein Aufsatz meine Handschrift hat, sind wir beide erledigt.«

Als Adam und Wilbourg endlich gehen durften, war es bereits dunkel draußen. Irgendwie hatte Adam erwartet, Patrick und seinen Schlägerfreunden zu begegnen. Er war erleichtert, dass es nicht dazu kam. Adam hätte heute keine Kraft mehr, sich zu wehren. Er war zu erledigt. Früh aufstehen bekam ihm gar nicht gut.

»Also dann, bis morgen.« Wilbourg schwang sich gähnend auf sein Fahrrad und fuhr davon.

Selbst um in die Fahrradpedale zu treten, war Adam zu faul. Er spazierte lieber nach Hause. Auf dem Heimweg kam er am Pub in der Irish Street vorbei. Durch die bunten Glasfenster dröhnte Stimmengewirr und laute Musik.

Für Adam war der St. Patricks Day mit dem Schmücken der Statue vorbei. Für die Erwachsenen im Ort ging er jetzt, nach Feierabend, erst richtig los. Adams Vater war als überzeugter Ire bestimmt auch im Pub. Besonders an Tagen wie heute.

Jeder Ire kann stolz sein auf seine Herkunft, sagte sein Vater immer. – Zu dumm nur, dass wir technisch gesehen gar keine Iren sind, dachte Adam.

Die linke Seite des Pubs war durch eine schmale Straße vom nächsten Häuserblock getrennt. In dieser Gasse kamen fast täglich Bierlieferungen, die durch die Seitentür direkt in den Lagerraum des Pubs gebracht wurden.

Am St. Patricks Day des Vorjahres hatten ein paar Betrunkene durch jene Tür Bierfässer unbemerkt rausgetragen und daheim ihre Badewannen mit Bier befüllt. Seit diesem Vorfall achtete der Pub-Besitzer darauf, dass die Tür zum Lagerraum geschlossen blieb.

Doch die Tür war heute einen Spaltbreit geöffnet, ein schwacher Lichtschein fiel auf die Straße.

Adam sah sich nach allen Seiten um. Niemand zu sehen. Ein Grinsen huschte über sein Gesicht, als er sich der Tür näherte. Wenn diese Irren nochmal ein Bierbad im Sinn hatten, wollte er diesmal wenigstens mitmachen.

Als Adam den Lagerraum betrat, brannte das grelle Licht in seinen Augen. Für einen Moment konnte er nur Umrisse erkennen. Zuerst sah er die Schuhe, dann den restlichen, schlaffen Körper. Erschrocken sprang Adam einen Satz zurück und starrte in das ausdruckslose, blasse Gesicht von Priester McKeeley, der mit einem Strick um den Hals von der Decke baumelte. Im Pub wurde laut gelacht, und einige Männer stimmten ein irisches Volkslied an.

11

Adams Vater kletterte an einer Leiter hoch und durchschnitt mit einem Messer das Seil. Sein uniformierter Kollege fing den Leichnam von Priester McKeeley auf und legte ihn auf den Boden. Der Kopf des Geistlichen war unnatürlich weit nach hinten gebeugt, auf seiner Kehle ein blutunterlaufener Streifen.

Adam wandte sich ab. Er wollte weglaufen, doch seine Beine waren nicht dazu imstande. Sie zitterten, gaben nach. Adam ließ sich auf den kalten Gehsteig plumpsen.

»Constable, verständigen Sie Dr. Nolan«, sagte Adams Vater.

»Jawohl, Chief Inspector«, antwortete der Constable.

Eine Hand berührte Adam an der Schulter und ließ ihn zusammenzucken. Sein Vater setzte sich neben Adam, musterte ihn.

»Was hast du hier gemacht?« Der Atem von Adams Vater roch nach Bier.

»Ich ... ich ...«

»Warum warst du hier?«, fragte sein Vater. Diesmal strenger und bestimmter.

»Ich ... ich war auf dem Weg nach Hause. Die Tür war offen ...«, sagte Adam.

»Auf dem Weg nach Hause? Wovon? Hast du wieder etwas angestellt?«, sagte sein Vater.

Adam bekam das Bild des Priesters nicht aus dem Kopf. Er hatte das Gefühl, den Strick um seinen Hals zu spüren. Er konnte nicht atmen.

»Du hast die St. Patrick Statue verkleidet, nicht wahr? Ich weiß, dass du es warst. Du machst immer so einen Unsinn ... ich schwöre dir Adam, wenn du dich nicht bald zusammenreißt, dann setzt's was, aber gewaltig.« Die Stimme seines Vaters war so weit weg.

Am Tag zuvor hatte Adam noch mit Priester McKeeley gesprochen, und jetzt war er tot. Adam war mit einem Mal kotzübel. Er übergab sich auf die Straße.

»Nana, junger Mann.« Dr. Nolan kam mit schnellen Schritten die Straße herunter und reichte Adam ein Stofftaschentuch.

Adam nickte dankbar.

»Hat der Junge die Leiche gefunden?« Dr. Nolan legte seine Hände auf Adams Wangen und sah ihm tief in die Augen.

»Ja«, klang die Stimme seines Vaters in Adams Ohren.

»Hm. Wie fühlst du dich, Junge?«

Ein Wort dafür zu finden, war schwer. Eine Mischung aus Panik und Angst herrschte in Adam vor. Doch was war dafür das richtige Wort? Pangst? Angik?

»Du stehst unter Schock. Ganz normal. Schauen wir mal, was wir hier für dich haben.« Dr. Nolan grub in seiner Arzttasche.

»Ich habe Sie nicht wegen Adam gerufen, Doktor«, sagte Adams Vater.

Dr. Nolan sah zu Priester McKeeley und dann wieder zu Adam. »Na, für Adam kann ich wenigstens noch etwas tun.«

Was auch immer Dr. Nolan Adam verabreicht hatte, es tat richtig gut. Die Übelkeit verging und die Bilder vom toten Priester verschwanden.

Adam war froh, endlich zu Hause zu sein, wo es gerade auffällig ruhig war. Nicht, dass es Adam störte. Es kam einfach nur viel zu selten vor.

Adam setzte sich an den Küchentisch, auf dem eine Öllampe stand. Die Flamme flackerte, als ein Lufthauch durch die Küche strömte.

Elaine war nach Hause gekommen. Sie hatte langes, blondes Haar und trug einen braunen löchrigen Pullover – ein Erbstück von ihren älteren Schwestern. Elaine war die Sechste in der Familie, die ein Kleidungsstück auftrug. Dementsprechend verwahrlost sah sie immer aus.

Sie ließ ihre Schultasche auf den Boden plumpsen. »Wo sind denn alle?«

Adam zuckte mit den Schultern.

»Tee?«, fragte Elaine.

Adam nickte. Er holte draußen vom Brunnen einen Eimer Wasser. Als er in die Küche zurückkam, hatte Elaine bereits Feuer im Kamin gemacht.

Elaine hängte den Kochtopf über das Feuer und füllte das Brunnenwasser in den Topf.

Die Treppe im Flur knarrte. Schritte. Sinead. Sie trug ein beiges Kleid, das früher einmal weiß gewesen war. Die Ärmel reichten ihr nur noch bis zum Ellbogen und um ihre Brust spannte der Stoff. Das Kleid war ihr bereits zu klein. Bald würde es in Elaines Besitz übergehen.

»Was hast du angestellt? Vater ist total aufgebracht, und Mutter weint wie ein Schlosshund«, sagte Sinead.

»Ich habe gar nichts angestellt«, antwortete Adam.

Elaine holte drei Tassen aus dem Schrank. »Du warst das mit der Statue, oder?« Sie sah Adam an.

»Deswegen weint Mama?«, fragte Sinead.

»Mama weint, weil McKeeley tot ist«, sagte Adam.

»McKeeley? Unser Priester McKeeley? Oh, Gott. Wie schrecklich«, sagte Sinead.

»Was ist passiert?«, fragte Elaine.

»Er hat sich aufgehängt«, sagte Adam. Mist. Die Bilder kamen zurück. Jenny tapste in die Küche. Sie ragte Sinead gerade einmal bis zur Hüfte. Ihren Teddybären hatte Jenny im Würgegriff.

»Schätzchen, warum bist du denn noch auf?«, sagte Elaine.

Jenny rieb sich die Augen. »Ich kann nicht schlafen. Wo ist Mama?«

»Oben«, sagte Sinead.

»Wieso?«, fragte Jenny.

»Ihr gehts nicht gut, Schätzchen«, sagte Elaine.

»Ist sie krank?«

»So was in der Art«, antwortete Elaine. »Komm, ab ins Bett mit dir.«

»Aber ich kann ohne Gute-Nacht-Geschichte nicht schlafen«, sagte Jenny.

»Ich les dir was vor.« Elaine legte eine Hand auf Jennys Schulter und begleitete sie in den Flur hinaus.

Sinead sah Adam an. »Du hast also unseren Heiligen Patrick entweiht.«

»Kümmere dich um deinen Mist.« Adam goss sich eine heiße Tasse Tee ein und löschte das Feuer.

»Provozier Papa nicht immer, das geht noch übel aus«, sagte Sinead.

In dieser Nacht träumte Adam von seiner letzten Beichte.

Doch in seinem Traum beichtete nicht Adam, sondern Priester McKeeley. Er erzählte Adam, dass er sich umbringen wolle. Plötzlich standen die beiden wieder im Lagerraum. McKeeley hielt den Strick in der Hand. Er ging auf Adam zu, bat ihn um Hilfe.

Röchelnd saß Adam in seinem Bett. Der Mond schien durch das Fenster und erhellte sein kleines Zimmer. Es war so eng hier drinnen. Adam konnte nicht atmen. Er öffnete seine Tür, die in das Mädchenzimmer führte.

Das ruhige und gleichmäßige Atmen seiner Schwestern beruhigte ihn. Er setzte sich zwischen die Stockbetten auf den Boden und atmete tief durch. Das Licht des Mondes fiel auf Jennys Gesicht. Sie schlief dicht an Elaine gekuschelt.

Adam gähnte. Er fühlte sich so unglaublich müde. Doch er wollte nicht einschlafen – nie wieder.

Sinead murmelte etwas im Schlaf und drehte sich auf die andere Seite. Das Bett über ihr war leer. Nora. Wo steckte Nora?

Adam schlich sich aus dem Zimmer hinaus in den Flur.

Draußen vor dem Haus durchdrang ein Lichtschein die Dunkelheit. Adam stellte sich ans Fenster und spähte hinaus. Nora stand am Eingang eng umschlungen mit Randell Gallagher, der eine Taschenlampe in der Hand hielt. Nora löste die Umarmung und strich Randell durch sein Haar. Er beugte sich nach vorne und küsste sie. Adam wurde wieder übel. Das musste er sich wirklich nicht weiter ansehen. Er ging in die Vorratskammer und schenkte sich ein Glas Milch ein.

Die Haustür knarrte, als sie geöffnet wurde.

»Pssscht, es schlafen doch schon alle«, flüsterte Nora.

»Ach, lass mich doch noch kurz hineinkommen«, flüsterte Randell.

»Kommt gar nicht infrage. Wiedersehen, Mister.«

Die Tür wurde geschlossen.

Adam stellte die Milchkanne lautstark auf den Boden, er wollte gehört werden.

Nora gab keinen Mucks von sich.

Adam genoss diesen Moment. Jeder in diesem Haus hatte Angst davor, von seinem Vater erwischt zu werden, auch Nora.

»Adam! Hast du mich erschreckt«, sagte Nora, als er aus der Vorratskammer trat.

»Wo kommst du denn jetzt her?«, fragte Adam.

»Geht dich gar nichts an«, antwortete Nora schnippisch.

»Was geht da unten vor sich«, brummte Adams Vater. Er kam die Treppe herunter, in seiner Hand eine Öllampe. Seine finstere Miene wirkte im Lichtschein noch bedrohlicher.

»Adam … er ist schuld … er …«, stammelte Nora.

»Wieso trägst du keinen Pyjama?«, fragte Adams Vater.

»Ja, genau. Warum nicht?« sagte Adam.

»Sei ja still«, fauchte Nora.

»Randell Gallagher hat auch keinen Pyjama getragen, Vater«, sagte Adam.

»Randell Gallagher?!« Der Kopf von Adams Vater wurde knallrot.

»Du Ratte, das zahle ich dir heim«, zischte Nora.

»Ab ins Bett! Darüber reden wir morgen«, sagte Adams Vater.

»Randell und ich lieben uns«, schniefte Nora.

Weinerlich zu sein, hatte bei Adams Vater noch nie etwas gebracht.

»Ab ins Bett, habe ich gesagt.«

Nora gehorchte.

»Du auch, Adam«, sagte sein Vater. Er wandte sich um, ging zurück nach oben.

Adam stand am Treppenabsatz, versuchte Worte dafür zu finden, was ihn beschäftigte. »Warum hat er das getan? Priester McKeeley. Wieso hat er sich umgebracht?«

»Lass es einfach gut sein, Adam. Lass es einfach gut sein«, tönte die Stimme seines Vaters durch die Dunkelheit.

Am nächsten Morgen schwänzte Adam die Schule und machte sich auf die Suche nach seiner Mutter. Sie hatte beim Frühstück gefehlt, war nicht einmal zu Hause gewesen.

Es gab eigentlich nur einen Ort, an dem sie sein konnte. – Die Delaney Bakery, die sie seit Jahren mit Leidenschaft führte.

Adam hasste die Konditorei. Sie war der Treffpunkt für alle im Ort, um über neueste Gerüchte zu tratschen.

Adam stand vor der Tür der Konditorei, zögerte. Im Moment konnte es nur ein Thema geben: Priester McKeeley. Adam wollte nichts darüber hören, nicht daran erinnert werden. Doch er musste einfach mit seiner Mutter reden.

Zum Glück war gerade wenig los. Hinter dem Verkaufstresen stand Caitlin. Ihre fettigen, dunklen Haare hatte sie zu einem Zopf zusammengebunden.

»Was machst du denn hier?«, fragte Caitlin.

Von all seinen Schwestern mochte Adam sie am wenigsten. Caitlin war immer so schroff und grimmig. Seit sie geheiratet hatte, war es noch viel schlimmer.

»Ist Mama da?«, fragte Adam.

»Solltest du nicht in der Schule sein?«, antwortete Caitlin.

Adam ging an ihr vorbei in die Backstube, wo Brigid gerade ein Blech mit frisch gebackenen Pies aus dem Ofen holte.

Es roch nach Schokolade und Teig. Adams Magen knurrte und er schnappt sich eine der Pies.

»Hey, nicht alles wegessen«, sagte Brigid. Sie war eigentlich das genaue Gegenteil von Caitlin – immer fröhlich und gut gelaunt. Auch an ihrem Finger steckte seit Kurzem ein Ehering.

»Ich habe noch nichts gegessen«, sagte Adam mit vollem Mund und verteilte dabei Krümel auf dem Tisch und dem Boden.

»Man spricht nicht mit vollem Mund«, ermahnte ihn Brigid, »vor allem nicht, wenn dort Essen zubereitet wird.« Sie wischte den Backtisch ab und rührte die nächste Ladung Teig an.

»Hast du Mama gesehen?«, fragte Adam.

»Nein, leider. Das mit McKeeley geht ihr wirklich nahe«, sagte Brigid.

Schweigen.

»Was denkst du, passiert, wenn man stirbt?« Adam hatte die Frage laut ausgesprochen, bevor er sie sich in Gedanken stellen konnte.

»Man kommt in den Himmel?«

Adam sah Brigid an. »War das eine Frage?«

»Ist das nicht die Antwort, die du hören wolltest?«, fragte Brigid.

Adam schüttelte den Kopf. »Ich glaube, es passiert gar nichts. Man ist einfach weg.«

Brigid hielt inne, sah Adam lange an. »Naja, irgendwann finden wir es raus, nicht?«

Eine der Tratschtanten in der Konditorei richtete Adam aus, er solle noch heute ins Pfarrhaus kommen. Schwester Stephanie wolle ihn ganz dringend sprechen.

Eigentlich gab es nichts, das Adam weniger gern getan hätte. Doch vielleicht hatte Schwester Stephanie ein Ohr für sein Anliegen.

Es fühlte sich komisch an, im Zimmer von Priester McKeeley zu sein, in einem seiner Stühle zu sitzen.

»Danke, dass du gekommen bist, Adam«, sagte Schwester Stephanie.

»Kein Problem.«

Schwester Stephanie strich sich immer wieder über ihre Robe und vermied es, Adam in die Augen zu sehen. Zwischen ihnen auf dem Tisch stand der dampfende Teekessel und drei Tassen. Es roch nach grünem Tee. Auf wen sie warteten, wusste Adam nicht.

Es klingelte und Stephanie sprang auf. »Das muss Elaine sein.«

Elaine?

»Entschuldigen Sie die Verspätung, Schwester. Ich hab unerwartet eine Freundin getroffen«, klang Elaines Stimme aus dem Vorraum.

»Überhaupt kein Problem ... Adam ist auch da.«

»Warum denn?«

Das fragte sich Adam auch.

»Nimm doch erst einmal Platz.« Stephanie führte Elaine ins Priesterzimmer. Elaine machte einen leicht verwirrten Eindruck, als sie sich neben Adam setzte.

»Du kannst dir gerne eine Tasse Tee nehmen, Elaine«, sagte Schwester Stephanie.

»Oh. Danke. Haben Sie auch etwas Milch?«

Adam sah sie ungläubig an. »Grüner Tee mit Milch, ist das dein Ernst?«

»Ich trinke den Tee immer so. Noch nie aufgefallen?«

»Nein, zum Glück nicht«, sagte Adam.

Schwester Stephanie brachte ein Kännchen Milch. Als sich Tee und Milch vermischten, bekam der Tee eine merkwürdige bräunliche Farbe. Elaine legte ihre Lippen an die Tasse und nahm einen kräftigen Schluck.

Adam verzog angewidert das Gesicht. Er wollte sich den Geschmack dieser Mischung nicht vorstellen.

»Nun gut.« Stephanie nahm eine Box aus dem Wandschrank und setzte sich damit hin. »Ich habe hier etwas für euch. Priester McKeeley wollte, dass ihr es bekommt.« Stephanie holte ein Buch hervor und überreicht es Adam.

Elaine prustete. »Ein Buch? Für dich? Priester McKeeley kannte dich wohl nicht sonderlich gut.« Elaines Worte waren unsensibel. Ihr Gesichtsausdruck verriet, dass es ihr peinlich war. Sie sah Schwester Stephanie an. »Entschuldigung.«

Adam betrachtete den Einband, der so alt war, dass er den Titel und den Autor kaum noch lesen konnte. Das Buch hieß *Lady Windermeres Fächer*, geschrieben von Oscar Wilde. Elaine hatte recht, Lesen war nicht wirklich Adams Geschmack. Er versuchte, sich seine Enttäuschung nicht anmerken zu lassen, und sah mit einem gezwungenen Lächeln Schwester Stephanie an. »Danke.«

Sie nickte stumm. Ihre Hände verschwanden wieder in der Box und holten ein altes Schachspiel hervor. Sie reichte es Elaine. Adam wusste, dass Elaine nicht gerne spielte. Es würde ihn sehr überraschen, wenn sie die Schachregeln überhaupt kannte.

»Stephanie, das ist wirklich nett von dir, aber willst du die Sachen nicht behalten? Immerhin sind es Erinnerungsstücke«, meinte Elaine.

Schwester Stephanie sog die Luft hörbar durch ihren Mund ein. »Nein. Priester McKeeley wollte, dass ihr diese Dinge bekommt ...« Sie streichelte die Box in ihrem Schoß. »... falls ihm etwas zustößt.«

Elaine legte ihre Hand auf das Schachspiel. »Aber, warum?«

Stephanie zögerte. »Ihr seid ...« Ihr stiegen die Tränen auf. »Ihr wart ... seine Kinder.«

12

Downpatrick hatte einen neuen Priester. Erzkatholisch und streng. Die protestantischen Bibelkreise gehörten der Vergangenheit an.

Adam mochte den neuen Priester nicht. Seine Predigten waren einfach langweilig. – Zugegeben, bei Priester McKeeley hatte sich Adam auch immer gelangweilt, aber auf eine andere Art und Weise. Die Langeweile von Priester McKeeley war viel besser gewesen, als jene bei diesem neuen Priester, dessen Namen sich Adam nicht einmal merken wollte.

Zu Adams Überraschung nahm auch seine Mutter am Gottesdienst teil, von Anfang an.

Die meisten, die zum Gottesdienst kamen, gingen danach noch in die Delaney Bakery auf einen Tee und ein Stück Kuchen. So glich der Spaziergang von der Kathedrale in die Konditorei einer Prozession.

Adam blieb die ganze Zeit dicht bei seiner Mutter, die sich entschieden hatte, wieder in der Konditorei mitzuarbeiten.

»Bist du sicher? Wir schaffen das auch allein, Mama«, sagte Caitlin, als sie die Konditorei aufsperrte.

Hinter ihnen bildete sich eine lange Schlange.

»Das ist mein Geschäft. So weit kommt es noch, dass ich mich rauswerfen lasse«, sagte Adams Mutter.

»Keiner wirft dich raus, Mama«, sagte Brigid. »Wir wollen doch nur, dass du dich gut erholst.«

»Erholen? Wovon denn?« Adams Mutter bekam immer eine piepsige Stimme, wenn sie versuchte, etwas zu überspielen.

Adam folgte seiner Mutter und seinen Schwestern in die Konditorei und in die Backstube.

»Du musst nicht hierbleiben, Adam«, sagte seine Mutter.

»Ich möchte es aber.« Er hatte so viele Fragen an sie, wusste aber nicht, wo er anfangen sollte.

»Nun gut, dann kümmert ihr beiden euch doch um den Verkauf. Adam und ich schaffen das hier hinten schon«, sagte seine Mutter.

Moment mal, von Helfen war keine Rede, dachte Adam.

Doch Caitlin und Brigid waren schon in den Laden verschwunden.

Er und seine Mutter blieben allein in der Backstube zurück.

Sie streckte ihm eine rosa Schürze entgegen.

»Die zieh ich nicht an«, sagte Adam.

»Jetzt stell dich nicht so an. Ich zeige dir, wie man Pies macht.«

Adam konnte sein Glück nicht fassen.

Während seine Mutter ihm lang und breit erklärte, was eine gute Teigmischung ausmachte, fragte sich Adam, wie er die Sache mit Priester McKeeley am besten ansprechen sollte.

Die Gelegenheit war vorüber, als Misses O'Hara zur Tür hereinstürzte.

Adam hatte sie lange nicht gesehen. – Das letzte Mal, als er sich mit ihrem Sohn Patrick geprügelt hatte.

Misses O'Hara war aufgelöst. »Elaine ... Elaine«, stammelte sie.

»Was ist mit Elaine?«, fragte Adams Mutter.

»Sie ... sie und Pauline ...« Misses O'Hara schluchzte.

»Bitte beruhigen Sie sich«, sagte Adams Mutter. Sie führte Misses O'Hara zu einem Hocker, der in der Ecke stand. Misses O'Hara ließ sich einfach fallen, lehnte an der Wand und schluchzte.

»Adam, ein Taschentuch«, sagte seine Mutter.

Wo sollte er denn jetzt ein Taschentuch hernehmen? Er reichte seiner Mutter ein Geschirrtuch.

»Ihre ... Ihre Tochter ...«, begann Misses O'Hara erneut. »Und meine Tochter ...«

Was war denn nur geschehen?

Misses O'Hara sah Adams Mutter an. »Die beiden haben sich geküsst!«

Elaine Delaney hatte mit Pauline O'Hara geknutscht. Die Nachricht verbreitete sich in Downpatrick wie ein Lauffeuer. Als die Direktorin der Mädchenschule von dem Vorfall erfuhr, suchte sie das Gespräch mit den Eltern. Misses Woods saß am Esstisch, um mit Adams Eltern über Elaines Zukunft zu sprechen. Adam stand in der Küche und trank seinen Tee sehr langsam.

»Hören Sie«, Misses Woods sah von Adams Mutter zu seinem Vater. »Elaine war immer ein gutes Kind. Sie hat ein tadelloses Benehmen und einen sehr guten Schulerfolg. Ein Entzug ihres Platzes an unserer Schule erscheint mir daher nicht sinnvoll.«

»Gott sei Dank.« Adams Mutter atmete erleichtert auf.

»Ich möchte Sie jedoch wissen lassen, dass ich mit dieser Entscheidung dem Elternbeirat entgegentrete, der sich strikt für einen Ausschluss aus der Schule ausgesprochen hat.« Misses Woods seufzte. »Und wer kann es ihnen verdenken? Niemand möchte Kinder mit solch einer Veranlagung. Dass andere Eltern um den vermeintlich schlechten Einfluss von Elaine und Pauline besorgt sind, steht außer Frage und erscheint nur zu verständlich.«

»Welche weiteren Schritte sollen von unserer Seite unternommen werden, Frau Direktor?« Adams Vater saß Misses Woods mit einer Nüchternheit gegenüber, die Adam als Gleichgültigkeit wertete. Streng genommen war Elaine ja genauso wenig sein Problem wie Adam.

»Eine vorübergehende Suspendierung ist unvermeidlich. Die Zeit sollten Sie nutzen, um Elaine klarzumachen, warum es falsch war, was sie getan hat. Ich würde Ihnen auch empfehlen, einen Spezialisten zu konsultieren. Solche Neigungen müssen im jungen Alter ausgetrieben werden, ansonsten lebt sie mit dieser Schändlichkeit vielleicht ihr ganzes Leben.«

Adams Mutter lehnte sich schluchzend an seinen Vater.

»Es wäre wirklich schade um Elaine. Sie ist so ein gutes Kind. Sie verdient eine Behandlung, eine Gesprächstherapie ... ich habe gehört, es soll auch gute Medikamente geben.« Misses Woods faltete ihre Hände. »In meinem Bekanntenkreis gab es auch einmal so einen Fall, müssen Sie wissen. Leider haben es die Eltern des betroffenen Mädchens verabsäumt, schnell genug

einzugreifen, und sie ist …« Misses Woods biss sich auf die Unterlippe und schluckte. »Sie ist so geblieben.«

Adams Mutter sah auf und legte ihre Hand erschüttert an den Mund.

»Was ich Ihnen damit sagen will, ist, dass Sie diese Anzeichen ernst nehmen sollten und so schnell wie möglich dagegen vorgehen müssen. Dasselbe habe ich Paulines Eltern empfohlen.«

Adams Vater erhob sich und schüttelte Misses Woods die Hand. »Vielen Dank für Ihren Besuch, Misses Woods.«

Sie nickte ihm aufmunternd zu. »Geben Sie die Hoffnung nicht auf. Auch gute Seelen kommen manchmal vom Weg ab.«

Elaine fehlte beim Abendessen. Niemand rief nach ihr. Adam hätte sie geholt, aber er wusste es besser. Wenn sie nicht kam, wollte sie allein sein.

Es war merkwürdig ruhig am Tisch. Sechs Menschen, kein Laut – nur das Klirren des Löffels in den Suppentellern.

Der Eintopf schmeckte viel zu salzig und schal.

»Das ist doch wirklich unerhört«, sagte Sinead. »Wir geben uns solche Mühe beim Kochen und sie kann nicht einmal Bescheid sagen, dass sie nicht kommt.«

»Lass es«, meinte Nora. »Sei froh, dass sie nicht da ist. Ihresgleichen hat unser Essen nicht verdient.«

»Niemand hat diese Brühe verdient.« Adam ließ den Eintopf auf seinem Löffel wieder in den Teller tröpfeln.

»Hüte deine Zunge, Adam«, mahnte ihn sein Vater.

Du hast mir gar nichts zu sagen, wollte Adam antworten. Doch wem tat er damit weh? Eigentlich nur sich selbst. Stattdessen stand er auf. Seine Mutter tadelte ihn, weil er sein Geschirr nicht wegräumte. Adam tat so, als hätte er es nicht gehört.

Er ließ seine Familie in der Küche zurück und ging den Flur hinunter bis zur Tür des Mädchenzimmers. Er klopfte. Keine Antwort.

Zögernd trat er ein. Elaine war nicht da.

Adam betrat sein Zimmer, zog den Schlafanzug an und kniete sich neben sein Bett. Er schloss Priester McKeeley in sein Abendgebet ein. *Paulus sagt: Kämpfe den guten Kampf.* McKeeleys Worte klangen in Adams Ohren. Warum hatte er das gesagt? Wie konnte er so etwas sagen und sich am nächsten Tag das Leben nehmen? Selbstmord. Das war feige. Das war kein Kampf, das war Aufgeben. So war McKeeley doch nicht. Er hatte immer allen die Stirn geboten. Wie diesem lächerlichen Chorleiter. Was war denn schon dabei, wenn die Protestanten hin und wieder die Kathedrale für ihre Gemeinschaft nutzten?

Der Streit mit dem Chorleiter. Es durchfuhr Adam wie ein Blitz. Was, wenn es gar kein Selbstmord war? Was, wenn McKeeley starb, weil er sich für etwas eingesetzt hatte. – Ein Kampf. Ja, das klang eher nach dem McKeeley, den Adam gekannt hatte.

Adam sauste in die Küche, wo sein Vater allein am Tisch saß, seine Pfeife rauchte und Zeitung las.

»Sie haben sich gestritten.«

»Wie bitte?«

»Sie haben sich gestritten. McKeeley und dieser Chorleiter. Wegen Mister Swanson. Er ist Protestant und die hatten einen Bibelkreis, aber das hat dem Chorleiter nicht gefallen ...«

»Wovon sprichst du?«, sagte Adams Vater.

»McKeeley hat sich nicht umgebracht, er hat gekämpft. Er hat sich für die Rechte der Protestanten eingesetzt. Deshalb musste er sterben.«

Sein Vater hob beschwichtigend die Hände. »Jetzt beruhige dich erstmal.«

Adam kannte diesen Tonfall. Sein Vater glaubte ihm nicht. »Frag Schwester Stephanie. Sie hat alles gesehen.«

»Ich werde bestimmt keinen unwirschen Beschuldigungen nachgehen«, sagte sein Vater.

»Aber ...«

»Nichts aber. Lass die Polizeiarbeit uns machen.«

Am Tag darauf, nach der Schule, lud Adam Wilbourg zu sich nach Hause ein. Mit einer Tafel Schokolade aus der Vorratskammer zogen sie sich in Adams Zimmer zurück.

»Du denkst wirklich, der Chorleiter hat McKeeley auf dem Gewissen?« Wilbourg stopfte sich eine Reihe Schokolade auf einmal in den Mund.

»Nur so ergibt es Sinn.«

»Du musst es der Polizei sagen.«

»Habe ich schon. Vater hört mir ja nicht einmal zu.«

»Mein Vater glaubt auch nicht, dass es Selbstmord war«, sagte Wilbourg.

»Wirklich?«

Wilbourg nickte.

Es fühlte sich gut an, mit der Vermutung nicht allein dazustehen. McKeeley war ein Katholik. Er wusste, dass Gott ihm dieses Leben geschenkt hatte. Dass es eine Todsünde war, dieses Geschenk Gottes nicht anzuerkennen. »Ist Selbstmord bei euch auch eine Todsünde?«, fragte Adam.

»Bei uns?«

»Na bei euch eben. Bei euch Protestanten.«

»Naja. Im Prinzip sind wir natürlich auch gegen den Selbstmord. Gott entscheidet, wann wir sterben, nicht wir.«

Adam nickte.

«Aber Todsünden haben wir nicht. Wir haben nur Sünden«, sagte Wilbourg.

»Und die können alle vergeben werden?«

»Soweit ich das verstanden habe, vergibt Gott ziemlich alles.«

»Und wie beichtet ihr, wenn ihr zurzeit weder Kirche noch Priester habt?«, fragte Adam.

»Oh. Wir brauchen keinen Priester zum Beichten«, antwortete Wilbourg. »Wir wenden uns direkt an Gott.«

»Hm.« Adam aß ein Stück Schokolade. »Und das macht ihm nichts aus?«

»Warum sollte ihm das etwas ausmachen?«

»Naja, wenn sich jeder Christ mit jeder Sünde an ihn wendet, das muss doch nerven, oder?«

»Adam! Adam!«, donnerte die Stimme seines Vaters durchs Haus. Die trampelnden Schritte kündigten ihn an, bevor er im Zimmer stand.

»Es regnet schon wieder durchs Dach, wir müssen …« Adams Vater hielt inne, sah Wilbourg irritiert an. »Wer bist du denn?«

»Wilbourg … Wilbourg Swanson, Sir.«

»Swanson? Ein Protestant in meinem Haus!?«, tobte Adams Vater.

»Ich … ähm … ich …«, stammelte Wilbourg.

»Lass ihn, er ist mein Freund«, sagte Adam.

Die Ohrfeige brannte auf Adams Wange.

»Verschwinde. Los! Raus aus meinem Haus!«, brüllte Adams Vater Wilbourg an.

Warum musste sein Vater immer so brüllen? War ihm nicht klar, wie peinlich sein Verhalten war? Adam schämte sich für ihn und für seine Engstirnigkeit. Er trat mit voller Wucht gegen das Schienbein seines Vaters, der vor Schmerz aufschrie. Adam stieß ihn zur Seite, lief davon. Aus dem Haus, aus der Nachbarschaft, immer weiter, bis seine Lungen schmerzten. Keuchend lehnte er sich gegen eine Hauswand. Wilbourg kam im Laufschritt hinter ihm her. Seine Wangen waren gerötet, auch er war außer Atem.

»Dein Vater mag also keine Protestanten«, schnaufte Wilbourg.

»Sieht ganz so aus, hm?«, meinte Adam.

Beide lachten. Es war ein befreiendes Lachen. Adam empfand keine Wut mehr. Es war einfach zu lächerlich, um sich ernsthaft darüber aufzuregen.

Wilbourg deutete mit dem Kopf die Straße hinunter. »Ist das nicht deine Zwillingsschwester?«

Ja, das war Elaine. Sie fuhr mit dem Fahrrad auf Adam und Wilbourg zu.

Adam winkte ihr, doch sie reagierte nicht. Sie blieb in einiger Entfernung stehen, vor dem Haus der O'Haras. Sie lehnte ihr Fahrrad an den Gartenzaun.

Adam hatte kein gutes Gefühl.

Elaine klingelte. Keine Reaktion. Sie klingelte noch einmal.

Die Haustür wurde aufgerissen, und Pauline stürmte heraus.

»Was fällt dir ein, hier aufzutauchen?« Die Wut in Paulines Stimme ließ Elaine zurückzucken.

»Ich hab es zu Hause nicht mehr ausgehalten. Ich wollte dich sehen.« Elaine trat in den Garten.

Pauline wich zurück. »Du glaubst doch nicht wirklich, dass ich dich nach allem, was passiert ist, noch sehen will?« Pauline zeigte auf ihr Elternhaus. »Die hätten mich beinahe in ein Heim gesteckt. Hast du eigentlich eine Ahnung, was du mir angetan hast?«

»Aber ... ich ...«, stammelte Elaine. »Was ist mit mir ... mit uns?«

Pauline lachte. »Uns? Es gibt kein uns, Elaine. Das kann ich dir garantieren. Du schreibst mir keine Briefe mehr und du kommst hier auch nie wieder vorbei. All das hört jetzt auf, ist das klar?«

Elaine senkte ihren Kopf.

»Und wenn wir uns auf der Straße oder in der Schule begegnen, wage es ja nicht, mich anzusprechen.« Pauline wandte sich um und verschwand im Haus.

Die Wut kehrte in Adams Adern zurück. Was war denn das für eine Zicke?

Paulines Mutter tauchte im Vorgarten auf.

»Oh, oh«, murmelte Wilbourg.

»Sie wollte gerade gehen, Mutter«, drang Paulines Stimme aus dem Haus.

Paulines Mutter zitterte am ganzen Körper. Sie hielt etwas in der Hand. Einen Besen. Sie stürzte auf Elaine zu und schlug auf sie ein, wieder und wieder.

Für einen Moment war Adam wie gelähmt. Dann lief er los, sprang über den Zaun in den Vorgarten der O'Haras. Elaine lag rücklings am Boden und versuchte, mit den Armen ihren Kopf vor den Schlägen zu schützen. Sie schrie bei jedem Schlag auf.

»Stopp!« Adam stellte sich vor Elaine. Er bekam einen Schlag ab. Ein stechender Schmerz schoss durch seine Schulter.

Wilbourg war an seiner Seite. »Aufhören!«, brüllte er.

Adam schlug Paulines Mutter den Besen aus der Hand.

Sie stand einfach nur da und starrte Adam an. Dann drehte sie sich um und verschwand wieder im Haus.

13

Adam kehrte erst am nächsten Morgen nach Hause zurück. Im Garten stand Nora mit dem Waschbottich und schrubbte Wäsche am Waschbrett.

»Wo hast du denn die ganze Zeit gesteckt?«, fragte sie.

»Hab bei Wilbourg übernachtet.«

»Wilbourg? Wilbourg Swanson?« Nora seufzte. »Papa wird ausrasten.«

Sein Vater war ihm so egal. Er wollte mit seiner Mutter reden.

Im Haus war es ruhig. Adam ging nach oben.

»Mutter?« Er klopfte an die Tür ihres Nähzimmers, bevor er eintrat.

Das süßliche Parfüm seiner Mutter lag noch in der Luft. Wo war sie denn nur?

Adam setzte sich auf den alten Schaukelstuhl. Eigentlich brauchte er seine Mutter nicht, um Antworten zu finden. Wenn sie wirklich mit McKeeley zusammen gewesen war, musste sie doch irgendetwas von ihm aufgehoben haben, oder?

Adam sah in den Kommoden nach. Nichts. Den Regalen. Auch nichts. Er schnaufte. Vielleicht hatte er sich geirrt. Vielleicht hatte Stephanie sich geirrt.

Die Holzschatulle! Sie stand auf dem Regal, das schon länger nicht mehr abgestaubt worden war. Ein rechteckiger Fleck in der Größe der Holzschatulle war nicht staubig. Doch die Schatulle stand nicht genau auf ihrem Platz. Sie muss vor Kurzem bewegt worden sein.

Adam zögerte einen Moment, bevor er die Schatulle öffnete. Leer. Die Enttäuschung lag schwer auf Adams Brust. Vielleicht war ja die Schatulle von McKeeley. In den Deckel waren Blumenkonturen geschnitzt – total kitschig. Außen fühlte sich die Schatulle so weich an, innen sehr rau. War da ein Spalt?

Adams Fingernägel waren zu kurz, um die Innenseite des Deckels auszuhebeln. Mit der Nagelfeile seiner Mutter, die im selben Regal lag, gelang es ihm.

Eine Seite fiel heraus. Eine Buchseite. Adam hob sie vom Boden auf und überflog den Text. Es ging um eine Lady Windermere und einen Lord Darlington. Ein Satz des Dialogs war markiert worden: *Allem kann ich widerstehen, nur der Versuchung nicht.*

Die Stiege knarrte. Schritte. Die Tür wurde aufgerissen.

»Was machst du hier drinnen?« Sein Vater sah wütend aus. Richtig wütend. »Du hast hier nichts verloren!« Sein Blick fiel auf die Schatulle in Adams Händen.

Er packte Adam beim Genick und zerrte ihn den Flur entlang.

Adam wehrte sich. Strampelte mit Händen und Füßen. Schrie. Er wusste, was jetzt passieren würde. Er hatte nur nicht die Kraft, um es zu verhindern.

Sein Vater stieß ihn in das alte Büro, in dem es modrig roch.

Wie oft war er schon hier gewesen? Wie oft hatte er den unbändigen Zorn seines Vaters gespürt?

Die Tür knallte zu, das Schloss wurde verriegelt.

Adam robbte rücklings zurück, bis er am Schreibtisch anstieß.

Sein Vater löste den Gürtel um seinen Hosenbund.

»Bitte nicht. Nicht«, flehte Adam. »Es tut mir leid.«

Sein Vater zerrte ihn am Kragen hoch. Adam japste. Er hatte aufgehört zu strampeln. Es war zwecklos. »Hose runter und vornüberbeugen.«

Wieso hasst du mich nur so?, dachte Adam. *Weißt du, dass ich nicht dein Sohn bin? Weißt du von McKeeley?*

»Hose runter und vornüberbeugen!«

Adam gehorchte, klammerte sich mit verkrampften Fingern an der Tischplatte fest.

Als die ersten Hiebe seinen blanken Hinter trafen, wich sämtliche Luft aus seinen Lungen. Sein Vater hatte trainiert, so viel stand fest. Adam schluckte den Schmerz hinunter und schloss seine feuchten Augen. Und wenn sein Vater ihn mit dem verdammten Gürtel grün und blau schlug, weinen würde er Adam bestimmt nicht sehen.

Die Wucht jedes einzelnen Schlags war so heftig, dass Adam sich kaum halten konnte. Unaufhörlich schlug sein Vater auf ihn ein. Adam wusste nicht, wie lang er das noch durchhielt. Die Tränen begannen durch seine geschlossenen Lider zu dringen. Der letzte Schlag war der heftigste. Adams zusammengepressten Lippen entkam ein Wimmern.

Sein Vater warf den Gürtel mit einem lauten Knall in die Ecke.

Keuchend sank Adam auf seine Knie.

Die schwarzen Lackschuhe seines Vaters glänzten. Auf seinem weißen Hemd zeichneten sich Schweißspuren ab. Das waren die Farben seines Vaters. Schwarz und weiß, etwas anderes gab es in seiner Welt nicht.

»Nie wieder, hast du verstanden? Nie wieder!«, brüllte er.

Mit zitternden, eiskalten Händen zog Adam seine Hose hoch und lehnte seine verschwitzte Stirn gegen das Tischbein.

Die Stimme seines Vaters dröhnte vor Zorn. »Hast du verstanden?«

Adams Antwort war ein Krächzen. »Ja ...«

In derselben Nacht, als alle schliefen, schlich Adam sich davon. Mit schnellen Schritten entfernte er sich vom Haus. Es gab nichts, für das es sich lohnte, einen Blick zurückzuwerfen.

»Adam! Warte!«

Er verdrehte die Augen. Es wäre auch zu einfach gewesen.

Elaine kam vom Haus auf ihn zugelaufen. Mit einer Tasche?

»Oh, nein. Kommt gar nicht infrage!« Adam erreichte den Schuppen als Erster.

»Du hast die Idee nicht gepachtet, du Genie! Meine Sachen sind seit Tagen gepackt«, meinte Elaine.

»Dann kommt es auf eine Nacht mehr auch nicht an. Lauf morgen weg!« Adam nahm sein Rad aus dem Schuppen.

Elaine tat es ihm gleich. »Das könnte dir so passen! Ab morgen ist das Haus eine Festung.«

Elaine verstaute ihre Tasche im Korb, der vorne an ihrem Rad montiert war. Adam zurrte seinen Rucksack enger um seine Schultern.

»Was macht ihr da?«, fragte eine piepsige Stimme.

Adam zuckte zusammen. Mist.

Jenny stand im Schlafanzug vor ihm.

»Warum bist du noch auf, Schätzchen?«, fragte Elaine.

»Bin nicht müde.« Jenny blinzelte und gähnte.

»Ab ins Bettchen mit dir, Süße.« Elaine scheuchte sie ein paar Schritte Richtung Haus.

»Aber ich will mitkommen«, sagte Jenny.

Elaine kniete sich vor Jenny hin. »Das geht leider nicht, Kleines.«

»Kommt ihr wieder?«

Adam sah Elaine an. Was sollten sie denn darauf sagen?

»Ach, Adam!« Elaine sah ihn mit aufgerissenen Augen an. »Wir haben nicht an unseren Partner gedacht.«

Adam war verwirrt.

»Partner?«, wiederholte Jenny.

»Du weißt schon, der Partner. Wir brauchen einen Verbündeten für unseren Plan«, sagte Elaine zu Adam.

Jenny sprang auf der Stelle auf und ab. »Ich will, ich will, ich will.«

Elaine musterte Jenny. »Ich weiß nicht so recht ...«

»Bitte!«, quengelte Jenny.

»Na gut. Aber du musst auf der Hut sein.« Elaine sah sich nach allen Seiten um. »Der Plan ist streng geheim. Kannst du ein Geheimnis für dich bewahren, Jenny?«

Jenny nickte.

»Gut. Du darfst niemandem sagen, was du heute gesehen hast. Wenn irgendjemand fragt: Du weißt von nichts. Alles klar?«

»Ok, das schaffe ich.« Jenny strahlte. »Ich habe auch nichts gesagt, als sich Nora letzten Sonntag heimlich mit Randell getroffen hat.«

»Na toll«, sagte Adam, »sie wird uns verraten, sobald ihr jemand anderes ein Geheimnis verrät.«

»Wird sie nicht.« Elaine berührte Jenny an der Schulter. »Der Erfolg dieses Plans hängt allein von dir ab. Du bist ein Spion. In geheimer Mission.«

Jenny salutierte.

Elaine lachte und umarmte sie. »Danke, Kleines. Pass gut auf dich auf, ja?«

Jenny nickte und gab Elaine einen Kuss auf die Wange. »Mach's gut.« Sie winkte Adam. »Tschüss, Adam.«

»Tschüss.« Adam schwang sich aufs Rad.

Elaine sah Jenny hinterher und wartete, bis sie im Haus war.

Adam fuhr los.

Kaum war er auf der Hauptstraße, hatte Elaine ihn eingeholt.

Sie fuhren stadtauswärts. Kurz nachdem sie Downpatrick hinter sich gelassen hatten, bog Elaine links ab, in einen Waldweg hinein.

Adam blieb stehen. »Was soll denn das?«, rief er.

»Jetzt komm schon, ich muss dir was zeigen.« Elaines Stimme klang so weit weg. Das Licht ihres Fahrrads war nur noch ein kleiner Schimmer in der Ferne.

»Was denn?«, rief Adam ihr nach.

Elaine antwortete nicht.

BELFAST
1993

14

Jenny ist den beiden damals mit ihrem Fahrrad gefolgt, deshalb weiß sie auch, was Elaine ihrem Bruder unbedingt zeigen wollte. Verraten hat Jenny es mir allerdings noch nicht. Sie will, dass ich es mir selbst ansehe. Miranda ist von der ganzen Geschichte weniger beeindruckt. Sie bleibt mit Seamus zu Hause und trinkt noch eine Tasse Tee.

Mit dem Auto brauchen wir nur wenige Minuten auf jener Straße, die von Downpatrick nach Belfast führt. Jenny ist eine ruhige Fahrerin, in jeder Hinsicht. Sie lässt sich von einem Dorfraudi, der uns mit aufheulendem Motor überholt, nicht irritieren. Dass sie beim Fahren weder spricht noch Radio hört, tut meiner Ungeduld gar nicht gut. Ich will endlich wissen, was Elaine und Adam da abseits der Hauptstraße gemacht haben.

Jenny biegt in eine Forststraße ein. Die Scheinwerfer des Wagens bohren sich durch die Dunkelheit. Wie sich Adam und Elaine damals wohl gefühlt haben, als sie hier entlang geradelt waren? Ob Adam genauso gespannt gewesen war wie ich?

Jenny hält den Wagen auf einem kleinen Parkplatz und holt zwei Taschenlampen aus dem Kofferraum.

Ich folge Jenny quer über den Parkplatz bis zu einem Tor. Ein Schild verrät mir, wo wir sind. Inch Abbey. Davon habe ich im

Reisemagazin meines Hotels gelesen. Inch Abbey war eine Abtei, die im 12. Jahrhundert erbaut wurde. Die Ruinen stehen bis heute und sind ein beliebtes Ausflugsziel für Touristen und Einheimische. Schade, dass ich im Mondschein nicht viel von der alten Abtei erkennen kann.

Jenny führt mich eine kleine Anhöhe hinauf und hinein in ein Waldstück. Der Schein des Mondes dringt nur spärlich durch die Baumkronen. Der Ruf einer Eule ertönt aus der Dunkelheit. Jenny bleibt plötzlich stehen. Ich stoße mit ihr zusammen.

»Hier ist es«, sagt sie.

Wir stehen vor einem Grab, einem sehr bescheidenen Grab. Auf dem Holzkreuz ist ein Name eingeritzt, den ich kenne: Priester Benjamin McKeeley. – Adams leiblicher Vater.

»Wieso liegt er denn hier?«

»Selbstmord«, antwortet Jenny. »Er darf nicht auf einem katholischen Friedhof begraben werden.«

Stattdessen wurde er hier im Wald beigesetzt. – Begraben, um vergessen zu werden.

»Die Inschrift gefällt mir«, sagt Jenny nach einer Weile.

Was hinter uns liegt und was vor uns liegt, sind Kleinigkeiten, verglichen mit dem, was in uns steckt.

Wahre Worte. Zu schade, dass sie hier draußen im Wald niemand lesen wird.

Als ich am nächsten Morgen durch Downpatrick spaziere, fühlt sich der Ort anders an – vertrauter und gleichzeitig unfreundlicher. Adam und Elaine sind hier nicht willkommen gewesen. Das macht es auch mir schwer, mich willkommen zu fühlen.

Miranda führt mich in den oberen Teil der Irish Street und bleibt vor einem Backsteinhaus stehen. Es passt irgendwie nicht ins Bild der anderen Häuser. Die Fassade ist eindeutig älter, ein anderer Stil. Das Haus steht länger hier, als alle anderen rundherum.

»Was wollen wir denn hier?«

»Hier ist Adam zur Schule gegangen«, sagt sie.

»Woher willst du das wissen?«

»Während du mit deiner neuen Freundin im Wald verschwunden bist, hat mir Seamus das eine oder andere erzählt.«

Als wir die Irish Street hinunterlaufen, deutet sie auf ein Pub auf der anderen Straßenseite.

»Da drüben ist das Pub, in dem sich der Priester aufgehängt hat. Es ist heute noch ein Pub, ist das nicht krass?«, sagt Miranda.

Krass finde ich eher, dass Adam mit nur dreizehn Jahren so einen schrecklichen Fund machen musste. Und seine Familie ließ ihn damit einfach allein. Ich kann mir vorstellen, wie dieser Knabe in die Seitenstraße einbiegt, neugierig in den Lagerraum späht. – Zuerst sieht Adam nur die Schuhe, die in der Luft schweben. Dann sieht er den restlichen Körper des Priesters, der leblos von der Decke baumelt. Das Bild brennt sich in meine Erinnerungen.

»Was ist denn los? Bist du festgewachsen?« Miranda nimmt mich am Arm und zerrt mich weiter in die Scotch Street. Die Straße kenne ich von gestern. Auf dem Weg zu Adams Haus sind wir hier durchgelaufen.

Miranda bleibt vor einem Chinarestaurant stehen. »Das hier war früher mal die Konditorei von den Delaneys«, sagt sie.

Ich muss an Adams Erlebnisse in der Backstube denken. Die Zeit, die er da drinnen mit seiner Mutter und seinen Schwestern verbracht hat. Zu gerne würde ich eine dieser Pies probieren, die hier einst Verkaufsschlager waren.

»Sehen wir uns doch diese Burg an«, sage Miranda.

»Welche Burg?«

»Diese Kathedrale. Adam hat sie sich als Burg vorgestellt, erinnerst du dich?«

»Ich weiß nicht, ich würde lieber nach Hause fahren.«

»Jetzt sei nicht so ein Langweiler. Ich hab dich bei deinen Nachforschungen begleitet. Jetzt begleitest du mich.«

Miranda schleift mich eine Straße hinauf, die direkt zur Down Kathedrale führt.

Sie sieht genauso aus, wie Adam sie beschrieben hat. Der Glockenturm ähnelt einem Burgfried und die Steinsäulen ragen wie Dornen in den Himmel. Gefällt mir.

Irgendwo hier muss auch der Heilige Patrick begraben sein. Wir finden seinen Grabstein auf einem alten Friedhof links von der Kathedrale. Ein großer Felsbrocken markiert jene Stelle, an der der Heilige Patrick seine ewige Ruhe fand.

»Also dafür, dass er so wichtig war, ist sein Grab nicht besonders. Sie hätten ruhig eine Statue springen lassen können«, meint Miranda.

Da hat sie nicht ganz unrecht. Der Felsbrocken wirkt etwas lieblos platziert. Andererseits handelt es sich um ein Grab aus dem Jahr 461, damals sah eine letzte Ruhestätte wohl so aus.

Auf der Informationstafel vor dem Grab steht, dass auch die anderen beiden irischen Nationalheiligen – die Heilige Brigid und der Heilige Columba – hier begraben sind.

Jetzt, wo wir schon hier sind, will ich die Kathedrale auch von innen sehen. Im Hauptschiff begegnen wir dem örtlichen Priester, der sich ein paar Minuten für uns Zeit nimmt und uns etwas über die Kathedrale und ihre Geschichte erzählt.

So sehr ich mich auch bemühe, ihm zuzuhören, es fällt mir schwer. Alles, woran ich denken kann, ist McKeeley und sein einsames Grab. Er hat vieles für diese Gemeinde getan, selbst für die Protestanten dieses Ortes. Vergessen zu werden, hat er nicht verdient.

»Alles klar mit dir?«, fragt Miranda.

Dass der Priester gegangen ist, habe ich gar nicht mitbekommen.

»Ja, alles klar. Können wir jetzt gehen?«

»Von mir aus«, meint Miranda. »Du hast es ja auf einmal ganz schön eilig.«

Mag sein, für mich gibt es hier einfach nichts mehr zu entdecken. Irgendwie haben mich Elaine und Adam mit ihrem Drang, diesen Ort zu verlassen, angesteckt.

15

Kaum bin ich zu Hause, erzähle ich Lena von meinem Ausflug nach Downpatrick und von Adams Kindheit. Mit jedem Satz wird mir klarer, dass sie meine Faszination nicht teilt. Sie sieht mich an, als würde ich über das Wetter reden. Sieht sie denn nicht, dass Adam und ich eine große Gemeinsamkeit haben?

»Adams Vater hatte nie ein Ohr für seinen Sohn. Er hat nie versucht, ihn zu verstehen, sich in ihn reinzuversetzen. Das kann meine Mutter auch nicht.«

Lena runzelt die Stirn. »Adams Vater? Der Priester?«

»Nicht der Priester. Der Polizist. Ian Delaney.«

»Aber ich dachte, dass der Priester Adams Vater ist«, sagt Lena.

»Mag sein, aber dieser Delaney hat Adam großgezogen. Er war sein Vater, und er hätte für seinen Sohn da sein müssen.«

»Er war doch für ihn da. Adam hat immerhin dreizehn Jahre lang unter seinem Dach gelebt und Elaine auch«, meint Lena.

Ist es denn wirklich so schwer, zu verstehen? »Er hätte für Adam da sein müssen, als er den Priester tot aufgefunden hat. Da hätte Adam ihn gebraucht.«

»Du redest so, als wärst du dabei gewesen«, sagt Lena.

»Ich muss nicht dabei gewesen sein. Ich weiß, wie es ist, solche Eltern zu haben.«

»So schlimm ist deine Mutter auch wieder nicht.« Mit diesen Worten kommt Dok ins Wohnzimmer und setzt sich zu uns.

»Wo sind die Chips?«, frage ich ihn.

»Welche Chips?« Er öffnet sein Dosenbier und nimmt einen Schluck.

»Du wolltest Chips aus der Küche mitbringen«, sagt Lena.

»Oh ... richtig ...«

Lena macht Anstalten, aufzustehen.

»Lass nur, ich hol sie.« Kaum bin ich aus der Tür, fängt das Getratsche auch schon an.

»Also ehrlich gesagt ... findest du nicht auch, dass Ryan ein bisschen komisch ist in letzter Zeit?«, sagt Dok. Seine Worte treffen mich wie ein Faustschlag.

»Ich möchte wissen, wie du dich verhältst nach so einer Sache«, antwortet Lena.

»Aber, dass er so verzweifelt diesen Mann sucht, das ist schon ein bisschen gruselig, findest du nicht?«, meint Dok.

»Wir waren nicht dabei. Wir sollten nicht vorschnell urteilen«, sagt Lena.

»Mir macht es nur Angst, wie besessen er von dem Ganzen ist. Als ob sein Leben davon abhängt, diesen Kerl zu finden«, sagt Dok.

Besessen? Gruselig? So ein Unsinn.

»Na, dann sucht er eben nach dem Kerl«, sagt Lena. »Was ist denn schon dabei? Im schlimmsten Fall kommt nichts dabei heraus. Zumindest hat er eine Beschäftigung, solange er im Krankenstand ist.«

Lenas Worte klingen alles andere als ermutigend.

Ich kann mir das nicht länger anhören und ziehe mich in die Küche zurück. Warum habe ich ihnen überhaupt von Downpatrick erzählt? Ich will nicht, dass sie mich für einen Freak halten.

Vielleicht haben die beiden ja recht, vielleicht macht es wirklich keinen Sinn, nach Adam zu suchen, aber genau das habe ich felsenfest vor.

Meine Großmutter hat immer gesagt: *Wenn du etwas lernen willst, schlage ein Buch auf. Es gibt nichts, worüber nicht irgendein ein Quacksalber schon mal geschrieben hat.*

Dementsprechend viel Zeit habe ich im Lesesaal der Zentralbibliothek verbracht. Ich folgte Huckleberry Finn und Tom Sawyer in jedes Abenteuer, betrat mit Jim Hawkins die Schatzinsel und ging mit Gulliver auf Reisen.

Es war sogar einmal mein Traum, hier zu arbeiten, inmitten all dieser Bücher. Zum Arbeiten wäre ich aber wahrscheinlich gar nicht gekommen, dafür gibt es viel zu viel unentdeckten Lesestoff.

Der Bibliothekar hinter dem Schalter hegt offenbar nicht annähernd so viel Begeisterung für seinen Beruf wie ich. Er sieht mich mit müden Augen an.

»Können Sie mir sagen, wo die Zeitungsarchive sind?«

»Welches Jahr?«, fragt er.

»Ich suche nach Zeitungsberichten des letzten Monats.«

Der Bibliothekar dreht sich um und geht weg. Ich deute es als Zeichen, ihm zu folgen. Er führt mich zu einer Reihe von Regalen, auf denen Zeitungsnamen und Veröffentlichungsdaten stehen. »Bitte, toben Sie sich aus«, sagt der Bibliothekar und lässt mich allein.

Ich beginne mit dem 15. September – dem Tag nach der Schießerei. Als ich die Zeitung *The Guardian* zum zweiten Mal durchblättere, finde ich einen Vierzeiler im Lokalteil:

Vier Tote und ein Schwerverletzter bei einer Schießerei am Bahnhof, Dienstag früh. Nähere Umstände sind laut Polizei noch nicht bekannt. Ein paramilitärischer Hintergrund kann derzeit nicht ausgeschlossen werden.

Ich gehe die Ausgaben der nächsten Tage durch. 16. September, nichts. 17. September, nada. Wie kann denn das sein? Wie kann ein für mich so lebensverändernder Moment ein so unbedeutendes Ereignis für den Rest der Welt sein?

Am Samstag, dem 18. September veröffentlichte die *Sun* einen Artikel mit dem Titel: *Ihr Sohn wurde angeschossen, was sagen Sie dazu, Misses Goodwin?* Der Titel verspricht mehr, als der Artikel hält. Meine Mutter kommt darin kein einziges Mal zu Wort. Vielmehr erinnert der Artikel an den Schulaufsatz eines Neunjährigen, der versucht, zu erklären, warum Waffen böse sind. Mutter wird als skrupellose Kapitalistin dargestellt, die über Leichen geht, sogar über die ihrer eigenen Kinder. Der Artikel schließt mit einer Frage ab. *War die Waffe, die Ihren Sohn fast getötet hat, aus Ihrer Fabrik, Misses Goodwin?*

Vielleicht, vielleicht auch nicht. Ich bezweifle, dass die Kugel aus einer anderen Waffe weniger geschmerzt hätte.

In der Sonntagsausgabe des *Belfast Telegraph* werden der Schießerei am Bahnhof zumindest drei Absätze gewidmet.

Der Titel der Schlagzeile stößt mir sauer auf: *Anschlag auf Bahnhof vereitelt – heldenhafter Einsatz der Polizei und Sanitäter.*

Im Artikel heißt es: *Am Dienstag, dem 14. September, frühmorgens hat die Polizei einen geplanten Anschlag auf den Belfaster Bahnhof verhindert. Es kam zum Schusswechsel, bei dem zwei Polizisten und ein IRA-Mitglied ums Leben kamen.*

In den Schusswechsel gerieten auch zwei Sanitäter, von denen einer tödlich getroffen wurde, der andere schwebt zurzeit noch in Lebensgefahr.

Die Polizei konnte Sprengstoff am Bahnhof sicherstellen. Die Menge hätte ausgereicht, um den ganzen Bahnhof zu sprengen. Wie viele Menschenleben der Anschlag gekostet hätte, ist seitens der Polizei schwer abzuschätzen. »Wir können davon ausgehen, dass die IRA einen Zeitpunkt mit einer hohen Reisenden-Frequenz gewählt hätte«, so der Polizeisprecher.

In derselben Ausgabe hat die Polizei von Belfast einen Nachruf auf die beiden getöteten Polizisten veröffentlicht. Die beiden Constables hießen Quentin Henderson und Michael Delaney.

Mit einer Kopie der Zeitungsartikel und des Nachrufs mache ich mich auf den Weg nach Hause. Die gesamte Autofahrt habe ich die Leiche des Constables vor Augen, den Jarvis und ich in der Eingangshalle des Bahnhofs gefunden haben. Der Tote hat jetzt einen Namen: Michael Delaney.

Zufall? Eine Namensgleichheit? Nein, das glaube ich nicht. Wahrscheinlicher ist eine Verwandtschaft mit Adam. Laut Todesanzeige war Michael 41 Jahre alt. Michael könnte Adams jüngerer Cousin sein, oder sein Neffe ... oder sein Sohn.

In dem letzten Zeitungsartikel hieß es: *Es kam zum Schusswechsel, bei dem zwei Polizisten und ein IRA-Mitglied ums Leben kamen.*

Ein IRA-Mitglied. Doch die arbeiten nie allein. Könnte Adam das zweite IRA-Mitglied sein? Wenn ja, dann standen Adam und Michael nicht auf derselben Seite.

Ich bin so in Gedanken, dass ich doch glatt an unserer Siedlungsstraße vorbeifahre und umkehren muss.

Als ich wenig später meinen Vauxhall in der Einfahrt unseres Hauses parke, werde ich an der Haustür bereits von jemandem erwartet. Adam? Adam Delaney steht vor meiner Tür!

Ich steige hastig aus, gehe auf ihn zu.

Er sieht anders aus, als ich ihn in Erinnerung habe. Sein Haar ist viel dünner, seine Haut faltiger. Kann er in wenigen Wochen so gealtert sein? Der drahtige Bart auf seinen Wangen kräuselt sich in alle Richtungen. Er hat dicke Ringe unter den Augen. Der Mantel, den er trägt, ist voller Flecken.

Er starrt mich an, wartet auf eine Reaktion.

Ich bin wie erstarrt. »Was ... was machen Sie denn hier?«

Er sieht sich misstrauisch nach allen Seiten um. »Lass uns drinnen reden.«

»Oh ... ok.« Ich zögere. Ein mögliches IRA-Mitglied ins Haus zu lassen, widerstrebt mir. Andererseits bin ich wirklich neugierig, was er hier will.

Als ich die Tür aufsperre, steht Adam dicht hinter mir. Er riecht nach Alkohol und saurem Schweiß.

»Bitte, kommen Sie herein.« Ich lasse Adam den Vortritt. »Einfach gerade durch bis zur Küche.«

Adam schlurft durch den Flur.

Es ist ruhig im Haus, weder Dok noch Lena sind zu sehen.

Adam setzt sich in der Küche an den Tisch. Er sieht erschöpft aus.

»Ich mache uns Tee.« Es ist keine Frage. Ich muss irgendetwas tun, und etwas Tee beruhigt vielleicht meinen Magen. Ich bleibe am Herd stehen und warte.

Mit jeder Minute, die verstreicht, werde ich ruhiger. Hier sitzt der Mann, der mich gerettet hat. Kein Grund zur Sorge. Wenn er mich hätte töten wollen, hätte er das bereits am Bahnhof tun können. Wenn er nur nicht so wortkarg wäre.

Endlich pfeift der Teekessel und unterbricht die unerträgliche Stille im Raum.

Ich stelle zwei volle Tassen Tee auf dem Tisch ab und setzte mich zu ihm.

Adam trinkt einen Schluck und sieht mich an. Für einen kurzen Moment liege ich wieder dort am Bahnhof mit Schmerzen in der Brust.

»Du hast dir ja ganz schön Arbeit gemacht, um mich zu finden«, sagt er.

Ich nicke. »Ja, ich ähm ... ja ...«

Adam zieht ein Blatt Papier aus seiner Brusttasche und legt es auf den Tisch. Es ist die Zeichnung, die ich von ihm gemacht habe. »Gut getroffen«, meint er.

Ich fühle mich geschmeichelt.

»Fast ein bisschen zu gut für meinen Geschmack.« Rechts, auf der Höhe seiner Rippen, beult etwas seinen Mantel aus. Eine Waffe.

Ich springe auf. »Das wollte ich nicht.«

»Warum hast du es dann getan?«

»Ich ... ich wollte mich bedanken«, sage ich.

»Bedanken? Wofür denn?«

»Sie haben mir das Leben gerettet.«

Seine Miene ist eisern, unlesbar. Es kommt mir wie eine Ewigkeit vor, doch dann entspannen sich seine Gesichtszüge.

»Es gibt keinen Grund, mir zu danken.« Er leert seine Tasse mit einem Schluck. »Ich habe den Kerl nicht erschossen, um dich zu retten.«

Ich runzle die Stirn. »Warum haben Sie ihn erschossen? Warum waren Sie da?«

»Darauf erwartest du nicht wirklich eine Antwort, oder?« Adam steht auf. »Ich wäre dir sehr dankbar, wenn du nicht mehr herumposaunst, dass ich bei der Schießerei dabei war.«

»Ok.« Meine Antwort kommt schnell, aus Angst vor dem, was sonst passieren könnte.

Er ist fast im Flur, als er sich noch einmal umdreht. »Und wenn jemand nach mir fragt, sag, dass du dich geirrt hast.«

»Wenn jemand nach Ihnen fragt?« Der Anrufer. »Es ... es hat jemand nach Ihnen gefragt.«

»Und was hast du gesagt?«

»Dass ich nichts weiß.«

»Gut. Dabei bleibt es auch«, sagt Adam.

Er verschwindet so schnell, dass ich mir nicht mehr sicher bin, ob das gerade wirklich passiert ist. Doch ich wache nicht auf. Ich liege nicht im Bett. Das ist kein Traum. Adam Delaney ist gerade in meinem Haus gewesen.

Warum waren Sie da, hallt es in meinem Kopf. *Warum hat er auf mich geschossen?* Ich stürme Adam hinterher. Dunkle Wolken stehen am Himmel, und ein leichter Nieselregen setzt ein.

Es sind kaum Menschen auf der Straße. Adams grüner Mantel sticht mir ins Auge. Ich ziehe mir die Kapuze über den Kopf und folge ihm mit sicherem Abstand.

16

In der nächsten Seitenstraße steigt Adam in einen roten Ford. Ich laufe zurück zum Haus. Es bleibt keine Zeit, um den Wagenschlüssel zu holen. Zum Glück lehnt Doks Fahrrad am Zaun.

Adam hat in der Seitenstraße umgedreht, fährt mit dem Wagen vor unserem Haus vorbei. Ich wende mich ab, hoffe, dass er mich nicht gesehen hat.

Adams Wagen verschwindet im Verkehr. Ich schwinge mich auf das Rad und folge ihm. Der Sitz ist zu niedrig eingestellt, das macht das Treten der Pedale zu einer Tortur. Die Regentropfen prasseln wie kleine Eiszapfen in mein Gesicht.

Wir fahren Richtung Norden. Der Verkehr ist so schlimm um diese Zeit, dass ich kein Problem habe, mit dem Fahrrad an Adam dranzubleiben. Ich muss sogar aufpassen, dass ich ihm nicht zu nahe komme.

Wir überqueren den Fluss Lagan und fahren weiter Richtung Westen. Nach etwa 15 Minuten Fahrt passieren wir die sogenannte Internationale Mauer, auf der Anwohner aktuelle internationale Themen bildlich festhalten. Bis vor ein paar Monaten zeigte eines der Malereien den frischgebackenen US-Präsidenten Bill Clinton.

Mit dem Überqueren der nächsten Kreuzung sind wir in der Falls Road, erzkatholisches Gebiet. Von den Fassaden einiger Häuser weht die irische Fahne und die Straßennamen sind hier zweisprachig angeführt – in Englisch und Irisch.

Wir passieren ein Haus, an dessen Seitenwand das Abbild von Bobby Sands gemalt wurde. Sands gehörte in den 70ern zur IRA und war auch kurzzeitig Mitglied im britischen Parlament. Er starb im Jahr 1981 im Gefängnis, nach einem Hungerstreik.

In unmittelbarer Nähe liegt auch das Belfaster Hauptquartier der politischen Partei *Sinn Féin*, die seit jeher eine enge Verbindung zur IRA hat.

Ich fühle mich in diesem Viertel wie ein Eindringling, wie ein Spion. Die Menschen, die vereinzelt durch die Straßen spazieren, werfen mir vielsagende Blicke zu. Ich kann ihre Gedanken hören. *Du gehörst hier nicht her,* sagen sie.

Sie können unmöglich wissen, dass ich Protestant bin. Immerhin steht es nicht auf meiner Stirn geschrieben. Trotzdem, das Unbehagen bleibt.

Verdammt, wo ist Adam denn auf einmal hin? An der nächsten Kreuzung sehe ich mich nach allen Seiten um. Ich versuche, ihn in den Seitenstraßen wiederzufinden, verliere mich aber in ihnen.

Eine Gruppe Jugendlicher kommt mir entgegen. Sie sehen unheimlich aus, gewaltbereit. Ich bin erleichtert, als ich an ihnen vorbei bin.

Wie ich schließlich bei der *Clonard Monastery* gelandet bin, weiß ich auch nicht. Im August 1969 gab es rund um dieses Kloster wilde Ausschreitungen. Protestanten kamen in diese Gegend und steckten die Häuser von Katholiken in Brand. Die Straßenschlachten, die folgten, dauerten mehrere Tage an. Ausschreitungen gab es auch im Bezirk Bogside der Stadt Londonderry. Die Ausschreitung in Bogside und hier, rund um die *Clonard Monastery*, im August 1969 waren der offizielle Startschuss des Nordirlandkonflikts.

Jetzt, wo ich hier stehe, mit dem Fahrrad an der Hüfte, ist es schwer zu glauben. Es ist viel zu ruhig und friedlich, exzessive Gewalt scheint undenkbar. Doch das Blatt kann sich in unseren Straßen schnell wenden.

Ich schiebe das Rad weiter die Straße hinauf und entdecke einen Wegweiser auf dem *Henderson Cars* steht. Dieser Polizist, der am Bahnhof auf mich geschossen hat, hieß doch auch Henderson. Ich schwinge mich wieder aufs Rad und folge den Schildern bis zur Autowerkstatt. Davor steht Adams roter Ford. Volltreffer.

In der Werkstatt brennt Licht. Ich stelle das Fahrrad ab und schleiche mich an, spähe durchs Fenster, doch es ist niemand zu sehen.

An der Rückseite des Gebäudes führt ein Gartentor in eine Art Innenhof. Ich erkenne den grünen Mantel von Weitem. Adam steht bei einem dunklen Geländewagen.

Ich presse mich gegen die Wand der Autowerkstatt, nähere mich geduckt. Hinter einem Stapel alter Reifen gehe ich in Deckung. Adam ist nicht allein. Er unterhält sich mit jemandem. Einem Mann.

»Warum sollte ich dir glauben?«, sagt der Fremde. Seine Stimme kommt mir bekannt vor. Bei jedem Atemzug, macht er ein rasselndes Geräusch. Klingt wie eine schwere Bronchitis. Der Anrufer, der mich nach Adam gefragt hat, klang genauso.

»Warum sollte ich lügen?«, sagt Adam.

Der Mann geht ein paar Schritte vor Adam auf und ab. Dabei kann ich kurz sein Gesicht sehen. Er ist jung, viel jünger als Adam, und hat einen Dreitagebart. »Wenn du nichts verbrochen hast, warum bist du dann untergetaucht?«

»Ich bin nicht untertaucht ... ich hatte eine Beerdigung zu organisieren, so wie du«, antwortet Adam.

»Ich musste dafür nicht die Stadt verlassen«, sagt der Mann.

»Ich bin nicht hier, um mich vor dir zu rechtfertigen, Johnny.«

»Warum bist du dann hier?«, fragt Johnny.

»Die Jungs haben mir gesagt, dass du mich suchst … mir Ungeheuerliches unterstellst«, antwortet Adam.

Die Jungs? Was für Jungs?

Johnny lacht. »Ungeheuerliches? So ungeheuerlich ist das nicht … du mochtest Quentin noch nie.«

Quentin Henderson – der Mann, der mich fast umgebracht hat.

»Und deswegen treffe ich mich mit ihm spät nachts am Bahnhof? Um ihn abzuknallen?«, sagt Adam.

»Vielleicht«, sagt Johnny. »Sag du es mir. Warum hast du meinen Bruder umgelegt?«

Quentin Henderson war Johnnys Bruder? Mich überkommt ein ungutes Gefühl, worauf dieses Treffen hinausläuft.

»Ich habe deinen Bruder nicht auf dem Gewissen …«, sagt Adam.

Johnny geht wieder auf und ab. »Alle, die am Bahnhof waren, sind tot. Hieß es zumindest anfangs und dann … dann hat plötzlich doch einer überlebt, dieser Sanitäter … und rate mal …« Johnny greift in seine Jackentasche, zieht ein Stück Papier heraus. Er hält die Zeichnung in der Hand, die ich von Adam gemacht habe. »Er hat dich dort gesehen, nach dir gesucht.«

Ein kalter Schauer durchfährt mich. Das ist alles meine Schuld. Ich habe Adam das eingebrockt. Wieso musste ich nur nach ihm suchen?

»Woher willst du wissen, warum der Junge mich gesucht hat? Wo er mich überhaupt gesehen hat? Die Zeichnung beweist gar nichts«, sagt Adam.

»Du lügst!«, brüllt Johnny. »Ich mag's gar nicht, wenn man mich anlügt!«

»Glaub doch, was du willst.« Adam will gehen, doch Johnny stellt sich ihm in den Weg. Er zückt ein Klappmesser und hält es Adam an die Kehle.

»Der Letzte, der nach einer Schießerei noch steht, ist für gewöhnlich derjenige, der die anderen auf dem Gewissen hat«, sagt Johnny.

Adam stößt ihn von sich und schlägt ihm mit geballter Faust ins Gesicht. Johnny geht zu Boden, spuckt Blut.

Aus dem Geländewagen steigt ein riesiger Typ aus, der Oberarme wie Baumstämme hat.

Johnny pfeift den Schläger zurück und rappelt sich auf. »Alles gut. Nichts passiert.«

»Du bist zu spät, Johnny. Verstehst du das nicht? Der Mann, der Quentin umgebracht hat, ist tot. Er starb dort am Bahnhof«, sagt Adam. »Es ist niemand mehr da, den du noch hassen könntest.«

Adams Worte hängen schwer in der Luft. Für einen Moment ist es so still, dass ich es nicht wage, zu atmen.

Johnny zieht seine Waffe, richtet sie auf Adam. »Und was, wenn es mir besser geht, wenn ich dich abknalle, einfach so?«

Das kann ich nicht zulassen. Ich hechte hinter den Reifen hervor und remple Johnny um. Wir gehen beide zu Boden. Die Waffe fällt ihm aus der Hand. Ich robbe nach vorne, strecke meinen Arm nach ihr aus.

Ein Klicken – das Geräusch einer Waffe, die entsichert wurde. Die Panik schießt durch meinen Körper, lähmt mich. »Nicht so schnell«, brummt Johnnys Schlägertyp.

»Wer ist denn dein Freund, Adam?«, fragt Johnny.

»Er ist nicht mein Freund«, sagt Adam.

Johnny rappelt sich auf und hockt sich neben mich. »Du bist doch dieser Sanitäter.« Er grinst. »Ich hab dich im Krankenhaus besucht, in der Intensivstation. Erinnerst du dich an mich?«

Sein Gesicht verschwimmt, seine Stimme wird dumpf. *Ich liege wieder dort, im Krankenhaus. Die Geräte um mich herum piepen. Er war dort, hat mich zu der Nacht am Bahnhof befragt.*

»Na? Hat's dir die Sprache verschlagen?«, sagt Johnny.

Ich liege am kalten Boden des Innenhofs, zittere. Johnnys Schläger richtet immer noch die Waffe auf mich. Ich will nicht sterben, nicht schon wieder diese Schmerzen spüren. »Bitte … bitte, nicht schießen.«

»Um Himmels willen, lass den Jungen gehen, der hat nichts damit zu tun«, sagt Adam.

»Tatsächlich?« Johnny wendet sich Adam zu. »Für mich sieht das so aus, als würdet ihr unter einer Decke stecken.«

Wieso bin ich Adam nur gefolgt? Wieso musste ich überhaupt nach ihm suchen? Ich habe alles nur noch schlimmer gemacht. »Es … es tut mir leid«, sage ich zu Adam.

Er bricht den Blickkontakt.

»Was habt ihr vor, hm? Was heckt ihr beide aus?«, fragt Johnny.

»Gar nichts. Verflucht, du bist ein paranoider Mistkerl«, sagt Adam.

Johnny schnauft. »Fein. Ein Vorschlag zur Güte. Du sagst mir, was da am Bahnhof abgelaufen ist, und ich lass den Jungen laufen … vielleicht.«

»Ich weiß genauso viel wie du«, sagt Adam.

Johnny sieht mich an. »Dem ist scheißegal, was aus dir wird.« Er packte mich am Arm, zieht mich hoch. »Ich bearbeite den hier, kümmere du dich um Adam«, sagt Johnny zu seinem Schläger. »Mal sehen, wer zuerst redet.«

17

Johnny zerrt mich in die Autowerkstatt. Die Lampen über unseren Köpfen surren, als er das Licht anmacht. Ein roter Alfa Romeo steht mitten im Raum. Das Heck ist komplett im Eimer, als hätte jemand stundenlang mit dem Vorschlaghammer drauf eingeschlagen. An der Wand hängt das Firmenlogo von *Henderson Cars*.

»Der Laden hat mal unserem Vater gehört. Eigentlich hätten Quentin und ich die Werkstatt ja zusammen übernehmen sollen, aber er wollte lieber Bulle werden ... das hat er jetzt davon«, sagt Johnny.

Die Waffe hält er immer noch locker in der Hand. Wenigstens zielt er nicht mehr auf mich. Johnny steht zwischen mir und der Tür, die nach draußen führt. Ich könnte versuchen, ihn umzurennen, rauszulaufen.

»Also. Was hältst du davon, eine Runde Wahrheit oder Pflicht zu spielen? Solange du die Wahrheit sagst, ist alles in Ordnung.« Johnny räuspert sich. »Fangen wir mit einer einfachen Frage an. »Woher kennst du Adam?«

»Ich … ich kenne ihn nicht.«

»Du lügst mich an ... ich mag es gar nicht, wenn man mich anlügt.« Er deutet mit dem Kopf auf die Werkbank neben mir. »Nimm den Bunsenbrenner und halte deinen Arm in die Flamme bis ich Stopp sage.«

»Nein.«

Er richtet die Waffe auf mich. »Wenn du nicht die Wahrheit wählst, wählst du die Pflicht.«

Ein brennender Schmerz loderte an jener Stelle, wo mich damals die Kugel getroffen hat. Ich habe das Gefühl, nicht atmen zu können. Mit zitternden Fingern mache ich den Bunsenbrenner an.

»Stell die Flamme stärker ein.«

Ich drehe am Ventil. Aus der kleinen blauen wird eine große Flamme, die orange-rötlich flimmert.

»Den Arm darfst du dir aussuchen.«

Ich atme tief ein und strecke meinen rechten Unterarm in die Flamme. Es fühlt sich an, als würden sich hunderttausend brennende Nadeln durch meine Haut bohren.

»Tiefer ... der Arm muss ganz in der Flamme sein«, sagt Johnny.

Ich gehorche. Mir steigen Tränen auf. Mein Arm zittert, der Schmerz wird unerträglich. Ich kann nicht mehr. Ich ziehe den Arm weg.

»Hab ich Stopp gesagt?«, sagt Johnny.

Der Schmerz pocht in meinem Arm. Ich stoße die Luft in Schüben aus. Ich kann das nicht noch einmal. »Bitte nicht.«

Er entsichert die Waffe. »Deine Entscheidung.«

Ich schließe die Augen. Halte meinen Arm in die Flamme. Der Schmerz ist diesmal noch schlimmer. Es riecht nach verbrannter Haut, nach verbranntem Fleisch. Mir wird übel und schwindlig. »Bitte aufhören ...«, flehe ich.

»Noch nicht.«

Ich beiße die Zähne zusammen, versuche an etwas anderes zu denken. Es geht nicht. Der Schmerz muss raus, irgendwie raus aus meinem Körper. »Aaaahhhhhhhhhhh!« Der Schrei befreit – jedoch nur für eine Sekunde. Oh, Gott, lass diese Schmerzen aufhören!

»Das reicht«, sagt Johnny endlich.

Ich halte mich keuchend an der Werkbank fest. Mein Arm fühlt sich an, als würde er immer noch in Flammen stehen. Ich muss ihn kühlen. Ich taumle zum Waschbecken, lasse kühles Wasser über die Wunde laufen. Der Schmerz durchzuckt mich erneut. Ich tränke ein Tuch in kaltes Wasser und umwickle damit den Arm. Punkte tanzen vor meinen Augen. Ich lass mich zu Boden plumpsen, lehne meine verschwitzte Stirn gegen den kühlen, blechernen Werkbankfuß. Tiefe Atemzüge. Jetzt nur nicht ohnmächtig werden.

»Okay, und jetzt, wo wir das Spiel getestet haben ... sagst du mir, was Adam und du im Schilde führt.« Es klingt so, als wäre Johnny kilometerweit entfernt.

»Ich ... wir ... gar nichts ... wir führen nichts im Schilde«, keuche ich.

»Lüg mich nicht an!«

»Ich lüge nicht!«, brülle ich zurück.

»Warum habt ihr Quentin erledigt?«

»Haben wir nicht ... ich bin dorthin gefahren, um zu helfen, nicht um zu töten.«

»Unsinn! Unsinn! Unsinn!«, tobt Johnny.

Draußen gellt ein Schuss. Adam! Ich will nach draußen laufen. Johnny stößt mich zurück. Er deutet auf den Bunsenbrenner. »Du weißt doch, was Lügnern blüht.« Er hält mir die Waffe direkt vors Gesicht. Dreckskerl. Noch einmal stecke ich meinen Arm sicher nicht in die Flamme. Ich gehe langsam zurück. Schritt für Schritt. Als ich am Spülbecken gestanden habe, sind mir die Metalldosen aufgefallen, die in einem Fach unter der Werkbank stehen. Ich habe nicht genau sehen können, welche Dosen es waren, aber das Symbol für *entflammbar* habe ich erkannt. Ich stelle mich so vor die Werkbank, dass die Dosen in Greifweite sind. Der Bunsenbrenner ist noch an, seine Flamme flackert.

»Worauf wartest du denn? Willst du lieber Blei schlucken?«, sagt Johnny.

Mein Herz rast, als ich unter die Werkbank greife. Ich halte Bunsenbrenner und Sprühdose in seine Richtung. Die Stichflamme lässt ihn zurückschrecken. Der Ärmel seiner Jacke brennt. Er jault auf und versucht, die Jacke loszuwerden. Dabei fällt ihm die Waffe aus der Hand. Ich lasse alles fallen und greife sie mir. Als Johnny auf seiner brennenden Jacke herumstampft, ziele ich bereits auf ihn. Er erstarrt, hebt die Hände.

»Ganz ruhig, Mann«, sagt er.

Er macht einen Schritt zurück und noch einen und noch einen. Er will nach draußen zu seinem Schläger. Dort draußen ist es so unheimlich still. Ist Adam wirklich tot? Wird Johnnys Kumpel gleich hereinkommen und mich auch umlegen?

Johnny ist schon fast bei der Tür.

»Keinen Schritt weiter«, rufe ich. Ich entsichere die Waffe. Meine Hände zittern. Ich will ihn nicht töten. Ich kann ihn nicht töten.

Er bleibt stehen und grinst mich an. »Du wirst mich nicht erschießen.«

»Er vielleicht nicht, aber ich«, sagt Adam. Er steht im Türrahmen und richtet auch eine Waffe auf Johnny.

Johnny seufzt. »Schade ... ich dachte der Schuss vorhin galt dir.«

Adam packt Johnny am Kragen, stößt ihn in meine Richtung. »Alles klar bei dir?«, fragt Adam an mich gerichtet.

Ich nicke und senke meine Waffe.

Sein Blick fällt auf meinen verletzten Arm und den Bunsenbrenner, der erloschen am Boden liegt. Daneben die Spraydose.

»Was hältst du von einer Runde Wahrheit oder Pflicht, Johnny?«, sagt Adam.

»Das ... das wird nicht nötig sein«, stammelt Johnny.

»Was hatte Quentin an dem Abend am Bahnhof vor?«, fragt Adam.

»Keine Ahnung«, sagt Johnny schnell.

»Lüg mich nicht an, Johnny.« Adam spielt mit der Waffe in seiner Hand.

»Ich lüge nicht«, sagt Johnny.

»Ryan, sei doch so nett und bereite den Bunsenbrenner für ihn vor«, sagt Adam.

Ich zögere. Mein Arm schmerzt. Johnny hat mir das angetan. Wieso kann ich ihm jetzt nicht dasselbe antun?

»Ich weiß nichts«, sagt Johnny, diesmal ein wenig lauter.

Adam richtet die Waffe auf ihn. »Heb den Bunsenbrenner auf und halte deinen Arm in die Flamme.«

Johnny verschränkt die Arme vor der Brust wie ein trotziges Kind. »Du kannst mich mal, Adam.«

»Bitte ... dann eben nicht.« Adam schießt auf Johnnys Bein. Johnny geht schreiend zu Boden.

Ach du Scheiße! Ich mache erschrocken einen Satz zurück.

»Du verfluchter Mistkerl«, zischt Johnny. Er hält sich das blutende Bein.

»Noch ein Versuch«, sagt Adam. »Was hat Quentin in der Nacht am Bahnhof gemacht?«

»Ich weiß es nicht«, keucht Johnny. Sein rasselnder Atem wird immer schlimmer.

Ich kann den pochenden Schmerz in seinem Bein fast spüren. Ich will, dass es aufhört. An der Wand hängt ein Erste-Hilfe-Koffer. Ich reiße ihn herunter und durchwühle ihn. Er ist halb leer. Die wichtigsten Dinge fehlen. Verbandszeug, Pflaster – nicht einmal eine verdammte Schere ist da drin. Ich taste in Johnnys Jackentasche nach dem Klappmesser, das er vorhin noch an Adams Kehle gehalten hat. Mit dem Messer schneide ich das blutgetränkte Hosenbein auf.

»Aaaahhh! Verflucht! Was machst du da?«, stöhnt Johnny.

»Erstversorgung.«

»Das ist nicht dein Ernst«, knurrt Adam.

Da ist so viel Blut, hoffentlich wurde keine Hauptarterie getroffen. Mit dem bisschen Verbandszeug aus dem Erste-Hilfe-Koffer und einem Stück von meinem Sweater bastle ich einen passablen Druckverband. Als ich ihn anlege, schreit Johnny vor Schmerzen. »Ich muss irgendwie das Bein abbinden. Habt ihr ein Seil oder so etwas?«

Johnny steht der Schweiß auf der Stirn. Sein Blick ist glasig. Ich hoffe, er wird mir nicht ohnmächtig. »Da hinten, in dem Wagen ... auf der Rückbank«, keucht er und deutet mit dem Kopf auf den Alfa Romeo hinter mir.

»Adam holst du mir das Seil, bitte?«

Keine Reaktion.

»Adam?«

Er steht einfach nur da. »Wieso hilfst du dem Kerl? Gerade vorhin wollte er uns noch erledigen.«

»Wir können ihn nicht sterben lassen.«

Adam sieht mich erstaunt an. »Können wir nicht?«

Ich habe keine Lust auf eine Diskussion. Ich hole das Seil aus dem Auto und binde Johnnys Bein ab. Johnny stöhnt. Er schlägt mit der Faust gegen den Boden, wieder und wieder, versucht, so irgendwie dem Schmerz entgegenzuwirken. Das letzte bisschen Farbe ist aus seinem Gesicht gewichen.

»Wir müssen einen Krankenwagen rufen«, sage ich zu Adam.

»Auf keinen Fall.« Adam kommt näher, tritt gegen Johnnys verletztes Bein.

Johnny schreit und flucht.

Ich fische nach dem Handy in meiner Hosentasche, wähle den Notruf. Adam schlägt mir das Telefon aus der Hand.

»Du wirst ihm nicht helfen«, sagt Adam.

»Oder was? Erschießt du mich dann?«

Adam packt mich am Kragen. »Wenn du ihm jetzt hilfst, jagt er dir nächste Woche eine Kugel in den Kopf.«

»Und wenn wir ihn sterben lassen, wer wird mich dann tot sehen wollen?«

Adam hält inne. Er weiß, ich habe recht. Adam lässt mich los. »Du bist eine Nervensäge, weißt du das?«

»Der Junge hat recht«, keucht Johnny. »Überleg dir deinen nächsten Schritt gut.«

Adam richtet die Waffe auf Johnny. »Und was, wenn es mir besser geht, wenn ich dich abknalle, einfach so?«

18

Ich stürme auf Johnny zu. »Was hat dein Bruder am Bahnhof gemacht? Was? Hm? Rede!« Ich trete ihm gegen sein verletztes Bein. Und noch einmal und noch einmal. Bei dem Gedanken welche Schmerzen er gerade haben muss, wird mir schlecht. Doch es ist die einzige Möglichkeit, ihn zu retten. Solange Adam glaubt, dass Johnny reden könnte, drückt er vielleicht nicht ab.

Johnny versucht, von mir weg zu robben, mit den Händen den nächsten Tritt abzuwehren.

Ich höre auf. Lass ihn zu Atem kommen.

»Scheiße, ich dachte, du bist der Gute«, sagt er zu mir.

»Rede«, sage ich. Doch eigentlich ist es mehr ein Flehen. Ein Flehen um sein Leben.

»Wir wissen beide, was Quentin am Bahnhof gemacht hat«, sagt Johnny zu Adam. »Er war dort, um deinem Sohn Rückendeckung zu geben.«

Michael ist also tatsächlich Adams Sohn gewesen.

»Rückendeckung? Von wegen! Quentin hat ihn abgeknallt. Vor meinen Augen! Dieser Bastard hat gekriegt, was er verdient hat!«, tobt Adam.

Ich bin wieder in der Bahnhofstoilette, versorge den Verwundeten. Quentin Henderson kommt herein. Schießt auf mich. Er will noch einmal abdrücken. Doch da taucht Adam auf und tötet ihn, rettet mich. – Es war nicht Adams Absicht, mir zu helfen, er wollte Rache für seinen Sohn.

Adam sieht Johnny von oben herab an. »Warum hat er es getan? Warum hat er meinen Jungen umgebracht?«, brüllt Adam.

Johnny grinst. »Dieser Bastard hat gekriegt, was er verdient hat? – Du gibst also zu, dass du Quentin erledigt hast.«

»Wieso ist er Michael in den Rücken gefallen?!«, brüllt Adam.

»Keine Ahnung ... aber wenn ich raten müsste, würde ich sagen, dass Michael sich die Suppe selbst eingebrockt hat. Er war ja noch nie der Hellste ... ein machtgieriger Nichtsnutz war er. Verdient hat er die Kugeln ... die waren lange überfällig.«

Adam ist kurz davor zu explodieren. Die Hand, in der er die Waffe hält, zittert. Wenn Johnny nicht bald die Klappe hält, kriegt er eine Kugel ab.

Ich will nicht, dass jemand stirbt – nicht heute. Ich muss Johnny zum Schweigen bringen, bevor Adam es tut. Ich trete mit voller Wucht auf Johnnys Wunde. Seine Hand greift nach meinem Schuh, er versucht, ihn wegzudrücken. Ein schwacher Versuch. Er lehnt sich japsend gegen die Werkbank hinter sich. Sein Körper erschlafft. Er wird ohnmächtig.

»Du kannst ja richtig grausam sein«, sagt Adam.

Ich nehme meinen Fuß von der Wunde. Durch den Druckverband dringt Blut.

Adam packt Johnny unter den Arm und sieht mich an. »Hilf mir, ihn auf den Stuhl zu setzen.«

Ich dränge Adam zur Seite. »Lass mich das machen.« Während meiner Ausbildung habe ich unterschiedlichste Hebetechniken gelernt. Dass ich sie einmal in so einer Situation anwenden würde, hätte ich nicht gedacht.

Ich hebe Johnny hoch und lasse ihn auf den Stuhl sinken. Das Seil, mit dem ich Johnnys Bein abgebunden habe, ist lang genug, um ein Stück davon abzuschneiden und es als Fessel zu verwenden.

Adam steckt endlich die Waffe weg. »Das wars für dich«, sagt er.

»Was soll denn das jetzt wieder heißen?«

»Das heißt, du sollst verschwinden.«

Egal, wie sehr er versucht, mich einzuschüchtern, es funktioniert nicht. »Ich werde sicher nicht verschwinden.«

»Wie bitte?«

»Ich will wissen, was hier los ist. Ich will wissen, was in dieser Nacht los war.«

Adam schüttelt den Kopf. »Lass es, vergiss es einfach. Mach weiter.«

»Das kann ich nicht.«

Er blinzelt mich an. Meine Worte sind bei ihm angekommen. Er ist vermutlich der einzige Mensch, der sie versteht. Es muss ihm genauso gehen.

Johnny rührt sich immer noch nicht. »Was ... was hast du mit ihm vor?"

»Weiß ich noch nicht«, sagt Adam.

»Du weißt es nicht?«

Ich sehe nur zwei Möglichkeiten. Ihn umbringen oder ihn laufen lassen. Mir gefällt keine der Optionen.

»Was ist aus Johnnys Kumpel geworden? Diesem Schläger?« Ich sehe zur Tür, als ob ich erwarten würde, dass er jeden Moment dort auftaucht.

»Was denkst du wohl?«, fragt Adam.

»Wie hast du das gemacht? Er war bewaffnet, du nicht.«

Adam zuckt mit den Schultern. »Hochmut kommt vor dem Fall.«

Er hat diesen Schläger also getötet. Warum? Adam hätte ihn einfach entwaffnen können, so wie ich Johnny.

»Wir sollten die Polizei rufen.«

Adam lacht. »Die Polizei? Klar! Warum bin ich nicht darauf gekommen?«

»Das ist mein Ernst.«

»Oh, ich weiß.« Er klingt so herablassend. Für wen hält er sich denn?

Adam setzt sich auf einen der freien Stühle und holt eine Packung Zigaretten aus seiner Manteltasche.

»Was wird das denn jetzt?«

Adam steckt sich eine Zigarette in den Mund und zündet sie an. »Wir warten.«

»Worauf?«

Er bläst mir den Rauch mitten ins Gesicht.

Ich huste, für einen Moment kann ich nicht atmen.

»Du lebst also in Ormeau«, sagt er nach einer Weile. »Das ist eine sehr protestantische Gegend, nicht?«

»Und wenn es so ist?«

Er mustert mich.

»Willst du mich deshalb loswerden? Weil ich Protestant bin?«

Er weicht meinem Blick aus.

»Du vertraust mir kein bisschen, oder?«

»Warum sollte ich?«, fragt er.

Warum sollte er? Was zum Henker? »Ich habe gerade dichtgehalten, als Johnny mich nach dem Mörder seines Bruders gefragt hat. Gefoltert hat er mich.« Ich hebe demonstrativ meinen verletzten Arm hoch.

»Ich weiß«, sagt Adam nüchtern. Er zieht an seiner Zigarette. »Ich habe nur noch nicht verstanden, warum.«

Die Wahrheit ist einfach. »Du hast mir in dieser Nacht das Leben gerettet ... wäre irgendwie nicht gerecht, wenn du jetzt wegen mir draufgehst.«

Adam sieht überrascht aus. »Wie kommst du denn darauf, dass ich deinetwegen draufgehe?«

»Hätte ich nicht nach dir gesucht, wüsste Johnny gar nicht, dass du am Bahnhof warst.«

Der nächste Zug an seiner Zigarette fühlt sich ewig an. »Du hast keine Ahnung, worauf du dich da einlässt.«

»Mag sein«, sage ich. Doch so einfach ist es nicht mehr. Was heute Abend passiert ist, hat alles verändert. »Was auch immer von jetzt an passiert. Wir stecken da zusammen drin.«

Adam macht einen zischenden Laut in seinem Mundwinkel. »Fein.«

Stille. Ich ertrage es nicht. – Die Stille im Allgemeinen. Nach kurzer Zeit habe ich das Gefühl, etwas sagen zu müssen, irgendetwas.

Adam hat auf meine Herkunft angespielt, auf die Gegend, in der ich wohne. Irgendwie ist mir danach, über seine Herkunft zu reden.

»Du kommst also aus Downpatrick ...«

Adam runzelt die Stirn. »Woher weißt du das?«

»Du bist Autor ... hab ein Buch von dir gesehen ... im Laden.« Dass ich schon in Downpatrick war und viel mehr weiß, als in diesem Buchklappentext steht, muss Adam ja nicht wissen. »Sieben Schwestern ... 'ne ganze Menge, was? Mann, ich könnte es dir nicht verdenken, wenn du da Reißaus genommen hättest.«

Er sieht mich misstrauisch an. »Was willst du damit andeuten?«

»Gar nichts. Ich will gar nichts andeuten. Es ist nur ... naja, du bist ja jetzt offensichtlich hier, in Belfast, also muss es dir hier besser gefallen als zu Hause«, sage ich.

»Gefallen.« Adam schnauft. »Diese Stadt macht es einem schwer ... sie will gar nicht so richtig gefallen, habe ich das Gefühl.«

»Ich glaube, es liegt eher an den Bewohnern als an der Stadt selbst ... also an ein paar Bewohnern, ein Bruchteil. Der Rest ist eigentlich ganz in Ordnung.«

»Wenn du das sagst«, meint Adam.

Das Geräusch eines Motors dringt durch die alten Holzfenster. Adam geht zur Frontseite der Werkstatt und sieht hinaus. Ich schaue ihm über die Schulter. Ein Auto parkt an der Straße. Dann noch eins und noch eins.

»Sie sind da«, sagt er.

»Wer?«

Drei Männer und eine Frau kommen hintereinander durch den Haupteingang herein. Die Runde hätte unterschiedlicher nicht sein können. Alter, Größe, Haarfarbe, Hautfarbe – ein bunter Mix.

Die Männer begrüßen Adam schulterklopfend. Für einen Moment ist Adam ein anderer. Verschwunden ist die Härte und Kälte von vorhin. Übrig ist ein von Trauer erfüllter Mann, der mit hängenden Schultern die Beileidsbekundungen über sich ergehen lässt.

Die Frau sieht älter aus als die Männer, mit denen sie gekommen ist. Sie wartete ab und begrüßt Adam zum Schluss. Die beiden umarmen sich.

»Wer ist denn der Typ?«, fragt einer der Männer, mit einem blonden Pferdeschweif.

»Ja, und was ist mit Johnny passiert?«, fragt der Mann, dessen Gesicht vom Alkohol komplett aufgeschwemmt ist.

Der dritte Mann trägt einen Hut. Er hat eine dunklere Hautfarbe als die anderen. Er sieht aus wie ein Inder, oder zumindest Halb-Inder. Er beäugt mich misstrauisch.

»Bitte, lasst uns das in Ruhe besprechen«, sagt Adam. Er führt uns in den Aufenthaltsraum. Die Männer setzen sich hin. Die Frau kocht Tee in der Küchennische.

Ich bleibe in der Tür stehen. Ich möchte Johnny, der langsam zu sich kommt, nicht aus den Augen lassen.

Adam übernimmt den Vorsitz. »Johnny und ich haben uns heute vorab getroffen, um ein paar Missverständnisse zu klären ... leider haben er und sein muskelbepackter Freund die Konfrontation gewählt.«

»Bevor du weitersprichst, will ich wissen, wer dieser Kerl dahinten ist«, sagt Pferdeschweif und deutet auf mich.

Ich will etwas sagen, weiß aber nicht, wie viel ich verraten soll, also überlasse ich Adam das Reden.

»Das ist Ryan. Er war auch am Bahnhof in dieser Nacht«, beginnt Adam.

»Der hat hier nichts verloren«, sagt der Alkoholiker.

»Wer hier etwas verloren hat und wer nicht, das entscheide immer noch ich«, sagt Adam bestimmt.

Keiner widerspricht, ich bin beeindruckt.

Adam räuspert sich. »Also, wie ich schon sagte, Johnny und ich wollten allein über die Geschehnisse am Bahnhof sprechen ... dann wurde er unvernünftig.«

»Was ist da am Bahnhof schiefgelaufen?«, fragt der Inder mit einem leichten Akzent.

»Was war da überhaupt los? Wir hatten doch gar keine Aktion für diesen Tag geplant«, sagt Pferdeschweif.

Aktion? Was für eine Aktion?

Adam hebt beschwichtigend die Hand. Stille. »Es ist zu früh, um Genaueres sagen zu können ... was feststeht ist, dass Quentin sich gegen uns gewandt hat ... warum, wissen wir noch nicht.«

»Es stimmt also, was man hört? Quentin hat Michael erledigt?«, sagt der Alkoholiker.

Adam nickt.

»Warum, ist die Frage«, werfe ich ein.

Alle sehen mich an. Ich versuche, in ihren Gesichtern etwas abzulesen. Angst, Reue, Unbehagen. Nichts. Vor mir sitzen die besten Pokerspieler der Welt.

»Der Wicht hält sich für Sherlock, hm?«, brummt Pferdeschweif.

Es duftet nach grünem Tee, als die Frau das heiße Wasser in ihre Tasse gießt. Sie holt eine Milchpackung aus dem Kühlschrank und gibt einen Schuss in den Tee. Grüntee mit Milch, wie widerlich. Bisher habe ich nur von einer Person gehört, die ihren Tee so trinkt. Elaine! Das muss Elaine sein. Sie sieht Adam gar nicht ähnlich, wirkt sogar ein bisschen jünger als er.

»Als Erstes müssen wir uns um Johnnys Schläger kümmern«, sagt Adam. »Im Innenhof steht ein Geländewagen. Im Kofferraum ist die Leiche ... kümmere dich darum.« Adam wirft dem Alkoholiker die Autoschlüssel zu. Der Alkoholiker nickt und steht auf. Er geht zu einem Schrank in der Ecke und fingert an dessen Vorhängeschloss herum.

»Und was machen wir mit Johnny?«, fragt der Inder.

»Überwachen«, sagt Elaine. »Ich bin mir sicher, dass Quentin ihn eingeweiht hat. Wenn wir an ihm dranbleiben, führt er uns irgendwann zu der Antwort, die wir suchen.«

»Ich weiß nicht«, sagt Pferdeschweif. »Wir sollten kein Risiko eingehen.«

Hat er gerade vorgeschlagen, Johnny zu beseitigen?

»Wir beschatten ihn«, sagt Adam. Er sieht jedem im Raum in die Augen, außer mir.

»Dass Johnny ab heute nicht mehr zu uns gehört, versteht sich von selbst.«

Der Alkoholiker klopft gegen den Schrank. »Verfluchtes Schloss.«

»Lass mich mal.« Elaine stellt ihre Teetasse zur Seite und öffnet das Schloss mit wenigen Handgriffen. »Bitte sehr.« Sie tritt zur Seite.

In den Schrankfächern liegen Waffen, schwarze Wollmasken und Militärkleidung. Mir wird schlecht.

Nach der Versammlung besteht Adam darauf, mich nach Hause zu fahren. Mir wäre Rad fahren lieber. Ich muss den Kopf frei kriegen und dazu brauche ich frische Luft und Bewegung.

Doch Adam lässt nicht mit sich verhandeln. Er hat sogar einen Fahrradträger im Kofferraum. Wir montieren Doks Rad und fahren los.

Ich bin froh, dass wir wieder allein sind. Die anderen Typen sind mir alle nicht geheuer. Selbst Elaine macht keinen besonders umgänglichen Eindruck.

»Wenn ich dich zu Hause absetze, wars das ... wir gehen getrennte Wege«, sagt Adam.

Mein Antrieb, den ich vor der Sitzung hatte, ist dahin. Ich bin ganz Adams Meinung. Wir sollten es auf sich beruhen lassen. Ich kann dankbar sein, dass er mir die Chance dazu gibt.

»Du gehörst zur IRA, nicht wahr? Alle bei dieser Versammlung gehören zur IRA.«

Adam antwortet nicht. – Nicht, dass ich eine Antwort erwartet hätte.

«Du siehst gar nicht aus wie jemand von der IRA«, sage ich nach kurzem Schweigen.

Adam prustet. »Wie sieht jemand von der IRA denn aus?«

«Blutrünstig ... rachsüchtig ... hasserfüllt.«

«Wer sagt, dass ich das nicht bin?«, meint Adam.

Ich sehe ihn lange an. Da ist nichts Furchteinflößendes an ihm, nichts Bedrohliches. »Alles, was ich sehe, ist Trauer.«

Adam parkt den Wagen vor meinem Wohnhaus.

»Ich hoffe, es versteht sich von selbst, dass du über heute kein Wort verlierst«, sagt Adam.

»Wem sollte ich das alles erzählen? – Das glaubt mir sowieso niemand.«

Sein strenger Blick erinnert mich an Mutter. »Wenn du deine Klappe nicht halten kannst, sehen wir uns wieder ... und dann wird es ungemütlich.«

Ich habe gesehen, wie er Quentin Henderson getötet hat. Ich habe auch gesehen, wie brutal er heute mit Johnny Henderson verfahren ist. Dennoch fällt es mir schwer, vor ihm Angst zu haben.

»Jetzt steig schon aus!«, sagt er.

Ich gehorche und nehme Doks Fahrrad vom Träger. Adam fährt davon. Ich schaue ihm noch lange hinterher, selbst als sein Auto schon längst verschwunden ist. Ich würde wirklich gerne wissen, wie dieser Junge aus Downpatrick ein Mitglied der IRA wurde.

19

Vor meinem ersten Dienstantritt muss ich zu Stationsleiter Watkins ins Büro. Er begrüßt mich mit einer Umarmung, als wären wir alte Freunde.

»Bitte setzen Sie sich. Ach, es tut so gut, Sie zu sehen. Sie sehen schon viel besser aus als damals im Krankenhaus.«

Woher weiß er, wie ich ausgesehen habe? War er dort?

»Wie geht es Ihnen denn?«

Wenn ich jedes Mal ein Pfund kriegen würde, wenn mich das jemand fragt. »Gut.«

»Sehr schön, sehr schön.« Er tippt seine Fingerspitzen aneinander. »Hören Sie, ich habe mir ihre Beurteilungen angesehen und sehe wirklich keinen Grund, Sie unnötig zu quälen.«

»Was meinen Sie?«

»Ich werde Ihnen Ihre Zeit im Krankenstand voll als Dienstzeit anrechnen.«

Ich will protestieren, ich will nichts geschenkt haben. Andererseits habe ich keine Lust, in meiner Ausbildung zurückzufallen. »Danke, Sir.«

Schweigen.

»Ich sollte dann wohl besser.« Ich zeige hinter mich auf die Tür.

»Oh, nein, nein. Keine Eile. Ich möchte noch etwas mit Ihnen besprechen.«

Es irritiert mich, dass er sich neben mich setzt. »Sie wissen ja, wie bemüht wir sind, uns in der Öffentlichkeit ... naja, sagen wir, vorzustellen. Die Polizei arbeitet auch daran. Diese Halunken von der Feuerwehr haben das total drauf – die mit ihren Kalendern jedes Jahr. Halbnackt und eingeölt, so präsentieren die sich.« Er schüttelt den Kopf.

Kann er nicht einfach damit rausrücken? – Womit auch immer.

»Also, es geht um ... ach, wie nennt man denn das? Ja, Image, genau. Das Image. Wir – die Ambulanzleiter – wir würden gerne etwas für das Image der Sanitäter tun.« Er kratzt sich über die Stirn. »Naja, und wie Sie und Jarvis – Gott habe ihn selig – da einfach reingegangen sind, so furchtlos, ja heldenhaft ...«

Ach, herrje.

»Wir möchten die Menschen daran teilhaben lassen. An unserem Verlust und natürlich an der Erleichterung, dass es Ihnen gut geht.«

»Also, ich weiß nicht, Sir.«

»Ich weiß, es mag ein bisschen komisch klingen, aber denken Sie doch einmal darüber nach. Die Stadt kürzt uns dauernd die Gelder, die Feuerwehrleute kriegen viel mehr als wir. Wussten Sie das?«

Was hat der denn für ein Problem mit der Feuerwehr?

»Es wird Zeit, dass wir dieser Stadt zeigen, was wir hier leisten. Wir stehen den Polizisten und Feuerwehrleuten um nichts nach.«

»Ich habe keine Ahnung, wovon Sie sprechen, Sir.«

»Was halten Sie von einem Ehrenpreis? Das war unser erster Gedanke. Sie und Jarvis sollen einen Preis verliehen bekommen. So etwas wie der *Sportler des Jahres*, nur eben für Sanitäter.«

Der Kloß in meinem Hals fühlt sich so groß an wie eine Birne. »Ich bin ja dafür, dass Jarvis geehrt wird, Sir, aber warum ich?«

»Auch Sie sind ein Held, mein Lieber. Und ein tragischer noch dazu.«

Tragisch? Ich bin kein Held und schon gar kein tragischer.

»Warten Sie nur, bis die Leute Ihre Geschichte hören. Menschen lieben Geschichten. Ryan Goodwin, der junge Mann aus reichem Haus, berufen, Menschen zu helfen. Er ist ein guter Sanitäter, ein guter Mensch.« Watkins starrt auf die gegenüberliegende Wand, als ob dort die Rede bereits geschrieben steht. »Dann passiert das Unvorstellbare. Er wird bei einem Einsatz lebensgefährlich verletzt. Angeschossen. Der Sohn einer Waffenschmiedin.« Watkins sieht mich an. »Das ist eine Geschichte für Hollywood.«

Darauf fällt auch mir nichts mehr ein.

Watkins teilt mir Jarvis alten Kumpel Kingston als Ausbilder zu. Der erste Notruf, der eingeht, gehört uns.

Es fühlt sich merkwürdig an, wieder einen Krankenwagen zu steuern. Für einen Moment glaube ich sogar, Jarvis neben mir sitzen zu sehen.

»Wo fährst du denn hin?«, fragt Kingston. »Wir müssen in die andere Richtung.«

Ganz automatisch bin ich Richtung Bahnhof gefahren. Ich hoffe, Kingston hat es nicht gemerkt. Ich fühle mich nicht wohl mit ihm allein. Es hängt diese schwere Stille über uns. Im Grunde verbindet uns ja auch nur eine Sache miteinander: Jarvis' Tod.

Endlich haben wir unser Ziel erreicht. Eine Frau sitzt neben einem Kind am Gehsteig und winkt hektisch.

»Hierher, hierher«, brüllt sie, als wir bereits auf sie zusteuern.

Der Junge ist zirka fünf Jahre alt und hält sich das blutende Knie. Sein Roller liegt im Gebüsch ein paar Meter entfernt.

»Lass mich mal sehen.« Kingston kniet sich neben dem Jungen hin.

»Ist noch jemand verletzt?«, frage ich.

»Noch jemand?« Die Frau sieht mich verwirrt an. »Reicht das nicht?«

Kingston desinfiziert die Wunde und klebt ein Pflaster darüber.

»Wegen so einem Blödsinn rufen Sie uns?«

»Goodwin«, ermahnt mich Kingston.

»Was soll das heißen, Blödsinn? Ich dachte, es ist Ihr Job zu helfen?« Die Stimme der Frau ist schrill.

»Natürlich ist es das, Madam«, mischt Kingston sich ein. »Und es war richtig, dass Sie uns gerufen haben.«

Ich pruste und schüttle den Kopf. Das ist doch lächerlich.

»Was ist Ihr Problem, junger Mann?«, fragt die Frau.

»Sie sind mein Problem!«

Sie zuckt zurück.

»Wenn wir wegen jedem Pflaster ausrücken müssten, dann ...« Ich schnaube vor Wut.

»Dann was?!« Sie sieht mich böse an.

»Dann würden Menschen, die uns wirklich brauchen, sterben!«

Der Junge weint, und Kingston wirft mir einen bösen Blick zu.

Am Ende der Schicht bleiben Kingston und ich allein in der Umkleide zurück. Eigentlich bin ich schon fertig, aber ich muss einfach über Jarvis reden. Und wer wäre da besser geeignet als Kingston? »Wie ... wie war die Beerdigung?«

»Ein echter Spaß, habe schon lang nicht mehr so gelacht.«

So habe ich das nicht gemeint. »Waren viele Leute dort?« Jarvis hat eine Beziehung erwähnt, die wegen des Jobs in die Brüche ging. »War seine Frau dort?«

»Ex-Frau.« Kingston knöpft sein Hemd auf, sein behaarter Wanst hängt über seiner Hose. »Nein. Warum auch? Die beiden haben schon Jahre lang nicht mehr miteinander geredet.«

»Was ist passiert?«

Er knallt die Spindtür zu.

Ich zucke zusammen.

»Was fällt dir ein, hm?« Er macht ein paar Schritte auf mich zu, plustert sich vor mir auf. »Denkst du, nur weil du bei ihm warst in dieser Nacht ...« Ihm versagt die Stimme. »Du hast kein Recht, etwas Privates über ihn zu fragen. Wenn er gewollt hätte, dass du es weißt, hätte er es dir gesagt.«

Hat Jarvis ja irgendwie. Damals in diesem erzkatholischen Pub wollte er reden. Natürlich kommt das nicht an die Freundschaft heran, die Jarvis und Kingston hatten.

Was hätte Kingston an meiner Stelle getan, dort am Bahnhof? Wäre er Jarvis blind gefolgt, wie ich, oder hätte er ihn aufgehalten? Warum habe ich Jarvis überhaupt zu mir und dem Verwundeten in die Toilette gerufen? Ich wusste doch, was zu tun ist. Ich hätte seine Hilfe nicht gebraucht.

»Es hätte mich treffen sollen«, sage ich.

Kingston sieht mich an. Meine Worte bedeuten nichts.

Als ich mich auf dem Weg nach Hause mache, geht langsam die Sonne auf. So ganz habe ich mich immer noch nicht an diesen Schichtdienst gewöhnt. Wenn mein Tag zu Ende geht, bricht er für viele andere erst an.

Ein Müdigkeitsschwall überkommt mich. Ich gähne und biege in unsere Wohnstraße ein. Unsere Nachbarin, Misses Maynard, bringt gerade ihre Tochter Penny zur Schule, sie winken mir beide.

Auf der gegenüberliegenden Straßenseite fällt mir eine Person auf. Sie trägt eine schwarze Jacke, und die Kapuze ist tief ins Gesicht gezogen. Ob es sich um einen Mann oder eine Frau handelt, kann ich nicht sagen.

Ich fühle mich beobachtet, als ich aus dem Wagen steige.

Beim Aufsperren der Haustür fällt mir der Schlüssel zweimal hinunter. »Jetzt sei nicht albern, das ist nur ein Passant«, sage ich zu mir selbst.

Das Schloss klemmt, so ein Mist. Ich habe das Gefühl, als würde jemand direkt hinter mir stehen. Endlich springt die Tür auf. Ich muss mich dennoch umdrehen und vergewissern, dass die Fantasie mit mir durchgeht. – Tut sie nicht. Die Person in der schwarzen Jacke steht nun auf meiner Straßenseite, direkt am Zaun. Sie schupft die Kapuze vom Kopf. Es ist der blonde Typ mit Pferdeschweif von Adams IRA-Meeting.

20

Ich schließe mich ein, warte ab. Ich erwarte fast, dass es klopft oder klingelt, aber es passiert nichts. Ich wage es nicht, nach draußen zu gehen oder aus dem Fenster zu sehen.

An diesem Morgen tue ich kein Auge zu. Ob er immer noch da draußen ist?

Ich öffne Doks Spirituosenschrank, trinke zwei Tequila hintereinander. Dann lege ich mich wieder ins Bett. Was will dieser Typ von mir? Hat Adam ihn geschickt?

Der Gedanke, dass Adam mich beschatten lässt, ist mir nicht ganz so unheimlich. Vielleicht will Adam ja nur sichergehen, dass ich nicht die Polizei verständige. Solang ich das nicht tue, habe ich nichts zu befürchten.

Aber was, wenn Pferdeschweif aus einem anderen Grund hier ist? Auf eigene Faust. Um mich loszuwerden, zum Beispiel?

Wenn ich Adam doch nur erreichen könnte, ihn bitten könnte, seine Leute zurückzupfeifen. Ich hätte ihn nach seiner Telefonnummer fragen soll, für den Notfall. Ob er sie mir gegeben hätte?

Im Flur knarrt die Treppe. Vorsichtig öffne ich die Tür, nur einen Spalt. Es ist Dok. Er geht die Treppe herauf und steuert auf sein Zimmer zu.

»Hey, Dok.«

Er fährt herum. »Hast du mich erschreckt!«

»Entschuldige ... sag, hast du die Zeitung geholt?«

»Ne.«

Mist. »Na gut. Macht nichts.«

Er nickt und verschwindet in seinem Zimmer.

Wenn ich nicht schlafen kann, lese ich immer die Zeitung und trinke eine warme Tasse Kakao dazu. Das will ich mir nicht nehmen lassen.

Ich hole die nicht registrierte Waffe von Mutter aus dem Geheimfach im Bücherregal. Mit der Waffe in der Jackentasche gehe ich nach draußen. Niemand zu sehen, zumindest niemand von Adams Leuten.

Unser Briefkasten ist zum Bersten voll. Würde es Dok und Lena umbringen, das Ding wenigstens hin und wieder auszuleeren?

Jemand hupt hinter mir. Ich drehe mich erschrocken um.

»Haben Sie keine Augen im Kopf!«, brüllt eine Fußgängerin. Sie steht mitten auf der Straße und schlägt mit der flachen Hand auf die Motorhaube eines Range Rovers.

Der Fahrer streckt den Kopf aus dem Fenster. »Verschwinde von der Straße!«

»Sie hätten mich fast umgebracht! Ich zeige Sie an, Sie Idiot!«

Der Fahrer lässt den Motor aufheulen und die Fußgängerin springt zur Seite.

Mit quietschenden Reifen fährt der Typ davon.

Eine Anzeige! Das ist es.

Ich gehe mit der Zeitung unter dem Arm zurück ins Haus und rufe die Polizei an. »Ja? Hallo. Ich möchte gerne eine Fahrerflucht melden ...« In meiner Jackentasche krame ich nach dem Zettel, auf dem ich mir neulich Adams Kennzeichen notiert habe. »Ja, das Kennzeichen habe ich ...«

Während meiner nächsten Schicht laden mich die Kollegen ein, mit ihnen am großen Tisch Karten zu spielen. Womit habe ich das bloß verdient?

»Du gibst«, sagt Kingston und knallt den Stapel Karten vor mir auf den Tisch.

Eigentlich mache ich mir ja nicht so viel aus Karten spielen, aber irgendwie tut es gut, dazuzugehören.

»Stimmt es, was man so hört ... du nimmst für Jarvis einen Ehrenpreis entgegen«, sagt Grant zu Kingston.

Jedes Mal, wenn Jarvis erwähnt wird, versetzt es mir einen Stich in der Brust.

»Mal sehen«, sagt Kingston.

»Haste schon 'ne Rede vorbereitet?«, stichelt Grant weiter.

Ich wünschte, er würde aufhören. »Können wir nicht einfach spielen?«, sage ich.

Die Tür zum Aufenthaltsraum quietscht, als Stationsleiter Watkins mit einer Frau hereinkommt. Sie hat lange blonde Haare und Beine, die bis zur Decke reichen.

Grant pfeift. »Na, aber hallo!«

»Träum weiter«, meint Kingston.

»Goodwin, kommen Sie her!« Watkins winkt mich zu sich.

Ich spüre die Blicke der Jungs im Rücken, als ich zu Watkins rübergehe. »Was kann ich für Sie tun, Sir?«

»Das ist Misses Henderson. Sie ist die Frau von Constable Quentin Henderson.«

Misses Henderson räuspert sich und streckt mir die Hand hin. Ihre Hand ist eiskalt.

»Ich lasse Sie beide dann mal besser allein«, sagt Watkins und verschwindet in seinem Büro.

»Was wollen Sie?«

»Mich bedanken.« Ihre Antwort überrascht mich.

»Wofür?«

»Ich weiß, dass der Einsatz auch für Sie ein großes Risiko war. Ein Risiko, das Sie eingegangen sind, um meinem Mann zu helfen. Das ist nicht selbstverständlich.«

»Es ist unser Job ...« Das ist alles, was mir dazu einfällt.

»Ich habe gehört, dass Sie angeschossen wurden. Wie geht es Ihnen?«

Ist das ihr Ernst? »Ich lebe.«

Sie sieht traurig aus. Es fällt mir schwer, Mitleid zu empfinden. »Das freut mich, wirklich. Einer Ihrer Kollegen hatte leider nicht so viel Glück, nicht wahr?«

Schön langsam wird es mir zu viel. »Ich sollte wirklich wieder zurück zu meinen Kollegen.«

Sie packt mich am Arm. Ich will nicht, dass sie mich anfasst.

»Warten Sie ... ich ... Entschuldigung, ich wollte Ihnen nicht zu nahe treten.« Sie kramt in ihrer Handtasche und holt einen Zettel heraus, auf dem eine Adresse steht.

»Was soll ich damit?«

»Ich würde Sie gerne zu mir nach Hause zum Essen einladen«, sagt sie.

»Das ist wirklich nett, aber ...«

»Bitte, wir würden uns sehr freuen.«

Wir? Hatte dieser Verrückte etwa Kinder?

»Überlegen Sie es sich.« Sie lächelt mich an und geht.

Die Ehefrau jenes Mannes, der mich fast erschossen hat, hat mich gerade zum Essen eingeladen. Was ich davon halten soll, weiß ich nicht.

Das Handy in meiner Hosentasche klingelt. Auf dem Display steht *unbekannte Nummer*.

Es ist Adam am anderen Ende der Leitung. Er kocht vor Wut. »Du hast mich angezeigt!?«, brüllt er.

Ich bin stolz auf meinen Einfall und dass er funktioniert hat. »Ich wusste nicht, wie ich dich sonst erreichen soll.«

Er schnauft. »Was hast du an unserer letzten Unterhaltung nicht verstanden?«

»Oh, ich habe sehr gut verstanden. Ich würde es nur sehr nett finden, wenn du deine Leute zurückpfeifst.«

»Meine Leute? Wovon redest du?«

Konnte Adam wirklich nichts davon wissen? »Dieser blonde Typ mit Pferdeschweif verfolgt mich seit Tagen, langsam wird es lästig.« Es überrascht mich selbst, mit welcher Lockerheit ich das sage.

Adam seufzt. «Ich kümmere mich darum.«

21

Adam hält sein Wort. Als ich am nächsten Tag zur Arbeit fahre, ist mein Verfolger verschwunden. Es ist ein stressiger Tag in der Ambulanzstation. Wegen einer Grippewelle sind wir unterbesetzt.

Durch die Lautsprecher dröhnt der nächste Einsatzaufruf. Er geht an alle Wagen. In der Shankhill Road ist eine Bombe hochgegangen.

Die Shankhill Road ist eine belebte Straße. Als ich noch klein war, nahm unsere Haushälterin mich und meine Schwester oft zum Einkaufen dorthin mit.

An einem schönen Samstag wie heute ist dort bestimmt viel los. Viele Menschen, viele potenzielle Opfer. Bitte keine Toten.

Mit heulenden Sirenen sause ich im Affentempo über eine Kreuzung, ignoriere rote Ampeln und hupende Autos. Meine Hände schwitzen so sehr, dass ich das Lenkrad fest umklammern muss, um die Kontrolle über den Wagen zu behalten.

Ich fühle mich nicht bereit für diesen Einsatz. Was, wenn ich etwas falsch mache? Jemanden umbringe? Ein Teil von mir will niemals am Einsatzort ankommen.

Kingston sitzt neben mir, holt mit dem Zahnstocher sein Mittagessen zwischen den Zähnen hervor. Wie kann er nur so ruhig sein? – Dreißig Jahre macht er das jetzt schon. Wie viele Bombenanschläge hat er wohl schon miterlebt? Wie viele Drive-By-Shootings? Vielleicht bin ich in dreißig Jahren so wie er. – Gelassen, gleichgültig.

Wir kommen in der Shankhill Road an, wo einige Schaulustige im Weg stehen. Ich hupe. Wieder und wieder. Herr Gott, was ist nur los mit ihnen? Sehen sie nicht, dass wir hier durchmüssen? Ich lasse den Motor aufheulen, doch auch das beeindruckt sie nicht.

»Park hier«, sagt Kingston. »Wir sind nah genug dran.«

Wir steigen aus, schultern unsere Notfallrucksäcke.

Die Bombe hat ein tiefes Loch in die Häuserfront gerissen. Der erste Stock des Gebäudes ist eingestürzt, hat das Erdgeschoss unter sich begraben. Feuerwehrleute klettern über den Schutt, suchen nach Opfern. Das Dach des Gebäudes hängt durch. Es sieht so aus, als würde es ein Niesen zum Einsturz bringen.

Überraschend unversehrt sind die Gebäude daneben. Ein paar Menschen haben sich vor den Auslagen der Geschäfte direkt neben dem eingestürzten Haus versammelt. Es sieht beinahe so aus, als würden sie einen gemeinsamen Schaufensterbummel machen.

»Goodwin! Hier rüber!«, brüllt Kingston. Er kniet neben einer älteren Frau, die am Kopf blutet. Kingston überprüft ihre Pupillenreflexe. »Kümmere dich um sie.« Und weg ist er.

Mit einem Mal bin ich ganz ruhig. Ich kann dieser Frau helfen. Ich weiß wie.

»Madam? Madam, können Sie mich hören?«

Sie sieht mich an, als sähe sie einen Geist. Ihre dünnen, weißen Haare stehen ihr vom Kopf, eine Strähne klebt auf ihrer blutigen Stirn. »Isaac. Wo ist mein Isaac?«

»Ist Isaac Ihr Mann?« Ich tupfe das Blut ab. Die Wunde ist zum Glück nicht tief.

Sie packt mich an der Hand und sieht mich mit weit aufgerissenen Augen an. »Isaac. Bist du das?«

»Nein, nein. Ich bin nicht Isaac, Madam.«

Ich verbinde ihren Kopf. Sie muss ins Krankenhaus, Verdacht auf Gehirnerschütterung. Wo steckt denn Kingston?

Ich stehe auf, recke meinen Hals nach ihm, kann ihn aber nirgendwo entdecken.

Als ich mich wieder der alten Frau zuwende, ist sie verschwunden.

Ich frage die Passanten, die hinter der Absperrung stehen. »Entschuldigung, haben Sie eine ältere Dame gesehen? Sie trägt eine blaue Strickjacke und hat eine Kopfverletzung.«

Die Schaulustigen schütteln ihre Köpfe.

»Sanitäter! Hilfe!« Ein Feuerwehrmann stützt einen Mann, dessen Bein unnatürlich verdreht ist.

Der Feuerwehrmann setzt den Mann auf den Bordstein ab und lässt mich mit dem Verletzten allein. Das Hosenbein ist zerrissen, in der blutenden Wunde sticht etwas Weißes hervor – ein Knochen.

Ach, du heilige Scheiße. Was macht man nochmal bei offenen Knochenbrüchen?

Es sind viele Kollegen vor Ort. Einen kann ich aufhalten. »Der Mann braucht Hilfe.«

»Dann hilf ihm.« Der Sanitäter stößt mich zur Seite.

Ich hole die Krankentrage aus dem Krankenwagen, hieve den Mann hoch.

»Danke, Junge«, keucht er. Er ist blass. Die Wunde am Bein blutet. Mist. Ich desinfiziere die Wunde, decke sie ab. Das hätte ich gleich tun sollen. Hoffentlich infiziert sich die Wunde nicht.

Verflucht, wo ist Kingston?

Zwei weitere Kollegen kommen in ihrem Krankenwagen an.

Ich schiebe die Trage mit dem verletzten Mann vor mir her, laufe auf die beiden zu. »Offener Beinbruch. Nehmt ihn mit.«

Ich warte nicht auf eine Antwort. Ich muss diese Frau finden.

Etwas Blaues blitzt in der Menschenmenge vor mir auf. Ihre Strickjacke. Ich dränge mich zwischen den Leuten hindurch.

Die starren Augen eines Mannes sehen mich an. Meine Patientin kniet neben dem Toten am Boden und schluchzt.

»Madam?«

Sie streicht über den Kopf des toten Mannes. Isaac. Er sieht zu jung aus, um ihr Ehemann zu sein. Ist er vielleicht ihr Sohn? Tränen rinnen über ihre Wangen. Ich lege einen Arm um ihre Schultern und drücke sie.

Gegen Abend kehrt endlich Ruhe ein in der Shankhill Road. Die meisten Schaulustigen sind nach Hause gegangen. Alle Verletzten wurden versorgt, in umliegende Krankenhäuser gebracht. Es wird langsam dunkel. Feuerwehrmänner stapfen zurück zu ihren Einsatzwagen.

Die Toten wurden nebeneinander auf den Gehsteig gelegt, zumindest jene, die nicht völlig in Stücke gerissen wurden.

Kingston klopft mir auf die Schulter. »Ein langer Tag. Ab nach Hause.«

»Was passiert mit ihnen ... mit den Toten?«

»Die Gerichtsmedizin kümmert sich darum«, antwortet Kingston.

»Wurden die Familien schon verständigt?«

Kingston schnauft. »Du fragst Sachen. Ich glaube nicht, bei den meisten wissen sie doch noch gar nicht, um wen es sich handelt.«

Ich kann meinen Blick nicht von den Opfern wenden. Sie haben Familie oder Freunde, die in diesem Moment zu Hause sitzen und sich fragen, wo sie bleiben.

»Alles klar, Kleiner?«, fragt Kingston.

Ich nicke nur, spreche ein stilles Gebet für die Toten. Im Namen des Vaters, des Sohnes und des Heiligen Geistes. Ich mache das Kreuzzeichen.

»Was soll denn das?«, brummt Kingston. »Du bist Sani, kein verfluchter Priester.«

Wir gehen zurück zum Krankenwagen.

»Glaubst du nicht an den Himmel, Kingston?«

»Oje. Das Glauben würde ich mir an deiner Stelle schnell abgewöhnen«, lacht er und steigt ein.

Mit dem Starten des Motors geht auch das Radio an.

»Nach dem Bombenanschlag in der Shankhill Road von heute Mittag sitzt der Schock tief. Ersten Vermutungen zufolge, steckt die IRA hinter dem Anschlag ...«

Ich halte den Bericht nicht aus und drehe das Radio ab. »Hey! Ich wollte mir das anhören«, sagt Kingston.

»Wozu denn? Die erzählen doch sowieso immer dasselbe.«

Seit ich denken kann, stehen protestantische Viertel, wie die Shankhill Road, auf der Abschussliste der IRA. Ich muss kein Radio hören, um das zu wissen.

Was hingegen nie jemand infrage stellt, ist, warum in der Nähe der Shankhill Road so viele Katholiken leben. Da sind Ausschreitungen doch vorprogrammiert. Da helfen auch die von Polizei und Militär kontrollierten Friedenslinien nichts. – Friedenslinien. Eine Mauer aus Stahlwänden und Wellblech. Wie soll das denn Frieden bringen?

Ich biege in den Cupar Way ein, jene Straße, an der die bekannteste Friedenslinie entlangführt. Die mit Graffiti beschmierte Wand war das Vorbild für so viele weitere Friedenslinien in dieser Stadt. Dennoch konnte sie den Bombenanschlag von heute nicht verhindern. – Meine Überraschung hält sich in Grenzen.

Das Radio läuft wieder. Der Radiomoderator berichtet davon, dass auch ein Attentäter bei dem Anschlag ums Leben gekommen ist.

Ich sehe die Toten vor mir, wie sie daliegen, auf der Straße. Ob derjenige, der für diese Katastrophe verantwortlich ist, nun inmitten seiner Opfer liegt?

»Unwahrscheinlich«, antwortet Kingston. »Ich glaube, von dem ist nicht viel übrig geblieben.«

Ich hoffe, dass Kingston recht hat. Der Attentäter hat kein Recht, unter seinen Opfern zu sein. Damit wäre er ihnen ebenbürtig, gleichgesinnt. Den Gedanken ertrage ich nicht.

Der Anschlag verfolgt mich in meine Träume. *Ich bin wieder dort vor den Trümmern des Hauses, bei den Toten. Die alte Frau mit der blauen Strickjacke. Isaac. Ihr Isaac. Seine leeren Augen starren mich an. Die Gesichter der Toten verändern sich. Vater und Mutter liegen vor mir. Meine Knie geben nach. Ihre Wangen sind eiskalt.*

Rund um mich ist es dunkel. Ich bin so erleichtert, nicht mehr dort zu sein. Mein Brustkorb fühlt sich schwer an. Ich kann nicht atmen. – Es war nicht echt. Nur ein Traum. Ich fühle mich so müde und erschöpft. Mein Körper will schlafen, doch mein Kopf lässt es nicht zu.

Ich muss mich bewegen, raus aus meinem Zimmer, die Treppe hinunter.

Die Tür zum Wohnzimmer ist angelehnt. Ich kann Lena gleichmäßig atmen hören. Ich mache die Tür zu, um sie nicht aufzuwecken.

In der Küche sitzt Dok gähnend am Tisch und blättert die Zeitung durch.

Ich setze mich zu ihm. »Warum bist du schon so früh wach?«

»Ich war noch gar nicht im Bett, bin grad heimgekommen ... Studentenparty«, antwortet Dok.

»Was machst du auf einer Studentenparty?«

»Bin eingeladen worden.«

»Du bist Dozent. Du sollst Studenten unterrichten, nicht mit ihnen feiern.«

Dok zuckt mit den Schultern. »Ich kann nichts dafür, dass ich so beliebt bin.«

Dok hat den Titelbericht aufgeschlagen, es geht um den Bombenanschlag in der Shankhill Road von gestern. Beim Anblick der Bilder des zerbombten Hauses krampft sich mein Magen zusammen.

»Es gab zehn Tote und über fünfzig Verletzte, Wahnsinn.« Dok schlürft sein Müsli, während er liest.

»Mhm.« Ich reibe meine brennenden Augen.

»Den zweiten Attentäter haben sie gefasst«, sagt Dok.

»Es gab einen zweiten?«

»Ja. Sie wollten ein Treffen der UDA sprengen ... im wahrsten Sinne des Wortes ...«

Im Türrahmen taucht ein mir fremdes Mädchen mit blonden Haaren auf. Sie trägt ein T-Shirt der Universität Belfast. »Wer ist Uda?«

»UDA nicht Uda«, sagt Dok. »Kurz für Ulster Defence Association.«

Sie sieht ihn verwirrt an.

»Eine protestantische Militärbewegung«, erkläre ich.

»Es gibt mehr als eine?«

Ach herrje, wo hat Dok die denn her?

»UDA, UVF, UFF – ziemlich alles mit einem U im Namen ist eine protestantische Bewegung«, erklärt Dok geduldig. »U wie Ulster.«

Ihr Gesichtsausdruck verrät mir nicht, ob sie verstanden hat. Sie wendet sich dem Kühlschrank zu und macht sich summend ein Sandwich.

Dok widmet sich wieder dem Zeitungsartikel. »Das UDA-Treffen fand nicht statt. Es hat nur einen von der UDA erwischt und einen von der IRA ... die anderen Toten sind alles Zivilisten gewesen. Da kommt bestimmt ein Gegenschlag«, meint Dok.

Ich weiß, dass er recht hat. »Ich hoffe nicht.«

»Was soll das denn heißen?«

»Irgendwann sollte mal Schluss sein, findest du nicht?«, antworte ich.

»Hey. *Die* haben angefangen«, sagt Dok.

»Eigentlich haben *wir* angefangen.«

Dok schnauft. »So ein Unsinn.«

»Kein Unsinn. Wir haben uns vor Jahrhunderten einfach hier angesiedelt. Den Katholiken ihr Land weggenommen ...« Immer wieder dieselbe Unterhaltung. Immer wieder derselbe Ausgang.

»Ich weiß, ich hab Geschichte studiert, vergessen?«, brummt Dok.

»Nein, Herr Doktor, habe ich nicht.« Ich hasse es, dass er immer meint, alles besser zu wissen.

»Es stimmt. Wir haben uns hier angesiedelt, sie ungerecht behandelt. Aber das ist ewig her. Jahrhunderte. Sie sollten endlich akzeptieren, dass wir hier sind, und uns nicht dauernd angreifen«, sagt Dok.

»Ich habe nicht gesagt, dass sie das Recht haben, uns anzugreifen.«

»Klang aber so.«

»Es sollten beide Seiten aufhören. Frieden geben.«

Dok prustet. »Frieden? Die wissen doch gar nicht, wie man das schreibt.«

»Und wir wissen das, ja?«

»Sie greifen an. Wir verteidigen uns doch nur. Ulster Defence Association – wie der Name schon sagt. Defence. Verteidigung«, meint Dok.

»Wir? Ich gehöre nicht zu denen. Und du hoffentlich auch nicht.«

»Und wenn es so wäre? Was wäre so schlimm daran?«

»Das sind Terroristen. Die UDA ist um nichts besser als die IRA. Alles Mörder.«

»Manchmal gibt es gute Gründe, zu morden«, sagt Dok.

»Es gibt nie einen guten Grund, ein Leben zu beenden.«

22

Nur drei Tage nach dem Shankhill Road Anschlag wird der Attentäter beerdigt. Er war Mitglied der IRA und er hat Unschuldige in den Tod gerissen. Trotzdem oder gerade deshalb bekommt er ein ehrwürdiges Begräbnis. Für die Protestanten dieser Stadt mag er ein Monster sein, für seine katholischen Freunde ist er ein Held.

Gerry Adams, der Präsident der politischen Partei Sinn Féin, wird an der Beerdigung teilnehmen. Er wird sogar Sargträger sein.

Am selben Tag sterben zwei Katholiken. Erschossen auf offener Straße. Die protestantische, paramilitärische Gruppe UFF – die Ulster Freedom Fighters – bekennen sich zu dem Attentat. Es ist ein Racheakt für den Anschlag in der Shankhill Road. So sinnlos, so vorhersehbar.

Ich will arbeiten, etwas Sinnvolles tun. Dazu muss ich aber zuerst mit dem Arbeitspsychologen reden ... und mit Stationsleiter Watkins. Ich kenne das Prozedere schon. Da musste ich auch durch, als ich nach der Bahnhofschießerei in den Dienst zurückkehren wollte.

»Wie geht es Ihnen, Goodwin?«, fragt Watkins und setzt sich hinter seinen Schreibtisch.

»Ganz gut.«

»Bitte setzen Sie sich.« Er deutet auf einen der Stühle, die seinem Schreibtisch zugewandt sind.

Ich nehme Platz.

»Der Einsatz in der Shankhill Road war der erste Anschlag, den Sie als Sanitäter miterlebt haben, richtig?«, sagt Watkins.

Eine merkwürdige Frage, eine schmerzhafte Frage. »Wenn man die Schießerei am Bahnhof nicht mitzählt, dann ja.«

Watkins schnauft. »Sie sollten sich ein paar Tage freinehmen. Sich darüber klarwerden, ob Sie weitermachen wollen.«

»Weitermachen? Natürlich will ich weitermachen.«

»Einige der Anfänger haben nach dem Anschlag in der Shankhill Road hingeschmissen, das ist keine Schande«, sagt Watkins. »Überhaupt, wenn man bedenkt, was Sie schon hinter sich haben.«

»Ich will nicht aufgeben.«

Watkins sieht mich lange an. »Eigentlich teile ich erst mit Ende des Praktikums die Dienstbeurteilung mit, aber vielleicht hilft es Ihnen ja, wenn wir gleich darüber sprechen.«

Dienstbeurteilung?

Watkins holt eine Mappe aus der Schublade seines Schreibtisches.

»Ich versteh nicht, Sir ... werde ich nicht erst am Ende beurteilt?«

»Nun ja, prinzipiell haben Sie recht, aber Jarvis hatte da eine andere Vorgehensweise. Er meinte, seine Zöglinge bereits nach wenigen Monaten einschätzen zu können, und schrieb seine Beurteilung immer dementsprechend früh«, sagt Watkins.

Jarvis? Es gibt eine Beurteilung von Jarvis? Ich dachte, ich würde nur Kingstons Meinung erfahren.

Watkins schlägt die Mappe vor sich auf. Ich schiele auf den Beurteilungsbogen und erkenne Jarvis Handschrift wieder. Wie er mich wohl als Kollegen empfand? Einfältig? Stümperhaft? Oder doch ein bisschen brauchbar?

Mein Mund ist staubtrocken, meine Hände sind schweißnass. Was auch immer Jarvis mir zu sagen hatte, es ist das letzte Mal, dass er seine Worte an mich richten wird.

»Nun gut.« Watkins räuspert sich. »Verhalten des Auszubildenden in Standardsituationen – besessen.«

Besessen?

»Angemessen«, korrigiert Watkins. »Bitte entschuldigen Sie, die Schrift ist so schwer zu lesen ... Verhalten des Auszubildenden in Extremsituationen...«

Wir hatten nur eine Handvoll richtiger Extremfälle. Ich habe das Gefühl, bei jedem einzelnen versagt zu haben.

Watkins kneift die Augen zusammen. »Er... Erwartungsgemäß.«

Erwartungsgemäß? Was meint er damit? Erwartungsgemäß gut oder schlecht? Herr Gott, hatte Jarvis auch irgendwo mehr als ein Wort für mich übrig?

»Kollegialität des Auszubildenden – verbindlich ...«, liest Watkins vor.

»Vorbildlich, vielleicht?«, antworte ich.

Watkins nickt. »Ja, das könnte sein.« Er ist am Ende des Bewertungsbogens angekommen.

Ich bin enttäuscht. Viel kann da nicht mehr kommen.

Watkins liest weiter. »Anmerkung: Viel zu viel Herz. Wenn der Junge nicht lernt, den Mist in diesem Job wegzustecken, wird er daran zerbrechen.«

Ich hätte zu viel Herz, hat Jarvis geschrieben. Wie kann man zu viel Herz haben? Ist das Problem nicht eher, dass die meisten Menschen zu wenig Herz haben?

Ich nehme Watkins Angebot an, nehme ein paar Tage Urlaub. Ich muss den Kopf freikriegen. Wo geht das besser als in der Ulster Bar bei einem Bier mit meinem besten Freund?

Wenn es doch nur so einfach wäre. Er hat sonst auch immer ein offenes Ohr für mich, warum diesmal nicht?

Lena kommt zu uns an den Tisch und nimmt unsere Bestellungen auf. In dem Kellnerinnen-Outfit sieht sie sexy aus.

»Hey Super-Kellnerin, wie läufts?«, frage ich.

Sie schnauft und setzt sich zu uns. »Furchtbar. Ich hab schon so viel Geschirr zerschmissen, dass ich Ende des Monats wahrscheinlich keine Kohle sehen werde. Und diese Schuhe bringen mich um.«

Die Pumps, die sie trägt, sehen allerdings alles andere als bequem aus.

»Hey, Süße, uns geht das Bier aus!«, ruft ein Typ vom Nebentisch.

»Red nicht so mit ihr!«, ruf ich zurück.

Lena berührt mich am Unterarm. »Schon gut. Die geben klasse Trinkgeld.« Sie verschwindet zum Nachbartisch und zückt Notizblock und Kugelschreiber.

»Und wie läufts in der Arbeit?«, fragt Dok.

Ich versuche es noch einmal. Ein letztes Mal. Ich muss ihm einfach klarmachen, was in mir vorgeht, was mich belastet.

Also erzähle ich ihm von meiner Arbeit, von jenen Erlebnissen, die mich nachts in Alpträumen heimsuchen. Was ich sagen will, kommt nicht an. Innerhalb von Minuten geht es wieder um ihn.

»Hundertzwanzig Studenten!«, meint Dok. »Kannst du dir das vorstellen? Hundertzwanzig. Und jeder von denen bringt mir Seminararbeiten mit Rechtschreibfehlern, die Volksschüler nicht machen sollten.« Er schüttelt den Kopf. »Wenn ich vorher gewusst hätte, was für ein harter Job das ist ...«

»Harter Job? Inwiefern ist denn dein Job hart? Du hältst Vorträge über Ereignisse, die vor Hunderten, Tausenden von Jahren passiert sind. Wie kann das denn hart sein? Hast du vom vielen Reden einen Muskelkater in deiner Zunge?«

Dok blinzelt mich ungläubig an. »Was ist denn mit dir los, Mann?«

Ich antworte nicht. Es hätte sowieso keinen Sinn.

Ich lege das Geld für mein Bier auf den Tisch und gehe. Dok wird nicht lange allein sein. Zwei Mädels am Pooltisch haben ihn schon vor einer guten Stunde ins Visier genommen.

Kaum bin ich auf der Straße, ruft mir jemand hinterher. Es ist Lena. »Du gehst schon?«, fragt sie.

»Mhm.«

»Was ist denn los mit dir?« Es klingt wie ein Vorwurf.

»Interessiert das wirklich jemanden?« Ich will einfach nur noch weg, doch Lena lässt mich nicht. Sie packt mich am Arm, hält mich fest.

»Ja, mich interessiert's.«

Sie steht so unglaublich nah, wieso steht sie so nah?

»Weißt du, was ich nicht verstehe?«, sagt sie. »Ich habe echt ein Scheißjahr hinter mir. Als ... als Molly starb und Hausmann ... ich hab dich überschüttet mit all dem Müll, der mich belastet. Wieso kannst du das jetzt nicht bei mir?«

»Ich habe doch versucht, mit dir darüber zu reden.«

»Hast du das wirklich? Von deinem Ausflug nach Downpatrick habe ich nämlich erst erfahren, als du wieder da warst«, sagt Lena.

»Und das macht einen Unterschied?«

»Allerdings. Ich wäre gern mitgekommen. Ich hätte dir helfen können.«

Es fällt mir schwer, ihr zu glauben. »Du und Dok haltet mich doch für verrückt.«

»Nein, tu ich nicht ... und Dok sollte besser still sein, der hat nämlich selbst einen ganz schönen Sockenschuss.«

Wie meine Lippen auf ihre gekommen sind, weiß ich nicht mehr. Doch es fühlt sich gut an, so unbeschreiblich gut. Sie ist angespannt. Steht einfach nur da. Was habe ich getan? »Es tut mir leid. Es ... es tut mir wirklich leid«, stammle ich, »ich ... ich muss los.«

Ein paar Tage später ruft Hausmann an, er will mich sehen. Ich fürchte, dass Lena ihm von dem Kuss erzählt hat. Wie wird Hausmann wohl reagieren, wenn er mich sieht? Er wird mir bestimmt eine scheuern. Egal, was das für Konsequenzen für ihn hat. Haftverlängerung, Einzelhaft, völlig egal. Er wird mich grün und blau schlagen, mich erwürgen.

Vielleicht sollte ich wieder gehen, umdrehen und einfach gehen. Der Wärter hält die Tür zum Besucherraum auf.

»Was ist jetzt?«, knurrt er.

Ich werde mit Hausmann reden. Ich werde es ihm erklären, mich entschuldigen. Das wird nicht wieder vorkommen, ganz bestimmt nicht.

Ich atme tief durch und stelle mich Hausmann gegenüber.

Er umarmt mich zur Begrüßung. Er kann von dem Kuss nicht wissen, oder etwa doch?

»Na, du bist ja gut drauf«, sage ich, als wir uns an den Besuchertisch setzen.

»Ich habe gestern den Termin für meine Berufungsverhandlung erfahren. In drei Wochen ist es so weit«, sagt Hausmann.

»Berufung?«

»Ja. Mein Anwalt hat mir dazu geraten. Gleich nach der Urteilsverkündung. Hab ich dir das nicht erzählt?« Er winkt ab. »Sei's drum. Wie schon gesagt, der Termin ist in einem knappen Monat.«

»Das freut mich.«

Der Wärter schlendert mit müdem Blick an unserem Tisch vorbei.

Ich wünschte, er würde in der Nähe bleiben. »Hast du ... mit Lena geredet?«

»Ja. Sie weiß es schon.« Hausmann lächelt mich an.

»Schön, schön.« Ich muss es ihm sagen. Aber wie?

»Hör zu, ähm, ich habe eine Bitte«, sagt er. Seine Miene ist mit einem Mal ernst.

»Worum gehts?« Die Wörter bleiben mir fast im Hals stecken.

»Naja, es ... es wäre toll, wenn du kommen könntest.« Er starrt auf seine Finger. »Als Zeuge.«

»Als Zeuge?«

Hausmann atmet tief durch. »Du warst dort. An dem Tag, als Molly ...« Er schnieft. »Du warst dort, hast alles gesehen.«

»Und?« Ich will nicht herzlos klingen, ich verstehe nur den Zusammenhang nicht.

»Mein Anwalt meinte, es könnte mir helfen, wenn du erzählst, wie sich diese Schießerei zugetragen hat. Deine Eindrücke, Ängste. Das sei wichtig für ... für meine Sympathie, verstehst du? Wenn ... wenn du erzählst, wie schrecklich das alles war, bekomme ich vielleicht mildernde Umstände zugesprochen.«

»Ich weiß nicht. Ich glaube nicht, dass meine Aussage so viel bewirken kann.«

»Mein Anwalt meint, dass deine Aussage auf jeden Fall etwas hilft, auf der menschlichen Ebene.«

Meine Zweifel müssen mir ins Gesicht geschrieben stehen.

»Du sollst ja auch nicht lügen oder so«, meint Hausmann. »Du sollst einfach nur schildern, wie dieser Tag für dich war. Der Tag, an dem meine Molly starb.«

Wie kann ich zu so einer Bitte Nein sagen? »Ich mache es, keine Frage.«

Er lächelt wieder.

»Aber bitte versprich dir nicht zu viel davon«, füge ich hinzu.

Als ich auf dem Heimweg im Stau stehe, habe ich viel Zeit, nachzudenken. Über Jarvis' Beurteilung, den Kuss mit Lena, Hausmanns Anhörung.

Das Handy in der Mittelkonsole klingelt. Es ist Adam. Der hat Nerven, mich anzurufen.

»Wart ihr das?«

»Was?« fragt er.

»Der Bombenanschlag in der Shankhill Road. Wart ihr das?«

»Ich hab keine Ahnung, wovon du redest.« Er klingt betrunken.

»Hast du in der Shankhill Road ein Haus in die Luft gesprengt?«

»Nein. Natürlich nicht.«

Ich will ihm glauben, bin mir aber nicht sicher, ob ich es wirklich tun kann.

»Die letzten Tage waren echter Mist,« lallt Adam.

»Wem sagst du das?«

»Kommst du vorbei?!«, brüllt er in den Hörer.

Klingt verlockend.

»Ich weiß nicht so recht.« Der Gedanke, gleich nach Hause zu fahren und Lena gegenüberzutreten, ist wenig berauschend. »Ich bin unterwegs.«

23

Adam lebt in Stormont, in der Nähe des Parlamentsgebäudes. Seit das nordirische Parlament 1972 aufgelöst wurde, beherbergt das Gebäude das Büro des Staatssekretärs und seines Verwaltungsapparats, dem Northern Ireland Office.

Das prächtige Gebäude liegt auf einem Hügel, umgeben von Parkareal, das frei zugänglich ist. Jogger und Radfahrer bezwingen den steilen Weg nach oben, während Familien mit kleinen Kindern hier picknicken und Leute ihre Hunde ausführen.

Obwohl von diesem prunkvollen Areal längst nicht mehr so viel Macht ausgeht wie einst, hat es dennoch seine Aura nicht verloren. Ich kann mich erinnern, wie Mutter mich einst ins Parlament mitnahm. Wir gehörten zu den Auserwählten, die in diese prunkvollen Räume hineindurften. Zumindest hatte ich damals das Gefühl, auserwählt zu sein. Wie beeindruckt war ich doch von Mutter und ihren Politikerfreunden, die sich so gewählt ausdrückten und auf mich so mächtig und klug wirkten.

Heute kenne ich selbst Leute, die dort oben arbeiten. Einige meiner Ordensbrüder sind bei der Northern Ireland Office angestellt. Und so verschwindet auch Stück für Stück die Bewunderung, die ich einst für Mutter empfand. Wie bei einem

Zaubertrick, den man durchschaut hat. Sobald man weiß, wie er funktioniert, ist die Magie dahin.

Adams Haus ist das Einzige in Weiß, inmitten roter Backsteinhäuser. Ich drücke die Klingel und warte. Nichts. Das Gartentor quietscht, als ich es öffne. Im Vorgarten steht ein Umzugskarton, der bis zum Bersten voll mit Sportsachen ist. Hockeyschuhe, Boxhandschuhe, ein Sprungseil und ein Rugbyball liegen ganz oben auf. Der Boxsack liegt lieblos neben dem Eingang.

Hm, komisch. Ich hätte Adam nicht unbedingt für einen sportlichen Typ gehalten.

Ich klopfe an die Haustür, doch es reagiert immer noch niemand.

Ist es vielleicht doch das falsche Haus? Die Tür wird ruckartig aufgerissen. Adam! Er sieht besser aus als das letzte Mal. Er hat seine Haare gekämmt, sich rasiert. Er riecht nach Pfefferminz und Aftershave. Er täuscht mich damit nicht. Es geht ihm dreckig, das sehe ich in seinen Augen.

»Danke, dass du gekommen bist.«

»Keine Ursache.«

Er führt mich durch den Flur ins Wohnzimmer. »Willst du was trinken?«

Zwei Bierflaschen warten bereits auf dem Couchtisch auf uns.

»Klar.«

Wir setzen uns. Als Adam die Bierflaschen öffnet, hallt das Zischen unnatürlich laut von den Wänden. Es sind kahle Wände. Die Bilder wurden abgenommen, Regale und Schränke liegen zerlegt am Boden.

Wir stoßen an. Das Bier ist kühl und herb. Eine irische Marke. Was sonst?

»Ziehst du um?«, frage ich.

Adam schüttelt nur den Kopf und nippt an seinem Bier. Er seufzt. »Ich hab keine Ahnung, was ich mit dem ganzen Krempel machen soll.« Er nimmt ein Buch vom Stapel neben dem Sofa. Der Einband ist alt, abgegriffen. Adam wendet das Buch in seinen Händen, schlägt es auf und wieder zu. »Er konnte einfach nichts wegwerfen.«

»Wer?« Ich bereue meine Worte. Michael. Michael konnte nichts wegwerfen. Das hier sind seine Sachen. Das hier ist sein Haus.

»Der Makler meinte, es könnte Monate dauern, bis sich ein Käufer findet ... ging dann doch schneller als gedacht.«

Ich weiß nicht, was ich sagen soll.

»Ich hätte noch gerne ein bisschen Zeit gehabt, verstehst du? Um mich an den Gedanken zu gewöhnen, dass hier bald ein Fremder lebt«, sagt Adam.

»Zieh den Verkauf zurück.«

»Nein. Es ist nur ein Haus ... albern, daran festzuhalten.«

Hier neben ihm zu sitzen und diese Leere um uns anzustarren, zieht mich runter. Ich muss etwas tun, irgendetwas, das mich ablenkt. »Wie kann ich helfen?«

»Das tust du schon.«

Die Antwort schmeichelt mir, doch einfach hier zu sein, genügt nicht. Ich muss Adam aus diesem tiefen Loch holen und aufpassen, dabei selbst nicht hineinzufallen. Hierbleiben können wir nicht, so viel steht fest. Wir müssen aufstehen, uns bewegen.

»Komm, wir machen einen Ausflug.«

»Einen Ausflug?«

»Ja. Der Tapetenwechsel wird dir guttun. Komm schon.« Ich hebe den Vorhang und den Lampenschirm vom Boden auf und packe alles in einen halb vollen Umzugskarton. Ich spüre Adams Blick in meinem Rücken.

»Jetzt mach schon. Du nimmst das Bier, ich kümmere mich um den Rest.«

Adam braucht ziemlich lange, bis er erkennt, wo wir hinfahren. Wir sind bereits fast in Downpatrick angekommen.

»Ha. Von all den Orten rund um Belfast muss es ausgerechnet dieser sein?«, sagt Adam.

»Ich mag die Ruhe hier.« Ich halte mich an die Wegweiser nach Saul.

»Du warst schon mal hier?«

Ich erstarre. Ich könnte lügen, aber das will ich nicht. »Bei der Suche nach dir hat es mich hierher verschlagen.«

»Tatsächlich?«

»Ich habe mit deiner Schwester geredet ... über deine Zeit in Downpatrick.« Jetzt, wo ich es ausspreche, hört es sich richtig schlimm an. Als wäre ich ein verrückter Stalker.

»So, so ...« Adams Tonfall ist neutral, ich kann nicht erkennen, ob er sauer ist. Ich wäre wahrscheinlich sauer, wenn jemand so in mein Privatleben eindringt.

»Welche Schwester?«, fragt er.

»Hm?«

»Du hast gesagt, du hast mit meiner Schwester gesprochen. Mit welcher?«

»Jenny.«

»Verstehe.«

Wir fahren schon ziemlich lange diese schmale Landstraße entlang. Links und rechts nur Wiesen und Bäume. Hin und wieder ein paar Kühe, die grasen und uns einen schläfrigen Blick zuwerfen.

Sind wir überhaupt noch richtig? Ich bleibe stehen und studiere die Straßenkarte.

»Wenn du mir sagst, wo du hinwillst, sage ich dir, wo wir lang müssen.«

»Saul. Die Statue.«

Adam grinst. »Einfach geradeaus. Irgendwann kommt rechts ein Parkplatz, dort kannst du anhalten.«

Wenige Minuten später sind wir da. Adam nimmt den Umzugskarton aus dem Kofferraum. Ich trage das Sixpack Bier.

Eine Steinmauer trennt den Parkplatz von jenem Grund, den

wir durch eine Art Gartentor betreten. Ein breites Wiesenstück wird links und rechts von Bäumen begrenzt und lässt so nur eine Gehrichtung zu. Alle paar Meter ist rechts von uns ein lebensgroßes Holzkreuz aufgestellt. – Ein wahrer Pilgerpfad.

Nach und nach wird der Weg steiler. Wir erreichen eine Anhöhe. Von hier aus kann ich die St. Patrick Statue, die noch weiter oben steht, sehen. Wir haben in etwa die Hälfte des Weges zurückgelegt.

Adam stellt den Umzugskarton ab und setzt sich auf eine Parkbank. Ich setze mich zu ihm. Das flache Umland erstreckt sich vor uns bis hin zu den tief hängenden grauen Wolken am Horizont. Ein kalter Wind bläst uns ins Gesicht. Ich fröstle.

»Ich war seit damals nie wieder hier«, sagt Adam nach einer Weile.

»Wirklich nicht?«

»Hatte keinen Grund, zurückzukommen.«

Ich atme ein paar Mal tief durch, bevor ich sage, was mir auf den Lippen brennt. »Ich verstehe, warum du damals weggelaufen bist.«

Adam sieht mich überrascht an.

»Ich weiß, wie das ist, wenn man einfach nur wegwill und dann endlich den Mut aufbringt, es zu tun. Ich kenne das Gefühl, wenn man endlich frei ist ... diesen Rausch ... und die Zweifel, die danach kommen.«

Adam lässt mich reden, hört zu.

»Alles, was ich damals hören wollte, als ich mich von meiner Familie abgewandt habe ... das, was ich von meinen Freunden wirklich gebraucht hätte ... war Zustimmung. Ich wollte hören, dass ich das Richtige getan habe, dass sie genauso gehandelt hätten ... dass sie mich verstehen.«

»Haben sie das nicht?«, fragt Adam.

»Ich glaube nicht ... nie so wirklich.«

»Warum ist es dir denn so wichtig, dass sie es verstehen?«

»Weil ...« Gute Frage. »Weil ich sehr unter meiner Familie und ihrem Narzissmus gelitten habe, und wenn sie das nicht verstanden haben ... wie können sie dann meine Freunde sein?«

Stille. Er muss nichts sagen. Ich weiß, dass er versteht.

Adam schnalzt mit der Zunge. »Also ... hat Jenny dir auch erzählt, wie es weiterging, nachdem Elaine und ich weggelaufen waren?«

»Nein. Sie meinte, den Rest der Geschichte kennen nur Elaine und du.«

Adam lacht. »Das ist vielleicht auch besser so.«

Ich bin enttäuscht über seine Worte. Ich würde zu gern wissen, was die beiden erlebt haben.

Adam räuspert sich. »Macht es dir etwas aus, wenn ich die eine oder andere Erinnerung mit dir teile?«

»Ich hatte gehofft, dass du das sagst.«

Irgendwo zwischen
DOWN PATRICK
und
BELFAST
1932

Alle für einen und einer für alle, vereint stehen wir, entzweit fallen wir.

Die drei Musketiere, Alexandre Dumas

24

Die Ketten der Räder surrten in einem gleichmäßigen Ton. Die Lichtkegel der Fahrradlampen tanzten auf und ab. Wie eine unsichtbare Wand fühlte sich die Dunkelheit an, die vor Adam lag. Eine Wand, die mit jedem Tritt ins Pedal ein Stück zurückwich.

Elaine neben sich zu haben, zu wissen, dass sie da war, beruhigte Adam. Es war zu still hier draußen, als wäre der Rest der Welt einfach verschwunden.

»Bist du sicher, dass wir noch richtig sind?« Adam fragte nur, um überhaupt etwas zu sagen.

»Es gibt nur diese eine Straße nach Belfast«, antwortete Elaine.

»Vielleicht hätten wir doch Richtung Westen fahren sollen. Denkst du nicht, Vater wird uns in Belfast als Erstes suchen?«

Schweigen. Adam hielt es nicht aus. Nicht jetzt. Wenn sie nicht miteinander sprachen, hatten seine Gedanken viel zu viel Raum. Vielleicht war das alles ja doch keine gute Idee. Weiß Gott wer, könnte hier draußen lauern. Adam erinnerte sich an eine Geschichte, die Patrick O'Hara ihm erzählt hatte. Angeblich verschwanden Kinder in diesen Wäldern. Immer zu Vollmond. Das Letzte, was man von ihnen hörte, war ein gellender Schrei durch die Nacht.

Adam räusperte sich. »Was denkst du, wie weit es noch ist?«

»Keine Ahnung.« Elaine klang so ruhig und gefasst – worauf auch immer.

Ein langer, tiefer Atemzug tat gut. Es würde schon nichts passieren, und wenn doch, kam sein Vater ihnen bestimmt zu Hilfe. Immerhin war er Polizist, das war sein Beruf. Obwohl, meist ging es bei den Fällen seines Vaters um Nachbarstreitigkeiten und gestohlene Hühner, mehr nicht.

Elaines Rad knatterte, immer lauter, bis ein helles Geräusch ertönte und das Knattern verstummte. Elaines Lichtkegel fiel zurück.

»So ein Mist«, fluchte sie.

Adams Bremsen quietschten. Als sein Fahrrad zum Stillstand kam, erlosch sein Licht. Hinter ihm war alles dunkel. »Was ist passiert?« Adam konnte Elaines Umrisse im Mondschein erkennen.

»Ich glaube, die Kette ist ab.«

»Na toll.« Adam machte kehrt. Er trat in das Pedal seines Fahrrades und hob es hoch. Wie mit einer Taschenlampe leuchtete er das Fahrrad seiner Schwester und den Boden ab. »Da drüben.«

Elaine hob die Kette auf und kniete sich neben ihr Hinterrad. »Wie macht man so was?«

»Lass mich das machen.«

Adam und Elaine tauschten Plätze. Mit wenigen Handgriffen montierte Adam die Kette.

»Danke«, sagte Elaine.

Ein lauter Knall hallte durch die Nacht.

»Was war das?« Elaines Stimme zitterte.

In der Ferne tauchten zwei Lichtkegel auf.

»Ein Auto«, sagte Adam.

Elaine zerrte Adam in die Wiese.

»Aua, was soll das?«

»Das könnte Vater sein«, sagte Elaine.

»Vater hat kein Auto.«

Elaine legte sich in die Wiese. »Wer auch immer das ist, ich will ihm nicht erklären, was wir so spät hier draußen machen.«

Gutes Argument. Als Adam sich flach auf den Boden drückte, kitzelte ihm das Gras in der Nase.

»Die Fahrräder!« Elaine sprang auf und legte sie ins Gras. Mit einem Satz landete sie wieder neben Adam.

Die Lichter kamen immer näher, hatten Adam und Elaine fast erreicht. Der Wagen wurde langsamer und blieb schließlich stehen.

»Hallo?« Eine Männerstimme, unbekannt. »Ist hier jemand?«

»Komm Schatz, fahren wir weiter.« Eine Frauenstimme, bekannt.

»Brigid«, flüsterte Adam.

»Schttt!«, zischte Elaine.

»Aber da liegen zwei Fahrräder am Straßenrand. Vielleicht ist jemand verletzt«, sagte Brigids Begleiter.

Was machte Brigid so spät hier draußen? Und wer war dieser Typ? Ihr Ehemann war es auf jeden Fall nicht.

»Wenn jemand hier wäre, würde er wohl rufen, oder nicht?«, sagte Brigid.

»Gib mir mal die Taschenlampe«, erwiderte der Mann.

Oh nein, dachte Adam.

Elaine kehrte dem Auto den Rücken und wandte sich Adam zu. »Oh, Liebling«, stöhnte sie mit verstellter Stimme. »Oh, Liebling!« Sie machte Geräusche, die richtig peinlich waren.

»Komm schon«, sagte Brigid. »Du hörst doch, dass das kein Notfall ist.«

»Oh mein Gott, oh mein Gott.« Elaine bekam sich gar nicht ein.

Die Autotür knallte zu, und der Wagen fuhr weiter.

Erst jetzt merkte Adam, dass er den Atem anhielt.

»Was war das denn?« Adam klopfte sich das Gras von der Hose.

»Leidenschaft, Brüderchen. Leidenschaft.«

In Crossgar war Adam schon einmal gewesen. Doch als er nachts durch die verlassene Ortschaft fuhr, erkannte er sie kaum wieder.

Adam wurde müde. Am liebsten wäre er vom Rad gesprungen und hätte sich einfach ins Feld gelegt, um zu schlafen. Elaine strampelte eifrig weiter. Der Abstand zu ihr wurde immer größer. Er konnte sich unmöglich von ihr abhängen lassen! Adam trat in die Pedale, bis sie wieder gleichauf waren.

»Was denkst du, wer war dieser Kerl, mit dem Brigid zusammen war?«, fragte Elaine.

»Keine Ahnung. Jemand mit Geld, wenn er ein Auto hat«, antwortete Adam.

»Sie hat mir nichts von einem Freund erzählt.« Elaine schnaufte. »Aber in letzter Zeit erzählt mir sowieso niemand mehr etwas.« Sie klang traurig.

Brigid sollte überhaupt keinen Freund haben, dachte Adam. Sie war verheiratet. – So wie Adams Mutter. Adam musste an das Gespräch mit Brigid in der Backstube denken. Über den Tod und den Himmel. Er hatte Brigid immer gemocht, gern mit ihr geredet, aber im Moment konnte er nur Abscheu für sie empfinden.

Adams Magen knurrte. Er hatte leider nicht daran gedacht, sich etwas zu essen mitzunehmen. Wie lange es wohl noch dauerte, bis die ersten Läden aufsperrten? Hatte er überhaupt genug Geld dabei, um sich etwas zu kaufen?

Vielleicht war das ja auch alles nur ein mitternächtlicher Radausflug, der am Ende doch wieder nach Hause führte?

Bis Carryduff war Adam noch nie gekommen. Hier durchzufahren, fühlte sich wie das Überschreiten einer Grenze an. Adam fühlte sich frei. Er hatte es geschafft. Er war weg aus Downpatrick, weg von seinem Vater, weg von allem Bekanntem.

Elaine blieb am Straßenrand stehen. Sie streckte sich und gähnte lautstark.

Als Adam vom Rad stieg, fühlten sich seine Beine schwer wie Blei an.

Elaine kramte in ihrer Tasche.

»Was machst du denn?«

»Ich bin müde. Ich lege mich hin.« Sie breitete eine Decke am Boden aus.

»Was, jetzt? Hier?«

»Ja, warum denn nicht?«, sagte sie.

»Wir sind auf der Flucht. Was, wenn Vater uns findet?«

Sie lachte. »Auf der Flucht? Jetzt spinn doch nicht rum.« Sie legte sich hin und deckte sich zu.

Adam stand da und starrte sie an.

»Wenn du willst, kannst du ein Stück Decke haben, aber Kuscheln gibt's nicht.«

»Wer will denn mit dir kuscheln?« Adam legte sich neben sie und deckte seine Beine zu.

Als Adam wieder wach wurde, brauchte er einen Moment, um zu verstehen, dass er nicht in seinem Zimmer lag. Es roch nach verbranntem Holz. Adam setzte sich ruckartig auf. Elaine hatte eine Feuerstelle gemacht, über der ein kleiner Kochtopf montiert war.

»Gibt es irgendetwas, woran du nicht gedacht hast?«, fragte Adam.

»Gibt es irgendetwas, woran du gedacht hast?« Elaine schüttete das kochende Wasser in einen Becher und ließ einen Teebeutel hineinplumpsen.

Adam kramte eine Handvoll Süßigkeiten aus seiner Tasche. »Daran habe ich gedacht.«

»Spitze.«

Elaines Tee begann zu duften. Mmm. Grüner Tee.

Summend holte Elaine ein kleines Fläschchen aus ihrer Tasche. Sie löste den Stöpsel und goss eine weiße Flüssigkeit in ihre Tasse. Grüner Tee mit Milch, wie zu Hause.

Elaine löschte das Feuer und aß ein Sandwich.

Adam leckte sich über die Lippen. Sein Magen grummelte und gluckste.

»In meiner Tasche ist noch eins«, sagte Elaine.

Adam sprang auf und schnappte sich das Sandwich.

»Tee?«, fragte sie.

Adam nickte mit vollem Mund.

Elaine goss etwas von dem übrig gebliebenen Wasser in eine zweite Tasse.

»Grüner Tee oder Kamille?«

»Du hast zwei Sorten mit?«

»Drei. Pfefferminz habe ich auch noch, aber der gehört mir.«

Während des Frühstücks studierte Elaine den Plan von Nordirland, der auch noch irgendwie in ihre große Tasche gepasst hatte.

Adam sah ihr über die Schulter. Zu fliehen, war das eine, zu wissen, wohin, das andere.

»Wir sind jetzt hier.« Sie zeigte auf Carryduff. »Nach Belfast sind es vielleicht noch zwanzig Minuten.«

Die Frage für Adam war: Wollte er dort überhaupt hin?

Elaine hatte an so vieles gedacht, er konnte einfach nicht zugeben, dass er nicht einmal das Ziel seiner Reise wusste.

»Londonderry.« Er zeigte auf die Stadt im Nordwesten, an der Grenze zu Irland. »Da fahre ich hin.«

»Das ist ganz schön weit, findest du nicht?«

»Ach, das schaffe ich schon.« Er nippte an seiner Tasse.

»Das sind über 100 km. Da brauchst du ewig hin.«

»Ich fahre nach Londonderry.« Je weiter weg von seinem Vater, umso besser.

»Ich will es dir ja nicht ausreden.« Elaine faltete den Plan wieder zusammen. »Ich meine ja nur, dass du mit dem Zug vielleicht besser dran wärst.«

»Ich habe kein Geld für den Zug.«

Elaine holte einen Geldbeutel hervor und streckte Adam eine Handvoll Münzen entgegen.

»Du wirst das Geld selbst brauchen«, sagte er.

»Keine Sorge, ist nicht meins.« Elaine ließ Adam einen Blick in ihren Geldbeutel werfen, der immer noch halbvoll mit Geldstücken war. »Sieh es als Abschiedsgeschenk von Vater.« Das ließ Adam sich nicht zweimal sagen.

»Und was hast du für Pläne?«, fragte er.

»Oh, ich bleibe in Belfast.« Sie trank ihren Tee aus.

Adam tat es ihr gleich und streckte ihr die leere Tasse hin.

»Behalte sie. Ich hab ja eh noch eine«, sagte Elaine.

Faszíniert sah Adam ihr dabei zu, wie sie den kleinen Kocher wieder in ihrer Tasche verstaute.

Die Fahrt nach Belfast war viel zu kurz. Adam bat Elaine, ihm beim Suchen des Bahnhofs zu helfen, doch auch das war viel zu schnell geschafft. Sie standen ein paar Minuten schweigend vor dem Eingang.

»Die Ticketschalter werden bald aufmachen«, meinte Elaine.

Adam nickte. Irgendetwas in ihm wollte nicht, dass sich ihre Wege hier trennten.

Elaine lächelte ihm aufmunternd zu. »Na, dann. Viel Glück.«

»Danke. Dir auch.«

Und weg war sie.

Der Zug nach Londonderry ging erst am Nachmittag. Adam setzte sich in der Bahnhofshalle hin und starrte auf das Ticket in seiner Hand. Was sollte er sieben Stunden hier machen? Menschen sausten an ihm vorbei, von links und rechts. So viele Leute auf einem Fleck. Er hatte plötzlich dasselbe beengende Gefühl, wie bei sich zu Hause. Er musste hier raus – raus aus dem Bahnhof.

Belfast war laut, groß und dreckig. Adam ging die Hauptstraße entlang, wich den Erwachsenen aus, die alle viel zu sehr mit sich selbst beschäftigt waren.

Er war froh, einen Park zu finden. Endlich Vogelgezwitscher. Endlich Bäume, die den Lärm der Stadt etwas zurückhielten.

Ein Kiesweg führte ihn zu einem Spielplatz. Kleine Kinder spielten in der Sandkiste, während ihre Mütter auf den Parkbänken saßen und tratschten. Adam konnte sich nicht daran erinnern, dass er mit seiner Mutter je auf einem Spielplatz gewesen war.

Adam ließ sich auf eine Schaukel plumpsen. Und jetzt? Zum ersten Mal konnte Adam genau das tun, was er wollte. Doch gerade jetzt fiel ihm nichts Lustiges ein. Ihm fehlte Wilbourg. Mit ihm hätte Adam hier bestimmt jede Menge Spaß.

Irgendwann gingen die Mütter mit ihren Kindern nach Hause. Bestimmt erwartete sie dort ein köstliches Mittagessen. Eintopf oder vielleicht ein saftiger Braten? Adam war schon wieder hungrig. Das letzte Stück Sandwich aus seinem Rucksack konnte die Leere in seinem Magen auch nicht füllen.

Adam spazierte den Weg zurück, den er gekommen war. Ein Obdachloser saß auf einer der Parkbänke und trank einen Schluck aus seinem Flachmann. »Hey, Junge. Hast du etwas Kleingeld übrig?«

Adam kramte in seiner Hosentasche und gab dem Mann ein paar Pence.

»Du bist schwer in Ordnung«, sagte der Obdachlose.

Adam setzte sich zu ihm auf die Parkbank. »Wie heißt du?«

»William. Und du?«

»Adam.«

»Freut mich, Adam.« William wurde von einem Hustenanfall gebeutelt. Adam konnte das Dröhnen in Williams Lungen spüren.

»Was machst du denn hier ganz allein?«

»Bin abgehauen.«

William trank noch einen Schluck. »Tja. Lass dich nicht unterkriegen.« Als er aufstand, ließ er eine widerliche Gestankwolke zurück.

Adam hielt den Atem an.

William wankte den Weg entlang, auf zwei andere Obdachlose zu.

Adam hatte sich noch nie so allein gefühlt.

Es war merkwürdig, zum Bahnhof zurückzukehren und dort vorbeizugehen, wo Elaine und er sich verabschiedet hatten. Adam hatte sich nicht gedacht, dass Elaine und er sich in Belfast trennen würden. Er hatte sich auch nicht gedacht, dass sie zusammenbleiben würden. Eigentlich hatte er überhaupt nichts gedacht.

Auf dem Bahnsteig tummelten sich viele Menschen. Ein schrilles Pfeifen kündigte das Eintreffen des Zuges an. Passagiere drängten aus dem Zug, andere drängten sich hinein.

So übel war Belfast doch eigentlich gar nicht – bis auf diese Masse an Menschen, aber die gab es in Londonderry bestimmt auch.

Adam blieb auf der Bank am Bahnsteig sitzen und ließ den Zug davonfahren. Er warf sein Zugticket weg und verließ den Bahnhof.

Vor dem Eingang lief er auf und ab, auf der Suche nach seinem Fahrrad. Es war weg. Wer stiehlt denn so ein altes Ding?

Es wurde langsam dunkel. Adam fragte Passanten nach dem Weg zur Falls Road. Seine älteste Schwester Maeve wohnte dort. Er hoffte, dass sie für ihn etwas zu essen hatte und ein Plätzchen zum Schlafen. Vielleicht würde er dort sogar auf Elaine treffen.

25

Maeve war nicht erfreut, Adam zu sehen, allerdings auch nicht überrascht.

»Mutter hat angerufen. Sie hat mir gesagt, dass ihr weggelaufen seid.« Maeve sah blasser und dünner aus, als Adam sie in Erinnerung hatte. In ihren dunklen Haaren zeigten sich erste weiße Strähnen.

»Bitte ruf Mutter nicht an«, sagte Adam, als er eintrat.

»Keine Sorge, sie hat nicht drum gebeten.«

Das Haus war klein und spärlich eingerichtet. Cyle saß in der Küche, rauchte eine Pfeife und blätterte die Zeitung durch. Er sah besser aus als Maeve, richtig dick im Vergleich zu seiner Frau. Zu Cyles Füßen spielte Neal mit dem Zugwaggon aus Holz, den Adams Vater ihm letztes Jahr zu Weihnachten geschenkt hatte. Elaine war nicht hier, und Maeve fragte auch nicht nach ihr.

»Wir haben gerade gegessen, du kannst die Reste haben, wenn du willst«, sagte Maeve.

Kartoffelauflauf. Nach dem Essen hatte Adam immer noch Hunger. Er bedankte sich trotzdem.

»Du kannst über Nacht bleiben. Aber mach ja keinen Quatsch, sonst hau ich dich raus, verstanden?«, sagte Maeve.

Adam nickte. Nach einer Nacht auf dem harten Wiesenboden fühlte sich das Sofa himmlisch weich und bequem an. Er hoffte, dass auch Elaine ein warmes und sicheres Plätzchen für die Nacht gefunden hatte.

Jeden Morgen kochte Adam sich Tee. Grünen Tee mit Milch. Er trank ihn aus Elaines Tasse und sah sich den Stadtplan von Belfast an. Jeden Tag nahm er sich ein anderes Stadtgebiet vor, das er morgens aussuchte und im Plan markierte.

»Hey, ich habe gesagt, du darfst den Plan benutzen, nicht verunstalten«, sagte Cyle.

»Was machst du denn da überhaupt die ganze Zeit?«, fragte Maeve.

»Ich suche Elaine.«

Maeve rollte mit den Augen. »Die kommt schon klar.«

»Daran habe ich keinen Zweifel.« Er hatte Zweifel, doch das musste Maeve nicht wissen.

Cyle sah Adam über die Schulter und tippte den Bezirk an, den Adam markiert hatte. »Den kannst du dir sparen.«

»Warum?«

»Ist ein Protestanten-Bezirk. Der ganze Osten ist voll von Protestanten«, sagte Cyle.

»Das kann Elaine nicht wissen.«

»Glaub mir, sie weiß es«, sagte Maeve. »Elaine ist cleverer, als sie aussieht. Wenn sie sich in den Kopf gesetzt hat, wegzulaufen, hat sie sich vorher informiert.«

»Ich finde es sinnlos, durch die Stadt zu laufen und sie zu suchen. Sie könnte überall sein«, meinte Cyle.

»Ich muss es versuchen.«

Maeve runzelte die Stirn. »Wozu habt ihr euch überhaupt getrennt, wenn du sie jetzt wieder suchst?«

Weil es ein Fehler war, doch auch das konnte Adam nicht zugeben.

Adam verbrachte jeden Tag Stunden in Belfasts Straßen. Cyle hatte recht, es war sinnlos. Während Adam die eine Straße entlanglief, rannte Elaine vielleicht auf einer Parallelstraße in die andere Richtung und er würde es nicht einmal merken. *Was würde Elaine tun?* Adam blieb stehen und studierte die Karte. Sie würde an den einen Ort gehen, den sie beide in Belfast kannten.

Adam ging zurück zum Bahnhof, an jene Stelle, wo sie sich getrennt hatten. Auf ein Stück Papier kritzelte er: *Bin bei Maeve.* Die Nachricht klebte er mit einem Kaugummi an die Außenmauer des Bahnhofs.

Auf dem Heimweg nahm Adam eine Abkürzung. Leider wurde daraus ein riesiger Umweg. Adam hatte nämlich keine Ahnung mehr, wo er war. In dieser Stadt sah jede Straße gleich aus. Ein Mann in einem löchrigen Mantel kam Adam entgegen.

»Entschuldigung, können Sie mir sagen, wo ich hier bin?«

»In der Shankhill Road.«

Adam hatte noch nie von der Straße gehört.

»Warum? Wo willst du denn hin?«, fragte der Mann.

»In die Falls Road.«

Das freundliche Lächeln des Mannes gefror. »Schau, dass du wegkommst!«

Adam verstand nicht.

»Verzieh dich! Los verschwinde!« Der Mann trat nach Adam und warf einen Stein hinter ihm her.

Adam rannte davon. Er ließ die Shankhill Road hinter sich und fragte zögerlich in einer anderen Straße nach dem Heimweg. Eine nette Frau wies ihm den Weg.

Als Adam die Tür zu Maeves Haus aufsperrte, hoffte er, dort seinen Vater anzutreffen, der ihn bat, nach Hause zu kommen. Stattdessen stand Maeve vor ihm, mit bösem Blick.

»Was soll denn das?« Maeve entriss Adam den Hausschlüssel. »Wer hat dir erlaubt, den zu nehmen?« Sie legte den Schlüssel zurück in die Schatulle, aus der Adam ihn genommen hatte.

»Ich habe ihn mir nur ausgeliehen.«

»Du hast dir hier nichts zu leihen, verstanden?« Wenn sie so dastand, so aufgeplustert und mit den Händen in den Hüften, konnte Adam das kleine Bäuchlein sehen, das sie so vehement unter ihrer Küchenschürze verbarg.

»Hast du mich gehört?«, fragte Maeve.

»Ja, entschuldige.«

Zur Strafe musste Adam ihr beim Wickeln von Neal helfen. Mit spitzen Fingern nahm Adam die volle Windel und warf sie in den Eimer.

»Jetzt stell dich nicht so an.« Maeve schupste ihn zur Seite. »Ich hab dich früher auch immer gewickelt.«

Maeve machte Neal mit ein paar schnellen Handgriffen sauber und reichte Adam eine saubere Windel.

Adam versuchte, sich seine Planlosigkeit nicht anmerken zu lassen. »Wieso muss ich das machen?«

»Du willst hier wohnen, dann hilf auch mit.« Maeve wusch sich die Hände und begann mit dem Abwasch.

Adam starrte seinen nackten Neffen an. Er nahm die Stoffwindel, setzte sie ihm auf den Kopf und knöpfte sie unter dem Kinn des Jungen zu.

»Sag mal, sagt dir die Shankhill Road was?«, fragte Adam.

»Du warst in der Shankhill?«

»Ich habe mich verlaufen.«

»Verlaufen? Spinnst du? Shankhill ist eine Protestantengegend, du Hirni!« Maeve schnaufte. »Du bist nicht mehr in Downpatrick. Du kannst nicht einfach herumlaufen, wo du willst.«

»Da war ein Mann, der war richtig sauer, als ich ihn nach dem Weg in die Falls Road gefragt habe«, sagte Adam.

»Klar, weil die Falls Road katholisches Gebiet ist. Adam, du musst echt besser aufpassen.« Maeve stellte sich neben Adam und sah Neal an, der seine Windel auf dem Kopf trug. »Soll das witzig sein?«

Das Telefon klingelte. Maeve ging ran.

»Hallo? ... Oh, hallo. Wie geht es euch?« Maeve sah Adam an. »Ja, er ist noch hier.«

Adam wurde hellhörig. War das sein Vater, der sich nach ihm erkundigte? Würde er ihn holen kommen?

»Keine Ahnung. Fürs Erste kann er bleiben, aber nicht mehr lange«, meinte Maeve.

Jetzt würde sein Vater gleich nach ihm verlangen. Es würde laut werden am Telefon, doch das würde Adam aushalten. Es war der erste Schritt auf dem Weg zurück nach Hause.

»Also, dann. Bis bald.« Maeve legte auf.

Adams Herz versetzte es einen Stich. »Wer ... wer war das?«

»Vater.« Maeve nahm Neal die Windel vom Kopf und zog sie ihm richtig an.

»Wollte er mich nicht sprechen?«, fragte Adam.

»Wer?«

»Vater.«

»Nein«, sagte Maeve.

»Hat er etwas gesagt? Ruft er wieder an?«

»Lass es einfach gut sein, Adam.« Maeves Stimme war sanfter als zuvor.

Cyle kam abends schlecht gelaunt nach Hause. Als sie alle beim Essen saßen, platzte Cyle mit der Nachricht heraus: Er hatte seinen Job verloren. Maeve war aufgebracht. »Was? Das können die doch nicht machen.«

»Haben sie schon«, sagte Cyle.

»Wie kannst du das nur so leichtnehmen?«, fragte Maeve.

»Leichtnehmen? Ich ackere ohne Pause für diese Familie, ich nehme das ganz bestimmt nicht leicht!«

Adam löffelte seinen Eintopf. Er war sich nicht sicher, ob die beiden überhaupt merkten, dass er noch dasaß.

»Hast du wieder getrunken bei der Arbeit?«, fragte Maeve.

Cyle schnaubte. »Du bist echt unglaublich. Es lag nicht an mir, ok? Die haben heute hundert Leute entlassen, gestern auch und letzte Woche auch. Die Fabrik geht den Bach runter.«

»Aber warum denn?«

»Die verfluchten Maschinen«, sagte Cyle. »Die ersetzen uns. Und in den Büros können sie uns nicht brauchen.«

»Und wie sollen wir unsere Rechnungen bezahlen?«, fragte Maeve.

»Ich kann den Belfast Outdoor Relief beantragen. Das mache ich gleich morgen«, meinte Cyle.

»Was ist der Belfast Outdoor Relief?« Es platzte einfach aus Adam heraus. Er wollte sich eigentlich nicht einmischen.

Cyle antwortete überraschend ruhig. »Das ist so eine Art Sozialhilfe, für die man ein paar Stunden die Woche arbeiten geht.«

»Ja, für sechs Monate ... und dann?«, sagte Maeve.

Cyle stand auf. »Ich gehe ins Pub, warte nicht auf mich.«

Adam zog sich ins Wohnzimmer zurück. Er starrte lange das weiße Papier an, das vor ihm auf dem Tisch lag. Er hatte Wilbourg schon vor Tagen schreiben wollen, hatte aber nicht so recht gewusst, was er denn schreiben sollte.

Hallo, mir geht es gut. Bin in Belfast. Adam tippte mit dem Bleistift gegen sein Kinn. Vielleicht hatte Elaine ja auch daran gedacht, nach Downpatrick zu schreiben. *Hat sich Elaine gemeldet? Wenn ja, kannst du mir ihre Adresse schicken? Wir haben uns hier irgendwie verloren.* Adam zögerte. Sollte er noch nach seinem Vater fragen? Nach Downpatrick und den Neuigkeiten dort? Nein. Adam unterschrieb den Brief und kritzelte Wilbourgs Adresse auf ein Kuvert.

26

Es war kurz nach acht Uhr morgens. Adam saß mit Maeve am Tisch und frühstückte – ein hartes Stück Brot und Butter, die schon leicht ranzig schmeckte. »Wo ist denn Cyle?«, fragte Adam.

Maeve mied seinen Blick. »Er wird schon kommen.«

Neal begann zu weinen. Maeve nahm ihn aus seinem Bettchen und holte ihre Brust heraus.

»Iii.« Adam wandte sich ab.

Maeve lachte. »Du kannst ruhig hersehen. Ist doch nichts dabei.«

Adam zögerte.

Zum Glück verdeckte Neals Kopf den Großteil ihrer Brust. »Siehst du, gar nicht so schlimm, oder?«, sagte Maeve.

Adam war der Appetit vergangen.

»Hör zu, Adam.« Oje. Maeves Tonfall klang ernst. »Wenn du hierbleiben willst, dann ... musst du dir einen Job suchen.«

»Ich weiß.«

»Es ist alles andere als leicht zurzeit, aber wir müssen das irgendwie schaffen«, sagte Maeve.

»Mir war nicht klar, dass ich einen Job finden muss.«

Maeve runzelte die Stirn.

Adam kam sich dumm vor. »Ich dachte, er würde kommen und uns zurückholen.«

»Er? Du meinst Vater?«

Adam nickte.

Maeves schallendes Gelächter tat weh.

Adam atmete tief durch. Er musste einfach darüber reden, und außer Maeve hatte er ja niemanden mehr. »Weißt du, Schwester Stephanie hat uns gesagt, dass ... Vater nicht unser Vater ist ... also von Elaine und mir.«

»Oh, ich weiß«, sagte Maeve.

Sie wusste davon? Adam hielt es hier drinnen nicht mehr aus. Er zog sich in die Toilette im Hinterhof zurück. Dort flossen die Tränen ganz von allein. Hatten etwa alle Bescheid gewusst, nur Elaine und er nicht? Warum ließ sein Vater ihn hier im Stich? Wie konnte Elaine einfach so davonfahren und ihn zurücklassen?

Das laute Klopfen gegen die Holztür schreckte Adam hoch. »Hey, aufmachen. Du bist nicht allein in dieser Siedlung«, brummte eine Männerstimme.

Adam wischte seine Tränen weg und ließ den Mann hinein. Adam wollte nicht zurück ins Haus, er wartete lieber bis das Klo wieder frei war.

Das Kichern einer Frau drang an Adams Ohr. Er sprang auf einen alten Stuhl und spähte über den Holzzaun. Auf der anderen Straßenseite spazierte eine brünette, junge Frau Hand in Hand mit Cyle. Die beiden küssten sich.

Noch am selben Tag schickte Maeve Adam auf Jobsuche. Maeves Freundin arbeitete bei einer Fleischerei um die Ecke. Die suchen immer wieder Aushilfen, hatte Maeve gesagt. Doch im Moment leider nicht.

Niemand schien in dieser Stadt nach Arbeitern zu suchen. Adam versuchte es beim Schuster, Hutmacher und Blumenhändler. Nichts. Überhaupt Läden zu finden, die offen hatten, war schwierig. Jede zweite Auslage war mit Brettern vernagelt. Wenn überhaupt, erinnerte bloß ein verblasstes Schild über der Tür an ein Geschäft, das es nicht mehr gab.

Vor einem Lebensmittelladen blieb Adam ruckartig stehen. »Aushilfe gesucht« stand auf einem Schild in der Auslage.

Na endlich!

Der Laden war leer, keine Kundschaft. Ein Junge in Adams Alter schrubbte mit einer Bürste den Boden. Ein Mann trat hinter den Tresen. »Was kann ich für dich tun?«

»Ich ... ähm ... ich habe das Schild da draußen gesehen und ...«

Der Mann runzelte die Stirn. »Oh. Du meinst das mit der Aushilfe.« Der Mann sah den Jungen am Boden an. »Hat sich erledigt.«

Auf dem Weg zurück zu Maeve, machte Adam einen Umweg über den Bahnhof. Vielleicht hatte Elaine seine Nachricht ja bekommen?

Als er an jener Stelle stand, wo er die Nachricht hinterlassen hatte, verließ ihn die Hoffnung. Keine Nachricht. Verdammt.

Auf dem Heimweg blies Adam der Wind unangenehm ins Gesicht. Vermutlich war Adams Nachricht weggeweht worden, Gott weiß wohin. Oder Elaine wollte gar nicht gefunden werden. Sie war so schnell weg gewesen. Wahrscheinlich war sie froh, Adam los zu sein.

Vor Maeves Haustür begegnete Adam einem bekannten Gesicht:

Wilbourg. Adam war so froh, ihn zu sehen. Für einen Moment fürchtete er, dass er sich das nur einbildete. »Was machst du denn hier?«

»Ich habe deinen Brief bekommen und bin dem Absender gefolgt«, sagte Wilbourg. Auf dem Gepäckträger seines Fahrrads hatte er ein großes Paket aufgeschnallt.

»Was hast du denn da drin?«, fragte Adam.

»Ich hab ein paar Kartoffeln und Tomaten aus Mamas Vorratskammer mitgenommen«, meinte Wilbourg. »Zwei Laib Brot und zwei Flaschen von diesem Traubensaft, den du so magst.«

Adam machte vor Freude einen Sprung.

Wilbourg durfte zum Abendessen bleiben. Ungestört reden konnte Adam mit ihm allerdings erst, als Maeve und Cyle mit Neal einen Spaziergang machten.

»Und wo ist Elaine?«, fragte Wilbourg.

Die Frage fühlte sich an wie ein Schlag in die Magengrube.

»Ich habe sie noch nicht gefunden«, antwortete Adam.

»Das verstehe ich nicht, wie konntet ihr euch denn verlieren?«, sagte Wilbourg.

»Lassen wir das.« Adam räumte die Teller vom Tisch. »Was gibt es denn Neues in Downpatrick?«

»Ich arbeite jetzt bei Vater in der Tischlerei«, sagte Wilbourg.

Adam hatte auch immer gedacht, dass sein Vater ihm eines Tages alles beibringen würde, was ein Polizist wissen musste. »Klingt toll.«

»Ist ok. Eigentlich ziemlich nervig, egal wie genau wir arbeiten, die Leute regen sich am Ende doch nur auf. Alles nur, um den Preis zu drücken, sagt Papa. Ein Nachbar ist besonders schlimm. Mister Woodbridge. Letztens hatte ich ein ganz besonderes Geschenk für ihn«, sagte Wilbourg und grinste.

»Was hast du gemacht?«, fragte Adam.

»Stinkenden Fisch in der Schublade seines Schreibtisches versteckt«, antwortete Wilbourg.

Adam lachte. Das hätte er zu gerne gesehen.

»Das war großartig!«, sagte Wilbourg. »Du hättest dabei sein sollen!«

Adam wäre gern dabei gewesen. Ihm fehlte Downpatrick.

»Wollt ihr nicht wieder nach Hause kommen?«, fragte Wilbourg.

»Ich glaube nicht, dass das so einfach ist«, antwortete Adam.

Der Besuch von Wilbourg tat nur kurze Zeit gut. Kaum war er weg, wurde Adams Heimweh schlimmer. Noch nie war sein Drang, zu Hause anzurufen, so groß wie jetzt. Adam starrte das Telefon an. Was würde sein Vater dazu sagen?

»Adam, hilfst du mir mal?« Maeve stand an der Spüle und wusch das Geschirr.

Adam nahm ein Tuch und trocknete einen Teller nach dem anderen ab. »Maeve?«

»Ja.«

»Ich muss dir was sagen.«

»Ich schwöre dir, Adam, wenn du etwas angestellt hast …«

»Habe ich nicht.« Er musste es ihr sagen. Das mit Cyle und dieser Frau. Aber wie? »Ich habe Cyle gesehen ...«

»Er wohnt hier, du Schlauberger.«

»Nicht hier. Draußen auf der Straße, vor ein paar Tagen. Er war mit einer Brünetten unterwegs.«

»Kümmere dich um deinen eigenen Dreck«, sagte Maeve.

»Du weißt davon?«

Maeve warf einen Schöpfer wütend zu Boden. Das gellende Geräusch ließ Adam zusammenzucken. »Du hörst jetzt sofort auf! Wenn Cyle sauer wird ...«

»Wenn er *sauer wird? Er trifft sich mit einer anderen, kümmert dich das nicht?«*

Es kümmerte sie, das konnte er ihr ansehen. Plötzlich war ihre Fassade weg, die Traurigkeit kam zum Vorschein.

»Wieso verlässt du ihn nicht?«

»Adam.« Ihre Stimme klang mahnend.

»Was? Das musst du dir nicht gefallen lassen.«

»Doch muss ich!« Maeves Ton war scharf. »Wir haben ein Kind, ein zweites ist unterwegs. Er bringt das Geld nach Hause. Was soll ich denn machen, hm?«

»Das ist doch totaler Müll!«

»Das hier ... das ist das wahre Leben, Adam. Gewöhn dich dran.«

27

Adam benutzte für seinen Tee nur noch eine Tasse von Maeve. Die Tasse von Elaine blieb in Adams Rucksack. Er würde auch nicht mehr nach ihr suchen. Nicht nach all dieser Zeit, nach all den Wochen.

Maeve stand am Herd und kochte das Abendessen, ihr Bauch war in der Zwischenzeit richtig groß geworden.

Durch das Küchenfenster drangen Stimmen, immer lauter und lauter. Menschen versammelten sich unten auf der Straße.

Cyle kam ins Haus, tauchte im Türrahmen auf. »Maeve. Adam. Mitkommen.«

»Was ist los?«, fragte Maeve.

»Wir gehen auf die Straße! Wir protestieren.« Mit diesen Worten war Cyle auch schon wieder weg.

»Wogegen denn?«, rief Maeve ihm hinterher. Sie zog ihren Mantel an, gab Neal bei der netten, älteren Dame ein paar Häuser weiter ab.

Draußen war es kalt, kälter als damals, als Adam Downpatrick verlassen hatte. Wintersachen mitzunehmen, daran hatte Adam nicht gedacht. Dankbar war er über Cyles Angebot, den alten Mantel auftragen zu dürfen, auch wenn er viel zu groß war.

Als Adam auf die Straße trat, blies ein eisiger Wind, der sich in Adams lockere Ärmel fädelte. Gänsehaut kitzelte über Adams Arme, seine Brust, seinen Rücken. Er versuchte den Mantel enger zusammenzubinden, die Kälte irgendwie draußen zu halten.

Cyle steuerte auf die Menschenansammlung zu, die sich langsam in Bewegung setzte.

»Wo gehen wir denn hin?«, fragte Maeve.

»Wir treffen uns mit den anderen«, sagte Cyle.

»Den anderen? Welche anderen?«, fragte Adam.

»Alle. Alle, die von diesem Belfast Outdoor Relief leben müssen. Wir haben Forderungen, und die werden sie uns erfüllen!«, brüllte Cyle.

Adam folgte Cyle und Maeve. Bald wusste er nicht mehr, wo sie waren. Diese Stadtviertel kannte er nicht. Sie bogen in eine Hauptstraße ein. Adam stockte der Atem. Noch mehr Menschen. So viele Menschen hatte Adam noch nie auf einem Haufen gesehen. So viele Menschen und alle strömten in dieselbe Richtung.

Adam hielt sich an Maeves Arm fest. Er hatte Angst, sie zu verlieren, Angst, von den Menschen überrannt zu werden.

Sie erreichten einen Platz, an dessen Stirnseite ein riesiges Haus stand. Hier müssen reiche Leute wohnen, dachte Adam.

Maeve nannte es das Zollhaus. Auf die breiten Stufen vor dem Gebäude stellten sich Männer und brüllten ihre Forderungen. Soweit Adam es verstand, ging es um faire Bezahlung. Die Menschen rund um Adam grölten zustimmend. Inmitten der Menge erkannte Adam einen Mann wieder. Er trug seinen löchrigen Mantel, wie damals in der Shankhill Road, als er einen Stein nach Adam geworfen hatte.

Adam zog Maeve am Ärmel.

»Was ist denn«, zischte sie.

»Da drüben. Der Typ in dem löchrigen Mantel.«

»Was ist mit dem?«, fragte Maeve.

»Das ist der Mann, dem ich in der Shankhill Road begegnet bin.« Es überraschte Adam, dass Maeve diese Information kaltließ. Immerhin war der Mann Protestant.

»Das hier geht uns alle an«, erklärte Maeve. »Katholiken und Protestanten. Hier müssen wir ausnahmsweise zusammenhalten.«

Weitere Proteste folgten, vor allem beim Lisburn Road Workhouse. Cyle war jedes Mal mit dabei. Eines Abends kam er nicht nach Hause. Maeve machte sich große Sorgen. Nachbarn, die bei den Protesten waren, sprachen von Straßensperren und Demonstranten, die im Workhouse eingesperrt worden waren.

Maeve wollte nach Cyle suchen. Adam hatte kein gutes Gefühl dabei. Da draußen schien es ziemlich rundzugehen. Angeblich wurde sogar eine Straßenbahn entführt. Doch Maeve ließ sich nicht abbringen. Adam bestand darauf, sie zu begleiten. Neal musste wieder einmal zur Nachbarin.

Die Suche nach Cyle verlief ähnlich planlos wie Adams Suche nach Elaine. Zwei Jungen in Adams Alter kamen Maeve und Adam entgegen. Sie trugen so viele Schuhe unter ihren Armen, wie sie konnten. Ein Mann lief mit erhobenen Händen hinter ihnen her. »Diebe, haltet sie. Diebe!«

Schließlich gelangten sie in eine Straße, die Adam wiedererkannte. Hier hatte er an fast jede Ladentür geklopft und nach Arbeit gesucht. Da vorne war der Krämerladen, wo ein anderer Junge den Aushilfsjob bekommen hatte. Die Regale waren umgeworfen und Scheiben eingeschlagen worden. Der Kaufmann stand verloren in seinem Laden.

»Komm«. Maeve legte einen Arm um Adam und führte ihn weiter die Straße hinunter.

Langsam wurde es dunkel. Adam fröstelte.

Auf dem Gehsteig kam ihnen ein Polizist entgegen.

»Was machen Sie noch so spät hier draußen, Madam?«, fragte er.

»Ich suche meinen Ehemann, Officer«, antwortete Maeve.

»Sie sollten nicht hier sein, nicht in Ihrem Zustand.« Der Polizist sah Maeves Bauch an, der sich selbst unter ihren weiten Kleidern nicht mehr verstecken ließ. »Wo wohnen Sie denn?«

»In der Falls Road«, sagte Adam.

Der Polizist verlor mit einem Mal seine Freundlichkeit. »Macht doch, was ihr wollt!« Er ging weiter.

Adam verstand die Welt nicht mehr. »Was war denn mit dem los?«

Maeve seufzte. »So behandelt uns die Polizei hier eben, Adam.«

»Uns?«

»Uns Katholiken.«

Cyle kam am nächsten Morgen unversehrt nach Hause. Wie Adam vermutet hatte, war Cyle mit den anderen Demonstranten im Lisburn Road Workhouse eingesperrt gewesen.

Eine Woche verging. Dann gab es endlich ein Friedensangebot von der Stadtregierung. Maeves Nachbarn unterhielten sich morgens im Hinterhof, während sie sich vor der Toilette anstellten. Adam stand ganz hinten in der Schlange und bekam das Gespräch der Männer vor ihm mit.

»Ich finde es nicht so schlecht. Der Belfast Outdoor Relief soll erhöht werden und Überstunden wollen sie uns auch bezahlen«, sagte der eine.

Der andere schüttelte den Kopf. »Das ist zu wenig. Was ist denn mit mir? Nur weil ich keine Kinder und keine Ehefrau habe, darf ich diesen Belfast Outdoor Relief nicht einmal beantragen! Da muss sich noch einiges ändern!«

So sahen es auch viele andere Demonstranten. Die Angebote der Stadtregierung wurden nicht angenommen. Das verkündete einer der Streikführer am Abend bei einem Freudenfeuer in der Falls Road. Der Jubel der Menschen war groß.

Adam hatte das Gefühl, in dieser Menge zu ersticken. Das war ein Kampf, der ihn nichts anging.

Ihn überkam ein schlechtes Gefühl, eine schlimme Vorahnung. Das alles konnte nicht gut ausgehen. Adam spürte den Hass der Leute rundherum. Sie wollten keine Einigung, sie wollten einen Kampf aus purem Trotz. Adam wollte nicht mittendrin sein, wenn das alles explodierte.

Der Streikführer rief dazu auf, keine Mieten mehr zu bezahlen. Die würden schon noch sehen, wo das alles hinführte, wenn der kleine Mann nicht mehr zahlte, sagte er.

Auf dem Weg nach Hause begegneten Adam, Maeve und Cyle unzähligen Polizisten.

»Seht sie euch an. Mit ihren Gewehren und Schlagstöcken«, raunte Cyle. »Die machen mir keine Angst.«

Adam schon. Die Blicke der Polizisten waren so eiskalt. Sie waren bereit. – Bereit, diesen Kampf aufzunehmen.

Alle wurden auf das, was kommen sollte, vorbereitet, selbst die Frauen. In eigens organisierten Treffen wurden sie aufgefordert, zu ihren Männern zu halten.

Die nächste Demonstration stand unmittelbar bevor. Im Radio wurde verkündet, dass die geplante Demonstration von der Regierung verboten wurde. Cyle wollte trotzdem gehen.

»Bist du sicher, dass das eine gute Idee ist?«, fragte Adam vorsichtig.

Cyle kniff die Augen zusammen. »Weißt du, warum sie es verbieten?«

Adam schüttelte den Kopf.

»Weil sie Angst vor uns haben. Jetzt, wo Katholiken und Protestanten zusammenhalten. Die gesamte Arbeiterschaft stellt sich auf die Beine, Adam. Morgen wird ein großer Tag. Ab morgen wird sich einiges ändern«, sagte Cyle mit einer Überzeugung, die Adam Angst machte.

Am nächsten Tag glich die Falls Road einem Schlachtfeld. Demonstranten gingen mit Hammer und anderen Werkzeugen auf bewaffnete Polizisten los. Schüsse fielen wieder und wieder. Männer gingen zu Boden, standen nicht mehr auf.

Demonstranten bildeten Straßensperren, um die Polizei aus dem Wohnviertel zu halten. Die Polizei verhängte für die Nacht eine Ausgangssperre.

Endlich war es wieder ruhig. Ruhiger zumindest als vor einigen Stunden noch. Adam lag auf dem Sofa und starrte an die Decke. Er hatte alles nur durch das Fenster beobachtet – aus einer einigermaßen sicheren Entfernung. Doch was er gesehen hatte, reichte ihm. Die Bilder brachten ihn zum Zittern. In seinem Kopf konnte er die Menschen immer noch schreien hören. Adam hoffte, dass es Elaine gut ging, wo auch immer sie jetzt gerade war.

Die Straßenkämpfe wollten einfach nicht enden. Adam wagte es nicht mehr, aus dem Fenster zu sehen. Was draußen vor sich ging, bekam er nur durch die Nachbarn mit – beim Anstellen vor der Toilette.

»Wir waren gestern mitten im Geschehen«, erzählte einer der Männer. Er sah mitgenommen aus. Schürfwunden und blaue Flecke im Gesicht und an den Armen. »Wir haben mit Steinen nach den Polizisten geworfen. Einen habe ich richtig erwischt. Voll in die hässliche Visage. Der war dann richtig sauer. Hat sogar in unsere Richtung geballert. Sind um unser Leben gerannt. War echt heftig. Habe Glück, dass ich heute noch hier stehe.«

»Ich habe gehört, dass sie nur in katholischen Straßen auf die Menschen schießen«, sagte der Zweite.

»Ach, glaub doch nicht alles, was die Leute sagen«, meinte der Steinewerfer.

»Hast du nicht gehört, was unser werter Innenminister gesagt hat? Die IRA stecke angeblich hinter diesen Streiks, um den Protestanten zu schaden und ihnen Privilegien zu nehmen«, sagte der Zweite.

»So ein Unsinn.«

»Ja, aber denkst du, die Protestanten wissen das auch?«

Die Aufstände in den Straßen weckten auch mehr Mut in den eigenen vier Wänden. Zumindest bei Maeve. Als Adam von der Toilette zurückkam, war sie bereits richtig in Fahrt.

»Du gehst nicht!«, brüllte sie im Schlafzimmer.

»Ich gehe, wann immer ich es will!«, schrie Cyle.

»Nein! Du bist mein Mann.«

»Was soll das denn jetzt wieder heißen?«

»Du gehst nicht zu ihr ... zu dieser Frau von gegenüber. Ich weiß, was du hinter meinem Rücken tust. Nie wieder, hast du gehört?!«

»Du hast mir gar nichts zu sagen!«

Adam ließ sich auf das durchgesessene Sofa fallen, vergrub seinen Kopf im Sofakissen. Neben ihm begann Neal zu schreien.

Die Schlafzimmertür wurde aufgerissen. Cyle ging mit hochrotem Kopf voran.

»Bedeutet dir diese Familie denn gar nichts?«, schniefte Maeve und griff sich an den Bauch.

»Oh, bitte. Jetzt tu nicht so scheinheilig. Du und dieser Gemüsehändler ... denkst du, ich bin blöd? Wer weiß, ob dieses verfluchte Kind überhaupt meins ist!«

Wie konnte er so etwas sagen? Natürlich war es sein Kind. So wie Adam und Elaine die Kinder von Ian Delaney waren. Er war der Mann, der sie angebrüllt hatte, wenn sie schlechte Noten in der Schule hatten. Er war der Mann, der sie gezwungen hatte, in die Kirche zu gehen und beim Abendessen artig am Tisch sitzen zu bleiben. Er war ihr Vater und niemand sonst.

»Es ist dein Kind!«, brüllte Adam. »Es ist deins, weil das deine Frau ist ... weil sie das Kind zur Welt bringt und es unter deinem Dach leben wird!«, brüllte Adam.

Maeve und Cyle sahen ihn verdutzt an.

Die Aufstände waren vorbei. Den Demonstranten wurde bedeutend mehr Geld geboten. Sie stimmten friedlich zu. Der Erfolg wurde in den Straßen gefeiert. Vergessen schienen die Toten und Verletzten. Adam verstand nichts davon. Jemand sperrte an der Tür. Adam sah auf die Uhr. Es war zu früh, Cyle konnte es nicht sein. Maeve tauchte im Türrahmen mit zwei Einkaufstüten auf. Dass sie außer Haus gegangen war, hatte Adam gar nicht bemerkt.

Seit Adams Wutausbruch herrschte eisiges Schweigen in diesem viel zu kleinen Haus. Es war auch so unendlich schwer, sich aus dem Weg zu gehen. Adam wusste, dass er gehen musste, Maeve und Cyle erwarteten es. Adam wäre auch sofort gegangen, wenn er gewusst hätte, wohin.

Maeve räumte die Lebensmittel in die Speisekammer. »Übrigens, ich habe gerade Elaine getroffen«, sagte sie.

»Wo?«

»Am Markt.«

»Und?«

»Was und?«

»Wie gehts ihr?«

»Gut, denke ich.«

»Wo ist sie? Wo wohnt sie? Hat sie dir eine Adresse gegeben?«

Maeve zuckte mit den Schultern.

Adam schnaufte. »Du weißt, dass ich sie suche, und hast sie nicht gefragt?«

Keine Antwort.

»Du hättest sie hierher einladen können.«

»Damit ich noch einen Schmarotzer hier habe? Nein, danke«, sagte Maeve.

Es fiel Adam schwer, sich zu beherrschen. Hatte er nicht alles getan, um zu helfen? »Weiß Elaine, dass ich bei dir wohne?«

»So viel haben wir nicht miteinander geredet«, meinte Maeve.

»Habt ihr überhaupt geredet?«

»Jetzt reg dich ab. Sie ist morgen bestimmt wieder am Markt. Sie arbeitet dort.«

Adam sprang auf. Er lief den ganzen Weg bis zum Marktplatz. Das geschäftige Treiben war für den Tag vorbei. Die meisten Stände hatten bereits geschlossen. Die letzten Verkäufer packten zusammen. Elaine war nirgendwo zu sehen. Verdammt!

Auf der anderen Seite des Platzes stand eine Gruppe Menschen beisammen, unter ihnen ein blondes Mädchen. Adam wurde schneller und das Grinsen in seinem Gesicht immer breiter. »Elaine! Elaine!«

BELFAST
1993

28

Von diesem Belfast Outdoor Relief Streik habe ich vorher noch nie gehört. Kaum zu glauben, dass Protestanten und Katholiken wirklich einmal auf derselben Seite standen – wenn auch nur für kurze Zeit. Ein schöner Gedanke. Schade, dass es der Regierung gelungen ist, einen Keil zwischen sie zu treiben. Ich würde wirklich gerne wissen, wozu unsere Stadt imstande ist, wenn alle an einem Strang ziehen – dauerhaft.

Adam und ich erreichen die St. Patrick Statue auf dem Hügel. Die Statue ist größer, als ich gedacht hätte.

Adam kratzt sich am Hinterkopf. »Der Zaun war das letzte Mal noch nicht hier.«

Ich muss lachen. Das letzte Mal – das klingt so, als wäre es vor ein paar Wochen gewesen, nicht vor ein paar Jahrzehnten.

»Wie habt ihr die Statue denn das letzte Mal verkleidet?«

»Pass auf und lerne.«

Adam fädelt Michaels Sprungschnur durch die Vorhangschlaufen und knotet die beiden Enden zusammen, sodass eine relativ große Schlinge entsteht. Mit einem Karabinerhaken verbindet er die Schlinge mit einem Kletterseil. Das Kletterseil wirft er gekonnt über die Schulter der Statue. An der Rückseite müssen wir nur noch an dem Seil ziehen und die Schlinge über den Kopf des Heiligen Patrick kriegen.

Michaels Vorhang flattert vor der Brust der Statue im Wind. Sieht gar nicht übel aus.

Der Lampenschirm wäre ein hübscher Hut dazu, doch leider ist St. Patricks Kopf zu groß. Stattdessen dekorieren wir das Zepter mit dem Lampenschirm.

Wir zerreißen den leeren Umzugskarton, nutzen ihn als Sitzfläche in der Wiese und betrachten unser Kunstwerk.

Der graue Himmel über uns wird langsam dunkler, es dämmert.

Adam greift in die Innenseite seiner Jackentasche und holt seine Geldbörse hervor. Er zeigt mir ein Foto, auf dem Adam und Michael in die Kamera lachen. Ihre Haare sind nass, und sie tragen Schwimmwesten. Im Hintergrund ist eine Felswand und ein kleiner Wasserfall zu sehen.

»Das ist ein paar Jahre her. Es war mein siebzigster Geburtstag. Er hat mich an dem Tag zum Wildwasser-Rafting entführt.«

»Wildwasser-Rafting?«

»Ja. Ich war mit Abstand der Älteste auf diesem schaukelnden Ungetüm. Der Bootsführer wollte mich zuerst gar nicht mitnehmen. Der dachte wohl, mich trifft der Schlag, wenn ich mitfahre«, sagt Adam.

Ich kann mir das Gesicht des Bootsführers gut vorstellen, als er Adam gesehen hat. »Ich hätte dich nicht für einen Wildwasser-Rafter gehalten.«

»Es war Michaels Idee.« Adam schüttelt den Kopf. »Er hatte immer solche schrägen Einfälle.«

»Sieht aus, als hättet ihr viel Spaß gehabt.«

»Hatten wir«, sagt Adam.

»Ihr habt euch gut verstanden.« Es ist keine Frage.

»Meistens, ja.«

Ich mache zwei Flaschen Bier auf und gebe eine Adam. »Auf Michael.«

Wir stoßen an.

»Auf Michael.« Adams Stimme zittert.

Das Bier ist lauwarm, einfach widerlich. Ich stelle es beiseite, betrachte das Foto in meiner Hand. Michael und Adam – ein Polizist und ein IRA-Mitglied. Hatten die beiden am Bahnhof wirklich auf verschiedenen Seiten gestanden? – Schwer vorstellbar. Es gibt eigentlich nur eine andere Erklärung.

»Wusste Michael, dass du bei der IRA bist?«

Adam seufzt. Ich werte das als ein Nein. Viele wissen nicht, dass ihre Familienmitglieder in einer paramilitärischen Gruppe sind. Was diese Erkenntnis für die Nacht der Schießerei bedeutet, weiß ich allerdings auch nicht.

»Mein Großvater war bei der UDA. Er hat immer damit geprahlt. Er war ein unheimlicher Zeitgenosse. Jeden Samstag um vier Uhr am Nachmittag kam er uns besuchen und trank ein Glas Scotch mit meinen Eltern. Ich hatte solche Angst vor ihm, dass ich mich immer in meinem Zimmer eingeschlossen hab.«

»UDA, hm?«

Mir wird klar, was ich da gerade gesagt habe ... und zu wem. »Ich ... ich meine, das war nur mein Großvater, niemand sonst in meiner Familie.«

Stille.

»Du hattest wirklich Angst vor deinem eigenen Großvater?«, sagt Adam nach einer Weile.

»Ja, und wie.«

»Hm. Hast du auch Angst vor mir?«

»Nicht wirklich.« Die Antwort ist vielleicht eine Spur zu schnell gekommen. »Entschuldige.«

»Nein, ist ok. Ich verstehe. Ich bin nicht so gruselig wie irgend so ein abgebrühter UDA-Typ.«

»Doch, doch ... du bist gruselig, total gruselig. Ich fürchte mich, siehst du?« Ich übertreibe vielleicht ein bisschen mit der stark zitternden Hand.

Sein Lachen steckt mich an. Ich weiß nicht, wann ich mich

zum letzten Mal so gut gefühlt habe. Am liebsten würde ich diesen Hügel nie wieder verlassen.

Als ich ein paar Tage später über den Zollhausplatz spaziere, fällt mir Adams Geschichte über den Belfast Outdoor Relief Streik wieder ein. Hier auf diesem Platz vor dem Zollhaus hatte er mit seiner Schwester Maeve und seinem Schwager Cyle inmitten der Demonstranten gestanden.

Adams Schilderungen werden wieder lebendig. Ich glaube sogar, die Demonstranten von damals hören zu können. Ich sehe die Streikführer auf der Treppe zum Zollhaus stehen – wie viele vor ihnen und so viele nach ihnen. Vor dem viktorianischen Bau fanden in der Vergangenheit oft Protestkundgebungen und Reden statt.

Ich setze mich gegenüber auf eine Parkbank, hole Kohlstift und Zeichenpapier aus meiner Umhängetasche und skizziere die Umrisse des Zollhauses und des Platzes.

Mein Handy läutet. Lena ruft an. Mir ist nicht danach, mit ihr zu reden. Ich drücke sie weg.

Ein paar Minuten später versucht sie es erneut.

»Hallo?«

»Wo bist du?«, fragt Lena.

»Unterwegs.« Ich zeichne weiter, während ich mit ihr rede.

»Du bist oft unterwegs in letzter Zeit.« Es klingt wie ein Vorwurf.

»Und?«

Lena schnauft. »Du bist nie zu Hause, wenn ich es bin, gibt es dafür vielleicht einen Grund?«

»Ich hab grad viel um die Ohren.«

»Wir sollten reden«, sagt Lena.

»Ja, vermutlich.« Ich bessere die Konturen des Zollhausdaches aus.

»Wann kommst du nach Hause?«

»Zu Hause ist kein guter Ort zum Reden ... die Wände haben Ohren.« Irgendwie will mir dieses Zollhausdach nicht so richtig gelingen.

»Da hast du recht. Wir sollten uns treffen. Wo steckst du? Ich kann dich abholen«, sagt Lena.

»Brauchst du nicht ... wir treffen uns dort.«

»Wo denn?«

»Vor dem Rathaus. In einer Stunde?«

Der Blick von der Royal Avenue hinauf zum Donegall Square ist es wert, einen Moment stehen zu bleiben und auf sich wirken zu lassen. Die Häuserflucht umrandet das Belfaster Rathaus – zumindest den Mittelteil, der von hier aus zu sehen ist.

Das Gebäude mit der grünen Kuppel wurde im neobarockem Stil erbaut und 1906 fertiggestellt. In seiner vollen Pracht kann ich es erst betrachten, als ich am Donegall Square angekommen bin. Das Gebäude mit Türmen an jeder Flanke erstreckt sich inmitten des großzügig angelegten Rathausparks. Ich bin gerne hier, vor allem am Abend, wenn das Rathaus in voller Beleuchtung erstrahlt.

»Ryan, Ryan«, höre ich Lenas Stimme hinter mir. Sie kommt auf mich zugelaufen. Sie will mich zur Begrüßung umarmen, doch ich mache einen Schritt zurück.

»Gehen wir ein Stück?«, sage ich, eigentlich nur, um irgendetwas zu sagen.

»Ok.« Sie hängt sich bei mir ein.

Wir spazieren durch den Park, vorbei an spielenden Kindern und dem Titanic-Denkmal.

»Du bist ja gesprächig heute«, sagt Lena.

»Mir geht im Moment einfach viel im Kopf herum.«

»Was denn zum Beispiel?«

Wo soll ich da nur anfangen? »Kann ich dich was fragen?«

»Klar, schieß los.« Sie verzieht ihr Gesicht. »Entschuldige.«

Wird das ab jetzt immer so sein? Dass Leute um mich herum gewisse Wörter meiden – wie *schießen*, *Waffe* oder *Bahnhof*?

»Als du in Südafrika warst«, beginne ich. »Du hast doch erzählt, dass du überfallen wurdest, bedroht mit einem Messer ...«

Lena nickt. »Ein riesiges Messer ... echt unheimlich.«

»Denkst du manchmal noch dran? Also ... wenn du die Straße entlanggehst. Hast du da Angst, es könnte wieder passieren?«

»Nicht wirklich, nein.«

»Wie schaffst du das? Ich muss dauernd über diese Schießerei nachdenken. Warum es passiert ist und was hätte passieren können.«

»Ich weiß, was du meinst«, sagt Lena. »So ging es mir anfangs auch, aber es ist ja nichts passiert, habe ich mir dann gesagt. Mir gehts gut. Also warum drüber grübeln? Die Mistkerle, die mich überfallen haben, verschwenden sicher auch keinen Gedanken mehr daran.«

»Ich wünschte, ich könnte es so sehen wie du.«

Lena bleibt stehen, sieht mich lange an. »Hast du schon einmal darüber nachgedacht, dir professionelle Hilfe zu holen?«

Ich schnaufe verächtlich. »Das wär ja dann wohl der ultimative Tiefpunkt.«

»Also mir hat es geholfen. Damals, als Molly ...« Lena bricht den Blickkontakt.

»Du warst beim Seelenklempner? Du?«

»Ja, wieso denn nicht? Ich war am Ende. Gott weiß, was ich mir angetan hätte, wenn ich nicht einen Weg gefunden hätte, damit umzugehen.«

»Eine Weltreise kommt für mich nicht infrage. Ich sitz nicht gern im Flugzeug und von ausländischem Essen krieg ich ... naja, du weißt schon ...«

Lena lächelt. »Du musst ja nicht gleich deine Koffer packen.

Ein gutes Gespräch kann schon Wunder bewirken. Ich kenne da einen guten Psychiater, wenn du einen brauchst.«

»Dein Vater? Du willst mir wirklich deinen Vater empfehlen? Ich dachte immer, er macht dich krank.«

»Ja, schon. Er ist auch ganz schön rechthaberisch und kleinlich, aber er stellt die richtigen Fragen. Richtig fiese Fragen, und wenn er ins Schwarze trifft, bohrt er immer weiter, bis du dich deinen Problemen stellst oder weinend zusammenbrichst.«

»Das klingt sehr verlockend.«

»Überleg's dir«, sagt Lena.

»Mach ich.«

Wir spazieren weiter, bis wir den eisernen Zaun erreichen, der den Park begrenzt.

»Hör zu, wegen diesem Kuss neulich ...«, sage ich, als wir umdrehen.

»Oh, ja. Der große Elefant im Raum ...«

»Für mich hatte er Bedeutung ... und ich weiß nicht, ob ich weiterhin einfach mit dir befreundet sein kann ...«

»Mir hat der Kuss auch etwas bedeutet«, sagt Lena.

»Wirklich?«

Lena sieht mich irritiert an. »Ja, ist das so unglaublich?«

»Naja, du bist ... verheiratet.«

Lena spielt mit dem Ring an ihrem Finger. »Bevor ich diese Weltreise gemacht habe, war ich bei Hausmann und ich hab ihm gesagt, dass ich nicht weiß, ob diese Ehe noch funktioniert.«

»Und, tut sie es?«

»Ich kann nicht mit einem Mörder zusammen sein ... aber was noch wichtiger ist ... ich *will* mit dir zusammen sein.«

Ich warte nur darauf, in meinem Bett aufzuwachen. Das kann nur ein Traum sein. Obwohl Lena in meinem Traum wohl nicht sagen würde, dass sie es langsam angehen will.

Es ist ein kühler Abend und langsam dringt die Kälte durch meine Kleidung. Wir beschleunigen unsere Schritte, um uns warm zu halten, und laufen die letzten Meter zu Lenas Wagen.

Die ganze Zeit über halten wir Händchen. Es fühlt sich gut an, auch wenn ich ein wenig Angst davor habe, jemandem zu begegnen, den wir kennen.

In Lenas alten Peugeot funktioniert die Heizung nicht und die Lautsprecher haben Aussetzer, sobald wir über eine Bodenwelle fahren.

»Und ich dachte, *mein* Auto ist hinüber.«

»Ich war schon zweimal in der Werkstatt. Sie kriegen es einfach nicht hin.«

Ich kann nicht glauben, dass wir wirklich über Autoreparaturen reden. So habe ich mir unser Zusammenkommen nicht vorgestellt.

Wir fahren Richtung Osten. In wenigen Minuten sind wir zu Hause. »Sollen wir es Dok sagen?«

»Auf keinen Fall«, sagt Lena. »Dann wissen es morgen doch alle.«

»Ich denke nur, es wird schwierig werden, es vor ihm geheim zu halten.«

»Das macht es doch auch ein bisschen aufregend, oder?« Sie streicht mir mit der Hand über den Oberschenkel, berührt meinen Schritt.

Lena parkt den Wagen am Straßenrand und beißt sich auf die Unterlippe. »Weißt du, diese Sache mit dem langsam angehen ...«

»Mhm.«

»Dumme Idee.« Sie klettert zu mir herüber und setzt sich auf mich. Ihre Küsse benebeln mich.

»Nicht aufhören.«

»Komm mit«, haucht sie. Lena öffnet die Tür und klettert hinaus. Ich folge ihr aus dem Auto, über die Straße, einfach überall hin.

Vor unserem Oranierhaus bleibt sie stehen. Sie küsst mich und fummelt in meiner Hosentasche. Das Blut rauscht in meinen Ohren.

Wieso hört sie denn ständig auf?

Mit meinem Schlüsselbund in der Hand geht sie die Stufen hinauf und schließt die Tür auf.

»Das ist nicht dein Ernst.«

»Jetzt komm schon«, sagt sie.

Im Haus ist niemand. Warum auch? Es findet in den nächsten Tagen keine Versammlung statt.

Lena nimmt meine Hand und führt mich in den Eingangsbereich, wo sie mich gegen die Wand drückt. Ihre Lippen kitzeln meinen Hals. Ihre Hände machen sich an meinem Hosenbund zu schaffen.

Auch wenn es mir mit jeder Faser meines Körpers widerstrebt, halte ich sie kurz zurück. »Hier? Ernsthaft?«

Sie lächelt nur und öffnet langsam ihre Bluse.

29

Mein Rücken schmerzt, als ich aufwache. Warum liege ich denn am Boden? Langsam kommen die Bilder der letzten Nacht hoch. – Alles klar, jetzt ergibt es Sinn.

Lena schläft noch. Sie liegt mit dem Kopf auf meiner Schulter, sodass es mir unmöglich ist, aufzustehen. Nicht, dass ich es eilig hätte.

Das Gemälde, das die Schlacht von Boyne zeigt, hängt an der gegenüberliegenden Wand. William III. sitzt auf seinem Pferd und sieht mich an, als wüsste er, was wir hier gestern Nacht vor seiner Nase getrieben haben.

Lena wacht langsam auf, presst ihren warmen Körper an meinen. Unsere Mäntel dienen als Decken, doch mir ist so heiß, dass ich sie nicht bräuchte.

Lenas Finger zieht Kreise über meiner Brust. »Wie hast du geschlafen?«

»Furchtbar? Und du?«

»So gut wie lange nicht.« Lena gibt mir einen Kuss und setzt sich auf. »Ich hab Hunger, lass uns frühstücken gehen.«

Bis wir alle Kleidungsstücke beisammenhaben, dauert es eine Weile. Ich schlüpfe gerade in meine Jeans, als ich vor der Tür Stimmen höre.

»Da kommt jemand.«

»Unsinn«, sagt Lena.

Als dumpfe Stimmen zu hören sind, weiten sich ihre Augen. Ich nehme unsere restlichen Klamotten und scheuche Lena in die Garderobe. Sie schließt blitzschnell die Tür hinter uns.

Es klingt so, als würden mehrere Personen die Eingangshalle betreten.

»Danke, dass du so kurzfristig für uns Zeit hattest, Bruder Hainsworth.« Die Stimme kenne ich. Das ist Bruder Young, der mir damals in der Ulster Bar einen Racheakt nahegelegt hat.

»Keine Ursache«, antwortet Dok.

»Was machst du denn? Lass uns verschwinden«, flüstert Lena. Sie ist komplett angezogen und öffnet das Fenster Richtung Straße.

»Ich will hören, was da los ist.«

Die Schritte werden leiser. Sie gehen nach oben.

Ich warte kurz, öffne vorsichtig die Tür und folge ihnen.

»Ryan ... Ryan«, zischt Lena hinter mir. »Mach keinen Quatsch.«

»Warte draußen, ich komm gleich.«

Die Stimmen werden wieder lauter, als ich in den zweiten Stock gelange. Das Raucherzimmer ist verlassen. Das dumpfe Geräusch von aneinanderstoßenden Billardkugeln kommt aus dem Raum daneben. Die Tür zum Billardzimmer ist einen Spaltbreit offen, ideal, um mitzuhören, ohne gesehen zu werden.

»Guter Stoß, Bruder.« Es klingt nach Bruder Ryder, dem anderen Racheengel in unserer Gemeinschaft.

»Tja, sehen wir mal, ob mein Lauf anhält«, sagt Dok.

Es wird wieder gestoßen.

Young lacht oder ist es Ryder? »Oje. Ich fürchte, gegen dich haben wir keine Chance.« Es ist Young, eindeutig.

»Vielleicht sollten wir dann besser schnell zur Sache kommen, bevor wir gnadenlos vernichtet werden«, sagt Ryder.

»Immer raus mit der Sprache«, sagt Dok.

»Wie wir schon am Telefon sagten ... wir brauchen deine Hilfe bei einer heiklen Angelegenheit«, sagt Ryder.

»Heikel ist meine Spezialität«, meint Dok.

Dok, um Himmels willen, egal, was sie wollen, sag Nein.

»Du müsstest für uns ein Auge auf Professor MacQuillan werfen«, fährt Ryder fort.

»MacQuillan ... der Name kommt mir bekannt vor. Unterrichtet er nicht Philosophie auf der Uni?«, sagt Dok.

»So ist es. Wie der Name unschwer erkennen lässt, ist er der katholischen Seite unserer Stadt zugetan«, sagt Young.

»Er rekrutiert für die IRA ... vermutlich unter seinen Studenten«, sagt Ryder.

»Krass«, sagt Dok.

»Du arbeitest auch an der Universität. Das gibt dir die Möglichkeiten, ihn zu beobachten. Was er tut, mit wem er verkehrt, vor allem mit welchen Studenten«, sagt Ryder.

Verflucht nochmal, Dok, sag Nein!

»Kein Problem«, sagt Dok.

»Sehr gut, sehr gut. Das hilft uns weiter«, sagt Young.

»Deine Aufzeichnungen über MacQuillan müssen möglichst genau sein. Du solltest alles aufschreiben – Namen von Kontaktpersonen, Datum und Uhrzeit des Kontakts«, sagt Ryder.

»Alles klar, kein Thema.«

Dok, du verdammter Idiot!

»Danke, Bruder, vielen Dank«, sagt Young.

»Mach ich gerne«, antwortet Dok.

Abends fahre ich zu Misses Henderson, die in der Nähe der Werkstatt wohnt. So sehr es mir auch widerstrebt, in dieses Haus zu gehen, es könnte aufschlussreich sein. Vielleicht stolpere ich ja über etwas, das Licht ins Dunkel dieser Bahnhofsschießerei bringt.

Misses Henderson öffnet mir die Tür. Sie begrüßt mich mit einer Umarmung und bittet mich herein.

Das gesamte Haus duftete nach Lavendel. Und wie sauber es hier ist. Ich streife meine Jacke und meine Schuhe im Flur ab und folge ihr ins Esszimmer. Am Tisch sitzen zwei Mädchen im Grundschulalter. Sie albern herum und kichern. Sie sind nicht traurig, dass der Stuhl am Kopfende leer ist. Sie sind zu klein, um es zu verstehen.

Misses Henderson hat sich richtig Mühe gegeben. Sie serviert uns ein Fünf-Gänge-Menü. Beim letzten Gang mache ich den Knopf meiner Hose auf.

»Wann kommt denn Papa?«, fragt Louisa, die jüngere der beiden Mädchen.

»Wir haben uns von Papa doch schon verabschiedet.« Misses Hendersons Stimme versagt fast.

»Aber warum ist er denn gegangen?« Die Frage geht mir tief unter die Haut. *Ich blicke in den Lauf einer Waffe, höre den Knall des Schusses.*

»Ryan?« Louisa sieht mich an. Sie hat seine Augen. Ich muss hier raus. Es hört sich so an, als würde mein Sessel in einer anderen Dimension umfallen – so dumpf, so weit weg.

Ich ziehe mich in den Flur zurück. Misses Henderson folgt mir.

»Es tut mir leid, dass ich so aufgesprungen bin.«

»Ist schon gut.« Misses Hendersons Stimme ist sanft.

»Ich dachte, ich bin so weit ... dachte, ich kann darüber reden.«

Sie umarmt mich, beginnt zu weinen. Ich will das nicht. Ich will sie nicht trösten. Ich kann sie nicht trösten. Ihr Mann hat mich fast umgebracht. Sanft drücke ich sie von mir.

Ich sollte mich auf das konzentrieren, warum ich eigentlich hier bin.

»Wurde Ihnen gesagt, wie Ihr Mann umgekommen ist?«

Sie schnieft und schüttelt den Kopf. »Nicht genau.«

»Was wurde Ihnen denn gesagt?«

Sie putzt sich mit einem gebrauchten Taschentuch die Nase und wischt ihre Tränen weg. »Am Bahnhof ging der stille Alarm los. Mein Mann und sein Partner ... Michael ... sie ... sie sind hingefahren, um nachzusehen. Sie haben IRA-Mitglieder beim Deponieren einer Bombe auf frischer Tat ertappt.«

Ich warte, ob sie noch etwas hinzufügen will. Es kommt nichts.

Wieso ist Ihr Mann seinem Partner in den Rücken gefallen? Arbeitete Quentin für die IRA oder war er einfach nur korrupt? – All das würde ich sie am liebsten fragen.

»Wie kamen Quentin und Michael denn miteinander aus?«

Sie sieht mich überrascht an. »Gut, sie waren Freunde. Die besten Freunde.«

Es fällt mir schwer, nicht laut aufzulachen.

»Warum fragen Sie das?«

»Ach, nur so.«

Ich bin enttäuscht, wie ergebnislos der Abend verlaufen ist. Was habe ich auch erwartet? Einen Brief zu finden, in dem klipp und klar steht, warum Quentin seinen Partner umgebracht hat?

Bei meinem Auto werde ich bereits von diesem blonden Typen mit Pferdeschweif erwartet.

»Hey, was geht?«, begrüßt er mich.

»Warum verfolgen Sie mich?«

»Nur weil Adam dir traut, muss ich das nicht auch tun, oder?«

Ich will an ihm vorbei, doch er stellt sich mir in den Weg. »Wieso triffst du dich mit Quentins Frau?« Ich mag den Ton nicht, den er anschlägt.

»Sie hat mich eingeladen ... das hat nichts mit euch zu tun.«

»Tatsächlich?« Er kneift die Augen zusammen und zeigt auf mich. »Verscheißer mich nicht. Das geht sonst schlecht für dich aus.«

30

Adam hat mir versprochen, dass er seinen Schläger zurückpfeift. Dass er ihn offenbar nicht zurückpfeifen kann, beunruhigt mich. Wenn Adam seine Truppe nicht im Griff hat, haben wir über kurz oder lang beide ein Problem.

Der Geruch von verbranntem Toast holt mich zurück in das Hier und Jetzt.

Lena kommt in die Küche und wirft die verbrannten Toastscheiben in den Müll. »Dich kann man echt keine Sekunde allein lassen. Schlimmer als bei einem kleinen Kind.«

Sie nimmt zwei neue Scheiben Toast aus der Verpackung und will sie in den Toaster stecken. Ich nehme ihr das Brot weg. »Ich mach das.«

»Fein.« Sie kneift mir in den Po.

Ich packe sie und küsse sie.

Die trampelnden Schritte auf der Treppe kündigen Dok an.

Lena und ich springen auseinander.

»Morgen«, gähnt Dok.

»Morgen«, sagen Lena und ich.

»Uh, klasse, Frühstück ist fertig«, sagt Dok. Er setzt sich an den Tisch, auf dem ich die Pfanne mit Rührei und den Teekessel abgestellt habe.

»Das ist nicht für dich.«

»Na, du bist ja heute gut drauf«, sagt Dok.

»Das Frühstück ist für uns alle, sei nicht so, Ryan«, sagt Lena und wirft mir einen vielsagenden Blick zu.

Tja, wird wohl nichts aus dem romantischen Frühstück zu zweit. Was würde ich für ein paar Augenblicke mit Lena allein geben? Dok in den Urlaub zu schicken oder zumindest ins Kino, wäre wirklich eine praktische Lösung.

Stattdessen isst Dok die Hälfte des Frühstücks auf. Als er sich auch noch die letzte Tasse Tee krallt, will ich ihm die Teebeutel in die Nase schieben.

»Hoppla, schon leer«, sagt er und stellt den Kessel wieder auf den Tisch.

»Ich setz noch einen auf«, sagt Lena. Als sie aufsteht, fällt Doks Blick auf Lenas linke Hand.

»Du trägst keinen Ehering«, sagt Dok.

Stimmt.

»Es ... es war Zeit, ihn abzulegen«, sagt Lena. Es ist ihr sichtlich unangenehm, darüber zu sprechen. Sie sucht mit dem Teekessel das Weite oder zumindest die andere Seite des Raumes.

»Was soll denn das heißen? Verlässt du Hausmann etwa? Er zählt auf dich«, sagt Dok.

»Das geht uns nun wirklich nichts an«, mische ich mich ein.

Lena bleibt lieber am Herd stehen, als sich wieder zu uns zu setzen. Ich muss das Thema wechseln.

»Bist du mit Young und Ryder jetzt befreundet?«, frage ich Dok.

Lena dreht sich um und sieht mich mit großen Augen an. Ich hätte wohl nicht ein Thema ansprechen sollen, das so stark mit unserem ersten Mal korreliert.

»Wie kommst du denn darauf?«, fragt Dok.

»Ich weiß nicht. Ihr scheint euch letztens gut verstanden zu haben ... als wir in der Ulster Bar waren«, füge ich hinzu.

»Sie sind ganz in Ordnung«, sagt Dok.

»Sie haben Hausmann in den Knast gebracht«, sage ich.

»Hausmann hat sich selbst in den Knast gebracht«, sagt Lena.

»Eben«, meint Dok.

»Sei einfach vorsichtig bei denen, ich hab da kein gutes Gefühl«, sage ich.

Dok sieht mich misstrauisch an. Ahnt er, dass ich mehr weiß?

»Sie haben mich letztens um einen Gefallen gebeten«, sagt Dok.

»Young und Ryder?«, frage ich nach.

Dok nickt.

»Und? Was war das für ein Gefallen?«, fragt Lena.

»Sie haben mich gebeten, nichts zu sagen«, meint Dok.

»Na, das klingt ja vertrauenswürdig«, meint Lena.

»Genau das meine ich.« Ich sehe Dok eindringlich an.

Unser Telefon klingelt. Seit ich angefangen habe, mit diesen Flugblättern nach Adam zu suchen, bin ich irgendwie für alle Anrufe zuständig, die reinkommen. – Ein Umstand, den ich in der Zwischenzeit nicht mehr infrage stelle.

»Hallo?«

»Guten Morgen.« Es ist eine Frauenstimme. »Spreche ich mit Ryan Goodwin?«

»Jaaa?«

»Ich bin Hannah Boyd von BBC Radio ...«

Was will die denn? »Woher haben Sie diese Nummer?«

Sie räuspert sich. »Wir würden gerne ein Interview mit Ihnen machen.«

»Ein Interview?«

»Ja. Wir machen ein großes Special zur Preisverleihung *Sanitäter des Jahres*.«

»Kein Interesse.« Ich lege auf.

Lena kommt aus der Küche. »Ich mach mich mal lieber für die Arbeit fertig.«

»Deine Schicht beginnt doch erst in ein paar Stunden ...«

»Trotzdem.« Lena verschwindet nach oben.

Dok taucht im Türrahmen auf. »Mann, die ist empfindlich.«

»Was hast du denn zu ihr gesagt?«, frage ich.

»Gar nichts«, sag Dok.

Es klingelt an der Tür. Was ist denn heute nur los?

Als wir auf das Klingeln nicht sofort reagieren, wird hartnäckig geklopft.

»Hilfe! Hilfe, bitte!«, ruft eine Frauenstimme. Ist das Misses Maynard?

Mit schnellen Schritten nähere ich mich der Tür und reiße sie auf. Unsere Nachbarin steht zitternd vor mir.

»Mister Goodwin! « Misses Maynard packt mich am Arm. »Mister Goodwin, kommen Sie bitte!«

»Was ist denn los?«, frage ich und lass mich von ihr bis vor ihre Haustür zerren.

»Penelope, Penelope ... Sie müssen ihr helfen. Sie sind doch Sanitäter.«

»Misses Maynard ich bin doch noch gar nicht ...« Als ich das Kind mit blau angelaufenen Lippen am Boden liegen sehe, bleibt mir das Herz stehen. »Krankenwagen!« Ich knie mich neben das Mädchen auf den Küchenboden. »Rufen Sie einen Krankenwagen!«

Misses Maynard zuckt zusammen und greift endlich zum Telefon.

Die Kleine ist bewusstlos und atmet nicht. »Hat sie etwas verschluckt?«, frage ich.

»Ich weiß nicht.« Jemand scheint sich am anderen Ende der Leitung zu melden, Misses Maynard gibt den Notfall und die Adresse bekannt.

Ich öffne den Mund des Mädchens. Ganz tief im Rachen steckt etwas. Mist! Ich beginne mit der Reanimation.

Misses Maynard schluchzt hinter mir.

Die Stimme von Jarvis ertönt in meinem Kopf. *»Bei der Herzmassage eines Kindes nicht so tief in den Brustkorb drücken.«*

Es fühlt sich wie eine Ewigkeit an, bis die Sanitäter eintreffen. Misses Maynard atmet erleichtert auf.

Ich weiß noch nicht, ob ich erleichtert sein darf. »Sie hat etwas verschluckt«, sage ich atemlos und mache den Sanitätern Platz.

»Haben Sie versucht, es rauszuholen?«, fragt einer der Sanitäter und stellt den Notfallrucksack neben sich ab.

»Nein, ist zu tief drinnen.«

Der Sanitäter braucht ein paar Anläufe und zieht dann endlich etwas heraus. Es sieht aus wie ein Buchstabe – ein blaues G.

Ich sehe hinüber zum Kühlschrank, auf dem mit Magneten die Worte »uten Appetit« geschrieben stehen.

Der Sanitäter überprüft die Atmung des Mädchens.

Ich ertrage die Stille nicht mehr. »Ich hab sie nicht beatmet, weil man das ja nicht tun soll, wenn etwas im Hals steckt«, sprudelt es aus mir heraus. »Und rausgeholt habe ich den Gegenstand nicht, weil ich ihn nicht noch weiter hineinschieben wollte.«

Der eine Sanitäter sieht zu mir hoch, während der andere die Sauerstoffmaske über Mund und Nase des Mädchens legt. »Sie haben alles richtig gemacht. Die Kleine wird wieder.«

Misses Maynard fällt mir um den Hals. Meine Augen fixieren immer noch das Mädchen. Viel mehr als die Worte des Sanitäters beruhigt mich das sichtbare Heben und Senken des kleinen Brustkorbs.

Dass ich der kleinen Penny helfen konnte, gibt mir Auftrieb. Ich habe die Kleine gerettet, *ich* ganz allein. Dementsprechend zuversichtlich bin ich, als ich Tage später meinen ersten Dienst nach meiner Beurlaubung antrete. Die Geschehnisse am Bahnhof und in der Shankhill Road werden mich wohl nie loslassen, aber das ändert nichts daran, dass ich Sanitäter sein will. Dass ich Sanitäter sein kann.

Meine Kollegen machen kein Geheimnis daraus, dass sie überrascht sind, mich zu sehen. Es steht ihnen ins Gesicht geschrieben.

»Bist du sicher, dass du so weit bist?«, fragt mich Kingston, als wir in den Krankenwagen steigen.

»Bin so weit.«

Kingston macht die Sirene an und fährt los. Wir haben wieder mal Nachtschicht und werden in eine Gegend gerufen, die um diese Zeit unheimlich ist. Graffiti an den Hauswänden, Trunkenbolde an den Straßenecken.

Unter dem schwachen Schein einer Straßenlaterne winkt uns ein Mann. Kingston parkt den Wagen und wir steigen aus.

Der Mann, der uns winkt, ist in meinem Alter. Er hat lange, fettige Haare und riecht nach Hanf. Seine Kleidung ist zerfranst. An der Hausecke stehen ein Koffer und ein Gartenstuhl. – Vermutlich sein Hab und Gut. »Schnell, kommt mit ... mein Kumpel liegt dahinten, er kann nicht mehr aufstehen.«

Wir folgen dem Obdachlosen tiefer in eine Seitenstraße.

»Das gefällt mir nicht«, raunt Kingston.

Er hat recht. Es ist vielleicht eine Falle, aber was können wir schon tun? Einfach nicht reagieren? Riskieren, dass ein Mensch, der unsere Hilfe braucht, zu Schaden kommt? – Unterlassene Hilfeleistung. Nein, das werde ich mir bestimmt niemals nachsagen lassen.

»Wo ist er hin?« Kingston dreht sich nach allen Seiten um.

Es ist so dunkel um uns, ich kann nichts erkennen. In der Hosentasche taste ich nach meinem Schlüsselbund, an dem eine kleine Taschenlampe hängt. Ein Geschenk von Dok. Man weiß nie, wann man ein bisschen Erleuchtung braucht, hat er damals gesagt. Wie weise er manchmal sein kann.

Mit der Taschenlampe leuchte ich die Umgebung ab. Wir sind in einer Sackgasse. Wo ist der Typ hin? »Hallo?«, rufe ich.

»Wir sollten umkehren«, sagt Kingston.

Am Ende der Gasse stehen ein paar Müllcontainer.

»Goodwin, bleib hier«, sagt Kingston.

»Ich muss nachsehen, ob da jemand ist.«

Da sind Schuhe, es sieht aus, als würde da jemand liegen. Ich werde schneller, bereite mich auf einen schlimmen Anblick vor. Blut, Überdosis ...

Eine Puppe. Da liegt eine Puppe.

Dahinter führt eine schmale Gasse in die Dunkelheit. Durch die muss der Kerl verschwunden sein. Aber warum? Wozu das Ganze?

»Der Wagen!« Ich sehe Kingston an. »Hast du den Wagen abgeschlossen?«

»Ich ... ich weiß nicht«, stottert er.

Von der Hauptstraße ertönt das Starten eines Motors und quietschende Reifen. Ich laufe los, obwohl ich weiß, dass es schon zu spät ist.

Uns ist der Krankenwagen gestohlen worden, das gefällt Stationsleiter Watkins gar nicht. Wir werden in sein Büro zitiert.

»Irgend so ein Junkie schafft es, Ihnen den Wagen zu klauen?«, sagt Watkins.

»Wie hätten wir das ahnen können, Sir?«, frage ich.

»Wir stehen da wie völlige Idioten!« Watkins wirft die Zeitung in unsere Richtung. Unser Krankenwagen ziert die Titelseite. Die Motorhaube ist zusammengedrückt wie eine Ziehharmonika. Mit mindestens fünfzig Meilen ist dieser Irre in die Hauswand gefahren. Er liegt mit einer Gehirnerschütterung im Krankenhaus. Sonst kam zum Glück niemand zu Schaden.

»Es roch nach einer Falle«, gibt Kingston zu, »das Problem ist, dass wir für einen solchen Fall keine Standardvorgehensweise haben. Wie hätten wir denn reagieren sollen? Was, wenn dort wirklich ein Verletzter gewesen wäre? Kommt auch nicht gut, wenn in der Zeitung steht, dass Sanitäter einen Obdachlosen verbluten lassen, weil sie ihr Auto bewachen wollten.«

Watkins schnauft. »Fein, ich werde das Thema bei der nächsten Ambulanzleitersitzung ansprechen. Immerhin betrifft es uns alle.« Watkins sieht mich an. »Goodwin, haben Sie auch etwas dazu zu sagen?«

Mir ist dieser Wagen so etwas von egal. Das alles hätte auch ganz anders ausgehen können. Diese Puppe hätte ein Mensch sein können. Bewaffnet. Zwei Sanitäter in einer Seitengasse erstochen aufgefunden, das wäre sicher auch eine tolle Schlagzeile geworden. »Vielleicht sollten wir über schusssichere und stichfeste Westen nachdenken, Sir.«

Abends treffe ich mich mit Adam. Ich helfe ihm dabei, Michaels restliche Sachen in Kisten zu verstauen und erzähle ihm von meiner letzten Begegnung mit seinem blonden Kumpel.

»Pete? Pete folgt dir immer noch?«, sagt Adam.

»Ja.«

Adam schnauft. »Ich habe ihm gesagt, er soll das sein lassen, aber er will wohl nicht hören.«

»Sehr beruhigend.«

»Er ist harmlos, wirklich ... Hunde, die bellen ... naja, du weißt schon«, sagt Adam.

Ich hoffe, dass er recht hat. Ich packe einen Stapel Schallplatten weg. Rolling Stones, The Who, Lynyrd Skynyrd. – Michael hatte einen guten Geschmack.

In einer Kommode unter einer Menge an Musikzeitschriften finde ich eine Schatulle. Darin ist ein Ehrenabzeichen der Belfaster Polizei. Auf der Rückseite ist ein Datum eingraviert. *14. September 1993*. Michaels Todestag.

Es fühlt sich an, als hätte ich unsichtbare Gewichte auf meinen Schultern, die mich langsam in die Tiefe ziehen. Ich gebe der Kraft nach und lasse mich auf das Sofa plumpsen.

»Darf ich dich was fragen?«, sagt Adam.

»Klar.« Ich schließe die Schatulle und lege sie beiseite.

»Als wir in Downpatrick waren und dort diesen Hügel hoch gelaufen sind … da hast du erwähnt, dass du deiner Familie den Rücken gekehrt hast.«

»Genau.«

»Warum?«, fragt Adam.

Wo fang ich da bloß an?

Adam reicht mir ein Bier und setzt sich in den Fernsehsessel mir gegenüber.

Wir prosten uns zu. Herbes, kühles Bier – einfach genial.

Adam sieht mich an, wartet auf meine Antwort.

»Mein Großvater …«

»Der gruselige UDA-Typ?«, fragt Adam.

»Genau der. Er war Waffenschmied und hat dieses Imperium in der Waffenindustrie aufgebaut.«

»Goodwin Inc.«

»Richtig. Er hat die Firma gegründet, aber seit ich denken kann, schmeißt Mutter den Laden.«

»Und das ist ein Problem?«, fragt Adam.

»Ich habe ein Problem damit, wie sie die Firma führt. Als ich noch zur Schule ging, hat sie mich immer zu Praktika gezwungen. Zuerst in ihrer Firma, dann auch in anderen …«

»In anderen?«

»Konkurrenten. Ich musste mich unter einem falschen Namen bewerben, meist in der Poststelle. So konnte ich ihr wertvolle Informationen weitergeben.«

»Deine Mutter benutzt ihren eigenen Sohn für Industriespionage?«

»Ich habe eine Weile gebraucht, um zu erkennen, dass das nicht normal ist. Es hat auch ein bisschen gedauert, bis ich verstanden habe, dass sie die UDA mit nicht registrierten Waffen versorgt.«

»Hm.« Adam kratzt mit seinem Fingernagel am Etikett der Bierflasche. »Hast du versucht, die Wogen zu glätten?«

»Die Distanz tut uns ganz gut, denke ich ...«
»Distanz tut keiner Familie gut, Junge.«

BELFAST
1932

Die meisten Kinder wären jetzt an Matildas Stelle in wahre Tränenschauer ausgebrochen. Sie dachte jedoch gar nicht daran. Sie saß vollkommen reglos und blass und nachdenklich da. Sie schien genau zu begreifen, dass ihr weder Trotz noch Geheul etwas einbrachten.

Matilda, Roald Dahl

31

Elaine erzählte Adam von ihrem Verbleib in den letzten Wochen. Er war so froh, sie wiederzusehen, dass er ihr nicht richtig zuhören konnte. Gemeinsam verließen sie den Marktplatz. Adam schob sogar freiwillig den Holzkarren, auf dem der zusammengeklappte Markttisch von Elaine lag.

Elaine führte ihn zu einem Haus mit einem alten Schuppen, in dem sie den Holzkarren unterstellten.

»Willst du noch mit hineinkommen?«, fragte sie.

Was war das denn für eine blöde Frage? »Klar.«

Adam prägte sich den Straßennamen und die Hausnummer gut ein. Nie wieder würde er sie verlieren.

Elaine klingelte an der Haustür. Auf dem Namensschild neben der Tür stand *Familie McKeeley*.

McKeeley. Wie Priester McKeeley? »Elaine, wo sind wir hier?«

Die Tür wurde geöffnet, und ein Mann mit grauem, dünnem Haar stand vor ihnen. Er lächelte Elaine an, ein Lächeln, das verschwand, als er Adam sah.

»Das ist mein Bruder, Adam.«

Elaine sah Adam an. »Adam, das ist ... Adam.«

Der Alte streckte seine Hand aus. »Freut mich.«

Mister und Misses McKeeley hatten ein viel größeres Haus, als Maeve und Cyle. Allein die Küche musste dreimal so groß sein wie die seiner Schwester.

Elaine nahm ein paar Geldscheine und Münzen aus ihrer Tasche. Sie gab das Geld McKeeley, der es dankend einsteckte.

Misses McKeeley bereitete in der Zwischenzeit Tee zu. »Bitte hilf mir mal kurz, Adam«, sagte sie.

Adam stand auf.

»Ich glaube, sie meint mich«, sagte Mister McKeeley.

Adam setzte sich wieder. Eine gewisse Ähnlichkeit zwischen Mister McKeeley und dem Priester konnte Adam erkennen. Die krumme Nase, auf jeden Fall. Und das spitze Kinn. Eigenartigerweise sahen sich auch Elaine und Misses McKeeley ähnlich. Sie hatten die gleichen Augen.

Elaine holte ein paar Pies aus der Vorratskammer. Sie waren selbst gemacht, Adam erkannte den Geschmack sofort wieder. Nur Elaine konnte solche Pies machen. Zum ersten Mal, seit sie weggelaufen waren, fühlte Adam sich wohl und nach zwei von Elaines Pies auch wieder richtig satt.

»Haben Sie von uns gewusst?«, fragte Adam.

Mister McKeeley lachte. »Nicht, bevor Elaine vor der Tür stand.« Er räusperte sich. »Also diese hier, nicht diese.« Er zeigte zuerst auf Elaine und dann auf Misses McKeeley.

»Sie heißen auch Elaine?« Adam bekam Kopfschmerzen.

Sie schnaufte. »Ja. Unser Junior wollte wohl lustig sein.«

Mister McKeeley schenkte sich noch eine Tasse Tee ein. »So war er eben.«

Adam versuchte sich an einen lustigen Priester McKeeley zu erinnern, es gelang ihm nicht. Adam sah Elaine an. »Wie hast du die beiden gefunden?«

»Bevor ich weggelaufen bin, war ich bei Schwester Stephanie. Das habe ich dir doch gerade erzählt«, antwortete Elaine.

Misses McKeeley schnaufte. »Ach, diese Schwester. Was hatte sie für ein Recht, euch davon zu erzählen? Wer glaubt sie denn, wer sie ist?«

»Aber Liebes, unser Junge wollte das so. Er hat diese Frau doch gebeten, etwas zu sagen, für den Fall, dass ...« Mister McKeeley versagte die Stimme.

Misses McKeeley blinzelte, um wohl ihre Tränen zurückzuhalten.

»Komm, Adam. Wir gehen.« Elaine bedankte sich bei Mister und Misses McKeeley und stand auf.

»Du willst gehen?«, fragte Adam. Draußen war es bereits dunkel und bestimmt kalt. Dieses warme Haus zu verlassen, machte überhaupt keinen Sinn.

»Danke, sagt man, wenn man so gastfreundlich eingeladen wird.«

Adam mochte es nicht, wenn Elaine so belehrend mit ihm sprach. Er verabschiedete sich von den McKeeleys und folgte Elaine nach draußen.

»Das verstehe ich nicht, warum schlafen wir nicht hier?«

»So läuft das nicht«, antwortete Elaine.

»Wie läuft es dann?«

»Ich habe den beiden vor ein paar Wochen gesagt, dass ihr verstorbener Sohn Kinder hatte. Mit einer verheirateten Frau. Ich bin froh, dass ich ihren Backofen, ihre Abstellkammer und den Karren verwenden darf. Das ist schon mehr, als sie für mich tun müssten.«

»Sie sind unsere Großeltern, sie könnten uns ein warmes Fleckchen zum Schlafen anbieten.«

»Darum müssen wir uns ab jetzt selbst kümmern, Adam.«

Elaine führte Adam die Straße entlang. Sie gelangten in einen Stadtteil, der von unfreundlichen Menschen und baufälligen Häusern gekennzeichnet war.

Adam sah sich nach allen Seiten um. »Das ist nicht komisch, Elaine. Können wir jetzt bitte wieder umdrehen?«

»Ab hier gibt es kein Zurück.« Elaine bog in eine dunkle Seitengasse. Eine Sackgasse.

Elaine schob einen Stapel Kisten beiseite. »Steh nicht so dumm rum. Hilf mir.« Adam hob die Holzbretter zur Seite. Dahinter kam ein Loch im Mauerwerk zum Vorschein. Elaine ging voraus, Adam folgte ihr.

Es war stockdunkel. Adam hörte Klappern und Zischen. Elaine tauchte im Schein einer Öllampe auf.

»Meine Güte, mach doch hinter dir zu.« Elaine drückte Adam die Lampe in die Hand und verstellte das Loch im Mauerwerk mit den Kisten und Brettern von draußen.

Sie befanden sich inmitten eines großen, leeren Zimmers. Die Fenster waren mit Brettern vernagelt.

Das gesamte Haus war verlassen und nur spärlich eingerichtet. Auf den paar Möbeln, die herumstanden, lag eine dicke Staubschicht.

»Was wollen wir denn ...« Im Flur blieb Adam ruckartig stehen. »Das Haus hat eine Eingangstür? Warum benutzen wir sie nicht?«

»Wenn uns niemand kommen und gehen sieht, sucht uns hier drinnen auch niemand.« Elaine kletterte an einer Leiter nach oben in den ersten Stock. Eine Treppe gab es nicht.

»Wie hast du denn dieses Loch hier gefunden?«

»Dieses Loch ist mein Zuhause, also sei ja still.«

»Entschuldige.« Die Entschuldigung war aufrichtig gemeint. Während er bei Maeve geschlafen hatte, war Elaine gezwungen gewesen, hier ihre Nächte zu verbringen.

Elaines Zimmer war ungefähr so groß wie das Mädchenzimmer zu Hause. Vielleicht wirkte es auch größer, als es war, weil lediglich eine Matratze am Boden lag. Hier oben fühlte es sich zumindest besser an als unten. Die Fenster waren nicht verbarrikadiert. Trostlos wirkte es trotzdem.

»Willkommen in meinem Leben.« Elaine ließ ihre Arme einmal durch den Raum schweifen.

»Das kann nicht dein Ernst sein.«

»Ich finde es nicht so übel.« Die Kränkung in ihrer Stimme war nicht zu überhören.

Das Sofa bei Maeve und Cyle war plötzlich wieder sehr attraktiv. »Wieso mietest du dir keine Wohnung? Du verdienst mit deinem Marktstand doch etwas Geld.«

Elaine schüttelte den Kopf. »Viel zu wenig. Zumindest fürs Erste.«

Schweigen.

Elaine zog ihr Kleid aus.

Adam wandte sich sofort von ihr ab. »Was machst du denn?«

»Ich gehe schlafen.«

»Jetzt schon? Es kann doch höchstens neun sein.«

»Ich muss früh aufstehen.«

»Wie früh?«

»Um vier ... kannst dich wieder umdrehen.«

Elaine trug ihr Nachthemd. Sie legte sich auf die Matratze und deckte sich zu.

Adam stellte die Lampe neben sich ab und setzte sich auf den Boden. Das alles gefiel ihm ganz und gar nicht. Wie konnte Elaine hier nur einschlafen? Hier konnte doch jeder hereinkommen.

»Du musst nicht bleiben, wenn du nicht willst«, sagte Elaine.

»Ich hole morgen meine Sachen bei Maeve.«

Am nächsten Morgen holten Adam und Elaine den Holzkarren und eine Fuhre Pies bei den McKeeleys ab. Als sie am Marktplatz eintrafen, war die Sonne immer noch nicht aufgegangen.

Adam gähnte. Niemals wäre er aufgestanden, hätte Elaine ihn nicht mehrmals gegen das Schienbein getreten.

Rundherum bauten die Marktleute ihre Stände auf. So auch Adam und Elaine.

»Wir müssen uns beeilen, um sechs Uhr gehts los«, sagte sie.

Adam stellte die Pies auf den Tisch.

»Pass auf, dass keine hinunterfällt«, sagte Elaine.

Die Kirchenglocken schlugen sechsmal. Kurz darauf kamen die ersten Kunden. Adam übernahm den Verkauf, Elaine schrieb alles in einem Notizbuch mit.

»Hm, läuft doch super«, meinte Adam.

»Warte nur ab«, antwortete Elaine.

Eine Stunde später war die Hölle los. Adam kam mit dem Einpacken kaum hinterher.

»Drei Heidelbeerpies. Fünf Apfelpies. Zwei Pies mit Fleisch«, diktierte Elaine.

»Nicht so schnell, ich bin mit der letzten Bestellung noch nicht durch«, sagte Adam.

»Das muss schneller gehen.« Bei Elaine saß jeder Handgriff.

Adam kassierte.

»Mitschreiben nicht vergessen«, sagte Elaine.

»Wird das auch irgendwann weniger?«

»Sei froh, dass es so gut läuft.«

Wie hatte Elaine das bisher allein geschafft?

»Entschuldigung?« Eine Frau mit dunklen Haaren trat an Adam heran. Sie trug einen schwarzen Mantel und einen weißen Hut. Alles an ihr sah teuer aus. »Backen Sie auch auf Bestellung?«

»Äh …« Adam wandte sich Elaine zu.

»Wie viel brauchen Sie und wann?« Elaine packte gleichzeitig drei Pies für einen älteren Herrn in eine Tüte.

»Dreißig Stück, nächste Woche.«

»Sorte?«

»Von allem etwas.«

»Ok. Gegen Vorauszahlung.«

»Wie viel?«, fragte die Dame.

»Fünfzig Prozent jetzt, fünfzig Prozent bei Abholung.«

»Lieferung?«

»Zwanzig Prozent extra.«

»Zehn Prozent.«

Elaine verabschiedete den alten Mann und wandte sich der Dame zu. »Fünfzehn Prozent.«

»Gut.« Die Dame zückte ihr Portemonnaie.

Am frühen Nachmittag legte sich der Tumult etwas. Endlich Zeit zum Durchatmen.

»Macht Spaß, nicht?« Elaine setzte sich auf eine leere Holzkiste vom Standnachbarn.

»Besser, als zu Hause bei Maeve herumzusitzen«, sagte Adam.

Elaine lächelte. »Ich bin froh, dass du hier bist.«

»Das verstehe ich nicht, wenn du mich lieber bei dir hast, warum hast du mich dann damals am Bahnhof so stehen lassen?«

Elaine zuckte mit den Schultern. »Du hast so entschlossen geklungen … als gäbe es für dich nur Londonderry.«

»Deswegen bist du so schnell verschwunden?«

»Ich konnte nur schnell gehen, oder gar nicht.« Elaine stand auf. »Durst?«

Adam nickte.

»Hey, Andrew!«, rief Elaine.

Zwei Stände weiter drehte sich ein Mann in Latzhosen und Pullover zu ihnen um.

»Zwei Mal deine spezielle Erfrischung!«, rief Elaine.

»Kommt sofort!«, antwortete Andrew.

Im Tausch für drei Pies bekamen Adam und Elaine zwei Flaschen von Andrews frischen Fruchtsäften.

»Du musst mich unbedingt in deine Konditionen einweihen«, sagte Adam.

Elaine nippte an ihrer Flasche. »Was meinst du?«

»Die Dame gerade eben. Bestellungen, Vorauszahlungen, Lieferkosten. Du hast ja wirklich auf alles eine Antwort«, meinte Adam.

»Nicht wirklich. Das entscheide ich spontan.« Sie sah hinüber zum Tisch, auf dem noch zehn Pies standen. »Guter Tag heute, sieht so aus, als könnten wir früher gehen.«

»Früher? Willst du nicht noch welche holen?«

»So mache ich das nicht«, sagte Elaine.

»Wie meinst du das?«

»Wenn ich alles verkaufe, was wir auf Lager haben, muss ich heute noch bis tief in die Nacht backen, damit ich morgen auch etwas verkaufen kann.«

»Aber wenn die Leute herkommen und wir haben keine Pies mehr, gehen sie doch woanders hin.«

Elaine schüttelte den Kopf. »Können sie nicht. Die sind hausgemacht, und nur ich kenne das Rezept. Verstehst du?«

»Aber dann müssen sie doch morgen wiederkommen, verärgerst du sie damit nicht?«

»Im Gegenteil. Wir machen die Pies dadurch noch begehrenswerter.« Elaine sprach mit verstellter Stimme weiter. »Nur so lange der Vorrat reicht. Unsere Pies sind so toll, dass Sie schnell zugreifen müssen. Sonst ist es zu spät!«

Adam war skeptisch. »Und das funktioniert?«

»Klar. Die Leute wollen immer das am meisten, was sie nicht haben können. Das ist doch nichts Neues.«

32

Elaine und Harriet fielen sich in die Arme, als wären sie alte Freunde. Harriet kam einmal die Woche nach Belfast und verkaufte ihre Hühnereier am Marktplatz. Sie lebte in Downpatrick. Adam war ihr angeblich schon oft begegnet. Sie erinnerte sich an ihn. Adam konnte sich nicht erinnern.

»Es freut mich, dass es euch hier gut geht. Als ihr abgehauen seid, standen alle unter Schock. Der ganze Ort war betroffen«, sagte Harriet.

Das konnte Adam sich nur schwer vorstellen.

Elaine half Harriet beim Entladen ihres Pritschenwagens. Das Pferd, das davor gespannt war, schnaubte.

Adam streichelte es, fütterte dem Pferd eine Karotte.

»Die Boxen ganz hinten links gehören euch«, sagte Harriet.

»Vielen Dank.« Elaine holte ihren Geldbeutel hervor und bezahlte Harriet. »Bin wirklich froh, dass der Nachschub da ist. Die Leute kaufen meine Pies wie verrückt.«

»Na, sei froh«, sagte Harriet.

Adam öffnete eine der Holzkisten, die für Elaine und ihn bestimmt waren. Darin war ein Sack Mehl, eine Milchkanne, Eier.

»Die Saison für Gemüse und Obst ist leider vorbei«, sagte Harriet. »Aber ich habe euch ein bisschen Hühnerfleisch eingepackt.«

Elaine hatte es eilig, die Zutaten zu verarbeiten. Während sie bei den McKeeleys backte, blieb Adam am Marktstand. Ein dicker Mann mit Halbglatze beobachtete Adam den ganzen Nachmittag. Der Mann hatte einen Stand mit Brot und Gebäck schräg gegenüber. Adam fühlte sich unwohl. Der Typ war unheimlich. Als er zu Adam an den Stand kam, wäre Adam am liebsten weggelaufen.

»Guten Tag.« Der Mann machte eine leichte Verbeugung. Sein dunkelblauer Anzug war ausgebleicht. »Mein Name ist Tomas Finlay.«

Adam wollte Finlays große, haarige Hand nicht schütteln. »Freut mich, Sir. Wie kann ich Ihnen helfen?«

Finlay strich sich über seinen Schnauzbart. »Du und deine Freundin, ihr macht das gut mit diesen Pies.«

Adam verzog das Gesicht. »Sie ist nicht meine Freundin. Sie ist meine Schwester.«

»Verzeihung, Verzeihung. Du und deine *Schwester*, ihr macht das gut.«

»Danke, Sir.«

»Wie viele verkauft ihr denn am Tag?«, fragte Finlay.

»Genug«, antwortete Adam.

»Wollt ihr noch mehr verkaufen?«

Adam zuckte mit den Schultern.

»Ich besitze eine Bäckerei mit großer Backstube und ...«

Adam war erleichtert, als eine Kundin zu ihm an den Stand trat. »Drei Fleischpies, bitte.«

»Huhn oder Rind?«, fragte Adam. Er konnte Finlays Blick spüren. Warum ging er denn nicht weg?

»Ach, weißt du was, gib mir je drei Stück.« Die Frau legte die Münzen auf den Tisch. Finlays Augen leuchteten. Adam schnappte sich das Geld und packte die Pies ein.

»Vielen Dank, schönen Tag noch«, sagte Adam.

»Huhn oder Rind? Ganz schön schwierig an diese Zutaten zu kommen«, meinte Finlay.

»Wir kommen klar.« Adam notierte den Verkauf.

»Oh, das sehe ich. Aber ihr müsstet nicht einfach nur klarkommen. Euer

Rezept ist gut. Was hältst du davon, wenn ich es euch abkaufe? Zu einem fairen Preis?«

»Ich weiß nicht, Sir.« Elaine entschied aus dem Bauch heraus, hatte sie gesagt. Bei Finlay schrie Adams Bauch ganz laut: Nein!

»Überlege es dir, besprich es mit deiner Schwester. Ihr wisst ja, wo ihr mich findet.« Er verbeugte sich wieder und stapfte zurück zu seinem Stand.

Adam brachte die Einnahmen des Tages zu den McKeeleys. Zehn Prozent gingen an Mister McKeeley, den Rest bewahrte Elaine in einer grauen Schatulle im Wohnzimmer der McKeeleys auf.

Adam setzte sich in die Küche, wo Elaine gerade ein Blech mit dampfenden Pies aus dem Ofen holte.

Misses McKeeley tauchte in der Tür auf. Sie trug ein oranges Kleid und Ohrringe. Ihre Haare waren hochgesteckt. »Oh, Kinder. Ihr seid noch hier.«

»Wir sind schon weg«, sagte Elaine.

Adams Magen knurrte. »Ich dachte, wir essen noch hier.«

»Heute nicht. Die McKeeleys bekommen Besuch.« Elaine packte ein paar Stück von den Pies ein und verabschiedete sich ganz schnell. Adam hatte Mühe, mit ihr Schritt zu halten.

»Wieso beeilst du dich denn so?«, fragte Adam auf der Straße.

»Ich möchte sie nicht verärgern.«

»Warum sollten sie verärgert sein?«

»Ihr Sohn war Priester und hatte uneheliche Kinder. Denkst du wirklich, die beiden wollen, dass das bei einer Feier mit den engsten Freunden rauskommt?«

In der Seitengasse, die zu ihrem Wohnhaus führte, wartete auf Adam und Elaine eine Überraschung: Pauline O'Hara – das Mädchen, mit dem Elaine geknutscht hatte.

Elaine blieb stehen.

»Was will die denn hier?«, raunte Adam.

»Elaine!« Pauline sah erleichtert aus.

»Hallo.« Elaine klang ruhig.

»Was willst du hier?«, fragte Adam.

Pauline wandte sich an Elaine. »Ich will mit dir reden.«

»Ein bisschen spät, findest du nicht?«, meinte Adam.

»Kannst du uns bitte kurz allein lassen, Adam?«, sagte Elaine.

Adam wollte nicht gehen. Er hatte Angst, Elaine könnte einen Fehler machen. Pauline verzeihen, zum Beispiel. Adam ging langsam vor, blieb aber in Hörweite.

»Also, was gibt es denn?«, fragte Elaine.

»Ich ... ich war so überwältigt von allem. Ich wollte dich nicht so behandeln ... und dann warst du plötzlich weg«, sagte Pauline. »Ich hatte keine Ahnung, wo du warst, wie ich dich finden konnte. Ich habe mir solche Sorgen gemacht. Es war schrecklich, nicht zu wissen, wo du bist, ob es dir gut geht«, schluchzte Pauline.

»Oh, bitte.« Für seinen Kommentar traf Adam ein böser Blick von Elaine.

»Ich bin so froh, dass Adam mit Wilbourg in Kontakt ist, ihm regelmäßig schreibt. Nur so konnte ich euch finden.« Pauline ging einen Schritt auf Elaine zu, nahm ihre Hand. »Ich wollte nicht, dass du gehst. Glaub mir.«

Adam glaubte ihr kein Wort.

Den Rest des Abends war Elaine tief in ihren Gedanken versunken, ein bisschen zu tief für Adams Geschmack. Er holte Elaines Schachspiel – das sie von McKeeley hatte – hervor und zwang sie zu einer Partie.

»Was ist denn das?«, fragte Elaine.

Adam hatte aus alten Karotten und Zahnstochern die fehlenden Figuren des Spiels nachgebaut. Adam hob die Karottenfiguren hoch. »Deine Dame ... und mein Läufer.«

Elaine musterte die Figuren in Adams Hand. »Dein Läufer sieht meiner Dame zum Verwechseln ähnlich.«

Adam grinste. »Vielleicht Zwillinge.«

»*Hässliche* Zwillinge.«

»Jetzt komm schon. Du fängst an.« Adam platzierte den Karotten-Läufer und die Karotten-Dame.

Elaine tippte mit dem Zeigefinger gegen ihr Kinn, ihr Blick war auf ihre Figuren gerichtet. Sie brachte ihren Springer in Position.

Adam schubste mit den Fingerspitzen seinen Bauern nach vorne. »Vermisst du es?«

»Was meinst du?«

»Zuhause. Vermisst du es?«

Elaine machte ihren nächsten Zug. »Spielt das eine Rolle?«

Adam schubste den nächsten Bauern Richtung Front.

»Du weißt schon, dass man die anderen Figuren auch bewegen darf?«

»Keine Sorge, ich weiß, was ich tue.«

»Das bezweifle ich.« Elaine brachte ihre Karotten-Dame ins Spiel.

Adam konterte mit seinem Karotten-Springer. »Du hast meine Frage nicht beantwortet.«

»Doch hab ich, dir hat nur die Antwort nicht gefallen.«

Elaine machte ihre Züge immer so schnell. Adam kam sich richtig dumm vor, wenn er länger überlegte.

»Wie war es denn heute am Markt?«, fragte Elaine.

»Gut ...« Adam zögerte. Sollte er Elaine von Finlay erzählen? »Da war heute so ein komischer Typ. Er wollte unser Rezept kaufen.«

Elaine rollte mit den Augen. »Finlay.«

»Du kennst ihn?«

»Ja, er hat mich schon oft angesprochen. Ihm gehören einige Bäckereien und Supermärkte in der Gegend. Ein ganz mieser Kerl. Beutet seine Mitarbeiter nur aus.« Elaine machte ihren Zug. »Schach.«

Adam wollte mit seinem König ausweichen.

Elaine schüttelte den Kopf. »Da kannst du nicht hin. Da wärst du auch im Schach.«

Adam stellte seinen König auf ein anderes Feld.

»Das geht auch nicht.«

Adam schnaufte.

Sie tippte mit dem Finger auf das einzige Kästchen das in Frage kam.

»Aber dann machst du mich doch im nächsten Zug platt.«

Elaine grinste. »So ist es.«

Jeden Tag wurde es kälter. Adam trug seine Kleider übereinander, alles, was er nach Belfast mitgenommen hatte. Die beiden Hosen, seine Shirts, seine Strickjacke. Trotzdem drang die Kälte irgendwann bis unter die Haut. Adams Finger waren schon ganz taub. Er musste sich daraufsetzen, um sie irgendwie warmzuhalten.

»Willst du meine Handschuhe haben?«, fragte Elaine.

»Nein, geht schon«, grummelte Adam.

»Ich glaubs einfach nicht. Wie konntest du nur ohne Winterkleidung abhauen?«

»Lass mich zufrieden.« Adam war naiv gewesen, zu glauben, dass Elaine und er wieder nach Hause kommen durften. Er hatte es satt, dauernd darauf gestoßen zu werden.

»Komm, wir packen zusammen, bevor du mir erfrierst«, sagte Elaine.

An so ungemütlichen Tagen wie diesen gab es kaum Kundschaft. Da gaben viele auf. Finlay packte auch zusammen. Finlay fixierte Adam auf eine Weise, die sein Herz schneller schlagen ließ.

Andrew kam mit drei dampfenden Tassen Tee zu Adam und Elaine. Die Tasse wärmte Adams steife Finger.

»Sag mal, stimmt es, was ich da höre? Finlay ist an eurem Geschäft interessiert?«, sagte Andrew.

Elaine blies in ihre Tasse, bevor sie vorsichtig daran nippte. »Wir sind nicht interessiert.«

Andrew schüttelte den Kopf. »Finlay schlägt man kein Geschäft ab ... blöde Idee.«

Ein Mann überquerte mit schnellen Schritten den Marktplatz. Er kam Adam bekannt vor. Konnte es wirklich wahr sein? War das wirklich sein Vater, den er da sah?

Adam hatte es gewusst. Niemals hätte ihr Vater sie einfach so im Stich gelassen. Endlich war er da, um sie nach Hause zu holen. Aber warum trug er denn eine Reisetasche mit sich herum?

»Hallo, Vater.« Elaines Tonfall war kühl.

Adams Vater nickte zur Begrüßung.

Andrew zog sich an seinen Stand zurück.

»Wie hast du uns gefunden?« Adam wollte daran glauben, dass ihr Vater unermüdlich nach ihnen gesucht hatte. Er musste daran glauben.

»Maeve hat mir gesagt, wo ihr seid«, antwortete sein Vater.

Maeve. Adams Begeisterung schwand.

Sein Vater wich Adams Blick aus. »Ich bin nicht hergekommen, um zu plaudern.« Er musterte den Marktstand.

»Warum bist du dann hier?« Wie konnte Elaine nur so hart sein? Adam wollte weinend zusammenbrechen und seinen Vater anflehen, nach Hause kommen zu dürfen.

»Du.« Er zeigte auf Adam. »Kommst ins Internat und benimmst dich ab jetzt. Und du.« Er deutete auf Elaine. »Du kommst in die Erziehungsanstalt und arbeitest an ... an deinem Verhalten. Keine Mädchen mehr, ist das klar?« Sein Gesichtsausdruck war wie versteinert. Hatten sie ihm gefehlt? Adam konnte es nicht sagen.

»Und was, wenn nicht?« Elaine erwiderte seine ernste Miene. Wenn Adam es nicht besser wissen würde, hätte er hier zum ersten Mal eine Ähnlichkeit zwischen den beiden bemerkt.

»Dann könnt ihr nicht nach Hause kommen«, sagte Adams Vater.

Adam schluckte. Er wollte nach Hause. Belfast war schrecklich.

»Danke, ich bleibe hier.« Elaine wandte sich einer Kundin zu, die gewartet hatte, bis sie dran war.

Es machte Adam wütend, wie gleichgültig seinem Vater Elaines Antwort war.

Er sah Adam an und wartete. Adam konnte ihm nicht antworten, jetzt nicht mehr. Es war offensichtlich, dass er Adam und Elaine nicht wollte. Was gab es da noch zu sagen? Adam hielt den starren Blick, bis sein Vater schließlich aufgab – schon wieder.

»Bitte, dann eben nicht.« Er ließ die Reisetasche auf den Boden fallen. »Ziemlich dämlich, ohne deine Papiere und Winterkleidung zu verschwinden, Adam.« Sein Vater wandte sich ab und verschwand die Straße hinunter.

33

Wenige Tage später tauchte Colin Yule am Marktplatz auf. Noch bevor er ein Wort gesagt hatte, wusste Adam, dass es Ärger geben würde. Yule war vom Jugendamt und hatte unzählige Fragen. Finlay beobachtete alles von seinem Marktstand aus.

Elaine übernahm das Reden. Adam hätte ohnehin nicht gewusst, was er sagen sollte.

»Was halten Sie davon, wenn wir das Gespräch nach Hause verlegen?« Elaines Worte ließen Adam erstarren. Zu Hause? In der Bruchbude? Da konnten sie doch gleich freiwillig in ein Heim ziehen.

»Das wäre nett«, sagte Yule.

Elaine schlug vor, einen Termin zu vereinbaren, doch Yule lehnte ab. Klar, er roch die Finte, sie war einfach zu offensichtlich. Er wollte warten, bis die beiden am Markt ihren Stand schlossen. Es war Folter, Yule auf und ab gehen zu sehen, ständig in Sichtweite, ständig ein Auge auf Adam und Elaine.

»Was machen wir denn jetzt?«, flüsterte Adam.

»Ganz ruhig, das wird schon.« Elaine hatte einen Plan, so klang es zumindest. Wieso verriet sie es ihm nicht einfach? Adam ließ eine Pie nach der anderen fallen, bis Elaine ihn an die Kasse verbannte. Elaine hatte einen Plan, an diesem Gedanken hielt Adam sich fest. Vielleicht war es auch besser, nichts Genaues zu wissen. Was, wenn er mehr von seiner Schwester erwartete, als er erwarten konnte? Was, wenn ihr Plan gar nicht so genial war, wie er hoffte?

Adam packte langsamer zusammen als sonst. Er wollte nicht, dass dieser Tag zu Ende ging. Er hatte so unbedeutend begonnen. Am Morgen war Adam genervt gewesen. Er hatte nicht aufstehen wollen. Wie dumm war er gewesen? Er konnte sich glücklich schätzen, nicht in einem Internat zu sitzen oder in einem Heim. Wenn sie das hier gut überstanden, würde er sich nie wieder über ihre Lage beklagen. Nie wieder.

Auf dem Heimweg unterhielten sich Mister Yule und Elaine über Downpatrick.

Wie blieb sie nur so ruhig? Adam konnte nicht einmal richtig zuhören, geschweige denn selbst reden.

Elaine führte Mister Yule zu den McKeeleys. Natürlich! Wieso war Adam nicht darauf gekommen? Die McKeeleys halfen ihnen bestimmt, oder etwa nicht?

Elaine klingelte an der Tür. Warum sie keinen Schlüssel zu dem Haus hatten, wollte Yule wissen. Adam konnte nicht antworten, er war starr vor Panik.

Elaine verdrehte die Augen. »Mein Bruder vergisst dauernd, den Schlüssel mitzunehmen.«

»Gar nicht wahr!« Adam wollte nicht als Dummkopf dastehen, auch wenn alles nur gespielt war.

Mister McKeeley sah überrascht aus, Adam und Elaine zu sehen. Bevor er etwas sagen konnte, drückte Elaine ihm einen Kuss auf die Wange. »Hallo, Großvater. Wir sind heute früher zurück, weil dieser Herr vom Jugendamt ein paar Fragen an uns hat.«

Mister McKeeley zögerte. Für einen Moment dachte Adam, alles sei verloren.

»Adam McKeeley, freut mich.« Mister McKeeley schüttelte Yule die Hand und bat ihn einzutreten. »Kann ich Ihnen etwas anbieten?«

»Eine Tasse Tee wäre nett.« Yule zog die Schuhe aus und folgte Mister McKeeley in die Küche.

Adam entspannte sich etwas, als endlich alle am Tisch saßen und Tee tranken.

»Ihr seid also von Downpatrick hierher gezogen«, fasste Yule zusammen.

»Ja, vor etwas mehr als einem halben Jahr, nicht wahr, Adam?«, sagte Elaine.

Adam nickte.

»Und darf ich fragen, warum ihr weggelaufen seid?«, fragte Yule.

»Wir sind nicht weggelaufen. Wir sind umgezogen«, antwortete Elaine. »Unser Vater ist nicht unser Vater, müssen Sie wissen.«

Adam verschluckte sich an seinem Tee. Elaine warf ihm einen mahnenden Blick zu.

»Unser leiblicher Vater war Benjamin McKeeley.« Elaine schniefte. »Der sich leider vor einigen Monaten umgebracht hat.«

Yule schluckte. Wollte Elaine sein Mitleid? – Kein blöder Einfall.

»Der Mann, bei dem wir aufgewachsen sind, Ian Delaney, und unsere Mutter, wollten uns nicht mehr. Es war eine schwere Zeit«, sagte Elaine.

Adam hatte das Gefühl, auch etwas sagen zu müssen. »Sehr schwer.«

»Wir sind den McKeeleys sehr dankbar, dass Sie uns aufgenommen haben«, fügte Elaine hinzu.

Yule machte sich Notizen und wandte sich Mister McKeeley zu.

»Die Kinder wohnen also bei Ihnen?«

»So ist es.«

Adam liebte Mister McKeeley für diese Antwort.

»Wie decken Sie denn die zusätzlichen Kosten, die Ihnen dadurch entstehen?«, fragte Yule.

»Die Kinder sind pflegeleicht, es entstehen kaum Kosten. Sie verdienen ihr eigenes Geld. Wir überlassen ihnen nur hin und wieder das Backrohr«, sagte Mister McKeeley.

»Richtig. Der Marktstand.« Yule blätterte in seinen Unterlagen. »Dazu hätte ich auch noch ein paar Fragen ... habt ihr eine Berechtigung, diesen Marktstand zu betreiben?« Der Gedanke war Adam noch gar nicht gekommen.

»Ich hole schnell die Dokumente.« Elaine verschwand und kam mit einem Pack Unterlagen wieder. Sie überreichte Mister Yule die Dokumente, die hoch offiziell aussahen.

»Zahlt ihr auch brav Steuern?«, fragte Yule.

Adams Magen verkraftete das nicht mehr lange.

Elaine fischte ein paar Belege aus dem Stapel. »Hier sind unsere Einnahmen und hier sehen Sie die bezahlten Steuern.«

Mister McKeeley saß genauso stumm da wie Adam.

Nach einer sehr langsam verrinnenden Stunde hatte Yule endlich alles, was er benötigte. »Sie haben da wirklich zwei außergewöhnliche Enkelkinder, Sir«, sagte Yule.

»Oh ja, in der Tat«, antwortete Mister McKeeley.

Finlay sah enttäuscht aus, als Adam und Elaine am nächsten Tag ihren Marktstand aufbauten.

»Denkst du, er war das?«, flüsterte Adam. »Denkst du, Finlay hat uns das Jugendamt auf den Hals gehetzt?«

»Jetzt spinn nicht rum«, sagte Elaine.

»Andrew hat uns doch vor ihm gewarnt«, meinte Adam.

»Wir sind die einzigen Kinder, die hier am Markt arbeiten. Es war nur eine Frage der Zeit, bis jemand vom Jugendamt mal nachfragt«, meinte Elaine.

Adam war sich da nicht so sicher.

Am Nachmittag kam Adams älteste Schwester Maeve vorbei. Ihr Babybauch war riesig geworden. Sie kaufte eine Tafel Schokolade beim Händler nebenan und kam dann zu Adam und Elaine.

Maeve musterte das Gebäck in der Mitte des Tisches. »Was ist das denn?«

»Buttergebäck«, antwortete Elaine.

»Hm.«

»Kannst gerne kosten«, sagte Elaine.

Maeve war der Genuss anzusehen. »Ich nehme fünf Stück.«

»Wenn du zehn nimmst, zahlst du nur acht.«

Maeve überlegte kurz. »Ok, dann zehn. Und zwei Pies.«

Adam packte alles ein und übergab Maeve die Tüte. Es war merkwürdig, sie wiederzusehen. Sollte er nach Cyle und Neal fragen? War es unhöflich, nicht zu fragen, wenn es ihn doch eigentlich gar nicht interessierte?

Elaine gab Maeve ihr Wechselgeld. »Lass es dir schmecken.«

Maeve nickte und ging. Offensichtlich hatte auch sie kein Interesse, sich zu unterhalten.

Adam hatte Schwierigkeiten, zu schlafen. Er zitterte. Die Kälte ging durch seine Decke und die Kleidungsschichten, die er trug. Elaine schlief neben ihm.

Im Ofen knisterte das Holz. Die Glut wurde kleiner.

Adam warf zwei Holzscheite ins Feuer und blieb neben dem Ofen stehen. Die Wärme kehrte in seine Finger und sein Gesicht zurück. Der Stapel Holz neben dem Ofen war bedrohlich klein geworden. Wenn der Winter zu lange dauerte, würden sie erfrieren.

Elaine rührte sich nicht, seit einiger Zeit schon nicht mehr. Adam kniete sich neben sie. Ihre Wangen waren eiskalt. »Elaine«, flüsterte er. »Elaine.«

Adam machte es Angst, dass sie nicht reagierte. Er rüttelte sie. »Elaine, komm schon, wach auf.«

Er spürte keine Kälte mehr, nur noch Panik. Was, wenn sie im Schlaf erfroren war, während er wach neben ihr gelegen hatte?

Endlich! Sie rührte sich. Adam atmete erleichtert auf, als Elaine blinzelte und gähnte.

»Was ist denn los?« Sie rieb sich die Augen.

»Es ist eiskalt.«

»Und deswegen weckst du mich?«

»Wir sollten ein bisschen aufbleiben. Der Körper kühlt beim Schlafen zu sehr ab.«

»Unsinn. Ich bin müde.« Sie schloss ihre Augen.

»Müdigkeit kann ein Zeichen für Unterkühlung sein.« Adam warf seine Decke über sie.

»Wo hast du denn das her?«, murmelte sie.

»Vater hat mir das einmal gesagt.«

Adam war nicht sicher, ob sie das überhaupt noch gehört hatte. Sie antwortete nicht mehr, war wieder eingeschlafen. Adam blieb neben ihr sitzen. Man konnte ja nie wissen.

Jeden Morgen fiel es Adam ein klein wenig schwerer, aufzustehen. Er schwitzte. Ihm war so heiß, und das mitten im Winter. Sein Kopf schmerzte und seine Lungen brannten. Und dieser Husten. Oh, Gott. Er hatte das Gefühl, als würde jeden Moment seine Lunge explodieren.

Abends legte er sich auf das Sofa der McKeeleys und schloss die Augen. Ausruhen, nur für einen Moment.

»Bist du dir sicher, dass es dir gut geht?«, fragte Elaine. »Das klingt gar nicht gut.«

»Geht schon«, keuchte Adam.

Elaine zählte laut neben ihm. Wieder und wieder.

»Sag mal, hast du dir Geld aus der Kasse genommen?«

»Nein. Warum?«, antwortete Adam.

»Der Kassenstand, er stimmt nicht.«

»Vielleicht hast du dich verrechnet.« Seine Stimme war ein Krächzen. Er setzte sich auf.

Elaine biss sich auf die Unterlippe. Sie schrieb alle Einnahmen und Ausgaben untereinander und zählte blitzschnell alles zusammen. »Nein, das stimmt einfach nicht.«

»Lass mich.« Adam fühlte sich benebelt. Er brauchte eine Ewigkeit, um die Zahlen auf dem Stück Papier zu addieren.

»Sei ehrlich, Adam. Hast du etwas genommen?«

Wieso glaubte sie ihm denn nicht? »Nein, habe ich nicht.«

»Ich werde auch nicht böse.«

Adam schnaufte. »Glaub doch, was du willst.«

»Wenn du nichts genommen hast und ich auch nicht ... wer dann?«, flüsterte Elaine.

Mister McKeeley kam zur Tür herein und grinste. »Na? Einen erfolgreichen Tag gehabt?«

»Ja, war ok.« Elaine legte zwei Pfund auf den Tisch. »Euer Anteil.«

»Danke.« An McKeeleys Westentasche hing eine neue Taschenuhr. Er ließ sich auf den Ohrensessel neben dem Sofa fallen.

Damit McKeeley ihn nicht hören konnte, schrieb Adam seine Frage an Elaine auf: *Wie viel fehlt?*

Elaine nahm ihm den Stift ab und antwortete: *Viel, fast fünfzig Pfund.*

Sie packte die Einnahmen in die Schatulle und ließ dabei Mister McKeeley nicht aus den Augen.

Adam stand auf, versperrte Mister McKeeley die Sicht auf Elaine. So konnte sie die Schatulle unauffällig einstecken.

»Wir ... wir gehen dann mal.«

Adam wusste, dass Elaines Worte an ihn gerichtet waren. Ein Zeichen, dass die Schatulle sicher war.

»Wiedersehen, Mister McKeeley«, sagte Adam.

Er und Elaine huschten hinaus in den Vorraum, vorbei an der Küche, wo Misses McKeeley summend ihre Zeitung las.

»Wiedersehen, Misses McKeeley.«

Adam und Elaine verschwanden durch die Haustür nach draußen.

»Hast du ihr neues Kleid gesehen?«, fragte Elaine.

Adam nickte. »War bestimmt teuer.«

Die Weihnachtsfeiertage verbrachte Adam im Bett, oder besser gesagt: auf der Matratze. Wilbourg hatte ihm eine aus Downpatrick mitgebracht. Sie war durchgelegen und roch nach Hund, aber trotzdem besser als der harte Boden.

Es war dunkel, als Adam aufwachte. Der Schmerz pochte in seinen Schläfen. Adam hatte das Gefühl, keine Luft zu bekommen. Er setzte sich auf und atmete tief durch den Mund ein. Ein stechender Schmerz fuhr durch seine Schläfen.

Aus dem Nebenzimmer hörte Adam Stimmen.

»Es wird einfach nicht besser. Ich weiß nicht mehr, was ich tun soll.« Elaine klang verzweifelt, etwas, das Adam an ihr nicht kannte.

»Ein Arzt muss sich das ansehen«, sagte Pauline.

Na toll. Die schon wieder!

»Wir haben kein Geld für den Arzt.«

Adam stand langsam auf. Er wollte Elaine sagen, dass er keinen Arzt brauche. Ihm wurde schwindelig.

»Ich habe sogar Mutter angerufen«, meinte Elaine.

»Und?«, fragte Pauline.

»Nichts. Ich habe ihr gesagt, dass Adam ernsthaft krank ist, und sie hat einfach aufgelegt.«

Adam war nicht überrascht und auch nicht gekränkt. Die Zeiten waren vorbei.

Adam öffnete die angelehnte Tür. Ein Kraftakt. Er stützte sich mit der Stirn gegen den Türrahmen.

»Ihr solltet wieder nach Hause kommen«, meinte Pauline.

»Dafür ist es zu spät«, antwortete Elaine.

»Ihr könntet doch zu uns ziehen.«

Elaine lachte. »Genau, deine Mutter freut sich bestimmt.«

Adam bereute es, aufgestanden zu sein. Der Weg zurück ins Bett fühlte sich unmöglich an.

»Mach dir keine Sorgen. Ich habe nur jemanden zum Reden gebraucht. Das wird schon. Adam und ich kriegen das hin.« Elaines Worte hallten in Adams Ohren, als er langsam auf die Knie sank. Ein starker Hustenanfall beutelte ihn.

»Adam?« Schritte. Elaine kniete sich neben ihn, dann Pauline.

Adams Finger waren eiskalt. Warum war ihm mit einem Mal nur so kalt? Seine Hand zitterte. War da Blut?

»Mein Gott, Adam.« Elaines Stimme gefiel ihm gar nicht. Viel zu ängstlich.

»Adam? Kannst du mich hören?« Pauline griff ihm unter die Arme, sie wollte ihn hochziehen.

Adam wurde schwarz vor Augen, und er spürte, wie er nach vorne kippte.

BELFAST
1993

34

Mir bleibt bei Adams Erzählung der Mund offen. »Aber als du krank wurdest, haben eure Eltern euch nach Hause geholt.«

Adam lächelt. »Schön wär's. Nein, wir waren weiterhin auf uns gestellt.«

Das ist ja krass.

»Was ich damit sagen will, ist, ich hab zwischen meinem Vater und mir Distanz geschaffen ... große Distanz. Und das ging nach hinten los«, sagt Adam.

»Die Distanz geht ja nicht nur von mir aus. Mutter fühlt sich anscheinend auch wohl damit.«

»Wie kommst du darauf?«

Meine Schultern zucken ganz von allein. »Sie hat meine Nummer, sie hat meine Adresse. Sie könnte mehr Kontakt haben, wenn sie wollte.«

»Es gehören immer zwei dazu, findest du nicht?«

Vielleicht. Ich trinke den letzten Schluck von meinem Bier. »Weißt du, Mutter und ich ... das war nicht immer so zwischen uns. Als ich klein war, da war sie …« Wie beschreibe ich das am besten?

»Was war sie?«

»Sie war immer da. Sie hat alles in Ordnung gebracht, egal, wie schlimm es war.«

»Und das kann sie jetzt nicht mehr?«, fragt Adam.

»Sie ist nicht mehr die, die sie einmal war.«

»Hat wirklich sie sich verändert, oder hat sich nur dein Eindruck von ihr verändert?«

Macht das einen Unterschied? »Ich kann einfach nicht mit ihr. Ist nicht zu ändern.«

»Du solltest ihr nicht die Schuld geben, weißt du«, sagt Adam nach einer Weile.

»Die Schuld? Weswegen?«

»Dass du angeschossen wurdest …«

Was soll das denn jetzt? »Ich gebe ihr nicht die Schuld.«

»Bist du sicher, dass sie das auch weiß?«

Adams Worte setzen mir zu. Ungeklärt soll das mit Mutter und mir auf keinen Fall bleiben. Aber wie soll ich mit ihr reden, wenn ich das Gefühl habe, dass nichts, was ich sage, je ankommt?

Es ist ein ruhiger Tag in der Ambulanzstation. Viel zu ruhig. Viel zu viel Zeit zum Nachdenken.

Gegen Mittag geht ein Notruf ein. Kingston unterbricht unser Kartenspiel und springt auf.

Ich folge ihm zu den Einsatzwagen.

Kingston steuert auf einen Wagen zu, der schon bessere Tage gesehen hat. Rostig, hier und da eine Delle und die vordere Stoßstange ist mit einem knallroten Tape an der Front fixiert.

»Das ist jetzt ein Scherz, oder?«

»Kein Scherz«, sagt Kingston und steigt auf der Fahrerseite ein.

»Kriegen wir unseren Wagen irgendwann wieder?«

»Wenn sie ihn in der Werkstatt wieder hinbekommen ...«, meint Kingston. Er startet den Wagen und braust los.

Als wir über eine Bodenwelle donnern, fällt die Sonnenblende in meinen Schoß. »Tja, den hier klaut uns wenigstens keiner.«

Die Fahrt ist kurz, wir gelangen in ein Wohngebiet nahe des Belfast Castle. Kingston bleibt mit quietschenden Reifen am Straßenrand stehen. Im Vorgarten eines Hauses geht ein Mann hektisch auf und ab. Sein Hemd ist blutverschmiert, und er hat ein Messer in der Hand.

»Wir bleiben im Wagen. Ich rufe die Polizei.« Kingston greift nach dem Funkgerät.

Auf der Veranda desselben Hauses sitzt eine Frau am Boden. Sie lehnt gegen die geschlossene Haustür und hält sich den blutenden Bauch.

»Da! Die Frau da. Sie ist verletzt.« Ich zeige in ihre Richtung.

»Wir warten auf die Polizei«, brummt Kingston.

»Aber sie blutet.«

»Er hat ein Messer und brüllt wirres Zeug«, sagt Kingston.

»Du kannst ja warten.« Ich steige aus und nehme meinen Notfallrucksack aus dem hinteren Teil des Wagens.

»Mörder, Mörder, alles Mörder!«, schreit der Mann. »Irgendwer muss gegen sie ankämpfen!«

Ich nähere mich langsam dem Haus.

»Halt!« Der Mann macht mit erhobenem Messer einen Schritt in meine Richtung.

Ich hebe meine Hände. »Ich bin Ryan, Sir.«

»Verpiss dich, Bulle.«

»Ich bin kein Bulle, ich bin Sanitäter.«

Er kneift seine Augen zu Schlitzen zusammen. »Wieso trägst du eine Polizeiuniform?«

»Das ist keine. Ich bin hier, um zu helfen, Sir.« Ich zeige ihm meinen Rucksack. »Haben Sie schon einmal einen Polizisten mit so einem Ding gesehen?«

Er sieht mich skeptisch an. »Ist da eine Bombe drin?«

»Nein, da ist Verbandszeug drin. Dinge mit denen ich Ihrer Frau helfen kann.« Mein Blick wandert zu ihr. Sie sieht mich mit verquollenen Augen an, Tränen rinnen über ihre Wangen.

Der Mann antwortet nicht, starrt einfach vor sich hin.

Ich gehe vorsichtig ein paar Schritte auf ihn zu. Um mich noch rechtzeitig in Sicherheit zu bringen, bin ich bereits viel zu nah. »Wie heißen Sie?«

»Conrad.«

»Conrad, ich werde jetzt zu Ihrer Frau gehen und ihr helfen. In Ordnung?«

Conrad antwortet nicht. Ich mache noch einen Schritt.

Als ich an ihm vorbeigehe und ihm den Rücken kehre, pocht die Angst in meiner Brust. Ich spüre Kingstons Blick in meinem Rücken.

Ich jogge den Treppenaufgang hinauf und knie mich so neben die verletzte Frau, dass ich Conrad im Auge behalten kann.

»Alles wird gut«, sage ich. »Ich bin hier, um Ihnen zu helfen.«

Sie atmet schwer. Ich achte darauf, keine ruckartigen Bewegungen zu machen, um Conrad nicht auf falsche Gedanken zu bringen.

Mit der Schere schneide ich ihren Pulli auf. Ich versuche, die Blutung zu stillen. Sie schreit auf.

Conrad dreht sich um. »Was machst du da? Tust du ihr weh?«

»Nein, nein«, sage ich schnell. »Alles gut.«

Die Frau hat eine Schnittverletzung, rechts auf der Höhe der Rippen. Ich lege ihr einen provisorischen Verband an.

»Conrad, sie ist jetzt so weit. Sie muss ins Krankenhaus.«

»Auf keinen Fall!«, brüllt er. »Sie bleibt hier.«

»Sie muss ins Krankenhaus, Conrad. Sie braucht einen Arzt.«

»Du bist doch Arzt. Flick sie wieder zusammen.«

»Ich bin kein Arzt. Ich bin Sanitäter.« Vergebens. Conrads Aufmerksamkeit ist sehr kurz. Er starrt wieder Richtung Krankenwagen, wo Kingston steht und aus sicherer Entfernung zusieht.

Conrad hat mir und seiner Frau den Rücken zugewandt.

»Ist die Tür verschlossen?«, flüstere ich.

Die Frau schüttelt den Kopf.

»Haben Sie einen Hinterausgang oder eine Terrassentür?«

Sie nickt. »Hinterausgang«, stöhnt sie. »Andere Straße.«

Ich sehe zu Kingston hinüber, er erwidert meinen Blick.

»Können Sie aufstehen?«, frage ich leise.

Sie legt ihren Arm um meine Schultern und richtet sich mit meiner Hilfe auf.

Ich hoffe, dass der Polizeiwagen noch ein paar Minuten braucht. Wenn jetzt Sirenen ertönen, habe ich im nächsten Moment ein Messer im Bauch.

Ich greife hinter mich und öffne sachte die Tür.

Conrad hebt seine rechte Hand und kratzt sich am Kopf.

Die Frau und ich erstarren.

Er senkt die Hand wieder.

Mit der Frau im Arm mache ich langsam einen Schritt ins Haus. Und noch einen und noch einen. Der Holzboden knarrt. Conrad dreht sich um.

Ich zerre die Frau ins Haus und knalle die Tür zu. Conrad schlägt von außen dagegen. »Hey! Aufmachen!«

Ich stemme mich gegen die Tür und schließe ab.

»Kommen Sie.« Ich schleppe die Frau den Flur hinunter.

Sirenen heulen auf. Wenig später spricht eine Männerstimme über ein Mikrofon. »Polizei. Lassen Sie das Messer fallen!«

»Hier lang«, sagt die Frau schwach und deutet mit dem Kopf in den hinteren Teil des Hauses.

Wir durchqueren das Wohnzimmer. Die Zimmerlampe liegt zerbrochen am Boden. Die Stühle vom Esstisch wurden umgeworfen. Am Teppich sind Blutspritzer.

Wir erreichen die Küche. Die Hintertür. Endlich!

Ich stolpere mit der Frau nach draußen.

Wir verlassen den Hinterhof durch ein Holztor und gelangen auf eine Seitenstraße.

Eine Sirene heult auf. Der Krankenwagen hält direkt vor uns. Kingston springt heraus. Gemeinsam legen wir die Frau im Wagen auf die Trage.

Ich sehe Kingston an. »Hast du immer noch Zweifel, ob ich diesen Job hinkriege?«

Kingston schüttelt den Kopf. »Du wirst jung sterben, Kleiner.«

Die Preisverleihung zum *Sanitäter des Jahres* findet ein paar Tage später in der Ulster Hall statt, wo sonst Konzerte und politische Konferenzen auf dem Programm stehen.

Eigentlich habe ich ja keine Lust auf diese dumme Ehrung, aber am Ende zieht es mich doch dorthin. Ich muss einfach gehen. Immerhin habe ich Jarvis' Beerdigung verpasst – und damit die Chance, mich zu verabschieden. Vielleicht würde es sich nach dieser Ehrung endlich nicht mehr so anfühlen, als wäre Jarvis nur auf Urlaub gefahren.

Lena hat sich für den Abend richtig schick gemacht. Sie trägt ein blaues Kleid und Stöckelschuhe, die ihre zarten Füße mit feinen Riemchen umschlingen.

Dok hat seinen braunen Cordanzug und eine blaue Fliege ausgepackt.

Eigentlich wollte ich ja mit Lena allein gehen, aber das wäre zu auffällig gewesen. Es hat ja nicht mal funktioniert, zu zweit zu frühstücken.

Der Veranstaltungssaal der Ulster Hall erinnert ein bisschen an den Ballsaal eines Schlosses – Stuck an den Wänden, fetter Kronleuchter über unseren Köpfen.

Es ist unglaublich, wie viele Menschen nichts Besseres zu tun haben, als auf diese merkwürdige Verleihung zu gehen. Sogar die Medien sind vertreten – Zeitung, Radio, Fernsehen, alle da.

Von der Bühne meldet sich Stationsleiter Watkins zu Wort. Er trägt einen grauen Anzug, der wohl in den Siebzigern modern gewesen ist. Die Eröffnungsansprache von Watkins enthält ein paar dramatische Szenen aus dem Alltag eines Sanitäters und ein paar unangebrachte Witze über die Feuerwehr. Am Ende seiner Rede eröffnet Watkins das Buffet.

Als sich Dok, Lena und ich über die Canapés hermachen, treffen wir auf einen Mann im Jogginganzug.

»Dad? Was tust du denn hier?«

»Meinen Sohn unterstützen, was sonst?«, sagt er.

Ich bin froh, dass er da ist. Noch froher wäre ich, wenn er sich ausnahmsweise etwas Ansehnlicheres angezogen hätte.

»Wo ist Misses Goodwin?«, fragt Dok.

»Zu Hause. Sie meinte, was Ryan getan hat, war dumm und nicht lobenswert. Daher verdiene er auch keine Ehrung«, sagt Vater.

»Ja, das klingt nach Mutter.«

»Wollen Sie was trinken, Mister Goodwin?«, fragt Lena.

Vater sieht sich um. »Ein Bier haben die wohl nicht, oder?«

»Klar! Die müssen Bier haben, was wär das sonst für eine lausige Veranstaltung? Ich besorg uns welches«, sagt Dok und streckt Lena den Arm hin. »Milady, möchten Sie mich geleiten?«

»Aber natürlich«, flötet Lena.

Die beiden ziehen von dannen.

»Hübsches Mädchen hast du da«, sagt Vater.

»Wir sind nur Freunde.«

»Was immer du sagst.« Vater mustert mich. »Warum machst du denn so ein langes Gesicht?«

»Ich weiß auch nicht. Das Ganze hier ist merkwürdig. Ich fühl mich wie ein Hochstapler.«

»Wieso das denn?«

»Ich bin kein Held. Ich wurde angeschossen, was ist daran heldenhaft?«

»Die Umstände machen dich zum Helden, nicht die Tat selbst.«

»Was für Umstände denn?«

»Du hast dich einer Situation gestellt, in der andere gekniffen hätten. Du wolltest diesen Polizisten helfen, das ist heldenhaft«, sagt Vater.

»Ist es das?«

»Allerdings. Du wolltest unbedingt Sanitäter werden, und als es hart auf hart kam, hast du dich wie einer verhalten. Du glaubst fest an das, was du tust, und dafür habe ich dich immer bewundert. Für deinen inneren Ansporn. In dem Punkt bist du deiner Mutter sehr ähnlich.«

»Oh bitte.«

»Wirklich. Ihr seid beide sehr stur. Wenn ihr euch etwas in den Kopf gesetzt habt, haltet ihr durch.«

Ich glaube nicht, dass ich durchhalten werde. Ich habe das Gefühl, jeden Moment an dieser Sache zu zerbrechen, so wie Jarvis es vorhergesehen hat.

»Weißt du, ich habe nie sonderlich viel davon gehalten, wenn jemand die Welt verbessern wollte, und als du angefangen hast davon zu reden, war ich auch skeptisch, aber ... wenn ich sehe, was du tust und wie du es tust ... dann will ich auch so sein«, sagt Vater.

Seine Worte bedeuten mir so viel mehr, als ich jemals sagen könnte. Ich drücke ihn. »Danke, Dad. Danke, dass du heute hier bist.«

Er lacht nur. »Als ob ich etwas Besseres vorgehabt hätte.«

Watkins ist wieder auf der Bühne und klopft auf das Mikrofon.

»Heute Abend geht es um die Ehre eines ganzen Berufsstandes, aber auch um die Ehrung eines Einzelnen von uns«, beginnt er.

Auf der Leinwand hinter Watkins erscheint ein Bild von Jarvis – Das Foto ist viel zu groß und auch ein bisschen unvorteilhaft. Es sieht aus, als hätte Jarvis ein Doppelkinn.

»Owen Jarvis war ein viel geschätzter Kollege. Fünfundzwanzig Jahre war er Sanitäter und hat immer alles für seine Patienten getan. Sein letzter Einsatz bekräftigt nur, was für ein Mann Owen Jarvis war. Aufopfernd, selbstlos und heldenhaft. Männer wie ihn zu ehren, ist überfällig und leider zu spät. Er kann seine Auszeichnung nicht mehr selbst entgegennehmen, deshalb bitte ich nun stellvertretend seinen alten Freund Henry Kingston auf die Bühne.«

Ein schallender Applaus gellt durch den Saal, als Kingston auf die Bühne tritt. Watkins schüttelt ihm die Hand und überreicht ihm den Preis *Sanitäter des Jahres – Ehrenpreis für das Lebenswerk.*

Kingston hat ein paar nette Worte für Jarvis übrig und eine lustige Anekdote auf Lager.

»Ich habe Owen während der Ausbildung kennengelernt, im Grundkurs für Erste Hilfe. Wir haben zu zweit neben dieser Puppe gehockt und mussten eine Stichwunde am Hals behandeln.« Kingston lächelt und wendet die Trophäe in seiner Hand. »Wir haben dem Patienten einen Druckverband angelegt.«

Ich lache auf, bevor es die meisten im Raum tun. Druckverband nur an Gliedmaßen, heißt es im Grundkurs.

»Wir haben unseren ersten Patienten gemeinsam getötet«, fährt Kingston fort.

Nun lachen auch die Nicht-Sanitäter im Raum.

»Wir haben uns zu ganz ansehnlichen Sanitätern gemausert. Ob wir wirklich Helden sind, weiß ich nicht, aber wir versuchen jeden Tag unser Bestes.« Er nickt und geht von der Bühne.

Wieder schallender Applaus.

Watkins tritt wieder hinter das Mikrofon und kündigt eine Band namens *The First Aiders* an. In der nächsten Stunde spielen sie auffällig viele Lieder, die von Notfällen handeln. – *Help* von den *Beatles*, *SOS* von *ABBA* und *Holding out for a hero* von *Bonnie Tyler* sind nur einige musikalische Highlights des Abends.

Lena und ich können uns sogar für den einen oder anderen Tanz davonstehlen, und damit ist der Abend für mich gerettet.

Als die Band Pause macht, bin ich an der Reihe. Watkins kündigt mich als junges Nachwuchstalent der Sanitäter an und bittet mich auf die Bühne. Unter tosendem Applaus überreicht er mir den Preis *Sanitäter des Jahres – Bester Nachwuchs*.

Ich habe keine Rede vorbereitet, doch als ich vor das Mikro trete, sprudeln die Worte ganz von allein aus mir heraus.

»Ich denke, ich spreche auch für Jarvis, wenn ich sage, dass wir in jener Nacht am Bahnhof unüberlegt gehandelt haben. Es war dumm, dort hineinzugehen. Wir mussten davon ausgehen, dass die Täter noch vor Ort sind, und spätestens, als wir den ersten toten Constable gesehen haben, hätten wir umkehren und die Polizei rufen müssen.«

Die Überraschung über meine Worte ist groß. Wie dämlich sie doch alle sind, alle die hier stehen und voller Hochachtung zu mir aufblicken.

»Eine Frage bleibt jedoch unbeantwortet ... wie konnte ein Polizist selbst zur größten Gefahr werden? Ein Mann, der die Menschen dieser Stadt schützen sollte, hat die Waffe gegen Unschuldige erhoben. Wie kann das sein? Und wieso hat es keine Konsequenzen?« Ich gehe von der Bühne und lasse den Ehrenpreis am Podest zurück.

35

Die Nacht verbringt Lena bei mir im Zimmer. Als die Sonne aufgeht, bin ich bereits wach. Mit dem Buch *Farm der Tiere* vertreibe ich mir die Zeit, bis Lena langsam aufwacht. Sie hat ihre Augen noch geschlossen, sucht meine Nähe. Ihr nackter Körper strahlt eine Wärme aus, die mich zum Glühen bringt. Sie schlingt ihr Bein um meine Hüfte, streichelt meine Brust mit ihren Fingerkuppen. Ich lese die Wörter, die George Orwell vor rund fünfzig Jahren niedergeschrieben hat, doch ihren Sinn kann ich nicht erfassen.

»Guten Morgen.« Sie lächelt mich an. Es ist so schön, der Grund für ihr Lächeln zu sein. Sie küsst mich, ihre Hand gleitet unter die Decke.

Jemand rüttelt an meiner Zimmertür. Als diese nicht aufgeht, wird heftig geklopft.

»Hey, Ryan. Mach auf«, klingt Doks Stimme vom Gang.

»Was ist denn?«

»Jetzt mach schon auf«, sagt er.

Lena zieht sich die Decke über den Kopf. Ich gehe zur Tür und öffne sie einen Spalt.

»Was gibts denn?«

»Seit wann sperrst du ab?«, fragt Dok.

»Seit du nicht mehr klopfst.«

»Ist jemand bei dir? Ich hab Stimmen gehört.« Dok versucht, an mir vorbei ins Zimmer zu spähen.

»Was willst du, Dok?«

»Hast du meine Seminararbeiten gesehen?«

»Deine Seminararbeiten?«

»Ja, also nicht meine … die von meinen Studenten.«

»Du hast die Seminararbeiten deiner Studenten verloren?«

»Verlegt, nur verlegt«, meint Dok.

»Ich hab deine Seminararbeiten nicht.«

»Hm, tja, war ein Versuch wert. Wenn du sie siehst …«

»Sag ich es dir.«

»Danke.« Dok versucht noch einmal, ins Zimmer zu sehen. Als es ihm nicht gelingt, geht er wieder.

Zu Mittag treffe ich mich mit Mutter zum Essen, wir gehen ins Steakhouse. Wir haben noch nicht einmal die Getränke bekommen, da fängt sie auch schon an zu sticheln.

»Was brauchst du?«, fragt Mutter.

»Gar nichts.«

»Brauchst du Geld? Du weißt, was ich von Schnorrern halte.«

»Ich brauch kein Geld.« Das ist wirklich unglaublich. »Ist es so ungewöhnlich, dass ich einfach mit dir essen will, ohne einen Hintergedanken zu haben?«

»Ja«, ist ihre trockene Antwort. »Das letzte Mal, als du mit mir essen wolltest, hast du dein teures Studium geschmissen.«

Die Kellnerin bringt unsere Getränke: Ein Glas Chardonnay für Mutter und eine Limo für mich.

Sie nippt an ihrem Glas und sieht mich an. Ich fühle mich unwohl bei diesem Schweigen. Ich hätte doch Miranda mitnehmen sollen, als seelischen Beistand.

»Es war nicht deine Schuld, weißt du?«

»Wovon sprichst du?«, sagt Mutter.

»Dass ich angeschossen wurde. Es war nicht deine Schuld.«

»Natürlich nicht«, sagt sie, »derjenige, der abgedrückt hat, ist schuld. Ich produziere Waffen nur, ich richte sie nicht auf Menschen.«

»So ist es.« Anscheinend habe ich mir umsonst Sorgen gemacht.

»Du pflichtest mir bei? Das ist ja ganz was Neues«, sagt Mutter.

»Was soll das denn heißen?«

»Wenn du wirklich der Meinung bist, dass ich nicht schuld bin, warum kannst du mir dann nicht mehr in die Augen sehen?«, fragt Mutter.

»Kann ich doch.«

»Kannst du nicht ... weil ich schuld bin, zumindest in deinen Augen«, sagt Mutter.

Vielleicht war dieses Essen doch keine so gute Idee. Ich trinke meine Limo in einem Zug aus und bestelle noch eine.

»Erinnerst du dich daran, wie du in den Cuilcagh Mountains verloren gegangen bist?«, fragt Mutter.

Ich nicke. Was für ein Schulausflug.

»Deine Klassenlehrerin hat mich komplett aufgelöst im Büro angerufen.« Mutter spielt mit der Serviette in ihren Händen.

»Meine Güte, wann war das denn?« Ich überlege. »In der fünften oder sechsten Klasse?«

»Vierte. Du warst neun. Das werde ich nie vergessen. Die schlimmsten Horrorszenarien habe ich mir ausgemalt. Das war die längste Autofahrt meines Lebens.« Ihr starrer Blick, verrät mir, dass sich in ihrem Kopf gerade die Bilder dazu abspielen.

Meine eigenen Erinnerungen tauchen auf.

Mir steigt die Gänsehaut auf.

Ich war auf einmal allein. Ich habe gerufen. Keine Antwort. Dann begann es auch noch zu regnen. Ich hatte keine Ahnung, wo ich war oder wo ich hinmusste. Ich hatte mich noch nie zuvor so hilflos gefühlt. Irgendwann fand ich eine Höhle und kletterte hinein. Der Regen hörte nicht auf und es wurde langsam dunkel.

»Stundenlang habe ich dich gesucht.« Mutter schüttelt den Kopf. »Diese dumme Lehrerin, wie hieß sie noch?«

»Hickory ... Misses Hickory.«

»Genau. Die ist im Dreieck hin und her gesprungen. Komplett panisch. Anstatt dass sie mir geholfen hätte, dich zu suchen. Sie konnte mir nicht einmal genau sagen, wo sie dich verloren hatte!«

Meine Gedanken schweifen wieder ab, zu jenem Tag.

Ich saß dort in dieser Höhle, hungrig und müde. Ich hatte Angst davor, einzuschlafen, Angst vor dem, was da draußen sein könnte. Ich weinte, dachte, ich würde dort nie wieder rauskommen. dann stand Mutter plötzlich da. Völlig verdreckt und durchnässt, in einem ihrer teuersten Hosenanzüge.

Von dem Tag an wollte ich so sein wie sie. Meine coole, unerschrockene Mom.

Wann habe ich diesen Eifer verloren?

Nach dem Essen habe ich acht Anrufe in Abwesenheit auf meinem Handy. Ich rufe zurück.

Inspektor Rhodes hebt ab. Er will mich sehen, es gibt neue Entwicklungen in meinem Fall.

Ich fahre direkt zum Revier, wo Rhodes mich in einen Verhörraum führt.

»Mister Goodwin, danke fürs Kommen«, sagt Rhodes, als ich mich ihm gegenüber hinsetze.

Ich habe nicht vergessen, wie Rhodes mich behandelt hat. Wie gleichgültig ihm dieser Fall war. »Worum gehts?«

Er öffnet eine Akte und legt mir ein Foto vor. Ein Foto von Johnny Henderson.

»Kennen Sie ihn?«

Mir wird mit einem Mal furchtbar heiß. »Äh … nein?«

»War das eine Frage?«

Ich atme durch, lasse die Nervosität in mir nicht zu. »Wie kommen Sie denn darauf, dass ich ihn kenne?«

»Er war der Bruder von Constable Quentin Henderson. Jenem Mann, der Sie am Bahnhof angeschossen hat.«

»Und?«

»Er wurde umgebracht«, sagt Rhodes.

»Er ist tot?« Ich hoffe, dass die Panik, die ich empfinde, nicht in meiner Stimme zu hören ist.

Inspektor Rhodes nickt. »Kopfschuss. Wurde heute Morgen in seiner Wohnung gefunden.«

Die Gedanken überschlagen sich in meinem Kopf. Wer war das? Warum? Bin ich der Nächste?

»Es wurden Fingerabdrücke am Tatort gefunden, konnten bisher niemandem zugeordnet werden.«

Inspektor Rhodes' Blick durchleuchtet mich. Will er mir etwas anhängen?

»Was hat das mit mir zu tun?«

»Es ist wirklich tragisch. Jeder, der auch nur im Geringsten in diese Schießerei am Bahnhof verwickelt war, kommt zu Schaden. Jeder außer Ihnen. Sie sind unversehrt.«

Was fällt ihm ein? »Unversehrt? Ich habe eine Kugel abbekommen! Ich bin fast gestorben. Was ist Ihr Problem?«

Inspektor Rhodes hebt abwehrend die Hände. »Kein Problem. Ich beobachte nur.«

Adam hat mir letztens seine Adresse gegeben, nur für Notfälle, hat er ausdrücklich dazugesagt. Er lebt in Carrick Hill, im Norden von Belfast.

Es fühlt sich wie eine Ewigkeit an, bis er endlich die Tür öffnet, wenn auch nur einen Spalt. Er trägt einen Bademantel und ist nicht begeistert, mich zu sehen. »Ganz schlechter Zeitpunkt.«

Ich habe keine Zeit für seine Mätzchen. »Warst du das?«

»War ich was?«

»Johnny ist tot.«

Adam sieht überrascht aus. »Komm rein.«

»Warst du das?«, frage ich mit Nachdruck.

Adam lacht. »Denkst du denn, ich wars?«

Nein. Nicht wirklich.

»Beruhige dich erst mal«, meint er und tritt zur Seite.

Beruhigen? Wie soll ich mich bitte beruhigen? Rhodes hat recht, alle, die mit dieser Nacht auch nur im weitesten Sinne zu tun hatten, sind tot. Alle. Bis auf Adam und mich.

In Adams Flur begegne ich einer älteren, dunkelhäutigen Frau im Bademantel.

»Es tut mir wirklich leid, Maryann, aber ...«, sagt Adam.

»... du kommst nicht mit in die Wanne, dachte ich mir.« Maryann verschwindet im Badezimmer.

Dass ich einfach reingeplatzt bin, ist mir peinlich. – Unbeschreiblich peinlich.

»Gib mir eine Sekunde. Ich zieh mir nur schnell etwas anderes an«, sagt Adam.

Ich warte im Garten hinter dem Haus auf ihn. Es ist eine ungewöhnlich klare Nacht.

Die quietschende Verandatür kündigt Adam an.

»Schön hier draußen, nicht?«, sagt er und setzt sich in einen der Gartenstühle.

Mir ist nicht nach Small Talk. »Johnny ist tot.«

»Ich weiß, hast du gerade erwähnt.«

»Wer hat ihn umgebracht?«

»Keine Ahnung.«

»Denkst du ... derjenige, der Johnny getötet hat, ist auch hinter uns her?«

»Ich weiß es nicht.«

»Warum wurde er umgebracht?«

»Du hast viele Fragen«, sagt Adam.

»Du hast wenig Antworten.«

Adam atmet tief durch. »Weißt du, was mir hilft, wenn ich mal richtig ... wie nennt ihr jungen Leute das? ... wenn ich mal richtig die Nerven wegschmeiße?«

»Nein, was?«

Adam nimmt ein Teleskop aus der Ecke und baut es auf.

Mit einer Handbewegung lädt er mich dazu ein, den Sternenhimmel damit zu betrachten.

Skeptisch beuge ich mich hinunter, gucke durch das Okular. Der Mond ist mit einem Mal zum Greifen nahe. Da oben sieht alles so friedlich aus. Es beruhigt mich auf merkwürdige Art und Weise. »Ich habe gehört, dass es im All keinen Lärm gibt. Stimmt das?«

»Das Weltall kann Schallwellen transportieren, aber nicht sehr effizient. Die Töne, die es im All gibt, sind für das menschliche Ohr nicht hörbar.«

Ich setze mich auf den klapprigen Gartenstuhl neben Adam.

»Wusstest du, dass Wissenschaftler lange dachten, die Erde würde sich ausdehnen, wie das Universum?«, sagt Adam.

Cool. »Nein, wusste ich nicht.«

»Mit dieser Theorie versuchten sie, zu erklären, warum die Kontinente immer weiter auseinanderdriften.«

»Die Erde dehnt sich aber nicht wirklich aus, oder?« Ich bin mir sicher, wenn es so wäre, hätte ich das in der Schule einmal gehört.

Adam lächelt. »Nein, wohl eher nicht. Wissenschaftler gehen heute davon aus, dass der Erdradius konstant ist. Die gängige Theorie heute ist, dass die Kontinente wegen der Plattenverschiebung auseinanderdriften.«

Ja, daran kann ich mich aus dem Geografieunterricht erinnern. »Warum erzählst du mir das?«

Adam sieht mich an. Sein Gesicht hat im Mondschein eine

merkwürdige Blässe. »Wenn etwas vor unseren Augen geschieht, können wir nur vermuten, was da gerade passiert. Wir haben eine Theorie und die mag augenscheinlich auch stimmen … aber das heißt nicht, dass wir tatsächlich recht haben. Es kann auch noch andere Erklärungen geben, die wir einfach nicht sehen.«

BELFAST
1933

Wenn du dein Augenmerk auf die Sterne richtest, verlieren unsere Angelegenheiten an Bedeutung, nicht wahr?
Virginia Woolf

36

Adam war ein Glückspilz. Zumindest sagte ihm das jeder. Wilbourg, Maeve, sogar ihr Mann Cyle kamen hin und wieder vorbei. Viele Erkrankte starben an einer Lungenentzündung, sagten sie ihm. Er hatte Glück, unglaubliches Glück. Adam konnte es nicht mehr hören.

Die Tage im Sanatorium waren lang. Adam teilte sich das Zimmer mit neun anderen. Fast so überfüllt wie zu Hause, dachte er. Also, dem alten zu Hause in Downpatrick. Er wollte nach Hause, hier in Belfast, zu Elaine. Sie war die Einzige, die ihn nie besuchen kam. Jedes Mal, wenn die Tür zu seinem Zimmer aufging, hoffte er, sie zu sehen. Sie fehlte ihm, die Gespräche mit ihr fehlten ihm. Es tat weh, dass sie nicht kam, dass sie sein Zustand so offensichtlich überhaupt nicht berührte.

Er wälzte sich im Bett. Dafür hasste er Elaine am meisten. Selbst den Schlaf raubte sie ihm. Na toll! Jetzt musste er auch noch auf die Toilette.

Die Badezimmertür fühlte sich unerreichbar an. Adam rief nach der Krankenschwester, die kurz darauf das Zimmer betrat.

»Ich muss aufs Klo«, sagte Adam.

Sie machte auf den Absätzen kehrt. Oh nein, nicht schon wieder diese Bettpfanne.

Adam schüttelte den Kopf. »Auf keinen Fall.«

»Komm, ich helfe dir«, sagte die Schwester.

»Auf keinen Fall!« Adam stieß ihre Hand weg, die unter seinen Kittel greifen wollte. »Ich will aufstehen.«

»Kommt gar nicht infrage.«

»Bitte, dann eben nicht. Das Ding da können Sie mitnehmen.« Adam verschränkte die Arme vor der Brust.

Die Krankenschwester rollte mit den Augen. »Von mir aus«, schnaufte sie. »Aber glaube nicht, dass ich meine Meinung in zehn Minuten geändert hab.«

Zehn Minuten. Pah! Adam konnte bis zum Morgen durchhalten, und dann, dann würde ihm Wilbourg auf die Toilette helfen.

Ein paar Wochen später stand ein Mädchen im Krankenzimmer. Adam erschrak vor ihr. Es dauerte eine Weile, bis er sie erkannte. Elaine. Sie war so blass, und ihre Wangen waren komplett eingefallen. Ihre gesamten Kleider hingen vom Körper, als würden sie einer viel größeren und kräftigeren Frau gehören. Es war schwierig, auf sie wütend zu sein, wenn sie so erschöpft aussah.

»Was haben sie denn mit dir gemacht?« Adams Mundwinkel zuckte.

Elaine setzte sich an sein Bett. Ihre Augen waren blutunterlaufen, auf ihren Händen hatte sie unzählige Brandblasen. »Wie gehts dir?«

»Besser als dir.« Vergessen war all die Kränkung und Wut. War sie etwa auch krank? Sie sah so aus, als würde sie jeden Moment tot umfallen. »Du solltest dich besser hinlegen. Ausruhen. Der Arzt soll dich auch gleich untersuchen, wenn er kommt.«

»Ich bin nicht krank, nur ein bisschen müde.« Selbst ihre Stimme klang schwach, so leise und kratzig.

Adam griff nach dem Becher neben seinem Bett. »Trink etwas.«

»Das ist doch für dich.«

»Na, mach schon.« Adam streckte ihr den Wasserbecher hin.

Sie trank einen Schluck. »Tut mir leid, dass ich nicht kommen konnte. Im Laden ist viel zu tun.«

Im Laden? Welcher Laden?

»Wilbourg hat nicht übertrieben. Du siehst schon viel besser aus, gesünder«, sagte Elaine.

»Wie läuft es mit den Pies?«

»Könnte besser sein.« Elaine schnaufte. »Der Zins an Finlay ist einfach zu hoch.«

»Finlay? Du arbeitest für Finlay?« Kein Wunder, dass sie so aussah. »Seit wann?«

»Seit du Blut gehustet hast.«

Adam fühlte sich schuldig und gleichzeitig hintergangen. »Es hätte bestimmt auch eine andere Möglichkeit gegeben.«

»Eine andere Möglichkeit?« Elaines Tonfall war rau. »Du bist fast draufgegangen!«

»Ja, ja. Ich weiß, ich hatte Glück.«

»Du bist echt unglaublich.« Sie stand auf. An der Tür wandte sie sich noch einmal um. »Denkst du wirklich, dass irgendjemand auch nur ein Pfund für deine Behandlung übrig hatte? Niemand, *Adam.* Niemand.*«*

Wie konnte Elaine nur so mit ihm reden? Immerhin war er krank, dem Tode nur knapp entronnen.

»Was ist dir denn über die Leber gelaufen?«, fragte Wilbourg bei seinem nächsten Besuch.

»Elaine war heute hier.« Sie hatte Adam so aus dem Konzept gebracht, dass er sogar die Bettpfanne benutzt hatte.

»Wie konnte sie das nur tun?«, fragte Adam.

»Was denn? Dir deinen Hintern retten?«, fragte Wilbourg.

Adam schnaubte.

»Jetzt sei nicht so ein Muffel. Du kommst bald hier raus, wirst schon sehen. Elaine freut sich schon auf dich.«

»Ich weiß noch nicht, ob ich wieder zurückkomme«, antwortete Adam.

»Wie meinst du das?«, fragte Wilbourg.

»Sie arbeitet jetzt für Finlay. Ich will nicht für diesen Blutsauger arbeiten.«

Wilbourgs Ohrfeige brannte auf der Wange.

»Aua. Spinnst du?« Adam rieb sich die schmerzende Stelle.

»Dasselbe wollte ich dich auch gerade fragen«, erwiderte Wilbourg. »Elaine hat ihr Pie-Rezept an Finlay verkauft. Einen Berg an Schulden. Nur um dir zu helfen. Finlay beschäftigt sie zu einem Hungerlohn in diesem Pie-Laden. Sklaven hätten es besser als Elaine ... Pauline und ich helfen ihr, wo wir können, aber sie braucht jemanden, der ihr täglich hilft«, sagte Wilbourg.

»Ich habe verstanden«, murmelte Adam.

»Das hoffe ich für dich. Wenn du sie jetzt hängen lässt, mache ich dich kalt.«

Mit jedem Tag, jeder Stunde, die Adam in diesem Bett lag, wurde der Schuldenberg bei Finlay größer. Diese Macht wollte er Finlay nicht geben, nicht mehr. Adam verließ das Sanatorium am Tag darauf.

Von Wilbourg hatte Adam die Adresse des Pie-Ladens, in dem Elaine nun arbeitete. An der Tür hing ein Schild *Finlays Pies*. Adam stieg die Wut in den Bauch. Finlay hatte kein Recht, die Pies nach ihm zu benennen.

Der Geruch von frischem Teig ließ dieses Gefühl schnell verschwinden. Adam atmete tief ein. Er war zu Hause. Einem hässlichen Zuhause. Die Wände waren in einem grellen Blau gestrichen. Ein paar Tische und Stühle links und rechts. Geradeaus der Tresen, Elaine stand dahinter, mit dem Rücken zu Adam. Sie schrubbte den Herd. Was auch immer sie so krampfhaft versuchte zu entfernen, wollte einfach nicht weichen. Sie warf den Schwamm in die Ecke, schlug mit der Faust gegen den Ofen, wieder und wieder. Es entkam ihr ein Schluchzen.

»Wo ist das Geld, Delaney?« Adam sprach mit verstellter Stimme.

Elaine drehte sich um. Sie wischte sich die Tränen weg. »Du solltest mir doch Bescheid geben, wenn du zum Abholen bereit bist.«

»Lenke nicht ab, Delaney. Das hier ist inakzeptabel.« Mit jedem Wort klang er ein bisschen mehr wie Finlay. »Wo bist du aufgewachsen, in einem Schweinestall?«

Endlich stieg Elaine darauf ein. »Entschuldigung, Sir. Ich habe einen Bruder, der ist zu nichts zu gebrauchen. Schläft lieber in einem Luxushotel, als hier einmal beim Putzen zu helfen.«

»Tja, jetzt ist er wieder da. Jetzt weht ein anderer Wind!« Adam nahm eine Handvoll Mehl vom Backtisch und bewarf Elaine damit.

Sie nieste. »Du bist so ein Idiot! Ich habe gerade gewischt.«

»Stell dich dem Duell, Bösewicht.« Adam nahm den Besen und stupste sie damit.

Elaine schnappte sich ihren Kochlöffel und wehrte den nächsten Stups gekonnt ab. Das Duell auf Leben und Tod war eröffnet.

Über dem Laden hatte Finlay eine kleine Wohnung eingerichtet. Sie bestand aus einer Stube und einem Zimmer mit zwei Betten.

»Gar nicht so übel, hm?«, meinte Elaine, als sie Adam herumführte.

Sie setzte sich auf ihr Bett. »Die Matratzen sind so bequem!«

An der neuen Bleibe gefiel Adam der Ofen am besten, der groß genug war, um die Wohnung zu wärmen. Draußen blies der Wind so stark, dass die Holzfenster in ihren Rahmen zitterten. Hier drin blieb es trotzdem warm.

Das Aufräumen unten im Laden hatte Adam müder gemacht, als er zugeben wollte. Er setzte sich an den Tisch in der Stube.

»Hast du Hunger?«, fragte Elaine.

Adams Magen knurrte lautstark. »Und wie.«

Die Abstellkammer war voll mit Lebensmitteln.

»Wow. Wo hast du denn das Zeug her?«, fragte Adam.

»Finlay. Sein Krämerladen ist gleich gegenüber. Einmal die Woche bekommt er neue Warenlieferungen. Die Reste aus seinen Regalen können wir haben.«

Eier, Speck, Brot. Adam konnte sich nicht daran erinnern, schon einmal so gut zu Abend gegessen zu haben.

Doch das alles hatte auch eine Kehrseite. Im Laden begann der Tag noch früher, als zu Zeiten des Marktstandes. Elaine begann um zwei Uhr morgens zu backen.

Der Ofen war mindestens doppelt so groß wie der bei den McKeeleys. Ein

Blech nach dem anderen wurde fertig. So viele Pies. Adam fragte sich, ob sie das überhaupt verkaufen würden.

Gegen fünf kamen die ersten Kunden in den Laden.

Elaine ließ immer wieder etwas fallen – Wechselgeld der Kunden, den Bleistift, mit dem sie sich die Bestellung notierte und hin und wieder auch eine der Pies.

»Verflucht!« Die nächste Pie musste daran glauben. Die Soße hinterließ einen Fleck am Boden.

»Leg dich hin. Ich mach das.« Adam griff zu einem Putztuch.

»Sicher?«, fragte Elaine.

»Los, verschwinde.«

Jemand räusperte sich. Im Türrahmen stand Misses McKeeley.

Mister McKeeley schlenderte durch den Laden, inspizierte jeden Winkel genau. »Schön habt ihr es hier.«

»Danke, Sir«, antwortete Adam.

»Ihr arbeitet für Finlay, nicht?«, fragte Mister McKeeley.

»Ja«, antwortete Adam.

»Eine gute Entscheidung«, sagte Misses McKeeley. »Unser kleines Arrangement war doch ganz schön lästig, nicht?«

»Tut mir leid, wenn wir lästig waren«, sagte Adam scharf.

»Was hätten Sie denn gerne«, fragte Elaine.

»Zwei Stück von jeder Sorte, bitte«, sagte Misses McKeeley.

Elaine stellte die eingepackten Pies auf den Tresen. »Bitte sehr.«

Misses McKeeley bezahlte.

Elaine zählte nach. »Da ... da fehlen fünfzig Pence, Madam.«

»Wollt ihr etwa sagen, dass ihr unsere Hilfe schon vergessen habt?« Misses McKeeley nahm die Tüte vom Tresen und wandte sich ab.

Adam wollte etwas erwidern, doch ihm fielen nur Beschimpfungen ein. Beschimpfungen, die er mit aller Kraft zurückhalten musste.

»Madam«, sagte Elaine.

Misses McKeeley drehte sich am Eingang um.

»Es ist besser, wenn Sie Ihre Pies in Zukunft in einem anderen Laden kaufen.«

Elaines Worte brachten Adam zum Lächeln. Das hatte gesessen. Misses McKeeley sah sie empört an. »Wie bitte?«

»Sie haben mich schon verstanden.« Elaine sah Mister McKeeley an. »Dasselbe gilt für Sie, Sir.«

»Hast du das gehört? Wie die mit uns redet?«, sagte Misses McKeeley beim Verlassen des Ladens.

Mister McKeeleys Antwort konnte Adam nicht mehr hören.

Elaine schlichtete das Geld in die Kasse. Eine Handvoll Münzen ließ sie in einer Dose verschwinden.

»Was machst du da?« Es war offensichtlich.

»Wir müssen uns etwas wegsparen, findest du nicht?«, sagte Elaine.

»Aber Finlay … wenn er das merkt.«

Elaine zuckte mit den Schultern. »Der merkt das nicht. Wie denn? Wir haben es ja auch ewig nicht gemerkt, dass die McKeeleys sich bei unserem Geld bedient haben.«

Adam hatte ein mulmiges Gefühl dabei.

37

Finlays Laden befand sich in einem schmalen, langgezogenen Raum mit Regalen, die dicht aneinandergedrängt standen. Auf einem der Regale lagen Süßigkeiten. Adam leckte sich über die Lippen. Dieser Schokoriegel wäre jetzt echt lecker.

»Nimm dir einen.« Finlay stand hinter dem Tresen, versperrte das Geld aus der Kasse in seinem Safe.

Das ließ Adam sich nicht zweimal sagen.

Die Schokolade schmolz in seinem Mund. Süßes Karamell klebte seine Zunge am Gaumen fest. Mmm.

»Sie wollten mich sehen, Sir?«, schmatzte Adam.

»So ist es. Wir haben gleich ein Treffen, ich brauche dich als Protokollführer.«

Protokollführer? Treffen? Es war seit Stunden dunkel, der Laden geschlossen. Was für ein komisches Treffen sollte das denn sein?

»Du kannst schreiben, oder?«

Was war das denn für eine Frage?

»Ich habe dich etwas gefragt«, sagt Finlay.

Adam nickte.

»Kuck nicht so dumm, komm mit.«

Adam folgte Finlay in den hinteren Teil des Ladens, durch ein Büro und einen langen, schmalen Gang. Am Ende war eine Tür.

Finlay hatte die Hand auf der Türklinke und sah Adam streng an. »Nur damit das klar ist. Darüber sagst du niemandem ein Wort, verstanden? Niemandem.«

»Ok.«

Der Raum war groß, die Wände grau. Keine Fenster. Grelles, künstliches Licht.

Es war rund ein halbes Dutzend Männer versammelt. Jeder zweite Stuhl an dem großen Tisch war leer. Finlay setzte sich an die Stirnseite und deutete Adam, neben ihm Platz zu nehmen. Papier und Stift lagen bereit.

Das Gemurmel der Männer verstummte, als Finlay das Wort ergriff. »Männer, ich weiß, ihr seid aufgebracht, trotzdem bitte ich um Ordnung während der Sitzung.«

»Wer ist der Knabe?«, sagte ein Vollbärtiger neben Adam.

»Er schreibt heute mit«, sagte Finlay.

»Kann man dem trauen?« Die Frage kam ausgerechnet von einem Mann, dem Adam nie im Leben getraut hätte. Der Mann hatte seine Mütze tief ins Gesicht gezogen. Das Klappmesser in seiner Hand schnalzte. Auf. Zu. Auf.

»Er arbeitet für mich«, sagte Finlay.

Finlays kalter Blick lähmte Adam. Der Schokoriegel hatte mit einem Mal einen schalen Nachgeschmack.

»Wozu diese Sitzung, wenn doch die Hälfte von uns fehlt?«, brüllte jemand vom anderen Ende des Tisches.

»Gute Frage«, sagte Finlay. »Ich fürchte, dass unsere Zahl für längere Zeit gemindert sein wird.«

Der Mann gegenüber von Adam schlug mit der Faust auf den Tisch. »Verdammte Polizei, die arbeiten doch nur für die Protestanten in dieser Stadt.«

Polizei? Adam verstand kein Wort.

Finlay hob beschwichtigend die Hand. »Leider sind nicht nur unsere Verbündeten der Polizei in die Hände gefallen, sondern auch viele unserer Aufzeichnungen.«

»Was? Wie kann das sein?«, knurrte der Vollbärtige.

»Sie haben O'Connor erwischt und in seiner Wohnung die Protokolle unserer letzten Sitzungen gefunden.«

Aufgebrachtes Gemurmel.

»Kein Grund zur Aufregung«, rief Finlay.

»Kein Grund zur Aufregung? Wir könnten alle in den Bau wandern!«, sagte einer.

»Sei nicht dumm, wenn du bis jetzt nicht verhaftet wurdest, wirst du es auch nicht mehr«, sagte ein Zweiter.

»Ja, zumindest fürs Erste«, rief der Dritte.

Das Lachen der Männer klang wie Donnergrollen.

Finlays Pfiff ließ Adam zusammenzucken. »Wir brauchen einen Plan, einen Gegenschlag!«

»Wie heißt denn dieser Kerl, der vor Kurzem bei uns rumgeschnüffelt hat? Constable irgendwas?«, fragte der Zwielichtige mit dem Klappmesser.

»Constable Frasier«, rief jemand.

»Sag ich doch. Ein britischer Name. Bestimmt ein Protestant«, sagte ein anderer.

»Der gehört weg, dieser Frasier. Wir sollten ihn erledigen«, sagte der Vollbärtige.

Zustimmendes Nicken. Von allen.

»So sei es. Halligan. Dein Auftrag«, sagte Finlay zu dem Zwielichtigen mit dem Klappmesser.

Er nickte.

Finlay wandte sich Adam zu. »Hast du alles notiert?«

Adam starrte auf das leere Stück Papier vor sich. »Ähm ...«

Am nächsten Morgen, als Adam aufwachte und in die Stube kam, saß Pauline am Tisch und frühstückte mit Elaine. Na toll, die schon wieder. Adam nahm sich eine Tasse Tee und ein frisch gebackenes Brötchen.

»Was wollte Finlay denn gestern von dir?«, fragte Elaine.

»Ach nichts«, antwortete Adam.

»Nichts? Deswegen hat er dich zu sich zitiert? Wegen nichts?«

Adam zuckte mit den Schultern. »Hab einen Schokoriegel bekommen.«

»Wirklich? Hast du auch einen für mich?«, fragte Elaine.

Adam schüttelte den Kopf.

Elaine ließ ihre Schultern hängen. Das Flackern in ihren Augen war dahin.

Adam fühlte sich mies, er hatte in Finlays Laden nicht an sie gedacht. Und danach ... danach wurde es unheimlich.

»Ich ... ich muss heute noch einmal weg. Muss was erledigen.«

»Na toll und wer hilft mir?«, sagte Elaine.

»Wieso brauchst du Hilfe? Es ist Sonntag, heute haben wir geschlossen, oder etwa nicht?«, fragte Adam.

»Ja, schon. Aber ich möchte das eine oder andere vorbereiten, damit ich morgen ein bisschen länger schlafen kann«, sagte Elaine.

»Ich kann dir helfen«, bot Pauline an. »Ich habe heute nichts vor.«

Elaine sah Adam an. »Na dann ... viel Spaß.«

Adams Hände schwitzten. Er brauchte drei Anläufe, um sich zu überwinden und ins Polizeirevier zu gehen. Das Revier, das Finlays Laden am nächsten war. Am Empfang saß eine Frau, die Adam an die strenge Schuldirektorin in Downpatrick erinnerte.

»Entschuldigung? Entschuldigung, arbeitet Constable Frasier hier?«

Die Frau blinzelte Adam an. »Was willst du denn von ihm?«

»Ich muss ihn sprechen.«

Sie griff zum Hörer. »Frasier soll nach vorne kommen. Ein Junge will ihn sprechen ... keine Ahnung.«

Adams Herz pochte wie wild in seiner Brust. Hoffentlich erfährt Finlay das nie, dachte Adam.

Frasier war jünger, als Adam vermutet hätte. »Was gibts?« Frasier schniefte hörbar.

Adam sah sich um. »Können wir irgendwo unter vier Augen reden?«

»Worum geht es denn?«

»Bitte, nur ganz kurz.«

Frasier führte Adam den Gang entlang in einen Raum. In der Mitte standen ein kleiner Tisch und zwei Stühle. Kaum fiel die Tür hinter Adam zu, platzte es aus ihm heraus.

»Sie wollen Sie erledigen.«

»Was?«

»Finlays Männer. Sie wollen Sie erledigen.« Die grölende Stimme des Vollbärtigen tönte in Adams Kopf.

»Finlay? Du meinst den Kaufmann die Straße runter?«, fragte der Constable.

»Ja, er ist wirklich fies«, sagte Adam.

Frasier lachte. »Verschwende nicht meine Zeit, Junge.«

Die katholische Kirche der Umgebung veranstaltete neuerdings Tanzabende. Jeden Samstag zur Teatime konnten Tanzwütige im Gemeindesaal das Parkett unsicher machen. Elaine war begeistert. So begeistert, dass sie sich von der Schneiderin nebenan ein Kleid machen ließ – im Austausch für eine üppige Lieferung Pies, natürlich.

Während Elaine mit einem großen blonden Jungen das Tanzbein schwang, saß Adam auf einem Stuhl neben dem Buffet und stocherte in seinem Pudding. Noch nie war ihm so langweilig gewesen. Die Musik war schrecklich, die Leute bieder und steif.

Elaine kam mit hochrotem Gesicht von der Tanzfläche und setzte sich zu Adam. Ihr Glas Wasser leerte sie in einem Zug.

»Du musst ein Mädchen auffordern, Adam.«

»Ich will aber nicht tanzen.«

»Was machst du dann hier?«

»Du hast mich mitgeschleift.«

»Du wolltest mitgeschliffen werden«, sagte Elaine.

»Ja, weil ich dachte, langweiliger als zu Hause kann es nicht sein. Aber da habe ich mich geirrt.«

Elaines Tanzpartner kam zum Tisch und wartete, bis sie Notiz von ihm nahm. »Oh, Nicholas, ich hab dich gar nicht gesehen, setz dich doch.«

Er gehorchte.

»Ich glaube, ich gehe nach Hause.« Adam trank seine Limonade aus und stand auf.

»Mach doch, was du willst.« Elaine wandte sich Nicholas zu. »Tänzchen?«
Er grinste.
Und schon waren die beiden wieder in der Menge verschwunden. Adam seufzte. Was für ein Abend.

Draußen war es dunkel und kalt. Adam stellte den Kragen seines Mantels auf und vergrub sein Gesicht im Schal. Der Gemeindesaal der Kirche lag zum Glück nur wenige Gehminuten von zu Hause entfernt.

An der Straßenecke standen fünf Männer beisammen. Sie rauchten und tranken. Als zwei Frauen die Straße herunterkamen, pfiffen und grölten sie.

»Hallo die Damen«, lallte der eine.

»Entschuldigung, Sir. Lassen Sie uns bitte vorbei«, sagte die kleinere Frau von beiden.

»Sir? Wow. So hat mich schon lange niemand mehr genannt.«

Die anderen lachten.

Ein zweiter Mann stellte sich zu dem *Sir.* »Also, ich hätte ja gerne die Brünette, wenn du die Blonde nimmst.«

»Nehmen Sie Ihre Hände weg!« Die Brünette stieß den *Sir* von sich und drängte sich an ihm vorbei.

Sie ging im Laufschritt davon. Die Blondine dicht hinter ihr.

»Wieder nichts«, grummelte der *Sir.*

Sein Kumpel klopfte ihm auf die Schulter. »Das nächste Mal.«

Adam blieb stehen. Wenn Elaine Pech hatte, musste sie später auch noch an diesen Typen vorbei. Der Gedanke gefiel ihm gar nicht. Er machte kehrt.

Elaine stand in ihrem Mantel vor der Kirche und wurde von drei unerwünschten Verehrern eingekreist. Adam beschleunigte seine Schritte.

»Lasst mich zufrieden«, sagte sie.

Die Männer lachten. »Die ist ja süß. Und so unschuldig.«

»Hey, verschwindet!« Er stieß einen der Männer zur Seite.

Sein Kumpel plusterte sich vor Adam auf. »Na, wen haben wir denn da?«

Elaine trat dem Mann von hinten in die Kniekehle.

Adam rannte los, Elaine neben ihm her. Sie fiel immer weiter zurück.

»Jetzt mach schon!«, brüllte Adam.

Elaine zog ihre Schuhe aus und lief mit bloßen Füßen weiter.

Die Männer kamen schnell näher. Ihre trampelnden Schritte ließen Adam erahnen, wie wütend sie waren.

Elaine packte Adam am Arm und zog ihn in eine Seitengasse. Links, rechts, links. Adam hatte keine Ahnung mehr, wo sie waren.

Elaine wurde langsamer, atmete durch. »Ich glaube, die sind wir los«, keuchte sie.

Adam lehnte sich an die Wand. Seine Lungen brannten bei jedem Atemzug.

Elaine lächelte. »Und du hast gesagt, Tanzabende sind langweilig.«

Finlay wollte, dass Adam schießen lernte. Halligan, der zwielichtige Typ mit dem Klappmesser, nahm sich der Aufgabe an. Er holte Adam frühmorgens ab.

»Wo fahren wir hin?«, fragte Adam.

»Wirst du schon sehen«, brummte Halligan.

Adam ertrug diese Stille nicht. Sie gab ihm viel zu viel Raum, sich auszumalen, wozu Halligan imstande wäre. Was wenn er den Auftrag hatte, Adam zu beseitigen?

»Er ist tot, nicht?«, sagte Adam.

»Wer?«

»Dieser Constable Frasier. Sie haben ihn umgebracht.«

Halligan grinste. »Was denkst du wohl?«

Adam schluckte, klammerte sich am Sitz fest. Bei jedem Schlagloch wurde der Wagen richtig durchgerüttelt.

Sie verließen Belfast, fuhren die Landstraße entlang.

Mitten im Nirgendwo hielt Halligan an, vor einem baufälligen Haus.

Drinnen roch es modrig, es fiel kaum Licht durch die verbarrikadierten Fenster. Irgendwie erinnerte Adam das Haus an die erste Bleibe, die Elaine gefunden hatte – bevor sie sich Finlay fügen mussten.

In einem versperrten Holzschrank lagerte Halligan die Waffen. So viele Waffen. Pistolen, Gewehre.

Halligan nahm einen Revolver aus dem Schrank. »In die Trommel steckst du die Kugeln rein. Entsichern, zielen, abdrücken. Verstanden?« Halligan lud die Waffe, während er sprach, und drückte sie Adam in die Hand.

»Ich ... ich bin mir nicht sicher, Sir.«

»Versuchs mal.« Halligan öffnete das Fenster und zeigte auf den Baum im Hinterhof.

»Ich ... ich denke nicht, Sir.« Adam legte die Waffe auf das Fensterbrett und trat einen Schritt zurück.

Halligans riesige Hand packte Adam so fest im Genick, dass es schmerzte.

»Aua! Loslassen!«

»Mach mich nicht sauer, du halbe Portion.«

»Das ist nichts für mich, Sir. Ich ... ich will das nicht«, sagte Adam.

Halligan gab Adam eine Kopfnuss. »Es herrscht Krieg. Da drüben steht dein Feind. Töte ihn, bevor er dich erledigt.«

Adam starrte den Baum an.

»Los jetzt.« Halligan drückte Adam die Waffe in die Hand.

Adams Hände zitterten, als er die Waffe auf den Baum richtete.

»Zielen und abdrücken ... mach den Bastard alle«, zischte Halligan.

Adam drückte ab.

Halligan schüttelte den Kopf. »Da haben wir noch viel Arbeit vor uns.«

38

Wilbourg entpuppte sich als leidenschaftlicher Tänzer. Als er von Elaines Tanzabenden in der Kirche erfuhr, nahm er regelmäßig daran teil. Adam war ihm dankbar. Seit Wilbourg mit ihr dorthin ging, musste Adam sie nicht mehr begleiten.

Adam war sich nur nicht ganz sicher, was diese plötzliche Tanzleidenschaft in Wilbourg ausgelöst hatte – die Musik oder Elaine.

»Es wird wirklich aufregend heute.« Wilbourg saß neben Adam in der Stube und spielte mit seinem Krawattenknoten. »Wir lernen den Walzer.«

»Ganz toll.« Adam blätterte in dem Buch, das er von Priester McKeeley bekommen hatte. Lady Windermeres Fächer.

»Fertig.« Elaine stand in der Tür. Sie trug ein grünes Kleid. Ihre Haare hatte sie zu einem lockeren Knoten gebunden.

»Du ... du siehst hübsch aus«, sagte Wilbourg.

»Danke, Wilbourg.«

Er half ihr in den Mantel, und die beiden verabschiedeten sich.

»Viel Spaß«, rief Adam ihnen hinterher und wandte sich wieder dem Buch zu. – Also, soweit Adam das verstanden hatte, glaubte diese Lady Windermere, dass ihr Mann eine Affäre habe. Und dann war da noch dieser Lord Darlington, der etwas für diese Lady Windermere empfand.

Wieso hatte Priester McKeeley Adam gerade dieses Buch geschenkt? Sollte das alles ein blöder Scherz sein?

Ein lautes Klopfen riss Adam aus seinen Gedanken. Er brauchte eine Weile, bis er realisierte, dass das Klopfen von unten kam.

Adam ging hinunter in den Laden und öffnete die Vordertür. Er war überrascht, Pauline zu sehen. Er hatte eigentlich mit Wilbourg und Elaine gerechnet, die vielleicht etwas vergessen hatten.

»Ähm ... ist Elaine da?«, fragte Pauline.

»Beim Tanzabend.«

»Oh.«

Für Adam war die Unterhaltung damit beendet. Doch Pauline machte keine Anstalten, zu gehen.

»Darf ich reinkommen?«, fragte Pauline.

»Wozu?«

»Ich würde gerne auf sie warten.«

»Wenn du meinst.« Adam ließ sie herein und sperrte die Tür wieder zu. Pauline folgte ihm nach oben in die Stube.

»Darf ... darf ich einen Tee haben?«, fragte sie.

»Du weißt ja, wo alles ist.«

Adam setzte sich wieder an den Tisch, schmökerte in dem Buch. Er hatte sich jene Passagen angestrichen, die er gar nicht verstand. Das Buch war voll von Aussagen, mit denen Adam nichts anfangen konnte.

»Du magst mich nicht besonders, oder?«, sagte Pauline.

»Es gibt Menschen, die ich lieber mag.«

»Könntest du nicht wenigstens versuchen, mich zu mögen?«, fragte Pauline.

»Wozu?«

»Es würde die Dinge erleichtern.«

Adam sah von seinem Buch auf. »Du hast sie wie ein Stück Dreck behandelt, als die Leute von euch beiden erfahren haben.«

Pauline wich Adams Blick aus. »Ich weiß ...«

»Und deswegen mag ich dich nicht.« Adam widmete sich wieder dieser Geschichte, dieser Lady Windermere. Er überflog eine Passage im dritten Akt, die er sich markiert hatte. Dieser Lord Darlington sprach über Lady Windermere und wie sehr er sie liebte. Sein Freund Dumby antwortete darauf: »Es gibt nur zwei Tragödien im Leben. Die eine besteht darin, dass man nicht bekommt, was man sich wünscht, und die andere darin, dass man es bekommt.«

Hä?

Der Teekessel pfiff.

»Willst du auch einen Tee?«, fragte Pauline.

»Nein, danke.«

Pauline setzte sich neben Adam. Er spürte ihren Blick. Er hasste es, beobachtet zu werden.

»Verstehst du das?« Adam schob ihr das Buch hin.

Ihre Augen überflogen die Zeilen. »Denke schon.«

»Erklärs mir.«

»Ich glaube, er will damit sagen, dass du auf jeden Fall unglücklich wirst, egal, ob sich deine Wünsche erfüllen oder nicht«, sagte Pauline.

»Das ist doch Unsinn.«

Pauline starrte in ihre Teetasse. »Elaine war immer besser im Ballett als ich, besser als alle anderen Mädchen. Für die Schulaufführungen bekam sie deshalb immer die Hauptrollen.«

Adam erinnerte sich an all die Aufführungen, die er sich wegen Elaine hatte ansehen müssen. Er hatte sie dafür gehasst.

»Ich hab sie immer so beneidet und extra hart trainiert, um besser zu werden«, fuhr Pauline fort.

»Bist du besser geworden?«

»Und wie. Es hat gedauert, aber irgendwann war ich besser. Es hat sich gut angefühlt, und auch wieder nicht. Ich dachte, ich hätte mehr Spaß am Ballett, wenn ich die Beste bin, verstehst du?«

»Hat es mehr Spaß gemacht?«

»Eigentlich nicht«, meinte Pauline. »In dem Moment, wo ich die Beste war, hat es keine Rolle mehr für mich gespielt, wer die Beste ist.«

Hm. Klingt kompliziert. »Aber du hast die Hauptrolle gekriegt«, sagte Adam.

»Nein.«

»Nein?«

»Barbara Windshield bekam die Hauptrolle in dem Jahr«, sagte Pauline.

»Warum?«

Pauline lächelte. »Ihre Mutter hat die Lehrerin mit selbstgebackenen Plätzchen bestochen.«

Nach einigen Nachmittagen mit Finlay und seinen Männern, war Adam eine Sache ganz klar: Finlay hasste nicht nur Protestanten, er hasste Briten im Allgemeinen. Selbst britische Produkte hasste er. Allen voran hatte er etwas gegen die britische Biersorte *Bass Ale*. Laut Finlay trank im Süden kein Ire dieses Bier. Hin und wieder wurden dort sogar Pubs überfallen, die dieses Bier verkauften. Diesem Beispiel wollte Finlay in Belfast folgen.

Adam hatte keine Lust, mit Halligan und seinen Leuten ein Pub zu überfallen und Bierfässer zu zerstören. Aber wer fragte Adam schon nach seiner Meinung?

Die Waffe in seiner Hosentasche war so schwer, dass Adam fast seine Hose beim Laufen verlor. An der Tür drehte sich Halligan noch einmal zu allen um. »Weiß jeder, was er zu tun hat?«

Alle nickten.

Adam zog seine Hose hoch.

»Adam?«, sagte Halligan.

»Ich schieße auf die Fässer.«

»Guter Junge.«

Im Pub saßen drei Männer an der Bar, zwei an den Tischen. Die Beleuchtung war schlecht, die Luft stickig.

Halligan zog seine Waffe. »Wer nicht sterben will, hört auf mich.«

Alle erstarrten. Der Mann hinter der Bar ließ einen Bierkrug fallen. Das Glas klirrte, als es am Boden zersprang.

»Was wollt ihr denn?«, rief einer der Männer, die am Tisch saßen.

»Schnauze, oder es knallt«, sagte einer von Halligans Leuten.

»Geld raus und nicht rühren«, sagte Halligan.

Ein Mann an der Bar stand auf, steuerte auf die Tür zu.

Halligan stellte sich ihm in den Weg. »Wo willst du denn jetzt hin?«

»Hab kein Geld.«

Halligan durchsuchte ihn.

»Kann ich jetzt gehen?«, fragte der Mann. Er wirkte so gelassen. So gelassen ,wie Adam gerne wäre.

Halligan nickte. »Hau ab.«

Alle anderen hatten ihr Geld vor sich liegen.

»Gut, alle raus jetzt!«, befahl Halligan.

Die Gäste und der Wirt verschwanden eilig aus der Tür.

»Adam! Wie siehts mit den Fässern aus?«, rief Halligan.

»Ich ... ich bin gerade dabei.« Adam stand hinter dem Tresen und zielte mit seiner Waffe auf ein Bierfass mit der Aufschrift *Bass Ale*. Adam streckte die Zunge heraus und entsicherte. Peng.

Der laute Knall schmerze in Adams Ohren. Durch das Loch im Fass lief Bier aus. Die Pfütze am Boden wurde schnell größer.

Von der Straße ertönten Sirenen.

»Die Bullen! Die Bullen!«, brüllte einer von Halligans Männern.

»Rückzug!«, rief Halligan. Er packte Adam am Arm und zog ihn durch die Schwingtür in die Küche.

Schüsse fielen. Jemand schrie auf, fluchte. »Verdammt, ich bin getroffen!«

Adam zitterte am ganzen Körper.

Im Nebenraum war Getrampel zu hören. »Polizei! Hände hoch, Waffen weg.«

Wieder fielen Schüsse.

Bei jedem Knall hatte Adam das Gefühl, getroffen zu sein.

»Komm schon!« Halligan hielt eine Falltür auf.

Adam kletterte eine Holzleiter hinunter und trat zur Seite, um Halligan Platz zu machen. Als Halligan die Falltür schloss, war es stockdunkel. Über ihnen Schritte ... und Schüsse. Wieder und wieder, Schüsse.

Adams Blick verschwamm. Tränen. Er wollte hier unten nicht sterben, er wollte nach Hause zu Elaine.

»Adam? Wo bist du?«, flüsterte Halligan.

»Hier.«

»Versteck dich hinter einem der Fässer.«

Adam tastete sich voran und quetschte sich zwischen ein Fass und die kalte Kellerwand.

Die Falltür wurde aufgerissen. Licht fiel auf jenen Fleck, an dem Adam gerade noch gestanden hatte.

Adam konnte nicht atmen. Er schloss die Augen. Das war alles nur ein böser Traum. Er würde bestimmt gleich wieder in Downpatrick in seinem Bett aufwachen.

Die Leiter ächzte bei jedem Schritt. Der Polizist stand in der Mitte des Kellers, direkt unter der Falltür und richtete seine Waffe auf eines der Fässer. »Kommt raus, kommt raus.« Seine Stimme war blechern und tief.

Adam zog die Aufforderung ernsthaft in Betracht. Wenn er sich einfach ergab, hatte er vielleicht eine Chance.

Der Polizist entsicherte seine Waffe. Er wollte niemanden verhaften, er wollte schießen.

Adam tastete nach der Waffe in seiner Hose. Er wollte nicht schießen, aber vielleicht hatte er keine Wahl.

»Graham! Graham, wo steckst du!«, brüllte jemand über ihnen.

»Hier unten!«, rief der Polizist zurück.

Getrampel. »Was machst du denn da?«

»Hier sind vielleicht noch ein paar Ratten versteckt«, sagte Graham.

»Du bist so ein Idiot. Wenn da unten noch jemand wäre, wärst du jetzt tot«, sagte die Männerstimme. »Jetzt lass den Quatsch und komm wieder hoch.«

Die Leiter ächzte wieder. Es dauerte eine Ewigkeit, bis die Falltür endlich zufiel.

Adam hielt es hier unten keine Sekunde länger aus. Er musste raus. Es war so schrecklich eng hier und kalt und dunkel.

Er bekam keine Luft.

Er hatte den ersten Fuß schon auf der Sprosse, als er eine Hand in seinem Genick spürte.

Adam schrie leise auf. Für einen Moment hatte er vergessen, dass Halligan auch noch hier war.

Adam bekam einen Klaps.

»Spinnst du? Willst du, dass der wiederkommt?«, flüsterte Halligan.

Sie verharrten einen Moment, lauschten, doch Graham kam nicht zurück. Adams Aufschrei war ungehört geblieben.

»Ich will hier raus.« Adam setzte erneut an, nach oben zu klettern.

»Ganz bestimmt nicht«, sagte Halligan. Er zog Adam von der Leiter weg. »Da oben ist eine Schar Polizisten. Willst du denen in die Arme laufen?«

»Ich weiß es nicht.« Es war die Wahrheit.

»Glaub mir, willst du nicht.«

Adam konnte nicht mehr. Seine Beine gaben nach, und er sackte zu Boden. Mit dem Rücken lehnte er sich gegen eines der Fässer. Schluchzer beutelten ihn.

»Du bist ein ganz schönes Mädchen«, sagte Halligan.

»Was machen wir jetzt?«, schniefte Adam.

»Wir warten.«

In diesem dunklen Keller wollte die Zeit einfach nicht vergehen. Vielleicht waren auch schon Tage vergangen. Wann die Sonne auf- und unterging, würden sie hier unten bestimmt nicht mitbekommen.

Die Schritte und Stimmen der Polizisten waren schon vor längerer Zeit verstummt, doch Halligan bestand darauf, noch zu bleiben.

Adam war so schrecklich müde. Er hatte keine Kraft mehr, gegen den Schlaf anzukämpfen. Seine Augen fielen zu.

»Wir waren hier mal richtig gut aufgestellt«, flüsterte Halligan.

Adam zuckte hoch. Er war mit einem Mal wieder hell wach.

»Hier in Belfast, meine ich«, sagte Halligan. »Drei Bataillone gab es hier. Wir hatten felsenfeste Unterstützung aus Dublin. Geld und Waffen. Wir konnten den Protestanten hier richtig einheizen.« Halligan seufzte. »Das ist lange her. Heute ist es schrecklich. Es sind nur noch wenige von uns übrig.«

»Was ist passiert?«

Halligan schnaufte. »Vieles. Verhaftungen, der Bürgerkrieg im Süden ... wir haben viele gute Männer verloren.«

Adams Pobacken schmerzten. Der Boden war so hart. Adam konnte schon nicht mehr sitzen. »Mein Vater war im Bürgerkrieg.«

»Tatsächlich? Guter Mann. Wäre selbst gerne dort gewesen«, sagte Halligan.

»Warum warst du es nicht?«

»Saß im Knast. Schrecklich, sag ich dir. Unsereins wird weggesperrt wie ein Tier. Einzelhaft. Kein Fenster, nichts zu essen. Nur Kälte und Dunkelheit …« Halligan lachte. »Ungefähr so wie hier.«

Adam schluckte. »Was wird aus denen, die sie heute mitgenommen haben?«

Halligans Tonfall wurde tiefer. »Nicht drüber nachdenken. Nicht drüber nachdenken.«

39

Elaine saß in der Stube, als Adam nach Hause kam. Ihre Haare waren zerzaust, und sie hatte dunkle Ringe unter den Augen. Sie sah so aus, wie Adam sich fühlte.

»Wo warst du?«

»Wir mussten uns verstecken«, murmelte Adam. Er nahm den Teekessel vom Herd und schenkte sich eine Tasse ein. »Verstecken? Wovor denn?«, fragte Elaine.

Das Wasser aus dem Kessel war bereits kalt, es kümmerte Adam nicht. Mit jedem Schluck, den er trank, wurde er noch ein bisschen durstiger.

»Wir haben ein Pub überfallen, die Polizei ist aufgetaucht.«

»Was?« Elaine sah Adam schockiert an.

»Wir wollten nur das Bass Ale zerstören … britisches Bier … Finlay hasst es, dass bei uns britisches Bier verkauft wird.«

»Finlay? Finlay wollte, dass ihr ein Pub überfallt?«

Adam nickte. Es tat so gut, hier zu sein, an diesem Tisch zu sitzen. Sobald er die Kraft dazu hatte, wurde er nach nebenan gehen, sich ins Bett fallen lassen und nie wieder aufstehen.

»Wie lange war ich weg?«, fragte Adam.

»Eine Nacht und den ganzen Tag«, antwortete Elaine.

Tatsächlich draußen ging die Sonne unter. Es würde bald dunkel werden. Schon wieder.

»Finlay ist ein ganz übler Typ. Er plündert, stiehlt und tötet«, murmelte Adam.

Elaine zuckte zusammen. Die Gedanken überschlugen sich in ihrem Kopf, das konnte Adam sehen.

»Was ... was sollen wir jetzt tun?«, fragte sie.

»Gar nichts.«

»Aber, wir ... wir können doch nicht weiter für ihn arbeiten«, sagte Elaine.

»Wir haben keine Wahl, glaub mir.«

Adam musste mit Finlay reden. Gleich am nächsten Tag besuchte Adam ihn in seinem Laden. Die Tür zu Finlays Büro stand offen. Er saß an seinem Schreibtisch und ging einen Stapel Rechnungen durch. Adam klopfte an den Türrahmen.

»Haben ... haben Sie kurz Zeit, Sir?«

Finlay machte eine einladende Handbewegung. »Setz dich.«

Adams Herz schlug ihm bis zum Hals. »Ich ... ich will nicht mehr mit Halligan mitfahren, Sir.«

»Hm.« Finlay lehnte sich in seinem Stuhl zurück.

Bei Finlays starrem Blick stieg Adam der kalte Schweiß auf.

»Vielleicht hast du recht.«

»Wirklich?«

»Halligan hat mir von eurem Einsatz berichtet. Er meinte, du bist in Ordnung, aber ein bisschen zu schüchtern ... nein, schüchtern hat er nicht gesagt. Zögerlich. Genau. Er meinte, du wärst zu zögerlich.«

Adam senkte seinen Kopf. »Tut ... tut mir leid, Sir.«

»Muss es nicht. Es gibt viel zu tun. Wir finden schon eine passende Aufgabe für dich.«

»Kann ... kann ich nicht einfach bei Elaine im Laden helfen?«

Finlay nickte. »Wirst du, wirst du. Natürlich. Allein schafft sie das ja nicht. Aber ein junger Mann wie du braucht auch eine Gemeinschaft. Etwas abseits der täglichen Arbeit.«

»Eigentlich nicht ... ich ... mir gehts auch ohne Gemeinschaft gut, Sir.«

Finlay lachte. Ein beängstigendes Lachen. Er sprang auf. »Komm, ich zeige dir etwas.«

Zu Finlay Nein zu sagen, wagte Adam nicht.

Hinter dem Laden war Adam noch nie gewesen. Eine schmale Gasse führte hier entlang. Ein Mann lud gerade zwei Kisten auf einen Kastenwagen.

»Lass nur. Ich übernehme das heute«, sagte Finlay. Er wandte sich Adam zu. »Los steig ein.«

Finlay war ein besserer Fahrer als Halligan. Viel ruhiger, viel entspannter.

Es überraschte Adam immer wieder, dass es immer noch Straßen und Viertel gab, die er nicht kannte.

Nach etwa einer halben Stunde Fahrt bog Finlay an einer Straßenecke ab und hielt an. Eine Schar Kinder stürmte auf den Wagen zu. »Finlay, Finlay, Finlay!«, riefen sie.

Die Kinder waren alle klein und dünn. Sehr dünn.

Finlay stieg aus, ging zur Rückseite des Wagens. Adam folgte ihm.

Finlay hob die erste Kiste herunter und öffnete sie.

Brot? Damit hatte Adam nicht gerechnet.

Die Kinder stürzten sich auf die Kiste und schlangen das Brot gierig hinunter, prügelten sich um jedes Stück.

Adam half Finlay mit der zweiten Kiste. Butter, Milch und ein paar Schokoriegel.

»Mama, Mama!«, rief ein Mädchen mit braunen Zöpfen. »Sieh mal, was Mister Finlay gebracht hat.«

Die Mutter, selbst sehr dünn, stellte sich zu ihnen. »Vielen Dank, Mister Finlay. Das ist so großzügig von Ihnen.«

»Immer gerne, Margarete, immer gerne.«

Auf dem Heimweg summte Finlay vor sich hin. Er sah so fröhlich aus, so kannte Adam ihn gar nicht.

»Hast du die Hautfarbe der Kinder bemerkt? Diesen leicht grünen Schimmer?«, fragte Finlay.

Adam nickte.

»Das kommt von der Unterernährung.«

»Hm.«

»Ich stamme aus dieser Nachbarschaft ... dort, wo wir gerade waren«, sagte Finlay.

»Wirklich?«

»Tiefste Armut. Schrecklich. Unsereins ist besonders hart davon betroffen.«

Adam sah Finlay an. »Unsereins?«

»Katholiken. Wir sind besonders benachteiligt in dieser Stadt, hier im Norden allgemein. Weißt du, wieso?«

Adam schüttelte den Kopf.

»Protestanten. Unsere Regierung ist voll von Protestanten. Sie kümmern sich nur um ihresgleichen und scheren sich einen Dreck darum, was aus uns wird.«

»Einer meiner besten Freunde ist Protestant, Sir.«

»Tatsächlich?«

Adam nickte. »Es kümmert ihn, was aus mir wird.«

»Das ist schön. Ungewöhnlich, aber schön.« Finlay parkte den Wagen vor dem Laden. Er stieg nicht aus, starrte nur vor sich hin.

Adam blieb sitzen. Er war sich nicht sicher, ob er gehen durfte.

»Weißt du, was diese Stadt braucht, Junge?«

»Nein, Sir.«

»Mehr Katholiken in unserem Parlament.«

Adam wusste nicht, was er darauf antworten sollte.

Finlay sah Adam an. »Ich glaube, ich weiß, wofür ich deine Hilfe brauchen kann.«

Adam wollte es lieber nicht wissen.

»Ich werde Stormont erobern und du wirst mir dabei helfen.«

»Stormont, Sir?«

»Unser Parlament. Die nächsten Wahlen sind noch eine Weile hin, aber wir müssen uns vorbereiten. Richtig gut vorbereiten.«

»Und was soll ich dabei tun, Sir?«

»Du? Du wirst mir dabei helfen, gewählt zu werden.«

Adam spürte, dass etwas nicht stimmte, als er die Tür zum Laden aufschloss. Es war früher Abend, das Geschäft für den heutigen Tag beendet. Ein schwacher Lichtschein erhellte die Backstube im hinteren Teil des Ladens. Elaine stand mit dem Rücken zu ihm. Sie trug ihr grünes Kleid und rührte Teig an.

»Was ist denn los?«, fragte Adam.

Er hatte sie gar nicht zu Hause erwartet, immerhin ist Samstagabend, Tanzabend.

»Wilbourg und Pauline ...«, schniefte Elaine. »Sie haben alles kaputt gemacht.«

»Was ist passiert?«, fragte Adam.

»Wir waren gemeinsam bei diesem Tanzabend. Pauline wollte unbedingt mitkommen. Ich konnte nicht Nein sagen ...«

Oje.

»Sie war so gemein zu Wilbourg und er zu ihr ...« Elaine vergrub ihr Gesicht in einem Geschirrtuch. »Wieso tun sie das? Wieso ruinieren sie den einzigen Abend in der Woche, der mir was bedeutet?«

Weil du ihnen etwas bedeutest, wäre die logische Antwort gewesen. Und das machte die Antwort auch wieder unlogisch.

Adam ging nach oben und kam mit dem Radio wieder, das er seit Tagen in einer lockeren Diele im Boden versteckt gehalten hatte.

Elaines Augen leuchteten. »Wo hast du denn das her?«

»Von einem Händler die Straße runter. Sollte eigentlich dein Weihnachtsgeschenk werden.«

»Weihnachten? Wir sollten besser kein Geld für Geschenke ausgeben, das können wir uns nicht leisten«, sagte Elaine.

Adam zuckte mit den Schultern. »Es war ein Schnäppchen. Wollte nicht, dass es uns jemand wegschnappt.« Adam schaltete das Radio ein.

Swing. Gar nicht übel. Adams Fuß tippte im Takt. Elaine bewegte ihren Kopf zur Musik, ganz leicht und immer deutlicher, bis ihr ganzer Körper vom Rhythmus gepackt war.

Sie wollte tanzen, richtig tanzen. Adam packte sie an ihren mehligen Händen und zerrte sie in die Mitte der Backstube, wo er sie wild herumwirbelte.

Elaine lachte. »Du hast zwei linke Füße.«

»Find dich damit ab. Ich bin alles, was du hast«, antwortete Adam.

Er würde es niemals zugeben, aber ihm machte das Tanzen ausnahmsweise Spaß. Zumindest an diesem einen Abend.

Ein Lied nach dem anderen tanzte er mit Elaine, bis sie sich keuchend losriss, um das Fenster zu öffnen. Schweißperlen standen ihr auf der Stirn.

Die kühle Luft tat gut.

Adam leckte sich über seine trockenen Lippen.

Elaine blieb beim Fenster stehen, hielt inne. Sie starrte in den Abendhimmel hinauf. »War da gerade ein Funke?«

Ein Funke? Adam konnte nichts dergleichen sehen.

»Das hast du dir sicher eingebildet.«

Ein Funke! Diesmal hatte Adam ihn auch gesehen. Es sah aus wie ein weißer Pinselstrich, der sofort wieder von dem dunklen Himmel verschluckt wurde. – Eine Sternschnuppe. Und noch eine, und noch eine. Hunderte, Tausende. Einfach unglaublich!

BELFAST
1993

40

Adam und ich sitzen immer noch in seinem Garten. Die Kälte beginnt mir zuzusetzen, und ich werde ungeduldig. »Warum erzählst du mir das?«

»Ich will, dass du verstehst ...«, sagt Adam.

»Was soll ich verstehen?«

Adam seufzt. »Dass ich da hineingezogen wurde. Ich wollte nie zur IRA gehören. Ich denke nicht so, ich bin nicht so.«

»Und doch leitest du heute dein eigenes ... wie nennt ihr das? Bataillon?«

Adam lacht. »Wir sind doch kein Bataillon. Wir sind auch nicht die IRA.«

»Sondern?« Ich will ihm glauben, aber ich brauche mehr als vage Behauptungen.

»Wir waren mal bei der IRA ... die meisten von uns. Aber jetzt nicht mehr.«

»Ok.«

»Wir haben uns zusammengetan ...«

»Wozu?«

Er sieht mich lange an. »Um sie aufzuhalten.«

»Sie? Die IRA?«

Adam nickt. »Deshalb war ich in jener Nacht am Bahnhof. Ich wollte einen Anschlag der IRA verhindern.«

»Einen Anschlag?« Die Zeitungsberichte. »Also stimmt es, was in den Zeitungen steht.«

»Mehr oder weniger«, meint Adam.

»Und Michael hat dir geholfen?«

»Michael und Quentin haben mir geholfen. Wir haben alle drei versucht, Schlimmeres zu verhindern.«

»Aber das verstehe ich nicht, wenn ihr alle auf derselben Seite wart, warum hat Quentin dann Michael erschossen?«

»Ich weiß es nicht.« Adam klingt verzweifelt. »Die Bomben, die O'Tierney gelegt hat, waren auch nicht echt, es waren Attrappen.«

»Aber ...« Ich muss die Information kurz setzen lassen, meine Gedanken ordnen. »Warum? Was steckt dahinter? Wer steckt dahinter?«

Adam zuckt nur mit den Schultern.

»Woher wusstet ihr von dem vermeintlichen Anschlag?«

»Die Information kam von Michael, aber wir haben alle noch Kontakt zur IRA ... zu unterschiedlichen Bataillons«, sagt Adam.

»Mit Kontakt, meinst du, ihr gehört dazu?«

»Nur zum Schein, um an Informationen zu kommen.«

»Wäre es denkbar, dass Michaels Bataillon hinter seinen Verrat gekommen ist und Michael in diese Falle gelockt hat?«

»Möglich«, sagt Adam. »Aber das erklärt nicht, warum Quentin abgedrückt hat. Die beiden waren Freunde, die besten Freunde.«

Das wäre so, als würde Dok mich erschießen. Einfach so. Vermutlich wusste nicht einmal Michael, warum sein Kumpel auf einmal auf ihn zielte.

»Hat Michael gesagt, wer ihm die Information über den Bahnhofanschlag gegeben hat? Ist ein Name gefallen?«

Adam schüttelt den Kopf. »Nein, leider nicht.«

»Wieso bist du nicht früher damit rausgerückt?«, frage ich nach kurzem Schweigen.

»Johnnys Tod hat alles verändert, verstehst du das nicht? Du hast recht, wer auch immer ihm das angetan hat, könnte auch hinter uns her sein. Es macht keinen Sinn mehr, dich rauszuhalten ... du steckst bereits mittendrin.«

In den nächsten Tagen schneit es wie verrückt. Mein Wagen springt morgens nicht an, Dok muss mir Starthilfe geben. Ich stolpere gerade noch rechtzeitig zu Dienstbeginn in die Ambulanzstation.

Kaum habe ich den Aufenthaltsraum betreten, will mich Watkins auch schon in seinem Büro sehen.

So sauer habe ich ihn noch nie erlebt. Meine Rede auf der Ehrenfeier kam bei Watkins wohl nicht so gut an.

»Was haben Sie sich dabei gedacht?« Watkins geht vor mir auf und ab.

»Ich hab nur die Wahrheit gesagt.«

»Die Wahrheit? Wen interessiert die Wahrheit? Sie hätten auf dieser Bühne nur ein bisschen lächeln und Danke sagen sollen«, sagt Watkins.

»Tja, tut mir leid. Die Info hab ich nicht gekriegt.«

»Ich warne Sie, Goodwin. Legen Sie sich besser nicht mit mir an.«

»Was ist denn Ihr Problem? Sie wollten doch, dass wir Sanitäter gut dastehen. Das tun wir jetzt. Ihre Witze über die Feuerwehr und meine Kritik an der Polizei ... denen haben wir es richtig gegeben.«

Watkins kneift die Augen zusammen. »Wollen Sie mich provozieren?«

Ich habe keine Gelegenheit mehr, um zu antworten.

Kingston platzt herein. »Goodwin, wir müssen los.«

Fette Schneeflocken fallen auf die Windschutzscheibe unseres Rettungswagens. Es ist das erste Mal dieses Jahr, dass ich im Radio ein Weihnachtslied höre. Kingston dreht das Radio ab, bevor ich es tun kann.

»Das war eine gute Rede bei der Verleihung«, sagt Kingston.

»Danke, deine war auch gut.«

»Ach, sentimentales Geschwätz ... du hast den Nagel auf den Kopf getroffen«, sagt Kingston.

»Mag sein ... Watkins ist ganz schön sauer. Ich glaube nicht, dass der sich so schnell beruhigt.«

»Vermutlich nicht«, meint Kingston. »Andererseits ... wen juckt's?«

Wir erreichen unseren Einsatzort: Eine Tankstelle in der Crumlin Road. Die Kassenfrau ist zusammengebrochen und bei unserem Eintreffen bewusstlos.

Kingston scheint sie zu kennen. »Sofia? Sofia kannst du mich hören?« Er tätschelt sie an der Wange, doch sie reagiert nicht.

Während ich Atmung und Blutdruck kontrolliere, misst Kingston den Blutzuckerspiegel. Der Wert liegt deutlich unter 40 mg/dl – sie ist stark unterzuckert und hat offenbar einen hypoglykämischen Schock. Wir verabreichen ihr eine Glukoseinfusion. Die Frau kommt noch während der Behandlung zu sich.

»Sofia? Alles ist gut. Sie hatten einen Zuckerschock ... wir kümmern uns um Sie«, sage ich mit ruhiger Stimme.

Ich habe schon einige Patienten erlebt, die orientierungslos und panisch waren, wenn sie aus der Ohnmacht erwachten. Sofia hingegen wirkt gefasst und ruhig. »Geht schon wieder.« Sie räuspert sich.

Kingston bringt ihr ein Glas Wasser. »Besser?«

Sie nimmt einen großen Schluck und nickt.

»Ich hol die Trage«, sage ich zu Kingston und will aufstehen.

Sofia hält mich am Arm fest. »Bitte nicht … ich will nicht ins Krankenhaus.«

»Wir müssen Sie aber mitnehmen, Sie müssen untersucht werden.«

»Das wird wohl nicht notwendig sein«, sagt Kingston.

Das kann unmöglich sein Ernst sein.

»Wir nehmen sie mit«, sage ich bestimmt.

Kingston wendet sich Sofia zu. »Nimmst du immer noch Tramadol?«

Sofia nickt.

»Langzeitanwendung führt zu solchen Zuckerschocks«, sagt Kingston.

»Alles halb so wild«, sagt Sofia.

»Das war sogar ziemlich wild. Wenn du nicht gefunden worden wärst, wärst du in ein Koma gefallen, oder Schlimmeres«, mahnt Kingston.

»Bin ja gefunden worden«, sagt Sofia. Sie will aufstehen, doch Kingston hält sie davon ab. »Du musst es sachte angehen, wir bringen dich nach Hause.«

Hat Kingston Tomaten auf den Ohren? »Wir fahren sie ins Krankenhaus.«

Kingston ignoriert mich immer noch. Ich könnte ihm eine reinhauen. Wenn der Frau was passiert, weil wir sie nicht ins Krankenhaus gebracht haben, sind wir dran.

Ich hole den Tragestuhl aus dem Krankenwagen und helfe Kingston, unsere Patientin hineinzusetzen.

Da Kingston die Wagenschlüssel hat, habe ich keine Chance. Er fährt. Und ich weiß auch, wohin – zu Sofia nach Hause.

»Madam, ich muss Sie darauf hinweisen, dass Sie auf Ihr eigenes Risiko weitere ärztliche Behandlung ablehnen«, sage ich zu Sofia, als wir aussteigen.

»Meine Güte, wo hast du den denn her?«, fragt Sofia an Kingston gewandt.

Ich hasse es, nicht ernst genommen zu werden.

Kingston hilft Sofia ins Haus, ich warte draußen.

»Du bist mir eine Erklärung schuldig«, sage ich, als er zurückkommt.

»Gar nichts bin ich dir schuldig.«

»Woher kennst du diese Sofia?«

Er wirft mir die Autoschlüssel zu. »Eine lange Geschichte.«

Es ist eine Geschichte, die ich noch am selben Nachmittag erzählt bekomme – bei einer Partie Poker mit den Kollegen.

Richards, die einzige Kollegin am Tisch, teilt die Karten aus.

»Sofia lässt euch alle schön grüßen«, sagt Kingston.

Richards Augen leuchten. »Sofia? Wie gehts ihr denn?«

»Nicht gut«, sagt Kingston. »Wird immer schlimmer bei ihr.«

»Du kennst Sofia auch?«, frage ich Richards.

»Klar, wir alle kennen Sofia«, sagt Miller. »Sie ist quasi Stammgast bei uns.«

»Stammgast?«

»Ja, hatte einen echt üblen Leistenbruch vor ein paar Jahren«, sagt Kingston. »Jarvis und ich haben sie ins Krankenhaus gefahren.«

»Ein paar Wochen später habe ich einen Notruf von ihr bekommen«, sagt Richards. »Hat sich rausgestellt, dass die arme Frau wieder nach Hause geschickt wurde. Sie wartet bis heute auf einen OP-Termin.«

»Vor ein paar Jahren? Wie lange zieht sich das schon?«

»Lange«, sagt Kingston. »Zwei Jahre?«

Richards schüttelt den Kopf. »Bestimmt schon drei.«

»Drei Jahre?« Das kann nur ein Scherz sein.

»Arbeitet sie immer noch an der Tankstelle unten in der Crumlin Road?«, fragt Miller.

»Ja«, antwortet Kingston. »Sie hat ja diesen Hocker ...«

»Stimmt«, meint Richards.

Ich verstehe gar nichts mehr. »Wovon redet ihr? Was für ein Hocker?«

»Sie steht meistens hinter der Kasse, nicht auszuhalten mit einem Leistenbruch. Um nicht den ganzen Tag stehen zu müssen, hat ihr der Tankstellenbesitzer einen Hocker zur Verfügung gestellt«, erklärt Richards.

Wie großzügig. »Und wann kriegt sie endlich ihre OP?«

»Hm, dauert wohl noch«, meint Kingston. »Ihr Termin wird dauernd wegen dringenderer Operationen verschoben.«

»Das ist doch totaler Mist.«

»Da kann ich dir nur beipflichten. Das ganze System ist Mist«, sagt Richards. »Mein Neffe hatte einen bösartigen Tumor im Magen – zum Glück frühzeitig erkannt, aber das bringt nicht viel, wenn man dann ewig auf einer Warteliste steht. Der Tumor wächst und wächst.«

Das kann nur ein Scherz sein. »Gehts deinem Neffen gut?«

»Ja, meine Schwester konnte es sich zum Glück leisten, ihn in Frankreich operieren zu lassen«, sagt Richards.

»In Frankreich?«

»Das habe ich auch schön öfter gehört«, sagt Kingston. »Wenn du nicht sterben willst, geh nach Frankreich.«

Alle am Tisch lachen. Ich finde das gar nicht komisch.

»Und was heißt das jetzt für Sofia?«

»Warten und Schmerzmittel schlucken«, sagt Kingston.

»Schmerzmittel – hast du sie deshalb gefragt, ob sie immer noch Tramadol nimmt?«

Kingston nickt. »Langzeitfolgen sind Unterzuckerung.«

Deshalb wollte Kingston sie nicht zwingen, ins Krankenhaus zu gehen. Ihre Symptome sind bekannt, die Ursache auch – und die Ärzte sehen tatenlos zu.

»Sie sollte wirklich aufpassen. Diese Schmerzpillen dauerhaft zu nehmen, ist alles andere als gut«, sagt Richards.

»Was hat sie denn für eine Wahl?«, fragt Miller.

»Hat schon mal jemand versucht, mit ihrem Arzt zu reden?«, frage ich.

Richards lacht nur. »Als ob die zuhören würden.«

So einfach werde ich es nicht auf sich beruhen lassen. Nach Dienstschluss fahre ich ins Belfast City Hospital und mache die Fachärztin für Chirurgie ausfindig: Doktor Townsend.

Sie ist unsagbar beschäftigt.

Ich muss ihr bei ihrer Visite auf der Station auflauern.

Doktor Townsend ist eine relativ junge Ärztin, obwohl ich sie auf ersten Blick eher für eine Punkrockerin gehalten hätte. Sie hat ihre Ärmel bis zum Ellbogen hochgekrempelt, wodurch ihre zahlreichen Tattoos an den Unterarmen zum Vorschein kommen.

Eine Horde Assistenzärzte folgt ihr auf Schritt und Tritt.

»Doktor Townsend? Entschuldigung?«

Sie dreht sich zu mir um und sieht mich mit einem Blick an, der sagt: Wer wagt es, mich anzusprechen.

»Ich habe eine Frage zu einer Patientin von Ihnen ...«

Sie mustert mich.

Ich trage immer noch meine Sanitäteruniform. Wenn überhaupt, bekomme ich in diesen Klamotten bestimmt mehr Antworten.

»Nicht jetzt.« Sie geht in das nächste Patientenzimmer, gefolgt von ihren Assistenzärzten. Ich mische mich unter sie.

»Mister Hudson, wie geht es uns denn heute?«, fragt Doktor Townsend. Der Mann im Krankenbett hustet. »Besser. Viel besser, Doktor.«

Ich versuche es erneut. »Die Patientin, über die ich sprechen möchte, heißt Sofia Quinn.«

Alle sehen mich an. Doktor Townsend, die Assistenzärzte, Mister Hudson.

»Sie sind immer noch hier?«, sagt Townsend.

»Sofia Quinn wartet seit drei Jahren auf einen OP-Termin ... ich will wissen, warum sie so lange leiden muss.«

Townsend wird rot im Gesicht. »Jetzt werft doch endlich diesen Spinner aus meinem Krankenhaus!«

Zwei Assistenzärzte packen mich an den Armen. Ich reiße mich los, sehe Mr. Hudson an. »Möchten Sie drei Jahre auf Ihre Behandlung warten, Mister Hudson? Mit Doktor Townsend als Ärztin könnte Ihnen das passieren.«

Mister Hudson sieht verstört aus.

»Nun reicht es aber!« Townsend zerrt mich vor die Tür. »Was ist nur in Sie gefahren?«

»Wenn Sie mir einfach eine Antwort auf meine Frage geben, sind Sie mich los.«

Ein eifriger Assistenzarzt mit Brille wagt sich in den Flur. »Brauchen Sie Hilfe, Doktor Townsend?«

»Ach, gehen Sie mir aus dem Weg.« Sie verschwindet in ein Schwesternzimmer und setzt sich an den Computer.

Ich folge ihr und bleibe im Türrahmen stehen.

»Wie heißt die Patientin?«, fragt Townsend.

»Sofia Quinn.«

Sie tippt unglaublich langsam.

»Sofia Quinn hat in einem Monat einen Termin bei uns.«

»Geht das nicht schneller.«

Townsend sieht mich böse an. »Sie sollten Ihr Glück nicht überstrapazieren.«

»Sie ist eine Schmerzpatientin, sie sollte Vorrang haben.«

Townsend steht auf und stemmt ihre Hände in die Hüften. »Tja, vier Wochen wird sie dennoch warten müssen.«

»Wird der Termin diesmal wenigstens halten? Versprochen wurde ihr der Eingriff schon öfter.«

»Wir werden sehen.« Sie stellt sich ganz knapp vor mich. »Ich gebe Ihnen einen guten Rat, Mister ...« Sie liest das Namensschild auf meiner Brust. »Goodwin.«

Na, da bin ich aber mal gespannt.

»Bewahren Sie immer eine professionelle Distanz zu ihren Patienten. Deren Freund zu sein, ist nicht ihr Job.«

41

An meinem freien Tag ist Dok schon morgens außer Haus, er muss ganz dringend zu einer Vorlesung. So haben Lena und ich das ganze Haus für uns. Im Wohnzimmer spielen wir Stadt, Land, Fluss – die Striptease-Variante. Derjenige, der eine Runde verliert, verliert auch ein Kleidungsstück. Ich hätte mich nicht darauf einlassen sollen, Lena ist unschlagbar.

Während ich nur in Boxershorts am Schreibtisch sitze, liegt sie noch in Jeans und T-Shirt auf dem Ausziehsofa. Lediglich ihre beiden Socken hat sie bisher eingebüßt. Sie knabbert an ihrem Bleistift und lümmelt über ihrem Notizzettel. Diese Runde haben wir den Buchstaben F. – Fluss fällt mir mit F keiner ein, Lena natürlich schon.

»Futaleufú.«

»Futu-was?«

»Futaleufú. Das ist ein sehr schöner Fluss in Chile«, sagt sie.

»So ein Unsinn.«

»Kein Unsinn.«

»Das hast du gerade erfunden.«

»Sieh nach, wenn du mir nicht glaubst.«

Der Atlas liegt noch neben mir – von den unzähligen anderen Dingen, die ich nachschauen musste.

»Und ob ich das nachschaue.« Irgendwann muss sie doch auch mal unrecht haben, oder? Im Stichwortverzeichnis finde ich tatsächlich kein Futu-irgendwas.

»Versuchs mal mit Rio Futaleufú«, sagt Lena.

Gefunden. »Wenn es Rio Futaleufú heißt, ist es aber kein Fluss, der mit dem Buchstaben F beginnt, sondern mit dem Buchstaben R.«

»Rio heißt Fluss, du Nase. Wir sagen auch *Lagan River*. Deswegen heißt der Fluss trotzdem Lagan und nicht River«, sagt Lena. Sie grinst. »Jetzt mach schon, lass die Hüllen fallen.«

Wie könnte ich da widersprechen?

Ein Handy klingelt.

»Ist das deins oder meins?«

»Deins«, sagt Lena.

Es will einfach nicht aufhören zu klingeln. Wer ist denn da so lästig?

»Hallo?«

»Wo steckst du denn, Mann?« Es ist Dok.

»Ich bin bei ... ich ... ich meine ... ähm ... zu Hause ...«

»Du hast es vergessen ...«

»Vergessen?« Hausmanns Verhandlung. Verflucht! »Ich ... ich bin unterwegs.«

»Beeil dich lieber, es hat schon angefangen«, sagt Dok.

Ich lege auf und zieh mich an.

»Was ist denn los?«, fragt Lena.

»Hausmanns Verhandlung ... heute ...«

»Das kann nicht sein, die ist am Donnerstag.«

»Heute ist Donnerstag!«

Lenas Augen weiten sich. »Ach, Gott!«

»Ich muss los.« Ich drehe an der Tür noch einmal um, gebe ihr einen Kuss. »Wir sehen uns später?«

Sie nickt und zieht ihre Socken wieder an.

Der Verkehr ist furchtbar heute, und einen Parkplatz in der Nähe des Gerichts zu finden, ist alles andere als einfach.

Völlig außer Atem und mit starkem Seitenstechen laufe ich die Stufen zum Gericht hoch. Im Foyer stehen eine Menge Menschen Schlange. Der Sicherheitscheck, Mist! Es ist nur ein Sicherheitsbeamter zu sehen, der jeden Einzelnen ganz genau kontrolliert.

»Entschuldigung.« Ich tippe dem Mann vor mir auf die Schulter. »Würden Sie so nett sein und mich vorlassen? Ich habe einen dringenden Termin bei einer Verhandlung.«

»Den haben wir alle, Jungchen«, sagt der Mann und wendet mir wieder den Rücken zu.

Ich rufe Dok an. Er hebt nicht ab.

Hausmann hat mich um einen kleinen Gefallen gebeten, für ihn auszusagen. Und was tu ich? Ich schlafe stattdessen mit seiner Frau.

Verflucht! Geht da auch irgendwann einmal etwas weiter?

Bis ich endlich dran bin, ist eine halbe Stunde vergangen.

Als mich der Sicherheitsbeamte durchwinkt, laufe ich los, den Flur entlang. Wohin eigentlich? Wie war die Nummer von dem Saal noch gleich?

Da vorne! Da ist Dok. Ich gebe noch einmal alles, sprinte die letzten Meter.

»Ich bin da, ich bin da.«

»Zu spät«, sagt Dok.

Nein. »Das ist ein Witz.«

»Die Richterin hat fast eine Stunde gewartet, dann war es ihr zu blöd. Sie hat die Sitzung vertagt«, sagt Dok.

»Verdammt.«

»Das kannst du laut sagen. Was ist denn los mit dir? Hausmann hat sich auf dich verlassen.«

»Ich weiß.« Mein T-Shirt ist bei den Achseln klatschnass, der penetrante Schweißgeruch ist kaum zu ertragen. Dok sieht so schick aus in seinem Anzug. Ich hingegen trage verwaschene Jeans und alte Sneakers, die auch einen merkwürdigen Geruch absondern. Ich fühle mich schmutzig und schäbig.

Dok schüttelt nur den Kopf. »Du bist ein wahrer Freund.«

Ich fühle mich nicht danach, nach Hause zu fahren. Es würde doch nur ein Thema geben: Hausmann. Ich habe im Moment wirklich andere Sorgen, andere Menschen, die mich brauchen.

Ich fahre zur Tankstelle in der Crumlin Road.

Sofia sitzt auf ihrem Hocker hinter der Kasse und liest. *Der Fänger im Roggen.* Ein schrecklicher Roman, habe ihn nie verstanden.

Ich warte, bis mich Sofia bemerkt.

Sie bietet mir einen Kaffee an, ein Angebot, das ich hätte ausschlagen sollen. Der Kaffee schmeckt furchtbar.

»Dachte schon, dass du wiederkommst«, sagt Sofia. Sie sitzt mir an einem der Imbisstische gegenüber.

»Hast du schon darüber nachgedacht, die OP im Ausland machen zu lassen?«

»Das kann ich mir nicht leisten.«

»Alternativmedizin gegen die Schmerzen?«

»Bringt nichts«, sagt Sofia.

»Du solltest dir etwas anderes suchen ... einen Job, der deine Verletzung schont.«

»So einen Job gibt es nicht.«

Es ist schon lange her, dass ich eine so frustrierende Unterhaltung geführt habe.

»Mach dir keine Sorgen um mich. Das wird schon. Ich komme bald dran, das kann ich spüren.« Sie klingt tatsächlich optimistisch, unvorstellbar nach all der Zeit.

Es nervt mich, dass ich nicht mehr tun kann.

Sofia mustert mich. »Du bist Jarvis' Zögling gewesen, nicht?«

»Ja, so könnte man es sagen.«

Ich habe schon wieder völlig vergessen, dass Sofia und Jarvis sich gekannt haben.

»Er kam hin und wieder auf einen Kaffee vorbei, hat mir manches von der Arbeit erzählt«, sagt Sofia. »Unter anderem von dir.«

»Na toll.«

»Von Kingston und Watkins hat er gesprochen ... von den Pokerrunden im Aufenthaltsraum. Aber meistens haben wir über Musik geredet«, sagt Sofia.

»Musik?«

»Ja, Jarvis war ein großartiger Musiker. Gitarre, Klavier, Saxophon – er konnte viele Instrumente spielen.«

»Das wusste ich gar nicht.«

»Musik war seine Leidenschaft, wenn er davon gesprochen hat, haben seine Augen geleuchtet.«

Nur schwer vorstellbar. In der Arbeit hat er immer so leidenschaftslos gewirkt. »Ich hatte immer den Eindruck, dass er allem gegenüber so ... phlegmatisch ist.«

»Er war nicht phlegmatisch. Verbittert triffts eher«, sagt Sofia.

»Verbittert? Wie kommst du darauf?«

»Ich weiß nicht. Er hat einfach nie etwas Positives von seinem Job erzählt. Ich glaube, er war tief unglücklich damit.«

»Aber warum hat er ihn dann gemacht?«

Sofia zuckt mit den Schultern. »Sein Vater war Sanitäter, sein Großvater war Sanitäter. Es war wohl die logische Wahl.«

»War sie das, ja?«

Sofia zuckt mit den Schultern. »Es gehört viel Mut dazu, zu jenem Menschen heranzuwachsen, der man wirklich ist.«

Ein Zitat von E.E. Cummings, einem brillanten Dichter. Dem kann ich nur die Worte von dem Theologen und Literaturprofessor William G.T. Shedd entgegenstellen. »Ein Schiff ist nur im Hafen sicher, aber dafür werden Schiffe nicht gebaut.«

Sofia lächelt. »Du bist ein bemerkenswerter junger Mann, Goodwin.«

»Da bin ich mir nicht so sicher.«

»Glaub mir, hier gehen täglich genug Menschen ein und aus. Ich erkenne jemand Außergewöhnlichen, wenn ich ihn sehe.«

Von Sofia fahre ich direkt zu Adam. Wir sind verabredet. Wir müssen Johnnys Mörder finden, bevor er uns findet. Als ich an Adams Tür klingle, ist meine Nervosität wieder da. In seiner Nähe ist die Gefahr viel greifbarer und realer als in meiner kleinen, relativ heilen Welt.

Zu meiner Überraschung öffnet Elaine die Tür. »Was willst du denn hier?«

»Adam hat mich eingeladen.«

Sie mustert mich. Sie traut mir nicht, das sehe ich an ihrem Gesichtsausdruck. »Adam?«, ruft sie ins Haus. »Der Sanitäter ist schon wieder da.«

»Lass ihn rein«, ist Adams Antwort.

Elaine tritt zur Seite.

Adam sitzt in der Küche. Auf dem Tisch vor ihm steht ein Schachbrett. Es sind kaum noch Figuren auf dem Brett, sie sind fast fertig.

»Ryan, gutes Timing. Elaine war gerade dabei, mich zu vernichten«, sagt Adam.

»Was läuft hier?«, fragt Elaine.

»Ryan wird uns helfen.«

»Ich arbeite nicht gerne mit Leuten, die ich nicht kenne, das weißt du doch«, meint Elaine.

»Ryan ist schon in Ordnung«, antwortet Adam.

Es bedeutet mir viel, dass er das sagt.

»Bitte setzt dich«, sagt Adam zu mir. »Tee?«

»Kakao, bitte, wenn du einen hast.«

Elaine bleibt im Türrahmen stehen. Ihre Arme sind vor der Brust verschränkt.

»Ich habe darüber nachgedacht, was du mir letztens erzählt hast«, sage ich zu Adam. »Es spielt eigentlich keine Rolle, ob Michael bei der IRA als Spion aufgeflogen ist oder nicht. Quentin hat abgedrückt. Sein Motiv zählt. Und das einzig plausible, das mir einfällt, ist, dass er wieder zur IRA übergelaufen ist. Er organisiert die Falle am Bahnhof und tötet Michael, den Verräter.«

»Alles ist denkbar. Aber das erklärt nicht, warum Johnny jetzt tot ist«, sagt Elaine.

»Vielleicht sollten wir uns den Tatort ansehen«, schlage ich vor.

»Haben wir schon«, sagt Elaine. »Wir haben nichts entdeckt, das uns weiterhelfen könnte.«

»Ich würde mir Johnnys Wohnung trotzdem gerne ansehen.« Eigentlich würde ich alles lieber tun als das. Doch die Angst vor dem Unbekannten bringt uns hier nicht weiter.

Adam nickt. »Ich begleite dich.«

Gut. Ich bin erleichtert, nicht allein gehen zu müssen. Aber wir müssen mehr tun, als darauf zu hoffen, dass uns Beweise in die Hände fallen.

»Wir sollten Gerüchte streuen«, sage ich.

Elaine sieht mich irritiert an. »Gerüchte?«

»Ja. Eine Reaktion provozieren.«

»Wie?«, fragt Elaine.

«Ich weiß nicht, irgendetwas verbreiten, das den Mörder nervös macht.«

»Was zum Beispiel?«, fragt Adam. Er klingt, als sei er von der Idee angetan.

»Wenn wir nicht wissen, wer der Mörder ist, woher sollen wir dann wissen, was ihn nervös macht?«, wirft Elaine ein.

»Wir müssen uns eben etwas richtig Gutes ausdenken. Was wissen wir denn über den Mord? Inspektor Rhodes hat zu mir gesagt, dass Johnny durch einen Kopfschuss getötet wurde. Er wurde zu Hause erschossen.«

»In seinem Schlafzimmer«, ergänzt Adam. »So wird es zumindest erzählt.«

In der IRA wird es sich so erzählt. Sie ist eine Gruppe wie jede andere auch, Gerüchte verbreiten sich schnell. »Was, wenn es eine Zeugin gab?«, sage ich.

»Was für eine Zeugin denn?«, fragt Elaine.

»Eine Bekanntschaft, eine Liebschaft«, fahre ich fort.

»Johnny und seine Geliebte waren verabredet ... aber sie verspätet sich. Der Mörder ist vor ihr dort, doch sie sieht ihn, beobachtet, wie er flieht«, steigt Adam ein.

Genial. Adam und ich grinsen uns an.

»Diese Zeugin existiert aber nicht«, meint Elaine.

»Das weiß der Mörder doch nicht«, antworte ich.

Elaine schüttelt den Kopf. »Das ist alles wirklich sehr dünn.«

»Einen Versuch ist es wert«, meint Adam.

42

Adam hat mir versprochen, sich zu melden, sobald unser Gerücht Wellen schlägt. Tage vergehen, doch er meldet sich nicht.

Wieso ruft er nicht an?

»Hallo?« Lena schnippt mit den Fingern vor meinem Gesicht.

Ich zucke zurück. »Entschuldige, was hast du gesagt?«

»Wir sind da.«

Der Friedhof. Mollys letzte Ruhestätte ist hier.

Lena holt ein Grabgesteck aus dem Kofferraum ihres Wagens.

»Warte, ich nehme es dir ab.«

»Nein, das will ich selbst tragen«, sagt sie.

Ich lasse Lena vorangehen. Am Eingang ist ein großes Schild aufgestellt mit einem Plan des gesamten Friedhofs. Ich hätte vermutlich trotzdem nicht zu Mollys Grab gefunden. Ich war ewig nicht hier.

»Danke, dass du mitgekommen bist«, sagt Lena.

»Keine Ursache.«

Wir folgen dem Kiesweg, der an einer Reihe Gräber vorbeiführt.

Lena bleibt plötzlich stehen. »Sieh dir das an!«

Mollys Grabstein wurde mit Graffiti beschmiert. Es sieht aus wie eine erhobene Hand – das Symbol der UDA. Das Symbol macht mich wütend. Es hat hier nichts verloren. Am Grab eines Kindes.

Lena kniet neben dem Grab und weint. Ich streiche über ihren Rücken, gebe ihr einen Kuss auf die Wange. »Ich regle das«, hauche ich in ihr Ohr.

Bei der Friedhofsverwaltung organisiere ich Eimer, Schwämme und Putzmittel. Ich knie mich neben Lena nieder und beginne, das Symbol abzuschrubben. Ein mühsames Unterfangen. Die Farbe ist hartnäckig.

Lena schluchzt. »Wer tut denn so etwas?«

»Vollidioten.«

Sie lehnt sich an mich.

Ich lege einen Arm um sie, schrubbe mit der anderen Hand weiter. »Siehst du, die Farbe geht ab. Das wird schon.«

Bis die Farbe einigermaßen verblasst ist, schmerzen mein Arm und meine Finger. Lena legt ihre Hand auf meine, drückt sie sanft hinunter. »Das reicht fürs Erste.« Sie ist ganz heiser.

Meine Finger sind so steif, sie können den Schwamm kaum loslassen.

»Denkst du, das hat etwas mit Hausmann zu tun?«, fragt Lena.

»Wie kommst du denn darauf?«

»Wir wissen beide, dass er diesen Brandanschlag nicht allein geplant hat. Brüder aus eurer Loge haben ihm geholfen. Brüder, die wahrscheinlich mit der UDA im Zusammenhang stehen.«

»Das können wir nicht genau sagen.«

»Hausmann gehört zur UDA, da bin ich mir sicher«, sagt Lena.

Ich glaube ihr, den Verdacht habe ich auch.

»Als ich ihn im Gefängnis besucht habe, gleich nachdem … nachdem er dieses Haus in Brand gesteckt hat. Da hat er mir gesagt, ich solle mir keine Sorgen machen, er sei unter Freunden«, sagt Lena.

Paramilitärische Gruppen, wie die UDA, sind im Maze-

Gefängnis gut organisiert. Dass sich Hausmann im Gefängnis von der UDA schützen lässt, ist mehr als wahrscheinlich.

Ich stehe auf, weil meine Knie diese spitzen Kiessteine keine Sekunde länger aushalten.

»Du sagst morgen nochmal aus, nicht?«, sagt Lena, als ich ihr aufhelfe.

»Ja.«

»Was wirst du sagen?«, fragt Lena.

»Hausmanns Anwalt hat gesagt, ich soll erzählen, was passiert ist. An dem Tag, als Molly starb.«

»Du musst das nicht tun, das weißt du, nicht wahr?«

»Ich muss es tun. Ich muss es aussprechen, um endlich damit abschließen zu können.«

Lena nickt. »Tu mir bitte nur einen Gefallen. Lüg nicht für Hausmann.«

»Mach ich nicht.«

Am nächsten Morgen bin ich unchristlich früh wach. Offenbar plagt mich das schlechte Gewissen, weil ich Hausmanns Verhandlung schon einmal verpasst habe.

Ich lasse Lena schlafen und schleiche mich aus dem Haus. Ich brauche etwas Zeit für mich, um meine Gedanken zu ordnen. Ich fahre zum Gericht und ziehe mich in ein Café ganz in der Nähe zurück. Bei einem Kaffee und Frühstückscroissant gehe ich nochmal die Fragen durch, die mir Hausmanns Anwalt heute stellen wird. Fünf Fragen, fünf Antworten. So einfach ist das. Zumindest sollte es das sein. Wovor ich mehr Angst habe, sind die Fragen des Staatsanwalts. Lena hat recht, Hausmann soll nicht aus den falschen Gründen freikommen. Er ist trotzdem mein Freund. Er soll nicht im Gefängnis bleiben müssen, weil ich im Zeugenstand die Nerven wegschmeiße.

Es ist halb zehn, als ich das Gericht betrete. Heute ist bei den

Sicherheitschecks kaum etwas los. Klar, heute hätte ich auch Zeit dafür.

Ich setze mich auf die Bank vor dem Verhandlungssaal und warte. Zwei Männer in schwarzen Roben mit weißen Perücken kommen schnellen Schrittes den Gang entlang und gehen an mir vorbei. Vermutlich zwei Richter oder Anwälte – ich kann die nie so richtig auseinanderhalten.

Kurz darauf tauchen auch schon Dok und Lena auf.

»Da steckst du«, ruft Dok bereits von Weitem.

»Wo sollte ich denn sonst sein?«

»Wir hätten zusammenfahren können«, sagt Lena. Sie klingt gekränkt.

»Ich bin nervös. Wollte ein bisschen allein sein.« Ich hoffe, dass ihr diese Antwort vorerst genügt. Schließlich können wir uns vor Dok nicht wie ein Paar verhalten und offen reden.

Mehr und mehr bekannte Gesichter tauchen im Gang auf: Hausmanns Familie, Freunde, Oranier – alle sind hier, um Hausmann beizustehen. In der Menge entdecke ich auch Bruder Ryder und Bruder Young. Sie stehen etwas abseits und unterhalten sich mit Dok. Ob es um Professor MacQuillan und seine IRA-Rekruten geht? Dok sollte sich wirklich nicht so ausnutzen lassen. Was hat er denn davon, wenn er MacQuillan beschattet? Und was versprechen sich Young und Ryder davon?

Der Gerichtssaal wird aufgesperrt, und wir dürfen hinein. Es fühlt sich beengend an hier drin. Die Bücherregale, direkt neben den Eingängen, reichen bis zur Decke und sind vollgepackt mit dicken Rechtsbüchern. Die Sitzreihen erinnern mich an ein Kino. Dok, Lena und ich setzen uns auf eine Holzbank weiter hinten und überblicken so den Raum.

Der Richterstuhl, an der Stirnseite, ist noch unbesetzt. Eigentlich ist es eher ein Richterschreibtisch, der so breit ist, dass bis zu drei Richter hier Platz finden.

Der Saal füllt sich schnell, was das beklemmende Gefühl auf meiner Brust noch verstärkt.

Über den Seiteneingang betreten Staatsanwalt, Verteidiger und Hausmann den Saal. Sie setzen sich in die erste Reihe. Schließlich kommen die Richter herein, es sind drei – eine Frau und zwei Männer. Richterin Clarke scheint den Vorsitz zu führen, denn sie eröffnet die Verhandlung und fasst den letzten Verhandlungstag – den Lena und ich verpasst haben – zusammen.

Ich werde in den Zeugenstand gerufen. Alle Augen sind auf mich gerichtet.

Als mich Hausmanns Anwalt nach meinem Namen fragt, habe ich Mühe ihn über die Lippen zu kriegen.

»Schön, dass Sie es diesmal einrichten konnten«, sagt Richterin Clarke.

»Entschuldigung«, ist alles, was ich dazu sagen kann.

Hausmanns Anwalt räuspert sich. »Mister Goodwin, woher kennen Sie meinen Mandanten Mister Bathurst?«

»Wir haben uns im Jugendorden kennengelernt.«

»Sie meinen den Jugendorden der Oranier?«

»Genau.«

»Sie kennen sich also schon lange?«, fragt der Anwalt.

»So um die zehn Jahre, ja.«

»Wie würden Sie Mister Bathurst beschreiben? Was für ein Mensch ist er?«

»Er ist ziemlich schweigsam, zumindest bis zum dritten Bier ... und er hat einen üblen Geschmack bei Frauen, also natürlich nicht bei der Letzten, seiner Ehefrau ... und ... er ... er ist ein guter Vater ... also war.« Puh, die Sache mit dem guten Vater hätte ich fast vergessen.

»Wie ist Ihr Verhältnis zu seiner Familie?«

»Ich bin ein Freund.«

»Stimmt es, dass Sie der Patenonkel von der kleinen Molly waren?«, fragt der Anwalt.

»Das ist richtig.«

»Also könnte man sagen, dass sie mehr als einfach nur ein Freund sind. Sie gehören praktisch zur Familie.«

»Könnte man so sagen.«

Warum stellt er denn so viele Zwischenfragen? Fünf Fragen waren ausgemacht.

»Bitte, Mister Goodwin, schildern Sie in Ihren eigenen Worten, was am Freitag, dem 8. Januar dieses Jahres passiert ist.«

Es ist schwer, die aufkommenden Bilder zu unterdrücken und klare Sätze zu formulieren.

»Ich bin mit Hausmann, also mit Mister Bathurst, und seiner Tochter Molly in diese Bäckerei in der Ravenhill Road gefahren. Molly hat ... *hatte* die Kekse dort sehr gerne. Wir haben eine Packung gekauft und sie bei einer Tasse Tee gleich in der Bäckerei leer gegessen.«

»Sie saßen am Fenster, richtig?«

»Ja, leider.« *Ich sitze wieder in dieser Bäckerei, Molly und Hausmann mir gegenüber. Molly ist ganz aufgedreht wegen des vielen Zuckers, den sie gegessen hat. Sie zappelt mit ihren Beinchen, trifft immer wieder mein Knie. Sie sieht mich an, fragt mich etwas. Was hat sie mich nochmal gefragt?*

»Mister Goodwin?«

»Entschuldigung.« Ich atme tief durch. Ich bin nicht dort, ich bin hier im Gericht, ich muss einen klaren Kopf behalten. »Ja, wir saßen am Fenster, dann hörte ich ein Auto ... und Schüsse ... Glas zersprang, Menschen schrien und gingen zu Boden.« Mir bleibt der Kloß im Hals stecken.

Hausmann läuft eine Träne über die Wangen. Lena steht auf und verlässt den Gerichtssaal.

»Ich ... ich habe Hausmann neben Molly knien sehen. Da war so viel Blut, und er hat geschrien. Er hat geschrien, ich solle ihm helfen, aber das konnte ich nicht. Da war nichts mehr, was wir hätten tun können ...« Ich wische mir die Tränen aus dem Gesicht.

»Molly war auf der Stelle tot?«

»Nein, sie ist verblutet.« Meine Kehle ist staubtrocken, selbst ein Schluck Wasser kann da nicht helfen.

»So etwas muss unvorstellbar schwer zu verkraften sein«, sagt Hausmanns Anwalt. »Unvorstellbar, danach in sein altes Leben zurückzukehren. Wie sind Sie damit umgegangen?«

»Ich … also eigentlich bin ich nicht in mein altes Leben zurückgekehrt.«

»Sondern?«

»Ich habe alles hingeschmissen und bin Sanitäter geworden.«

Es herrscht völlige Stille im Saal, unheimliche Stille.

»Nach allem, was passiert war, wollten Sie unbedingt Sanitäter werden? Warum?«

»Ich wollte mich nie wieder so hilflos fühlen, wenn jemand anders meine Hilfe braucht.«

Der Anwalt lässt meine Antwort kurz wirken. »Danke, Mister Goodwin.«

Er setzt sich hin, und der Staatsanwalt übernimmt die Befragung.

»Ihr Freund, Mister Bathurst, war einmal Soldat, ist das richtig?«, fragt der Staatsanwalt.

»Ja, er hat fünf Jahre freiwillig gedient.«

»Vier«, korrigiert mich Hausmann.

»Mister Bathurst, Sie sind nicht im Zeugenstand«, mahnt ihn der Staatsanwalt.

»Vier«, korrigiere ich. »Er war vier Jahre beim Militär.«

»Was ist dann passiert?«

»Er hat aufgehört, seiner Familie zuliebe. Seine Frau ist schwanger geworden, und er wollte voll und ganz für die Familie da sein. Deswegen nennen wir ihn im Freundeskreis auch Hausmann.«

Hausmann schmunzelt.

»Denken Sie, er hat je wirklich aufgehört, Soldat zu sein?«

Was ist das denn für eine blöde Frage? »Er hat aufgehört … er hat eine Bar gekauft, sie gemeinsam mit seiner Frau geführt.«

»Ja, aber ganz tief drinnen ist er doch immer ein Soldat geblieben, nicht wahr?«

Ich weiß, worauf er anspielt. Als ehemaliger Soldat ist Hausmann bei paramilitärischen Gruppen, wie der UDA, gefragt. Seine Ausbildung und sein Wissen sind von unschätzbarem Wert.

»Ich würde sagen, der Zeuge hat die Frage ausreichend beantwortet«, mischt sich Hausmanns Anwalt ein.

»Sehe ich auch so«, sagt Richterin Clarke.

Der Staatsanwalt kramt in seinen Unterlagen und hält mir ein Foto vor die Nase. »Kennen Sie diese Herren?«

Auf dem Foto sind vier Männer abgebildet, der Hintergrund sieht so aus wie ein Pub. Die Männer trinken Bier und lachen in die Kamera. »Noch nie gesehen.«

»Das sind die vier IRA-Mitglieder, die für das Drive-By-Shooting in der Ravenhill Road verantwortlich waren.«

Die vier sehen auf dem Foto so fröhlich aus. Ich kann sie nicht länger ansehen.

»Der ganz links war der Fahrer, die beiden in der Mitte haben geschossen, und der ganz rechts außen ist wahrscheinlich einfach nur zum Spaß mitgefahren«, sagt der Staatsanwalt.

»Warum erzählen Sie mir das?«

»Wir sind heute hier, um zu prüfen, ob Mister Bathurst mildernde Umstände zustehen. Er begründet seine abscheuliche Tat damit, lediglich seine kleine Tochter gerächt zu haben.«

»Kommen Sie zum Punkt, Herr Staatsanwalt«, mahnt die Richterin.

»Meine Frage an Sie, Mister Goodwin, ist folgende: Wenn diese vier Männer auch den Tod eines Kindes gerächt hätten, wäre das Drive-By-Shooting dann ihrer Meinung nach gerechtfertigt gewesen?«

43

Abends holen mich Adam und Elaine von der Arbeit ab. Sie werden mir Johnnys Haus zeigen, den Tatort. Vielleicht bringt uns das weiter.

Johnny wohnte ganz in der Nähe der Werkstatt. Als ich hier das letzte Mal lang gefahren bin, auf dem Fahrrad, fühlte ich mich wie ein Eindringling. Heute ist das anders. Ich komme nicht allein, ich gehöre zu Adam und Elaine.

»Und? Haben unsere Gerüchte etwas ergeben?«

»Gar nichts«, sagt Adam. »Niemand schien sonderlich interessiert an dieser angeblichen Mordzeugin.«

Merkwürdig. Warum beißt der Mörder nicht an?

Es ist kurz nach 22 Uhr, als Elaine den Wagen vor einem Wohnhaus parkt. Sie wartet im Auto, um sicherzugehen, dass Adam und ich nicht von jemandem in Johnnys Haus überrascht werden.

An der Haustür wird mir bewusst, dass wir einbrechen müssen und ich keine Ahnung habe, wie. Adam kramt in seiner Hosentasche und zieht einen Schlüsselbund heraus.

»Du hast einen Schlüssel?« Ich kann es nicht glauben, obwohl ich es mit eigenen Augen sehe.

»Michael hatte einen Schlüssel«, sagt Adam.

Als Adam die Tür öffnet, zerreißt das Klebeband, mit dem die Polizei die Tür versiegelt hat.

Mein eigener Herzschlag übertönt das Knarren der Dielen, als wir das Haus betreten. Das hier ist ein Tatort. Ein Tatort eines Mordes. Der Täter wurde noch nicht gefunden, ist vielleicht hinter uns her. Und was tue ich? – Stolpere durch diese Tür, verstoße gegen das Gesetz. Auf der Suche nach einem Hinweis, den es vermutlich gar nicht gibt.

Adam dreht sich zu mir um. »Voilà.«

Wir sind nur wegen mir hier. *Ich* wollte mich hier umsehen. Nun muss ich auch etwas daraus machen. Ich versuche, mich auf die Aufklärung dieses Mordes zu konzentrieren, nicht auf die Angst, die überhand zu nehmen droht.

Das Wohnzimmer ist dreckig und dunkel. Johnny hatte nur schwarze Möbel. Schwarze Regale, schwarzes Ledersofa, schwarze Schränke. Selbst tagsüber muss es hier sehr dunkel sein, denn durch diese winzigen Fenster kann nicht viel Licht dringen.

Er hat gerne gelesen. Ironischerweise vor allem Krimis. Sherlock Holmes, Hercules Poirot. Ganze Buchreihen hat er von diesen Detektiven besessen.

In Johnnys Badezimmer herrscht das pure Chaos. Die Bartstoppel im Waschbecken und die offene Zahnpastatube erwecken den Eindruck, als wäre er erst vor Kurzem in diesem Bad gewesen. Im Spiegelschrank über dem Waschbecken hat Johnny ein Arsenal an verschreibungspflichtigen Medikamenten. Pillen gegen Migräne und hohen Blutdruck. Entzündungshemmer. Salmeterol? Ich nehme das Medikament aus dem Schrank.

»Sag Adam, hatte Johnny Asthma?«

Adam steckt den Kopf zur Tür herein. »So was Ähnliches. Irgendwas mit den Bronchien. Eine unaussprechliche Krankheit.«

»Chronisch obstruktive Lungenerkrankung, kurz COPD?«

»Du fragst Sachen«, sagt Adam.

Ich zeige ihm den Inhalator mit dem Fläschchen Salmeterol.

»Das ist ein bronchienerweiterndes Medikament – wird eingesetzt bei Asthma, COPD … ist rezeptpflichtig.«

Adam runzelt die Stirn. »Wieso ist das wichtig?«

»Ist es wahrscheinlich nicht.« Ich stelle das Medikament zurück in den Schrank.

Als Nächstes sehe ich mir das Schlafzimmer im ersten Stock an. Es kostet mich einiges an Überwindung, einzutreten. Auf dem Teppichboden neben dem Bett zeichnet sich eine eingetrocknete Blutlache ab. Blutspritzer sind an der Wand und auf dem Nachttisch.

Es ist stickig hier drin. Ich habe das Gefühl, kaum atmen zu können. Ich öffne ein Fenster, inhaliere die kühle Nachtluft. Ich kann Elaine im Wagen sitzen sehen. Sie sieht in meine Richtung. Ihr Misstrauen spüre ich bis hierher.

»Bist du fertig?«, fragt Adam.

»Fast.«

Adam lehnt sich an die Kommode und beobachtet mich.

Ich nehme mir Johnnys Kleiderschrank vor, in dem gähnende Leere herrscht. – Zwei Paar Jeans, drei Kapuzensweater und ein paar ausgebleichte T-Shirts. Der Schrank ist aus billigem Holz und schlampig zusammengebaut. Die Rückseite des Schranks ist lose.

War da gerade ein Luftzug? Ich schlage mit der Faust gegen die Rückseite des Schranks. Das Brett fällt rücklings zu Boden. Hinter dem Schrank ist ein kleiner Raum. Ich muss mich klein machen, um durch den Schrank in das Hinterzimmer zu kommen.

Es ist kalt und feucht hier drin. An den blanken Ziegelwänden stehen Holzregale vollgestopft mit Krempel. Ich schließe das kleine Fenster in dem Raum und entdecke in einem der Regale eine Oranier-Schärpe.

»War Johnny bei den Oraniern?« Eigentlich eine dumme Frage.

Adam, der mir in diesen Raum gefolgt ist, lacht. »Wieso? Lassen die neuerdings Katholiken als Mitglieder zu?«

Nein, natürlich nicht. Das ergibt keinen Sinn. Wieso hat Johnny als Katholik, als ehemaliges IRA-Mitglied, eine solche Schärpe?

»Johnny hat gerne Souvenirs behalten«, sagt Adam.

»Souvenirs?«

Adam sieht mich an, als müsste ich wissen, wovon er spricht. »Als Johnny noch bei der IRA war, hat er ... naja, den einen oder anderen ...«

»Umgebracht?«

»Er wollte jeden Mord, den er begangen hat, in Erinnerung behalten.«, sagt Adam.

»Deshalb das Souvenir.« Johnny hat einen Oranier umgebracht. Jemanden wie mich.

»Alles klar? Du bist plötzlich so blass um die Nase.«

»Ich ... ähm ... ja, denk schon.«

Adam sieht sich die Schärpe genauer an. »Ein ziemlich hässliches Ding, hm?«

»Wieso?« Meine Frage ist nur ein Krächzen.

»Wieso das Ding hässlich ist?«, fragt Adam.

»Wieso hat Johnny einen Oranier umgebracht?«

Adam zuckt mit den Schultern. »Keine Ahnung. Er wird schon seinen Grund gehabt haben. Die sind ja auch provokant mit ihren Umzügen jedes Jahr.«

»Paraden«, korrigiere ich. »Es sind Paraden, keine Umzüge.«

Adam runzelt die Stirn. »Jetzt verstehe ich, du bist auch bei der Truppe, was?«

Ich nicke.

»Nimm's nicht persönlich. Sind eben zwei Welten, deine und meine«, sagt Adam.

Der Stoff der Schärpe kratzt in meinen Händen. Sie ist abgewetzt, von Motten zerfressen. Die Aufnäher, die Rang und Loge des Schärpen-Besitzers angeben, sind ausgebleicht. Wem auch immer diese Schärpe gehört hat, ich kann sie nicht hierlassen – nicht in der Wohnung des Mörders.

Adam klopft mir auf die Schulter. »Lass uns gehen, hm?«

Ich packe die Schärpe in meine Jackentasche und folge Adam die Treppe hinunter und nach draußen.

Einfach unglaublich. Adam hat diesen Aufkleber zur Tatortversiegelung dabei.

»Woher?«

»Michael«, sagt Adam. Er versiegelt die Haustür wieder von außen.

Das Rascheln der Hecke lässt mich hochschrecken. Ein Mann mit Spitzbart späht vom Nachbargrundstück herüber.

»Was macht ihr denn da?«, zischt er.

»Wir ... gehören zur Familie«, sagt Adam. Er klimpert demonstrativ mit dem Schlüsselbund in seiner Hand.

»Hab euch hier noch nie gesehen«, sagt der Mann.

»Wir sind selten in der Stadt.« Ich wende mich Adam zu. »Komm, Opa. Wir sind spät dran.«

Adam folgt mir zum Bürgersteig. »Opa?«, zischt er mir ins Ohr, »ernsthaft?«

Das Lächeln vergeht mir, als wir beim Auto sind. Elaine ist weg.

44

Adam sieht sich hektisch nach allen Seiten um. »Elaine! Elaine!«, ruft er.

Sie wird nicht antworten, das wissen wir beide.

Auf der Straße ist weit und breit niemand zu sehen. Viel können wir gar nicht erkennen, es ist zu dunkel. Die Lichtkegel der Straßenlaternen vermögen nicht gegen die Finsternis um uns herum anzukommen. Parkende Autos und Wohnhäuser sehen aus wie graue Schatten am Rande der Straße.

Ich greife nach dem Handy in meiner Hosentasche. »Ich ruf sie an ... wie ist ihre Nummer?«

Adam geht neben mir auf und ab, kratzt sich an der Stirn. »Sie hat kein Handy.«

Natürlich nicht.

Der Wagen ist nicht verschlossen. Als ich die Fahrertür öffne, geht das Licht an.

»Sie ist nicht da«, brummt Adam.

»Das sehe ich selbst.«

Im Inneren des Wagens ist es genauso muffig wie vorhin, als wir hergefahren sind. Alles liegt an seinem Platz. Keine Anzeichen für einen Kampf.

Als ich in Johnnys Schlafzimmer am Fenster stand, hatte

Elaine kurz in meine Richtung gesehen. Sie sah misstrauisch aus. Was, wenn ihr Misstrauen nicht mir galt? Was, wenn sie etwas sah und ausstieg, um nachzusehen?

»Was haben Sie gesehen! Los! Reden Sie!«, brüllt Adam in der Ferne. Er ist auf die andere Straßenseite gelaufen, auf eine Passantin zu, die er nun an den Schultern packt.

»Adam!« Ich laufe zu ihm, zerre ihn von der Frau weg, die uns entrüstet ansieht.

»Na, hören Sie mal!« Der kleine Hund der Passantin hat sich hinter seinem Frauchen versteckt und knurrt leise.

»Entschuldigung«, sage ich schnell. »Wir ... wir suchen eine Frau. Sie ist schon älter, über 70, helles Haar, ungefähr einen Kopf kleiner als ich.«

»Hab sie nicht gesehen. Hab ich dem Alten schon gesagt«, sagt die Frau.

Ich spüre wie Adam neben mir vor Wut zittert. Auf sein Alter anzuspielen, ist im Moment keine gute Idee.

Ich packe Adam am Arm aus Angst, er könnte die Frau wieder anfallen. »Vielen Dank, Madam. Schönen Abend noch.« Ich entspanne mich erst, als die Frau außer Reichweite ist.

»Was sollte denn das?«, zische ich in Adams Richtung.

»Gib mir dein Handy«, sagt er.

»Mein Handy? Aber ich dachte Elaine hat kein Telefon.«

»Ich will auch nicht sie anrufen. Ich trommle die Jungs zusammen.«

Die Jungs? Seine abgehalfterten IRA-Abtrünnigen? Na, die brauchen wir hier jetzt auf jeden Fall. »Ich dachte, du traust ihnen nicht. Einer von ihnen könnte mit Johnnys Tod zu tun haben ... mit Michaels.«

Adam streckt die Hand aus. »Gib mir das verfluchte Telefon!«

Das darf doch nicht wahr sein! »Wir finden sie. Wir brauchen diese Typen nicht.«

»Fein, vergiss es. Ich suche eine Telefonzelle.« Adam läuft

schnellen Schrittes die Straße hoch. Ich habe Mühe, ihn einzuholen.

»Hier bitte.« Ich drücke ihm das Telefon in die Hand und gehe zurück zum Auto.

Ich klettere in das Wageninnere und sehe mich um. Da muss einfach etwas sein. Irgendetwas, das uns weiterhilft.

Was auch immer passiert ist, Elaine ist nicht freiwillig gegangen. Das hätte sie nicht getan. Sie hätte uns nicht hängen lassen, sie hätte Adam nicht hängen lassen.

»Wie oft soll ich es dir denn noch sagen, sie ist nicht da drin.« Adam steht bei der offenen Fahrertür und wirft mir das Handy in den Schoss. »Sie sind unterwegs.«

Adam steigt hinter mir ein und lehnt sich schnaufend zurück.

Schweigen.

»Du und deine verfluchten Gerüchte. Die sind an allem schuld«, sagt Adam.

Seine Stimme ist laut, zumindest nach all der Stille.

»Was hat denn das jetzt damit zu tun?«

»Der Mörder ist zurückgekommen. Er ist zurückgekommen, weil er deine Lügenmärchen über diese Mordzeugin geglaubt hat ... und jetzt hat er Elaine.«

Was? Das ergibt doch gar keinen Sinn. Oder etwa doch? Bin ich schuld an Elaines Verschwinden? Unsinn! Eine ältere Frau, die allein in einem Wagen wartet – was soll daran denn verdächtig oder gar bedrohlich sein? Sie könnte eine Freundin abholen, auf dem Weg zum Bridgeclub oder so. Andererseits, wenn Elaine und der Mörder sich kannten, hätte er ein Motiv, sie zu entführen oder Schlimmeres.

Ich steige aus und gehe zum Heck des Wagens. Was, wenn Elaine gar nicht weg ist? Was, wenn sie die ganze Zeit in unserer Nähe war? Der Mörder sie getötet und versteckt hat? Meine Hand ruht auf dem Kofferraumdeckel. Ich muss nachsehen. Wenn sie wirklich da drin ist, muss *ich* sie finden. Adam würde es nicht verkraften.

Meine Hand zittert, als ich den Knopf drücke und der Kofferraumdeckel einen Spalt aufspringt.

Bitte sei da nicht drin, bitte sei da nicht drin. Mein Herz pocht so stark, dass mir die Brust wehtut.

Der Kofferraumdeckel fühlt sich schwer an. Zentimeter um Zentimeter drücke ich ihn hoch. Mit einem Quietschen rastet er ein.

Nichts. Der Kofferraum ist leer. Mir fällt eine zentnerschwere Last von der Brust.

»Was machst du denn da hinten?«, ruft Adam durch das offene Fenster.

»Nichts.«

Ein Motor heult hinter mir auf. Der Wagen kommt die Straße entlang gesaust und parkt mit quietschenden Reifen direkt hinter unserem Auto. Der Fahrer starrt mich durch die Windschutzscheibe an. Es ist Pferdeschweif, Adams IRA-Kumpel.

Sein Beifahrer ist ein Mann mit Hut, der Halb-Inder. Beide Männer steigen aus.

»Du schon wieder«, sagt Pferdeschweif. Er spuckt geräuschvoll auf die Straße. »Was muss noch passieren, damit du endlich Leine ziehst?«

»Pete, Ramid, gut, dass ihr da seid.« Adam ist aus unserem Auto gestiegen. »Wir müssen uns beeilen, es bleibt uns nicht viel Zeit.«

»Was ist überhaupt passiert?«, fragt Ramid und stupst seine Hutkrempe aus seinem Gesicht.

»Wir haben uns den Tatort angesehen, Elaine hat im Wagen gewartet und jetzt ist sie weg«, sagt Adam.

»Den Tatort? Ihr wart in Johnnys Haus? Noch mal? Wozu denn?«, sagt Pete, der Pferdeschweif.

»Elaine ist verschwunden, darauf sollten wir uns konzentrieren«, sage ich. Es geht diesen Pete und auch Ramid nichts an, was Adam und ich da tun. Das ist unsere Sache. »Wo ist eigentlich der Dritte?«, frage ich.

»Der Dritte?« Pete runzelt die Stirn.

»Bei der letzten Versammlung, in Johnnys Werkstatt, wart ihr zu dritt. Heute fehlt dieser vom Alkohol komplett aufgeschwemmte Typ.«

Pete lacht. »Du meinst Sam? Der ist um diese Uhrzeit immer so fett, dass du ihn für nichts mehr gebrauchen kannst.«

Ich glaube ihm nicht. Dass Sam nicht hier ist, könnte viele Gründe haben. Dass er ein Verräter ist und vielleicht mit Johnnys Mord und Elaines Entführung zu tun hat, ist mein stärkster Verdacht.

»Habt ihr irgendetwas gesehen? Ein Auto? Oder jemanden auf der Straße? Irgendetwas Auffälliges?«, fragt Ramid.

»Nichts«, sagt Adam sofort.

Pete kratzt sich am Hinterkopf. »Wie lange wart ihr denn da drin? Ne halbe Stunde? Ne Stunde?«

»Warum ist das wichtig?«, frage ich.

»Je länger ihr da drin wart, umso größer ist die Wahrscheinlichkeit, dass Elaine schon Gott weiß wo hingebracht wurde«, sagt Pete.

Ich brauche einen Moment, bis ich verstehe, was er meint. »Sie kann nicht weit sein. Kurz bevor wir zum Auto zurückkamen, habe ich sie von Johnnys Schlafzimmerfenster aus noch gesehen.«

»So ein Unsinn, in der Dunkelheit kann man aus so einer Entfernung niemanden sehen«, meint Ramid.

»Ich konnte sie aber sehen. Sie hatte das Licht im Wagen an«, murmle ich. Sie hatte das Licht an. Warum?

Elaine wollte doch im Auto bleiben, um zu beobachten. Sie sollte unauffällig bleiben. Dabei war das eingeschaltete Licht im Wagen nicht hilfreich. Sie hat riskiert, aufzufallen, entdeckt zu werden.

Ich setze mich wieder auf den Fahrersitz. Hinter den meisten Fenstern in Johnnys Wohngegend herrscht Dunkelheit. Sie hat mich gesehen, hinter Johnnys Schlafzimmerfenster. Doch sie hat noch etwas gesehen. Nur was? Hat sie jemanden erkannt? Oder vielleicht ein Auto bemerkt?

»Wir sollten die Gegend durchforsten, hier gibt es ein paar IRA-Hotspots, mit denen sollten wir anfangen«, sagt Pete.

»Ich finde nicht, dass das eine gute Idee ist«, mische ich mich ein.

»Dich fragt aber keiner«, sagt Pete.

»Sie wurde nicht verschleppt. Dafür war keine Zeit. Ich habe sie durch dieses Fenster da drüben gesehen und fünf Minuten später waren wir hier auf der Straße.« Ich sehe Adam an, er ist derjenige, den ich überzeugen will.

»Das ist genug Zeit, um jemanden zu verschleppen«, sagt Ramid.

»Wie haben sie Elaine denn entführt? Mit dem Fahrrad? Ein Auto war es jedenfalls nicht.« Diese Typen rauben mir wirklich den letzten Nerv.

»Woher willst du denn wissen, ob da ein Auto war oder nicht, du Schlauberger?«, fragt Pete.

»Die Fenster des Hauses sind straßenseitig. Wir hätten ein Auto wegfahren hören.«

»Nicht unbedingt«, meint Adam.

Seine Antwort trifft mich. Er glaubt mir nicht. Er vertraut meinem Instinkt nicht.

»Also, mischen wir unsere alten Freunde nun auf oder nicht?«, fragt Ramid.

Adam nickt. »Auf gehts.«

Er will Rache, er will Blut sehen. Das erkenne ich in seinen Augen. Es wird mir klar, dass meine Worte hier nichts ausrichten werden. »Fein, könnt ihr mir wenigstens den Wagen hierlassen? Ich verfolge 'ne andere Idee«, sage ich.

»Mach, was du willst«, sagt Pete.

Adam nickt mir zu und steigt zu Pete und Ramid in den Wagen. Sie brausen davon. Ich bin allein. So allein, wie Elaine es war, als sie auf uns gewartet hat. Ich ertrage die Stille nicht. Zu viele Gedanken sausen durch meinen Kopf. Schlimme Gedanken. Ich muss sie loswerden. Ich brauche Musik. Es kommt nur Rauschen aus dem Radio. Es ist so laut, dass es schmerzt.

Was ist das überhaupt für ein Kanal? – 398.605 MHz. Ein Knarren lässt mich zusammenzucken. Es klingt wie das Knarren einer Tür.

»Und? Was machen wir jetzt mit der Lady?«, dröhnt eine Männerstimme aus dem Radiolautsprecher.

»Du hast sie noch nicht erledigt?«, sagt eine zweite Männerstimme.

»Irgendwie habe ich Skrupel, eine alte Frau abzumurksen.«

Eine alte Frau? Sie werden doch nicht über Elaine reden, oder etwa doch?

Schallendes Gelächter. »Warum das denn? Die stirbt sowieso bald an Altersschwäche.«

»Sie ist doch eigentlich ganz harmlos.«

Mich überkommt Panik. Was, wenn ich ihren Mord höre und ich es nicht verhindern kann?

»Connall hat angerufen. Wir treffen uns, Ardoyne Road Ecke Glenbryn Park, in zwanzig Minuten.«

Ardoyne Road Ecke Glenbryn Park. Um 0:15 Uhr. Ich brauche etwas zu schreiben. Ich schalte das Licht im Wagen an. Ein Kugelschreiber liegt im Handschuhfach, aber ich kann kein einziges Stück Papier finden.

»Das ist zu riskant. Wir vertagen das«, kracht es aus den Lautsprechern.

»Hab ich auch gesagt, aber Connall will sich treffen. Sie will die Lieferung heute noch loswerden.«

»Wir sind fast aufgeflogen.«

»Entweder wir kommen, oder Connall kommt.«

Ein Schnaufen. »Fein. Mach dich startklar, wir müssen uns beeilen. Connall mag es gar nicht, warten zu müssen.«

Na endlich! Ein Notizblock ist zwischen Fahrersitz und Mittelkonsole gerutscht. Der Notizblock ist aufgeschlagen, jemand hat etwas in krakliger Schrift notiert. *398.605 MHz. Eine Waffenlieferung geht an Connall.*

Das muss Elaines Handschrift sein.

»Hey, Mann, dieser Wagen von vorhin steht immer noch da draußen. Ich glaub da sitzt jemand drin.«

Ich erstarre. Die können mich sehen? Ich schalte das Licht aus, obwohl ich weiß, dass es zu spät ist.

Hinter einem Fenster von Johnnys Nachbarhaus brennt Licht. Der Vorhang bewegt sich.

45

Sie werden kommen und mich holen, so wie sie Elaine geholt haben. Mein erster Impuls ist, einfach davonzufahren. Doch das kann ich nicht. Das würde Adam mir nicht verzeihen, das würde ich mir selbst nicht verzeihen.

Es kostet mich viel Kraft und einige tiefe Atemzüge, um mein Abendessen bei mir zu behalten. Ich sehe nur einen Ausweg. Ich muss sie angreifen, bevor sie mich angreifen.

Ich steige aus dem Wagen und laufe zum Wohnhaus. Gerade als mein Rücken die kalte Mauer berührt, wird die Haustür geöffnet.

Im Schein des Lichts steht ein kleiner, dürrer Mann. Diese halbe Portion schaff ich. Mit einem Aufschrei stürze ich mich auf ihn. Wir gehen beide zu Boden. Er hat eine Waffe. Ich schlage sie ihm aus der Hand, prügle auf ihn ein.

Er fuchtelt mit den Armen, keucht. Seine eiskalten Finger verdrehen mir das Handgelenk. Er ist stark, so unfassbar stark. Er streckt seine andere Hand nach der Waffe aus. Er darf sie nicht kriegen. Ich stecke ein paar Schläge ein, ergreife seine Waffe. Er stößt mich von sich, will weglaufen.

Ich richte die Waffe auf ihn.

Er bleibt ruckartig stehen, hebt die Hände.

Meine Rippen schmerzen bei jedem Atemzug. Meine Unterlippe pocht, ich schmecke Blut. Doch vor allem spüre ich Triumph. Ich hab's diesem Mistkerl gegeben. Der würde heute Nacht bestimmt niemanden abmurksen.

»Überleg dir den nächsten Schritt gut«, sagt der Mann.

»Du wirst jetzt deinem Kumpel da drinnen sagen, dass er meine Freundin freilassen soll.«

Der Typ lacht. »Deine Freundin? Ist die nicht ein bisschen zu alt für dich?«

Er nimmt mich nicht ernst. Er muss mich ernst nehmen. Ich entsichere die Waffe und gebe einen Schuss ab, knapp neben seinem Bein.

Er zuckt. »Sag mal, spinnst du?«

In der gesamten Siedlung ist kein Mucks zu hören. Nicht, dass ich es erwartet hätte. Bestimmt kennt jeder hier den Klang von Schüssen und weiß, dass es klüger ist, in so einem Fall nicht vor die Tür zu gehen.

Es knirscht hinter mir. Der Typ, auf den ich die Waffe richte, grinst mich an.

Verflucht! Sein Partner. Ich schaffe es nicht mehr, mich umzudrehen. Ein fester Schlag trifft mich am Hinterkopf. Alles wird schwarz.

Der stechende Schmerz in meinem Nacken ist unerträglich. Ich will meine Augen nicht öffnen. Ich will wieder einschlafen. Ich drifte in einen angenehmen Dämmerzustand. Vor mir taucht wieder dieser dürre, kleine Mann auf. Wir kämpfen. Jemand schlägt mir von hinten auf den Kopf. Der Schmerz pocht in meinem Genick, meinem Hinterkopf, meinen Schläfen.

Ich bin hellwach.

»Guten Morgen, Dornröschen.« Elaine. Sie sitzt neben mir auf dem Boden. Wir sind allein in einem kleinen Zimmer, eine

Art begehbarer Kleiderschrank. Ein Lichtstreifen dringt durch den Spalt unter der Tür und erhellt unsere Umgebung.

»Was ... was ist passiert?«, flüstere ich.

»Sag du es mir. Auf einmal haben sie dich hier rein geschleift«, sagt Elaine leise.

Ich will mich aufrichten, gar nicht so leicht – meine Hände sind vor dem Körper mit Kabelbinder gefesselt.

Es ist zu dunkel, um zu erkennen, ob Elaine verletzt ist. »Geht es dir gut?«

»Ging schon mal besser, ging schon mal schlechter«, sagt sie.

Das Scharren von Schritten. Dumpfe Männerstimmen. Ich kann nicht verstehen, was sie sagen, doch es sind definitiv dieselben, die ich schon im Wagen belauscht habe.

»Wo ist Adam?« Elaines Frage fühlt sich wie ein Messerstich in die Brust an.

»Er hebt mit eurem Schlägertrupp jedes IRA-Versteck in der Gegend aus.«

»Was? Wozu das denn?« Obwohl sie im Flüsterton spricht, kann ich die Panik in ihrer Stimme hören.

»Lassen wir das Thema lieber.« Es würde ohnehin nichts ändern. »Wir sind auf uns gestellt.«

Elaine schnauft hörbar. »Während du geschlafen hast, haben die Typen sich lautstark unterhalten. Wir haben wohl Connall sehr wütend gemacht.«

»Hab ich mitbekommen.«

Stille. Elaine kaut an ihrer Unterlippe. Sie will mir etwas sagen, oder vielleicht auch nicht?

»Wer ist dieser Connall? Kennst du ihn?«

Sie zögert. Warum zögert sie? Ich habe gerade meinen Hintern riskiert, um ihr zu helfen. Was muss ich denn noch tun?

»Sie. Connall führt das IRA-Bataillon in dieser Gegend.«

»Führen? Sie ist der Anführer, so wie Finlay damals?«

»Woher weißt du von Finlay?« Elaine hält inne. Sie scheint

sich die Antwort zusammenzureimen. »Ja, so wie Finlay könnte man sagen.«

Ich spüre, wie sich ihr Wunsch, mich einzuweihen, umkehrt. Ich muss so viel Information aus ihr herausholen, wie ich kann, bevor sie komplett dichtmacht. »Woher kennst du Connall?«

»Ich kenne sie nicht wirklich, nur vom Namen. Michael gehörte zu ihren Leuten, zumindest dem Schein nach.«

Michael. Er hat Connall und seine Männer ausspioniert. Männer, die nun auf der anderen Seite dieser Tür stehen.

»Sie kommt her«, sagt Elaine nach einer Weile.

»Wer?«

»Connall.«

»Wa ... Warum?«

»Sie will die Penner kennenlernen, die ihr heute die Tour vermasselt haben – ihre Worte, nicht meine«, fügt Elaine hinzu.

Es schnürt mir die Kehle zu. Ich habe eine IRA-Anführerin wütend gemacht. »Wir ... wir müssen hier raus.«

Elaine lacht leise. »Was denkst du, was ich schon die ganze Zeit versucht habe? Es gibt nur einen Weg hier raus und der führt direkt an zwei bewaffneten IRA-Männern vorbei.« Sie deutet mit dem Kopf Richtung Tür.

»Ich will auf jeden Fall nicht hier rumsitzen und warten, bis diese Connall hier auftaucht.« Ich kann mich an der Wand aufrichten und schleiche zum Fenster.

»Vergiss es, wir sind im dritten Stock. Und die Glühbirnen haben sie kaputt geschlagen. Uns sieht hier oben niemand«, sagt Elaine. Sie richtet sich auch auf und betätigt den Lichtschalter. Ein Klick-Klack ist zu hören, doch es tut sich nichts. Kein Licht.

Vor dem Haus hält ein Range Rover. Drei Gestalten steigen aus. Die Person in der Mitte geht voran, sie geht an einem Stock.

»Hat Michael mal erwähnt, ob diese Connall irgendein besonderes Merkmal hat?«

»Ja, sie geht an einem Stock, wieso?«, fragt Elaine.

»Sie ist da.«

»Verdammt«, zischt Elaine.

Wie konnte Adam nur zu Pete und Ramid in den Wagen steigen? Warum konnte er mir denn nicht zuhören, verflucht!? Ein Auto fährt durch die Siedlungsstraße und für einen Moment glaube ich, es wiederzuerkennen. – Verzweifeltes Wunschdenken. Es ist irgendein Wagen, der nicht einmal langsamer wird, als er durch die Siedlung fährt.

Es dämmert langsam draußen. Es würden bestimmt bald die ersten Menschen auf der Straße unterwegs sein, auf dem Weg zur Arbeit oder wohin auch immer. Wenn ich ihnen doch nur sagen könnte, dass wir hier sind, dass wir ihre Hilfe brauchen.

Die Oranierschärpe! Die Schärpe, die Johnny als Trophäe behalten hat. Das ist es!

Ich brauche ein paar Anläufe, bis ich mit gefesselten Händen die Schärpe aus meiner Jackentasche ziehen kann. Ich hänge sie, soweit es geht, aus dem Fenster und klemme das Ende zwischen Fenster und Fensterbrett ein.

Wir sind in erzkatholischem Gebiet. Niemand würde hier eine Oranierschärpe aus dem Fenster hängen. Sie muss einfach gesehen werden. Sie muss Aufmerksamkeit erregen. Ich hoffe es. Eine Windböe bringt die Schärpe zum Flattern. Sie erinnert mich an eine Geschichte, die Adam mir vor Tagen erzählt hat. Eine Geschichte über Adam, Finlay und Oranier.

BELFAST
1935

Ich möchte kein Leben nehmen,
nicht einmal das eines Menschen.
Farm der Tiere, George Orwell

46

Seit dem Sternschauer waren eineinhalb Jahre vergangen. Adam verbrachte seither viel Zeit im Innenhof, hinter dem Laden. Dort saß er oft stundenlang in der Wiese, starrte in den Nachthimmel, in der Hoffnung, das Ereignis würde sich wiederholen. – Leider nicht.

Aber warum nicht? Und woher kamen diese Sternschnuppen überhaupt? Darauf wusste auch der alte McNara keine Antwort. Er besaß einen Buchladen am Ende der Straße, verkaufte Werke von Charles Dickens, Oscar Wilde, Mark Twain.

Adam mochte diesen Oliver Twist, und Tom Sawyer mochte Adam auch. Er schmökerte gerne in den Büchern, wenn Elaine ihn einmal einen Nachmittag nicht brauchte.

Adam blätterte gerade in *Alice im Wunderland*, als McNara an ihn herantrat. »Du kannst hier nicht ständig herkommen und meine Bücher lesen. Kauf sie oder lass es.« Das sagte McNara immer, besonders am Monatsende, wenn die Kundschaft ausblieb.

»Bin ja schon weg.« Adam stellte das Buch zurück ins Regal.

McNara seufzte. »Das Buch ist gut. Sollte man zu Hause haben.«

»Vielleicht nächsten Monat, Sir.«

»Jetzt nimm es schon mit.« McNara drückte Adam das Buch in die Hand.

»Danke, Sir. Wiedersehen.«

Adam las das Buch in einer Nacht. Dieses Wunderland gefiel ihm. Es war eine ganz eigene Welt. Eine Welt, die auch weit draußen im Universum existieren könnte.

An einem Sonntag beim Frühstück erzählte er Wilbourg davon. Doch Wilbourg hatte weder einen Sinn für das Weltall noch für diese Alice im Wunderland.

Er stocherte in einen von Elaines Pies. »Wo ist sie denn heute?«, fragte Wilbourg.

»Wer?« Adam sah von dem Buch auf.

»Elaine.«

»Picknicken mit Pauline.«

»Oh.« Wilbourg klang enttäuscht.

»Weißt du, wann sie wiederkommt?«

»Keine Ahnung.«

»Schade. Wollte sie eigentlich heute ins Kino einladen«, meinte Wilbourg.

»Hm.«

»Es läuft ein neuer Hitchcock Film an, weißt du? Die 39 Stufen *heißt er. Schon einmal gehört?«*

»Nein.« Adam stopfte sich sein letztes Stück Pie in den Mund.

»Denkst du, Elaine würde mit mir hingehen?«, fragte Wilbourg.

»Keine Ahnung. Frag *sie.«*

»Denkst du, sie mag solche Filme?«

»Frag sie«, antwortete Adam. Er hatte kein Interesse daran, in die Sache von Wilbourg, Elaine und Pauline hineingezogen zu werden.

Wilbourg schnaufte. »Ja, aber denkst du, es würde ihr gefallen?«

Abends musste Finlay zu einem Treffen, und Adam sollte ihn begleiten. Worum es ging, wollte Finlay nicht verraten.

»Warst du schon einmal in der York Street?«, fragte Finlay, als sie schnellen Schrittes durch die Straßen gingen.

»Nein, Sir«, antwortete Adam.

»Wir müssen vorsichtig sein. Die Straße ist durch und durch orange.«

»Orange, Sir?«

»Oranier.«

Adam verstand nicht.

»Protestanten. In der Straße leben nur Protestanten. Zumindest in der einen. Daneben wohnen Katholiken. Eine gefährliche Kombination. Dort flitzen einem die Kugeln nur so um die Ohren.«

Adam blieb stehen. »W...Warum gehen wir dorthin?«

»Wir müssen etwas Wichtiges besprechen.«

Adam hatte keine Lust, in einen Kugelhagel zu geraten. »Ich ... verstehe nicht, wozu Sie mich brauchen, Sir.«

Finlay packte Adam am Arm und schleifte ihn weiter. »Vergiss nie, wer dich füttert. Wenn ich dir und deiner Schwester heute den Geldhahn zudrehe, seid ihr nächste Woche verhungert.«

Adam sah die Kinder vor sich, die er gemeinsam mit Finlay besucht hatte. Ihre leicht grünliche Gesichtsfarbe. Unterernährung. Adam würde es nie zugeben, doch ihm gefiel das Leben unter Finlay besser als jenes, das er davor geführt hatte. Mit Finlay war es weniger beschwerlich in Belfast. Es fühlte sich gut an, von einem Erwachsenen unterstützt zu werden, nicht komplett auf sich gestellt zu sein.

»Hier rein.« Finlay ging geduckt durch einen Vorgarten und betrat das Haus, dessen Tür unverschlossen war.

Ein Mann mit grau meliertem Haar stand im Flur, er richtete eine Waffe auf Finlay. Adam geriet in Panik, versuchte sich aus Finlays festem Griff zu winden. Erfolglos.

»Walter, mein alter Freund«, sagte Finlay.

Walter senkte die Waffe.

Adams Knie waren so weich, dass er sich kaum auf den Beinen halten konnte.

»Komm.« Finlay führte Adam durch den Flur. Im Wohnzimmer saß eine Frau mit einem Baby auf dem Arm. Zu ihren Füßen spielten fünf Jungen und Mädchen. Die Frau nickte Finlay zu.

Über den Hinterausgang verließen sie das Haus.

Adam verstand gar nichts mehr. »War das Ihr wichtiges Treffen?«

»Natürlich nicht, du Schwachkopf.« Finlay ließ Adam los. »Bleib lieber dicht bei mir. Jetzt sind wir in der York Street.«

Adam hielt mit Finlay Schritt, sah sich nach allen Seiten um. »Wer ist dieser Walter?«, fragte Adam mit leiser Stimme.

»Ein guter Mann. Ein Sympathisant.«

»Sympathi was?«

»Er ist uns sehr wohl gesonnen. Unterstützt unsere Organisation seit Jahren«, sagte Finlay.

»Und warum sind wir gerade durch sein Wohnzimmer gelaufen?«

»Weil es sicherer ist. Du kannst nicht einfach die York Street hinunterspazieren. Du benutzt umliegende katholische Häuser, um dorthin zu gelangen.«

»Aber wenn wir aus katholischen Häusern kommen, wissen sie dann nicht, dass wir auch Katholiken sind?«

»Ach, sei still.«

Am Ende der Straße klopfte Finlay an eine Tür. Er sah sich immer wieder um.

Endlich öffnete jemand. Ein Mann mit rotem Vollbart stand in der Tür. Er trug eine orange Schärpe um die Schultern und eine schwarze Melone als Hut.

»Wer ist der Typ?«, brummte er.

»Jetzt lass uns schon rein«, antwortete Finlay.

Der Mann trat zur Seite. Kaum standen Finlay und Adam im Flur, schloss er ab.

Das Haus des Mannes war geräumiger als das von Walter. Doch es war eigentlich auch kein Wohnhaus. Es sah eher aus wie eine Versammlungshalle. An der Stirnseite, auf einem Podest, stand ein Tisch. Wie Richter saßen dort zwei weitere Männer. Sie trugen ebenfalls diese Schärpen und schwarzen Melonen. Über ihren Köpfen hing das Bild eines Reiters, dessen Pferd sich aufbäumte. Um das Pferd herum kämpften Männer mit Schwertern und Fackeln gegeneinander.

Der Mann mit dem roten Vollbart betrat das Podest und setzte sich zu den zwei anderen.

Finlay nahm auf einem der Stühle vor dem Podest Platz. Adam tat es ihm gleich.

»Wir sind heute hier, um wichtige Dinge zu besprechen«, sagte Finlay.

»Wir haben dir nicht die Erlaubnis erteilt, zu sprechen«, sagte der Mann, der in der Mitte saß.

Vollbart mischte sich ein. »Werter Großmeister. Seinesgleichen weiß nichts über unsere Struktur und Tradition. Ich bitte euch, ein Nachsehen mit seiner Ignoranz zu haben.«

Der Großmeister nickte. »Werter Bruder Carmichael, ich habe Nachsehen mit unseren Gästen. Allerdings befinden sie sich in unseren heiligen Hallen. Katholiken. Ein Umstand, den ich nicht gutheißen kann und der auch nicht die Regel werden wird.« Der Großmeister sah Finlay mahnend an. »Deshalb bitte ich um entsprechenden Respekt.«

»Ihr habt meinen vollsten Respekt, Großmeister«, sagte Finlay, »und ich danke euch für diese Einladung.«

Adam hatte Finlay noch nie so unterwürfig gesehen.

Bruder Carmichael machte eine einladende Handbewegung. »Bitte, Finlay. Bring dein Anliegen vor.«

Finlay schnippte mit dem Finger. »Adam, schreib mit.«

Adam kramte nach Papier und Bleistift in seiner Hose.

Finlay diktierte. »Montag, 18. Juni 1935. Besprechung. Anwesend: Finlay, Delaney, der ehrenwerte Großmeister Roberts, Bruder Carmichael und ...«

»Bruder Willgrove«, antwortete der Dritte.

Finlay räusperte sich. »Wie ich bereits sagte, wir sind heute hier, um wichtige Dinge zu besprechen«, sagte Finlay. »Es müssen bindende Entscheidungen getroffen werden, wenn es nicht ausarten soll.«

Carmichael lachte. »Bindende Entscheidungen? So, so.«

Finlay schlug mit der Faust gegen die Front des Tisches. »Ihr habt gestern ein fünfzehnjähriges Mädchen erschossen!«

Adam schluckte. Davon hatte er in der Zeitung gelesen. Das Mädchen war auf dem Weg in die Kirche gewesen. Zum Glück wurden Elaine und Adam von niemandem mehr gezwungen, zur Messe zu gehen.

»Das waren wir nicht«, sagte Bruder Carmichael.

»Ein Protestant hat geschossen, das steht außer Frage, ein verfluchter

Scharfschütze. Wer schießt auf Gläubige auf dem Weg zur Kirche, verdammt?«

»Hütet eure Zunge«, sagte Großmeister Roberts.

»Wie schon gesagt. Wir waren das nicht«, sagte Bruder Willgrove.

Finlay kniff die Augen zusammen. »Es ist schon auffällig, wie viele Katholiken zurzeit hier an den Docks zu Schaden kommen. Erschossen oder halb totgeprügelt. Eure Hassreden auf den Straßen zeigen Wirkung.«

Carmichael lehnte sich zurück. »Wir haben das Recht auf freie Meinungsäußerung.«

»Wir können die Augen vor diesem Problem nicht mehr verschließen. Wir stehen kurz vor der Eskalation«, sagte Finlay.

»Da kann ich euch nur beipflichten«, sagte Großmeister Roberts.

Adam hatte Probleme, in der Geschwindigkeit zu schreiben, in der die Männer sprachen.

»Was schlagt ihr vor?«, fragte Bruder Carmichael.

Finlay lehnte sich zurück, tippte seine Fingerspitzen aneinander, wieder und wieder. »Ihr werdet dieses Jahr keine Parade veranstalten.«

Carmichael runzelte die Stirn. »Liest du keine Zeitung? Der Innenminister hat Paraden aller Art bereits vor Wochen verboten.«

»Ihr werdet keine Parade veranstalten«, wiederholte Finlay eindringlich.

»Das obliegt ja wohl nicht Ihrer Entscheidung«, sagte Bruder Willgrove. »Was ist denn schon dabei, an so einer Parade? Seit über einem Jahrhundert ziehen wir am 12. Juli durch die Straßen. Das ist unser Recht, finden Sie nicht?«

Adams Vater hatte sich immer über die Parade am 12. Juli aufgeregt. Den Sieg einer Schlacht zu feiern, die mehr als 200 Jahre her ist ... »Es ist Provokation«, wiederholte Adam die Worte seines Vaters.

»So ist es«, sagte Finlay. »Eine Provokation, die wir gerade jetzt nicht brauchen können.«

»Seit wann kümmert Sie das?«, fragte Großmeister Roberts.

»Diese Stadt kümmert mich. Und ihre Bürger ebenso«, sagte Finlay.

Willgrove lachte. »Zumindest die katholische Bevölkerung.«

»Warum wenden Sie sich mit Ihrem Anliegen nicht an die Großloge? Dort *werden die kritischen Entscheidungen getroffen, nicht hier bei uns in den Docks«, sagte Großmeister Roberts.*

»Ich weiß, wie groß euer Einfluss ist. Auf die Großloge und auf die Stadtpolitik«, antwortete Finlay.

Bruder Carmichael lachte. »Stadtpolitik? Schwimmst du da nicht ein bisschen außerhalb deiner Gewässer, Finlay?«

»Vielleicht, vielleicht auch nicht. Alles, was ich weiß, ist, dass diese Stadt einen Zusammenhalt braucht, den nur wir vorleben können.«

Bruder Willgrove prustete. »Das ist doch lächerlich.«

Der Großmeister lehnte sich nach vorne. »Und wie sähe dieser Zusammenhalt deiner Meinung nach aus?«

Finlay zuckte mit den Schultern. »Was wir gemeinsam erreichen wollen, müssen wir besprechen. Aber zurzeit redet niemand.«

»Nur dass wir uns richtig verstehen, du willst, dass Protestanten und Katholiken dieser Stadt an einem Strang ziehen, und weißt noch gar nicht, wofür?«, sagte Bruder Carmichael.

»Für ein besseres Belfast, den Wohlstand, Gerechtigkeit. Wir hätten damals mit dem Belfast Outdoor Relief Streik mehr erreichen können, das wissen wir alle. Aber die Landesregierung hat uns an unserer Achillesferse erwischt – unseren Hass aufeinander.«

»So ein Unsinn«, sagte Bruder Willgrove.

»Finlay hat recht. Ich bin mir nur nicht sicher, ob ich ein Geschäft mit einem Katholiken, einem IRA-Offizier, eingehen will«, sagte Großmeister Roberts.

»Ich bin heute hier, weil ich euch um eine Geste des guten Willens bitten möchte. Lasst die Parade dieses Jahr ausfallen.«

»Und was bekommen wir im Gegenzug?«, fragte Bruder Carmichael.

»Ich weiß, dass es euch ein Anliegen ist, die Protestanten im Süden zu stärken. Immerhin sind sie dort eine Minderheit, so wie wir Katholiken hier im Norden.«

»Wie wollen Sie uns helfen, unsere Brüder im Süden zu stärken?«, fragte Bruder Willgrove.

Finlay grinste. »Ich habe Beziehungen in den Süden, die ihr euch wünscht.«

47

Emily gefiel Adam. Rote, lange Haare, Sommersprossen auf der Nase und ein schöner Busen, der sich unter ihrem weiten Sommerkleid abzeichnete.

Natürlich konnte Adam nur Ja sagen, als sie ihn zu sich nach Hause einlud. Sie führte ihn auf den Dachboden, wo noch andere Jungs und Mädchen saßen. Adam war enttäuscht. Egal, was er erwartet hatte, das war es definitiv nicht.

Er setzte sich zu den anderen.

Emily stellte Adam vor. Daraufhin wurde er mit Namen überschüttet. Adam merkte sich nur, dass es zu viele Seans und Patricks in diesem Raum gab.

Eines der Mädchen saß etwas außerhalb des Kreises. Sie hatte ein rundes Gesicht. Der Stoff ihres blauen Kleides spannte, besonders um ihren Bauch und ihre Hüften.

Emily legte zwei Hüte in die Mitte. »In den weißen Hut werfen die Mädchen ihre Namen und in den grünen die Jungs.«

Adam bekam Papier und Stift. Alle warfen ihre Namenszettel in den passenden Hut.

Emily klatschte in die Hände. »Also gut, los gehts.«

Adam hatte keine Ahnung, was hier gleich losging, traute sich jedoch nicht, zu fragen.

»Keith? Fängst du an?«, fragte Emily.

Keith wühlte in dem weißen Hut und zog ein Stück Papier heraus. »Veronica«, las er vor. Er verzog das Gesicht.

Rundherum Getuschel.

Das Mädchen in dem blauen Kleid sah auf ihre Hände. Ihre Ohren waren genauso rot wie ihre Wangen.

»Darf ich noch einmal ziehen?«, fragte Keith.

»Klar«, sagte Emily.

Eine Träne kullerte über Veronicas Wange, tropfte auf ihr blaues Kleid.

Keith nahm ein anderes Namenskärtchen aus dem Hut.

»Bonnie.«

Die Jungs pfiffen.

Keith stand zögernd auf und ging zu einem blonden Mädchen.

»Na los, mach schon!«, brüllte einer der anderen Jungs.

Keith kniete sich neben sie hin und beugte sich nach vorne.

Der Kuss war so schnell vorbei, dass Adam ihn mit einem Blinzeln verpasst hätte.

Die Jungs grölten. Die Mädchen kicherten.

Veronica schnäuzte sich.

Adam fand das Spiel blöd. Er wollte gehen, so schnell wie möglich.

»Ich bin dran.« Adam kreiste seine Hand im Mädchen-Hut, die feinen Papierstückchen kratzten auf seiner Haut. Er packte eines zwischen seine Finger und zog es heraus. *Emily*. – Auf keinen Fall.

»Und wen hast du?« Emily sah ihn erwartungsvoll an.

Adam steckte das Stück Papier schnell weg. »Ähm …«

Veronica war aufgestanden und fast aus der Tür.

»Veronica.«

Die Mädchen tuschelten.

Einer der Jungs prustete. »Ach, du Armer! Darfst noch einmal ziehen.«

Alle lachten. Veronica ging laut trampelnd nach unten.

»Beachte sie nicht«, sagte Emily. »Sie ist nur meine dumme, kleine Schwester. Ich hätte sie gar nicht eingeladen, aber Mutter hat mich gezwungen.«

Adam wurde wütend. Er wollte dem dämlich grinsenden Keith eine reinhauen. Er wollte allen hier eine reinhauen.

Adam sprang auf. »Veronica warte! Komm zurück.«

Zu seiner Überraschung kam sie tatsächlich wieder.

Er wäre ihr auch nachgelaufen, wenn es hätte sein müssen, aber so war es besser. So konnten es alle sehen.

»Du schuldest mir noch einen Kuss«, sagte Adam.

Veronica sah verlegen auf ihre Hände. »Du ... du musst nicht, wenn du nicht willst.«

Adam ging zu ihr, nahm sie an der Hand. Er hatte vorher noch nie ein Mädchen geküsst. Er hatte keine Ahnung wie das ging, aber das musste jetzt gut werden. Richtig gut. Adam zog sie zu sich, presste seine Lippen gegen ihre. Anfangs war sie ganz starr, doch nach und nach entspannte sie sich. Gar nicht übel, dieses Küssen, dachte Adam. Er spielte mit der Zunge an ihrer Oberlippe, solange bis sie ihren Mund leicht öffnete. Adam schloss die Augen und versank so tief in diesem warmen Gefühl, dass er die Pfiffe und Jubelrufe nur noch dumpf wahrnahm.

Wie Adam nach Hause gekommen war, wusste er nicht mehr. Er war immer noch berauscht von dem Kuss. Veronica hatte so gut geduftet. Er konnte sie immer noch riechen, ihre Lippen immer noch auf seinen spüren.

In der Backstube erzählte Adam Elaine davon.

»Veronica? Du hast mit Finlays Nichte geknutscht?«

Adam grinste. »Ja.«

»Du Vollidiot. Finlay reißt dir die Rübe ab.« Elaine nahm ein Backblech aus dem Ofen.

»Vater und Mutter waren auch nicht gerade begeistert, als du Pauline geküsst hast ... hat dich auch nicht abgehalten.« Adam reichte Elaine das Blech mit dem rohen Teig.

Elaine schob es in den Ofen. »Mutter und Vater gehören nicht zur IRA.«

»Wer weiß.« Es sollte ein Scherz sein.

Elaine rollte mit den Augen.

Adam ließ sich sein Hochgefühl nicht kaputt machen. Er beobachtete

Elaine eine Zeit lang beim Backen. »Wann ist es dir zum ersten Mal aufgefallen?«

»Was aufgefallen?«

»Dass du Pauline magst.«

Elaine drehte sich mit einem Lächeln zu Adam um. »Naja, wir haben uns ja schon von der Schule gekannt, aber … richtig gefunkt hat es in der Ballettstunde.«

Adam verzog das Gesicht. »Ballett.« Was Elaine daran gefiel, hatte er nie verstanden.

»Ich liebe es, wie sie sich zur Musik bewegt … so …« Ihr Blick wurde starr. Erinnerungen, die nur sie sehen konnte, spielten sich auf der weißen Wand neben Adam ab. »Feurig.«

»Feurig? Seit wann ist Ballett feurig?«

»Ich weiß auch nicht, bei ihr war es eben so. Die Begeisterung, schätze ich. Sie ist immer so Feuer und Flamme für alles, was sie tut«, sagte Elaine. Sie setzte sich mit einem Glas Milch zu Adam an den Tisch.

»Was ist mit dir und Veronica? Wie kam es dazu?«

Adam zuckte mit den Schultern. »Sie war irgendwie einfach … da.«

»Na, das klingt ja sehr schmeichelhaft. Sie war einfach da.«

»So wars aber.« Adam trank von Elaines Milch.

»Ich kenn sie nur vom Sehen«, sagte Elaine. »Wie ist sie denn so?«

»Keine Ahnung.«

»Wie meinst du das?«, fragte Elaine.

»Ich hab sie gerade erst kennengelernt.«

»Weißt du überhaupt etwas über sie?«

Adam zuckte mit den Schultern. »Sie kann gut küssen.«

Elaine lächelte. »Ich verstehe, du bist einer, der gleich zur Sache kommt.«

Adam warf ein Geschirrtuch nach ihr.

Draußen auf der Straße ertönte ein lauter Knall.

»Was war das?« Elaine sprang auf und ging vor in den Verkaufsraum.

Adam folgte ihr.

Schreie, noch ein Knall. Es klang wie ein Schuss.

Elaine wollte hinausgehen, doch Adam hielt sie zurück.

Sie spähten aus dem Fenster. Ein paar Meter von ihrem Eingang entfernt lag ein Mann auf der Straße. Er war umringt von drei Polizisten, die ihre Waffen auf ihn richteten.

Passanten liefen in alle Richtungen davon.

»Wir haben alles unter Kontrolle«, rief einer der Polizisten.

»Mörder! Mörder!«, schrie jemand. Aus einem Fenster von der gegenüberliegenden Straßenseite flog ein Stein und traf einen der Polizisten am Helm.

Die drei Polizisten stürmten das Haus.

Adam wollte nicht in der Haut von demjenigen stecken, der jetzt von der Polizei geholt wurde.

Zwei Frauen näherten sich dem Mann, der auf der Straße lag. Eine davon war Elaine.

Adam folgte ihr nach draußen.

Der Mann blutete aus einer Wunde in der Brust. Er röchelte.

Elaine kniete sich hin, drückte mit dem Geschirrtuch auf seine Wunde. Er blinzelte ein letztes Mal, dann starrten seine Augen ins Leere.

Elaine schniefte und schloss seine Augen.

Die Frau, die neben Adam stand, machte das Kreuzzeichen. »Dieses verfluchte Polizistenpack!«, schimpfte sie. »Möchte mal sehen, dass sie einfach so auf einen unbewaffneten Protestanten schießen.«

Adam konnte nicht schlafen. Immer wenn er seine Augen schloss, sah er den Mann, der vor dem Laden erschossen worden war. Was hatte er den Polizisten getan? Schossen die wirklich wahllos auf Leute?

Elaine schlief. Wie sie das konnte, war Adam ein Rätsel.

Er stand auf, setzte sich an den Tisch in der Stube. *Alice im Wunderland*. Das Buch lag immer noch da. Er hatte es völlig vergessen.

Adam wollte an dieses Wunderland glauben. An irgendein Wunderland. Auch wenn es in Wirklichkeit ganz anders hieß oder ganz anders aussah. Es musste einfach etwas Anderes geben, als das hier.

Adam sah aus dem Fenster, starrte die Sterne am dunklen Himmel an. Dort oben bei den Sternen, dort musste es diese Welt geben. Adam nahm Papier und Stift zur Hand und begann zu schreiben.

Bis zum Morgengrauen hatte Adam seine Welt erschaffen. Sie hieß Domhanda, das irische Wort für *Welt*. In ihr lebte Dearthái r, oder kurz Art. Als Weltraumforscher wusste Art über seine Welt und die Sterne, die sie umgaben, bestens Bescheid. Meistens arbeitete er allein, weit draußen in der Ebene, wo er die Sterne ungestört beobachten und zählen konnte. Genau, er war Sternenzähler und arbeitete für den Sternen-Senat, dem ein gewisser Bán vorsaß.

Ein eisiger Wind wehte von der Seite und zerzauste Báns *weiße Haare*, schrieb Adam. *Bán presste seine Arme ganz eng an seine Brust. »Sie haben sich den schrecklichsten Arbeitsplatz in ganz Domhanda ausgesucht«, sagte Bán zu Art.*

»Ich mag es hier draußen«, antwortete Art. Er rollte seine Sternenkarte zusammen und steckte sie in seine Tasche. Es würde bald hell werden. Art warf einen letzten Blick auf die Sterne und Planeten über ihnen, deren Leuchten langsam schwächer wurde.

»Wie weit sind Sie mit der Sternenzählung?, fragte Bán. »Fertig, es sind 6,935 Milliarden Sterne«, antwortete Art.

»Also sieben.«

»Nein, 6,935«, beharrte Art.

»Ach, den Senat interessieren nur ungefähre Ziffern«, sagte Bán.

»Ungefähr? Sie addieren 65 Millionen Sterne, die es nicht gibt!«

Bán schnaufte. »Sie sind eine Nervensäge, hat Ihnen das schon einmal jemand gesagt?«

Ein Klopfen ließ Adam hochschrecken. Elaine stand im Türrahmen.

»Was machst du da?«, gähnte sie.

»Ach nichts.«

Sie spähte auf Adams Notizen. »Sieht nicht nach nichts aus.«

Elaine setzte sich zu Adam an den Tisch, blätterte in *Alice im Wunderland*.

»Denkst du, es gibt im Weltall noch irgendwo Leben? Eine zweite Erde oder so?«, fragte Adam.

»Ich weiß nicht.« Sie sah Adam an. »Spielt das eine Rolle?«

Wie kann sie so etwas sagen? »Klar spielt das eine Rolle.«

»Ich glaube nicht, dass da oben etwas ist.« Sie klang traurig.

»Redest du von einem anderen Planeten oder vom Himmel?«

Elaine zuckte mit der Schulter. »Nenn es doch, wie du willst.«

Adam schob ihr seine Notizen zu. »Dort oben ist etwas, vertrau mir.«

Sein Vater hatte Adam oft vom Süden erzählt. Von früher, als sein Vater noch dort gelebt hatte. Adam kannte so viele Geschichten, dass er das Gefühl hatte, selbst schon dort gewesen zu sein. Im Süden schmeckt das Bier noch so richtig herb, wie es sich gehört, hatte sein Vater gesagt. Und die Luft war so viel frischer, die Wiesen viel grüner.

Adam hatte diese Geschichten gemocht. Warum sein Vater in den Norden gezogen sei, hatte Adam eines Abends gefragt.

Manchmal müssen Menschen Orte, die sie lieben, verlassen, hatte er geantwortet. Adam hatte nie wieder gefragt. Die Frage hatte seinen Vater traurig gemacht, das war ihm anzusehen gewesen.

Als Finlay davon sprach, in den Süden zu reisen, wurde Adam hellhörig. Finlay wollte Verbündete treffen und bat Adam, ihn zu begleiten. Was für eine Ehre. Endlich würde Adam den Teil Irlands kennenlernen, den sein Vater so liebte.

Leider konnte Adam die Begeisterung seines Vaters nicht teilen. Die Luft war so frisch wie in Downpatrick und die Wiesen genauso grün.

»Schmeckt das Bier herber als bei uns?«, fragte Adam.

Finlay nippte an seinem Bier und winkte der Kellnerin. »Noch ein Bier.«

Das Pub war überfüllt und verraucht, so wie zu Hause auch. Vielleicht war sein Vater ja an einem anderen Ort in Irland gewesen – nicht so nahe an der Grenze.

Die Kellnerin brachte das Bier. Es schmeckte so grässlich, dass sich Adam daran verschluckte.

»Na, na, immer sachte«, sagte Finlay.

Die Männer, die Finlay treffen wollte, ließen sich Zeit. Sie kamen fast eine Stunde zu spät.

Finlay und die beiden Fremden begrüßten sich mit einem Händedruck und Schulterklopfen.

Sie musterten Adam, als sie sich an den Tisch setzten.

»Wo ist de Valera?«, fragte Finlay.

»Er konnte nicht kommen«, sagte der eine Mann, der einen Schnurrbart trug.

»Er hat mir versichert, er würde kommen«, sagte Finlay.

»Er hat viel um die Ohren«, knurrte der andere. Der Mann fletschte seine Zähne, von denen ihm einige fehlten. Andere waren schwarz und verfault, standen schief in seinem Mund. Adam konnte seinen schlechten Atem über den Tisch riechen.

»Das hier ist wichtig.« Finlay klang genervt.

»Was auch immer du zu besprechen hast, kannst du auch mit uns besprechen«, sagte Schnurrbart.

Finlay lachte. »Mit euch? Was soll ich denn mit euch Handlangern besprechen?«

»Was willst du, Finlay?«, fragte der mit Mundgeruch.

»Der 12. Juli steht vor der Tür«, sagte Finlay.

»Und?«

»Bei uns im Norden ist das ein Problem, jedes Jahr.«

»Das wissen wir, auch bei uns gibt es Protestanten.«

»Ach ja? So viele, dass ihr ständig um euer Leben fürchten müsst?«

Schnurrbart schnaufte. »Was willst du?«

»Ich habe mit den Oraniern gesprochen. Ich habe sie gebeten, die Paraden dieses Jahr auszusetzen«, sagte Finlay.

Mundgeruch lachte. »Na, dann ist ja alles geklärt!«

»Ich habe ihnen einen Deal versprochen. Kontakte in den Süden, um ihre Leute zu unterstützen.«

Schnurrbart schüttelte den Kopf. »Auf keinen Fall.«

»Wir müssen ihnen etwas bieten. Ein kleines Gefühl der Macht. Das Gefühl reicht schon«, meinte Finlay.

»Darauf wird de Valera sich nicht einlassen.«

»Woran hast du gedacht?«, fragte Mundgeruch.

»Ein Sitz im Stadtrat von Dublin. Zwei höchstens.«

Schnurrbart lachte. »Du spinnst ja.«

Mundgeruch strich sich über sein Kinn. »Was erwartest du dir davon?«

Finlay lächelte. »Eine politische Karriere in Belfast.«

»Indem du die Parade verhinderst?«, sagte Schnurrbart.

»Indem ich der Stadt ein wenig Frieden wiedergebe. Das kommt gut an ... bei Katholiken und Protestanten.«

Mundgeruch schüttelte den Kopf. »Das wird nicht funktionieren. Die werden sich nicht an eure Abmachung halten.«

»Sie sind einfach zu mächtig«, stimmte Schnurrbart zu. »Es ist ihnen doch auch gelungen, den Innenminister unter Druck zu setzen. Alle Paraden sind verboten, nur die vom 12. Juli nicht. Das sagt doch schon alles.«

»Wir müssen irgendwie einen Weg finden, mit ihnen zusammenzuarbeiten, sonst werden wir den Norden und den Süden nie vereinen können«, sagte Finlay.

»Konzentrier dich auf deine Arbeit in der Gewerkschaft, wie de Valera es befohlen hat«, sagte Schnurrbart.

Er und Mundgeruch verabschiedete sich mit einem Kopfnicken.

Finlay blieb noch lange schweigend sitzen.

Adam kritzelte in seinen Notizblock. »Warum haben sie uns aufgegeben?«

»Sie haben uns nicht aufgegeben«, antwortete Finlay.

»Es hat für mich aber nicht so geklungen, als würden sie sich für uns interessieren.«

»Sie haben selbst genug Probleme, um die sie sich kümmern müssen.« Finlay seufzte. »Wir sind auf uns gestellt.«

»Aber was ist jetzt mit den Oraniern. Die erwarten sich doch Unterstützung im Süden.«

»Na und?«

Adam war verwirrt. »Aber die beiden haben doch gerade gesagt, dass wir die Unterstützung nicht kriegen. Diese Sitze im Stadtrat.«

Finlay grinste. »Ja, aber das wissen die Oranier doch nicht.«

48

Die Parade am 12. Juli fand statt. Schwere Aufstände waren die Folge. Wochen lang. Katholiken starben, Protestanten starben. Es gab unzählige Verletzte.

Beim nächsten Treffen in Finlays Hinterzimmer gab es kein anderes Thema.

»In meiner Gegend werden Katholiken aus ihren Häusern vertrieben. Gejagt, verfolgt, zusammengeschlagen«, sagte Halligan.

»Die Umstände sind grässlich«, sagte MacQuaid, der neben Halligan saß.

Adam saß auf seinem üblichen Platz, unschlüssig, ob er diese Schilderungen auch alle notieren sollte.

Finlay marschierte im Raum auf und ab. Er hatte noch kein einziges Wort gesagt. Ob noch jemand von Finlays Abmachung mit den Oraniern wusste?

»Was machen wir jetzt, Boss?«, fragte Cassidy.

»Wir müssen zurückschlagen. Ein Exempel statuieren«, sagte Halligan.

»Wir sollten uns die Oranier vornehmen«, sagte MacQuaid. »Sie haben das alles ausgelöst.«

»Die Protestanten sind schuld«, sagte Cassidy. »Alle! Nicht nur die Oranier.«

»Aber die Oranier haben es provoziert. Sie sind der Kopf der Schlange. Und der gehört abgeschlagen.« Halligan schlug mit der Faust auf den Tisch.

»Wir tun gar nichts«, sagte Finlay.

»Was?«, sagte Halligan.

»Bist du verrückt?«, fragte MacQuaid.

»Wir tun gar nichts!«, wiederholte Finlay mit Zorn in der Stimme. »Katholiken sterben da draußen. Ich werde kein Öl ins Feuer gießen.«

»Also einfach zurücklehnen und sich alles gefallen lassen?«, sagte Halligan.

Finlay sah ihn an. »Wehren, aber nicht angreifen.«

»Das ist doch totaler Mist!«, sagte Cassidy.

»Ja. Seit wann bist du so ein Schwächling, Finlay?«, fragte Halligan.

Mit einem Wimpernschlag stand Finlay hinter Halligan und schlug seinen Kopf mit voller Wucht gegen die Tischplatte.

Adam zuckte zusammen, alle am Tisch taten es.

»Stell nie wieder meine Befehle infrage«, fauchte Finlay.

Halligan richtete sich stöhnend auf. Er hatte eine blutende Wunde am Kopf.

»Niemand hier stellt meine Befehle infrage, verstanden!?« Finlay verließ den Raum, knallte die Tür hinter sich zu.

»Unfassbar. Der glaubt wohl, es geht hier nur um ihn«, sagte MacQuaid.

»Der hat doch nur noch die Wahl im Kopf«, meinte Halligan.

»Die Wahl? Gewählt wird in drei Jahren. Unsere Leute brauchen uns jetzt«, sagte Cassidy.

»Finlay weiß, dass er die Wahl nur mit Hilfe von Protestanten gewinnen kann«, meinte Halligan. »Deswegen hält er sich so zurück.«

»Ich habe gehört, dass er mit den Oraniern verhandelt hat«, meinte MacQuaid.

Adam rührte sich nicht. Er wagte es nicht.

Cassidy starrte auf die Tür, die Finlay zugeknallt hatte. »Der sollte besser ein bisschen vorsichtiger sein …«

»Schhht«, sagte Halligan. »Der Junge hört zu.«

Mit einem Mal waren alle Augen auf Adam gerichtet. Er gehörte hier nicht her. Er war Finlays rechte Hand. Wenn die Männer gegen Finlay waren, waren sie auch gegen Adam.

»Ich … ich …« Adam nahm seine Unterlagen und stürmte nach vorne in den

Laden. Er hatte das Gefühl, dass Finlays Männer hinter ihm standen, bereit, das Messer zu zücken.

Hinter Adam knarrte die Treppe. Er fuhr herum. Veronica kam aus Finlays Wohnung, die im ersten Stock lag.

»Hi Adam«, sagte sie.

Adam atmete tief durch. »Hi.«

»Alles klar? Du siehst blass aus«, sagte Veronica.

»Alles gut.« Adam sperrte sein Notizbuch in einen Schrank hinter dem Tresen.

Am anderen Ende des Ladens schleuderte Finlay Kartoffelsäcke lautstark in die Regale.

Veronica sah Adam mit einem Lächeln an, das Finlay auf keinen Fall bemerken durfte.

»Ich ... ich muss nach Hause«, sagte Adam.

Veronica folgte ihm auf die Straße. Das wollte Adam nicht. Es war zu gefährlich hier draußen. Adam drehte sich zu ihr um.

»Du solltest wieder reingehen.«

»Magst du mich nicht mehr?«, fragte Veronica.

»Doch. Es ... es ist nur viel los im Moment.«

Veronica nickte. »Es ist schrecklich. Ich hab solche Angst, die ganze Zeit. Man hört so viel, sieht so viel.« Sie starrte vor sich hin. »Was, wenn es nicht aufhört?«

»Es hört schon auf«, antwortete Adam.

Der Belfast Outdoor Relief Streik hatte auch aufgehört.

Als Adam damals auf diesem Platz gestanden hatte, umringt von Demonstranten, war es unvorstellbar gewesen, doch auch dieser Streik hatte sein Ende gefunden. So würde es auch diesmal sein. Jeder Aufruhr versickerte irgendwann.

»Ach, Adam.« Veronica lehnte sich an ihn.

Er tätschelte ihren Rücken und behielt die Tür von Finlays Laden im Auge.

Der Tag war endlich vorbei, die Sonne vor Stunden untergegangen. Adam lag im Bett, starrte in die Dunkelheit.

Elaine bewegte sich, ihr Bett knarrte.

Adam war froh, dass sie noch wach war. Es gab eine Frage, die ihm auf den Lippen brannte.

»Und? Hast du es gelesen?«

»Was gelesen?«, antwortete Elaine.

»Domhanda. Meine Geschichte über diesen anderen Planeten.«

»Oh ja, richtig.«

Das klang nicht sehr begeistert.

»Und? Wie findest du es?«

»Naja, also. Es ... ergibt irgendwie keinen Sinn.«

»Was ergibt keinen Sinn?«, fragte Adam. Er hatte viel Arbeit in diese Geschichte gesteckt. Ihm war alles klar.

»Dieser Typ, dieser Sternenzähler, der ist so ... normal.«

»Ist das schlecht?«, antwortete Adam.

»Nein, es ist nur ... der lebt in einem ganz anderen Teil des Universums. Sollte er da nicht anders sein?«

»Wie anders?«

»Keine Ahnung. Anders aussehen, anders reden, einfach anders sein.«

»Hm.« So viel Ehrlichkeit hätte Adam nicht unbedingt gebraucht.

Stille.

»Es ist so ruhig heute, findest du nicht?«, sagte Adam.

»Das ist doch gut, oder?«

»Ich weiß es nicht.« Dieser verfluchte 12. Juli, diese verfluchten Oranier. Die machten nichts als Ärger, waren unberechenbar. Adam fühlte sich wie damals, als er mit Elaine weggelaufen war. Auf dieser dunklen, verlassenen Straße hatte es ihm geholfen, nicht allein zu sein. Und auch jetzt beruhigte es ihn, Elaine an seiner Seite zu haben.

»Ich war heute unten am Markt.« Elaines Worte ließen Adam hochschrecken.

»Was? Bist du verrückt? Wir gehen nicht allein durch die Stadt, das haben wir doch ausgemacht.«

»Du warst heute auch allein bei Finlay«, sagte Elaine.

»Das ist etwas anderes.«

Elaine schnaufte. »Ich brauchte ein paar Zutaten. Ist ja nichts passiert.«

»Ja, zum Glück.« Gar nicht auszudenken, wenn ihr doch etwas passiert wäre.

Adam war nun hellwach, erinnerte sich an ihre gemeinsame Zeit am Marktstand. Wie lang war er schon nicht am Markt gewesen? Wochen? Monate? »Und, wie ist es?«

»Wie ist was?«, fragte Elaine.

»Am Markt. Wie ist es dort?«

»Anders. Beängstigend still. Einige Stände sind leer, verlassen. Sieht traurig aus.«

Adam schluckte. Dann war es wohl besser, wenn Adam fernblieb. Er wollte den Marktplatz so in Erinnerung behalten, wie er damals war. Damals, als sich alles ein wenig besser und sicherer angefühlt hatte – zumindest aus heutiger Sicht.

Draußen wurde es langsam hell. Elaine zog die Vorhänge auf und verschwand in die Stube.

Adam rieb sich die brennenden Augen.

Ein lautes Klirren war zu hören.

»Elaine?«

»Das war ich nicht.«

»Kam das von unten?« Adam stand auf und betrat die Stube.

Elaine sah ihn erschrocken an. »Der Laden.«

Adam stürmte die Treppe nach unten. Er riss die Tür zum Laden auf. Hitze, Rauch. Feuer!

Adam hustete, stolperte rückwärts. Dabei stieß er gegen Elaine, die hinter ihm stand. Sie lief schnell zurück nach oben.

»Elaine?« Adam folgte ihr.

»Schnell, nimm so viel, wie du kannst.« Elaine packte ihre Kleider und die Geldschatulle und warf alles durch das Fenster in den Innenhof.

»Aber ...«, begann Adam.

»Wir müssen hier raus. Und zwar schnell!«

Adam hatte keine Ahnung, was er zuerst retten sollte. Er wollte alles retten. »Der Brunnen«, sagte er. »Der Brunnen im Innenhof. Wir können das Feuer löschen.«

Adam wartete nicht auf eine Antwort. Er sauste nach unten.

Um in den Innenhof zu gelangen, musste er durch die Backstube, wo der Qualm ihm jede Sicht nahm. Adam hielt die Luft an, bedeckte Mund und Nase mit dem Hemd, das er trug. Er stolperte und fiel hin. Auf allen Vieren schaffte er es nach draußen. Er keuchte und hustete.

»Adam!«, rief Elaine. Sie war noch oben in der Stube, sah aus dem Fenster.

Was machte sie denn noch da oben? Sie musste raus, bevor die Treppe Feuer fing. Adam wollte schreien, sie anbrüllen. Doch er bekam keinen Ton heraus. Er winkte ihr hektisch. Er hoffte, sie verstand.

Adam schnappte sich die zwei Eimer, die in der Ecke standen, und stürmte zum Brunnen.

Elaine kam in den Innenhof gestolpert. Sie hatte sich aus einem Halstuch einen Mundschutz gebunden.

Adam pumpte Wasser aus dem Brunnen, bis der Eimer voll war.

Elaine schleppte den Eimer bis zum Hintereingang und verschwand in der Rauchwolke.

Zu zweit würden sie den Kampf verlieren. Das wusste Adam. Sie brauchten Hilfe.

»Hilfe! Hilfe!«, rief Adam, wieder und wieder. Wieso hörte ihn denn niemand?

»Was ist denn da los?« Ein Mann lehnte sich aus dem Fenster eines Nachbarhauses.

»Unser Laden brennt!«, rief Adam.

»Um Himmels willen!« Der Mann verschwand wieder im Haus.

Adam wickelte sein Hemd um Mund und Nase und band es am Hinterkopf zusammen. Er schleppte den Wassereimer durch den Hintereingang und stieß mit Elaine zusammen.

Adam kämpfte sich durch die Backstube und schüttete das Wasser im hohen Bogen in den Laden. Es zischte, noch mehr Rauch. Er stolperte rücklings.

Im Innenhof fiel er ins Gras, riss sich den Mundschutz herunter. Lange, *tiefe Atemzüge. Seine Lungen schmerzten. Ihm war übel. Er konnte da nicht wieder rein.*

Sein Blickfeld verschwamm, Tränen standen in seinen Augen. Er wollte sein Zuhause nicht verlieren. Nicht schon wieder.

Stimmengewirr, Schritte um ihn herum. Eimer wurden an ihm vorübergetragen.

Adam spürte eine Hand auf seinen Rücken.

»Komm, setzt dich auf. Vorsichtig.« Elaine. Ihre Stimme gab ihm Kraft. »Alles wird gut. Hilfe ist da.«

Adam wischte sich über die feuchten Augen.

Der Nachbar, der vorhin am Fenster gestanden hatte, pumpte am Wasserbrunnen. Weitere Nachbarn waren zur Stelle. Sie schleppten volle Eimer in den Laden, leere Eimer zurück.

»Komm«, sagte Elaine. »Eine Gruppe ist nach vorne auf die Hauptstraße, sie bekämpfen das Feuer von dort. Wir sollten ihnen dabei helfen.«

49

Das Feuer war gelöscht, der Rauch hatte sich verzogen. Die Auslagenfenster waren eingeschlagen. Im Laden am Boden, unter verkohltem Holz, lag eine Glasflasche. Sie roch nach Benzin.

»Da habt ihr ja euren Übeltäter.« Wilbourg hob die Flasche auf.

Pauline hatte ihre Arme vor der Brust verschränkt. »Wer macht denn so was?«

»Protestanten«, sagte Wilbourg. Es klang komisch aus seinem Mund.

Adam trat etwas Schutt zur Seite. »Das wars, wir sind erledigt.«

»Sind wir nicht«, sagte Elaine.

»Wie sollen wir hier denn Pies verkaufen oder backen? Sieh dir das doch an!«, sagte Adam.

Elaine zuckte mit den Schultern. »Finlay hat uns einen Platz in seinem Laden angeboten. Eine Ecke, wo wir die Pies verkaufen können. Er hat auch noch eine Bäckerei im Süden. Dort könnten wir backen.«

»Und am Ende noch tiefer in Finlays Schuld stehen? Wir werden auf ewig seine Sklaven sein«, schnaufte Adam.

»Wenn alles so schlimm ist, wieso hast du dich dann nicht gleich in die Flammen gestürzt?«, sagte Elaine schnippisch.

»Um euer Geschäft mach ich mir weniger Sorgen. Die Frage ist, wo ihr ab jetzt leben könnt.«, sagte Pauline.

»Oben. Das geht schon. Es stinkt noch ein bisschen nach Rauch, aber das wird vergehen. Das Feuer ist zum Glück nicht bis nach oben gekommen«, meinte Elaine.

»Aber das ist doch schon einmal was«, sagte Wilbourg. »Ihr habt immer noch ein Dach über dem Kopf. Und das hier unten kriegen wir schon hin. Ich kann Vater bitten, ein paar alte Möbel herzubringen, vielleicht können wir euch auch das eine oder andere Möbelstück zimmern«, meinte Wilbourg.

»Ich kann Putzmittel und Wandfarbe mitbringen, dann sieht es hier bald so aus wie neu«, sagte Pauline.

Es klang einfacher, als es werden würde, das wusste Adam. Dennoch machten ihm die Worte seiner Freunde Mut.

Ein paar Minuten später tauchte Veronica im Laden auf, sie sah besorgt aus. »Onkel Finlay hat mir erzählt, was passiert ist«, sagte Veronica. »Geht es euch gut?«

»Ja, halb so wild«, sagte Adam.

»Sieht echt schlimm aus. Kann ich euch helfen?«, fragte Veronica.

»Wir nehmen jede Hilfe, die wir kriegen können«, sagte Elaine.

Wilbourg kam am nächsten Tag mit seinem Vater wieder. Sie hatten ein paar Holzbretter auf ihrem Kastenwagen geladen und zimmerten in null Komma nichts einen Verkaufstisch.

Elaine und Pauline waren in der Backstube zugange. Zu Adams Überraschung hatte der Ofen nicht viel abbekommen. Die Tür des Backofens klemmte etwas, ansonsten war der Ofen komplett der Alte.

Es duftete nach gebackenem Teig, Hühnerfleisch und Erbsen. Adam hätte nicht gedacht, diesen Duft nach so kurzer Zeit wieder in der Nase zu haben.

»Na, bitte. Unser Laden hat wieder offen.« Elaine stellte ein Tablett mit frisch gebackenen Pies auf den Verkaufstisch.

»Wie gehts euch beim Entrümpeln?«, fragte Wilbourgs Vater.

»Wir haben das meiste auf einen Haufen gestapelt«, sagte Adam.

»Na, dann nehmen wir das gleich mit.« Wilbourgs Vater hatte an alles gedacht. Schaufeln, eine Schubkarre.

Der Wagen von Wilbourgs Vater war im Handumdrehen beladen.

Adam fiel auf, wie gut Wilbourg und sein Vater bei jedem Handgriff zusammenarbeiteten. Die beiden zu sehen, machte Adam traurig. Wieso konnte sein Vater nicht hier sein?

»Also, dann.« Wilbourgs Vater verabschiedete sich.

»Die anderen Möbel kriegt ihr nächste Woche«, sagte Wilbourg.

Er und sein Vater fuhren mit ihrem Kastenwagen davon.

Adam sah ihnen noch lange nach. Er kehrte in den Laden zurück, wo Pauline und Elaine beisammensaßen und aßen.

Adam hatte keinen Hunger, und er hatte auch keine Lust den beiden beim Turteln zuzusehen. »Ich gehe zu Veronica«, sagte er, wohl wissend, dass sie ihn höchstwahrscheinlich gar nicht hörten.

Finlays Laden war geschlossen. Adam klopfte, wieder und wieder. Emily öffnete die Tür.

»Hallo Adam.« Sie lächelte.

»Hi.« Adam versuchte, an ihr vorbei in den Laden zu sehen. »Ist Veronica da?«

»Veronica? Zu der willst du? Wirklich?« Emily strich sich durch ihre langen Haare.

»Ist sie da?«

Emily runzelte die Stirn. »Nein. Keine Ahnung, wo die sich schon wieder herumtreibt.«

Ein Knall, so laut. Noch einer und noch einer. Adam kannte das Geräusch. Pistolenschüsse.

»Was ... was war das?«, fragte Emily.

Adam drängte sich an ihr vorbei. Der Knall kam aus Finlays Hinterzimmer.

Adam riss die Tür hinter dem Tresen auf und lief den Flur hinunter.

»Hey, da darfst du nicht rein«, rief Emily ihm hinterher.

Adam stand vor der Tür zum Besprechungsraum und lauschte.

Emily blieb in sicherer Entfernung. »Was ist da los?«

»Sssschhht.«

Schritte. Die Tür wurde aufgerissen.

Finlay stand vor ihm. »Adam. Was machst du denn hier?«

»Ähm ... ich ... ich ...« Adam konnte an Finlay vorbei in den Raum sehen. Die drei Oranier von neulich saßen auf Stühlen, gefesselt und geknebelt. Starre Augen. Kopfschuss.

Finlay versuchte nicht einmal, sich Adam in den Weg zu stellen. Stattdessen beugte sich Finlay nach vorne und flüsterte in Adams Ohr: »Die haben mir in die Suppe gespuckt. Das mag ich gar nicht.«

Adam rannte, so schnell er konnte. Egal wohin, Hauptsache weg. Er erreichte den Hafen, wurde langsamer, atmete tief durch.

Ein Schiff lag neben dem anderen vor Anker. Personenschiffe, Frachtschiffe. Sie waren so groß, dass der starke Seegang nicht in der Lage war, sie auch nur einen Millimeter zu bewegen. Adam fragte sich, wie es sich wohl anfühlte, dort oben an Deck zu stehen und auf den Hafen hinabzublicken.

Adam setzte sich an den Rand des Piers, ließ die Beine über dem Meerwasser baumeln.

Die Schiffe liefen aus, eines nach dem anderen. Adam wäre am liebsten mitgefahren. Er musste raus aus Belfast, weg von Finlay.

»Da bist du ja.« Elaine stand plötzlich neben Adam, setzte sich zu ihm.

»Wie hast du mich gefunden?«

»Emily ist bei uns aufgetaucht, ganz aufgelöst. Sie meinte, du bist weggelaufen, hast etwas vom Hafen gesagt«, sagte Elaine.

»Hab ich das?« Adam wusste es nicht mehr. Er wollte vergessen, dass er überhaupt dort gewesen war. In dem Laden.

Adam war froh, dass Elaine nicht davon sprach. Sie saß einfach da, starrte mit ihm gemeinsam auf das Meer hinaus. Es tat gut, sie hier zu haben. Es machte diesen Abend um einiges erträglicher.

Ein Schiffshorn ertönte. Gemächlich bewegte sich das nächste Schiff Richtung Horizont, bis es nur noch ein kleiner, grauer Fleck war.

»Eines Tages werde ich auch auf einem dieser Schiffe sein. Ich werde weit wegfahren und diese Insel für immer hinter mir lassen«, sagte Adam.

»Klingt gut«, meinte Elaine. »Würde es dir etwas ausmachen, wenn ich dich bei dieser Reise begleite?«

»Würde es dich davon abhalten, wenn ich etwas dagegen hätte?«, sagte Adam.

Sie grinste. Nein, es würde sie nicht abhalten.

BELFAST
1993

50

Adam hat mir erst vor wenigen Tagen von seiner ersten Begegnung mit Oraniern erzählt. Wir saßen bei einem Bier bei ihm zu Hause. Wie gerne wäre ich jetzt dort.

Doch ich bin hier. In einem kleinen Zimmer, eingesperrt mit Elaine, der IRA ausgeliefert.

Die Schärpe, die ich aus dem Fenster gehängt habe, flattert im Wind. Elaine stellt sich neben mich, starrt die Schärpe an.

»Was wird denn das?«, fragt sie.

Für eine Antwort ist keine Zeit mehr. Der Typ, mit dem ich mich vor dem Wohnhaus geprügelt habe, platzt ins Zimmer. Er packt Elaine am Arm und zerrt sie aus dem Zimmer.

»Hey!« Bevor ich ihnen hinterher kann, steht ein zweiter Typ vor mir. Er ist ungefähr in meinem Alter. Von seinem rechten Ohr führt eine hässliche Brandnarbe seinen Hals entlang bis zum Kragen seines Motörhead T-Shirts.

»Keine Sorge, wir vergessen dich schon nicht«, knurrt er. Sein Griff um meine Schulter ist fest.

Er schleift mich in das Wohnzimmer, wo bereits zwei Holzstühle auf mich und Elaine warten. Die Stühle sind unbequem und knarren bei der kleinsten Bewegung.

Das Zimmer selbst ist nicht viel größer als jenes, in dem wir eingesperrt waren. – Durchgesessene Möbel, vergilbte Tapeten und ein Christuskreuz an der Wand.

Das dumpfe Klopfen eines Gehstocks kündigt Connall an. Connall ist eine hübsche Frau, Mitte vierzig, rotblondes Haar.

Sie mustert Elaine und mich. Es fühlt sich wie eine Ewigkeit an, bis sie etwas sagt. »Wer mischt da gerade meine Leute auf?« Ihre Stimme ist überraschend tief und ihr Tonfall rau.

»Was meinst du?«, fragt Brandnarbe.

»Irgendwelche Irren nehmen sich gerade unsere Leute vor ... sie kennen unsere Verstecke, geheimen Treffpunkte, Wohnungen ...«

Adam. Mein Schmunzeln bleibt nicht unbemerkt.

»Was gibts da zu grinsen?«, fragt Connall.

»Nichts. Gar nichts ... Sir, ähm ... Madam.«

Die Männer lachen. Connall wirft ihnen einen bösen Blick zu.

»Seh ich für dich aus wie ein Sir?« Connall beugt sich nach vorne, so weit, dass ihre Stirn fast meine berührt. Sie riecht nach kaltem Zigarettenrauch und Zitronen.

»Nein, natürlich nicht.«

»Lass ihn in Ruhe«, sagt Elaine.

Connall wendet sich ihr ruckartig zu. »Du kommst mir bekannt vor. Woher kennen wir uns?«

»Leute wie Sie, kenne ich nicht.« Die Ruhe in Elaines Stimme hilft mir, die Nerven zu bewahren.

»So, so?« Connall zieht lautstark einen Stuhl zu sich und setzt sich gegenüber von Elaine hin. Auch diesmal scheut sie die körperliche Nähe nicht.

»Unterhalten wir uns über Operation Sligo.«

Elaine erstarrt. Sie sieht aus wie eine Schülerin, die gerade beim Schummeln erwischt worden ist.

Ein lautes Klirren lässt mich hochschrecken.

»Was war das?«, ruft Brandnarbe.

Connalls Männer sehen sich hektisch um.

Eines der Fenster ist eingeschlagen. Auf dem alten Wohnzimmerteppich liegt ein faustgroßer Stein.

»Was soll denn das?« Connall springt auf und stürmt zum Fenster. Ein zweiter Stein kommt geflogen und verfehlt Connalls Kopf um Haaresbreite.

»Verpisst euch. Oranier wollen wir hier nicht!«, brüllt jemand von draußen.

Die Schärpe. Es hat funktioniert!

Connall dreht sich zu den Männern um, die mit ihr gekommen sind und nahe der Tür stehen. »Kümmert euch um diese Quacksalber da unten.«

Und weg sind sie. Übrig bleiben Connall, Brandnarbe und der Typ mit Ziegenbart, der mich vor der Tür angegriffen hat. Drei gegen zwei, das könnten wir schaffen. Ich sehe Elaine an und hoffe, dass sie versteht.

Ziegenbart steht so nah neben mir, dass ein Versuch, ihm die gezogene Waffe zu entreißen, sehr verlockend ist. Doch dafür brauche ich noch ein Ablenkungsmanöver.

Connall richtet ihren Blazer zurecht. »Nun, wo waren wir?«

»Operation Sligo«, sagt Ziegenbart und steckt seine Waffe weg.

»Richtig, richtig.« Connall humpelt, gestützt auf ihren Gehstock, langsam auf Elaine und mich zu.

»Verschwindet ihr Penner, oder es setzt was«, brüllt einer von Connalls Männern draußen.

»Das ist unser Viertel, wir lassen uns von euch nicht vertreiben!«, ruft jemand.

Das Knallen eines Schusses ertönt.

»Haben die gerade geschossen? Diese Idioten!« Connall wendet sich dem Fenster zu, Brandnarbe ebenfalls. Ziegenbart hat mir den Rücken zugekehrt.

Ich springe auf und schlage Ziegenbart mit geballten Fäusten in den Nacken. Ich entreiße ihm die Waffe.

»Das würde ich mir noch einmal überlegen.« Brandnarbe richtet seine Waffe auf mich.

Elaine hat Connall im Würgegriff. Beide stehen wie angewurzelt da.

Brandnarbe entsichert seine Waffe. Er will mich erschießen? Mich? Nie wieder wird jemand auf mich schießen. Nie wieder. Mit einem Aufschrei stürme ich auf Brandnarbe zu. Schüsse gellen. Ich spüre nur Wut. Ich reiße ihn zu Boden und schlage ihn bewusstlos.

Ziegenbart hat sich aufgerappelt. Ich richte seine eigene Waffe auf ihn.

»Alles klar, Elaine?«

»Alles klar«, antwortet sie. Sie hält Connall nach wie vor fest.

Connall funkelt mich böse an. Zum ersten Mal habe ich Angst vor ihr. Ich spüre ihre Kälte, ihren Hass, ihre Erbarmungslosigkeit.

Sie schlägt Elaine mit voller Wucht ins Gesicht und reißt sich los. Sie greift in die Innenseite ihres Blazers. Schüsse fallen. Sie macht zwei Schritte auf mich zu und geht dann zu Boden. Der graue Spannteppich färbt sich rot.

Meine Ohren klingeln. Die Waffe fällt neben mir zu Boden.

»Ryan? Ryan, alles in Ordnung?« Elaines warme Hand berührt meine Schulter.

Ich kann meinen Blick nicht von Connall abwenden. Sie rührt sich nicht mehr. Elaine kniet sich neben sie, tastet nach einem Puls. Sie wird keinen finden. Connall ist tot.

51

Wie ich in Elaines Auto gekommen bin, weiß ich nicht mehr. Ich kann mich auch nicht erinnern, dass wir Johnnys Wohnstraße verlassen haben und Elaine aus dem Auto gestiegen ist.

Sie steht in der Telefonzelle und telefoniert mit Gott weiß wem.

Meine Hände riechen nach Schießpulver.

Connall liegt immer noch in ihrem eigenen Blut in diesem verdammten Haus. Ich habe sie umgebracht, ich komme ins Gefängnis. Mir dreht sich der Magen um. Ich übergebe mich zwischen meine Beine. Das Erbrochene landet auf dem Boden des Wagens, auf meinen Schuhen.

Elaine ist wieder da. Sie reicht mir ein Tuch durch die offene Wagentür. Meine Hände zittern, als ich mir damit den Mund abwische.

»Komm da raus.« Sie packt meinen Arm und zerrt mich aus dem Wagen. »Atme tief durch.«

Der Sauerstoff tut gut. Das flaue Gefühl in meinem Magen legt sich. »Tut ... tut mir leid wegen dem Wagen.«

Elaine zuckt nur mit den Schultern. Sie setzt sich auf die Holzbank am Straßenrand. Ich lass mich neben sie plumpsen.

Wir sind an einer Bushaltestelle.

»Adam ist unterwegs.«

Adam. Ich bin froh, dass er kommt, auch wenn er ohnehin nichts ändern kann.

»Ramid hat zum Glück ein Handy. Auch wenn es ein bisschen gedauert hat, bis mir seine Nummer eingefallen ist«, sagt Elaine.

Ich nicke nur. Zu mehr bin ich im Moment nicht in der Lage. Die letzten Stunden spielen sich wie ein Film noch einmal vor mir ab. Johnnys Wohnung. Elaines Verschwinden. Die Stimmen aus dem Radio.

»Was ist mit deinem Radio los? Ich konnte hören, was diese Typen in der Wohnung gesagt haben.«

»Wenn wir IRA-Mitglieder beschatten, verwanzen wir ihre Häuser. So können wir sie belauschen, wenn wir sie vom Auto aus beobachten.«

»Ich hatte keine Ahnung, dass das geht.«

»Ich auch nicht. Ramid hatte die Idee. Er ist unser Elektronik- und Abhörspezialist.«

Ein Wagen fährt mit quietschenden Reifen um die Ecke. Es ist das Auto, in dem Adam vor Stunden mit Ramid und Pete davongefahren ist.

Der Wagen ist noch nicht ganz zum Stillstand gekommen, als die Beifahrertür aufgerissen wird und Adam herausspringt. Er kommt auf uns zu gelaufen. »Alles ok?«

»Ja. Uns gehts ... den Umständen entsprechend«, sagt Elaine.

Pete und Ramid stehen am Wagen, unterhalten sich. Immer wieder werfen sie mir einen Blick zu.

Adam kniet sich neben mich, legt seine Hand auf meine Schulter. »Ryan?«

Connalls Leiche, ich sehe sie vor mir. Die Tränen fließen ganz von allein. »Ich hab sie umgebracht ...«

Er legt einen Arm um mich.

»Wir haben die Mordwaffe. Einer von Connalls Leuten liegt noch bewusstlos und gefesselt im Haus. Ein Zeuge ist geflohen«, sagt Elaine. Sie klingt so nüchtern, als ob sie das schon hundertmal gemacht hätte.

»Aber der wird nicht reden«, fährt Elaine fort.

»Gut, gut«, sagt Adam.

Er löst die Umarmung und sieht mir in die Augen. »Wir kriegen das schon wieder hin.«

»Sie wissen von Operation Sligo«, sagt Elaine.

Adam erstarrt. Er sieht genauso schockiert aus wie Elaine vorhin, als Connall davon gesprochen hat.

»Was ist Operation Sligo?«

Adam setzt sich schnaufend neben mich. »Wir sind Operation Sligo.«

Ich verstehe kein Wort.

Elaine sieht mir meine Verwirrung offenbar an. »Sich unter die IRA mischen. Sie ausspionieren. Ihre Pläne durchkreuzen. Das ist Operation Sligo.«

Adam sieht Elaine an. »Wir müssen uns gut überlegen, was wir als Nächstes tun.«

Gut überlegen? Wie kann er so etwas sagen? Gerade er? Er war doch derjenige, der blindlings IRA-Mitglieder aufgemischt hat, während Elaine und ich in der Scheiße steckten.

»Wo warst du?!« Ich bin selbst überrascht über die Kraft in meiner Stimme.

Adam und Elaine zucken zusammen.

»Ich hab dich gebeten, mir zu vertrauen, zu bleiben ...«

Er kann meinen Blick nicht halten. »Ich weiß ...«

»Es ist alles deine Schuld.«

»Ryan!«, Elaines Stimme klingt mahnend.

»Ist schon gut. Ich hätte mich nicht so gehen lassen dürfen. Ich dachte ...«

Er macht mich so wütend. »Was dachtest du? Dass es Elaine hilft, wenn du Amok läufst? Du bist so ein Idiot.«

»Du hast völlig recht.« Sein Zugeständnis nimmt mir den

Wind aus den Segeln. »Und ich weiß, dass es nichts ändert, aber es tut mir leid.«

Ein Teil von mir möchte ihm verzeihen, und dafür hasse ich ihn noch ein bisschen mehr.

»Gib mir die Waffe«, sage ich zu Elaine.

»Wie bitte?«

»Die Waffe. Die Mordwaffe, ich will sie haben.«

»Kommt nicht infrage«, sagt Adam. »Wir lassen sie verschwinden. Wir kümmern uns darum.«

»Ich will eure Hilfe nicht.«

Elaine holt die Waffe aus dem Auto und gibt sie mir.

Die IRA, Operation Sligo, die Schießerei am Bahnhof – nichts davon spielt mehr eine Rolle. Meine Geschichte nimmt ab hier einen anderen Verlauf. Ich packe die Waffe in meine Jackentasche und nicke Adam und Elaine zu. Es ist ein Lebwohl. Zumindest für mich. Ich spüre Adams Blick in meinem Rücken, als ich die Straße hinaufgehe.

Es wird mit jeder Minute heller. Ein neuer Tag bricht an. Der Bäcker verkauft seine frischen Brötchen, der Blumenhändler sein Grünzeug, Kinder spielen Abfangen auf dem Weg zur Schule.

Warum kann mein Leben nicht so sein wie ihres? Einfach und langweilig.

»Entschuldigung?«

Das ältere Ehepaar, das mir entgegenkommt, bleibt stehen.

»Können Sie mir sagen, wo die nächste Polizeistation ist?«

»Einfach immer gerade aus«, sagt der Mann.

Mit einem Arm um die Schultern seiner Frau spaziert er davon.

Ich erreiche die Polizeistation schneller, als ich erwartet hätte. Ich bin noch nicht so weit.

Schräg gegenüber von der Polizei ist ein kleines Café, das auf einer großen Schiefertafel mit leckerem Frühstück wirbt.

Wenn ich schon die nächsten Jahrzehnte im Gefängnis verbringe, kann ich wenigstens noch gut frühstücken.

Ich nehme einen Tisch am Fenster, mit Blick auf das Polizeirevier.

Die Kellnerin ist grimmig und unausgeschlafen. Ich muss ihr dreimal sagen, was ich haben will, und bekomme trotzdem etwas anderes.

Das trockene Toastbrot braucht einen kräftigen Schluck Wasser, um meine Kehle hinunterzurutschen. Dafür ist das Omelette so fettig, dass es im Öl schwimmt. Irgendwie habe ich mir meine Henkersmahlzeit anders vorgestellt.

Zwei uniformierte Polizisten überqueren die Straße und betreten das Café. Sind sie wegen mir hier? Könnten sie von dem Mord bereits wissen?

Die Polizisten mustern alle im Raum, dann stellen sie sich an die Theke und bestellen.

Die Polizisten unterhalten sich, während die Kellnerin mit der Kaffeemaschine kämpft. Es vergehen gute fünfzehn Minuten, bis die beiden mit zwei Pappbechern und einer Tüte Muffins von dannen ziehen.

In meiner Nervosität habe ich mein gesamtes Frühstück aufgegessen. Ein Umstand, der sich jetzt rächt. Mir ist wieder übel. Ich bezahle und trinke meinen Orangensaft aus. Es ist so weit. Ich muss mich jetzt stellen.

Mir schießen so viele Dinge durch den Kopf, Dinge, die ich noch tun wollte, Dinge, die ich noch sagen wollte. Doch eigentlich gibt es nur eine Sache, die ich noch tun muss.

Mein Handy zeigt acht Anrufe in Abwesenheit an, alle von einer mir unbekannten Nummer. Das war bestimmt Adam, von irgendeiner Telefonzelle aus.

Ich rufe den einen Menschen an, mit dem ich reden will. Lena. Es klingelt so oft, dass ich fast schon aufgebe.

»Hallo?« Sie klingt heiser.

»Entschuldige, ich ... ich wollte dich nicht wecken.«

»Schon ok«, gähnt sie. »Was gibts?«

»Nicht viel.«

»Lügner. Was ist los?«

»Nichts, ich hatte eine harte Nacht, das ist alles.«

»Willst du darüber reden?«

»Eigentlich nicht.«

Die Kellnerin räumt neben mir den Tisch ab und lässt dabei einen Teller fallen. Es zerspringt mit einem lauten Klirren in Scherben.

»Wo bist du?«, fragt Lena.

»Frühstücken.«

»Um die Uhrzeit?«

Ich will es ihr erzählen, einfach alles. Sie wird es ohnehin irgendwann erfahren. Wie sie wohl reagieren wird?

»Bist du noch dran?«, fragt sie.

»Ja.«

»Ich hab Neuigkeiten«, sagt Lena. »Ich glaube, ich weiß, wer Mollys Grab mit Graffiti beschmiert hat.«

»Wirklich?«

»Ja, ich habe im Büro der Friedhofsverwaltung eine Beschwerde eingereicht, und sie meinten, dass es schon öfter zu solchen Grabschändungen gekommen ist. Ich hab mit mehreren Besuchern am Friedhof gesprochen. Einige gaben an, eine Gruppe Jugendlicher mit Baseballkappen gesehen zu haben, Baseballkappen eines Nachwuchs-Eishockey-Teams. Die knöpfe ich mir heute vor.«

Das klingt nicht besonders klug. »Du solltest es der Polizei melden.«

Lena schnauft. »Oh, bitte. Ich will kein Formular ausfüllen, ich will den Typen Feuer unterm Hintern machen.«

»Du weißt nicht, was das für Typen sind. Sie könnten gefährlich sein, gewalttätig.«

»Du kannst mich nicht aufhalten. Du kannst mich begleiten, wenn du willst«, sagt Lena.

Der Anruf war keine gute Idee. Jetzt will ich Lena sehen, ihr helfen. Vielleicht mache ich das ja, diese eine letzte Sache. Stellen kann ich mich ja auch morgen.

52

Das Einschlafen fällt mir so leicht. Viel zu leicht. Ich komme erst am späten Nachmittag wieder zu mir.

Es ist so surreal, zu Hause zu sein. Alles, was letzte Nacht passiert ist, ist so weit weg. – Zumindest bis ich die Küche betrete.

Dok sitzt mit Adam am Tisch und trinkt Tee. Das darf doch nicht wahr sein.

»Was machst du denn hier?«

»Ich wohne hier«, sagt Dok.

»Nicht du ...«

Adam grinst mich an. »Hab schon befürchtet, dich hier nicht mehr anzutreffen.«

»Wieso denn nicht?«, fragt Dok.

»Lass gut sein«, sage ich.

»Überleg es dir gut. Sie ist es nicht wert«, sagt Adam.

»Keine Frau ist es wert«, meint Dok.

»Dok, bitte. Du weißt doch gar nicht, worum es geht.«

»Ich mein ja nur«, murmelt er.

Adam trinkt seinen Tee aus. Er verabschiedet sich von Dok und steht auf.

»Lass uns reden«, zischt er mir im Vorbeigehen zu.

Ich folge ihm ins Wohnzimmer, schließe die Tür hinter mir.

Lenas Bett ist zerwühlt. Sie ist bestimmt schon arbeiten gegangen. Es tut weh, dass ich sie verpasst habe. Ich könnte dringend eine Umarmung gebrauchen.

Adam sieht mich an. Ich habe ihm nichts zu sagen. Wenn, muss er reden.

»Wie gehts dir?«, fragt er.

»Das ist eine komische Frage, findest du nicht?«

»Es ist eine ernst gemeinte Frage.«

Meine Schultern zucken wie von allein.

»Elaine hat mir erzählt, was passiert ist. Wie es zu dem Schusswechsel kam.«

Schusswechsel. Das Wort bringt mich zum Lachen. »Es war kein Schusswechsel, sie war unbewaffnet.«

»Sie hatte ein Messer in ihrer Jackentasche. Sie hätte dich angegriffen. Sie war gefährlich.«

Das bezweifle ich nicht. Ich habe es mit eigenen Augen gesehen. Connall hatte etwas an sich, etwas Unerbittliches.

»Connall hat bekommen, was sie verdient hat«, sagt Adam.

»Das haben nicht wir zu entscheiden.«

Er schnauft. Meine Worte haben ihn wütend gemacht. Wie kann ihn so etwas wütend machen?

»Du und deine verfluchte Moral! Wird dir nicht manchmal selbst übel davon? Diese Frau hat dutzende Menschen getötet, hingerichtet. Sie hat sich nicht gestellt.«

»Ich bin nicht wie sie.«

»Du willst unbedingt hinter Gitter wandern? Wofür? Naive Ideale und ein reines Gewissen?« Er schnaubt verächtlich. »Weißt du, was wirklich passieren wird, wenn du gestehst? Connalls Männer werden dich finden und töten, bevor du auch nur die Chance hast, vor Gericht zu erscheinen!«

Er sieht müde aus. So müde, wie ich mich fühle.

Ich öffne die Tür hinter mir. »Ich denke, du solltest jetzt gehen.«

»Mach doch, was du willst«, knurrt er und drängt sich an mir vorbei.

Mit Adam geht noch etwas anderes – mein Mut. Er hat recht, ich würde eine Gerichtsverhandlung gar nicht mehr erleben. Connalls Männer würden sich rächen. Ich kann mich nicht stellen, auch wenn das allem widerspricht, woran ich glaube.

Lena macht heute früher Schluss, um sich diese Eishockey-Typen vorzunehmen. Ich hole sie von der Arbeit ab und fahre mit ihr zur Eishalle in Dundonald, außerhalb von Belfast.

Bis auf einen Mannschaftsbus ist der Parkplatz verlassen. Am Eingang winkt uns ein Pinguin aus Pappe entgegen. In einer Sprechblase über seinem Kopf steht *Herzlich Willkommen*.

Lena bleibt stehen und kramt in ihrer Tasche. Sie zieht eine Eishockeymaske hervor und drückt sie mir in die Hand. »Setz die auf«, sagt sie.

»Was hast du vor?«

»Das sehen wir dann.« Sie setzt ihre Maske auf und betritt die Halle.

Es ist drinnen gleich kalt wie draußen. Die Tribünen sind leer. Die Spieler laufen in ihrer vollen Montur über das Eis. Sie spielen fünf gegen fünf. Der Trainer steht am Rand des Eislaufplatzes und ruft den Jungs Spielzüge zu.

»Bist du so lieb und machst das Tor für mich auf?«, sagt Lena. Sie läuft auf die Eisbearbeitungsmaschine zu, klettert rauf und startet das Ding. Das kann unmöglich ihr Ernst sein.

»Hey! Was machen Sie da?«, brüllt der Trainer. Er läuft außen an der Bande entlang und auf Lena zu.

Ich mache ihr schnell das Tor zum Eislaufplatz auf.

Sie fährt aufs Eis. Es gelingt ihr, einen Verteidiger und einen Torwart vom Rest der Gruppe zu trennen. Sie drängt die beiden immer weiter zurück. Die Wand hinter ihnen ist zu hoch, um darüberzuklettern. Sie sitzen in der Falle.

»Aufhören! Sofort aufhören!«, ruft der Trainer. Er läuft aufs Eis, verliert fast das Gleichgewicht.

»Stop! Stop!«, brüllen die Jungs, die immer weiter in die Enge getrieben werden.

Lena stoppt in letzter Sekunde. Es ist so knapp, dass diese riesige Maschine die Eislaufschuhe der Jungs berührt. Beide stehen einfach nur da und starren auf die Gestalt, die von der Maschine klettert.

»Was ... was soll denn das?«, stammelt der eine.

»Wenn ich euch noch einmal auf dem Friedhof erwische, setzt es was«, sagt sie.

Die anderen Spieler und der Trainer erwachen langsam aus ihrer Starre. Sie kommen auf Lena zu.

»Lass uns abhauen«, rufe ich.

Sie läuft zum nächstgelegenen Tor, und gemeinsam sprinten wir zum Wagen.

Zu Hause machen Lena und ich es uns im Wohnzimmer gemütlich. Dok ist zum Glück nicht da. Lena legt eine Schallplatte von Frank Sinatra auf. Wir öffnen eine Flasche argentinischen Rotwein aus Lenas Souvenir-Vorrat und stoßen an.

»Als du mir die Eishockeymaske gegeben hast, habe ich echt Angst gekriegt.«

»Wieso das denn?«, fragt Lena.

»Ich musste an Jason in *Freitag der 13.* denken.«

Lena lacht auf. »Ich musste doch sichergehen, dass niemand unsere Gesichter sieht.«

»Und wie bist du auf das mit dieser Eisbearbeitungsmaschine gekommen?«

»War eine spontane Eingebung.«

»Hm.«

»Ich glaube, ich hab noch etwas Käse aus Südfrankreich im

Kühlschrank, warte kurz.« Sie springt auf und ist in Windeseile mit einem Teller voll Käseaufschnitt wieder da.

»Bist du sicher, dass der noch genießbar ist. Dein Frankreichaufenthalt ist schon länger her.«

»Das ist erstklassiger Käse, fünfundzwanzig Jahre gereift. Der hält schon noch eine Weile«, sagt Lena und setzt sich wieder zu mir aufs Sofa.

Die Schallplatte knistert. Frank Sinatra stimmt den Song *My Way* an.

»Was ist, warum siehst du mich so an?«, fragt Lena.

»Frank Sinatra, argentinischer Wein, französischer Käse. Was ist aus Nirvana, Vodka und Brezeln geworden?«

Lena zuckt mit den Schultern. »Ich hab mich eben verändert. Ist das was Schlechtes?«

»Ganz und gar nicht. Aber die Lena, die ich kannte, hätte sich niemals einer Gruppe Eishockeyspieler entgegengestellt.«

»Wenn man nicht rumgeschubst werden will, muss man manchmal selbst den einen oder anderen Schubs austeilen.«

»Oh, wirklich?«

»Mhm. Hab ich von Stan gelernt«, sagt Lena.

»Stan?«

»Ein Geschäftsmann, den ich in der Transsibirischen Eisenbahn kennengelernt habe.«

»Ein Geschäftsmann ... so, so.«

»Naja, er hat sich als Geschäftsmann vorgestellt. Er sah schon irgendwie aus wie ein Mafioso in seinem Nadelstreifenanzug, aber er war immer sehr charmant zu mir und hat gerne meine Getränke bezahlt«, sagt Lena.

»Und wie lange dauert so eine Reise in der Transsibirischen Eisenbahn?«

»So um die hundertundvierzig Stunden.«

»Wow, da hattest du aber viel Zeit um ... mit Stan zu reden.«

Lena schlägt mir mit der flachen Hand auf den Oberarm. »Na

hör mal, für was für eine hältst du mich? Das mache ich doch nicht gleich mit jedem ... dieses Reden.«

»Ach, wirklich nicht?« Ich lehne mich näher an sie und küsse sie.

»Mhm, wirklich«, sagt sie zwischen zwei Küssen.

»Ding Dong, bin zu Hause!«, ruft Dok aus dem Flur.

Verflucht.

Lena nimmt einen Schluck Wein und steht auf. Ich folge ihr in den Flur und schließe die Tür hinter mir. Von dem Wein und dem Käse muss außer uns niemand wissen.

Dok grinst von einem Ohr zum anderen. »Seht mal, wen ich mitgebracht habe.«

In dem Moment kommt Hausmann zur Tür herein, mit einer Reisetasche auf der Schulter.

53

Am nächsten Morgen wache ich mit einem Mordshunger auf. Ich will Eier, ich will Speck und einen Eimer voll Tee. Als ich die Treppe herunterkomme, riecht es bereits nach meinem perfekten Frühstück.

Hausmann sitzt mit nacktem, verschwitztem Oberkörper am Küchentisch und schaufelt ein Riesenomelette in sich hinein. »Morgen«, schmatzt er.

»Morgen.« Der Kühlschrank ist so leer wie mein Magen. »Wo sind denn die ganzen Eier?«

»Oh, entschuldige. Hab gleich alles, was da war, in eine Pfanne gehauen. Willst du was abhaben?«, sagt Hausmann.

»Nein, danke.« Ich begnüge mich mit einem Marmeladenbrot und setze mich gegenüber von Hausmann hin. »Mein Gott, du stinkst furchtbar.«

»Entschuldige, war grade joggen. Einfach herrlich, endlich wieder richtig Bewegung machen. Ich sags dir, in diesen Fitnessstudios im Knast dreht man durch«, sagt Hausmann. Er trinkt aus der Bierdose, die neben seinem Teller steht.

»Jetzt schalt mal einen Gang runter, es ist gerade mal zehn.«

Als Antwort bekomme ich ein Rülpsen. Als die Bierfahne meine Nasenspitze erreicht, habe ich genug. Ich verabschiede mich und esse den Rest von meinem Frühstück beim Rausgehen.

Lena kommt im Bademantel und mit nassen Haaren die Treppe herunter. »Hey.«

»Morgen.«

»Wie gehts dir?«, flüstert Lena.

»Alles bestens.« Ich ziehe meine Schuhe und meine Jacke an.

»Holst du mich heute von der Arbeit ab?«

»Mal sehen.«

»Ryan, bitte, wir müssen darüber reden.«

Die Schweißwolke kündigt Hausmann an, bevor er sich zwischen uns drängt und im Wohnzimmer verschwindet. Er wühlt in seiner Reisetasche.

»Ich muss los«, sage ich zu Lena.

Sie hält mich am Arm fest. »Ryan, er hat am Boden geschlafen … ich schwörs«, flüstert sie.

Der Schlafsack neben dem Sofa ist mir aufgefallen. – Trotzdem, Hausmann ist mit einer Selbstverständlichkeit zu Lena ins Wohnzimmer gezogen, und sie hat nicht einmal Einspruch erhoben. Das ist mir im Moment einfach zu viel.

»Wir sehen uns.«

Als ich zur Haustür raus will, stoße ich fast mit Dok zusammen, der die heutige Zeitung in der Hand hat.

»Mann, wird langsam ganz schön eng hier, was?«, sagt er.

Ich dränge mich an ihm vorbei ins Freie.

Auf dem Weg zur Arbeit kaufe ich mir eine Zeitung, die ich später im Aufenthaltsraum der Ambulanzstation lese.

»Hey, Goodwin. Komm her, wir spielen eine Runde«, ruft Kingston vom großen Tisch herüber.

»Nein, danke.« Ich bleibe heute lieber auf meinem alten Klappstuhl in der Ecke.

Das Rätsel in der Zeitung ist unlösbar, zumindest für mich. Ich scheitere an Fragen wie: *Der letzte russische Zar oder Erfinder des Teleskops.* – Letzteres wäre eine Frage für Adam.

Ich lasse das Rätsel ungelöst und blättere weiter. Der Anzeigenteil. Ich bin überrascht, Connalls Todesanzeige zu sehen. Kann es wirklich *die* Connall sein? Das Alter würde hinkommen. Der Vorname der Toten war Fianna, ein irischer Name. Auch das würde passen. *Geliebte Tochter, Schwester und Mutter*, steht unter ihrem Namen. Mein Magen verkrampft sich. Sie hatte Kinder.

Die Sirene ertönt. Grant und Miller stehen vom Tisch auf, der Einsatz gehört ihnen. Als die Vermittlung die Adresse des Notfalls durchsagt, setzt mein Herz einen Schlag aus. – Es ist die Adresse von Sofia.

»Das übernehmen wir!«, ruft Kingston unseren Kollegen nach.

»Wenn ihr meint«, sagt Miller und macht kehrt.

Als Kingston Richtung Wagen läuft, erwache ich aus meiner Starre und folge ihm.

Kingston fährt. Die Fahrt fühlt sich so lang an. Wieso dauert das nur so lange?

Wir erreichen Sofias Wohnhaus, vor dem eine mir unbekannte Frau steht und winkt. »Kommen Sie! Kommen Sie, schnell!«

Ich bin als Erster bei der Tür. Verschlossen. Mist! »Sperren Sie schon auf!«

»Ich kann nicht. Ich habe keinen Schlüssel«, sagt die Frau.

Durch das Fenster im Erdgeschoss können wir in das Wohnzimmer sehen. Sofia liegt reglos am Boden.

»Wie lang liegt sie schon da?«, fragt Kingston.

»Ich ... ich weiß es nicht. Sie wollte vor einer halben Stunde auf Kaffee und Kuchen vorbeikommen, als sie nicht gekommen ist ...«, sagt die Frau.

Wir müssen da irgendwie rein. Ich schlage die Scheibe mit meinem Ellbogen ein und entriegle das Fenster. Kingston hilft mir das Fenster aufzuschieben. Wir klettern hinein.

Sofia ist kreidebleich. Ich bin erleichtert, als ich einen Puls fühle. »Schwacher Puls.«

»Atmung?«, fragt Kingston. Er bereitet die Zuckermessung vor.

»Flach, aber regelmäßig.« Langsam kommt mein Hirn in Gang. Ich messe ihren Blutdruck. Es geht ihr schlechter als das letzte Mal.

»Ihr Blutzucker ist im Keller«, sagt Kingston. Seine Hände zittern, als er ihr die Glukoselösung verabreicht.

Letztes Mal ist sie nach kurzer Zeit aufgewacht. Warum diesmal nicht? Warum wird sie nicht wach?

»Wir fahren«, sagt Kingston.

»Aber sollten wir nicht ...«

»Wir fahren, sofort.«

Als wir Sofia auf der Trage zum Krankenwagen rollen, stehen einige schaulustige Nachbarn um uns herum.

»Wir kriegen das wieder hin, Sofia. Keine Sorge«, flüstere ich ihr ins Ohr.

Kingston steigt hinten bei Sofia ein.

Ich fahre wie ein Verrückter. Zum Krankenhaus ist es zum Glück nicht weit. Doch in der Notaufnahme werden wir weggeschickt. Keine Zeit, keine Ärzte. Sonntags seien sie immer unterbesetzt, sagt die diensthabende Krankenschwester.

Ich schreie sie an. Kingston hält mich zurück. Wir müssen weiter, ins nächste Krankenhaus.

Ich sause die Hauptstraße entlang, ignoriere rote Ampeln und weiche den Autos aus. Rundherum wird gehupt.

Es klopft hinter mir. »Fahr langsamer!«, ruft Kingston von hinten.

Ich will ihn nicht hören. Wir sind fast da.

»Goodwin! Fahr langsamer«, dröhnt seine Stimme erneut durch die dünne Wand.

Die Tränen brennen in meinen Augen.

»Sie ist tot! Geh vom Gas.«

Kingstons Worte treffen mich wie ein Faustschlag.

Nein, nein. Bitte nicht. Das ist ein Irrtum, das muss einer sein.

Ich werde langsamer, bleibe stehen. Sofia. Connall. Jarvis. Ich sehe sie alle vor mir. Einen nach dem anderen. Tot.

Ich reiße die Tür auf und steige aus. Mit voller Wucht trete ich gegen den Reifen des Wagens und schreie die Wut aus mir heraus. Es reicht nicht, ich muss hier weg.

»Goodwin!«, ruft Kingston mir hinterher. »Wo gehst du hin?«

»Das wars! Ich bin hier fertig!«

54

Das alte Baumhaus im Garten meiner Eltern, dort zieht es mich hin. Dort hat es mich immer schon hingezogen, wenn es mir so richtig schlecht gegangen war.

Es ist kleiner, als ich es in Erinnerung habe. Das letzte Mal war ich mit Miranda hier oben, vor einem knappen Jahr. Ich habe Mutter und Vater von meinen Plänen erzählt, meinen Plänen, Sanitäter zu werden. Dann bin ich mit Miranda und einer Flasche Scotch hier hochgeklettert.

Diesmal nehme ich eine Flasche Whiskey aus dem Supermarkt mit, diesmal trinke ich allein. Es ist so dunkel hier oben. Ich taste nach der Taschenlampe, die auf einem rostigen Nagel an der Wand hängt, und schalte sie ein. Besser, viel besser.

Allein zu trinken, macht keinen Spaß, da kommen mir nur dumme Ideen. Mir ist danach, Dampf abzulassen.

Da kommt mir Olivers Steinschleuder gerade recht. Steine als Geschosse, Blechdosen als Ziele – alles da.

Der Alkohol hat mich wohl doch schon mehr im Griff, als ich gedacht hätte – die Blechdosen im leeren Fensterrahmen zu platzieren, wird eine nahezu unlösbare Aufgabe. Eine Dose verliere ich an die Schwerkraft, sie landet im Garten. Egal.

Ich gehe so weit zurück, wie ich kann, und ziele. Tok. Tok.

Tok. Kein Treffer. Ich lege die Taschenlampe auf den Tisch, richte den Lichtkegel auf meine Ziele und versuche es erneut. Tok. Tok. Tok. Die verfluchten Dosen wollen einfach nicht umfallen, wieso fallen sie nicht um? Ich werfe die Schleuder nach den verdammten Dosen. Plong. Die Schleuder stößt gegen zwei Dosen und reißt sie mit in die Tiefe. Es zieht mich auch dorthin. Ich will einfach nur fallen und all diesen Mist hinter mir lassen.

»Ryan?« Mutter steckt ihren Kopf durch die Falltür. »Was machst du denn hier?«

»Du hattest recht. Ich hoffe, du bist zufrieden.«

Sie klettert zu mir ins Haus. »Recht? Womit denn?« Ihre Stimme ist so ungewohnt sanft.

»Mit allem. Das ist alles totaler Mist ... die Ambulanzstation ... die Krankenhäuser. Weißt du, ich und meine Kollegen ... wir versuchen jeden verdammten Tag zu retten, was zu retten ist. Und was machen *die*? – sperren die Notaufnahme zu ...«

»Ich hab keine Ahnung, wovon du redest, Schatz.«

»Ich rede davon, dass sie Jahre lang keine Leistenbruch-OP hinkriegen. Das ist doch nicht normal, niemand kann mir erzählen, dass das normal ist!«

Mutter steht einfach nur da, hört zu.

»Ich kann das nicht mehr. Ich tauge nicht zum Sanitäter. Ich tauge zu überhaupt nichts, alles, was ich mache, verwandelt sich in einen riesigen Haufen Mist. Das hat Jarvis gleich erkannt ... und du auch.«

Mutter seufzt und setzt sich auf einen der Hocker in der Ecke. »Habe ich dir je erzählt, wie ich deinen Vater zum ersten Mal meinen Eltern vorgestellt habe?«

»Nein.«

»Wir waren in deinem Alter, hatten uns gerade erst kennengelernt, dein Vater und ich ... und meine Eltern hassten ihn. Es gefiel ihnen nicht, wie er sprach, wie er aß, wie er ging ... und dass er Profigolfer war, hat sie am meisten gestört.«

»Wieso hat sie das gestört?«

»Unsicheres Einkommen ... keine Zukunft ... was soll das überhaupt für ein Beruf sein? Das ist doch höchstens ein Hobby«, ahmt Mutter ihre Eltern nach. »Alles Mögliche konnte ich mir anhören. Sie sind ja am Ende nicht mal zur Hochzeit gekommen.«

»Sind sie nicht?«

»Nein. Aber weißt du was? Es war mir egal. Ich liebe deinen Vater, und nur darauf kommt es an. Und ohne ihn hätte ich heute Miranda, Oliver und dich nicht«, fährt Mutter fort.

»Nette Geschichte, aber was hat das mit dem zu tun, was ich dir gerade erzählt habe?«

Mutter sieht mich eindringlich an. »Am Ende des Tages sind die eigenen Entscheidungen doch immer die besten.«

»Warum fühle ich mich dann wie der letzte Versager?«

»Weil du dich für einen schweren Weg entschieden hast.«

Ich habe zum ersten Mal das Gefühl, dass sie hinter mir und meinen Entscheidungen steht. Auch wenn sich diese Entscheidungen in der Zwischenzeit als falsch herausgestellt haben.

»Ich sollte nach Hause.«

»Du kannst gerne hier schlafen, wenn du willst«, sagt Mutter.

Ein Angebot, das ich gerne annehme.

Wieder in meinem alten Zimmer zu sein, fühlt sich merkwürdig an. Wie eine Zeitreise. In meinem Kleiderschrank hängen noch die alten Schuluniformen. Mit den drei Farben des Schulwappens lässt sich meine Schulzeit ganz gut zusammenfassen: Nach dem ersten Tag sah ich *schwarz*. Jeden Morgen vor der Schule war mir so schlecht, dass ich im Gesicht ganz *grün* wurde. Und *weiß* – weiß wurde ich jedes Mal, wenn ich meinen Peinigern Gregory Palmer und Richard Larkin begegnete.

In einer Schublade finde ich eine Schachtel mit alten Fotos. Ganz oben auf liegt das Klassenfoto, auf dem ich nicht drauf bin, weil mich Gregory und Richard damals in der Toilette eingeschlossen hatten.

Ein anderes Foto zeigt Miranda, Oliver und mich in Bademode vor unserem Sommerhaus in Saint-Tropez. Damals hatte Miranda gerade eine starke Pickelphase, und ich trug eine hässliche Zahnspange.

Ganz unten in der Box finde ich ein ausgebleichtes und zerknittertes Foto. Vater und ich stehen im Garten, einige Meter voneinander entfernt. Vater wirft mir gerade den Rugbyball zu. Ich kann mich noch daran erinnern, wie dieser Ball auf mich zugeflogen kam. Ich war vielleicht vier oder fünf Jahre alt. Es ist eine meiner schönsten Kindheitserinnerungen.

In der Lade, in der die Fotobox liegt, ist auch eine alte Zeichenmappe von mir. Auf der Rückseite meiner Kunstwerke hat Mutter das Entstehungsjahr verewigt. Die ältesten Zeichnungen sind aus der Grundschulzeit. Achherje, war ich schlecht. Am Anfang habe ich vor allem Tiere gezeichnet, die sich alle unheimlich ähnlich sehen. Dann versuchte ich mich an Menschen – ein Polizist, ein Feuerwehrmann, ein Clown. Auch nicht besser.

Als mein Hamster Theo starb, zeichnete ich lange Zeit nur ihn. Zuerst einfach nur als Theo, doch irgendwann bekam er ein rotes Cape und später rote Stiefel. Ein dickes T auf der Brust durfte natürlich auch nicht fehlen. Doch das Outfit allein war nicht genug. Er brauchte eine Mission, er musste die Welt retten. Also schickte ich ihn von einem Abenteuer ins nächste. Zwanzig Comics habe ich über meinen ganz persönlichen Helden gezeichnet.

Die Zeichnungen sind besser, als ich sie in Erinnerung habe. Die Gesichtszüge von Super-Theo sind richtig markant. Gar nicht so einfach, die Gesichtszüge eines Hamsters zu zeichnen und ihn dabei grimmig, fröhlich oder nervös aussehen zu lassen. Doch irgendwie habe ich es geschafft.

Es war das längste und für mich wichtigste Zeichenprojekt, das ich je verfolgt habe. In den einzelnen Comics kann ich richtig zusehen, wie ich mit jeder Zeichnung besser wurde. Es war mir so wichtig, Theo zu perfektionieren. Er war das tollste Haustier der Welt, und das musste ich richtig zu Papier bringen.

Es klopft. Oliver späht durch den Türspalt ins Zimmer.

»Komm ruhig rein.«

Er folgt meiner Aufforderung zögerlich. Der Spiderman-Pyjama ist ihm zu klein geworden, die Ärmel und Hosenbeine sind viel zu kurz. »Mama hat gesagt, du schläfst heute hier?«

»Ja.«

Oliver setzt sich auf mein Bett. »Kommst du jetzt wieder öfter?«

»Mal sehen, ist ziemlich viel los bei mir zurzeit.«

Er verzieht traurig das Gesicht.

»Hey, ich bin vielleicht nicht mehr so oft hier, aber deswegen können wir doch trotzdem etwas zusammen unternehmen.«

»Tun wir aber nie«, sagt Oliver.

Er hat recht. Ich hatte es so eilig, hier wegzukommen, dass ich ganz vergessen habe, was ich hier eigentlich zurücklasse. »Das ändern wir sofort! Ich hole dich morgen von der Schule ab, und dann gehen wir Schlittschuh laufen.«

Oliver schüttelt den Kopf. »Ich darf nicht.«

»Wieso darfst du nicht?«

»Hausarrest.«

Mein kleiner braver Bruder hat Hausarrest? »Wieso?«

»Ich wollte nicht zur Schule gehen. Mama hat gesagt, ich muss. Aber ich habe gesagt, ich muss gar nichts.«

Oje, keine gute Idee. »Wieso hast du das getan?«

»Du hast doch gesagt, ich darf Nein zu Mama sagen.«

»Ja, wenn sie über deine Zukunft bestimmen, über deinen Job ... aber doch nicht, wenn es um die Schule geht.«

Ich erkenne an seinem verwirrten Blick, dass er den Unterschied nicht verstanden hat.

»Tu einfach, was Mama dir sagt, ok?«

»Ok.« Oliver gähnt.

Er steckt mich damit an.

»Kann ich heute bei dir schlafen?«, fragt er.

»Klar.«

Es ist zwar erst halb zehn, aber ich mach mich trotzdem bettfertig, damit der Kleine nicht zu lange aufbleibt. Während ihm langsam die Augen zufallen, lese ich im Schein der Nachttischlampe noch ein bisschen.

»Stört dich das Licht?«

»Nein.« Oliver rückt näher und legt seinen Arm um meinen Bauch, und mit einem Mal fühlt sich alles nicht mehr so furchtbar an.

55

Adelé, unsere Haushälterin, hat ein unglaubliches Frühstück gezaubert. Selbstgemachte Croissants, pochierte Eier und frisch gepressten Orangensaft.

»Es ist so schön, dass Sie da sind, Mister Ryan«, sagt Adelé mit leicht französischem Akzent. Über ihren Jeans und ihrer Bluse trägt sie eine dieser grässlichen Schürzen, die Mutter so liebt.

Adelé stellt einen Teller mit ihren berühmten Heidelbeertörtchen auf den Tisch. Bei dem Duft von Biskuit und frischen Heidelbeeren überschlägt sich mein Magen vor Freude. Die Backkünste von Adelé sind unübertroffen.

Ich kann nicht widerstehen, ich muss sofort so ein Törtchen haben. Das Törtchen ist noch warm und so weich, dass ich es mit der Zunge in meinem Mund zerdrücken kann.

Adelé klopft mir auf die Finger, als ich nach einem weiteren Stück greifen will. »Die müssen noch auskühlen.«

»Die sind super lecker, Adelé«, sage ich mit halbvollem Mund.

Vater kommt in einem seiner alten Golf-Outfits die Treppe herunter. Er erstarrt, als er mich sieht. »Ryan, was machst du denn hier?«

»Hab heute hier geschlafen.«

Vater runzelt die Stirn. »Alles in Ordnung?«

»Ja, alles gut.«

Vater sieht mich skeptisch an.

»Kaffee oder Tee, Mister Howard?«, fragt Adelé.

»Oh, danke, weder noch. Ich muss zum Turnier.«

»Ich packe ihnen was ein«, sagt Adelé und verschwindet in der Küche.

»Du spielst wieder bei einem Turnier mit?«

»Ja, ist aber nur ein semiprofessionelles Turnier ... eigentlich mehr Semi als Profi«, meint Vater.

»Und haust du sie alle weg?«

Er zuckt mit den Schultern. »Mal sehen, ganz schön anstrengend, so ein Turnier.«

Wenn ich daran denke, wie viele Turniere Vater als Profi gewonnen hat, fällt es mir schwer, zu glauben, dass er jetzt an mittelmäßigen Spielern scheitert. »Ich glaub, du wirst sie weghauen.«

Adelé kommt mit einem Frühstückspaket aus der Küche und gibt es Vater.

»Danke, Adelé.«

»Viel Glück, Mister Howard.«

Vater verabschiedet sich.

Mutter kommt aus ihrem Büro ins Esszimmer. Sie trägt ihr graues Kostüm und eine rote Bluse, sie spricht mit jemandem über ihr Handy. Wer auch immer es ist, scheint ganz schön Mist gebaut zu haben. »Mir egal, warum Sie es verbockt haben, Sie haben eine Stunde, den Fehler zu finden, sonst sind sie raus.« Mutter legt auf und setzt sich zu mir an den Tisch.

Adelé schenkt Mutter eine Tasse Kaffee ein.

»Ärger im Paradies?«, frage ich.

Mutter schnaubt. »Irgendwas stimmt mit unserem Prototyp nicht. Wenn man die Waffe anlegt, fällt das Magazin raus.«

Ein lustiger Gedanke. »Liegt's am Schaft oder dem Magazin?«

»Keine Ahnung.«

»Könnte es mit einer defekten Feder zu tun haben?«

Mutter sieht mich überrascht an. Habe ich da unabsichtlich etwas Kluges gesagt? Sie ruft nochmal im Büro an. »Holen Sie mir Byers ans Telefon. Wenn Sie nicht wissen, wo er ist, wozu hab ich Sie dann?« Mutter rollt mit den Augen und verschwindet wieder in ihrem Büro.

Als Oliver im Pyjama die Treppe herunterkommt, trifft Adelé der Schlag. »Mister Oliver, warum sind Sie noch nicht angezogen? Sie müssen zur Schule.«

»Ich finde meine Hose nicht«, sagt Oliver verschlafen.

»Was soll das heißen, Sie finden die Hose nicht? Ihre Hosen hängen im Schrank.« Adelé schnaubt. »Gehen Sie schon nach oben. Ich komm gleich.«

Oliver gehorcht.

Adelé kramt mit ihren Händen in den Taschen ihrer Schürze und zieht ein Päckchen heraus. »Frohe Weihnachten, Mister Ryan.«

Ich bin verwirrt. »Es ist doch noch zu früh.«

Sie winkt ab. »So oft, wie Sie sich hier blicken lassen, gebe ich Ihnen Ihr Geschenk lieber gleich.«

»Ich komm bestimmt zu Weihnachten. Heben Sie es auf.«

»Jetzt nehmen Sie schon.«

Ich nehm das Päckchen an mich.

Sie setzt sich neben mich. »Jetzt machen Sie schon auf.«

Im Päckchen ist eine Annie Lennox CD.

»Die ist jetzt hip, hab ich mir sagen lassen«, meint Adelé.

»Danke, Adelé.« Ich gebe ihr einen Kuss auf die Wange. »Sie sind zu gut für diese Familie.«

Sie kneift mir in die Wange. »Ich weiß, dass ich das nicht sagen darf«, sie flüstert und sieht sich um, bevor sie weiterspricht, »... aber Sie sind mein Lieblingskind.«

»Ach Adelé, bringen Sie mich nicht zum Weinen«, scherze ich.

Sie umarmt mich. »Ich bin so stolz auf Sie, Mister Ryan.«

Ich schließe meine Augen. »Sie haben keine Ahnung, wie viel mir das bedeutet.«

Nach Hause zu gehen, zu Lena, Hausmann und Dok, ist mir noch nie so schwergefallen. Ich bin nicht bereit, Lena gegenüberzutreten und mit ihr über eine Zukunft zu reden, die es vielleicht nur in meinem Kopf gibt. Welche Chance habe ich überhaupt gegen jenen Mann, dem sie schon vor Jahren ewige Liebe und Treue geschworen hat?

Als ich die Haustür aufschließe, hoffe ich inständig, dass niemand da ist. Ich brauche Ruhe, nur ein bisschen Ruhe, um einen klaren Kopf zu kriegen. Doch daraus wird wohl nichts. Ich begegne Lena bereits im Flur.

»Hey«, begrüßt sie mich.

»Morgen.«

Wir stehen einfach nur da. Jemand von uns sollte etwas sagen oder tun, aber was? Ich will nach oben in mein Zimmer, also gehe ich einfach. Die Treppe knarrt hinter mir. Lena folgt mir. An meiner Zimmertür bleibe ich stehen. Ich will nicht, dass sie mit reinkommt, hier ist die Grenze.

»Ryan, ich ...«

Ich drehe mich zu ihr um. »Lena, bitte, ich hab im Moment echt viel um die Ohren, können wir ein anderes Mal darüber reden?«

»Ok, was hast du denn um die Ohren?«

»Ich weiß auch nicht, rundherum passiert so viel. Ich finde mich kaum noch zurecht. Ich erkenne mich ja manchmal selbst nicht wieder.«

Ich bin wieder in dieser Wohnung mit Elaine, gefangen gehalten von der IRA. Connall kommt auf mich zu, sie greift in die Innentasche ihrer Jacke. Ich feuere die Waffe in meinen Händen ab. Connall geht vor mir zu Boden.

Lena streicht mir über die Wange. »Du setzt dich selbst viel zu sehr unter Druck. Tu einfach das, was dir gut tut, egal, was rundherum passiert.«

»Ich hab meinen Job geschmissen.«

Lena wirkt nicht überrascht.

»Ich dachte wirklich, dass ich etwas bewirken kann als Sanitäter.«

»Das kannst du auch, das hast du auch. Aber es bringt nichts, wenn du dich für andere kaputt machst. Damit schadest du am Ende nur dir selbst.« Obwohl sie so vieles nicht weiß, trifft sie doch genau ins Schwarze. Sie verschränkt die Arme vor der Brust. »Es tut mir leid, dass meinetwegen hier so viel los ist. Ich wollte nie, dass es so weit kommt.«

Ich wusste es, sie macht Schluss mit mir.

»Ich werde ausziehen«, sagt Lena.

»Ok.« Ich will nicht, dass sie geht, auch wenn es vermutlich das Beste ist.

Lena nimmt meine Hand. »Ich will nur, dass du weißt, das ...«

Die Tür hinter Lena wird aufgerissen, Dok kommt aus seinem Zimmer.

Lena lässt meine Hand sofort los. Die plötzliche Kälte lähmt meine Finger.

»Na, sieh mal einer an, wer wieder mal zu Hause ist«, sagt Dok.

Am liebsten würde ich Lena küssen – vor ihm, vor Hausmann, der ganzen Welt. Völlig egal, Hauptsache, nicht mehr verstecken.

Das Handy in meiner Hosentasche klingelt. Ich hebe ab, obwohl ich die Nummer nicht kenne. Elaine ist dran. Sie ist in der Gegend und will kurz mit mir reden.

»Ich komm raus vor die Tür«, sage ich, bevor ich auflege. »Ich muss los«, sage ich zu Dok und Lena.

Ich warte lieber draußen in der Kälte, als noch eine Sekunde länger in diesem Theater mitzuspielen.

Elaines Wagen hält direkt vor unserem Haus, und ich springe hinein. Die Wärme im Auto lässt mich langsam wieder auftauen. Elaine macht keine Anstalten, loszufahren. Mir ist alles recht, solange ich nur nicht zurück in dieses Haus muss.

»Was machst du denn hier?«

»Nach dir sehen«, sagt Elaine.

»Hat Adam dich geschickt?«

»Nein. Wieso?« Sie sieht mich an. »Ist es so unwahrscheinlich, dass ich mich um dich sorge?«

»Schon ein bisschen, wir kennen uns doch kaum.«

»Ich kenne dich besser, als du denkst. Adam hat viel von dir gesprochen. Ich hab das Gefühl, dich gleich gut zu kennen, wie er es tut.«

Ja, das Gefühl habe ich bei Elaine auch.

»Ich will nur, dass du weißt ... wir haben uns um alles gekümmert. Es wird nichts auf dich zurückfallen, außer du gibst die Tatwaffe im Polizeirevier ab. Dann können wir dir auch nicht mehr helfen«, sagt Elaine.

»Mach ich nicht.«

»Gut. Lass dich ja nicht von deinen Schuldgefühlen leiten. Das ist Connall nicht wert, und es ändert ohnehin nichts.«

Wie wahr. »Es ist trotzdem schwer, weiterzumachen ... unter jenen weiterzuleben, für die sich nichts geändert hat.«

»Es hat sich auch für dich nichts geändert. Das Leben geht weiter.«

Ich glaube nicht, dass es so einfach ist. »Ich bin aus der Firma meiner Familie ausgestiegen, weil ich Gewalt verabscheue. Weil ich diesen ganzen Hass, der um uns herrscht, nicht auch noch mit Waffen unterstützen wollte. Und jetzt ... jetzt bin ich zu jemandem geworden, der ich nie sein wollte.«

»Und das wäre?«, fragt Elaine.

»Ein Mörder.«

»Du hast jemanden umgebracht, ja, aber das ist doch bei weitem nicht alles, was dich als Mensch ausmacht. Du bist ein Freund, ein Sohn, ein Sanitäter und ein verdammt guter Zeichner. Das, was in dieser Nacht passiert ist, war nur ein kurzer Augenblick in deinem Leben, und er wird dich nur verändern, wenn du es zulässt.«

BELFAST
1937

»Jeder Mörder hat wahrscheinlich irgendwo einen alten Freund«, bemerkte Poirot philosophisch. »Man darf Gefühl und Verstand nicht miteinander vermischen.«

Das fehlende Glied in der Kette,
Agatha Christie

56

Der König kommt, der König kommt! – Der jüngst gekrönte König – George VI kommt nach Belfast.

Als Adam davon hörte, bekam er Magenkrämpfe. Finlay und seine Männer boykottierten britisches Bier, wie würden sie dann auf den britischen König reagieren?

Bei den unzähligen Versammlungen wurde von mehreren Anschlägen gesprochen. In Belfast, in Dublin, im Grenzgebiet. Adam wollte das alles nicht hören. Es waren zu viele Männer, zu viele Anschlagsziele. Bataillone aus den unterschiedlichsten Teilen Irlands, dem Norden und dem Süden, arbeiteten zusammen. Niemals hätte Adam das alles verhindern können.

»Verhindern? Spinnst du? Halt dich da raus«, sagte Elaine. Sie stand in der Backstube, reinigte den Ofen. Adam fegte in der Zwischenzeit den Boden.

»Ich weiß, dass ich nichts machen kann«, antwortete Adam. Ihm war es vor Jahren nicht einmal gelungen, diesen Constable Frasier zu retten. Wie sollte Adam dann gegen so etwas Großflächiges ankommen, das Finlay gemeinsam mit anderen Offizieren plante?

»Gut. Dann hätten wir das geklärt. Wir bleiben an dem Tag am besten zu Hause. Wer weiß, was diesen Schwachköpfen alles einfällt.«

Elaine hatte recht. Die geplanten Anschläge waren unberechenbar. Selbst Adam wusste nicht über sämtliche Details Bescheid. Weder Finlay noch

Halligan wollten Adam für diese Aktion aktiv einsetzen. Sein Aufgabengebiet lag ganz woanders.

»Ich werde nicht zu Hause bleiben. Ich möchte die Ablenkung durch den König nutzen und ...«

Adam traf ein nasses, kaltes Tuch im Gesicht.

»Du gehst nirgendwohin«, sagte Elaine.

»Sie ziehen viertausend Soldaten von der Grenze ab, weil der König kommt. Das ist meine Gelegenheit, so leicht kann ich nie wieder Ware über die Grenze schmuggeln.«

»Du willst deinen Hintern riskieren für Finlays bescheuerte Schmuggelgeschäfte?«

»Finlay hat mir diese bescheuerten Schmuggelgeschäfte anvertraut.«

»Na und?«, sagte Elaine.

»Ich habe meine eigenen Leute. Ich kann an diesem einen Tag Unmengen aus dem Süden zu uns holen. Weißt du, wie viel Geld das ist?«

»Finlays Geld«, sagte Elaine.

»Oh, bitte. Als ob wir uns nicht schon früher Geld abgezweigt hätten. Du hast damit angefangen, weißt du nicht mehr?«

»Ich finde, das ist keine gute Idee«, meinte Elaine.

»Das ist brillant! Am Tag des Anschlags wird es drunter und drüber gehen. Finlay wird nicht in der Lage sein, alles zu überblicken. Das ist meine Chance.«

Elaine wischte die Arbeitsfläche sauber, zum zweiten Mal. Sie sah besorgt aus.

»Wir sind so knapp davor, all unsere Schulden bei Finlay zu begleichen. Wenn ich das mit dem Schmuggel hinkriege, sind wir nächste Woche vielleicht schon frei.«

Elaine sah Adam an. »Bitte lass dich nicht umlegen.«

Zwei Tage später fand die nächste große Besprechung statt. Finlay achtete mehr denn je darauf, dass niemand mehr wusste als unbedingt notwendig. Deshalb hatte er Adam ausdrücklich gesagt, erst am Ende dazuzustoßen und den Schmuggel-Coup zu präsentieren. Doch Adam war absichtlich etwas früher gekommen, um an der Tür zu lauschen.

Soweit Adam das verstanden hatte, waren der König und seine Gattin nicht das Ziel. – Das beruhigte Adam. Es ging Finlay und den anderen wohl eher darum, eine Botschaft zu übermitteln: Ihr seid hier nicht willkommen.

Finlay rief nach Adam, der zögerlich eintrat. Der kleine Raum war völlig überfüllt. Viele der Gesichter hatte Adam noch nie gesehen – Männer anderer Bataillone waren extra für diese Besprechung angereist. Zu Adams Überraschung waren auch einige Frauen unter den Versammelten. Es wurde geraucht, getrunken und lautstark diskutiert.

Finlay stand an der Stirnseite des Raumes vor einer Irlandkarte. An der Grenze zwischen Norden und Süden waren jene Grenzposten eingezeichnet, die bei den Anschlägen in die Luft gesprengt werden sollten. Siebenunddreißig. Damit wollten sie Großbritannien zeigen, was sie von dieser Grenze hielten. »Nun, zum Abschluss wird einer meiner Männer, Adam Delaney, noch kurz über ein Manöver sprechen, das parallel zu den Anschlägen geplant ist«, sagte Finlay. Er trat zur Seite und überließ Adam den Platz vor der Karte.

Es war das erste Mal, dass Adam bei einer Besprechung das Wort erteilt wurde. Adam hatte sich alles notiert, was er sagen wollte, aus Angst etwas zu vergessen.

Sich der versammelten Menge gegenüberzustellen, kostete einiges an Überwindung. Den hinteren Teil des Raumes konnte Adam nicht mehr sehen, so dicht war der Zigarettenrauch.

Finlay setzte sich zu seinen Männern an den Tisch. Sie waren, die Einzigen, die Adam ansahen, auf seine Erläuterungen warteten. Die anderen musterten Adam argwöhnisch, still sein wollten sie auch nicht.

Der kurze Moment der Unsicherheit war vorbei. Adam war von der geballten Ignoranz im Raum genervt. »Lang lebe der König«, rief er.

Stille. Mit offenen Mündern sahen sie ihn an. Nur Halligan lachte, er verstand Adams Humor.

»Sollte ein Scherz sein.« Adam lächelte. »Ich hab mir überlegt ... also, es wäre eine Schande, wenn wir diesen geplanten Knalleffekt ...«, Adam zeigte auf die Anschlagsziele auf der Karte, »... nicht auch für unsere anderen Geschäfte nützen würden.«

»Wovon spricht der?«, brüllte ein Mann durch die dichten Rauchschwaden.

»Jetzt lass ihn doch mal ausreden!«, rief eine Frau, die ganz vorne stand.

»Wie Finlay schon sagte, ich bin Adam Delaney und Finlays Mann, wenn es um Schmuggelwaren geht«, fuhr Adam fort.

»Schmuggel? Was hat denn Schmuggel mit der ganzen Sache zu tun?«, rief derselbe Mann von hinten.

Die Frau vorne verdrehte die Augen. »Kann ihn bitte irgendjemand knebeln?«

»Wenn die Zollhäuser erst einmal in die Luft geflogen sind, herrscht Chaos unter den Grenzposten, und die sind ohnehin schon unterbesetzt. Die perfekten Bedingungen, um Ware über die Grenze zu transportieren.«

»Was willst du schmuggeln?«, fragte die Frau in der ersten Reihe.

»Alles. Tabak, Waffen, Alkohol, Vieh ...«

»Wie?«, fragte sie.

»Wir wollen an zehn verschiedenen Stellen über die Grenze.« Adam zeichnete die Stellen auf der Karte ein. »Das Wichtigste ist, dass wir im richtigen Moment über die Grenze kommen. Direkt nach der Explosion, wo die Verwirrung, der Überraschungseffekt, am größten ist.«

Die Frau kam näher an den Plan heran, studierte ihn. »Du hast nur Straßen eingezeichnet. Willst du wirklich so direkt über die Grenze? Nehmt ihr nicht normalerweise verlassene Feldwege und Trampelpfade?«

»Bei den Mengen, die wir schmuggeln wollen, brauchen wir Fahrzeuge. Zu Fuß wird das nichts. Es ist auch nicht nötig, sich über die Grenze zu schleichen, diesmal nicht«, sagte Adam.

»Hast du genug Leute dafür?«, brüllte der Mann aus dem Hintergrund.

»Zurzeit sind wir zu viert«, antwortete Adam.

Gelächter.

Finlay stand auf. »Ihr seid aufgerufen, weitere Männer ... oder Frauen für diese Aufgabe zu nominieren. Der Gewinn wird aufgeteilt.«

»Du kannst drei von meinen Leuten haben«, sagte die Frau.

»Von mir zwei«, rief der Mann ganz hinten.

»Das sind neun«, sagte Finlay. Er wandte sich an Adam. »Du brauchst mindestens zehn, richtig?«

Adam nickte.

Finlay wandte sich wieder an die Versammelten. »Es versteht sich von selbst, dass der Gewinn nur zwischen den Bataillonen aufgeteilt wird, die sich auch an der Schmuggelaktion beteiligen.«

Mit einem Mal hatte Adam zwanzig Männer und Frauen in seiner Truppe.

Die Anreise des Königs rückte näher. Mit jedem Tag, der verstrich, fielen Adam neue Gründe ein, das Ganze abzublasen. Was, wenn die Grenzen gar nicht so schwach gesichert waren, wie sie alle dachten? Was, wenn sie mit den alten Lastern eine Panne hatten oder einen Unfall? Was, wenn sie alle ins Gefängnis wanderten?

Veronica brachte Adam auf andere Gedanken, besonders beim Küssen. In ihrem Zimmer. Auf dem Bett. Seine Hand wanderte unter ihre Bluse, streichelte ihren Bauch. So weit war er gestern schon gekommen. Ob er versuchen sollte, ihre Brüste zu berühren?

Veronica legte ihre Hand in Adams Schritt und machte langsame, kreisende Bewegungen.

Adam stockte der Atem.

»Gut so?«, hauchte sie in sein Ohr.

Antworten musste er ihr nicht. Sie spürte seine Erregung.

»Veronica!?«, rief jemand. Die Stimme war so dumpf, so weit weg.

Veronica hörte auf, drückte ihn von sich. »Hast du das gehört? Das war Emily, nicht?«

Emily – Veronicas blöde Schwester. »Kann schon sein ...« Adam wollte weitermachen. Veronica scheuchte ihn auf.

Aus dem Gang ertönten Schritte.

»Sie kommt!«, sagte Veronica. »Los, versteck dich!«

Adam hielt das für einen Scherz. »Wo denn?«

Veronica öffnete das Fenster. »Los raus da, schnell.«

Adam gehorchte. Draußen war es zum Glück schon dunkel. Die Wahrscheinlichkeit, dass Adam von den Nachbarn entdeckt wurde, war gering. Kaum war Adam draußen, hörte er auch schon die Zimmertür knarren.

Adam machte einen Satz zur Seite, presste sich gegen die Hauswand.

»Ich hab dich sicher hundert Mal gerufen, warum hast du denn nicht reagiert?«, klang Emilys Stimme durch das offene Fenster.

»Ich ... ich habe mich ein bisschen hingelegt«, stammelte Veronica.

»Hingelegt? Es ist gerade einmal sieben Uhr«, sagte Emily.

»Mir ist nicht gut«, antwortete Veronica.

»Das heißt, du kommst nicht mit?«, fragte Emily.

»Mit wohin?«

»Onkel Finlay will uns zum Essen einladen«, sagte Emily.

»Hm ... nein besser nicht.«

»Ok.«

Schritte. Die Tür fiel ins Schloss.

Adam lauschte, wartete auf ein Zeichen.

»Adam?« Veronica beugte sich aus dem Fenster. »Sie ist weg. Du kannst reinkommen.«

Adam zögerte, zum Glück. Die Tür knarrte erneut.

»Veronica?« Finlay.

Adams Herz schlug so laut, dass Finlay es eigentlich hören müsste.

»Was machst du denn da?«, fragte Finlay.

»Ach, nichts. Was gibts denn?«, antwortete Veronica.

»Emily meinte, dir geht es nicht gut«, sagte Finlay.

»Es geht schon, ich bin einfach nur ein bisschen müde, das ist alles.« Schweigen. Finlay war noch da. Er spürte sicher, dass etwas nicht stimmte.

Adam wäre am liebsten weggelaufen, aber wohin? In ein anderes Haus? In Finlays Lager?

Schritte. Finlay kam näher.

»Was ist denn da draußen so Spannendes?«, fragte Finlay.

Es roch nach Scotch und Tabak. Finlay musste ganz nah am Fenster stehen. Adam glaubte sogar kurz, eine Haarsträhne aus dem Zimmer herausblitzen zu sehen.

Adam presste sich noch fester an die kühle Hauswand. Er schloss die Augen, wartete auf den Tobsuchtsanfall von Finlay. – Er kam nicht.

»Wenn ... wenn du willst, komme ich mit zum Essen, Onkel«, sagte Veronica.

»Ich dachte, du bist müde«, sagte Finlay.

»Bin ich auch.«

»Dann bleib zu Hause. Wir gehen ein anderes Mal«, meinte Finlay.

»Alles klar.«

Schritte. Die Tür. Ein Klacken. Stille.

»Du kannst rauskommen, Adam«, sagte Veronica. »Ich hab abgeschlossen.«

Adam wurde Tage später noch heiß, wenn er an die Nacht mit Veronica dachte. Die Erinnerungen beflügelten ihn, während er auf der irischen Seite, nahe der Grenze, auf den Startschuss für seinen Schmuggel-Coup wartete.

Adam saß hinter dem Steuer seines Lasters, der bis zum Bersten mit Waffen geladen war. Im Seitenspiegel konnte er den zweiten Laster sehen, der schräg hinter Adam stand. Kevin O'Leary war der Fahrer dieses Lasters. Er gehörte zu Shirley McNeal, jener Frau, die bei der Besprechung des Coups sofort Interesse gezeigt hatte.

Adam mochte O'Leary nicht, er war ein aufgeblasener Typ. Er bildete sich unglaublich viel darauf ein, dass er im irischen Bürgerkrieg gedient hatte.

Der Feldweg, auf dem Adams und O'Learys Laster parkten, war verlassen. Seine Nervosität bekam Adam trotzdem nicht unter Kontrolle. Immerhin war es helllichter Tag. Adam wollte nur noch los. Er hatte das Gefühl, entdeckt zu werden, wenn sie noch lange hier herumstanden. Ein Knall. Die Sprengung der Zollhäuser hatte begonnen.

Adam startete den Motor. Mit dem Kupplungspedal hatte er immer noch so seine Probleme. Insgesamt würgte er den Wagen dreimal ab.

O'Leary hupte hinter ihm. Was für ein Idiot! Sie sollten unauffällig bleiben und nicht alle Aufmerksamkeit auf sich ziehen.

Adam fuhr los. Am Horizont ein oranger Fleck. – Das Zollhaus, das in Flammen stand.

O'Leary drängelte und hupte hinter Adam.

Weit und breit kein Zollbeamter, keine Polizei, kein Militär. Warum hatte es O'Leary denn so eilig?

O'Leary fuhr in den Acker neben dem Feldweg. Sein Lastwagen schaukelte gefährlich. Er überholte Adam und grinste herüber.

Adam trat aufs Gas. Bei jeder Bodenwelle knallte Adams Kopf an die Decke des Wagens.

Mitten am Feldweg, in einiger Entfernung, war etwas. Eine Gestalt. Adam wurde langsamer und O'Leary drängte sich vor ihn. O'Leary bretterte mit Vollgas voran. Er hupte schon wieder. Der Mann, der am Feldweg gestanden hatte, sprang in den Acker. Als Adam an ihm vorbeifuhr, lag er noch im Feld. Es war ein Mann in Uniform, ein Zollbeamter.

Adam versuchte O'Leary einzuholen. Vergebens.

In Adams Rückspiegel tauchte ein Wagen auf. Ein Zollbeamter war ihm auf den Fersen.

O'Leary bog an einer Gabelung links ab. Wo wollte der denn hin? Adam blieb auf der besprochenen Route: geradeaus. Vielleicht war es keine dumme Idee, sich aufzuteilen. Leider hatte Adam nichts davon. Der Zollbeamte entschied sich dafür, an Adam dranzubleiben.

Wenn Adam einfach weiterfuhr – zu der Scheune, wo sich alle treffen sollten, würden sie verhaftet werden. Nein, Adam musste seinen Verfolger irgendwie loswerden. Adam bog bei der nächsten Gelegenheit rechts ab. Weg vom Treffpunkt, wohin auch immer dieser Pfad ihn führte.

Der Wagen des Zollbeamten kam immer näher.

Adam machte eine Vollbremsung. Der deutlich kleinere Wagen, donnerte in Adams Laster. Eine weiße Rauchschwade stieg hinter dem Laster auf.

Der Motor von Adams Laster stotterte. »Komm schon, spring an.«

Der Zollbeamte stieg aus seinem Wagen. »Aussteigen!«, brüllte er.

Adam drehte erneut den Zündschlüssel. Verflucht! Der Wagen wollte einfach nicht anspringen. Im Rückspiegel sah er den Zollbeamten mit gezogener Waffe.

Adam kletterte über den Beifahrersitz aus dem Wagen und ging gebückt zum hinteren Teil des Lasters.

»Du glaubst doch nicht wirklich, dass du aus der Sache noch rauskommst, oder?«, sagte der Beamte.

Bei jedem Schritt des Beamten hörte Adam das Geräusch der Schuhe auf dem Schotter. Adam sah unter dem Wagen hindurch. An der Front des Wagens entdeckte er die Füße des Zollbeamten. Dieser umkreiste den Wagen langsam, steuerte auf die Rückseite zu, wo Adam ausharrte.

»War es das wert? Was auch immer du da über die Grenze kriegen wolltest?«, rief der Zollbeamte. Sein Schatten ging ihm voraus, kündigte ihn an.

Mit einem Mal sprang Adam hervor, schlug dem Beamten die Waffe aus der Hand. Adam und der Beamte gingen zu Boden. Mit der geballten Faust traf Adam den Mann am Kopf. Er blieb reglos liegen. Volltreffer!

Es war bereits dunkel, als Adam am vereinbarten Treffpunkt auftauchte. Die Scheune – mitten im Nirgendwo – gehörte Halligans Familie. Hier draußen würde niemand Fragen stellen, bis die heiße Ware verkauft war.

Adam parkte den Laster in der Scheune zwischen den anderen Wagen. Er überprüfte die Ware, die von dem Auffahrunfall keinen augenscheinlichen Schaden genommen hatte.

»Wo hast du denn so lange gesteckt?«, fragte Halligan, als Adam von der Ladefläche sprang.

»Lange Geschichte. Wie lief es bei euch?«

»Gut, die Anschläge sind reibungslos über die Bühne gegangen«, antwortete Halligan.

Adam sah sich um, zählte die Laster. »Bin ich der Letzte?«

Halligan sah auf seiner Liste nach. »Ne. Drei Wagen fehlen. Alle Fahrer gehören zu Shirley McNeal.«

»Das kann nicht sein.« Adam überprüfte die Liste. Unter den fehlenden Fahrern war auch O'Leary. Mist.

»Denkst du, sie wurden geschnappt?«, fragte Halligan.

»Entweder das ... oder sie haben uns übers Ohr gehauen.«

57

Ein Monat war seit dem Schmuggel-Coup vergangen. Waffen, Tabak und Alkohol wurden anteilsmäßig an die beteiligten Bataillone geliefert.

Der Rest wurde zu Geld gemacht. Das Vieh blieb auf dem Bauernhof von Halligans Familie und wurde von dort aus weiterverkauft.

Adam koordinierte den Verkauf sämtlicher Waren und präsentierte die Zahlen bei der nächsten Besprechung.

»Allein mit dem Alkoholverkauf haben wir knappe zweihundert Pfund verdient«, erklärte Adam. Eigentlich waren es ja zweihundertfünfzig. Dass Adam von jeder Einnahme zwanzig Prozent Prämie behalten hatte, musste er ja nicht erwähnen. »Alkohol? Wir haben wirklich Alkohol verkauft?«

MacQuaid klang enttäuscht.

»Wir haben noch genug, glaub mir«, sagte Halligan.

»Mit dem Tabak haben wir hundertsechzig Pfund eingenommen und mit dem Viehhandel vierhundertsiebzig Pfund«, fuhr Adam fort.

Finlay saß Adam am großen Besprechungstisch gegenüber. Normalerweise brachten ihn solche Zahlen zum Strahlen. Heute nicht. Er war sauer. Shirley McNeal hatte ihn um drei Lastwagen voller Waren betrogen, das ließ er bestimmt nicht auf sich sitzen.

»Was machen wir mit den Waffen?«, fragte Halligan.

MacQuaid lachte. »Was ist das denn für eine Frage? Behalten natürlich!«

Adam sah in seinen Notizen nach. »Wir sind gut versorgt, könnten ein paar Waffen verkaufen.«

Halligan nickte. »Der Meinung bin ich auch.«

»Wem willst du sie denn verkaufen? Den Protestanten vielleicht?«, antwortete MacQuaid.

»Es gibt genug Bürger in dieser Stadt, die sich gerne bewaffnen würden«, meinte Halligan, »katholische Bürger.«

»Die Entscheidung liegt natürlich bei dir, Finlay«, sagte Adam.

Finlay zuckte bei der Erwähnung seines Namens. Er sah Adam an. »Was?«

»Die Waffen. Sollen wir ein paar von den Waffen verkaufen?«, fragte Adam.

»Von mir aus. Aber nur für den richtigen Preis und nicht zu viele«, sagte Finlay. Er wandte sich an Halligan. »Ist Shirley McNeal mit dir in Kontakt getreten?«

Halligan schüttelte den Kopf. »Sie ist untergetaucht und ihre Männer auch.«

An diesen Abend musste Adam Elaine begleiten, wohin, wollte sie ihm nicht verraten. Sie nahmen die Straßenbahn in den Süden der Stadt. Bis sie die Endstation erreicht hatten, war es dunkel.

»Was machen wir denn hier?«, fragte Adam.

»Ins Pub gehen«, sagte Elaine.

»Wir sind an mindestens zehn Pubs vorbeigefahren.«

»Du musst ein bisschen wählerischer werden, Brüderchen.«

Sie spazierten weiter stadtauswärts. Hier und da brannte ein Licht hinter den Fenstern der Häuser, die es hier draußen zwischen Wiesen und Feldern gab.

»Wenn ich gewusst hätte, dass du mich mitten ins Nirgendwo schleifst, wäre ich zu Hause geblieben.«

Elaine ging voran, immer tiefer in die Dunkelheit. »Da. Hörst du das?«

Nein, er hörte gar nichts, außer dem Gurren einer Eule. »Können wir jetzt bitte gehen?«

»Da! Die Musik.« Elaine wurde schneller.

Am Ende des Weges schimmerte ein kleines Licht. Als sie sich näherten, konnte Adam die Umrisse des Hauses erkennen. Die Musik wurde immer lauter. Irische Musik.

Neben dem Eingang pinkelte ein Mann gegen die Hauswand. Der Wind drehte ungünstig. Der Uringestank brannte in Adams Nase.

Ein Betrunkener schwang sich auf sein Fahrrad und fuhr Adam und Elaine beinahe über den Haufen.

»Pass doch auf!«, brüllte Elaine ihm hinterher.

Der Mann gestikulierte wild und verlor dabei fast das Gleichgewicht. In Schlangenlinien fuhr er in die Dunkelheit.

Wenn hier draußen schon solche Typen herumlungerten, wollte Adam gar nicht wissen, was hinter den dreckigen Fenstern dieses Hauses vor sich ging.

»Sollen wir nicht doch in ein anderes Pub gehen?«, fragte Adam.

Elaine hakte sich bei Adam ein und zog ihn durch die Tür.

Der plötzliche Wall an Zigarettenrauch raubte Adam den Atem. Billardkugeln stießen aneinander und Bierkrüge klirrten.

Adam und Elaine drängten sich zwischen einer Gruppe Männer hindurch, die nach Gin rochen. Adam nahm neben Elaine an der Theke Platz.

Die Männer neben ihnen beäugten sie, vor allem Elaine. Sie war die einzige Frau hier.

»Verrätst du mir jetzt endlich, was das hier soll?«, sagte Adam.

»Hier hat alles begonnen.«

Adam verstand kein Wort.

»Hier haben sich unsere Eltern kennengelernt. Unsere leiblichen Eltern.«

»Hier?« Adam konnte sich seine Mutter in solch einem Pub gar nicht vorstellen.

»Hier«, bestätigte Elaine. Sie bestellte zwei Bier.

»Wie hast du das herausgefunden?«, fragte Adam.

»Ich habe meine Quellen.«

Was sollte das denn jetzt wieder bedeuten?

Der Mann hinter der Theke stellte die Krüge lautstark auf den Tresen ab. Elaine bezahlte und hob ihr Glas. »Auf Mom und Dad.«

Adam lachte. Eigentlich war das hier gar nicht zum Lachen, aber irgendwie, gerade deshalb, auch wieder schon.

Das Bier war herb. Eine britische Marke. Adam genoss jeden einzelnen Schluck.

»Lust auf eine Partie?« Elaine deutete mit dem Kopf zu einem freien Billiardtisch.

»Ich werde dich vernichten«, sagte Adam.

Leider war es am Ende doch Elaine, die Adam vernichtete. Zwei Spiele hintereinander.

Adam richtete die Billardkugeln im Dreieck aus, als Elaine den Kopf reckte. Sie winkte jemandem zu.

Adam folgte ihrem Blick. Mitten im Getümmel tauchte das Gesicht von Priester McKeeley auf. Er lächelte und winkte zurück.

Mit einem Mal stand McKeeley vor ihm und streckte ihm die Hand hin. Adam war starr, unfähig, zu reagieren oder überhaupt zu verstehen. Das konnte nur eine Halluzination sein, oder?

»Jetzt gib ihm schon die Hand. Sei nicht so unhöflich«, klang Elaines Stimme in seinen Ohren.

Adam griff zögerlich nach der Hand des Mannes. Für einen Moment sah Adam den Priester wieder von der Decke baumeln.

»Es freut mich, dich kennenzulernen, Adam. Elaine hat mir schon viel von dir erzählt.«

Adam fühlte sich gar nicht wohl. McKeeley stand zu nah an Adam dran, und er atmete auch viel zu laut für einen Toten.

Adam schloss die Augen, öffnete sie wieder. Er war immer noch da. McKeeley.

Dann fiel es Adam auf. Die Art, wie McKeeley hereingekommen war, wie er sprach. Die Ähnlichkeit war mit einem Mal nicht mehr so groß. Priester McKeeley hatte keine Narbe am Hals gehabt, und er hätte wohl auch niemals diese hässlichen Hosenträger getragen.

»Sie sind sein Zwillingsbruder«, sagte Adam.

Elaine rollte mit den Augen. »Habe ich doch gerade gesagt.«

»Ich war sein Zwillingsbruder. Jetzt gibt es nur noch mich«, sagte McKeeley.

»Du hättest mich ruhig vorwarnen können«, sagte Adam zu Elaine.

»So war es lustiger.« Elaine grinste. »Du hast ausgesehen, als hättest du ein Gespenst gesehen.«

»Haha.«

Adam und Elaine spielten eine Partie Billard mit McKeeley, besser gesagt gegen ihn. Er war kein besonders guter Spieler. Beim zweiten Glas Scotch wurde McKeeley redselig. Er erzählte, dass er nach dem Tod seines Bruders in den Süden gezogen war. Er hätte einfach neu anfangen müssen. Er war verheiratet und hatte drei Kinder, das vierte war unterwegs. Beruflich hatte es ihn nun doch wieder nach Belfast verschlagen.

Je mehr McKeeley erzählte, umso klarer wurde Adam, dass er nichts davon hören wollte. McKeeley interessierte ihn nicht, weder der lebende noch der tote. Was sollte das denn überhaupt? Jahrelang hatten sich Adam und Elaine abgemüht, in dieser Stadt Fuß zu fassen, zu überleben. Nun, wo es langsam bergauf ging, tauchte dieser Onkel auf. Was erwartete er denn? Dass sich Adam freute, ihn zu sehen? Ihn kennenlernen wollte?

Adam war sauer, richtig sauer. Auf diesen McKeeley, und auf Elaine.

»Wieso tust du das?«, fragte Adam. »Wieso musst du unbedingt in der Vergangenheit herumstochern?«

Elaine sah ihn irritiert an.

»Ändert das denn irgendetwas?« Adam hielt es keine Sekunde länger hier aus.

Er ließ Elaine im Pub zurück und machte sich auf den langen Nachhauseweg.

Über diesen Abend im Pub sprachen Adam und Elaine nicht. Nicht am Tag danach, auch nicht eine Woche später. Überhaupt nicht. Das war Adam nur recht so. Es gab dazu einfach nichts zu sagen. Er saß mit Elaine in der Stube und half bei der Monatsabrechnung. Sie kamen zum erwarteten Ergebnis: Mit den Einnahmen und ihrem Ersparten konnten sie die Restschuld bei Finlay begleichen.

Es fühlte sich nicht so gut an, wie Adam immer gedachte hatte. So ungern er es auch zugab, dieses Treffen mit McKeeley im Pub hatte ihm die Laune *verdorben. Auf einen wirklich großen Tag, den er sehr lange herbeigesehnt hatte. Dafür hasste er McKeeley noch ein bisschen mehr.*

An diesem Abend gingen Adam und Elaine gemeinsam zu Finlay. Er stand in seinem Laden, hinter dem Tresen, zählte die Tageseinnahmen. Er hatte über die letzten Monate einiges an Gewicht zugelegt. Das viele Geld bekam ihm wohl nicht. Er gab es aus, aß zu viel.

»Mister Finlay, haben Sie einen Moment Zeit für uns?«, fragte Elaine.

»Legt eure Einnahmen einfach da hin«, sagte er.

»Nein, Sir. Wir müssen uns unterhalten«, antwortete Elaine.

Er sah sie überrascht an. »So, so. Unterhalten wollt ihr euch.«

Adam hatte kein gutes Gefühl, als er Finlay und Elaine in das Büro folgte. Irgendetwas an der Art, wie Finlay sich gab, sich bewegte und sprach – es passte einfach nicht.

»Nun, worüber wollt ihr mit mir sprechen?« Finlay setzte sich hinter seinen Schreibtisch.

»Wir wollten Ihnen für alles danken, was Sie für uns getan haben«, begann Elaine. Sie versuchte es auf die sanfte Tour. Adam war sich nicht sicher, ob das funktionieren würde.

»Danken? Wieso denn danken?«, fragte Finlay.

Adam kannte ihn zu gut. Finlay wusste genau, worauf sie hinauswollten. Adam hatte eigentlich damit gerechnet, dass Finlay schreien und toben würde. Diese Gelassenheit machte Adam nervös.

»Wir haben hier die letzte Rate für Sie.« Elaine legte das Geld auf den Tisch.

»Damit ist unsere Zusammenarbeit beendet«, sagte Adam mit Nachdruck.

Finlay runzelte die Stirn. »Beendet? Tatsächlich?« Er holte ein Notizbuch heraus. Adam kannte dieses Buch. Darin notierte sich Finlay jeden Kredit, den er vergab. »Also nach meinen Aufzeichnungen seid ihr in frühestens fünf Jahren fertig.«

»Fünf Jahre?« Es platzte einfach aus Adam heraus.

»Das kann nicht sein«, sagte Elaine.

Finlay studierte die Aufzeichnungen. Das musste er nicht. Er hatte seine Zahlen im Kopf, das wusste Adam. Finlay spielte mit ihnen, und das gefiel

Adam gar nicht. »Ihr habt recht, eure Schuld ist mit diesem Betrag hier beglichen.« Er deutete auf das Geld, das Elaine auf seinen Tisch gelegt hatte. »... aber die Zinsen sind da noch nicht eingerechnet.«

»Zinsen, Sir?«, sagte Elaine.

»Du bist doch ein kluges Mädchen, hast du wirklich nicht gewusst, dass man für geborgtes Geld Zinsen bezahlt?«

Adam mochte Finlays Überheblichkeit nicht. »Von wie viel sprichst du?«

»Tausend Pfund.«

»Tausend?«, sagte Elaine.

Adam kochte innerlich. Jetzt zu explodieren, war der falsche Weg, dennoch konnte er seine Wut nur mit Mühe kontrollieren. Er musste hier raus, bevor er Finlay erwürgte. »Komm Elaine, wir gehen.«

Adam dachte nicht daran, auf Finlay zu hören. Er war es leid, sein Sklave zu sein. Für wen hielt Finlay sich denn? Adam hatte genug gesehen, wusste genug über Finlay, um ihn zu Fall zu bringen, wenn es nötig war. Adam hatte Finlay in der Hand, nicht andersherum.

Es war der erste Tag, an dem sie nicht für Finlay arbeiteten. Es war der erste Tag, an dem sämtliche Einnahmen bei Adam und Elaine in der Kasse blieben.

Zu dieser Zeit brachten sie normalerweise Finlay seinen Anteil. Diesmal nicht. Es war ein Zeichen, ein wichtiges Zeichen.

Elaine machte Abendbrot und setzte sich zu Adam an den Küchentisch.

Adam hatte keinen Hunger. Er rechnete damit, dass Finlay hier auftauchen würde oder Halligan. Sie würden kommen, hier alles kurz und klein schlagen. Das Geld aus der Kasse stehlen. Sich alles nehmen, was Adam und Elaine sich aufgebaut hatten.

»Hast du abgeschlossen?«, fragte Adam.

Elaine lachte. »Und wenn nicht? Denkst du wirklich, eine verschlossene Tür wird sie aufhalten.«

Es war kurz nach halb acht. Finlay roch den Braten sicher, bestimmt rief er Halligan und seine Leute gerade zusammen.

Adam wollte nicht darüber nachdenken. Er nahm die Irish News zur Hand, die auf dem Tisch lag.

»Hast du es gelesen?«, fragte er.

Elaine sah ihn verwirrt an. »Was gelesen?«

Adam schlug den hinteren Teil der Zeitung auf und drehte sie so, dass Elaine sie lesen konnte.

Elaine überflog die ersten Zeilen. »Du bist veröffentlicht.« Sie sah Adam mit einem breiten Grinsen an. »Gratuliere.«

»Danke.« Er war mächtig stolz, die Geschichte über Art, den Sternenzähler, unter die Leute gebracht zu haben.

Elaine stand auf und holte eine Flasche Whiskey und zwei Gläser.

»Sie hätten mich fast wieder rausgestrichen, aber dieser eine Redakteur hat darauf bestanden, meine Geschichte zu drucken. Er meinte, die Leute brauchen solche Geschichten«, sagte Adam.

»Tun sie ja auch«, sagte Elaine. Sie machte beide Gläser randvoll und erhob ihr Glas. »Auf Art und seine Sterne.«

»Auf Art.«

Die Gläser klirrten aneinander.

Es wurde am Ende doch noch ein lustiger Abend. Unverhofft und unbeschwert. Sie tranken und redeten. Über Art, über Veronica und Pauline, über Wilbourg. Über alles und nichts.

Als Adam das nächste Mal auf die Uhr sah, war es kurz nach Mitternacht. Elaine verschwand für einige Zeit im Bad, kam im Schlafanzug wieder heraus. Sie gähnte. »Ich leg mich hin. Weckst du mich, wenn sich noch etwas tun sollte?«

Mit jeder Minute, die verstrich, wurde es unwahrscheinlicher, dass etwas passieren würde.

»Klar«, sagte Adam. Er las gerade zum dutzendsten Mal seine Geschichte in der Zeitung.

»Gute Nacht«, drang Elaines Stimme an sein Ohr.

»Nacht.«

Kurze Zeit darauf stand Adam auf, losch das Licht und ging zu Bett. Und morgen früh würde er als Erstes das Ladenschild tauschen. *Delaneys Pies*, nicht *Finlays Pies*, würde ab nun über der Tür stehen.

Am nächsten Morgen wurde Adam unsanft geweckt. »Adam, Adam wach auf!« Elaine rüttelte ihn.

»Was ist denn?« Er rieb sich gähnend die Augen.

»Er hat sie vergiftet, einfach vergiftet.«

»Was? Wer hat wen vergiftet?«

»Finlay. Er hat die Brötchen bei Misses Henley vergiftet«, sagte Elaine.

»Was? Wie kommst du denn darauf?«

»Sie hat es mir gerade erzählt, unten am Markt. Fünf ihrer Kunden sind tot. Sie kann ihren Laden zusperren.«

»Wie kommt sie denn darauf, dass es Finlay war?« Nicht, dass Adam es ihm nicht zutrauen würde.

»Sie weigerte sich, den neuen Zins zu zahlen, den er ihr letzte Woche auferlegt hatte.«

Das war kein Zufall. Finlay hatte die Ware von Misses Henley ganz bewusst jetzt vergiftet. Jetzt, wo Adam und Elaine nicht mehr zahlen wollten. So konnte er zwei Fliegen mit einer Klappe schlagen. – Misses Henley bestrafen und Adam und Elaine eine klare Warnung aussprechen.

Elaine setzte sich zu Adam aufs Bett. Sie sah besorgt aus. »Wir müssen Finlay weiterhin bezahlen, sonst droht uns dasselbe.«

Adam starrte vor sich hin. Er war wach, er musste das Gesagte nur noch verarbeiten. »Ich rede mit ihm.«

»Lass es, Adam.«

»Glaub mir, er erwartet, dass ich zu ihm komme und ihn darauf anspreche.«

Als er in Finlays Laden trat, begrüßte Finlay ihn mit einem breiten Grinsen. »Adam! Schön, dich zu sehen.«

Adam legte ihm den Vertrag auf den Tisch, den Adam gerade in seiner Küche verfasst hatte.

»Was ist das?«, fragte Finlay.

»Du willst an unserem Geschäft mitnaschen? Fein. Aber die Bedingungen bestimmst nicht du allein, nicht mehr«, sagte Adam mit scharfem Tonfall. Finlay überflog den Vertrag.

»Du bekommst einen Anteil von dreißig Prozent an dem bisherigen Geschäft. Sollten wir jedoch neue Produkte anbieten und verkaufen oder uns entschließen, zusätzlich auf dem Markt einen Stand zu haben, kriegst du keinen zusätzlichen Pence. Und ab heute steht unser Name über der Tür.« Adam hatte Mühe seine Angst zu verbergen, doch das würde Finlay nie erfahren.

»Du hast ganz schön Mumm, Adam«, sagte Finlay.

»Unterschreib das oder vergiss es. Mir soll beides recht sein.«

Finlay runzelte die Stirn. »Was soll das denn heißen?«

»Soll heißen, ich bin nicht Misses Henley. Ich kann dich nicht davon abhalten, dass du uns ruinierst oder deine Schläger vorbeischickst, aber eines garantiere ich dir, wenn wir untergehen, nehme ich dich mit.«

Finlay kniff die Augen zu Schlitzen zusammen. »Drohst du mir?«

»Das Angebot ist bis morgen Mittag gültig.« Adam ging zur Tür, drehte sich dort noch einmal um. »Ach ja, und wegen deiner anderen Geschäfte brauchst du mich nicht mehr anzusprechen. Ich rühr keinen Finger mehr für dich.«

BELFAST
1938

58

Finlay hatte den Vertrag unterschrieben, noch am selben Tag. Seither waren Monate vergangen. Bisher hatte Finlay sich an die Abmachung gehalten.

Zu Beginn des neuen Jahres waren die Parlamentswahlen in aller Munde. In den Wochen vor der Wahl hingen in der Stadt überall Wahlplakate. Eigentlich spielten diese Wahlwerbungen keine Rolle. Die Ulster Unionist Party, die stärkste protestantische Partei von Nordirland, würde wieder gewinnen. Bei der letzten Wahl, im Jahr 1933, stimmten rund dreiundvierzig Prozent der Wähler für diese Partei. Die stärkste katholische Partei, die Nationalisten, erhielten im Vergleich dazu gerade einmal dreizehn Prozent der Stimmen.

Adam und Elaine saßen in der Küche beim Mittagessen, als der Radiosprecher wieder einmal auf die bevorstehende Wahl hinwies. »Alle Bürgerinnen und Bürger, die älter als einundzwanzig sind, fordere ich hiermit auf, an dieser Wahl teilzunehmen, um unsere Zukunft aktiv mitzugestalten«, verkündete er.

»Und was ist mit denen unter einundzwanzig?«, fragte Adam. »Dürfen wir keine Meinung haben?«

»Wir dürfen schon«, sagte Elaine. »Es interessiert nur keinen.«

Adam aß den Rest von seinem Kartoffelauflauf.

»Finlay hat sich auch zur Wahl aufgestellt«, sagte Elaine.

Adam nickte. Er hatte die Plakate und Flyer gesehen, auf denen Finlays Gesicht prangte. Wählt Finlay, stand in fetten Lettern darüber. Es hatte Adam überrascht, dass Finlay parteilos ins Rennen ging. Andererseits waren die katholischen Parteien nicht gerade stimmenstark. Da konnte Finlay es auch gleich auf eigene Faust versuchen.

»Denkst du, er hat eine echte Chance?«, fragte Elaine.

»Ich hoffe nicht.« Das Letzte, was dieser Mann brauchte, war noch mehr Macht.

Den Abwasch machten Elaine und Adam gemeinsam. Im Radio spielte Did Your Mother Come From Ireland? von Jimmy Kennedy und Michael Carr.

Adam musste daran denken, wie er vor Jahren mit Finlay Lebensmittel in dieses arme, katholische Viertel geliefert hatte. Die unterernährten Kinder mit ihrer grünlichen Haut tauchten vor seinem geistigen Auge auf. – Damals hatte Finlay angekündigt, das Parlament zu erobern. Adam hatte er als Unterstützung in dieser Mission gesehen.

»Weißt du, ich habe es lange nicht verstanden. Warum Finlay so viel Schmuggel betreiben wollte, eigens Leute dafür abgestellt hat«, sagte Adam.

»Leute wie dich?«

»Ja, er hat günstig Lebensmittel und Tabak ins Land gebracht. Er hätte auch alles teuer verkaufen können, aber er hat sich für eine sehr niedrige Marge entschieden. Er wollte unbedingt billiger bleiben als die Händler hier in der Umgebung.«

»Und was versprach er sich davon?«, fragte Elaine.

»Du hast ja keine Ahnung, wie dankbar die Menschen waren, wenn ich bei Lieferungen mit dem Preis runtergegangen bin. Die Leute sind mir regelrecht um den Hals gefallen. Ich musste nur immer betonen, dass Finlay der Wohltäter ist.«

»Er wollte die Gunst der Leute, nicht ihr Geld«, sagte Elaine.

Adam nickte. »Und ich hab ihm geholfen, diese Gunst zu kriegen.«

»Du hast ihm nicht geholfen.«

»Indirekt schon. Ich hab das Schmuggelgeschäft ausgebaut. Dieser letzte große Coup war sogar meine Idee. Wir haben Unmengen an diese Menschen verteilt, zu einem Spottpreis. Wenn Finlay wirklich gewählt wird, hab ich ihm tatsächlich geholfen.«

»Das glaubst du doch nicht ernsthaft, oder?«, sagte Elaine.

Adam spürte ein beklemmendes Gefühl in seiner Brust. Er wollte darauf nicht antworten.

»Finlay wird nicht ins Parlament einziehen«, sagte Elaine. »Wenn überhaupt, wird Finlay nur von Katholiken gewählt. Durchschnittsbürgern. Deren Stimmen zählen doch viel weniger als jene von Grundbesitzern. Und Grundbesitzer sind in der Regel nun mal Protestanten.«

Da hatte Elaine recht. Doch auch daran hatte Finlay gedacht. Er hatte versucht, die Gunst der Protestanten zu gewinnen, eine Brücke zu ihnen zu schlagen, zu den Oraniern. Er war einen Pakt mit ihnen eingegangen, damals 1935. Ein Pakt, der nicht eingehalten wurde und der drei Oraniern das Leben gekostet hatte. »Es macht mir einfach Angst. Alles, was Finlay in den letzten Jahren getan hat, hat er offenbar nur getan, um ins Parlament einzuziehen.«

»Nur in der Bibel gewinnt David gegen Goliath, Brüderchen. Nur in der Bibel.«

Abends brachte Adam den Anteil an Tageseinnahmen zu Finlay.

Doch diesmal war Finlay nicht allein, er hatte Besuch. McKeeley? »Was ... was machen Sie denn hier?«, fragte Adam.

»Oh bitte, ich hab doch gesagt, dass du mich Eric nennen kannst«, antwortete McKeeley. Seine Freundlichkeit war gespielt. Adam war da gerade in etwas hineingeplatzt, das konnte er spüren.

Finlay runzelte die Stirn. »Ihr beide kennt euch?«

»Er ist mein Neffe«, sagte McKeeley.

Seine Worte versetzten Adam einen Stich. Er wollte mit diesem Mann nicht verwandt sein, er wollte überhaupt nicht Teil dieses McKeeley-Clans sein.

»Dein Neffe?«, sagte Finlay.

»Benjamins Sohn«, erklärte Eric.

»Benjamin. Mein Gott!« Finlay sah Adam an. »Wie konnte mir das nicht auffallen?«

»Er war nicht mein Vater. Nicht wirklich«, sagte Adam. Er sah Eric McKeeley an. »Was machen Sie hier?«

»Ach, Eric ist ein alter Freund«, antwortete Finlay.

Adam wusste, was das bedeutete. Er konnte es trotzdem nicht ganz glauben. »Ein alter Freund? Gibt es irgendeinen Katholiken in dieser Stadt, der nicht für dich arbeitet, Finlay?«

»Ach, Adam. Deine Feindseligkeit ist amüsant, aber heute etwas fehl am Platz«, sagte Finlay.

»Es war schön, dich wiederzusehen, Finlay. Wir sehen uns, ja?« McKeeley wandte sich Adam zu. »Wiedersehen.« Und weg war er.

Adam legte das Geld auf den Tresen. »Dein unverdienter Lohn.«

Adam wandte sich ab.

»Nicht so schnell.«

Adam schnaufte, machte kehrt.

»Es gibt Neuigkeiten. Komm.« Finlay führte Adam in die Wohnung hinter dem Laden. Im Wohnzimmer setzte sich Adam auf das Sofa, während Finlay zwei Gläser Whiskey einschenkte.

»Wir haben Shirley McNeal gefunden«, sagte Finlay.

Adams Herz schlug schneller. Der Schmuggel-Coup. McNeal hatte Finlay verraten, bestohlen. Wenn Finlay sie gefunden hatte, war sie bestimmt tot.

»Das freut mich für dich.« Adam bemühte sich, kalt zu klingen.

»Dieses kleine Miststück dachte, sie könnte sich vor mir verstecken, aber da hat sie sich geirrt.« Finlay setzte sich in einen Ohrensessel und reichte Adam sein Glas.

Sie stießen an.

»Sie versteckt sich in Derry, dummes Miststück. Hätte sie mal lieber das Land verlassen«, meinte Finlay.

Sie lebte also noch. Adam konnte keine Erleichterung empfinden, er wusste, dass die Zeit dieser Frau abgelaufen war.

»Weiß du, das ist das Problem mit uns Iren. Wir lieben unsere Heimat so sehr. Wir können sie einfach nicht verlassen.« Finlay stellte sein Glas lautstark auf dem Tisch ab.

»Wir sind keine Iren, wir sind Briten.« Etwas Schlimmeres hätte Adam nicht sagen können.

Finlay musste sich sehr zusammenreißen, nicht zu explodieren, das konnte Adam sehen. »Nun. Halligan hat ein Treffen mit ihr arrangiert. Sie denkt wohl, sie kann sich irgendwie freikaufen.«

Adam ließ den Whiskey seine trockene Kehle hinunterrinnen.

»Sie treffen sich Dienstagabend bei der Farm von Halligans Familie«, sagte Finlay.

Dort, wo die Lieferung nach dem Coup hätte hingebracht werden sollen. »Warum erzählst du mir das?«

Finlay holte ein dunkelbraunes Holzkästchen hervor und öffnete es.

Eingebettet in rotem Samt lagen ein Revolver und sechs Kugeln. »Weil du dich um dieses Problem kümmern wirst.«

Adam schüttelte den Kopf. »Ich ... ich denke nicht.«

Finlay lachte. »Du denkst nicht? Dieser Coup war deine Idee. Also musst du auch den Dreck wegmachen, der dadurch entstanden ist.«

Finlay hatte klar und deutlich gemacht, dass es nur zwei mögliche Szenarien gab. Entweder würde Adam diese Shirley McNeal umlegen, oder Finlay würde Adam töten. Diesen Dienstag. – Dem Tag vor der Wahl.

Den Sonntag verbrachte Adam mit Veronica und Wilbourg. Sie gingen ins Kino – ein Gangsterfilm. Bei jeder Kugel, die über die Leinwand zischte, zuckte Adam zusammen. Nach dem Film wollte Adam nur noch nach Hause.

»Lust auf eine heiße Schokolade? Ich kenne da einen netten Laden«, sagte Wilbourg.

»Gerne«, antwortete Veronica und hängte sich bei Adam ein. Zum Glück musste Adam nie viel reden, wenn Wilbourg dabei war. Er redete genug für zwei bis drei Personen.

»Du bist also nicht aus Belfast?«, fragte er an Veronica gerichtet. »Nein, eigentlich kommen wir aus Derry, meine Schwester und ich«, sagte Veronica.

»Und was hat dich nach Belfast verschlagen?«, fragte Wilbourg.

»Naja ...«

Adam strich ihr sanft über den Rücken. »Du musst nicht darüber reden, wenn du nicht willst.«

Veronica lächelte tapfer. »Nein, ist schon ok. Es ist nur ... mein Vater, er sitzt im Gefängnis, seit drei Jahren. Und Mutter wollte uns nie so wirklich. Also sind wir bei Onkel Finlay untergekommen.«

»Entschuldige, ich wollte nicht so neugierig sein«, sagte Wilbourg. »Schon ok«, sagte Veronica. »Bei Onkel Finlay geht es uns gut. Er hat uns auf gute Schulen geschickt.«

»Du gehst noch zur Schule?«, fragte Wilbourg.

»Bin gerade fertiggeworden. Seit ein paar Monaten arbeite ich bei einem Anwalt als Schreibkraft.«

»Wow, klingt gut«, meinte Wilbourg.

»Eigentlich ist es ziemlich langweilig«, sagte Veronica. »Aber die Bezahlung ist in Ordnung.«

Kaum waren sie im Café angekommen, entschuldigte sich Wilbourg kurz. Adam schüttelte den Kopf. »Er hat eine Blase wie ein Mädchen.«

Veronica lächelte. »Er ist nett. Hat er eine Freundin?«

»Wieso? Interesse?« Es sollte ein Scherz sein.

Veronica schlug ihm sanft auf den Arm.

»Ich meinte eigentlich, naja. Mir ist aufgefallen, wie er Elaine immer ansieht. Vielleicht sollten wir sie verkuppeln.«

Adam verzog das Gesicht. »Auf keinen Fall.«

»Wieso nicht? Ich finde, die beiden würden ganz gut zusammenpassen.« Adam schüttelte den Kopf. »Elaine ist vergeben.«

»Schade.«

Adam sah sie eindringlich an.

»Ok, ok ... war ja nur so eine Idee.«

Die Tage vergingen viel zu schnell. Es blieb kaum Zeit, einen klaren Gedanken zu fassen, eine Entscheidung zu treffen. Adam wollte mit Elaine darüber reden, über diesen Mordauftrag. Er wollte es wirklich, aber er konnte es einfach nicht. Er wusste nicht, wie.

Es war Montagabend. Das Abendessen verbrachten sie mit Schweigen. Elaine wusch das Geschirr. Adam war zu müde, um ihr dabei zu helfen.

»Alles klar bei dir?«, fragte Elaine. Sie spürte bestimmt, dass etwas nicht in Ordnung war.

Adam wollte nicht antworten, wollte auch nicht lügen. »Lass uns ein andermal darüber reden, ja?«

Sie drehte sich zu Adam um, sah ihn verwirrt an.

Die Türklingel. Jemand stand unten vor dem Laden.

»Wer kann denn das sein, um diese Zeit?«, fragte Elaine.

Adam zuckte nur mit den Schultern und ging nach unten.

Es war Veronica.

»Hey, hast du kurz Zeit?« Sie sah immer wieder nervös über ihre Schulter. In ihren Händen hielt sie Notizen, die mit einer Schnur zusammengebunden waren.

»Klar, komm rein.« Adam schloss ab und folgte Veronica nach oben. »Oh, Elaine. Gut, dass du da bist. Ich muss euch etwas zeigen, euch beiden.« Veronica setzte sich an den Tisch. Sie atmete schwer.

»Jetzt beruhige dich erst mal«, sagte Elaine. Sie schenkte Veronica eine Tasse Tee ein.

»Danke.« Veronica nippte an der Tasse, atmete tief durch.

Adam und Elaine setzten sich zu ihr, warteten, bis Veronica so weit war. »Ich habe ein bisschen für dich rumgeschnüffelt«, sagte Veronica zu Adam.

»Rumgeschnüffelt?«

»Über diesen Benjamin McKeeley und seine Verbindungen zu Onkel Finlay.«

»Was denn für eine Verbindung?«, fragte Elaine.

»Die beiden kannten sich«, sagte Veronica. »Adam hat letztens diesen Eric McKeeley bei Finlay gesehen und ...«

»Warum tust du das?« Adam hatte sie nicht darum gebeten. Warum mischte sie sich ein?

»Ich hab auch einen Vater bei der IRA, schon vergessen? Ich weiß, wie das ist, wie sich das anfühlt ...«

»Wie kommst du darauf, dass Priester McKeeley bei der IRA war?«, fragte Elaine.

Veronica tippte auf die Notizen neben sich. »Weil es hier steht.«

»Und was soll das sein?«, fragte Adam.

»Besprechungsprotokolle und persönliche Unterlagen von Onkel Finlay«, antwortete Veronica.

Veronica sah von Adam zu Elaine und wieder zu Adam. »Hört zu, ich weiß, dass das schwer ist, dass man das nicht wahrhaben will – der eigene Vater, Mitglied der IRA, ein Mörder ...«

»Priester McKeeley war kein Mörder.« Zumindest hoffte Adam das.

Veronicas Gesichtsausdruck zerstörte diese Hoffnung. Sie streckte ihre Hand nach Adams aus. Er wollte diese Berührung nicht, dieses Mitleid. Er zog seine Hand weg.

»Du hast doch keine Ahnung, wovon du redest«, zischte Adam.

»Du willst es vielleicht nicht glauben, aber deshalb kann es trotzdem wahr sein.« Veronicas Stimme war sanft. Dieser sanfte Tonfall, mit dem sie sprach, war der einzige Grund, warum er nicht die Beherrschung verlor. Sie hatte kein Recht, all das zu sagen. Sie hatte kein Recht, im Leben seines toten Vaters herumzustochern. Sie hatte einfach kein Recht dazu, und dennoch konnte Adam nicht weghören.

Veronica zeigte Adam und Elaine ein Foto. Es zeigte einen sehr jungen Tomas Finlay und einen noch jüngeren Benjamin McKeeley. »Onkel Finlay und Benjamin McKeeley kennen sich von dem Osteraufstand 1916. Sie waren Teil der Widerstandsgruppen, die sich später zur IRA zusammengeschlossen haben. Der Aufstand war ein Fehlschlag, einige wurden verhaftet, exekutiert. Ein Fehler der Regierung, denn die irische Bevölkerung stand nach den Exekutionen auf der Seite der Republikaner, der IRA«, erzählte Veronica.

Adam trank einen Schluck Tee. Einen kräftigen Schluck.

»Onkel Finlay und Benjamin McKeeley kämpften gemeinsam im irischen Unabhängigkeitskrieg.« Veronica holte noch ein Foto hervor. Die beiden Männer sahen älter aus, trugen Soldatenuniform und Gewehre. – 1919. Der Unabhängigkeitskrieg begann in dem Jahr, in dem Adam und Elaine geboren worden waren. Als dieses Foto gemacht wurde, war Adams Mutter bereits schwanger. Ob Benjamin schon davon gewusst hatte?

Adam konnte einfach nicht aufhören, dieses Foto anzustarren. »Fein, mein leiblicher Vater war also bei diesem Aufstand dabei, und er hat in diesem Unabhängigkeitskrieg gekämpft. Das macht ihn noch nicht zu einem Mörder.«

»Da hast du recht ... das kam später.« Veronica kramte in den Notizen.

»Ich ... ich will das alles nicht hören ... lass gut sein ... bitte ...«, sagte Adam.

Veronica sah auf. »In Ordnung. Ich hör schon auf.«

»Wo hast du das alles überhaupt her?«, fragte Elaine.

»Onkel Finlay hat sie in seinem Büro versteckt.«

»Du hast Finlay das einfach gestohlen? Er wird explodieren«, sagte Adam.

»Oh, bitte. Der hat das doch nicht einmal bemerkt, und selbst wenn, ich bin seine Nichte. Ich weiß ohnehin, was er da tut«, sagte Veronica.

»Du hast keine Ahnung, was für ein Mann dein Onkel ist«, meinte Elaine.

Veronica seufzte. »Leider weiß ich das nur zu gut.«

Adam wusste nicht, was er sagen sollte, also sagte er nichts.

»Ich ... ich lass euch dann mal allein.« Veronica gab Adam einen schnellen Kuss und verabschiedete sich von Elaine.

Sie war halb aus der Tür, als Elaine fragte: »Weißt du auch, wann und warum er Priester wurde?«

Veronica machte kehrt, kramte wieder in dem Papierstapel. »Warum, weiß ich nicht, aber ich glaube, ich weiß wann ...« Sie biss sich auf die Unterlippe, während sie suchte. »Er kämpfte im irischen Bürgerkrieg, der war 1923 vorbei. Er kehrte nach Belfast zurück und ... hier.« Sie legte Adam und Elaine ein Protokoll aus dem Jahr 1925 vor. Veronica tippte an jene Stelle des Protokolls, an dem Benjamin McKeeley erklärte, dass er die IRA verlassen wird.

59

Veronica hatte die Notizen bei ihnen gelassen, und Adam hatte sie gelesen. Sein leiblicher Vater hatte viele Mordaufträge von Finlay angenommen, von einigen in Besprechungen berichtet. Es stimmte also, Adams Vater war ein Mörder. Es gerade jetzt zu erfahren, wo Adam selbst jemanden töten sollte, war eine Art der Ironie, die Adam nicht lustig finden konnte.

Adam erzählte seiner Schwester von diesem Mordauftrag. Elaine hatte zugehört, die Information war angekommen.

Am nächsten Morgen saß sie in der Küche. Sie sah müde aus und ihre Augen waren gerötet.

Adam nahm sich ein frisches Brötchen und ein Glas Milch und setzte sich zu Elaine an den Tisch.

»Wir sollten mit ihm reden, mit Eric McKeeley«, sagte Elaine.

»Warum das denn?«, fragte Adam.

»Vielleicht kennt er einen Ausweg. Immerhin scheint er auch zur IRA zu gehören.«

»Er ist nicht unser Freund, Elaine. Er kennt Finlay. Wenn wir mit McKeeley reden, wird es Finlay erfahren. Dann sind wir tot. Wenn ich diese Frau nicht umbringe, bin ich auch tot«, sagte Adam.

»Ich komme heute Abend mit dir mit«, sagte Elaine.

»Auf keinen Fall.«

»Ich lass dich nicht allein.«

»Halligan holt mich ab, er bringt mich hin. Er wird dich nicht mitkommen lassen. Je weniger Zeugen, umso besser.«

Elaine seufzte, schwieg.

Es gab auch nichts zu sagen. Doch sie brauchte Worte, mehr als alles andere, und Adam war bemüht, sie ihr zugeben. Etwas, woran sie sich festhalten konnte.

»Ich werde dorthin fahren, diese McNeal erschießen und zurückfahren.« Er wollte noch sagen, dass das alles gar keine große Sache sei, doch wen sollte er belügen? Elaine? Sich selbst?

»Du bist kein Mörder, Adam.«

»Ich hab keine Wahl.«

Als er abends zu Halligan in den Wagen stieg, hatte Adam für einen kurzen Moment das Gefühl, dass er nicht zurückkehren würde. Er drehte sich um, sah ein letztes Mal zum Laden. Delaneys Pies. Adam war stolz darauf, was er und Elaine geschaffen hatten.

Elaine. Diese dumme Kuh. Sie hatte sich einfach nicht abbringen lassen. Nun lag sie im Kofferraum. Es war ein Wunder, dass Adam es geschafft hatte, Halligan abzulenken, während Elaine unbemerkt eingestiegen war. Er hoffte, dass sie da heil rauskamen. Zumindest Elaine. Ihr durfte heute Abend einfach nichts passieren. Das würde sich Adam nicht verzeihen.

»Hast du deinen Revolver mit?«, fragte Halligan, als sie losfuhren.

»Ja.«

»Hast du geübt?«

Adam verzog das Gesicht. »Ich hab nur sechs Kugeln bekommen. Ich werde doch nicht vorher alles verballern.«

»Das kann ja heiter werden …«

So ein schlechter Schütze, wie Halligan behauptete, war Adam gar nicht. Er mochte Waffen nur nicht besonders.

Die Fahrt war lang. Unsagbar lang.

Adam wollte es so schnell wie möglich hinter sich bringen und gleichzeitig auch wieder nicht.

»Denkst du, dass diese McNeal wirklich so dumm ist und auftaucht?«, fragte Adam. Es war ein Hoffnungsschimmer, ein sehr schmaler.

»Und ob. Sie glaubt, sie kann um ihr Leben feilschen. Sie hat Finlay politische Unterstützung bei der Wahl morgen zugesagt. Sie meinte, ein Anruf von ihr und ganz Derry wählt Finlay.« Halligan lachte. »Zum Glück ist Finlay nicht so dumm, wie er aussieht.«

Adam schluckte. Er hatte diesen unbändigen Drang, aus dem Wagen zu springen und davonzulaufen. »Hast ... hast du etwas zu trinken da?«

»Nervös?« Halligan reichte ihm eine Flasche Whiskey vom Rücksitz. Es war nur noch ein kleiner Rest in der Flasche. Adam leerte sie. »Keine Sorge, so schlimm ist das alles gar nicht. Vielleicht gefällt es dir ja sogar.«

»Glaub ich nicht«, murmelte Adam.

»Als ich zum ersten Mal einen umlegen musste, war ich jünger als du. Ich war grad frisch aufgenommen, und dieser Bastard hat meinen Boss übers Ohr gehauen, so wie McNeal jetzt Finlay. Ich sags dir, war echt ein gutes Gefühl, diesen Typen umzupusten. Mistkerle umpusten sollte überhaupt nicht verboten sein. Immerhin sind sie Mistkerle.«

Adam musste sich übergeben. Der Gestank seines eigenen Erbrochenen brachte ihn zum Würgen, wieder und wieder.

»Oh, Mann. So eine Schweinerei!« Halligan reichte Adam ein Stofftaschentuch. »Hier mach sauber.«

Adam kurbelte das Fenster hinunter, atmete ein paar Mal tief durch. Dann beugte er sich nach vorn, wischte mit dem Tuch das Erbrochene auf. Es war noch warm. Die Feuchtigkeit drang durch das Tuch. Adam gelang es, den aufkommenden Brechreiz zu unterdrücken. Er warf das Erbrochene samt dem Taschentuch aus dem Fenster.

In der Ferne konnte Adam die Scheune sehen, jene Scheune, in der er vor Monaten den Lastwagen mit Schmuggelware geparkt hatte. Warum hatte er Finlay unbedingt diesen Coup vorschlagen müssen? Warum hatte er seinen Mund nicht halten können? Dann wäre das alles nicht passiert. McNeal hätte keine Chance gehabt, Finlay zu betrügen, und Adam ... Adam müsste sie jetzt nicht umbringen.

Vor der Scheune parkte ein Wagen. Im Licht der Scheinwerfer waren zwei Gestalten zu erkennen.

»Na, sieh mal einer an, da sind sie ja«, sagte Halligan. Als er den Motor abstellte, spürte Adam einen unsagbaren Druck auf der Brust. Als ob ein riesiger, unsichtbarer Elefant dort sitzen würde.

»Also dann, auf ins Vergnügen«, sagte Halligan und stieg aus.

Adam wischte seine schweißnassen Hände an seiner Hose trocken. Er lud die Waffe, dabei fielen ihm die Kugeln immer wieder aus der Hand.

Halligan stand draußen bei den anderen, sie unterhielten sich.

Im Rückspiegel sah Adam, wie sich der Kofferraumdeckel hob. Elaine. Sie stieg aus, schloss leise den Deckel und blieb geduckt hinter dem Auto. Adam versteckte die geladene Waffe in seiner Manteltasche und stieg aus.

»Delaney! Schön, dich zu sehen«, grüßte O'Leary.

Adam hatte nicht damit gerechnet, ihn hier zu treffen. Andererseits war er einer von McNeals Männern und damit eine sinnvolle Verstärkung für sie.

»O'Leary. Na endlich! Ein bisschen spät dran bist du. Hast du dich verfahren?«, fragte Adam.

»Haha, sehr witzig«, sagte O'Leary.

»Wo ist Finlay?«, fragte Shirley McNeal. »Er wollte doch persönlich kommen.«

»Er hat Besseres vor, als mit euch zu reden«, sagte Halligan.

»Ich werde nicht mit seinen Handlangern verhandeln«, sagte McNeal.

»Du sollst auch nicht mit uns verhandeln«, sagte Halligan. Bis die Worte bei seinem Gegenüber ankamen, hatte Halligan bereits seine Waffe gezogen. Peng, Peng. O'Leary ging zu Boden. Halligan richtete die Waffe auf McNeal. Sie hob erschrocken die Arme in die Luft.

»Los Adam, mach sie kalt«, sagte Halligan.

»Ich ... ich ...«

»Stammle nicht rum. Wir haben nicht ewig Zeit«, sagte Halligan. Adam fischte nach der Waffe, zielte auf McNeal.

»Tus nicht«, sagte sie.

»Tief durchatmen und abdrücken«, sagte Halligan.

»Ich ... ich kann das nicht.«

»Ihr seid nicht gerade die Hellsten, wenn ihr mich umlegt, kriegt ihr die Beute nie«, sagte McNeal.

»Es geht nicht um die Beute, schon lange nicht mehr«, sagte Halligan.

Ein dumpfes Klong hallte durch die Dunkelheit. Halligan ging zu Boden. Elaine trat ins Scheinwerferlicht, sie hatte eine Schaufel in der Hand. McNeal grinste. »Guter Schlag, Kleines.«

Elaine sah Adam an. »Alles klar bei dir?«

Adam nickte. Mit der Waffe zielte er immer noch auf McNeal.

Sie ließ ihre Hände sinken und hob O'Learys Waffe vom Boden auf.

»Weg mit der Waffe«, sagte Adam. Er entsicherte den Revolver.

McNeal lachte. »Du erschießt mich nicht.«

»Komm schon, Adam. Lass uns abhauen«, sagte Elaine.

»Und dann? Was machen wir, wenn Finlay das hier rauskriegt? Dann sind wir erledigt«, sagte Adam.

»Du könntest dich uns anschließen«, sagte McNeal. Sie sah auf O'Learys Leichnam hinab. »Es ist gerade eine Stelle frei geworden.«

Nein, auf keinen Fall. Adam schüttelte vehement den Kopf. Er wollte für niemanden von diesen Bastarden arbeiten.

Elaine sah McNeal an. »Sie hatten noch einen zweiten Mann als Verstärkung dabei. Der hat Halligan niedergeschlagen und Adam entwaffnet. Dann haben Sie die beiden gefesselt zurückgelassen. Ich wusste von diesem Treffen, und als Adam nach Stunden nicht nach Hause kam, bin ich hier rausgefahren und habe die beiden gefunden. Wie klingt das für Sie?«

McNeal lächelte. »Sehr gut, Mädchen. Willst du für mich arbeiten.«

Adam fuhr herum, starrte in die Dunkelheit. War da gerade ein Knistern gewesen? Es hatte so geklungen, als wäre jemand auf einen Ast gestiegen.

»Ich wusste, dass du nicht das Zeug dazu hast«, ertönte Finlays Stimme. Er trat in den Lichtkegel, die Waffe auf McNeal gerichtet.

McNeal hob abwehrend die Hände, in ihrem Gesicht pure Angst. »Finlay, wir können uns einigen.«

»Dafür ist es zu spät, meine Liebe.« Er drückte ab. Er drückte einfach ab. Finlay sah ihn auf eine Weise an, die Adam in Panik versetzte.

»Du verfluchter Idiot. Bist du überhaupt zu irgendetwas zu gebrauchen?« Finlay richtete seine Waffe auf Adam.

»Nicht, Sir, bitte ...«

Adam wich einen Schritt zurück, stieß gegen die warme Motorhaube des Wagens.

»Wirklich schade, ich mochte dich sogar irgendwie«, sagte Finlay.

Adam schloss seine Augen. Ein Schuss gellte. Noch einer und noch einer. Adam glaubte einen Schmerz zu spüren, doch da war nichts. Er war nicht getroffen. Er öffnete die Augen.

Elaine stand neben ihm mit gezogener Waffe, der Waffe von Halligan. Aus dem Lauf stieg Rauch auf.

Finlay lag am Boden. Drei Kugeln in seiner Brust. Er rührte sich nicht mehr.

Doch Adam musste einfach nachsehen. Er musste sichergehen, dass Finlay tot war. Er kniete neben Finlay nieder, tastete mit den Fingern den dicken Hals ab. Nichts. Kein Puls. Es war vorbei. Adam konnte es nicht glauben. Er sah zu Elaine auf. »Danke.«

»Immer gerne«, antwortete sie.

BELFAST
1993

60

Elaine sitzt neben mir, hier in diesem Wagen, und will mir ernsthaft weismachen, dass sie Finlay umgebracht hat.

»Das glaube ich dir nicht.«

»Wieso glaubst du mir das nicht?« Sie klingt eingeschnappt.

»Er war bei der IRA ...«

»Das war Connall auch.«

»Finlay war kein kleiner Fisch.«

»Connall auch nicht.«

»Wie ... wie mächtig war Connall?«

»Eine der drei Mächtigsten in dieser Stadt. Sie hat ein Bataillon geführt.«

Ich bin erledigt. »Sind sie dahintergekommen?«, frage ich nach einer Weile.

»Wer?«

»Finlays Männer. Sind sie dahintergekommen, dass du Finlay umgebracht hast.«

»Natürlich nicht. Sonst würde ich jetzt nicht hier sitzen«, sagt Elaine. »Obwohl ich schon gekränkt bin, dass sie Adam und mich nicht mal in Erwägung gezogen haben.«

»Was war mit Halligan, der muss doch Verdacht geschöpft haben?«

Elaine schüttelt den Kopf. »Bis der zu sich gekommen ist, war ich schon wieder im Kofferraum, und Adam hat behauptet, dass McNeal und Finlay sich gegenseitig erledigt haben.«

»Und Veronica? Was ist aus ihr und Adam geworden?«

»So genau weiß ich das auch nicht, aber ich glaube, Adam hat es beendet. Ist auch schwierig, mit jemanden zusammen zu sein unter diesen Umständen«, sagt Elaine.

»Sie hat also nie erfahren, wer ihren Onkel umgebracht hat?«

»Nein. Wozu auch? Es kam eben, wie es kommen musste.«

Die Totenwache von Connall findet ein paar Tage später in ihrem Haus statt. Es hat mich einfach hingezogen. Warum, weiß ich nicht. Neugier? Schuldgefühle? Ein verzweifelter Versuch, die Sache abzuschließen?

Warum auch immer, ich bin hier, vor ihrem Haus, in einem meiner besten Anzüge. Die Trauergesellschaft findet sich nach und nach ein. Es ist nicht schwer, sich unter sie zu mischen, obwohl ich mich unter all dem Polyester etwas overdressed fühle.

Am Buffet laufe ich einem drahtigen Mann mit kantigem Kinn über den Weg. »Mann, Bescheidenheit ist nicht dein Ding, was?«, lacht er und mustert meinen Anzug.

Es ist mir peinlich. »Also, ich ... ähm ...«

»Bist nicht von hier was?«

»Naja ...« Mir wird mit einem Mal klar, dass ich in einem erzkatholischen Haus bin, bei der Totenwache einer einflussreichen IRA-Kommandantin. Die Wahrscheinlichkeit, dass ich hier auf ihre Leute treffe, ist hoch. Als Protestant sollte ich mich wohl besser nicht zu erkennen geben. »Ich ... ich lebe in den Staaten.« Es ist das Erste, das mir einfällt.

Er nickt. Hat er es mir abgekauft?

Sein Händedruck ist fest. »Gerry Gleeson.«

»Ryan ... Delaney.«

Er zieht die Augenbrauen hoch. »Delaney?«

Ich bin so ein Idiot. Der Name Delaney ist in diesen Kreisen vermutlich genauso bekannt, wie der Name Goodwin in dieser Stadt. Mir wird heiß.

»Ich kannte mal einen Delaney«, schmatzt Gleeson. »Is lang her.«

Ich nehme mir auch eine Hühnerkeule, eigentlich nur, damit ich keinen Unsinn mehr reden kann.

»Woher kanntest du Connall?«, fragt Gleeson.

»Von früher.« Eine dumme Antwort. So alt bin ich noch nicht, dass ich jemanden aus den guten alten Tagen kennen kann.

Ein Typ mit Halbglatze und Schnurrbart drängt sich zu uns durch. Sein billiger Anzug hat ein Brandloch am Revers seines Sakkos. Er riecht nach Mottenkugeln. »Boss, Halligan ist hier.«

Schnurrbart zeigt auf ... Sam? – Der Trunkenbold aus Adams Truppe. Er leert gerade mit einer Gruppe Männer eine Schnapsflasche.

»Lass ihn hier sein«, sagt Gleeson. »Der kriegt sein Fett auch noch weg, aber nicht heute. Heute ist Friede.« Gleeson verabschiedet sich mit einem Kopfnicken von mir und verschwindet in der Menge.

Ich vergewissere mich, dass weder Gleeson noch Schnurrbart mich beobachten, bevor ich zu Sam hinübergehe.

»Hey, Mann!«, begrüßt mich Sam. »Krasser Anzug«.

»Was machst du hier?«, frage ich.

»Die letzte Ehre erweisen?«

Ich antworte ihm im Flüsterton. »Du konntest Connall doch gar nicht leiden.«

»Du etwa?«

»Ist Adam auch hier?«, frage ich.

»Ne, der hält nichts von solchen Dingen.« Sam holt seinen Flachmann aus der Innentasche seines Anzugs und nimmt einen kräftigen Schluck. Er deutet mit dem Kopf in die Richtung, aus der ich gekommen bin. »Was hast du denn mit Gleeson am Hut?«

»Gar nichts, habe ihn gerade zum ersten Mal getroffen.«

Sam lacht. »Einfach so?«

Seine Frage beunruhigt mich. Gleeson sieht nicht aus wie jemand, mit dem man sich anlegen möchte, und Schnurrbart hat ihn Boss genannt. »Sag bloß, er gehört auch zur IRA?«

»Dazu gehören? Er befehligt das zweite Bataillon.«

Natürlich, was sonst? Ich nehme Sam den Flachmann ab und trinke einen kräftigen Schluck. – Scotch. Bäh! Einfach widerlich.

Zwischen den Trauergästen laufen zwei Kinder und spielen abfangen. Sie sind höchstens sieben oder acht Jahre alt. Eine ältere Lady tadelt sie, bittet um mehr Respekt. Die Kinder entschuldigen sich bei ihrer Oma.

«Sind ... sind das Connalls Kinder?«, frage ich Sam.

«Kann schon sein«, meint er.

»Es macht mich fertig, dass sie Kinder hatte.«

»Wieso? Die meisten von Connalls Opfern hatten auch welche. Denkst du, sie hat das interessiert?«, sagt Sam.

Ich mag seine abgebrühte Art gar nicht. »Du heißt also Halligan.«

Mir ist der Name aus Elaines Erzählung nur zu gut im Gedächtnis geblieben. Doch um der Halligan in der Geschichte von Adam und Elaine zu sein, ist Sam zu jung. Es gibt nur eine andere Erklärung. »Dein Vater arbeitete für Tomas Finlay.«

»Wie kommst du denn jetzt darauf?« Sam trinkt noch einen kräftigen Schluck, entschuldigt sich und verschwindet unter den Trauergästen. Offenbar erwartet er keine Antwort auf seine Frage.

Die Großmutter rückt gerade die Krawatte von Connalls Sohn zurecht. Ich kann nicht widerstehen, ich muss mit ihr reden.

»Entschuldigung.« Ich tippe ihr auf die Schulter.

Sie dreht sich mit einem bösen Blick zu mir um.

Instinktiv greife ich mir an meinen Krawattenknoten und überprüfe, ob er wohl richtig sitzt. »Ich ... ich war ein Freund von Con ... Fianna.«

»Ein Freund?« Sie schnauft. »Sind heute denn überhaupt Freunde hier?«

Ich bin überfordert mit der Frage.

»Verzieh dich einfach.« Sie wendet sich wieder ihrem Enkel zu.

»Ich ... ich möchte Ihnen mein Beileid aussprechen.«

»Beileid?« Ihr Lachen ist hysterisch. »Wozu denn? War es nicht klar, dass es so kommt? Ich habe es ihr gesagt, hundertmal. Aber hört sie auf mich? Nein.« Sie lässt sich mit einem Seufzer auf die Couch sinken.

Ihr Enkel und ich stehen beide da, unschlüssig, was jetzt zu tun ist.

»Geh schon und such deine Schwester«, sagt sie zu dem Jungen.

Als der Junge geht, ist es mit einem Mal sehr einsam auf dieser Seite des Raumes. Ich setze mich zu Connalls Mutter auf das Sofa. »Ich bin froh, dass es vorbei ist«, sagt sie nach einer Weile. »All das Leid, das Fianna verursacht hat, hat mit ihr endlich ein Ende.«

Ihre Worte überraschen mich. »Sie wollen keine Rache?«

»Rache? Was hat Rache uns denn je gebracht – außer Tote?« Sie nimmt sich ein Stück Kuchen vom Couchtisch. »Das hat Fianna nie verstanden. Sie war immer schon so ... gewaltbereit.« Connalls Mutter starrt vor sich hin, und für einen Moment denke ich, dass die Unterhaltung beendet ist. »Das erste Mal aufgefallen ist es mir, als sie zehn oder elf Jahre alt war. Sie hatte sich mit ihrem Bruder geprügelt. Er lag bereits auf dem Rücken und hat geschrien, doch sie hat nicht aufgehört. Ich musste sie von ihm wegzerren. Sein ganzes Gesicht war voller Blut, und dann ging diese kleine Göre doch tatsächlich auf mich los.« Sie fährt mit dem Finger einer Narbe an ihrem Hals entlang. »Sie hatte einen spitzen Stein, dieses Miststück. Hätte mich auch töten können, wenn's dumm gelaufen wär.«

Ich kann den spitzen Stein an meiner Kehle spüren. Ich entschuldige mich. Wasser ist am Buffet leider keines zu finden, also hole ich mir ein Glas Whiskey.

»Alles klar, Mann?« Gleesons Handlanger mit dem Schnurrbart taucht neben mir auf und sieht mich skeptisch an.

»Ja ... ja, alles gut.« Ich lasse ihn stehen. Ich habe das Gefühl, aufgeflogen zu sein. Wie könnte ich unter all diesen skrupellosen Mördern auch nur eine Sekunde länger als einer von ihnen durchgehen? Ich muss hier raus. Und Sam sollte besser auch verschwinden. Wo steckt er denn bloß so lange?

Ich dränge mich zwischen den Leuten hindurch und erreiche den Flur, in dem Sam verschwunden ist.

Im Bad ist er nicht. Doch da ist noch eine Tür. Verschlossen. Ich rüttle daran.

»Besetzt«, erklingt Sams dumpfe Stimme.

»Das ist nicht die Toilette. Was machst du da drin?«

Stille. Das ist nicht gut. »Sam? Sam mach auf.« Ich hämmere immer fester gegen die Tür.

Die letzte Ehre erweisen, von wegen. Sam hat einen ganz anderen Grund, hier zu sein. In der Nacht, als Connall starb, haben Elaine und Adam befürchtet, dass *Operation Sligo* aufgeflogen ist. Wenn das stimmt, wollen mehr oder weniger alle in diesem Haus ihren Tod. Sie müssen ihnen zuvorkommen.

»Eine Bombe! Eine Bombe ist im Haus!« Ich laufe den Flur zurück und in den Garten hinaus. Sam klettert gerade aus dem Fenster jenes Zimmers, in das er sich eingeschlossen hat. Dieser Mistkerl! »Stopp, haltet ihn! Haltet ihn!« Wieso reagiert denn niemand?

Sam kann schneller laufen, als ich gedacht habe. Ich laufe ihm nach. Er klettert über den Zaun und verschwindet im Garten des Nachbarn.

Ein lauter Knall hinter mir. Die Wucht der Explosion reißt mich zu Boden.

61

In meinen Ohren hallt ein hoher piepender Ton. Rund um mich dumpfes Stimmengewirr. Was ist passiert?

Mein Kopf schmerzt, als ich mich aufsetze. Ein Teil des Hauses brennt, jener Teil, in dem die Bombe hochging.

Menschen schreien. Ein Mann ruft um Hilfe. Es ist Schnurrbart. »Der Boss ... der Boss rührt sich nicht.«

Ich folge ihm. Eine Gruppe von Männern und Frauen versucht, das Feuer zu löschen, während andere den Verletzten aus dem brennenden Haus helfen.

Ich laufe am Gartenzaun entlang, möglichst weit weg von den Flammen und dem Rauch. Dennoch beginnt mein Hals zu kratzen, meinen Lungen zu brennen.

Gleeson liegt im Gras fernab vom Geschehen. An seiner linken Gesichtshälfte hat er schwere Verbrennungen erlitten. Von der Schulter bis zum Bein ist sein Anzug verrußt. Unter den Löchern im Stoff zeichnet sich verbrannte Haut ab.

Sein Puls und seine Atmung sind stabil. Ich bring ihn in die stabile Seitenlage und decke ihn mit meinem Sakko zu. Mehr kann ich nicht tun.

»Feuerwehr und Krankenwagen rufen«, keuche ich.

»Schon erledigt.« Schnurrbart sieht Gleeson an. »Wird er wieder?«

»Denke schon.«

»Hilfe, Hilfe!«, ruft eine Frau. Der Schrei kam von hinten. Ich drehe mich um. Ein plötzlicher Schwindelanfall zwingt mich in die Knie.

«Langsam, Mann, langsam«, sagt Schnurrbart. »Du siehst blass aus.«

Das Pochen in meiner Schläfe wird immer schlimmer. Ich greife mir an die Stirn, meine Hand ist voller Blut. In der Ferne ertönen Sirenen. Endlich.

Ich komme im Krankenwagen zu mir. Die Schmerzmittel wirken Wunder. Aufsetzen darf ich mich trotzdem nicht. Die Fahrt dauert eine gefühlte Ewigkeit.

Ich liege einfach nur da, starre die Decke des Innenraums an. Wie konnte Adam das nur tun? So willkürlich töten? Wie konnte ich nur so dumm sein und glauben, dass er einer von den Guten ist?

Im Krankenhaus muss ich einen MRT-Scan über mich ergehen lassen. Der behandelnde Arzt diagnostiziert eine leichte Gehirnerschütterung. Er will mich über Nacht im Krankenhaus behalten. Ich lehne dankend ab und unterschreibe die Papiere, um gehen zu dürfen.

Ich muss zu Adam, und genau dorthin soll mich der Taxifahrer auch bringen. Dieser mustert mich skeptisch, als ich in den Wagen steige. Ich muss furchtbar aussehen, doch für falsche Eitelkeit ist keine Zeit. Wenn *Operation Sligo* hinter dem Anschlag steckt, werden sie sich vermutlich bei *Henderson Cars* zu einer Nachbesprechung treffen, und die will ich auf keinen Fall versäumen.

Ich sage dem Taxifahrer den Weg an. Vor *Henderson Cars* parkt Adams Wagen und Elaines … und Sams.
Ich platze einfach rein. Sie sind alle da. Adam. Elaine. Ramid. Pete. Sam – dieser betrunkene Mistkerl. Seine Augen weiten sich in Panik, als er mich sieht. Ich schlage ihm mit der Faust ins Gesicht.

»Ryan, was zum Teufel?«, brüllt Adam.

Er ist der Nächste auf meiner Liste. Ich packe ihn am Kragen und drücke ihn gegen die Wand. »Ich war dort!«

»Was? Wovon …«, beginnt er.

»Wovon ich spreche? Von Connalls Totenwache!«

Der Schock steht Adam ins Gesicht geschrieben.

»Ryan … wir … wir hatten keine Ahnung«, stammelt Elaine hinter mir.

Ihre Worte machen mich rasend. Ich stoße Adam zu Boden und drehe mich zu ihr um. »Ihr hattet keine Ahnung … ist das wirklich alles, was dir dazu einfällt?«

Sie sehen mich alle verdutzt an, als wäre ich irre. Dabei sind sie es doch, die den Verstand verloren haben.

»Du hättest nicht dort sein dürfen«, sagt Adam und rappelt sich auf.

»Falsch. Ihr hättet nicht dort sein dürfen. Diese verfluchte Bombe hätte nicht dort sein dürfen. Dort waren Kinder, verdammt nochmal!«

»Wir hatten keine Wahl, es hieß wir oder sie. Wir mussten ein Zeichen setzen«, sagt Adam.

Wie konnte ich nur zu diesem Mann aufsehen? »Man hat immer eine Wahl. Und das war wohl die mieseste, die ihr treffen konntet.«

»Spiel dich nicht so auf, du hast doch keine Ahnung, wovon du redest«, sagt Pete. »Du bist seit ein paar Wochen in diesen Mist verwickelt, wir seit Jahrzehnten.«

Petes Rechtfertigung interessiert mich nicht, Pete interessiert mich nicht. Nicht einmal Elaine interessiert mich in diesem

Moment. Es geht mir nur um Adam. Er hätte es besser wissen müssen. Er hätte das Richtige tun müssen. »Hat auch nur irgendwas, das du bisher getan hast, geholfen, die Person zu finden, die hinter Michaels Tod steckt? Interessiert es dich denn überhaupt noch, warum er sterben musste? Oder war das alles nur Theater?« Ich will, dass meine Worte ihm wehtun. Ich will, dass er spürt, wie enttäuscht ich von ihm bin, wie enttäuscht Michael von ihm wäre.

»Lass Michael da raus«, zischt Adam.

»Michael hat Operation Sligo aufgebaut, um Anschläge zu verhindern, nicht um sie zu verüben.«

»Du hast kein Recht, über ihn zu sprechen. Du kanntest ihn nicht!«, schreit Adam.

»Du hast recht, ich kannte ihn nicht. Aber ich weiß genug, um Mitleid für ihn zu empfinden. Er wurde von seinem besten Freund erschossen, und heute ... heute hat sein Vater sein Erbe mit Blut befleckt.«

62

Der Weihnachtsball in unserer Orange Hall steht kurz bevor. Während Lena und Hausmann sich um das Catering kümmern, schmücken Dok und ich den Saal. Wir stellen gerade den Weihnachtsbaum auf, als Bruder Ryder den Kopf zur Tür hereinsteckt.

»Bruder Hainsworth, hast du einen Moment für uns?«

Dok lässt den Baum los, der mich daraufhin fast unter sich begräbt.

»Danke!«, rufe ich Dok hinterher.

Er reagiert nicht. Er tuschelt mit Bruder Ryder und verschwindet mit ihm im Flur.

Außer mir ist niemand im Veranstaltungssaal, ich kann ihnen unbemerkt folgen. Die beiden ziehen sich in ein Zimmer am Ende des Ganges zurück, ein Zimmer, das sonst immer verschlossen ist.

Ich schleiche mich an und mache die Tür vorsichtig einen Spalt auf, um die Unterhaltung zu hören.

»Was soll das heißen, du weißt es nicht? Wozu haben wir dich auf MacQuillan angesetzt?«, sagt Ryder.

»Ich glaube, er weiß, dass ich ihn beschatte. Er sieht mich immer so komisch an, wenn wir uns begegnen«, antwortet Dok.

»Lass dir was einfallen, gewinne sein Vertrauen. Wir brauchen die Informationen«, ertönt die Stimme von Bruder Young.

»Gewinnt ihr doch sein Vertrauen, wenn das so einfach ist«, gibt Dok zurück.

»Wir haben dich als deine Brüder um Hilfe gebeten, wie kannst du uns zurückweisen?«, sagt Ryder. Er klingt wieder etwas ruhiger, besonnener. Er versucht, Dok einzuwickeln.

»Ich hab euch eine Liste mit Studenten gegeben, die Professor MacQuillan für die IRA rekrutiert hat. Was wollt ihr denn noch?«, fragt Dok.

»Wir wollen wissen, wer diese verfluchte Mordzeugin ist«, sagt Young.

»Ich weiß es nicht, ok? Ich habe MacQuillan nur am Telefon davon reden hören. Es ist alles nur ein Gerücht«, sagt Dok.

Mordzeugin? Gerücht? Könnte es sich um das Gerücht handeln, dass Adam und ich ausgeheckt haben? Das Gerücht, dass Johnny Hendersons Mord nicht unbeobachtet geblieben ist.

»Ein Gerücht? Wenn die IRA die Zeugin vor uns findet, bin ich dran«, sagt Young.

Young? Young ist dran? Hat er Johnny Henderson umgebracht? Das ergibt doch gar keinen Sinn.

Ich kehre in den Versammlungssaal zurück und tue so, als würde ich eine Lichterkette entwirren. Dok kommt kurze Zeit später zurück und hilft mir. Er redet kein einziges Wort. Er ist tief in seinen Gedanken, wie ich auch.

Warum sollte Bruder Young ein ehemaliges IRA-Mitglied wie Johnny Henderson töten? Woher kannten die beiden sich überhaupt? Und hängt Johnnys Mord mit der Schießerei am Bahnhof zusammen?

Ich muss in dieses Zimmer. Vielleicht finde ich dort Antworten. Es ist kurz nach acht Uhr abends, als die letzten Brüder nach Hause gehen.

»Kommst du?«, fragt Dok.

»Ich ... ich muss noch was erledigen.«

»Was erledigen? Was denn?«

»Ein ... Geschäft.« Ok, das war eine grottenschlechte Ausrede.

»Ich warte unten«, sagt Dok.

»Es wird dauern. Geh ruhig vor.«

»Wenn du meinst.« Dok verabschiedet sich mit einem Winken.

Als die Schritte und Stimmen im Haus langsam verklingen, kehre ich zu diesem geheimnisvollen Zimmer zurück.

Abgeschlossen.

Ich versuche mein Glück im Erdgeschoss. In der Garderobe, wo wir unsere Schärpen und Gewänder aufbewahren, hat Bruder Green einen Schlüsselkasten anbringen lassen. Ein Generalschlüssel, perfekt.

Ich laufe die Treppe nach oben. Versuche den Schlüssel ins Schloss zu stecken, doch er passt einfach nicht. Verdammt.

Ich weiß, dass da drinnen etwas ist. Etwas, das mir helfen wird, zu verstehen. Ich muss da irgendwie rein!

Für einen Moment überlege ich ernsthaft, über das Fenster im Flur hinaus und an der Hausmauer entlangzuklettern, das Zimmerfenster von außen einzuschlagen und so in das Zimmer zu gelangen. – Vermutlich würde ich abstürzen, in den Tod.

Ich muss mich bewegen, laufe im Flur auf und ab. An der Wand hängen eine Reihe von Fotos, die unsere Brüder bei den 12. Juli-Paraden der letzten Jahrzehnte zeigen. Vor der Aufnahme im Jahr 1969 bleibe ich stehen. Hängt das Bild schief? Ich schiebe es noch weiter zur Seite. In der Mauer ist eine Art Regalfach, ein Geheimfach. Darin ein Schlüssel. Diesmal passt er.

Eigentlich habe ich dieses Zimmer am Ende des Flurs immer für eine Abstellkammer gehalten, wo Putzmittel und dergleichen aufbewahrt werden. Weit gefehlt!

Ein dunkelbrauner, großer Holztisch steht in der Mitte des Raumes und bietet Sitzmöglichkeiten für mindestens zehn Personen. Auf der Tischplatte ist in geschwungenen Lettern eingraviert: *Quis separabit?* Wer wird uns trennen? Das Motto der UDA. Wenn es nach ihnen geht, wird niemand jemals Nordirland von Großbritannien trennen. Das haben sie über Jahre immer wieder gewaltsam bewiesen. Ein einzelnes Leben zählt nicht, nur der Kampf.

Dass Young und Ryder zur UDA gehören, überrascht mich nicht. Dass die Organisation in unser Haus eingedrungen ist, erschreckt mich. Wie konnte Großmeister Green nur zulassen, dass sich diese Terroristen hier bei uns versammeln?

Je länger ich hier bin, umso unwohler fühle ich mich.

Seitlich an der Wand stehen zwei antike Schränke. In einer der Schubladen ist eine beschriebene Papierrolle. Ich breite sie auf dem Tisch aus.

Es dauert einen Moment, bis das Gekrakel Sinn ergibt. Die Zeichnung bildet die Struktur der IRA in Belfast ab. Die Belfast Brigade unterteilt sich in drei Bataillone. Zwei decken den Westen der Stadt ab und eines den Norden, Süden und Osten. Die Bataillone unterteilen sich weiter in geschlossene Zellen, die aus fünf bis sechs Männern bestehen. Es ist genauso dargestellt, wie es Adam mir einst geschildert hat. Dass Connall ein Bataillon geführt hat, dürfte in der UDA nicht bekannt gewesen sein, ihr Name taucht nirgends auf. Beim zweiten Bataillon steht der Name Gary Gleeson – jener Mann, den ich bei Connalls Totenwache getroffen habe. Der Name beim dritten Bataillon wird von einem Fragezeichen begleitet: *Finlay?* Wen könnten sie damit meinen? Tomas ist seit über fünfzig Jahren tot. Kinder hatte er, soweit ich weiß, keine, aber zwei Nichten. Emily und Veronica. Ob eine von ihnen das Vermächtnis ihres Onkels angetreten ist? Wenn sie in Adams Alter sind, ist das aber auch unwahrscheinlich. Wer leitet mit siebzig noch ein IRA-Bataillon?

Schritte im Gang schrecken mich auf. Hektisch packe ich die

Papierrolle wieder in die Schublade und verstecke mich hinter einem der bodenlangen Samtvorhänge. Gerade noch rechtzeitig, bevor die Tür geöffnet wird.

»Wieso ist hier nicht abgeschlossen?«, fragt Ryder, als er hereinkommt.

Ich erstarre. Der Schlüssel in meiner Hand fühlt sich brennend heiß an.

»Vermutlich hat irgendjemand vergessen abzuschließen«, antwortet Young.

»Und wo ist dann der Schlüssel, du Schlaumeier?«, sagt Ryder.

Ich spähe hinter dem Vorhang hervor.

Ryder und Young machen sich auf die Suche nach dem Schlüssel.

Als sie mir beide den Rücken zudrehen, lege ich den Schlüssel mit einer ruckartigen Handbewegung auf die Anrichte neben dem Vorhang.

Es fühlt sich wie eine Ewigkeit an, bis Young den Schlüssel endlich findet.

Ich wage es nicht, hinter dem Vorhang hervorzusehen, ich kann spüren, dass er da ist. Ganz nah.

Trampelnde Schritte aus dem Flur werden immer lauter.

»Ihr wolltet mich sprechen«, sagt eine Männerstimme.

Großmeister Green? Er weiß von diesem Raum? Er gehört dazu?

»Ich wollte mit euch beiden über die Mordzeugin sprechen«, sagt Young.

»Ich war eigentlich der Meinung, dass das alles längst geklärt ist«, sagt Großmeister Green.

»Es ist geklärt. Wir haben unsere Kontakte in der Polizeidirektion aktiviert. Es gibt keine Mordzeugin«, sagt Ryder.

»Die Zeugin kann es auch geben, ohne dass die Polizei davon weiß«, meint Young. »Wir sollten kein Risiko eingehen.«

»Wir? Wenn überhaupt, hat sie nur dich gesehen«, sagt Ryder.

»Und denkst du wirklich, ich halte die Klappe? Bist du dir da ganz sicher?«, sagt Young.

»Du Mistkerl willst uns verpfeifen? Glaubst du wirklich, dass das gesund für dich ist?«, sagt Ryder.

»Schluss!«, sagt Großmeister Green scharf. »Johnny Henderson war ein verdammter Hurensohn, und ich werde nicht zulassen, dass er aus dem Grab einen Keil zwischen uns treibt.«

»Ihr habt recht, wir müssen zusammenhalten«, sagt Ryder. »Das wäre auch in Bruder Melvilles Sinne.«

Bruder Melville. Ich kenne keinen Bruder Melville. Wen könnten sie damit meinen?

Die drei verlassen den Raum und schließen hinter sich ab. Verdammt. Und jetzt?

Ich laufe in dem Zimmer auf und ab, versuche einen klaren Gedanken zu fassen.

Am besten wird es wohl sein erstmal abzuwarten, bis niemand mehr hier ist, und dann Hilfe zu rufen.

Das Zimmerfenster ist straßenseitig, sodass ich meine Brüder beim Gehen beobachten kann. Es sind ohnehin nicht mehr viele hier. Als Letzte verlassen Young, Ryder und Großmeister Green das Haus.

Ich warte noch ein paar Minuten und zücke dann mein Handy. Es gibt eigentlich nur einen Bruder, dem ich im Moment trauen kann – Bruder Reed. Er ist ein Verräter, wurde aus unserer Gemeinschaft ausgeschlossen. Die Wahrscheinlichkeit, dass er mit dem Ganzen hier zu tun hat, ist unwahrscheinlich.

Zu meiner Überraschung, ist er nicht nur gewillt, mir zu helfen, er ist auch schnell zur Stelle.

Als er unten vor der Tür steht, öffne ich das Fenster und werfe ihm den Hausschlüssel zu.

In unserem Telefonat vorhin habe ich ihm beschrieben, wo der Zimmerschlüssel versteckt ist. Jetzt kann ich nur hoffen, dass er ihn auch findet.

Als ich Schritte im Gang höre und sich jemand am Schloss zu

schaffen macht, habe ich kurz die Befürchtung, es könnte nicht Reed, sondern jemand anders sein. Doch es ist Reed. Er begrüßt mich mit einem Lächeln. »Wie hast du es denn geschafft, hier eingeschlossen zu werden?«

Ich erzähle ihm eine Halbwahrheit, mit der er sich zufriedengibt. Ich verspreche Reed, ihn demnächst auf ein Bier einzuladen, als Dankeschön.

»Das würde mich freuen. War ganz schön hart, von heute auf morgen den Orden verlassen zu müssen«, sagt Reed, als wir das Zimmer abschließen.

Er tut mir leid. Ich habe mich seit seinem Rauswurf kein einziges Mal bei ihm gemeldet. Und ich bin mir ziemlich sicher, dass es unsere anderen Brüder auch nicht getan haben. »Ich fand es nicht in Ordnung, dass sie dich rausgeschmissen haben. Das war bescheuert und unnötig.«

»Nett, dass du das sagst«, meint Reed.

Ich verstecke den Schlüssel wieder hinter dem Bild im Flur. »Danke, dass du mir geholfen hast.«

»Kein Ding«, meint Reed.

Wir gehen schweigend nebeneinander die Treppe hinunter. Ich bin mit einem Mal sehr müde. Die Aufregung der letzten Stunden lässt nun nach. »Sag, kennst du einen Bruder Melville?« Unwahrscheinlich, aber ich muss Reed einfach fragen.

»Ja, natürlich. Also, nicht persönlich. Ich weiß nur, dass er vor ein paar Jahren von einem IRA-Mitglied umgebracht wurde. War ganz groß in den Medien.« Reed mustert mich. »Aber dafür bist du wohl zu jung.«

»Umgebracht? Was ist passiert?«

»Das weiß niemand so genau. Er ist in seinem Wagen gefunden worden, am 12. Juli. Merkwürdig daran war, dass er für die Parade gekleidet war, aber seine Schärpe gefehlt hat. Wurde nie gefunden.«

Reeds Worte gehen mir die nächsten Tage nicht aus dem Kopf. Melville wurde ermordet, von der IRA. Seine Schärpe wurde nie gefunden. Könnte es sich um jene Schärpe handeln, die ich in Johnnys Wohnung gefunden habe? Bei dem Gedanken wird mir eiskalt.

Wenn Johnny wirklich etwas mit Melvilles Ermordung zu tun hat, sollte ich vielleicht nochmal mit Misses Henderson sprechen – Johnnys Schwägerin.

Ich besuche sie noch am selben Wochenende.

»Mister Goodwin, was tun Sie denn hier?«, fragt mich Misses Henderson an der Haustür.

»Ich wollte kurz mit Ihnen reden, wenn das geht.«

Sie steht einfach nur da. Will sie mich nicht reinlassen?

»Ich hätte anrufen sollen.« Das hätte ich auch tun können, doch mein Bauchgefühl hat mir etwas anderes gesagt.

»Ach, schon in Ordnung«, sagt sie und tritt zur Seite. »Es ist nur nicht aufgeräumt.«

An der Garderobe hängen ein grauer Glockenhut und ein Mantel mit Pelzkragen – beides passt so überhaupt nicht ins Bild. Ein paar frisch aufpolierte Damenstiefel stechen unter den ausgetretenen Winterschuhen ebenso ins Auge.

Misses Henderson geleitet mich in die Küche. Der Raum wirkt viel kleiner als das letzte Mal. Das könnte daran liegen, dass die Schiebetür, die ins Wohnzimmer führt, diesmal geschlossen ist.

»Worüber wollten Sie denn mit mir sprechen?« Misses Henderson lehnt sich an die Spüle und verschränkt die Arme vor der Brust.

Mein Mund ist so trocken. Ich hätte gerne ein Glas Wasser, doch ich wage nicht, danach zu fragen. Es ist mehr als offensichtlich, dass ich hier keine Wurzeln schlagen soll.

»Sagt Ihnen der Name Melville etwas?«

Sie schüttelt den Kopf. »Wer soll das sein?«

»Ein Bekannter von Johnny.«

Misses Henderson kann mir kaum in die Augen sehen. Sie zupft an den Ärmeln ihre Wollweste.

»Habe ich etwas Falsches gesagt?«

Im Nebenzimmer hustet jemand. Es klingt nicht nach den Kindern, sondern nach einem Erwachsenen. Das Röcheln hört sich mehr als ungesund an.

»Sie müssen entschuldigen. Johnnys Tod hat mich sehr aufgewühlt ... die Kinder vermissen ihn sehr«, sagt Misses Henderson.

Das mag stimmen, doch es ist nicht der Grund für ihre Nervosität.

»Möchten Sie darüber reden?«

»Ich möchte Sie nicht langweilen.« Ihr Blick wandert zur geschlossenen Tür.

Wie gerne würde ich diese Tür aufreißen, um zu sehen, wer dahinter sitzt.

»Sie sollten besser wieder gehen«, sagt Misses Henderson.

Ich folge ihr langsam zur Tür und versuche, irgendetwas Auffälliges zu entdecken, irgendetwas, das mir weiterhilft.

Hinter uns hustet und röchelt wieder dieselbe Person. Die Geräusche erinnern mich an den fremden Anrufer, der vor Wochen auf meine Skizze von Adam aufmerksam geworden war. Jener Anrufer, der sich später als Johnny Henderson entpuppte.

»Ich hätte da noch eine Frage«, sage ich an der Tür.

Misses Henderson sieht mich müde an.

»Johnny hat Salmeterol genommen, wissen Sie, wogegen?«

Sie wirft einen schnellen Blick über ihre Schulter, Richtung Wohnzimmer. »Keine Ahnung, wovon Sie reden.«

Misses Henderson hat mich angelogen, zumindest über das Salmeterol. Wenn Johnny mit einem Inhalator durchs Leben ging, wie kann seine Schwägerin nichts davon gewusst haben? – Vor allem, wenn man bedenkt, wie nahe sich Johnny und Quentin standen.

Ich fahre zu Johnnys Wohnung und versuche mein Glück bei der nächstgelegenen Hausarztpraxis. Dr. Langridge ist tatsächlich der behandelnde Arzt von Johnny Henderson gewesen, sagt mir die Empfangsdame.

»Könnte ich Dr. Langridge sprechen?«

»Sie können gerne mit ihm einen Termin vereinbaren. Wie sieht es bei Ihnen denn im Januar aus? In der Woche vom siebzehnten zum Beispiel?«

»Nein, so lange kann ich nicht warten. Sie verstehen nicht ...«

Im Wartezimmer putzt sich jemand lautstark die Nase.

»Ich bin auch krank, ich muss den Doktor heute noch sprechen.«

»Oh.« Sie mustert mich.

Ich huste demonstrativ ein paar Mal.

»Waren Sie schon mal bei uns?«

»Nein, ich bin erst hergezogen.«

Sie drückt mir ein fünfseitiges Datenblatt in die Hand. »Ausfüllen«, sagt sie.

Die ersten beiden Felder fragen nach meinem Namen und meiner Adresse. Ich gebe Goodwin-Henderson als Nachname an und die Adresse von Johnny. Größere Chancen, etwas zu erfahren, habe ich vermutlich, wenn ich als naher Verwandter durchgehe. Versicherungsnummer muss ich meine eigene nehmen. Nicht, dass ich irgendeine andere kennen würde.

Der Fragebogen ist unglaublich detailliert. Was die alles wissen wollen. Krankheitsgeschichte, Allergien, Unverträglichkeiten. Ich habe keine Zeit für diesen Blödsinn.

Im Wartezimmer wird ein Name nach dem anderen aufgerufen. Dr. Langridge hält wohl nicht viel von langem Gelaber.

»Bitte sehr.« Ich gebe den ausgefüllten Bogen bei der Empfangsdame ab.

»Bitte, nehmen Sie kurz Platz.«

Im Wartezimmer husten und schniefen an die zehn Männer und Frauen. Ein Mädchen, um die fünf Jahre alt, sitzt in der Kinderecke und kritzelt in ein Malbuch. Ihr hängt die Rotzglocke von der Nase, die ihre Mutter alle paar Minuten abwischt.

Ich blättere Mode-, Auto- und Gesundheitsmagazine durch, doch die Minuten wollen einfach nicht vergehen.

Die Tür zum Arztzimmer wird aufgerissen und eine ältere Frau kommt heraus. »Mister Holden«, ertönt eine hohe Männerstimme hinter der Tür. Ein Jugendlicher mit schiefer Baseballkappe auf dem Kopf schlurft ins Arztzimmer und schließt die Tür hinter sich.

Mit jeder Sekunde, die verstreicht, werde ich nervöser. Als Nächstes bin ich dran. Jedes Gespräch mit Dr. Langridge dauert nur wenige Minuten. Wie kriege ich in dieser kurzen Zeit genau die Informationen, die ich brauche? Ich muss mich ranhalten, darf auf keinen Fall zu viel Zeit damit verschleudern, zu erklären, wer ich bin.

»Mister Goodwin-Henderson«, ertönt die hohe Stimme wieder.

Dr. Langridge sitzt hinter seinem Schreibtisch und tippt etwas in seinen Computer, als ich reinkomme.

»Bitte, setzen Sie sich«, sagt er.

Seine hohe Stimme passt so überhaupt nicht zu seiner Statur. Seine Schultern sind fast so breit wie der Tisch, und die muskulösen Oberarme überdehnen den Stoff seines Arztkittels.

Der Stuhl, auf den ich mich setze, ist viel niedriger als jener von Dr. Langridge. Aus dieser Perspektive wirkt er gleich noch bedrohlicher.

»Was kann ich für Sie tun?« Langridge starrt immer noch auf seinen Bildschirm.

»Ich bin wegen Johnny Henderson hier. Er hat von Ihnen Salmeterol verschrieben bekommen, weswegen denn?«

Langridge sieht mich über seine Brille hinweg an. »Wer sind Sie?«

»Sein Cousin, aus New York.«

Langridge mustert mich skeptisch. »Johnny hat nie einen Cousin aus New York erwähnt.«

»Warum sollte er mich vor seinem Hausarzt auch erwähnen?«

»Warum sollte er seinem Cousin nicht sagen, dass er krank ist?«

»Er hat mir gesagt, dass er Asthma hat, aber das war nicht einfach nur Asthma, oder?«

Langridge sieht in seinem Computer nach. Die Antwort steht auf dem Bildschirm, das kann ich an seinem Gesichtsausdruck erkennen. Warum sagt er es mir nicht einfach?

Stattdessen steht er auf und verschwindet hinter mir.

Das Türschloss knackt.

Hat er gerade abgeschlossen? Ich drehe mich zu ihm um.

Mein Herz schlägt mir bis zum Hals. Ich taste nach dem Handy in meiner Hosentasche. Mist. Das blöde Ding liegt wohl im Auto.

Langridge setzt sich auf die Tischkante, sieht mich eindringlich an. »Mister Henderson litt an einem sogenannten Alpha-1-Antitrypsin-Mangel.«

Alpha-1-was? Meine Verwirrung scheint mir ins Gesicht geschrieben zu stehen.

»Alpha-1-Antitrypsin ist ein Protein, dessen Mangel zu einer Schädigung der Lungen führen kann. In Mister Hendersons Fall zu einem Lungenemphysem.«

Ein Lungenemphysem entsteht bei einer extremen Überblähung der Lungenbläschen. Die Schäden sind nicht korrigierbar. Da können nur noch Entzündungshemmer und bronchialerweiternde Medikamente helfen. Zu Letzteren gehört Salmeterol.

»Leider traten bei Mister Henderson durch die lange Anwendung des Salmeterol starke Nebenwirkungen auf. Er litt unter starker Migräne und hohem Blutdruck«, sagt Langridge.

Das erklärt das Arsenal an verschreibungspflichtigen Medikamenten in Johnnys Badezimmer.

Jemand rüttelt an der Tür. »Hallo?« Eine Frauenstimme, die Dame vom Empfang. Sie versucht noch einmal, die Tür zu öffnen. »Noah? Alles in Ordnung?«

»Ja, kümmere dich bitte wieder um die Aufnahme der Patienten«, sagt Langridge.

Ich bin erleichtert, dass er offenbar die Tür verschlossen hat, damit niemand hereinplatzt, nicht, um mich einzuschließen.

»Aber es ist wichtig.« Sie rüttelt noch einmal an der Tür.

»Ich komme gleich.«

Stille. Sie hat wohl aufgegeben.

»Ich muss Sie leider bitten, zu gehen. Es ist viel los heute.«

Langridge schüttelt mir die Hand, zieht mich zu sich. »Die hören zu.«

Ich erstarre. Wer, will ich fragen.

Langridge tippt etwas in seinen Computer ein. Der Drucker surrt und spuckt eine Seite aus. Langridge faltet das Papier, kritzelt etwas darauf und gibt es mir.

Ich wage es nicht, die Botschaft jetzt zu lesen, und packe den Zettel in die Innentasche meiner Jacke. Ich verabschiede mich mit einem Kopfnicken.

Langridge schließt die Tür auf. Im Flur, ganz nah an der Tür, steht seine Empfangsdame. Sie hält ein leeres Glas in der Hand. Hat sie gelauscht?

»Hallo Margarete«, begrüßt sie Langridge.

»Warum hast du denn abgesperrt?« Irgendetwas an ihr ist unheimlich. Ihr Auftreten? Ihr Blick?

»Auf Wiedersehen, Dr. Langridge.« Mit schnellen Schritten verlasse ich die Arztpraxis.

Erst als ich im Auto sitze und von innen die Türen verriegelt habe, fühle ich mich wieder besser. Ich atme tief durch und hole den gefalteten Zettel heraus. Auf der Rückseite steht in krakeliger Schrift: IRA.

Sie hören zu, sagte Langridge. Die IRA hört zu. Die Empfangsdame ein Mitglied der IRA? Schwer zu glauben.

Ich sehe mir den Ausdruck an, den mir Langridge mitgegeben hat. Es ist das Krankenblatt von Johnny. Im Prinzip steht darin, was Langridge mir bereits gesagt hat.

Im Anmerkungsfeld steht, dass der Alpha-1-Antitrypsin-Mangel auch bei der Tante des Patienten vorkommt. Der Name raubt mir den Atem. Veronica Finlay.

63

Veronica Finlay ist die Tante von Johnny und Quentin. Das könnte ein dummer Zufall sein, völlig unbedeutend – es könnte jedoch auch alles erklären.

Tomas Finlay wurde von Elaine und Adam umgebracht. Was wenn Quentin seinen besten Freund getötet hat, um Blutrache zu üben? Aber warum jetzt, nach all den Jahren? Und warum Adams Sohn töten? Elaine ist streng genommen die Mörderin, auch wenn vermutlich niemand weiß, dass sie dort war. – Es ergibt keinen Sinn, noch nicht.

Ich wälze mich in meinem Bett. Die Nacht ist so gut wie vorbei, und ich habe kein Auge zugetan. Es schießen viel zu viele Gedanken durch meinen Kopf. Ich sollte mit Adam reden, ihn fragen, ob er von dieser Familienbande weiß. Andererseits liegt mir nichts ferner als das. Was er bei Connalls Totenwache abgezogen hat, ist unverzeihlich.

Das Klappern von Geschirr hallt durch das gesamte Haus. Müde wanke ich aus meinem Zimmer. Ein kalter Luftzug kommt aus dem Wohnzimmer, wo alle Fenster sperrangelweit offen sind. Ich bekomme Gänsehaut. Trotz der frischen Luft vernebelt mir ein säuerlicher Geruch das Gehirn.

Lena steht in der Küche an der Spüle und räumt die Teller aus den Schränken. Erst als ich sie an der Schulter sanft antippe, bemerkt sie mich.

»Was stinkt denn hier so?«

»Keine Ahnung. Ich such schon den ganzen Morgen danach«, sagt Lena und wendet sich dem nächsten Schrank zu.

Dok kommt in Boxershorts in die Küche. »Also was immer es auch ist, im Bad ist es nicht.«

»Und du hast über eine Stunde gebraucht, um das rauszufinden?«, sagt Lena.

»Hab gute Lektüre neben dem Klo.«

Das ist zu viel Info für mich. »Wo ist Hausmann?«

»Arbeiten«, sagt Lena.

Ich rufe ihn mit meinem Handy an. Wenn jemand irgendetwas im Haus liegen lässt, das langsam vor sich hingammelt, dann ist es Hausmann.

»Hey, Kumpel. Was gibts?«, fragt er.

»Irgendwas stinkt wie die Pest. Was ist das?«

»Woher soll ich das wissen?«

»Du bist der Einzige, der verschmutzte Teller und Essensreste hortet.«

Stille. »Beschreib den Geruch mal.«

»Schwer zu beschreiben. Kannst du dich an das tote Eichhörnchen erinnern, das wir mal bei mir zu Hause im Garten gefunden haben?«

»Ja«, antwortet Hausmann.

»Es riecht so, als wären fünf davon hier irgendwo versteckt.«

»Hm, sieh mal im Kühlschrank nach«, sagt Hausmann.

»Lena hat ihn schon komplett ausgeräumt und geputzt, der Gestank kommt nicht von dort.«

»Dann sieh mal in meinem Schlafsack nach«, sagt Hausmann.

Der Gedanke, dass er sich den Schlafsack mit etwas teilt, das so stinkt, ist widerlich.

»Nichts.« Zum Glück.

»Am Fensterbrett vielleicht?«, sagt Hausmann.

Ein paar Teller mit eingetrockneten Essensresten stehen dort. Das Fensterbrett selbst ist etwas lose, unterhalb ist etwas eingeklemmt. Es ist klein, rund und schwarz, ein bisschen größer als eine Knopfbatterie. »Was ist das denn?«

»Was ist was?«, fragt Hausmann am anderen Ende der Leitung.

»Ach nichts.« Lena steht im Türrahmen und hält sich mit verzweifeltem Gesichtsausdruck die Nase zu. »Hier, übernimm du.« Ich gebe ihr das Handy und gehe nach draußen zu meinem Wagen.

Wie war nochmal die Abhörfrequenz, die Elaine in ihrem Autoradio eingestellt hatte? Irgendwas mit 398 MHz, aber wie waren nochmal die hinteren Ziffern? Ich starte den Sendersuchlauf. Bei 398.605 MHz bleibt er stehen.

»Oh, mein Gott. Ich habs gefunden«, höre ich Lena durch die Lautsprecher. »Dieses Ferkel hat eine Portion Fish and Chips nicht aufgegessen und unter einer Ladung Schmutzwäsche begraben.« Ich höre Lena so deutlich, als würde sie direkt neben mir stehen.

Adam, dieser Mistkerl. Er hört mich ab!

Ich fahre direkt zu Adam. Das Haus sieht verlassen aus. Kein Wagen in der Einfahrt, kein Licht hinter den Fenstern. So einfach lasse ich ihn nicht davonkommen. Er schuldet mir eine Erklärung und zwar sofort.

Ich zittere vor Wut, als ich Ramids Handy anrufe. »Wo seid ihr?«

»Henderson Cars, warum?«, sagt Ramid.

»Bleibt dort. Ich komme.«

»Warum, was ist passiert?« Er klingt nervös.

Ich lege auf und fahre auf dem schnellsten Weg zur Werkstatt.

Alle sehen mich an, als ich die Tür zum Besprechungszimmer aufreiße.

«Ihr hört mich ab?!«

»Ryan, jetzt beruhige dich«, sagt Elaine.

»Ich will wissen, warum ihr mich abhört!«

»Wir hören dich nicht ab«, sagt Adam.

»Lüg mich nicht an.«

»Er lügt nicht«, sagt Ramid. »Die Wanzen haben Johnny und ich versteckt. Adam wusste nichts davon.«

Es dauert einen Moment, bis die Worte bei mir ankommen. »Wieso?«

Ramid verschränkt die Arme vor der Brust. »Johnny dachte, du und Adam steckt irgendwie unter einer Decke, wegen dieser Schießerei am Bahnhof.«

Adam wirft Ramid einen wütenden Blick zu. »Seit wann? Seit wann hört ihr ihn ab?«, fragt Adam.

»Ein paar Wochen nach der Schießerei sind doch diese Zeichnungen von dir aufgetaucht, überall in der Stadt. Johnny hat die Telefonnummer auf der Zeichnung angerufen, Ryans Nummer«, sagt Ramid. »Aber er wollte nicht mit uns reden, also mussten wir kreativ werden.«

Ich erinnere mich an den Anruf, diese röchelnde Stimme, die mich Tage später noch nervös gemacht hat. Ich erinnere mich auch an jene Nacht, in der ich glaubte, jemand sei in unser Haus eingedrungen. Am Ende trafen Dok und ich auf Lena, die früher von ihrer Weltreise zurückgekehrt war. Sie hatte das Haus über die offene Hintertür betreten. Eine Tür, von der ich mir sicher war, sie zuvor abgeschlossen zu haben. Ich hatte es mir also doch nicht eingebildet. Jemand anderes war bei uns im Haus. – Johnny und Ramid. Sie waren eingebrochen, um unser Haus zu verwanzen.

»Ihr montiert die Dinger ab, heute noch.«

»Wenn wir nicht mit dem Auto vor dem Haus stehen und

die Abhörfrequenz einschalten, sind die Dinger wertlos«, sagt Elaine.

Ich sehe Pete an. Er hat mich wochenlang verfolgt, mir vor meinem eigenen Haus aufgelauert. »Hat es Spaß gemacht zu lauschen?«

»Ich hab nicht gelauscht. Ich wusste ja nicht mal was davon«, sagt Pete.

Elaine geht hinüber zur Küchennische und gießt heißes Wasser in eine Tasse. »Jetzt beruhige dich erstmal und trink einen Tee«, sagt sie.

»Ich will keinen Tee.«

Elaine stellt mir die Tasse einfach hin. Der Duft von diesem Schwarztee ist sehr verlockend. Ich nehme einen Schluck. Die Wärme im Magen beruhigt.

Der Stadtplan an der Wand hat bemerkenswerte Ähnlichkeit mit jenem, den ich letztens in diesem Besprechungsraum der UDA gesehen habe. Die Stadtteile sind den jeweiligen Bataillonsführern zugeteilt. Fianna Connall, Gerry Gleeson, Veronica Finlay. Der letzte Name lässt mein Herz schneller schlagen. Ob Adam weiß, dass wir in der Werkstatt von Veronicas Neffen sitzen?

»Was heckt ihr denn jetzt schon wieder aus?«, frage ich.

»Geht dich gar nichts an«, knurrt Pete.

»Connalls Nachfolge ist beschlossen«, sagt Adam. Er streicht ihren Namen durch und schreibt Sam Halligan auf die Wand.

»Sam? Ist das euer Ernst?«

»Er wurde von seinen Leuten selbst vorgeschlagen«, sagt Ramid.

»Wissen seine Leute auch, dass er bei Connalls Totenwache fast alle umgebracht hat?«

Adam sieht mich an. »Einer von uns ist ganz oben, Ryan. Verstehst du das? So weit waren wir noch nie.«

»Was denkst du denn, wie lange sich Sam hält, wenn die Anschläge seines Bataillons dauernd schiefgehen?«

»So gehen wir nicht vor«, sagt Elaine.

»Sondern?«

»Wir müssen Gleeson und Veronica gegeneinander ausspielen. Sam wird ein Treffen organisieren und …«, sagt Elaine.

Sam schüttelt den Kopf. »Vergiss es, Finlay ist untergetaucht. Seit Wochen schon. Es wird sogar gemunkelt, dass sie tot ist.«

»Sie ist nicht tot.« Ich genieße es, ihre volle Aufmerksamkeit zu haben. »Sie ist in Trauer, plant vermutlich Blutrache.« Ich sehe Adam an. »So wie du.«

»Wovon sprichst du?«, fragt Pete.

Kann es wirklich sein, dass niemand hier es weiß? »Quentin und Johnny gehören zum Finlay Clan.«

»Was?« Adam sieht mich irritiert an.

»Veronica ist ihre Tante.«

Sam lacht auf. »Ja, klar.«

»Wie kommst du denn auf den Unsinn?«, fragt Ramid.

»Ist euch nie aufgefallen, dass Veronica und Johnny an derselben Lungenkrankheit leiden? Husten, Röcheln. Dieselben Anzeichen.«

Ich sehe in ihren Gesichtern, dass ihnen die Verbindung jetzt gerade auffällt.

»Lasst uns kurz allein«, sagt Adam.

Pete, Ramid und Sam verlassen den Besprechungsraum.

»Selbst wenn Quentin und Johnny mit Veronica verwandt sind, muss das nichts heißen«, sagt Elaine.

»Es würde erklären, warum Quentin auf Michael geschossen hat«, sagt Adam.

»Blutrache«, sage ich.

Adam nickt und lässt sich auf einen der Sessel sinken.

»Das ergibt keinen Sinn«, sagt Elaine. »Quentin und Michael waren Jahre lang befreundet. Wenn Quentin wirklich zu den Finlays gehörte, hätte er sich nie mit Michael angefreundet.«

Darüber habe ich auch lange nachgedacht. »Quentin könnte

es später erfahren haben. Als Michael und er schon Freunde waren«, sage ich.

»Aber warum Michael? Er hatte mit Tomas Finlays Ermordung doch nichts zu tun. Er war da doch überhaupt noch nicht geboren«, sagt Elaine.

Adam wird die Unterhaltung sichtlich zu viel. Er verlässt den Raum.

»Um Adam zu treffen«, sage ich zu Elaine.

»Aber Adam hat Finlay nicht getötet. Ich wars«, sagt sie.

»Das wissen wir. Aber dich hat doch dort niemand gesehen … nicht mal dieser Halligan.«

Elaine schüttelt den Kopf und schnauft. »Denkst du wirklich, dass das der Grund für Michaels Tod ist? Es ist so viel Zeit vergangen. Warum kommt die Rache so spät?«

»Rächen kann man sich erst, wenn man weiß, an wem. Vielleicht hatte euch Veronica lange Zeit nicht in Verdacht. Immerhin waren sie und Adam auch einmal ein Paar.«

»Möglich«, schnauft Elaine. »Die Frage ist, woher wusste sie es dann auf einmal?«

»Es muss ihr jemand gesagt haben.«

Es gibt eigentlich nur eine logische Antwort.

Elaine sieht mich an und spricht es aus, bevor ich es tun kann. «Halligan.«

64

Elaine und ich stürmen aus dem Besprechungsraum. Pete, Ramid und Adam stehen am anderen Ende der Werkstatt beisammen und unterhalten sich.

»Wo ist Sam?«, fragt Elaine.

»Rausgegangen, eine rauchen«, antwortet Pete.

Draußen auf der Straße fährt jemand mit quietschenden Reifen davon.

»Er haut ab. Hinterher!« Ich sprinte voran und nehme mit meinem Wagen die Verfolgung auf.

Sam Halligan. Verflucht noch Mal! Ich hatte die Antwort vor der Nase und habe es nicht gesehen.

Sam ist ein verdammt guter Fahrer, es ist schwer, an ihm dran zu bleiben, vor allem hier in diesen Straßen, in denen ich alles andere als zu Hause bin.

Das Handy in meiner Hosentasche klingelt. Es ist Elaine.

»Wo steckst du?«

»Wir sind gerade an der Clonard Monastry vorbeigefahren.«

»Verdammt«, sagt Elaine. »Ganz in der Nähe ist ein IRA-Unterschlupf, er will sich hinter seinen alten Kameraden verstecken.«

»Den kriegen wir schon.«

»Nein, du verstehst nicht, wenn er sich seiner alten Zelle wieder anschließt, verrät er alles, was er über uns weiß ... einfach alles. Du musst ihn aufhalten, Ryan. Egal wie«, sagt Elaine.

Ich trete das Gaspedal durch. Die Tachonadel zittert. Mein alter Vauxhall ist am Limit. Als Sam in eine schmale Seitengasse einbiegt, verliert er ein bisschen an Geschwindigkeit. Das ist meine Chance. Ich bleibe am Gas und ramme ihn. Bam!

Der Airbag knallt mir ins Gesicht. Ich bin benommen, nur nicht ohnmächtig werden.

Sam klettert aus dem Wagen und stolpert die Straße hinauf. Mein brummender Schädel lässt schnelle Bewegungen nicht zu. Dennoch gelingt es mir, an Sam dranzubleiben, der selbst nur noch langsam vorankommt. Er verschwindet in ein Haus am Ende der Straße.

Hinter mir heult ein Motor auf. Der Wagen kommt neben mir zum Stehen. Adam springt aus dem Wagen. »Wo ist er?«

Ich zeige auf das Haus vor uns.

Adam sprintet davon.

Wie gerne würde ich ihm hinterher. Doch allein bei dem Gedanken an diese Anstrengung könnte ich mich übergeben.

Eine Hand legt sich auf meine Schulter. »Ganz ruhig, lass ihn das machen.« Es ist Elaine.

Sie hilft mir ins Auto, auf den Rücksitz. »Leg dich hin.«

Ein viel zu verlockendes Angebot. Ich schließe meine Augen, nur für einen Moment.

»Wir müssen ihm helfen ... Adam ... der Unterschlupf.«

»Sieht ruhig aus heute. Ich glaub nicht, dass außer Sam noch jemand da oben ist«, sagt Elaine. »Das kriegt Adam schon hin.«

Das Rauschen verrät mir, dass sie das Radio angemacht hat. 398.605 MHz – die Abhörfrequenz.

»Gibt es irgendein Haus in dieser Stadt, das ihr nicht verwanzt habt?«

»Na hör mal, was wären wir denn für Spione, wenn wir in

dem Unterschlupf unserer Feinde keine Wanzen hätten?«, gibt Elaine zurück.

Ich bin froh, dass dieses Haus verwanzt ist. So können wir wenigstens mithören, was bei Adam und Sam passiert.

»Wieso hast du uns verraten? Wieso?«, kracht Adams Stimme aus dem Lautsprecher.

»Quentin ... er ... er dachte, mein Dad war es. Er dachte, mein Vater hat Finlay umgebracht.«

»Wieso?«, fragt Adam.

»Bei Papas Beerdigung habe ich einen über den Durst getrunken und vielleicht damit geprahlt«, sagt Sam.

Elaine schnauft. »Das ist ja wohl nicht sein Ernst.«

»Quentin kam noch am selben Abend zu mir nach Hause, hat mich richtig aufgemischt. Er wollte mich erledigen«, sagt Sam.

»Das kann ich nachvollziehen«, sagt Adam.

»Er ... er wollte sich rächen. Für das, was mein Vater mit Finlay gemacht hat.« Sams Stimme zittert. »Ich ... ich musste ihm sagen, dass du es warst ... dass du der Mörder bist.«

»Wie kommst du darauf, dass ich es war?«

»Papa hat mir von der Nacht, in der Finlay starb, erzählt. Irgendwie habe ich angenommen, dass du es warst. Wer sollte es sonst gewesen sein? Papa hat dich aber immer verteidigt. Er hat es dir, glaub ich, einfach nicht zugetraut«, sagt Sam.

Das Traurige an der Geschichte ist, dass es Adam tatsächlich nicht war. Sein Sohn musste am Ende des Tages die Rechnung für etwas bezahlen, das Elaine getan hat. Diese Einsicht liegt schwer in der Luft, auch hier in diesem Wagen.

»Du hast mit deiner großen Klappe meinen Jungen ans Messer geliefert ... meinen Jungen.« Adam versagt fast die Stimme.
»Adam ... Adam, ich bitte dich«, fleht Sam. »Wir sind doch Freunde.«

»Freunde? So wie Quentin und Michael Freunde waren?«, sagt Adam.

»Bitte, bitte leg die Waffe weg ...«

Peng. Peng. Peng. Die Schüsse hallen in einem merkwürdigen Stereoklang aus dem Radio und gleichzeitig aus dem Haus.

Es dreht sich alles, als ich mich aufsetze.

Eine Frau, die gerade mit einem Kinderwagen auf der anderen Straßenseite spazieren geht, sucht mit geducktem Kopf das Weite. Hinter einigen Vorhängen geht das Licht an. In der Ferne bellt ein Hund.

Gebannt starre ich auf die Haustür. Adam müsste jeden Moment herausgelaufen kommen, und dann können wir endlich hier weg.

»Wo steckt er bloß so lange?«, sagt Elaine.

Es ist unheimlich still in dem Raum, den wir gerade abhören.

»Verflucht nochmal.« Elaine reißt die Tür auf und geht ins Haus.

Ich folge ihr, immer noch ein bisschen wackelig auf den Beinen.

Elaine geht zielsicher in einen Raum im ersten Stock. An den Wänden hängt die irische Fahne und das Abbild eines Phönix.

Sam liegt am Boden. Sein beiger Pullover ist blutgetränkt. Adam kniet neben ihm und schluchzt, in der Hand hält er immer noch die Waffe.

65

Mein Schädel brummt immer noch, als ich mich ein paar Tage später für den Weihnachtsball fertigmache. Ich bin der Erste, der ins Bad verschwindet, und damit auch der Erste, der das Haus verlässt.

Ich bin gerade einmal auf halbem Weg unsere Wohnstraße hinaufgegangen, als jemand meinen Namen ruft.

»Ryan! Ryan, warte.« Es ist Lena. Sie holt mich ein und nimmt meine Hand.

»Ich habs ihm gesagt«, sagt Lena überglücklich.

»Du hast wem was gesagt?«

»Hausmann ... ich hab ihm gesagt, dass ich mich in dich verliebt habe.«

»Verliebt? Wirklich?«

»Ja, du Blödmann. Was ist daran so verwunderlich?«

»Ich weiß nicht, ich dachte nur ...«

»Was? Dass ich jemanden fürs Bett brauche, bis mein Mann aus dem Knast kommt?«

Ich zucke mit den Schultern. »Ich hatte gehofft, dass es mehr ist.«

»Es ist mehr ... viel mehr.« Sie bleibt stehen, lehnt sich an mich. Ihre warmen Lippen berühren meine. Es fühlt sich an, als würde etwas in mir auftauen, das für mich schon längst im Eis verloren war. Dennoch, so leicht kann und will ich es ihr nicht machen.

Ich drücke sie sanft von mir weg. »Du hast mich ganz schön warten lassen.«

Sie sieht mich an. »Du mich aber auch. Dafür, dass du gerade keinen Job hast, bist du in letzter Zeit ganz schön wenig zu Hause.«

»Mir war es einfach ein bisschen zu viel.«

»Kann ich verstehen«, sagt Lena. Sie holt etwas aus ihrer Manteltasche. Es ist ein Schlüsselbund. Sie gibt ihn mir. »Für meine Wohnung.«

»Du hast ne Wohnung?«

»Wie gesagt, du warst in letzter Zeit schwer zu erwischen.« Sie zieht mich zu sich und küsst mich. »Übrigens, Hausmann hat keinen Schlüssel.« Sie grinst mich schelmisch an.

»Na, das will ich hoffen.« Ich lege einen Arm um Lena.

Gemeinsam spazieren wir auf die Hauptstraße hinaus und Richtung Orange Hall.

Vielleicht sollte ich es doch sein lassen, den Plan vergessen, den ich die letzten Tage über ausgetüftelt habe. Es gibt einfach zu viele Dinge, die schiefgehen könnten. Vielleicht ist das hier mit Lena ja alles, was nötig ist, um weiterzumachen.

»Willst du darüber reden?«, fragt Lena.

»Worüber?«

»Wo du die letzten Wochen über warst ... wo deine Gedanken hinwandern, wenn du denkst, dass gerade niemand hinsieht.«

»Eigentlich nicht.«

»Geht es immer noch um diesen Schriftsteller, den du gesucht hast? Hast du ihn eigentlich je gefunden?«

Habe ich wirklich so wenig erzählt, dass sie nicht mal das weiß?

»Ja, ich hab ihn gefunden.«

Lena ist überrascht. »Und?«

»Er ist ein ziemlich unberechenbarer und gewaltbereiter Mensch. Damit konnte ich nichts anfangen ... ich hab den Kontakt zu ihm abgebrochen.«

»Das mag ich so an dir, Ryan. Deine friedliebende Art, dein Gespür für das Gute«, sagt Lena und drückt sich noch fester an mich.

Ich bin vielleicht nicht der Gute, den Lena in mir sieht, aber ich hoffe inständig, dass ich nicht so schlecht bin, wie ich mich gerade fühle.

Eigentlich habe ich gehofft, durch mein frühes Erscheinen am Weihnachtsball einen ruhigen Moment mit Bruder Young zu erwischen. Doch als Lena und ich kurz vor sechs Uhr abends die Orange Hall betreten, ist außer uns niemand zu sehen.

Ein gefährlicher Moment. Lena will mir an die Wäsche und zwar ziemlich deutlich.

»Lena, komm schon, nicht hier«, flüstere ich.

»Wär nicht das erste Mal«, kichert sie.

Sie folgt mir in die Garderobe, wo wir unsere Mäntel ablegen und unsere Schärpen überziehen. Lena sieht mich schon wieder so an. Mein Herz pocht wie wild, als sie an meinen Hemdknöpfen herumfummelt. Im Stockwerk über uns werden Stühle und Tische hin und her geschoben.

»Es sind Leute hier.«

»Na und?« Ihr Atem kitzelt in meinem Nacken. Als sie mich zärtlichen in den Hals beißt, versagt meine Gegenwehr. Sie presst sich an mich, streicht mit ihren Händen über meine Brust, meinen Bauch. Es ist viel zu lange her, dass sie mich so berührt hat. Viel zu lange her, dass sie mich so geküsst hat.

Sie führt meine Hand unter ihr Kleid, den Oberschenkel entlang, hinauf bis zu ihrem Spitzenhöschen.

Jemand räuspert sich. Großmeister Green steht im Türrahmen

und mustert uns tadelnd. Ich knöpfe mein Hemd zu und streiche mir die Haare glatt. Muss er da unbedingt stehen bleiben? Ich schultere meine Umhängetasche und lasse mich von Lena an der Hand aus der Garderobe führen.

Großmeister Green hält mich auf. »Bruder Goodwin. Ich bin entsetzt, was ich da sehen muss. Die Frau eines Bruders zu begehren, ist Sünde.«

»Bei allem Respekt, Sir. Ich denke nicht, dass Sie das was angeht.« Ich lasse ihn einfach stehen. Verrat an einem Bruder, Respektlosigkeit gegenüber dem Großmeister – eigentlich hätte er damit bereits genug Grund, mich rauszuwerfen. Nicht, dass es mich stören würde, diese Gemeinschaft zu verlassen.

Oben im Veranstaltungssaal wurde eine U-förmige Tafel aufgestellt. Weiße Seidentischtücher, dezente Weihnachtsdekoration und hochpoliertes Tafelsilber.

»Ich seh mal nach dem Essen«, sagt Lena.

Das Buffet wurde von der Ulster Bar organisiert und im Nebenraum aufgebaut. Die ersten Kellner im Frack laufen bereits nervös umher.

Kaum ist Lena nebenan verschwunden, mache ich mich auf die Suche nach Bruder Young. Der UDA-Raum am Ende des Flurs ist abgeschlossen. Es sind keine Stimmen durch die Tür zu hören.

Unter den allmählich eintrudelnden Gästen ist er auch nicht zu sehen.

Als ich zurück in den Veranstaltungsraum komme, vertauscht Lena gerade unsere Sitzkärtchen, sodass sie nicht neben Hausmann, sondern neben mir sitzen kann.

»Das wird Hausmann nicht gefallen.«

»Mir egal. Er hat auch vieles getan, das mir nicht gefällt«, sagt Lena.

Hausmann kommt wenige Minuten später stinksauer durch die Tür, gefolgt von Dok, der mich auch schon mal freundlicher angesehen hat.

»Du schläfst mit *meiner* Frau? Du schläfst mit meiner Frau?!« Hausmann packt mich am Kragen.

»Jetzt mach hier keine Szene«, zischt Lena.

Zu spät. Unsere Brüder und Schwestern starren uns bereits an und tuscheln.

»Du hättest sie eben nicht allein lassen sollen.« Ich stoße Hausmann von mir weg.

Er schnaubt wie ein wildgewordener Stier. Es beeindruckt mich nicht.

Bruder Young und Ryder kommen in diesem Moment in den Saal. »Entschuldigt mich, ich muss da was klären.«

Als ich an Hausmann vorbeigehe, reißt er mich an der Schulter herum und schlägt mir mit der Faust ins Gesicht. Für einen Moment sehe ich nur Sternchen. Aus meiner Nase rinnt warmes Blut, überdeckt meine Lippen. Der Geschmack von Eisen bleibt auf ihnen zurück.

»Was fällt dir ein?! Bist du völlig übergeschnappt?« Lena schlägt mit ihren Fäusten auf Hausmann ein, der sich die Arme schützend vor den Körper hält.

Dok versucht, sie von Hausmann wegzuziehen.

Die Blicke der Menschen rund um uns sind mir zu viel. Ich ziehe mich auf die Toilette zurück und kümmere mich um meine blutende Nase. Der pochende Schmerz lässt meine Augen tränen. Verflucht noch mal, wie ich aussehe! Ich muss bei Bruder Young doch einen ernsthaften und einschüchternden Eindruck hinterlassen. Wie soll ich das nach dieser Seifenoper-Szene denn noch schaffen?

Die Blutung wird endlich schwächer, als Dok zur Tür reinkommt. »Wie kannst du nur? Nach allem, was Hausmann durchgemacht hat«, sagt er.

»Nach allem, was *er* durchgemacht hat? Was ist mit mir? Ich wurde angeschossen. Mein Kollege ist vor meinen Augen gestorben.«

Hat Dok gerade wirklich die Augen verdreht?

»Weißt du was? Vergiss es. Du hast dich doch schon längst auf eine Seite geschlagen.«

Ich verlasse die Toilette und gehe zurück in den Veranstaltungssaal, wo die meisten Gäste bereits ihre Sitzplätze eingenommen haben.

»Alles ok?«, fragt Lena, als ich mich zu ihr setze.

»Alles bestens.«

Hausmann sitzt uns gegenüber und wirft mir einen Blick zu, der wohl heißen soll: Stirb, Verräter, stirb.

Um Punkt sieben Uhr eröffnen Großmeister Green und Großmeisterin Padmore unsere Weihnachtstafel mit einer Rede. Sie bedanken sich bei allen, die mitgeholfen haben, diese Feierlichkeiten vorzubereiten, und begrüßen Vertreter aus anderen Logen der Stadt, die heute als Ehrengäste dabei sind. Dann folgt die übliche Rückschau auf das vergangene Jahr. Wie immer steht die Parade am 12. Juli im Vordergrund. Es werden Fotos von der Parade gezeigt, darunter auch von Dok und mir. Auf dem Schnappschuss tragen wir je eine große Trommel vor dem Körper und schwingen lachend den Trommelschläger. Zu der Zeit saß Hausmann noch im Knast, und Lena war irgendwo in Südostasien unterwegs. Trotz allem, was rundherum geschehen war, Dok und ich waren unzertrennlich. Doch auch das würde sich nun wohl ändern.

»Besonders stolz bin ich wieder auf unsere wohltätigen Aktivitäten dieses Jahr«, sagt Großmeisterin Padmore. »Allein während unserer Weihnachtsaktion gingen Geld- und Sachspenden im Gesamtwert von fünfundsechzigtausend Pfund ein.«

Ein paar Plätze von mir entfernt sitzen Bruder Young und Ryder, die sich über etwas unterhalten. Young sieht aufgebracht aus. Er fuchtelt mit den Händen durch die Luft.

»Werte Brüder, klärt das doch bitte draußen«, mahnt Großmeister Green.

Bruder Young springt auf und verlässt den Saal. Das ist meine Gelegenheit. Ich folge ihm, habe Mühe, hinterher zu kommen. In der Garderobe kann ich ihn schließlich abfangen.

Young fährt herum. »Goodwin, meine Güte, hast du mich erschreckt.«

Ich nehme die Schärpe, die ich in Johnnys Wohnung gefunden habe, aus meiner Umhängetasche. Ich werfe ihm die Schärpe zu.

Er fängt sie, sieht sie sich genauer an. Erschrocken sieht er zu mir hoch. »Woher hast du die?«

»Von der Zeugin.«

»Ich habe keine Ahnung, wovon du redest.« Sein Gesichtsausdruck sagt etwas anderes.

»Sie will dich treffen. Am Montag, im Bahnhofscafé, um vierzehn Uhr.«

»Wieso?«

Ich zucke mit den Schultern. »Ich bin nur der Überbringer der Nachricht.«

»Wieso hat sie dich geschickt?«

»Du stellst zu viele Fragen, Young.« Ich drehe mich um und verlasse die Garderobe. Eine kurze Unterhaltung, möglichst mysteriös – wie geplant. Der Köder ist ausgelegt.

Schritte hinter mir. Young folgt mir den Flur entlang. Oben im Veranstaltungssaal stimmen unsere Brüder und Schwestern ein Weihnachtslied an – *O little Town of Bethlehem.*

»Bruder Melville war ein guter Mensch, er hat viel für seine Brüder und diese Stadt getan. Und dieses Monster ... dieser Henderson hat ihn einfach erledigt«, sagt Young.

»Warum erzählst du mir das? Willst du Absolution?«

»Ich will die Unterstützung meines Bruders.«

Das kostet mich ein Lachen.

»Wir haben Monate gebraucht, um Melvilles Mörder zu finden. Bruder Hainsworth hat durch seine Dienste einen beträchtlichen Beitrag zur Aufklärung leisten können«, sagt Young.

Ich mag es gar nicht, was er da andeutet. »Dok war dumm genug, euch einen Gefallen zu tun, diesen Professor zu belauschen ... das heißt noch lange nicht, dass er so ist wie ihr.«

Bruder Young wirkt nicht überrascht darüber, dass ich so viele Details kenne. »Bruder Hainsworth hat das für seine Brüder getan, was der Orden erwartet. Kannst du das auch?«

»Was wird denn von mir erwartet? Dass ich Hass und Vergeltung dulde? Dass ich bei Mord wegsehe? Dafür steht dieser Orden nicht, auch wenn manche Mitglieder das wohl glauben.«

Nach der Unterhaltung brauche ich frische Luft. Ich bin froh, dass mir Bruder Young diesmal nicht hinterherläuft. Selbst an der Hauptstraße ist um diese Zeit nichts mehr los. Die Geschäfte haben geschlossen und damit gibt es eigentlich keinen Grund mehr, bei diesem nassen, kalten Wetter draußen zu sein.

Der Nebel hängt über den Hausdächern wie eine graue Schaumkrone. Der leichte Nieselregen verwandelt sich langsam in Schneeflocken, die sanft zu Boden gleiten.

Ich hole mein Handy heraus. Es gibt da einen Anruf, den ich noch machen muss und den ich einfach nur hinter mich bringen will.

Misses Henderson hebt beim dritten Klingeln ab. »Hallo?«

»Guten Abend, Misses Henderson.«

»Wer spricht da?«, sie klingt beunruhigt.

»Hier ist Ryan Goodwin, Madam.«

»Was wollen Sie?«

»Ich muss Sie um einen Gefallen bitten ... bitte sagen Sie Veronica, ich weiß, wer ihren Neffen Johnny umgebracht hat.«

»Veronica? Ich weiß nicht, wovon Sie reden«, sagt Misses Henderson.

»Oh, Sie wissen genau, wen ich meine. Als ich Sie letztens besucht habe, war Veronica auch da.« Der Mantel und die Stiefel am Eingang, das Husten aus dem Nebenzimmer. Es muss einfach Veronica gewesen sein. Das Schweigen von Misses Henderson werte ich als Bestätigung.

»Sagen Sie ihr bitte, dass ich mich am Montag mit ihr am Bahnhof treffen möchte. Um 14 Uhr im Café. Dann klären wir alles Weitere.«

Ich lege auf und atme tief durch. Mögen die Spiele beginnen.

66

An diesem Wochenende tauchen Lena und ich in unsere eigene kleine Welt ab. Wir ziehen uns in ihre neue Wohnung zurück, reden viel und essen viel – exotisches Essen. Lena kocht marokkanisch und taiwanesisch. Danach können wir uns beide nicht rühren, öffnen eine Flasche Wein oder Bier und legen uns ins Bett. So normal habe ich mich lange nicht gefühlt.

Es ist schon dunkel, doch ich kann nicht schlafen. Lena liegt nackt neben mir, halb auf dem Bauch mit dem Gesicht zu mir. Sie ist so sexy. Ich muss diesen Moment einfach festhalten. Im Schein der Nachttischlampe skizziere ich die Konturen ihres zarten Körpers auf ein leeres Blatt Papier.

Lena tastet mit geschlossenen Augen nach der Decke. Sie blinzelt.

»Was ist los?«, fragt sie.

»Nichts«, antworte ich. »Schlaf weiter.«

Sie setzt sich auf und späht auf meine Zeichnung. »Soll das ich sein?«

»Von wem sollte ich denn sonst so eine Zeichnung machen?«

Sie verzieht den Mund. »Der Hintern ist schon ein bisschen groß geworden, findest du nicht?«

»Ein Künstler zeichnet nur, was er sieht.«

Sie boxt mir gegen den Oberarm, spielt die Gekränkte. Zumindest kurz. Dann setzt sie sich mit gespreizten Beinen auf mich, legt Papier und Bleistift zur Seite und küsst meinen Hals. »Du bist ganz schön frech«, haucht sie. »Das solltest du ganz schnell wiedergutmachen.«

Ich packe sie am Po und ziehe sie ganz nah an mich heran. »Mit dem größten Vergnügen.«

Der Montag kommt viel zu schnell. Wir schlafen beide lange, und der geplante gemeinsame Vormittag ist vom Tisch. Ich zaubere Paella alla Ryan. Nach dem Essen verschwindet Lena schnell ins Bad.

Es ist Viertel nach eins.

»Ich muss los«, rufe ich durch die geschlossene Badezimmertür.

»Viel Glück«, ruft Lena.

Sie glaubt, ich habe ein Vorstellungsgespräch. Bei einer IT-Firma oder war es ein Dienstleistungs-Unternehmen? Ich blicke bei den ganzen Lügen, die ich verbreite, schon selbst nicht mehr durch.

»Bis heute Abend«, ruft Lena.

»Ja, bis heute Abend.« Hoffen wirs.

Adam und Elaine warten bereits in ihrem Wagen auf mich. Es ist beklemmend still während der Fahrt.

»Alles klar bei dir?«, fragt Adam auf halber Strecke.

»Ja, alles bestens.«

»Du kannst auch im Wagen warten, wir übernehmen ab hier«, schlägt Elaine vor.

»Nein. Ich hab das eingefädelt, ich zieh das durch.« Wenn ich doch nur so überzeugt wäre, wie ich klinge.

Adam stellt den Wagen auf dem Parkplatz neben dem Bahnhof ab.

Dann warten wir.

Es ist kurz nach halb zwei. Das werden lange dreißig Minuten.

»Wieso Operation Sligo?«, frage ich nach einer Weile.

Adam sieht mich über den Rückspiegel fragend an.

»Wieso nennt ihr euch Operation Sligo?«

Elaine lacht auf. »Erzähl ihm das besser nicht, sonst steigt er gleich wieder aus.«

Mir ist nicht zum Lachen. Ich hab die Hosen gestrichen voll und brauche irgendeine Unterhaltung, die mich auf andere Gedanken bringt.

»Es ist keine besonders tiefgründige Bedeutung«, beginnt Adam. »Wir waren in Dublin in irgendeinem Pub ...«

»Wer ist wir?«

»Die Henderson Brüder, Pete, Ramid, Sam ...«, sagt Adam.

»Und die Delaneys«, ergänzt Elaine.

»Im Fernsehen haben sie die ersten Bilder des Bloody Friday gezeigt ...«

Der Bloody Friday. An diesem Tag, dem 21. Juli 1972, zündete die IRA innerhalb von fünfundsiebzig Minuten zweiundzwanzig Bomben in Belfast. Die Bilanz: neun Tote und hundertdreißig Verletzte.

»Michael sagte, dass die doch alle einen an der Klatsche hätten bei der IRA und dass man sie aufhalten müsste«, fährt Adam fort.

»Das war nicht Michael, das warst du«, unterbricht Elaine.

»Tatsächlich?« Adam sieht sie an.

Elaine nickt. »Du hast das gesagt. Michael und Quentin sind sofort auf den Zug aufgesprungen. Sie kamen irgendwie auf die Idee, eine große Abhöraktion zu starten, meinten aber, dass das über die Polizei schwierig werden könnte, mit all den Genehmigungen.«

»Stimmt. Ramid sah darin natürlich kein Problem. Als Elektronikprofi könnte er so eine Abhöraktion auch ohne Polizei auf die Beine stellen«, sagt Adam.

Elaine dreht sich zu mir um. »Und so führte eins zum anderen. Jeder hatte eine Idee parat, und aus vagen Ideen wurde irgendwann mehr.«

»Aber warum Operation Sligo? Ihr wart doch in Dublin, nicht in Sligo.«

Adam lacht. »Das Bier, das wir an dem Abend getrunken haben, hieß Sligo.«

Elaine hatte recht, ich würde am liebsten aussteigen. Ich bin Teil einer Mission, die im Suff beschlossen wurde und nach einer lokalen Biersorte benannt ist. Wieso musste ich auch fragen?

Ein gelber Honda taucht zwischen den parkenden Autos auf. Ist das Hausmanns Wagen? Der Honda parkt ein paar Reihen hinter uns. Bruder Young und Hausmann steigen aus.

»Was macht Hausmann denn hier?«

»Gibt es ein Problem?«, fragt Adam.

»Ich hab Young gesagt, er soll allein kommen.«

»Sie kommen nie allein«, sagt Elaine. Sie steigt aus und spaziert Richtung Haupteingang. Dort wird sie ihre Position beziehen, alles im Auge behalten und wenn notwendig einschreiten.

Adam bleibt im Wagen und beobachtet den Seiteneingang.

»Na, dann. Viel Glück«, sagt er.

Ich steige aus, gehe geduckt an ein paar Autos vorbei. Immerhin sollen Young und Hausmann nicht sehen, von wo ich komme, und Adam dürfen sie auch nicht entdecken.

»Mein Gott, hast du mich erschreckt«, sagt Young, als ich neben ihnen auftauche.

»Wo kommst du denn her?«, fragt Hausmann. Er reckt den Kopf. Ich stelle mich ihm ins Sichtfeld. »Ich parke woanders. Können wir?«

Hausmann sieht mich argwöhnisch an.

»Ich dachte, du würdest allein kommen«, sage ich zu Young und gehe voraus. Eigentlich erwarte ich keine Antwort, ich möchte einfach nur das Thema wechseln.

»Tja, was soll ich sagen, ich trau dir einfach nicht«, sagt Young.

»Richtig so«, meint Hausmann.

Wir gehen über den Seiteneingang hinein, die Treppe nach oben in die Eingangshalle. Hausmann den ganzen Weg den Rücken zuzukehren, seine Wut hinter mir zu spüren, macht mich nervös. – Eine Nervosität, die ich mir nicht leisten kann.

Es müssen gerade mehrere Züge angekommen sein, denn die Ankunftshalle ist voll mit Leuten, der Kiosk und das Café genauso. In der Menschenmenge finde ich Ramid, der an einem Tisch sitzt und eine Zeitung liest. Er hat mich ebenfalls entdeckt und wartet auf den richtigen Moment, um aufzustehen und zu gehen.

»Da drüben ... da ist ein Tisch frei.«

»Und was jetzt?«, fragt Hausmann, als wir uns an den Tisch setzen.

»Wir warten. Sie kommt jeden Moment.« Ich taste unter der Tischplatte nach der Wanze, die Ramid angebracht hat. Erst als ich sie spüren kann, legt sich meine Aufregung. Sie können uns alle hören: Adam, Elaine, Ramid und Pete. Letzterer gibt sich als Café-Mitarbeiter aus und steht hinter dem Tresen.

»Der Kaffee hier soll gut sein. Ich will unbedingt einen, noch jemand?«, frage ich.

»Seit wann trinkst du Kaffee?«, fragt Hausmann.

Ich stehe auf und gehe zum Tresen.

Pete nickt mir zur Begrüßung zu. Der Stöpsel in seinem Ohr ist sehr offensichtlich. Es sieht jedoch eher so aus, als würde er ein Hörgerät tragen. Dass er uns in Wirklichkeit abhört, darauf kommt vermutlich niemand.

»Es läuft nicht ganz nach Plan«, sage ich leise zu Pete.

»Kein Problem. Das kriegen wir hin.« Er gibt mir ein Tablett mit drei Tassen dampfenden Kaffee, einer Handvoll Zuckerbriefchen und Kapseln mit Kaffeesahne.

Als ich meinen Oranierbrüdern den Kaffee serviere, sind sie erwartet skeptisch. »Du zuerst. Aus allen Tassen«, sagt Hausmann.

Sein Wunsch ist mir Befehl, obwohl mir dieser schwarze Kaffee eigentlich zu bitter ist.

»Hast recht, bin nicht so der Fan von dem Zeug«, sage ich.

Hausmann und Young beobachten mich. Offenbar erwarten sie, dass ich jeden Moment tot umfalle. Als ich das nicht tue, trinken sie ihren Kaffee dann doch.

Beide verziehen das Gesicht. »Guter Kaffee ist aber was anderes«, sagt Young. Er kippt drei Milchkapseln in seine Tasse.

Hausmann bedient sich bei Milch und Zucker. »Besser«, meint er.

»Also, wo ist sie nun. Deine Zeugin?«, fragt Young.

Gute Frage, es ist bereits kurz nach zwei. Ich stehe auf und sehe mich nach allen Seiten um. Adam hat mir ein aktuelles Bild von Veronica gezeigt, ich sollte sie eigentlich erkennen.

»Wetten, die gibts gar nicht«, sagt Hausmann. »Ryan ist ein blöder Wichtigtuer.«

»Aber woher hatte er dann diese Schärpe von Bruder Melville?«, sagt Young.

In der Menge taucht Misses Henderson auf. Was macht die denn hier?

»Misses Henderson?« Ich sage es hoffentlich laut genug, dass es auch Adam und die anderen hören können. Mir fallen Elaines Worte von vorhin wieder ein: Sie kommen nie allein.

»Ist das die Zeugin?«, fragt Young. Er lallt ein wenig. Großartig. Das Betäubungsmittel beginnt zu wirken.

»Du hast uns was in den Kaffee getan ... ich wusste es«, sagt Hausmann. Er deutet auf die Milchkapseln. »Da drin war es ... was auch immer du uns gegeben hast, du hast es da hinein getan«, sagt Hausmann.

»Wie soll denn das gehen?« Young nimmt eine der Milchkapseln, sieht sie mit zusammengekniffenen Augen an.

»Mit 'ner Spritze«, sagt Hausmann.

Cleveres Kerlchen.

Misses Henderson kommt zu uns an den Tisch.

»Wo ist Veronica?«, frage ich.

»In der Nähe«, antwortet sie.

»Wir habe keine Zeit für Spielchen. Es hat bereits begonnen«, sage ich.

»Was hat begonnen?«, fragt Misses Henderson.

»Sagen wir es so«, flüstere ich ihr zu. »Wir haben den Mörder von Johnny transportfertig gemacht.

»Ich mach dich kalt, du Mistkerl«, sagt Young. Sein Versuch, aufzustehen, scheitert kläglich. Auch Hausmann kann mir nicht das antun, was er mir seinem Gesichtsausdruck nach gerne antun würde.

»Ich ... ich glaube, ich verstehe nicht«, sagt Misses Henderson.

»In wenigen Minuten fährt hier ein Rettungswagen vor und lädt die zwei Herren hier ein. Aber die beiden werden nicht ins Krankenhaus gebracht, verstehen Sie?«

Sie zieht irritiert von dannen.

Wenige Minuten später kommen Kingston und unsere Kollegin Richards in Sanitäteruniform und mit einer Krankentrage auf Laufrollen in die Halle. »Aus dem Weg, machen Sie Platz«, ruft Richards.

Kingston hält kurz inne, als er Hausmann und Young am Boden liegen sieht. »Es war von einem Mann und einer Frau die Rede«, sagt Kingston zu mir.

»Planänderung.«

Wir laden Young auf die Trage. Während Richards ihn beim Haupteingang hinausschiebt, stützen Kingston und ich Hausmann beim Gehen.

»Ich mag keine Überraschungen«, sagt Kingston.

»Willkommen in meiner Welt.«

Am Eingang treffen wir Elaine. »Wo ist Veronica?«

»Nicht aufgetaucht. Ich hoffe, sie ist wirklich in der Nähe«, sage ich.

»Was machen wir jetzt?«, fragt Elaine.

»Wir machen weiter wie geplant. Wir sehen uns am Treffpunkt.«

Sie nickt und läuft zum Parkplatz.

Young ist bereits im Krankenwagen, der vor dem Haupteingang parkt.

Kingston und ich setzen Hausmann auf den Stuhl, der eigentlich dem Sanitäter vorbehalten ist, und schnallen ihn an. Sein Kopf hängt schlaff nach vorne. Er ist völlig weggetreten.

Kingston knallt die Flügeltüren von innen zu.

Richards fährt kurz darauf los.

»Danke für die Hilfe«, sage ich.

Kingston fixiert Young und Hausmann. »Wenn wir Jarvis' Mörder dafür drankriegen, jederzeit gern.«

»Hat jemand am Bahnhof tatsächlich einen Krankenwagen gerufen? Wisst ihr ob noch ein Wagen unterwegs ist?«, frage ich.

»Keine Sorge. Wir haben den Notruf abgefangen, der Zentrale gemeldet, dass wir in der Nähe sind«, sagt Kingston.

»Gut, gut.«

Richards fährt relativ flott um eine Kurve, und es drückt mich gegen die Wand. Kingston hält sich an der fixierten Trage fest. Er deutet mit dem Kopf auf Young und Hausmann.

»Bist du sicher, dass du sie lebend abladen willst? Ein bisschen Luft in die Blutbahn wär vielleicht das Richtige für diese Scheißkerle.«

»Das sind nicht Jarvis' Mörder, Kingston.«

»Sind sie nicht?« Kingston sieht sauer aus. »Wo hast du mich da reingezogen, Kleiner?«

»Ich hab dich nirgends reingezogen. Die beiden sind nur der Köder, verstehst du?« Ich sehe durch das kleine Fenster auf der Rückseite des Krankenwagens. Ein schwarzer Range Rover tritt ziemlich aufs Gas, um an uns dranzubleiben. »Jarvis' Mörder folgen uns gerade.«

67

Richards hält den Wagen vor *Henderson Cars*. Der schwarze Range Rover parkt ein paar Meter hinter uns. Eigentlich sollte Veronica hier bei uns im Wagen sitzen, leicht betäubt wie die anderen.

»Und was jetzt?«, zischt Kingston.

»Du bleibst hier drin, egal was passiert.« Ich steige aus und schließe die Flügeltür hinter mir wieder.

Die linke hintere Tür des Range Rovers wird geöffnet. Eine Frau im Pelzmantel und mit grauem Glockenhut steigt aus dem Wagen. Ihr Gesicht ist faltig und blass. Sie sieht aus wie die Veronica auf dem Foto, das Adam mir gezeigt hat.

»Sie sind ja ganz schön schwer zu erwischen«, sage ich.

»Was soll das für ein lächerliches Spielchen sein?«, sagt sie. Ihre Stimme ist kratzig und rau, wie die eines starken Rauchers.

Aus dem Wagen steigen noch drei Männer aus, alle tragen einen schwarzen Anzug und offensichtlich eine Waffe unter ihrem Jackett. Einen der Männer erkenne ich wieder. Inspektor Rhodes. Er sieht mir in die Augen und durch mich hindurch, als wäre ich ein Fremder.

»Du hast gesagt, du weißt, wer Johnnys Mörder ist?«, sagt Veronica.

»Nicht nur das. Ich hab ihn auch dabei.« Ich deute hinter mich.

Sie kneift die Augen zusammen. »Warum glaube ich dir nicht?«

»Warum gehen wir nicht rein und besprechen alles?«, sage ich.

Veronica lacht. »Ganz bestimmt nicht.« Sie wird von einem fürchterlichen Hustenanfall gebeutelt.

»Ich denke schon, dass wir reingehen sollten.« Pete kommt mit gezogener Waffe hinter einem Wagen auf der anderen Straßenseite hervor. Ramid, Elaine und Adam tun es ihm gleich und umzingeln Veronica und ihre Leibgarde.

»Adam. Hätte ich mir denken können, dass du dahintersteckst«, sagt Veronica.

»Los, rein mit euch.« Er hat wieder dieses irre Funkeln in seinen Augen. Hoffentlich hält er sich an den Plan.

Veronica und ihre Gefolgsleute werden von Adam und seinen Kumpanen in die Werkstatt getrieben.

Ich halte mich bedeckt und bleibe draußen. Veronicas Wagen, der unverschlossen am Straßenrand parkt, muss manipuliert werden. Leider habe ich keine Ahnung wie.

»Was machst du da?«

Ich fahre erschrocken herum.

Kingston steht hinter mir und sieht mich an.

»Ich ... ähm ... weißt du, wie man so ein Ding fahruntauglich macht?«

Kingston lehnt sich schnaubend über die Motorhaube. Er rüttelt und reißt an einem Schlauch herum, bis er ihn in der Hand hat. »Ohne Benzineinspritzung fährt es sich schlecht«, sagt er und wirft den Schlauch in den nächsten Gully.

»Was machen wir jetzt mit unseren Patienten?«, fragt Kingston.

»Young übernehme ich und Hausmann ... könnt ihr ihn nach Hause bringen?«

»Sehen wir aus wie ein Taxiunternehmen?«

»Bitte, Kingston. Er hat mit der Sache nichts zu tun. Er ist da irgendwie reingeraten.«

Kingston runzelt die Stirn. »Bist du dir da sicher?«

»Ich hoffe es.«

Kingston holt Young aus dem Krankenwagen, der langsam wieder zu sich kommt und beim Gehen noch gestützt werden muss.

»Hier rüber«, sage ich und helfe Kingston dabei, Young hinter den Range Rover zu schleppen. Ich öffne den Kofferraum.

»Das ist nicht dein Ernst«, sagt Kingston.

»Wenn ich ihn da reinbringe, ist er tot«, sage ich. Es geht nicht um Young, ging es nie. Er war nur der Köder. Der Köder für jene Frau, die hinter Michael Delaneys Ermordung steckt.

Kingston hilft mir, Young in den Kofferraum zu heben.

»Ihr verfluchten ...«, schimpft Young.

Ich knalle den Deckel zu, bevor er noch etwas sagen kann.

»Pass auf dich auf, Kleiner«, sagt Kingston.

»Mach ich, danke für alles.«

»Gern geschehen.« Er verabschiedet sich mit einem Kopfnicken und verschwindet wieder im hinteren Teil des Krankenwagens, der kurz darauf die Straße hinunterbraust. Wie gern würde ich jetzt auch dort drin sitzen.

Ich gehe auf die andere Straßenseite zum Münztelefon und wähle die Notrufnummer.

»Guten Tag, hier spricht Amy. Um welchen Notfall handelt es sich?«

»Die Polizei ... die Polizei muss unbedingt herkommen.« Ich versuche möglichst panisch und außer Atem zu klingen.

»Wohin kommen?«

»Zu der Werkstatt ... Henderson Cars ...« Ich gebe ihr die Adresse durch und lege auf. Mit einem Taschentuch wische ich den Telefonhörer ab. Wer hätte gedacht, dass mich all die Folgen von Columbo auf diesen Moment vorbereitet haben?

Ich betrete möglichst leise und behutsam die Werkstatt.

Veronicas und Adams Leute stehen sich gegenüber, haben die Waffen aufeinander gerichtet. Niemand rührt sich, niemand sagt etwas. Es kostet mich viel Kraft, meinen Mageninhalt bei mir zu behalten.

Veronica lächelt Adam an. »Und jetzt?«

Adams Hand zittert. »Wieso … sag mir wieso!«

Veronicas Grinsen wird noch breiter. »Weil er dein Sohn war … und weil du meinen Onkel umgebracht hast.«

»Das ist etwas zwischen uns. Wieso hast du Michael da reingezogen?«

»Das hat Quentin auch gefragt, als ich ihm befohlen habe, Michael zu töten. Quentin wollte das nicht. Er meinte, dass ich das mit dir ausmachen soll«, sagt Veronica.

»Wenn er es nicht wollte, warum hat er es dann getan?« Meine Stimme ist kräftiger, als ich mich fühle.

Meine plötzliche Bemerkung lässt alle zusammenzucken. Offenbar haben sie mich schon komplett vergessen.

»Wo ist dieser Young? Wo ist Johnnys Mörder?«, fragt Veronica.

»Du glaubst doch nicht wirklich, dass du ihn von uns kriegst, oder?«, sagt Elaine.

Veronica hat Tränen in den Augen. »Ich hab dich geliebt, Adam. Noch Jahre, nachdem du mich verlassen hattest, Jahre, nachdem ich dich aus den Augen verloren hatte. Immer habe ich gehofft, dass wir eines Tages doch wieder zusammenkommen.« Sie ringt nach Luft. »Weißt du, wie schmerzhaft es war, zu erfahren, dass du derjenige warst. Derjenige, der mir Onkel Finlay genommen hat?«

Elaine lacht auf. »Jetzt tu nicht so, als ob er ein so guter Mensch gewesen wär.«

»Er hat mich in eine gute Schule gesteckt, mir einen angesehenen Job verschafft. Ich hatte ein Leben, Adam. Und das hast du mir genommen«, sagt Veronica.

»Adam, wir müssen gehen«, sage ich. »Das Flugzeug wartet nicht.« Das ist das Stichwort. Der Code für: Die Polizei kommt.

»Du kannst gerne gehen, ich muss hier noch etwas klären.« Adam entsichert seine Waffe.

»Das würde ich mir gut überlegen«, brüllt Rhodes. Seine Waffe ist auf Adam gerichtet.

»Halt dich an den Plan, Adam. Verflucht nochmal, denk an den Plan«, sage ich.

»Scheiß auf den Plan.« Er drückt ab. Rhodes drückt ab. Alle drücken ab. Der Knall der Schüsse lähmt mich, zumindest für einen Moment. Ich gehe hinter dem roten Alfa Romeo in Deckung, der schon halb verschrottet hier rumstand, als ich zum ersten Mal hier war.

In der Ferne ertönen die Sirenen der Polizei.

Elaine hat es erwischt, an der Schulter. Sie geht keuchend neben mir in Deckung. In dem Alfa finde ich Verbandszeug, mit dem ich ihre Wunde einigermaßen versorgen kann.

»Wir müssen hier weg!«, ruft Pete. Er und Ramid sind im Besprechungszimmer und ballern durch die zerschossenen Fenster auf Veronicas Leute.

»Nehmt Elaine mit!«, rufe ich rüber.

»Ich geh nicht ohne Adam«, sagt sie.

Adam ist angeschossen worden. Er liegt am Boden in der Mitte der Werkstatt und hält sich das blutende Bein.

»Ich kümmere mich um ihn.« Aus meiner Jackentasche ziehe ich die Waffe, die mir Mutter einst gab. Ich schieße auf Veronica und ihre Leute. Ich schieße auf Rhodes, auf einen Polizisten. Scheiße.

Elaine sitzt immer noch neben mir. »Jetzt hau schon ab!«, brülle ich sie an.

Sie läuft rüber zu Pete und Ramid. Ich gebe ihr Rückendeckung. Die drei flüchten durch einen Seitenausgang. Auch Veronica und ihre Leute ziehen sich langsam zurück. Rhodes bleibt als Letzter übrig. Er sieht Adam an, dann mich. Es fühlt sich wie eine Ewigkeit an. Endlich geht er.

»Adam! Adam!« Ich laufe zu ihm hinüber. Das Bein sieht schlimm aus. Ich ziehe meine Jacke und meinen Sweater aus. Mit der Jacke binde ich das Bein so gut es geht ab. Den Sweater presse ich auf die Wunde, um die Blutung zu stillen.

Adam schreit auf vor Schmerzen.

»Kommen Sie mit erhobenen Händen raus. Sie sind umstellt!«, ruft ein Polizist von draußen. Seine Stimme ist so laut und kräftig, als würde er neben mir stehen.

Adam sieht blass aus, der Schweiß steht ihm auf der Stirn. Irgendwie bin ich froh, dass wir nicht flüchten müssen. Das würde er vermutlich nicht überstehen.

»Das haben wir ja ganz schön vermasselt, was?«, keucht er.

»Haben wir nicht. Wir haben Veronica erwischt. Sie ist verhaftet.«

»Das genügt nicht ... das genügt einfach nicht.«

»Adam, es ist vorbei. Wir haben alle, die mit Michaels Tod zu tun haben, erwischt. Wir können jetzt aufhören«, sage ich und stehe auf.

»Was ... was hast du vor?« Adam versucht, mich am Arm zu packen, mich aufzuhalten.

»Ich sorge dafür, dass wir lebend hier rauskommen.« Ich lege meine Waffe nieder und gehe zur Tür.

»Tu das nicht, die erschießen dich!«, ruft Adam mir hinterher.

Ich öffne die Tür und gehe mit erhobenen Händen hinaus. »Ich bin nicht bewaffnet. Wir ergeben uns!«, rufe ich. In der Hoffnung, dass mich jemand hört.

68

Wir betäuben Veronica und Young am Bahnhof, bringen sie im Rettungswagen zur Werkstatt der Henderson Brüder und fädeln dort ihre Verhaftung ein – das war der Plan. Mehr oder weniger haben wir das ja auch erreicht. Doch der Plan sah auch vor, dass wir rechtzeitig flüchten, uns gegenseitig ein Alibi geben und aus der Sache fein rauskommen.

Stattdessen sitze ich im Verhörzimmer eines Polizeireviers und warte seit einer geschlagenen Stunde darauf, vernommen und über Adams Zustand informiert zu werden.

Endlich öffnet sich diese blöde Tür, die ich schon seit einer Ewigkeit anstarre.

Dass Inspektor Rhodes allein in den Verhörraum kommt, verunsichert mich. Immerhin ist er einer von Veronicas Männern. Das kann unmöglich gut für mich ausgehen.

Rhodes knallt eine dicke Akte auf den Tisch und setzt sich mir gegenüber hin. »Zwei Jahre«, sagt er. »Zwei Jahre lang versuche ich schon, Veronica Finlay dranzukriegen, und du pfuscht mir einfach dazwischen!«

Ich verstehe kein Wort. »Drankriegen? Sie arbeiten also nicht für sie?«

»Natürlich nicht. Ich war undercover, du Vollidiot.«

Oh.

»Finlay führt nicht nur ein Bataillon an, sie ist auch *die* Waffenschieberin der IRA. Ich hab versucht, ihre Ware mit Morden in Verbindung zu bringen. Eine ganz große Nummer, verstehst du?«

»Und? Erfolg gehabt?«

»Nicht den erhofften, nein. Noch nicht.« Rhodes lacht hysterisch. »Weißt du, weswegen ich sie jetzt letztendlich einbuchten darf?«

Ich schüttle den Kopf.

»Illegalem Waffenbesitz und Entführung«, sagt Rhodes.

Ich kann das Grinsen nicht unterdrücken. Ich hab Young in Veronicas Kofferraum gesteckt, und das bringt ihr jetzt ein paar Jahre Gefängnis wegen Entführung ein. »Gern geschehen.«

»Gern geschehen? Gern geschehen?! Willst du mich verarschen? Du steckst deine verfluchte Nase die ganze Zeit in Angelegenheiten, die dich einen feuchten Dreck angehen! Das fing schon damit an, dass du unbedingt nach Adam suchen musstest. Ich hab dir gesagt, der Fall ist abgeschlossen. Reicht das nicht?!«

»Adam? Ihr ... ihr kennt euch?«

»Natürlich kennen wir uns. Sein Sohn Michael und ich waren Jahre lang Kollegen, gute Freunde. Als ich mir die Videobänder von der Schießerei am Bahnhof angesehen hab ...«

»Die Videobänder? Es gibt Videobänder?«

»Natürlich gibt es die«, sagt Rhodes.

»Also wusstet ihr die ganze Zeit, was dort los war.«

»Ich hab gesehen, was passiert ist, ja. Einen Reim darauf machen konnte ich mir aber nicht so ganz. Immerhin war Quentin Teil von Michaels Truppe.«

Michaels Truppe? »Sie meinen Operation Sligo?«

Rhodes rollt mit den Augen. »Ja, eine Schnapsidee, wenn du mich fragst, aber wer fragt mich schon?«

Ich brauche einen Moment, um das Gesagte zu verarbeiten, es voll und ganz zu verstehen. »Wenn Sie die Videoaufnahmen am Bahnhof gesehen haben, wieso haben Sie mir dann nicht geglaubt, dass Adam dort war?«

Rhodes braucht eigentlich nicht zu antworten. Es ist mir in dem Moment klar, als ich die Frage ausspreche. Rhodes wusste von *Operation Sligo*, er war ein Freund von Michael, und er hat dessen Vater in Schutz genommen.

»Es gibt immer eine offizielle und eine inoffizielle Version«, meint Rhodes.

»Wie geht es Adam?«

»Er wird noch operiert«, sagt Rhodes. »Er hätte auf dich hören sollen, einfach verschwinden. Das hier ist eine Nummer zu groß, die kann ich nicht vertuschen.«

Das ist mir klar. Das hätte ich auch nicht von Rhodes erwartet. »Wovon reden wir? Was wird mir vorgeworfen?«

»Dasselbe wie Veronica. Illegaler Waffenbesitz und Entführung«, sagt Rhodes. »Die Kameras am Bahnhof haben auch heute alles aufgezeichnet. Wir können zwar nicht nachweisen, dass du Young und seinem Kumpel das Betäubungsmittel gegeben hast, aber du bist auf dem Band, wie du mit Young verschwindest, und dann taucht er bei Veronica im Kofferraum auf. Dich trifft zumindest eine Teilschuld.«

»Sie sollten von Young die Fingerabdrücke nehmen, die könnten zu dem einen oder anderen Mordfall passen«, sage ich. Damit wird auch Johnnys Mörder seine gerechte Strafe bekommen. Auch wenn Johnny diese Gerechtigkeit eigentlich nicht verdient hat.

»Haben wir schon. Glaub mir, ich kenne Veronica lange genug, um zu wissen, wer auch immer in ihrer Nähe auftaucht, hat vermutlich Dreck am Stecken.«

»Und Adam? Was ist mit Adam? Muss er auch ins Gefängnis? Er hatte doch mit der Entführung von Young nichts zu tun und könnte auch unschuldig in diese Schießerei in der Werkstatt geraten sein.«

»Unschuldig? Ja, klar«, sagt Rhodes. Er starrt an mir vorbei ins

Leere. Denkt er gerade über meinen Vorschlag nach? Gibt es für Adam vielleicht doch einen Ausweg?

Rhodes sieht mich an. »Mal sehen, was ich tun kann … aber versprechen kann ich nichts.«

69

Ich hätte nicht gedacht, dass ich eines Tages im Maze Gefängnis lande – in jenem Gefängnis, in dem Mitglieder paramilitärischer Gruppen enden. IRA, INLA, UDA, UFF und wie sie alle heißen mögen.

Bis vor wenigen Wochen saß Hausmann noch hier drinnen, nun bin ich hier. Ich wurde für IRA-Verbrechen verurteilt und weggesperrt, wie so viele andere vor mir.

Einer der bekanntesten Häftlinge des Maze-Gefängnisses ist Bobby Sands. Im Jahr 1981 trat er in seinen berühmten Hungerstreik, um die drohende Abschaffung der Sonderrechte für katholische Inhaftierte zu verhindern. Diese Sonderrechte befreien Gefangene vom Arbeitszwang, erlauben das Tragen eigener Kleidung und garantieren erweiterte Besuchsrechte – ein Recht, das meine Eltern zur Genüge ausreizen.

Doch heute sitzen nicht Mutter und Vater im Besucherraum, sondern Lena. Es ist das erste Mal, dass ich sie sehe, seit ich ihre Wohnung verlassen habe, um ein vermeintliches Bewerbungsgespräch zu führen.

»Lief wohl nicht so gut beim Vorstellungsgespräch, hm?«, sagt Lena, als ich mich zu ihr setze.

»Es tut mir leid, dass ich dich angelogen habe.«

Lena seufzt. »Du wirst wohl deine Gründe gehabt haben.«

«Ja ... obwohl sie mir in der Zwischenzeit ziemlich dumm vorkommen.«

Lena dreht den Kreuzanhänger ihrer Halskette zwischen ihren Fingern. »Ich bin froh, dass du mir nichts von all dem erzählt hast, was auch immer da gelaufen ist. Ich hab gerade eine Menge Zeug hinter mir gelassen. Ich glaub nicht, dass ich all diesen Mist noch mal ertragen hätte.«

»Kann ich gut verstehen. Glaub bitte nur nicht alles, was in der Zeitung steht.« Darin komme ich alles andere als gut weg.

»Tu ich nicht«, sagt Lena.

»Ich hatte was vorbereitet ... für ein Treffen mit dir ... oder einen Anruf.«

»Was vorbereitet?«

»Notizen. Dinge, die ich dir unbedingt sagen wollte ... hab alles vergessen.«

Lena atmet hörbar ein. «Ich ... ich kann dir nicht versprechen, dass ich noch zu haben bin, wenn du rauskommst.«

»Das erwarte ich auch nicht.«

Schweigen.

»Wie gehts dir denn?«, fragt Lena nach einer Weile.

»Gut, denk ich. Schwer zu sagen, hier drin.«

Hinter uns sitzen zwei Typen, ein Insasse und ein Besucher. Die beiden sind muskulös, richtige Bären. Beide haben einen Phönix auf ihren haarigen Unterarm tätowiert – das Symbol der IRA.

»Deine Eltern rufen dauernd an ... sie machen sich große Sorgen«, meint Lena.

»Ja, sie sind auch andauernd hier.«

»Das ist schwer für sie, sei nicht so hart zu ihnen«, sagt Lena.

»Hart? Ich bin doch nicht hart.«

»Sie haben mir erzählt, dass du deine Zeit im katholischen Trakt absitzt.«

»Ich wurde ja auch für IRA-Verbrechen verurteilt.«

»Deine Eltern haben ihre Beziehungen spielen lassen. Du hättest die Möglichkeit, dich in einen protestantischen Block verlegen zu lassen«, meint Lena.

»Ich hab Mutter schon gesagt, dass ich das nicht will. Du glaubst doch nicht wirklich, dass ich auch nur eine Nacht bei den Protestanten überlebe, in ihren Augen gehöre ich zur IRA.«

»Ich versteh das, zumindest versuche ich, das alles zu verstehen«, sagt Lena.

Dass das für sie und auch alle anderen sehr schwer zu verstehen sein muss, leuchtet mir ein.

»Deine Eltern verstehen gar nichts mehr. Sie verstehen nicht, wie ihr Sohn, der sein Leben lang ein gläubiger Protestant und Oranier war, plötzlich zum IRA-Kämpfer wurde.«

»Ich bin kein IRA-Kämpfer.«

»Wie gesagt, es ist schwer zu verstehen.«

»Und was soll ich jetzt deiner Meinung nach tun?«

»Sag ihnen, dass du in einem protestantischen Trakt sitzt«, sagt Lena.

»Tu ich aber nicht.«

»Na und? Weiß das irgendjemand außer dir?«

Da ist was dran. »Ich soll sie anlügen?«

»Du sollst ihnen ein wenig Angst nehmen. In ihren Augen bist du bei den Protestanten sicher, also lass sie in dem Glauben.«

Klingt irgendwie logisch, und wenn das Mutters Nervenzusammenbrüche hier im Besucherraum minimiert, ist es einen Versuch wert. »Ok ... danke.«

Die Besuchszeit ist um. Zeit, Auf Wiedersehen zu sagen. Ich umarme Lena. Sie küsst mich zum Abschied.

Sie wird nicht wiederkommen, das tut weh. Auch wenn es vermutlich so das Beste ist. Niemanden von uns ist geholfen, wenn wir an etwas festhalten, das ohnehin keinen Bestand haben kann.

Die Wärter treiben mich und die anderen Gefangenen zusammen wie Schafe. Im Gefängnisbus werden wir zu unserem

Zellenblock zurückgefahren. Jeder Block hier drinnen ist wie ein H gebaut. Diese Bauweise gibt dem Gefängnis den Spitznamen *H-Blocks.*

Meine Unterkunft ist gar nicht so schlecht. Ein Einzelzimmer mit Bett, Schrank, Toilette – alles da, was man braucht.

Mein Zellennachbar hat sogar eine eigene Dusche, weil er seit einem Anschlag im Rollstuhl sitzt. Den Anschlag hat er selbst geplant und ausgeführt.

Beim Essen sehe ich meine Post durch: Ein Brief von Miranda und Oliver, eine Postkarte von Dok. Die Karte zeigt ein Foto von prallen Brüsten. Wie die Karte durch die Kontrolle gekommen ist, ist mir ein Rätsel, aber eigentlich auch egal.

»Ein Protestant unter uns ... so ... so ...« Der Typ mit dem Phönix-Tattoo am Unterarm setzt sich zu mir.

Ich würge einen Löffel von der sauren Hühnersuppe hinunter. »Ich würde lieber allein essen.«

Er lacht. »Oh, würdest du das?«

Ich ignoriere ihn, auch wenn sein Blick sehr eindringlich ist.

»Ich bin neugierig. Wie kommt einer wie du in unsere Mitte?«

»Neugierde ist nicht gesund«, sage ich möglichst kühl.

»Drohst du mir etwa?«

Ich sehe ihm in die Augen. »Willst du denn bedroht werden?«

Er sieht wütend aus, richtig stinkig.

»Du hältst dich wohl für besonders witzig, was?«, knurrt er.

Sein Machogehabe nervt mich. Ich nehme mein Tablett und stehe auf.

Auf dem Weg zu einem anderen Tisch, stellt er sich mir in den Weg. »Du entschuldigst dich jetzt bei mir.«

»Ja, genau.« Ich dränge mich an ihm vorbei.

Sein Ellbogen schlägt mir mit voller Wucht gegen den Rücken.

Ich stolpere und das Tablett rutscht mir aus den Händen. Teller und Besteck fallen klirrend zu Boden.

Die Wärter am Kantineneingang sehen kurz in unsere Richtung und wenden sich dann wieder ihrer Unterhaltung zu. Die werden mir bestimmt nicht helfen, nicht, dass ich es erwarten würde.

Phönix-Tattoo fuchtelt mit seinen Armen, er ist auf Konfrontation aus. Die kann er haben. Ich mache einen Schritt auf ihn zu und schlag ihm mit geballter Faust ins Gesicht. Sein Schädel ist so hart wie Zement. Der Schmerz brennt über meine Handknöchel und lähmt meinen Arm.

Der Schlag von Phönix-Tattoo trifft mich so hart an der Schläfe, dass ich für einen kurzen Augenblick nichts sehen kann. Das Stimmengewirr der anderen Gefangenen klingt wie ein entferntes Rauschen. Ich spüre die Wucht, mit der ich am Boden aufschlage, aber keinen Schmerz. Mein Körper ist taub. Punkte tanzen vor meinen Augen, und es dauert einen Moment, bis ich wieder scharf sehen kann.

Mein Angreifer kniet sich neben mich und hält mir die eiskalte Klinge seines Messers an die Kehle. Die Wärter haben uns den Rücken zugewandt.

»Du sprichst mir jetzt nach. Ich bin eine wertlose, dreckige Ratte«, sagt Phönix-Tattoo.

»Du bist eine wertlose, dreckige Ratte«, sagt jemand hinter ihm. Es ist Adam. Er schlägt meinen Angreifer von hinten nieder und nimmt ihm das Messer ab.

»Du solltest dich besser verziehen«, sagt Adam und spielt mit dem Messer in seiner Hand.

Phönix-Tattoo sieht mich an. »Wir sehen uns noch.«

»Jetzt reichts aber«, ruft einer der Wärter zu uns herüber.

Mein Angreifer rappelt sich auf und stapft davon.

»Alles klar bei dir?«, fragt Adam.

»Alles bestens.«

Adam streckt mir seine Hand hin.

Ich packe sie und ziehe mich an ihr hoch.

DANKSAGUNG

Meine Englischlehrerin hat mich auf das Thema gebracht,
und ich habe mal »schnell« ein Buch daraus gemacht.
Meine Eltern haben mich stets bei meinem Hobby unterstützt,
und auch als Testleser haben sie mir sehr genützt.
Mein Schatz kennt sich zum Glück mit Waffen und Elektronik aus,
deswegen quetschte ich ihn zu diesen Themen regelmäßig aus.
Dass in meiner Lektorin auch eine Medizinerin steckt,
macht diesen Text fehlerfrei und inhaltlich korrekt.
Mit meiner Grafikerin hatte ich auch sehr viel Glück,
sie schuf mit diesem Buch ein visuelles Meisterstück.
Dafür danke ich euch allen sehr,
nun, da es geschafft ist, umso mehr.
Doch Hilfe brauchte ich schon früh,
denn das Schreiben wurde irgendwann zur Müh.
Mein Text war einfach nicht gut,
also fasste ich allen Mut.
Ich ging zu einer Schreibgruppe hin,
wo ich bis heute gut aufgehoben bin.
Mit Rat und Tat stehen mir hier alle zur Seite,
vor allem dank Vicki, ist mein Erstlingswerk keine Pleite.
Sie hat mir gezeigt, worum es beim Schreiben wirklich geht:
um den roten Faden, die Perspcktive und um Plausibilität.
Ich bin dankbar für jeden Begleiter in diesem Autorenleben,
denn ohne euch würde es dieses Buch nicht geben.